OLIVIER DESCOSSE

Die Spur des Korsen

Buch

Mitten in Marseille explodiert eine Bombe – das Finanzamt liegt in Schutt und Asche. Bei dem Versuch, den Nachtwächter zu retten, werden Feuerwehrhauptmann Fabio Pazzonni und zwei seiner Männer durch eine Gasexplosion getötet. Der Antiterrorspezialist Van Bruge übernimmt den Fall. Doch der tappt im Dunkeln: Basken, Bretonen oder islamistische Terroristen – keine Fährte führt zu den Tätern, zumal es kein Bekennerschreiben gibt. Deshalb beauftragt Van Bruge halb offiziell Leutnant Paul Cabrera. Denn der »Asphalt-Apache« mit der langen schwarzen Mähne ist wie kein zweiter mit den Gesetzen der Straße und des Milieus vertraut. Zudem war Feuerwehrhauptmann Pazzonni Pauls Onkel und das Idol seiner Kindertage. Und schließlich reist Fabios Tochter, die junge Anwältin Angela Pazzonni, aus Palermo an, um auf eigene Faust zu ermitteln. Während Van Bruges Team in der internationalen Finanzwelt von London bis Pakistan fahndet, erhält Cabrera durch seine Kontaktleute im Marseiller Milieu Hinweise, die ihn auf die Spur der korsischen Mafia bringen. Eine Gruppierung, der sich zu nähern lebensgefährlich ist. Paul wagt es dennoch …

Autor

Olivier Descosse wurde 1962 in Marseille geboren, wo er heute wieder lebt. Er arbeitete als Anwalt in Paris und in den USA. »Die Spur des Korsen« ist der dritte Band einer Serie von Kriminalromanen um den faszinierenden Leutnant Paul Cabrera. Für »Die Spur des Korsen« erhielt Descosse den renommiertesten französischen Krimipreis, den »Prix Polar« von Cognac.

Von Olivier Descosse außerdem lieferbar:

In der Höhle des Kraken (36343)
Blutspiegel (36344)

Olivier Descosse

Die Spur des Korsen

Marseille-Krimi

Aus dem Französischen
von Michaela Meßner

blanvalet

Die französische Originalausgabe erschien 2005 unter dem Titel
»Le pacte rouge« bei Editions Stock, Paris.

Umwelthinweis:
Alle bedruckten Materialien dieses Taschenbuches
sind chlorfrei und umweltschonend.

1. Auflage
Deutsche Erstausgabe September 2007 bei Blanvalet,
einem Unternehmen der Verlagsgruppe
Random House GmbH, München.

Umschlaggestaltung: HildenDesign München
Umschlagcollage: photocase/Leonard/Roger Kautz
Redaktion: text in form, Gerhard Seidl
LW · Herstellung: Heidrun Nawrot
Satz: Uhl + Massopust, Aalen
Printed in Germany
ISBN 978-3-442-36588-0

www.blanvalet.de

Für Céline

Prolog

»Verflixt! Wird das hier heute noch mal was?«

Fabio Pazzonni umklammerte sein Funkgerät und brüllte in dem ganzen Lärm Befehle in den Apparat. Unter dem herabregnenden Schutt machten sich überall schwarz gekleidete Männer zu schaffen. Ledermäntel, silberne Helme, die Gesichter durch die Wülste der Sauerstoffmasken unkenntlich gemacht.

Der Brandmeister der zweiten Kompanie des Feuerwehrbataillons von Marseille näherte sich dem rotgoldenen Feuerwehrwagen.

»Gardel! Viviani! Kommt her!«

Die beiden Männer tauschten einen Blick. Die Augen unter dem rußverschmierten Gesichtsschutz schienen starr vor Müdigkeit. Sie schlüpften in ihre Brandschutzanzüge und schnappten sich ihre Feuerwehräxte. Pazzonnis massige Gestalt stürmte bereits Richtung Hölle.

Die Bombe war vor dreißig Minuten hochgegangen, um vier Uhr dreiundzwanzig, und hatte das Finanzamt des achten Arrondissements, das ganz in der Nähe der Avenue du Prado gelegen war, in Stücke gerissen. Von dem Betonkubus, den man mitten in die Rue Borde hineingequetscht hatte, standen nur noch die tragenden Teile, ein Wirrwarr aus Eisenträgern, die jede Sekunde zusammenzustürzen drohten. Trotz des Ascheregens schossen immer noch bläuliche Flammen hervor.

Pazzonni wusste um die Gefahren. Von Gas genährtes

Feuer benahm sich wie ein ungezogener Bengel. Es war unberechenbar, heimtückisch, gefährlich. Es konnte von einer Sekunde auf die andere die Richtung wechseln, auf die Nebengebäude übergreifen, das Viertel in Brand stecken. Aber es könnte noch schlimmer kommen. Unter den Trümmern hatten sich Ansammlungen von Propangas gebildet und den Ort in ein Minenfeld verwandelt.

Die drei Feuerwehrmänner erreichten die Sicherheitszone. Metallabsperrungen bildeten eine Schutzmauer, um die Menge fernzuhalten. Die Präfektur hatte für den schlimmsten Fall vorgesorgt. Etwa ein Dutzend Bewohner, die aus den Nachbargebäuden evakuiert worden waren, stand sich auf der Straße die Beine in den Bauch. Die Luft war gesättigt vom Gestank nach faulen Eiern.

Die Temperatur stieg sprunghaft an, und die Leiber unter den Lederpanzern schwollen an.

Pazzonni brüllte in sein Funkgerät: »Und?«

In den Lärm hinein ertönte mit einem Knistern eine panische Stimme: »Das Team von der Gasgesellschaft findet die Austrittstelle nicht… Sie versuchen, das Gas umzuleiten… Wir warten noch…«

Der Brandmeister stieß einen Fluch aus. In weniger als fünf Minuten würde alles vorbei sein.

Er schaltete das Funkgerät aus und starrte seine Männer an.

»Keine Zeit mehr. Wir müssen rein.«

Gardel und Viviani nickten. Erschöpfung und Angst zählten nicht, schließlich trugen sie ja die Uniform, um derlei Kämpfe zu bestehen.

Eine Sirene heulte auf. Pazzonni lächelte. Die Jungs von der dritten Kompanie kamen zur Verstärkung. Bald würden sie die Lage im Griff haben.

Er rückte seine Maske zurecht, überprüfte den Manometer und passierte die Schleuse. Direkt hinter ihm stürmten seine Männer wie eine Prätorianergarde vor.

Die ersten hundert Meter waren wie ein Erholungsspaziergang. Nachdem noch vor Kurzem alles in Aufruhr gewesen war, herrschte nun in der Straße eine Stille wie in einer Kapelle. Die Einsatzwagen hatten sich zurückgezogen und Feuerspritzen und kleineres Werkzeug auf dem Gelände zurückgelassen.

Dann kam die Wolke. Pulverisierter Beton, der die Luft mit kompakten Teilchen durchsetzte.

Sie schalteten ihre Stirnlampen ein.

Von Nahem besehen wirkte der Schaden noch verheerender. Glasstücke spickten den Asphalt, herausgerissene Kabel schlängelten sich hier und da zwischen abgerissenen Betonblöcken hindurch. Grauer Staub bedeckte alles wie Grabasche.

Keine Menschenseele.

Die drei Männer rückten im Sturmschritt vor. Leder rieb aneinander, heiseres Hecheln war zu hören, Schulterriemen klapperten. Das Kohlendioxid, das sie ausatmeten, bildete auf den Visieren der Masken einen dichten Beschlag.

Sie bahnten sich einen Weg durch die Autos. Die verkohlten Wracks rauchten immer noch. Wenige Meter vor ihnen tauchte im Schein der Taschenlampen die Fassade auf.

Das Eingangsgitter war geschmolzen, die Fensterfronten verschwunden, die Mauern hatten sich in nichts aufgelöst. Pazzonni entdeckte unter den Trümmern Reste noch schwelender Glut.

Der Hilferuf war aus dem Ruheraum im ersten Untergeschoss gekommen. Fünfundzwanzig Minuten nach der Explosion. Ein Mann steckte fest, wahrscheinlich der Nachtwächter. Er hatte wie durch ein Wunder überlebt.

Der Brandmeister rief sich den Gebäudeplan ins Gedächtnis. Es gab zwei Möglichkeiten, das Ziel zu erreichen: über den Aufzug oder die Hintertreppe. Mit einer Armbewegung gab er den Befehl zum Einsatz.

Sie durchquerten die Halle. Die Zwischendecke war eingestürzt und über ihren Helmen ragten Aluminiumstacheln in die Luft. Mit Ascheregen vermischtes Wasser rann in Bächen über den Boden und bildete einen Morast, in dem ihre Stiefel einsanken.

Pazzonni entdeckte den Aufzug. Er war nur noch ein klaffendes Loch. Er drehte den Oberkörper. Der Aufzugsschacht war in die Wand eingelassen, etwa dreißig Meter weiter, auf der anderen Seite des Raums. Aus einem bloßen Reflex heraus berechnete er die Verpuffungskraft. Der Verrückte, der dieses Feuerwerk veranstaltet hatte, war nicht gerade zimperlich zur Sache gegangen. Entgegen aller Logik war das Gebäude nicht zusammengestürzt.

Noch nicht.

Er leuchtete mit seiner Taschenlampe auf eine Tür und rief ins Mikro: »Zur Treppe!«

Die drei Feuerwehrmänner liefen im Gänsemarsch los. Jeder Schritt war gefährlich. Da die Gaswolke veränderlich war, konnte sie jeden Augenblick explodieren.

Pazzonni blieb vor dem Eingang stehen. Dieser war von einem Haufen aus Isolierplatten versperrt, die die Druckwelle wild umhergeschleudert hatte. Viviani legte vorsichtig die Öffnung frei, während der Brandmeister auf seine Uhr starrte.

»Los! Beeilung!«

Schließlich war der Weg frei. Gardel ging voran.

»Nein!«

Der Feuerwehrmann erstarrte. Der Brandmeister hatte in den Sender gebrüllt. Er packte den Soldaten beim Arm und befahl mit ruhiger Stimme: »Geh zurück!«

Pazzonni nahm Viviani die Feuerwehraxt aus der Hand. Er stellte sich auf die Seite, mit etwas Abstand, und drückte mit dem Stiel der Axt dagegen. Eine Flammenzunge kam aus dem Rahmen geschossen. Sie wich sofort wieder zurück und gab den Blick frei auf einen dunklen, dicht mit Rauch gefüllten Schacht.

»Jetzt!«

Pazzonni stieg als Erster hinunter. Die Sicht betrug nicht mehr als einen Meter. Durch die große Hitze bildeten die Plastikteile Blasen und setzten orangefarbene, toxische Dämpfe frei. An manchen Stellen flackerten ein paar Flämmchen wie tanzende Irrlichter in den Ritzen einer Gruft.

Am Fuß der Treppe: ein Gang. Am Ende eine kleine Luke, die auf die Straße hinausging. Offen. Pazzonni beglückwünschte sich im Stillen. Der Luftzug hatte wie eine Zündkapsel gewirkt und den Brand nach draußen geschleudert, als sie die Treppe freigelegt hatten.

Er überlegte, wie sie jetzt am besten vorgehen sollten. Die Öffnung war nicht größer als ein Computerbildschirm. Zur Evakuierung vollkommen ungeeignet. Sie würden den Kerl, tot oder lebendig, von der anderen Seite herausholen müssen.

Er blieb vor einer Tür stehen. Viviani und Gardel, die hinter ihm standen, hielten die Luft an. Er streckte eine Hand vor. Seine Erfahrung flüsterte ihm zu, dass keine Gefahr mehr bestand. Nicht hier. Nicht bei dieser Belüftung.

Er bewegte die Klinke.

Erfolglos.

Aus Sicherheitsgründen bat er seine Männer, einen Schritt zurückzutreten. Mit einem Axthieb sprengte er den Mechanismus und stürzte ins Innere.

Im Schein der Stirnlampe waren die Umrisse eines Saals zu erkennen. Ein Resopaltisch, PVC-Stühle, eine Mikrowelle – das Finanzamt hatte sein Personal mit dem Existenzminimum ausgestattet. Alles befand sich in einem tadellosen Zustand, als sei der Ort von den Flammen verschont geblieben.

Keine Menschenseele.

Pazzonnis Blick fiel auf einen Metallschrank, der in einer Ecke des Saals dicht an der Wand stand. Augenblicklich schrillte seine innere Alarmglocke. Er ging um die Möbel herum, von einer unbestimmten Angst getrieben.

Seine Finger strichen zögernd über das Metall. Dann zog er mit einem kräftigen Ruck die Tür auf.

Eine leblose Masse rollte auf den Boden.

Das Gesicht des Mannes war teilweise verbrannt. Dunkle Risse ließen seine Haut aufspringen, warfen seine Lippen zu klaffenden Kratern auf. Hier und da hatte er noch ein paar Haarbüschel auf dem Kopf, dazwischen lag das Fleisch bloß.

Pazzonni kniete nieder. Er zog seinen rechten Handschuh aus, fühlte ihm den Puls. Nach ein paar Sekunden rief er: »Atemstillstand! Viviani, du trägst ihn.«

Viviani war der Kräftigste von den dreien. Ein Hüne mit Armen wie ein Gorilla, dessen Schultern an Engelsflügel gemahnten. Er nahm das Opfer auf den Arm wie ein Kind.

Im Gang hatte sich der Rauch verdichtet und bildete nun eine kompakte Masse. Pazzonni ging voran. Gardel bildete das Schlusslicht.

Sie liefen bis zur Treppe, nahmen sie im Sturmschritt. Weste, Helm, Sauerstoffflasche – die fünfzig Kilo der Rettungsausrüstung wogen nicht schwerer als ein Leinenanzug.

Der Brandmeister war als Erster wieder in der Halle. Die Drehscheinwerfer warfen Lanzen aus Licht auf die Ruinen. Der Geruch nach Gas wurde schier unerträglich.

Er schrie in den Sender: »Wir haben's geschafft!«

Die drei Feuerwehrleute stürmten geradeaus, sprangen über die Betonhaufen. Instinktiv dachten sie nur noch an eines.

Raus hier.

So schnell wie möglich.

Plötzlich gab es einen Luftzug. Kaum ein Hauch, lau, wie eine tropische Brise.

Der Raum explodierte an mehreren Stellen gleichzeitig. Die Decke stürzte herunter, während eine Feuerwoge die Nacht in Brand setzte. Als sie zurückwich, lagen vier leblose Formen auf der Erde, gefangen in den Trümmern.

Pazzonni kam als Erster wieder zu sich. Er versuchte sich zu bewegen. Ohne Ergebnis. Sein Körper war gefühllos. Seine Glieder wie tot. Nur seine Gesichtsmuskeln schienen noch beweglich zu sein. Mit verzweifelter Anstrengung versuchte er seine Männer zu orten. Ein grauer Pollenstaub tanzte ihm vor den Augen, immer wieder zerrissen vom chaotischen Aufflackern Tausender von Flämmchen. Es war, als versuchte man verzweifelt, im Schlick etwas zu erkennen.

Schließlich entdeckte er sie.

Gardel lag auf dem Rücken, der Helm war abgerissen. Er hatte keine Stirn und keine Nase mehr, lag eingeklemmt unter einem Hohlblockstein. Viviani lag etwas weiter weg, aufgespießt von einem Stahlträger. Zu seinen Füßen lag der Körper des Nachtwächters. Flammen fraßen an ihm und ließen schwarzen Rauch aufsteigen.

Pazzonni schloss erschüttert die Augen. Sogleich stürmte eine Flut von Bildern auf ihn ein. Ein Hochzeitstag. Die vollständig versammelte Mannschaft des Bataillons in Galauniform. Ein Paar, das unter Jubelrufen aus der Kirche tritt. Viviani hatte letzten Monat geheiratet. Seine Frau erwartete ein Kind.

Er spürte einen süßlichen Geschmack auf der Zunge: Blut.

Es war wie eine Befreiung, die Vorstellung, dass er sich dem, was nun folgte, nicht mehr würde stellen müssen. Andere würden das übernehmen. Sie würden den Familien erklären, warum Brandmeister Fabio Pazzonni zwei seiner Männer in den Tod geführt hatte.

I

VERSTEHEN

1

Die Anweisungen aus dem Justizministerium waren eindeutig.

Himmel und Erde in Bewegung setzen, ein Indiz finden, den Fall vor der zweiten Runde der Regionalwahlen lösen.

Auf Antrag der Staatsanwaltschaft von Paris, die für Terrorakte im ganzen französischen Staatsgebiet zuständig war, wurde eine gerichtliche Untersuchung eingeleitet. Untersuchungsrichter Lionel Van Bruge, der auf diese Art von Verfahren spezialisiert war, hatte sich noch am selben Tag in Begleitung eines Justizbeamten nach Marseille begeben. In ihrem Schlepptau befanden sich zwei Elitebeamte der Schutztruppe der Staatspolizei, große Wachhunde in Lederjacke und mit schwarzer Brille, die zu seiner engsten Garde gehörten.

Der mächtigste Staatsbeamte Frankreichs war hochgewachsen und würdevoll und trug billige Klamotten, die ihm viel zu groß waren. Ein langweiliger Anzug, eine Klubkrawatte, weiße Strümpfe über Schnürschuhen: ein Konzentrat an schlechtem Geschmack. Sein glattes Gesicht und das völlige Fehlen von Augenbrauen unterstrichen noch den seltsamen Eindruck.

Er schien beständig in anderen Sphären zu schweben.

Und das, obwohl Van Bruge weder trank noch rauchte und wahrscheinlich auch mit keiner Frau ins Bett stieg. Er war Junggeselle, lebte allein, schlürfte jeden Abend seinen Eisenkrauttee und schlief nach ein paar Seiten Lektüre über der *Kritik der reinen Vernunft* ein, dem Hauptwerk von Kant.

Irdische Genüsse ließen diesen Elsässer kalt. Ihm machten andere Dinge Spaß. Etwa die Analyse komplizierter Akten, unsicherer Prognosen, eine feine Mischung aus Intelligenz und Barbarei. Die Spirale der Gewalt, in die er vor fünf Jahren eingetaucht war, erfüllte all seine Erwartungen und war für ihn eine Art Ersatztrip.

Er nahm vier Stufen auf einmal, stürmte die Ehrentreppe geradezu hinauf. Er war nicht sonderlich begeistert, den Umweg über die Stadtverwaltung nehmen zu müssen, doch seine besondere Position an der Schnittstelle von Recht und Politik nötigte ihn gelegentlich, bestimmte Kompromisse einzugehen.

Die Leute starrten ihm nach, wenn er vorüberging. Van Bruge war eine medienwirksame Figur des öffentlichen Lebens. Man erzählte sich, er sei bewaffnet, wechsle alle drei Monate sein Domizil und halte sich versteckt, indem er sich nur auf komplizierten, jederzeit modifizierbaren Strecken von A nach B bewegte.

Für Otto Normalbürger umgab ihn eine geheimnisvolle Aura.

Er betrat das Büro des Bürgermeisters, einen großen Raum mit hohen, getäfelten Decken, dessen Parkettdielen wie Lederriemen glänzten. Riesige Fenster gingen auf den Hafen hinaus, waren von Licht durchflutet, als handle es sich um lauter gleißende Bildschirme.

Im Hintergrund unterhielten sich zwei Männer vor einem Intarsienschreibtisch. Der eine in Hemdsärmeln und mit Manschettenknöpfen, der andere in Galauniform mit Tressen auf den Schultern und bortenbesetzten Hosen. Ihre niedergeschlagenen Mienen verrieten die Anspannung der letzten Stunden.

Marius Taddei wandte sich um und lächelte. Der Senator und Bürgermeister von Marseille, früherer Gaullist und ehemaliger Herausforderer von Gaston Deferre, schiffte jetzt schon lange genug durch trübe Gewässer, um die Kunst zu beherrschen, mit seinen Gefühlen hinterm Berg zu halten und sich zu verstellen.

»Ah! Der Herr Richter!«

Taddei hatte mit einem leichten provenzalischen Akzent gesprochen, eine wohlkalkulierte Koketterie, denn dieses Chamäleon hielt sich die meiste Zeit in Paris auf.

Van Bruge streckte ihm widerstrebend die Hand hin. Er verabscheute jeden körperlichen Kontakt und konnte das auch nur schlecht verbergen.

»Herr Bürgermeister …«

»Hatten Sie eine gute Reise?«

»Viel Arbeit. Ich habe mich bereits im TGV mit den ersten Einzelheiten vertraut gemacht.«

»Sehr schön … Ich habe Ihnen ein Zimmer im Sofitel Vieux-Port reserviert. Haben Sie Gepäck dabei?«

»Nein. Ich fahre noch heute Abend nach Paris zurück.«

Der Bürgermeister stutzte. Er hatte wahrscheinlich schon vorgehabt, den hohen Pariser Beamten in seine persönlichen Pläne einzubeziehen. Er schluckte seinen Ärger hinunter und wandte sich dem Mann in Uniform zu.

»Ich möchte Ihnen gerne Polizeipräsident Banon vorstellen.«

Erneutes Händeschütteln. Van Bruge zwang sich zu einem Lächeln. Taddei wies auf die Sessel mit den goldziselierten Armlehnen, die einen niedrigen Rauchglastisch umstanden.

»Bitte.«

Die Herren nahmen Platz, es herrschte betretenes Schweigen. Die besondere Situation erforderte ihre Zusammenarbeit. Instinktiv spürte jeder, dass diese Grenzen haben würde.

Taddei wandte sich ohne Umschweife an Van Bruge: »Ich

will nicht lange um den heißen Brei herumreden. Bisher ist keinerlei Forderung eingegangen. Nächsten Sonntag findet der zweite Wahlgang statt, und unsere Gegend ist durch den Stimmenzuwachs des Front National stark gefährdet. Wenn wir nicht bald erste Antworten finden, droht dieses Attentat die Wahl zu beeinflussen. Der Innenminister hat mich heute Morgen angerufen. Er zählt darauf, dass wir die Sache schnell hinter uns bringen.«

Van Bruge blieb völlig ungerührt. Er kannte das Wahlergebnis, er wusste von dem Dreierkampf, der die Freunde des Bürgermeisters in eine heikle Lage brachte. Er stammte aus einer alten Juristenfamilie, und seit er das Amt des Ermittlungsrichters übernommen hatte, war er den politischen Machtspielchen noch etwas mehr entrückt. Nur die Wahrheit zählte. Die Vorstellung, die er sich vom Guten machte, jenseits politischer Bündnisse und flüchtiger Mehrheiten.

Er antwortete schroff: »Wir werden unser Bestes tun.«

Taddei lehnte sich zurück und ließ die Fingergelenke knacken. Der Krieg war erklärt. Ohne den Richter aus den Augen zu lassen, wandte er sich kühl an Banon: »Herr Präsident…«

Der Staatsbeamte räusperte sich. Er war um die fünfzig, seine Augen waren hinter einer eckigen dicken Brille verborgen, was seinem Gesicht eine dem Anlass angemessene Strenge verlieh.

»Die erste Explosion erfolgte um vier Uhr dreiundzwanzig. Ein etwa zwanzig Kilo schwerer, selbst gebauter Sprengsatz aus einer Nitrat-Heizöl-Mischung, versehen mit einem elektrischen Zünder. Ein Zeitzünder, der von einer Digitaluhr ausgelöst wurde. Er war hinter einem der Aufzüge versteckt, zwischen Wand und Mauer. Die Druckwelle hat den Aufzugsschacht zerstört, die große Halle und die gesamte Hausfassade.«

Banon öffnete einen Aktendeckel, der auf dem Tisch lag, und zog Fotos heraus.

»Da, sehen Sie selbst.«

Die Aufnahmen von der Spurensicherung ließen an das Ende der Welt denken. Schwarze, graue, weiße Flecken ohne jeden Zusammenhang. Man konnte sich unmöglich vorstellen, wie dieser Ort vor der Detonation ausgesehen haben mochte.

Van Bruge ging die Fotos ganz gemächlich durch und verweilte bei einigen, ohne auch nur die geringste Gefühlsregung zu erkennen zu geben. Banon spulte weiter seinen Sermon ab.

»Der Brand konnte schnell unter Kontrolle gebracht werden. Zumindest im Erdgeschoss und in den oberen Etagen.«

»Gab es noch andere Brandherde?«

»Im Untergeschoss und im Luftschacht. Die Feuerwehrmänner konnten nicht sofort Zugang bekommen. Wegen des Gasaustritts. Mehrere Leitungen waren beschädigt worden. Das Gebäude musste sehr schnell evakuiert werden.«

Der Verwaltungsbeamte runzelte die Stirn. »Und dann?«

»Aus dem Inneren des Gebäudes hatte es einen Hilferuf gegeben. Per Handy.«

»Nach der Evakuierung?«

»Um vier Uhr achtundvierzig.«

Der Richter setzte eine nachdenkliche Miene auf. Er tat so, als zähle er an den Fingern ab.

»Fünfundzwanzig Minuten nach der Explosion?«

Banon machte sich steif, als habe man ihn ertappt. »Ich nehme an, der Wächter war ohnmächtig geworden.«

»Und bevor sie abgezogen sind, hat keiner bemerkt, dass er da war?«

»Er hatte sich in den Ruheraum geflüchtet. Der befindet sich im Untergeschoss.«

Für einen Augenblick herrschte Stille. Van Bruges Fingernägel trommelten auf das Glas.

Taddei ergriff die Gelegenheit beim Schopf. Er hatte bei der Vorbereitung seiner Ansprache offenbar bereits die posthume Verleihung einer Medaille im Auge gehabt.

»Die Feuerwehrmänner haben hervorragende Arbeit geleistet. Diese Jungs sind Helden. Sie haben nicht abgewartet, bis der Gasaustritt unter Kontrolle war. Sie stürzten sich in das Flammenmeer, ohne die Gefahren zu bedenken.«

Der Richter nickte wenig überzeugt. Heroismus beeindruckte ihn nicht. Er wusste aus Erfahrung, dass das Wort Held meist auf Grabsteinen zu lesen war, vor denen dann weinende Mütter und Kinder standen. Außerdem ging ihm die Art und Weise, wie der Bürgermeister sich in Szene setzte, auf die Nerven.

Er wandte sich erneut an Banon: »Die zweite Explosion. Was ist da passiert?«

»Das ist schwieriger zu sagen. Unsere Mannschaften suchen nach konkreten Hinweisen, mit denen das Vorhandensein einer zweiten Bombe bestätigt oder widerlegt werden könnte. Doch es ist sehr wahrscheinlich, dass der Gasaustritt die Ursache war.«

Der Staatsanwalt legte die Zeigefinger aneinander und presste sie auf die Lippen. Er sprach langsam und betonte dabei jede einzelne Silbe: »Glauben Sie, die Kettenreaktion war … geplant?«

»Das ist durchaus möglich. Den Sprengsatz hatte man wenige Meter von den Gasleitungen entfernt angebracht.«

Der Richter nickte und wandte sich wieder der Betrachtung der Bilder zu. Er glaubte nicht daran, dass das aus Berechnung geschehen war. Man hatte die Höllenmaschine so eingestellt, dass sie mitten in der Nacht explodierte, zu einer Stunde, in der die Büros leer waren. Es ging also nicht darum, ein Blutbad anzurichten. Dass es in der unmittelbaren Umgebung Gasleitungen gab, war wahrscheinlich nur ein unglücklicher Zufall.

Er legte die Akte wieder auf den Tisch und lehnte sich zurück. »Wir werden Ihre Jungs nicht an der Ausführung ihrer Arbeit hindern. Ich möchte stündlich über die Analyseergebnisse unterrichtet werden. Alles, was sie zusammentragen können, ist wichtig. Ich möchte noch einmal betonen: alles.« Er kritzelte ein paar Ziffern auf einen Post-it-Zettel und reichte ihn Banon. »Unter dieser Nummer können Sie mich erreichen. Und zwar jederzeit. Und jetzt würde ich mich gerne vor Ort etwas genauer umsehen.«

Ohne eine Antwort abzuwarten, erhob er sich. Banon tat es ihm gleich und strich seine Bügelfalte glatt.

Taddei rührte sich keinen Zentimeter. In einem falschfreundlichen Tonfall fragte er den Richter: »Ist das wieder so ein Gewaltstreich der Korsen?«

Der Staatsbeamte lächelte kalt. »Möglich ...«

»Ein Finanzamt. Wer sonst würde ein Finanzamt ins Visier nehmen?«

»Ich habe nicht die geringste Ahnung.«

Der andere setzte ein ironisches Lächeln auf.

»Tatsächlich?«

Van Bruge lief ein Schauder über den Rücken. Er sah dem Bürgermeister fest in die Augen. »Unsere Gesellschaft ist voll von Menschen, die allesamt gute Gründe haben, eine Bombe zu legen. Das dürften Sie doch am besten wissen.«

Taddei machte einen Rückzieher, versuchte Haltung zu bewahren. »Aber Sie haben trotzdem vor, in diese Richtung zu ermitteln?«

»Es sind Ermittlungen aufgenommen worden. Meine Nachforschungen dürfen nicht bekannt gegeben werden.»

Ein kurzes Zögern. Lang genug, dass Taddei begriff, wo

sein Interesse lag. Er beschloss, den Ball ins Aus zu schießen.

»Ich mache mir Sorgen um meine Angestellten, Herr Richter. Ein Attentat mitten in Marseille. Ich muss denen doch irgendetwas sagen!«

Van Bruge gab nicht nach.

»Dieser Fall wird auf zentraler Ebene verhandelt. Von der vierzehnten Abteilung der Staatsanwaltschaft von Paris. Der Generalstaatsanwalt wird der Presse im Bedarfsfall Bericht erstatten. Diese Berichte können Sie nach Herzenslust studieren.«

»Bestens. Falls ich Ihnen in irgendetwas behilflich sein kann ...«

»Ich denke nicht. Der Polizeipräsident wird den Mittelsmann für uns spielen.«

Banon nickte schüchtern. Er fühlte sich, als sei er zwischen zwei tektonischen Platten eingeklemmt worden. Der Richter verabschiedete sich in eisiger Atmosphäre vom Bürgermeister und stürmte die Ehrentreppe noch schneller hinunter als hinauf. Dicht auf den Fersen folgte ihm, mehr schlecht als recht, der Präsident.

Auf der Freitreppe warteten die Leibwächter. Der gepanzerte Wagen drehte langsam seine Runden. Einige Schaulustige beobachteten die seltsame Szene und blickten sich suchend nach der versteckten Kamera um.

Mit quietschenden Reifen fuhren sie los. In der Stille des Wagens, geschützt vor indiskreten Blicken und Ohren, erteilte Van Bruge Banon seine Befehle.

2

Ein gepflasterter Hof.

Drumherum Backsteingebäude, verziert mit Frontgiebeln und Friesen. Eine Treppe mit wenigen Stufen führte zum Haupttrakt, einem grauen, hinter zwei monumentale Holztore gekauerten Block.

Die Kaserne beschrieb ein Viereck, das zu einer Seite hin offen war und aufs Meer hinausging. Sie strahlte Kraft und Ordnung aus, weckte die Vorstellung von blitzsauberen Holzböden und millimetergenau gefalteten Laken. Hinter dem Schleier eines feinen Nieselregens war in der Ferne undeutlich die Insel Frioul zu erkennen.

Auf der rechten Seite hatte eine Blaskapelle Aufstellung genommen. Trompeten, Fagotte, Trommeln, Pauken: Jedes Instrument war auf Hochglanz poliert. Eingezwängt in ihre glänzenden Uniformen waren die Feuerwehrmänner der zweiten Kompanie in zwei einander gegenüberstehenden Reihen postiert und standen sich die Beine in den Bauch.

Die Familien rückten an. Man hatte ihnen zwei Stuhlreihen zugewiesen, die in militärischer Geradlinigkeit vor der Treppe aufgereiht waren.

Schwarz auf schwarzem Grund. Gebeugte Rücken. Der Schock hatte alle erstarren lassen.

Auf ausdrücklichen Wunsch des Ministers waren die Dinge sehr schnell vonstatten gegangen. Autopsie, Freigabe zur Bestattung, offizielle Feier. In den Kasernen kochte man vor Wut, das Dauerthema Arbeitsbedingungen lieferte wieder mal Diskussionsstoff. In dieser angespannten Lage wurde die Ehrung der Helden zu einem nationalen Vorrecht.

Paul schlug den Kragen seiner Perfecto-Lederjacke hoch. Der Regen stach ihn unablässig in den Hals, sodass ihm die

Kälte bis ins Mark kroch. Seine Haare, die er im Nacken zu einem Pferdeschwanz zusammengebunden hatte, wurden von gelegentlichen Windböen gepeitscht.

Ein Scheißwetter. Absolut passend.

Er setzte sich in die erste Reihe, überragte das Publikum um gut einen Kopf. Seine Mutter saß neben ihm; sie trug ein graues Wollkostüm, das nach Mottenkugeln roch. Sein Vater hatte nicht kommen können. Er würde später zu ihnen stoßen, beim Leichenschmaus.

Die Türflügel öffneten sich. Drei Särge wurden auf den Schultern von Männern in Feuerwehruniform herausgetragen. Sogleich stimmten die Musiker ihr Stück an. Ein Trauermarsch, der Rhythmus war schwerfällig, prallte von den Steinen ab und durchbohrte die Herzen. Die Kompanie nahm Habachtstellung ein. Die anderen senkten die Köpfe. Wasser lief ihnen über die Wangen.

Der Trauerzug zog sich bis zum Eingangstor hinunter. Wälzte sich langsam dahin, begleitet vom rhythmischen Klang der Trommeln. Gleich anschließend folgten unauffällig die amtlichen Vertreter. Nebulöse Gestalten, in dunkle Mäntel gehüllt, deren verschwommene Umrisse mit dem Grau verschmolzen. Die Särge wurden auf behelfsmäßige Böcke gehievt. Die Männer breiteten die Fahnen aus. Die Farben der Republik knallten im Wind wie Salutschüsse. Dann hüllten sie die sterblichen Überreste darin ein. Jede Geste schien völlig losgelöst von der vorherigen, wie eine Abfolge von Sketchen in einem Stummfilm.

Stille machte sich breit, nur das leise Gezischel des Windes war zu hören.

Schließlich trat ein Mann mit Krawatte vor. Er war klein, sein Kopf sah aus wie der einer weißen Maus, und ein dichter, grau melierter Haarschopf krönte sein Haupt.

Auf sein Revers war eine rote Rosette aufgestickt, wie eine

blutige Träne. Er rückte das Mikro zurecht und begann mit seiner Grabrede. Hohle Worte. Vermutlich von anderen geschrieben, sodass er erst während des Sprechens den Inhalt seiner Rede erfuhr. Manche Silben hallten noch nach, wahrscheinlich war das Mikro übersteuert. Andere wurden vom heftigen Wind davongetragen.

Paul spürte, wie sich eine trockene Hand in die seine schob. Und sie drückte. Er wandte seiner Mutter den Kopf zu. Sie starrte mit abwesendem Blick auf ihre Mokassins, ein kleines zerbrechliches Etwas, vergraben in ihrer Trauer.

Fabio, zehn Jahre jünger als sie, war gerade fünfzig geworden. Nachdem er sich ein Leben lang um andere gekümmert hatte, wollte er gerade seine Rente einreichen. Anders als Maria, in deren Geburtsurkunde Sizilien stand, war ihr Bruder in Marseille geboren. Die Familie Pazzonni kam aus Bagheria, einer kleinen Stadt in der Nähe von Palermo. Wie Hunderte von Immigranten hatte der Krieg sie aus der Stadt vertrieben. Das Schiff, das sie in die Vereinigten Staaten bringen sollte, bekam kurz nach Korsika ein ausgeschlagenes Pleuellager. Nachdem es in einem Hafenbecken von La Joliette aufs Trockendock gelegt worden war, bewegte es sich bis zur Befreiung nicht mehr vom Fleck.

Die Pazzonnis hatten sich sehr schnell damit abgefunden. Als gute Bauern hatten sie sich schon bald vor den Pflug gespannt, um dieses Gastland zu beackern, dort neue Samen auszusäen.

Und zu beten.

Die Fünfzigerjahre waren ertragreich. Zunächst ein Sohn, wie ein Zeichen des Himmels. Dann eine Trattoria im Panier-Viertel, in der man die beste Lasagne des Ortes essen konnte. Die Pazzonnis schufteten bis zur Erschöpfung, öffneten ihr Lokal mittags und abends, sieben Tage die Woche. Bei diesem erbarmungslosen Arbeitspensum schrumpfte die Zeit, die sie den Kindern widmen konnten, zusammen wie eine Elendshaut.

Maria hatte sich um Fabio gekümmert. Ihren kleinen Bruder. Ihren Schützling. Zwischen den beiden hatte sich, aus einem Mangel an Zuwendung, aus Einsamkeit, eine merkwürdige Beziehung entwickelt.

An den Wochenenden halfen die Kinder mit: Fabio in der Küche und Maria im Speisesaal. Dies waren die einzigen Augenblicke, in denen die Familie zusammenkam. Egal. Die Kunden strömten herbei, es kam Geld rein. In weniger als zehn Jahren hatte sich der Schicksalsschlag zum Glücksfall gewendet. Als seine Schwester mit Antonio, der Fischer von Beruf war, in den Hafen der Ehe einlief, war Fabio gerade sechzehn Jahre alt geworden.

Erster Bruch. Der Heranwachsende hatte wortlos seinen Schmerz heruntergeschluckt, gefangen in dem monolithischen Männerbild, das seine Kultur ihm vorgezeichnet hatte. Nach der Schule half er weiter im Restaurant mit und wartete darauf, dort seinen Platz zu finden und es eines Tages zu übernehmen.

Dann eines Abends im Mai: der zweite Bruch. Unwiderruflich. Ein Großbrand in der Trattoria hatte seine Eltern in den lodernden Flammen mit in den Tod gerissen.

Und über sein Schicksal entschieden.

Über Pauls Gesicht huschte unweigerlich ein trauriges Lächeln. Er hatte seinen Onkel nicht oft gesehen, aber dieser hatte in seiner Erinnerung tiefe Spuren hinterlassen. Als Kind war er ein großes Vorbild für ihn gewesen. Seine Heldentaten hatten ihn begeistert. Sein silberner Helm hatte ihn fasziniert.

Und vor allem dieser Blick.

Er drückte eine Art entschlossene Gutherzigkeit aus, hatte etwas Beseeltes – wahrscheinlich lag es an dem Glauben, dass Geben noch einen Sinn hatte. In der Familie wurde Fabio als Heiliger angesehen. Für Paul war er lange ein Rätsel geblieben.

Er sah seine Mutter an. Furcht überkam ihn. Wie würde sie es schaffen, über Fabios Tod hinwegzukommen?

Er legte den Arm um sie. Selbst durch den dicken Stoff spürte er die hervortretenden Schlüsselbeine. Sie lehnte den Kopf an seine Brust. Schauder durchzuckten ihren Leib. Keine Träne. Doch unter dem Panzer versteckt wurde der Riss tief wie ein Cañon.

Der lange Sermon ging seinem Ende entgegen. Dann ertönte wieder das Klagelied der Blechbläser, während drei Feuerwehrmänner die Fahnen zusammenfalteten.

Paul starrte auf die Särge. Der von Fabio thronte in der Mitte. Eine Kiste aus hellem Eichenholz, schnörkellos, das kurze und absurde Resümee eines Menschenlebens. Sein Onkel hatte den Deckel geschlossen. Seine Berufung war aus der Asche einer verkohlten Geschichte hervorgegangen. Dreißig Jahre später hatte sie ihn das Leben gekostet.

Ohne recht zu wissen warum, steckte Paul sich die freie Hand unter die Jacke. Die kalte Berührung mit dem Manurhin-Revolver ließ seine Finger erstarren. Er trug diese Waffe seit fast sieben Jahren. Seit er die Polizeiinspektorenschule von Toulon verlassen hatte.

Wie ein Blitz leuchteten Bruchstücke der Vergangenheit vor seinem inneren Auge auf. Sein erstes Jahr bei der Brigade zur Kriminalitätsbekämpfung, dicht auf den Fersen von Kommissar Tomasini beziehungsweise seiner Sportschuhe, die Blitzbesuche in den Vorstädten, die Keller, in denen sich die illegalen Einwanderer nur so stapelten, die kleinen Bandenführer, die auf Heroin waren, die Gangs, die sich gegenseitig mit Rasierklingen zerfetzten, die kollektiven Vergewaltigungen …

Und der Hass. In all seinen Erscheinungsformen.

Dem jungen Polizeischüler war sein Job mit Fausthieben beigebracht worden. Tomasini, dem seine Männer den Spitznamen »der Korse« gegeben hatten, arbeitete nach der alten Methode. Keine Zugeständnisse. Keine Kompromisse. Mit Gesocks wird nicht verhandelt.

Paul hatte sich sofort wohlgefühlt. Im Gleichklang. In seinem Biker-Outfit und mit seinem Apachengesicht schwamm er mit Leichtigkeit durch den Dreck, verschmolz mit der Straße, bis er sich ganz berauscht fühlte. Außerdem hatte er so eine Antwort auf seine eigenen Dämonen gefunden. Die Alternative zu einer abgebrochenen Boxerkarriere, zu den Schlägerträumen, die er aus Respekt vor seiner Mutter zum alten Eisen geworfen hatte.

Der Korse hatte gespürt, was für ein Potenzial in ihm steckte. Er hatte sich um ihn gekümmert, seine Gewaltbereitschaft in die richtigen Kanäle gelenkt, sich seine Schwächen zunutze gemacht. In wenigen Monaten hatte er aus Leutnant Cabrera eine Waffe aus Fleisch und Blut gemacht.

Dann war der Orkan abgeflaut. Paul hatte ein wenig Abstand genommen. Nach ein paar handgreiflichen Interventionen hatte er gespürt, wie Bitterkeit in den aufgerissenen Graben floss. In den Augenblicken des Zweifels hatte Fabios Vorbild gegen seine Schläfen gehämmert. Der Gedanke, dass man sein Leben auch anders leben konnte, dass durch Wut nichts besser wurde.

Das traurige Ende des Kommissars, den man im Hausflur seines Mietshauses erschlagen hatte, hatte den Prozess beschleunigt*. Obwohl der Schmerz groß war, blieb das Gefühl, der Kommissar habe sich damals selbst von Angesicht zu Angesicht gegenübergestanden. Er habe sein Schicksal gewissermaßen verdient.

* Siehe vom selben Autor: *Die Höhle des Kraken*, Blanvalet, 2004.

Heute tat Paul einfach seine Arbeit. Ohne Begeisterung, aber mit großer Ruhe. Während er offiziell dem Befehl von Kommissar Taillandier unterstand, dem neuen Chef der Brigade, leitete in Wahrheit Cabrera seine Mannschaft. Seine Fachkenntnis, seine Intuition, diese Wut, mit der er tagtäglich gelebt hatte, bevor er sie überwand, machten ihn zu einem echten Stadtkrieger.

Genau, wirkungsvoll, respektiert.

Er sah den Feuerwehrleuten zu, wie sie die Särge auf graue Leichenwagen hievten. Die amtlichen Vertreter machten sich aus dem Staub. Die Familien zerstreuten sich nach und nach unter den Windstößen. Schließlich wurden die Holztore der Kaserne wieder geschlossen, und auf dem Hof kehrte Stille ein.

Als er am Wachtposten vorbeiging, erschauderte Paul. Ein Teil seiner Lebensgeschichte war soeben von der Bühne abgetreten.

3

Zum dritten Mal dämmerte der Tag herauf.

Kein ernst zu nehmendes Bekennerschreiben. Vom Labor keinerlei entscheidende Erkenntnisse über die explosiven Bestandteile des Sprengsatzes.

Also mussten sie mal wieder alle ins Visier nehmen.

Van Bruge hatte zunächst eine breit angelegte Polizeiaktion anlaufen lassen. Korsen, Basken, Muslime, ja sogar ein paar Bretonen. Ein großer Fischzug. Im gesamten französischen Staatsgebiet waren mehr als zweihundert vorläufige Festnahmen vorgenommen worden. Die Verdächtigen hatte man nach Paris gebracht, in die Büros der Antiterrorabteilung, wo seine Männer sie seit dem Vorabend in die Mangel nahmen.

Achtundvierzig Stunden lang.

Weitere Verdächtige wurden in Polizeigewahrsam genommen.

Am Ende war es das komplette Fiasko.

Es stand schon bald fest, dass die Bretonen außer Verdacht standen. Es fehlte einfach das Motiv. Ihr Befreiungskampf hatte schon lange andere Wege eingeschlagen.

Die Basken von der ETA waren nicht mehr aktiv. Nach der jüngst erfolgten Verhaftung ihres letzten großen Führers war die Bewegung ohne Kopf und damit ausgeblutet. Van Bruge hatte trotzdem das Alibi einiger Fanatiker überprüfen lassen, die immer noch den alten Haudegenmethoden nachtrauerten.

Die Muslime kamen durchaus als Initiatoren der Sache in Frage. Die in der Al-Qaida-Bewegung operierenden Fundamentalisten waren unberechenbar. Eine Reihe voneinander unabhängiger Zellen, die nur den Fanatismus gemein hatten. Sie konnten auf eigene Verantwortung handeln, ohne Befehl von oben. Das einzige Problem: Es war keine Tötungsabsicht im Spiel. Ein Punkt, der sie von vornherein von jedem Verdacht befreite.

Blieben noch die Korsen. Von allen Verdächtigen hatten sie noch die meisten objektiven Gründe, ein solches Feuerwerk zu veranstalten. Die inneren Kämpfe des FLNC, das Auftauchen unkontrollierbarer Splittergruppen, die bevorstehenden Regionalwahlen … Außerdem waren sie durch das Ziel, ein Finanzamt, auf der Liste ganz nach oben gerückt.

Aber auch hier hatte der Richter nichts in der Hand. Felsenfeste Alibis, politische Phrasendrescherei – die Hauptvertreter der verschiedenen Unabhängigkeitsbewegungen schoben sich gegenseitig die Schuld in die Schuhe. Einige beschuldigten sogar den Staat, die Kommandoaktion angezettelt zu haben, bloß um die Kandidaten der Separatisten bei den Wählern in Misskredit zu bringen.

Zum ersten Mal im Laufe seiner Karriere hatte Lionel Van Bruge eine richtig harte Nuss zu knacken. Die klassischen Fährten führten ins Nirgendwo. Vor Ort wirbelte Polizeipräfekt Banon bloß Staub auf, ohne auch nur einen Schritt voranzukommen. Der Ermittlungsrichter war machtlos und drehte sich im Kreis wie ein Frettchen in seinem Bau.

Er trat ans Fenster. Das fahle Licht einer Neonlampe fiel auf einen dunklen Schacht. Er kniff die Augen zusammen. Von dort sah man nichts weiter als drei fensterlose Fassaden, dicke Mauern, die im neunzehnten Jahrhundert hinter den ersten Haupttrakten der Conciergerie erbaut worden waren. Wenn er den Blick hob und seine Fantasie ein wenig anstrengte, konnte er ein winziges Viereck grauen Himmels sehen. Vier Etagen tiefer einen Hof, dessen Umrisse kaum zu erkennen waren.

Ein Lächeln huschte über sein Gesicht. Sein Büro sah aus wie eine Zelle. Und im Gegensatz zu seinen Klienten hatte er sich freiwillig hier eingeschlossen.

Nachdem das Finanzzentrum in die Rue des Italiens ausgelagert worden war, hatte der Staatsanwalt im Dienste der Terrorbekämpfung mit seinen Büros in der angesehenen Galerie Saint-Éloi Quartier bezogen, in einem leerstehenden Flügel des TGI – des Zivilgerichts der zweiten Instanz. Die Justiz warf nichts weg, ihr ging nichts verloren. Sie baute um. Nur die Sicherheitsmaßnahmen waren verschärft worden, sodass nun jeder Person der Zugang verweigert wurde, die sich nicht im Besitz der Zauberformel befand, – eines Magnetbuttons, der von Van Bruge höchstpersönlich nur an sorgfältig ausgewählte Personen ausgehändigt wurde.

Sein Mitarbeiterstab war wie ein Heuschreckenschwarm über das Gebäude hergefallen. Sechs hohe Verwaltungsbeamte, Spezialisten in Geopolitik, neun Justizbeamte, ein Pool von Verwaltungsmitarbeitern und ein Schwarm von Ermittlern, die der französischen Antiterroreinheit DNAT unterstanden. Wenn sie unter sich waren und von ihm redeten, benutzten sie nur seine Initialen: LVB.

Er fand das Kürzel amüsant. Denn in gewisser Weise leitete der Elsässer ein kleines Unternehmen.

Er setzte sich wieder an seinen Schreibtisch, zwei Arbeitsflächen, die ein L bildeten und auf denen eine akkurate Ordnung herrschte. Nicht ein Stück Papier, keine einzige Akte, nur eine Telefonanlage. Er knipste das Nachtlicht an. Das Holz warf ein grelles Licht zurück. Er schaltete seinen Computer ein, einen iMac-Laptop, den er überallhin mitschleppte. Auf dem Bildschirm blinkte eine digitale Zeitanzeige auf. Die Ziffern füllten den ganzen Bildschirm, ein Countdown, der ihn permanent zur Disziplin aufforderte.

6:07.

Die Mitglieder seines Teams schliefen noch. Die Ersten würden gegen acht Uhr aufkreuzen, die Gesichter vom Schlaf noch zerknittert. Es blieb ihm also Zeit, um die weiteren Schritte vorzubereiten.

Sein Finger glitt über die Maus.

Erster Klick. Eine Liste erschien.

Van Bruge rückte seine Brille zurecht. Was er jetzt vorhatte, behagte ihm nicht so ganz. Zunächst einmal, weil er es verabscheute, sein Team zu übergehen. Und dann auch, weil es ihm das Gefühl gab zu kapitulieren. Aber die Lage der Dinge zwang ihn dazu. Der Druck, den das Justizministerium auf ihn ausübte, wuchs stündlich, und er hatte noch immer nichts in der Hand.

Er öffnete eine Schublade und holte einen Notizblock heraus. Mit der einen Hand zog er die Kappe von einem Kugelschreiber, während die Finger der anderen auf der Maus verharrten.

Städte defilierten vorüber. Einheiten. Führungskräfte.

Ein Name zog seine Aufmerksamkeit auf sich.

Der eines Polizeikommissars. Er leitete eine auf sich allein gestellte, wenig prestigeträchtige Brigade, deren anrüchiger Ruf dazu geführt hatte, dass man höheren Orts nur verächtlich das Gesicht verzog.

Ihr Name: die BAC, die Brigade zur Kriminalitätsbekämpfung.

Ihr Wirkungsbereich: Marseille.

Van Bruge schrieb sich die Daten des Leiters dieser Einheit auf: Kommissar Henri Taillandier, 545, Rue du Paradis, Telefon: 04 91 78 45 67.

Der Staatsanwalt verfolgte im Geiste eine Theorie. Die Gründe für dieses Attentat mussten zwar erst noch herausgefunden werden, doch die dringenden Aufgaben, die auf seiner Liste standen, waren letztlich die üblichen. Planung, Durchführung, Geheimhaltung, Versteck, Exfiltration. Die Verantwortlichen mussten sich auf irgendwelche Mittelspersonen stützen.

Aus dieser Tatsache folgten zwei Dinge.

Einfache Dinge. Die auf der Hand lagen.

Erstens: Die Explosion hatte in Marseille stattgefunden. Also mussten sie dort mit der Suche beginnen.

Zweitens: Die gezielten Nachforschungen hatten nichts ergeben. Folglich mussten die Ermittlungen auf breiter Grundlage ansetzen.

Daher seine Idee mit der Brigade.

Diese Schmuddelkinder unter den Polizeibeamten standen mit ihrer Arbeit auf der Straße an vorderster Front, sie könnten überall ein bisschen herumschnüffeln. Im Dreck herumwühlen. Erste Anhaltspunkte finden. Im Jargon nannte man das eine »Befragung der Nachbarschaft«.

Van Bruge strich sich über die Augenbrauen, eine mechanische Geste, die er immer dann ausführte, wenn ein Puzzleteil sich ins andere fügte.

Ohne länger abzuwarten, griff er zum Hörer und wählte Taillandiers Nummer.

4

Paul mochte Taillandier nicht.

Der neue Chef der Brigade zahlte ihm das in gleicher Münze heim und unternahm von seiner Seite keinerlei Anstrengungen. Die beiden Männer mieden den Kontakt, und wenn sie miteinander kommunizieren mussten, nahmen sie die Dienste von Maurice Atavian in Anspruch. Ein zermürbender Kleinkrieg, dessen unausgesprochene Regeln sich erst im Lauf der Zeit herausgebildet hatten.

Das ging nun schon zwei Jahre so.

In gewisser Weise passte dies allen ganz gut ins Konzept. Paul leitete die Brigade vor Ort, während sein Vorgesetzter den Papierkram erledigte und einen auf vornehm machte. Jeder hatte sein eigenes Spezialgebiet und seinen Herrschaftsbereich. Die logische Folge eines Irrtums beim Casting.

Nach Tomasinis Tod hatte die Soldateska der Brigade den Blues bekommen. Der Korse hatte seine Mannschaft aus dem Bauch heraus geleitet, wie ein Familienunternehmen. Wie ein Vater, der gemeinsam mit seinen Kindern ein und dasselbe Werteziel verfolgte: am Rande der Ghettos so etwas Ähnliches wie einen sozialen Frieden herzustellen.

Aber letztlich waren sie eine Bande von Draufgängern.

Lauter Kerle, die voll darauf abfuhren, wenn es richtig zur Sache ging: Verfolgungsjagden, nächtliche Beschattungsaktionen, Überraschungsrazzien in schummrigen Bars. Sie schreckten vor gar nichts zurück. Die vorläufige Festnahme nach dem »Kaffee-Croissant-Prinzip« zählte zu den beliebtesten ihrer Einsätze. Um Punkt sechs in aller Herrgottsfrühe kreuzten sie zu siebt oder zu acht bei den Verdachtspersonen auf und zogen sie an den Füßen aus dem Bett.

Die Motorradtruppe der Brigade stand voll auf Prügeleien. Sie feuerten sich gegenseitig an, und es machte ihnen einen tierischen Spaß, wenn's heikel wurde. Der Hass, den die Straße hervorbrachte, diente ihnen als willkommener Vorwand. Sie sogen ihn in sich auf, verdauten ihn, und dann musste er als Entschuldigung für ihre eigenen dunklen Seiten herhalten.

Wenn sie zu einer Polizeiaktion ausrückten, vergaßen die Jungs des Korsen alles. Frauen, Kinder, Schlaf oder Essen. Nur die Verfolgung zählte, der wilde Trieb des Raubtiers, der sein Jagdrevier durchkämmt. Und das heiße Brennen des Adrenalins, das durch ihre Adern strömte.

Paul war der Beste von ihnen. Er war einunddreißig Jahre alt und hatte etliche Pluspunkte zu verbuchen: Er war körperlich außergewöhnlich ausdauernd, aufgrund seiner Erfahrung hatte er seine Gewalttätigkeit im Griff, und er war jeglicher Gefahr gegenüber vollkommen gleichgültig. Daher war es ganz selbstverständlich, dass er in die Fußstapfen des Korsen trat. Die Staffel wurde ohne großes Aufhebens einfach weitergereicht, es handelte sich gewissermaßen um eine Ernennung zum Stammesoberhaupt durch die Krieger selbst, die dabei dem Ruf ihres Blutes folgten.

Wenigstens hatte Taillandier diese Grundregeln begriffen. Er war ebenfalls in den Dreißigern, besaß den Körperbau eines Klassenprimus und kompensierte seinen Mangel an

Selbstbewusstsein mit Nadelstreifenanzügen und gepunkteten Krawatten. Er verschanzte sich hinter seinem Schreibtisch, angeblich zum Studium der Akten. In Wahrheit kam er schier um vor Angst.

Nach seiner Ausbildung an der rechtswissenschaftlichen Universität Malakoff hatte der mustergültige Student drei Jahre zuvor die Aufnahmeprüfung für die Ausbildung zum Kommissar bestanden. Lange Zeit hatte er geglaubt, er werde einmal eine Brigade von Intellektuellen leiten, eine Polizei, in der man seinen Grips anstrengte und die Schusswaffen ihre Macht nur auf den Computerbildschirmen austobten. Verstöße gegen das Urheberrecht oder Schmuggel von Kunstgegenständen. Nachts, im Schutze des kleinen elterlichen Hauses in Montrouge, träumte er sogar von einem Ruf nach Paris.

Am Prüfungstag allerdings litt er dermaßen unter Lampenfieber, dass seine ganzen Pläne durchkreuzt wurden. Er erhielt eine so katastrophale Bewertung, dass ihm am Ende nur drei Möglichkeiten offen standen: eine Bezirkskommissariatsstelle in Ville-d'Avray, ein Überseeposten auf der Insel Réunion oder die Leitung der Nordbrigade von Marseille.

Er hatte sich für das Mittelmeer entschieden. Nach seiner Einschätzung musste er fünf Jahre hier ausharren. Diese Art von Strafe war nicht sehr beliebt, die Jahre zählten doppelt. Wenn er sich bewährte, würde er dieses Fegefeuer bald verlassen und seine Position so weit verbessert haben, dass er über seine weitere Zukunft verhandeln könnte.

Unterdessen kniff der frisch gebackene Kommissar die Arschbacken zusammen. Die Versetzung wurde ein Albtraum, er gelangte in eine Welt, in der geschrien und getobt wurde, mitten unter Verrückte, die gebaut waren wie Eisschränke. Aufgrund seiner zarten Konstitution waren ihm Schlägereien zuwider. Kehrten die Männer von einem Einsatz zurück, konnte er aus ihrem Lachen und ihren lauten Stimmen noch die krachenden Schläge heraushören, die ihnen an den Fäusten klebten.

Das war nicht seine Welt. Er versuchte nur, das Ganze zu ertragen.

Und genau in diesem Moment hatte der Mann, der diese ganze Welt verkörperte, sich mit seinen Boxerschultern vor ihm aufgepflanzt.

»Was sagen Sie da?«

Paul hatte die Frage mit gerunzelter Stirn gestellt, fast schon aggressiv. Er ließ seinen Vorgesetzten gern etwas wiederholen. Bloß, um ihn zu verunsichern.

Taillandier versuchte Haltung zu bewahren. Seine Finger spielten mit einem brandneuen Füllfederhalter von Mont-Blanc.

»Jetzt treten wir auf den Plan. Wir müssen etwas finden. Egal was. Ich garantiere Ihnen, jeder wird dabei auf seine Kosten kommen.«

Paul legte die Hände auf den Schreibtisch. Ein schwarzer Wollpullover mit V-Ausschnitt, den er direkt auf der Haut trug, spannte sich über seinen Muskeln.

»Alle? Wer alle?«

Der Kommissar lächelte gequält. Er hatte sich offenbar einen ausgefeilten Plan zurechtgelegt, die Strategie war allein auf seinem Mist gewachsen und würde vor allem ihm selbst Vorteile bringen.

Er flüsterte ihm zu: »Haben Sie nicht langsam die Schnauze voll davon, mit irgendwelchen Schrottwagen herumzugurken? Erst das große Heulen anstimmen zu müssen, damit Sie einen neuen Computer kriegen? Ihr eigenes Papier von zu Hause anzuschleppen, um Ihre Polizeiberichte ausdrucken zu können?«

Der Leutnant beugte sich vor. Nur noch etwa zwei Zentimeter trennten ihn von Taillandier.

»Wo ist der Bericht?«

»Van Bruge braucht uns. Wenn wir ihn aus diesem Schlamassel herausholen, wird er es uns zu danken wissen.«

»Ein Ermittlungsrichter?«

»Er ist nicht irgendwer. Er hat die Mittel, um ...«

Paul kreuzte die Arme vor der Brust und brach in Gelächter aus.

»Hören Sie auf mit dem Quatsch, Kommissar. Niemand schert sich um unsere Brigade. Und daran wird sich auch so schnell nichts ändern.«

Taillandier atmete tief ein. Er suchte nach der rechten Sitzposition, um den Rest anzukündigen.

»Ich habe mich einverstanden erklärt.«

»Was?«

»Dieser Auftrag fällt nicht gerade in unseren Zuständigkeitsbereich. Diese Ermittlung ist ... Sagen wir, sie ist halbamtlich.«

»Ich verstehe nicht.«

»Die französische Antiterroreinheit ist nicht daran beteiligt. Diese Männer sind absolut führend auf ihrem Gebiet. Sie würden es ihrem Chef nicht verzeihen, dass er Hilfe gesucht hat bei ...«

Der frisch gebackene Kommissar hielt inne, als könne er sich an den Worten, die folgen sollten, den Mund verbrennen.

Paul beendete den Satz: »... der Brigade der geistig Behinderten. Haben Sie keine Angst. Ich bin das gewohnt.«

»Eine nicht spezialisierte Einheit. Die als staatliche Einsatztruppe eingesetzt wird.«

Paul schüttelte den Kopf. Er erinnerte sich wieder an die Beschattungsaktionen am Rande der Autobahn, bei denen sie bis zu den Zähnen bewaffnete Kreditkartenbetrüger schnappen sollten, wenn diese sich an abgelegenen Tankstellen ihre Benzinvorräte wieder auffüllten. Die kleinen Gangster ballerten jetzt schon los, sobald man sich ihnen auf Sichtweite näherte. Ohne Vorwarnung. Die Brigade hatte innerhalb von sechs Monaten zwei ihrer Männer verloren.

Taillandier legte den Füller in ein Kästchen aus Mahagoni zurück, das neben einem Spiralblock lag. Darin hielt er alles fest, was er tat, Stunde für Stunde, wie ein Schüler. Er ließ sich ein wenig tiefer in seinen Sessel sinken.

»Das ist eine günstige Gelegenheit. Wir müssen sie ergreifen.« Dann fragte er mit einem Zaudern in der Stimme: »Sind Sie mit von der Partie?«

Paul antwortete nicht. Er nahm das Zimmer genau unter die Lupe, auf der Suche nach einer Wahrheit. Der äußere Rahmen sagte ihm nichts. Naturposter – Wälder, Gletscher, Dünen –, eine Grünpflanze im Kübel, ein Vitrinenschrank, dessen Regale sich unter dicken Schwarten bogen: juristische Fachliteratur. Nach einem kurzen Aufenthalt im Archivraum hatte Taillandier sich schließlich in Tomasinis Büro einquartiert. Die Welt des früheren Bewohners, Waffen, Jagd, Rennen, war nur mehr eine ferne Erinnerung.

Plötzlich hatte er anstelle des Korsen Fabios Bild vor Augen. Zwei Seiten ein und derselben Medaille, die sich in der Achse drehte, und die am Ende zu einem Bild verschmolzen.

Sein Onkel hatte sich in die Falle locken lassen. Und er auch.

Die Verrückten liefen immer noch frei herum.

Paul setzte sich vor seinen Vorgesetzten auf einen der Stühle, die für Besucher reserviert waren.

»Ist die Verwaltung auf dem Laufenden?«

»Nein… Van Bruge möchte sie lieber nicht informieren. Da sickert zu viel durch…«

Das Argument zog. Dieser Aktionsrahmen gefiel Cabrera. Jenseits der üblichen Verfahren. Außerhalb der Norm. Immer an der Grenze. Er konnte es kaum glauben, dass Taillandier sich in einen solchen Plan hatte hineinziehen lassen.

Er beschloss mitzumachen.

»Das ist gut … Ich bin dabei.«

Ein unwillkürliches Lächeln huschte Cabreras Chef übers Gesicht.

Er war erleichtert darüber, sich mit seinem schwierigsten Kollegen gerade gütlich geeinigt zu haben.

»Eine kluge Entscheidung, Leutnant. Sie werden es nicht bereuen. Ich gebe Ihnen mein Wort darauf.«

Paul verdrehte die Augen. »Sagen Sie mir lieber, was Sie von mir erwarten.«

»Ich schlage Ihnen vor, mit den Vorstädten in Ihrem Einsatzgebiet anzufangen. Ich habe mir sagen lassen, dass Sie sich da gut auskennen.«

»Und dann?«

»Machen Sie mit dem Milieu weiter. Da lasse ich Ihnen völlig freie Hand. Nutten, Zuhälter, Dealer, Barbesitzer, alles, was irgendwie seine Lauscher aufgestellt hat. Das Attentat hat in Marseille stattgefunden. Wer auch immer die Bombe gelegt hat, sie können das unmöglich im Alleingang gemacht haben. Irgendjemand muss etwas davon mitbekommen haben. Notgedrungen.«

Paul äffte ihn ironisch nach.

»Notgedrungen …«

Taillandiers Blick verdüsterte sich. Er merkte gerade, in was für einer absurden Position er sich befand. Ein Blinder, der einem Einheimischen den Weg zeigen wollte. Er verzog das Gesicht.

»Na ja … Das sind nur Vorschläge. Sie machen ganz, was Sie für richtig halten. Worauf es ankommt, ist, dass Sie den roten Faden finden. Und dass ich Van Bruge auf die richtige Fährte führen kann.«

Der Leutnant nickte. Die Frage hatte sich nie gestellt. Nicht wirklich. Er würde wie gewöhnlich als Einzelkämpfer losziehen, seinen eigenen Fährten folgen, mit seinem Instinkt als einzigem Anhaltspunkt. Er fragte trotzdem: »Und die Jungs? Soll ich die einbeziehen?«

»Es ist Ihre Mannschaft. Sagen Sie ihnen nur, sie sollen vorsichtig sein. Es darf nichts durchsickern. Von außen darf keiner Verdacht schöpfen, wonach wir fahnden.«

Cabrera zog eine kleine Blechbüchse aus seiner Tasche. Er holte einen Zigarillo heraus und zündete ihn an.

»Sie träumen.«

»Wie bitte?«

»Sobald wir uns dem Ziel nähern, wird die Neuigkeit sich wie die Lepra ausbreiten. Auf der Straße hält sich keiner an eine berufliche Schweigepflicht.«

Panik flackerte in Taillandiers Pupillen auf. Er machte den Mund auf, als wolle er protestieren, dann besann er sich eines Besseren.

Paul stand auf und ging zur Tür. Er fand diesen Typen zum Kotzen.

»Ich halte Sie auf dem Laufenden. Aber denken Sie an eines: Wenn man die gewohnten Pfade verlässt, kann das auch mal ins Auge gehen.«

5

Paul hatte nicht lange gezögert.

Die Jungs würden sich lieber einen Verweis einhandeln, als in so einen Scheißjob einzusteigen. Für Taktierereien, Versteckspielchen oder gar ihren neuen Boss hatten sie nichts übrig. Sie hatten sich alle für die Brigade entschieden, weil es hier ganz direkt zuging. Kein Karriereplan, keine Phrasendrescherei. Hier glaubten alle nur an eines: die Action.

Aber er konnte nicht allein agieren. Zumindest nicht überall. Seine Welt war die der Kleinkriminalität – die Gangs, Wohnblöcke und Keller –, Verfolgungsjagden in leeren Straßen, Gelegenheitsverbrechen. Wenn er dem Milieu den Kampf ansagen würde, brächte ihn das ganz schön in Schwierigkeiten.

Für dieses Rodeo bräuchte er einen Spezialisten. Jemanden, der sich auskennt auf dem Terrain, der vertraut ist mit seinen Tricks und Fallstricken. Irgendeinen Kerl, der in der Lage wäre, durch diesen Morast zu waten und Perlen aus ihm herauszuholen.

Er parkte seine Maschine auf dem Gehsteig. Eine S4R Ducati, tausend Kubik, »Monstro«, rot, mit nicht mal zweitausend Kilometern auf dem Kilometerstandanzeiger. Er hatte das Modell vor einem Monat auf der Motorradmesse erstanden.

Als er das Schloss festmachte, fragte er sich, was ihn damals bloß geritten hatte. Obwohl sie eine gute Übersetzung hatte, war aus der Maschine nicht mehr als hundertachtzig rauszuholen, und in den Kurven kam sie ins Flattern. Kein Vergleich mit den Maschinen, die er sonst fuhr, windschnittige japanische Teile, bei denen es einem fast den Hintern wegriss, wenn man einen Gang höher schaltete.

Ein Detail kam ihm wieder in den Sinn. Eine große Blonde mit glatten Haaren, einem Körper wie aus einem Videospiel, eingezwängt in eine gelbe Lederkombi. Die Kleine hatte ihn nach einer Dreiviertelstunde so weit gehabt, dass er den Kaufvertrag unterschrieb. Ihre Romanze hatte mit Vollgas begonnen, aber nur eine Woche gedauert. Nach zwei verkorksten Liebesgeschichten hatte Paul es aufgegeben, nach einer verwandten Seele zu suchen.

Er nahm den Helm ab, einen schwarz-weißen Nolan-Integralhelm, und ging auf das Gebäude zu.

Der Roy d'Espagne war eines der ältesten Immobilienprojekte Marseilles. Zehn Betonkolosse, zwanzig Stockwerke im Durchschnitt, verteilt auf fünf Hektar Grünfläche im äußersten Süden der Stadt. Ein auf die Hügel gepflanztes Furunkel.

Das einzig Interessante an der Wohnanlage war der Park. Ein vergessener, in seiner Ursprünglichkeit erhaltener Dschungel, die grüne Lunge einer Gegend, die in puncto Luftverschmutzung beständig alle Rekorde schlug. Sobald man diese Enklave betrat, kroch einem ein Gefühl von Frische unter die Haut. Riesige Schirmkiefern, größer als ein Zirkuszelt, bildeten über den Alleen ein dichtes Astgeflecht. Man hörte Vogelgezwitscher. Der Duft von Harz drang in die Nebenhöhlen und bahnte sich seinen Weg bis ins Herz. Im Roy d'Espagne zu wohnen war in gewisser Weise so, als habe man sich auf eine einsame Insel ins Exil begeben.

Paul blieb vor dem Eingang stehen. Eine Glasfassade, hinter der sich eine altmodische Eingangshalle verbarg. Man konnte ahnen, wie viele Farbschichten hier aufgetragen worden waren, in dem absurden und vergeblichen Versuch, das Ganze etwas zu liften.

Er entdeckte die Gegensprechanlage und fand, was er suchte. Dann klingelte er mehrmals energisch Sturm.

Fünf Sekunden. Zehn.

Keine Antwort.

Er versuchte es noch einmal, diesmal mit Nachdruck auf dem letzten Klingelton. Eine verschlafene Stimme kam durch den knisternden Lautsprecher.

»Jaaa?«

»Cabrera.«

Ein Seufzer. Dann ein Klicken auf Höhe der Klinke.

Paul drückte die Tür mit dem Fuß auf und ging durch die Eingangshalle. Essensgeruch schlug ihm entgegen. Es war elf Uhr. Die Hausfrauen hatten bereits ihre Kochtöpfe auf den Herd gestellt.

Er zwängte sich in den Aufzug, eine Zelle aus zerkratztem Metall, vollgesaut mit Spühgraffitis. Die Spießbürgerkids ahmten die Jugend aus den Vorstädten nach. Sie markierten ihr Territorium mit Cuttern und Schablonen. Die Erwachsenen hatten offenbar kapituliert und wagten es nicht, ihnen einen Tritt in den Hintern zu verpassen.

Die Maschine setzte sich in Gang. Ein Quietschen wie von verrosteten Rollen oder altersschwachen Kabeln. Während der Fahrt vibrierte der Käfig und machte bei jedem Stockwerk einen Hüpfer.

Er hielt im fünfzehnten. Ein düsterer Gang empfing ihn, von einigen Lampen spärlich erleuchtet. Vier Türen, ausnahmslos Panzertüren. Eine von ihnen war nur angelehnt.

Eine Stimme erscholl: »Komm rein! Ich bin in der Küche.«

Paul wagte sich in die düstere Höhle. Die Vorhänge waren zugezogen, und die Wohnung wirkte wie ein nachtschwarzer Kokon. Ein paar Meter weiter zeichnete sich ein helles Viereck ab.

Er machte die Tür hinter sich zu und rief dabei: »Sind wir hier in den Bronx oder was? Machst du jetzt nicht einmal mehr die Vorhänge auf?«

Sogleich antwortete eine belegte Stimme: »Ich stehe gerade auf. Falls dir das entgangen sein sollte …«

Paul verzog den Mund zu einem Lächeln und ging Richtung Licht. Mit zwei langen Schritten stand er im Türstock.

Der Mann kehrte ihm den Rücken zu und machte sich vor

einem Spülbecken zu schaffen, in dem sich schmutziges Geschirr stapelte. Er trug eine Unterhose mit Herzchen, die einmal rot gewesen sein dürften. Auf Taillenhöhe waberte ein Rettungsring, der amöbengleich bei jeder Bewegung ins Schwabbeln geriet.

Er kratzte sich den Rücken und fragte gähnend: »Kaffee?«

»Lass mal gut sein. Schon ein bisschen spät.«

Paul öffnete den Kühlschrank, an dem Polaroidfotos mit Magneten befestigt waren. Drinnen standen ein paar Dosen Bier, eine angebrochene Milchpackung, zwei oder drei Flaschen Rosé. Von Lebensmitteln keine Spur.

Er griff sich ein Bier und knackte die Dose.

»Nimmst du manchmal auch was Handfestes zu dir?«

Brigadechef Atavian wandte sich um. Mit seinem zerknitterten Gesicht sah er aus, als käme er direkt aus der Waschmaschine. Seit dem Tod seiner Frau – ein Brustkrebs hatte sie innerhalb von sechs Monaten dahingerafft – war er um zehn Jahre gealtert. Er bekam Ringe unter den Augen, die früher stahlblau gewesen waren, und sein Spitzbart wurde langsam richtig grau. Er war jetzt fast fünfzig, und sein ganzes Gesicht schien es nach unten zu ziehen. Mit dem kahl rasierten Schädel und den Hängebacken sah er aus wie eine Bulldogge.

»Hab ich dich etwa um deinen Rat gefragt?«

Cabrera hob lächelnd seine Bierdose. Atavian arbeitete seit Gründung der Brigade für sie. Er war ein alter Hase und damals für Tomasini durch die Hölle gegangen, wenn dieser eine krumme Tour fuhr. Nach dem Tod des Korsen hätte er fast das Handtuch geworfen. Paul hatte ihn wieder aufs Gleis gesetzt. Ohne ihn wäre das wandelnde Gedächtnis der Brigade unter einer Brücke gelandet, mit einem Liter billigem Fusel an den Lippen.

Der junge Leutnant deutete, immer noch lächelnd, mit dem Zeigefinger auf ihn.

»Ich brauche dich.«

»Bist du sicher?«

»Ganz sicher, altes Haus.«

In seinen wässrigen Augen flackerte Besorgnis auf.

»Ich mag das nicht. Wenn du unangemeldet hier aufkreuzt, ist das in aller Regel ein schlechtes Zeichen.«

»Taillandier hat mir einen Auftrag gegeben.«

»Das ist normal, er ist dein Boss.«

»Eine Unterwassermission.«

»Unterwasser? Inwiefern?«

»Topsecret. Wir müssen an Infos über das Attentat in der Rue Borde rankommen.«

»Infos welcher Art?«

»Alles, was wir kriegen können. Wir haben völlig freie Hand.«

»Diese Art von Späßchen fällt nicht in unser Ressort.«

»Richtig beobachtet. Im Prinzip ist das nur was für die ganz Ausgeschlafenen.«

Atavian stieß einen Seufzer aus. Er schenkte sich eine Tasse Kaffee ein, einen dicken, fast sirupartigen Saft. Nachdem er an der Mixtur geschnuppert hatte, fuhr er in resigniertem Ton fort: »Sind die Jungs mit von der Partie?«

»Nein. Du weißt, was sie von Taillandier halten. Sie haben keinen Grund, ihm diesen Dienst zu erweisen.«

»Zumal sie diesem Grünschnabel damit einen Gefallen tun.«

»Ja und nein. Nennen wir's lieber einen Deal.«

Atavian schüttelte den Kopf. Er rührte mit dem Löffel in der Tasse und betrachtete seine Füße.

»Warum machst du das? Keiner zwingt dich dazu.«

Paul spannte seine Muskeln an. Der Blick seiner Mutter

war ihm immer noch schmerzlich in Erinnerung. Die Art, wie sie ihr Leid mit Würde trug, ging ihm stärker an die Nieren, als wenn sie in Tränen ausgebrochen wäre.

»Ich hab da so meine Gründe.«

Atavian nahm einen großen Schluck Kaffee, hob den Kopf und blickte ihn an wie ein getretener Hund.

»Das mit deinem Onkel hab ich erfahren. Tut mir echt leid.«

Schweigen. Als würden sie ihm die letzte Ehre erweisen. Der Brigadier wusste, welche Wunden einem das Leben schlagen konnte. In letzter Zeit hatte er ganz schön seinen Teil abgekriegt.

Er stellte das Gesöff ab und kreuzte die Arme über der Wampe.

»Du weißt, dass ich auf deiner Seite bin. Das bin ich immer gewesen. Aber das hier ist völliger Humbug. Spezialisten… Wie sollen wir da mithalten?«

»Die Jungs von der Antiterrorabteilung tappen im Dunkeln. Keinerlei Bekennerschreiben.«

»Na und?«

»Normalerweise operieren sie auf der Basis von genauen Informationen, Daten, Präzedenzfällen. Aber hier – volle Ebbe.«

»Und die Explosion? Es sind doch noch Trümmer vorhanden. Die Experten von der Spurenauswertung sind doch ganz sicher gerade dabei, sich über einer ganzen Batterie von Mikroskopen die Augen zu verderben.«

»Ebenfalls Ebbe. Die Zutaten für den Sprengkörper hätte man sich überall besorgen können. Und was die Montage angeht, da sieht's noch schlimmer aus. Du brauchst nur ins Internet zu gehen und dir die Bauanleitung runterladen.«

Dieser offensichtliche Wahnsinn ließ sie einen Moment verstummen. Die beiden Bullen kämpften mit ihrer ganzen

Rage dafür, dass die Straßen wieder sicher wurden. Dass die Welt wieder etwas bewohnbarer aussah. Unterdessen nutzten kleine Arschlöcher das Netz, um Todesrezepte zu verbreiten.

Paul ergriff als Erster wieder das Wort.

»Die Idee ist einfach. Da man von oben nicht weiterkommt, zieht man sich die Stiefel an und rührt ein bisschen in der Scheiße.«

»Die Kanalarbeiter …«

»Genau.«

»Nun erklär mir noch eins … Taillandier ist doch wohl nicht selbst auf diese glorreiche Idee gekommen, oder?«

»Lionel Van Bruge. Erster Untersuchungsrichter beim …«

»Kenn ich.«

»Er hat heute Morgen unseren werten Kommissar kontaktiert.«

Atavian fuhr sich mit der Hand übers Gesicht und zog dabei seine Backen noch ein bisschen mehr in die Länge.

»In Ordnung … Aber warum wir?«

Der Leutnant stellte seine Bierdose auf die Anrichte, neben einen Karton, in dem eine angebissene Pizza vor sich hin gammelte. Durch die zusammengebissenen Zähne sagte er: »Weil wir uns seit jeher auf diesem Gebiet tummeln. Da sickert immer was durch. Falls irgendjemand etwas weiß, glaub mir, dann finden wir das raus.«

6

Nach einer Dusche und reichlich Aftershave sah Atavian wieder aus wie ein Mensch.

Er trug seine übliche Uniform: schwarze Levi's, Modell 501, einen schwarzen Rollkragenpulli, eine alte Lederweste, ebenfalls schwarz, an den Ärmeln vom Sandpapier der vorläufigen Festnahmen aufgeraut. Ein echtes Zuhälter-Outfit, ideal, wenn man den Asphaltdschungel durchforstete oder sich in Bars herumtrieb.

Für den Brigadechef hatte dieser Look noch einen anderen Vorteil. Das Schwarz gab seiner Erscheinung etwas Einheitliches, ließ ihn dynamischer wirken. Diese Sargfarbe radierte die Fettpolster weg, die er sich angesoffen hatte. Angezogen machte er richtig was her. Breite Schultern, kräftiger Oberkörper, Stiernacken. Vor allem seine Hände waren beeindruckend. Zwei schwere Pranken, die eine hübsche Keilerei versprachen. An der rechten trug er einen Siegelring mit einem geheimnisvollen Wappen, der goldene Blitze warf.

Er breitete die Arme aus, die Handflächen nach oben gestreckt, wie ein Priester, der seine Schäflein empfängt.

»Was glotzt du so? Gibt's ein Problem?«

Paul verkniff sich ein Lächeln. Dann sagte er: »Überhaupt nicht. Gehen wir?«

Atavian raunzte ihm nicht ganz überzeugend seine Zustimmung hin. Er griff nach einer Stange Gitanes, die auf dem Fernseher lag, und nahm zwei Schachteln heraus.

Sie fuhren in den Keller und stiegen in Atavians alte Kiste ein.

Der Bulle mit dem rasierten Schädel hatte ein Faible für Antiquitäten. Sie erinnerten ihn an seine Jugend. Nach einem kurzatmigen R19 und einem 404 mit Lederinnenausstattung fuhr er momentan einen Matra-Renault. Baujahr 1975, blau mit weißen Mittelstreifen, wie einer Pay-back-Broschüre entsprungen.

Paul hatte sich immer nur sehr ungern von seinem Mannschaftskameraden fahren lassen. Während sie losfuhren, legte er den Sicherheitsgurt an.

»Womit fangen wir an?«, fragte Atavian. »La Castellane, Félix-Pyat, Frais Vallon … Wir haben die Qual der Wahl.«

An Vorstadtsiedlungen herrschte kein Mangel. Sie waren meist an der Peripherie gelegen, manchmal auch mitten in der Stadt, und ragten überall da auf, wo das Elend gedieh. Schwierige Viertel, bevölkert von Ausgrenzungsprofis. Eine bunt gemischte Bevölkerung, zu achtzig Prozent aus dem Maghreb. Und in jedem dieser wirren Chaoshaufen könnten sie an Infos rankommen.

»Frais Vallon«, schlug Paul vor. »Ich hab da mit einem Schwarzen noch eine Rechnung offen.«

»Alles klar.«

Sie brauchten eine Stunde, bis sie durch die Stadt waren. Die Straßen waren voll von Streithammeln, glichen einem Rummelplatz voller Haudrauf-Typen, auf dem man an jeder Ecke seine Haut riskierte. Atavian nahm es mit der Straßenverkehrsordnung nicht so genau: Er düste mit Vollgas über die Busspur, überfuhr rote Ampeln, preschte in der zweiten oder dritten Reihe vorbei.

Atavian hatte das Blaulicht nicht aufgesetzt. Er nutzte die kurze Unterbrechung, die paar Minuten in diesem geschützten Raum, um sich lang und breit über sein bitteres Leben auszulassen.

Paul kannte die ewige Leier. Die Falschheit der Frauen, die Undankbarkeit der Verwaltung, dieses verfluchte Scheißleben, das er seit dreißig Jahren führte. Und wozu das alles? Um in ein paar Jahren eine elende Rente zu kassieren, sofern er nicht bis dahin eine Kugel in die Birne verpasst bekommen habe. Da könne er sich auch gleich die Kanone in den Mund stopfen und abdrücken.

Wenn er seinen Kollegen so reden hörte, brach ihm schon manchmal der kalte Schweiß aus. Wer konnte vorhersagen, wie es ihm selbst später einmal ergehen würde?

Er verscheuchte diese Gedanken und hörte einfach nicht mehr hin. Sie passierten gerade das Gebäude des Generalrats, eine widerwärtige, futuristisch wirkende Stahlkonstruktion und fuhren Richtung Quartier de la Rose.

Schließlich tauchte am Ende einer langen, engen Straße die Vorstadt auf. Eine Festung aus Pappmaschee, lauter Wohnblöcke voller Frust, Wut und Angst. Die Vorstadt war auf einen kahlen Hügel gepflanzt und schien dem völligen Verfall stets ums Haar zu entrinnen. Aber in ihren Kellergeschossen beherbergte sie eine gewinnbringende Industrie.

Den Handel mit Shit.

Sie verkauften ihn in großen und kleinen Mengen, es war für jeden Geldbeutel etwas dabei.

Atavian parkte vor den ersten Wohntürmen auf dem Parkplatz eines erbärmlichen Einkaufszentrums. Ein Wächter in Krawatte rauchte eine Zigarette, das Wort SICHERHEITSDIENST klebte ihm auf dem Rücken wie ein Warenzeichen der Haute Couture.

Atavian ging auf ihn zu und streckte ihm seine Polizeimarke hin.

»Kannst du ein Auge auf die Kiste werfen? Wir brauchen keine Ewigkeit.«

Der Kerl nickte besorgt. Er hegte wahrscheinlich den kühnen Traum, eines Tages zum Hause dazuzugehören.

Sie gingen eine von Schirmkiefern gesäumte Allee entlang. Die Stämme erinnerten an die Gitter eines Verlieses, die man direkt in eine Betonschicht eingelassen hatte. Etwas weiter weg lungerten Jugendliche auf einem Spielplatz herum. Alle drei Sekunden klatschten sie sich gegenseitig ab oder warfen sich esoterische Zeichen zu und markierten den coolen Max. Von Weitem wirkten sie wie aufgezogene Hampelmänner.

Paul ging gemächlich auf sie zu. In diesen rechtsfreien Zonen war alles eine Frage der Haltung.

»Hallo Jungs. Habt ihr Sékou gesehen?«

Eine Woge des Misstrauens ging durch die Jungs wie eine La-Ola-Welle. Sie kicherten und warfen sich verschworene Blicke zu.

Ein Beur*, eingemummt in eine Chevignon-Bomberjacke, raunzte ihm wie beiläufig hin: »Wer bist'n du?«

»Ein Kumpel.«

Hinter ihm ertönte eine andere Stimme, die ihre ganze Verachtung zum Ausdruck brachte.

»Das ist ein Scheißbulle von der Brigade. Das Arschloch kenn ich.«

Die Stimmung kippte. Der Bulle beugte sich vor, das Kinn vorgereckt.

»Ist das dein Ernst?«

»Jepp.«

»Dann fick dich doch.«

Atavian trat einen Schritt vor. Seine Fäuste waren geballt wie eine gusseiserne Masse, bereit, ihm zur Strafe eine kleine Abreibung zu verpassen.

»Hör mal, du mickrige Ratte, du wirst ...«

Paul stoppte ihn sofort.

»Lass mal. Wir kommen auch ohne sie klar.«

Er fixierte den Jungen lächelnd. Mit einer Schulterbewegung hatte er den Kolben seiner Waffe freigelegt.

»Du bist jetzt in unsrer Kartei. Hier drin.« Er deutete mit dem Zeigefinger auf seine Schläfe. »Wenn ich dich das nächste Mal sehe, knall ich dich ab.«

Der Bursche erstarrte zur Salzsäule. Er murmelte eine Entschuldigung, leise genug, dass man ihn nicht verstand.

* Der Ausdruck *Beur* bezeichnet die Nachkommen der maghrebinischen Immigranten in Frankreich, die entweder als Kinder nach Frankreich gekommen sind oder dort bereits als »zweite Generation« geboren wurden.

Die Bullen zogen ab. Atavian, bleicher als ein Leichentuch, tobte.

»Ich hab die Schnauze gestrichen voll von diesen Wichsern. Hast du gehört, wie die mit uns reden?«

»Hab ich.«

»Die müsste man mal öfter durchprügeln dürfen.«

»Wozu? Die erstatten Anzeige, und du bist der Gearschte.«

Der Armenier kickte eine leere Dose weg. Das Geschoss landete im Gleitflug gezielt an einer Fassade.

»Ich raff's nicht. Man könnte meinen, das alles ginge dich gar nichts an. Was ist dein Problem?«

Paul schwieg und ließ Atavian im eigenen Saft köcheln. Dass man eine Polizeimarke trug, war kein Grund, sich gehen zu lassen. Im Gegenteil. Die Tomasini-Methode war an ihren Grenzen angelangt. Seine Gewalttätigkeit auch. In gewisser Weise war der Leutnant gereift.

Er fügte hinzu, als wolle er einen Schlusspunkt setzen: »Nicht ich mache die Regeln. Dafür gibt es schlauere Kerlchen. Wenn ich ausraste, werden sie sich keinen Zwang antun, mich in meine Schranken zu weisen.«

Atavian grunzte. In einem Winkel seines Gehirns hatte er die Botschaft registriert.

Sie kamen vor einem Gebäude an, einem sechs Stockwerke hohen Kubus, den die Abgase mit einer grauen Schicht überzogen hatten. Auf jedem Balkon waren Parabolantennen angebracht, wie Warzen auf einer Zementhaut.

Paul nahm gleich die Treppe. Am Aufzug hing ein Aushang des Sozialwohnungsbüros, der sie davon in Kenntnis setzte, dass er vorübergehend außer Betrieb war. Er hing schon über drei Monate dort.

Im dritten Stock legte Atavian eine Pause ein. Er stand vornübergebeugt da und hustete sich fast die Lunge aus dem

Leib. Röchelnd fragte er: »Glaubst du, wir erwischen deinen Bimbo?«

»Zumindest seine Mutter wird da sein. Sie geht nie raus.«

»Seine Schwester wäre mir lieber … Die Negerinnen sollen doch Feuer im Arsch haben.«

Paul fragte sich, ob er darüber noch lachen sollte. Vorsichtshalber wies er den Komiker schon mal in seine Schranken.

»Du hältst den Mund und lässt mich reden, verstanden?«

Fünf Wohnungen hatte man in den fünften Stock reingezwängt. Rote Holztüren, von denen die Farbe in dicken Placken abblätterte. Paul schlug mit der Faust gegen eine von ihnen.

Als die Tür aufging, begrüßte ihn ein Lächeln. Zwei strahlende Zahnreihen, zwischen dicken Lippen aufgereiht wie Dominosteine. Das Ganze in einem sanften Gesicht, verpackt in Ebenholzhaut. Die Frau war so um die vierzig. Auf dem Arm trug sie einen Säugling, dem man die Haare schon in seinem zarten Alter zu winzigen Zöpfchen geflochten hatte.

Als sie die beiden Männer sah, verdüsterte sich ihre Miene. Selbst in Zivil hatten Polizisten eine besondere Aura. Wie der Duft einer Todesblume.

»Ja?«

Paul streckte ihr seine Marke hin.

»Ist Sékou da?«

Als sie sich umdrehte, machte ihr Boubou ein raschelndes Geräusch. Eine Wolke von Patschuli umgab sie, dichter als ein Klatschmohnfeld. Sie schrie: »Sékou!«

Dann verschwand sie in der Wohnung, ließ die Bullen auf dem Gang stehen und kümmerte sich nicht länger darum, wie es weiterging.

Sieben oder acht kleine Blagen zwischen vier und zwölf Jahren marschierten auf. Sie warfen einen Blick auf die Polizisten, dann rannten sie lachend davon. Nach gut einer Minute tauchte ein Jugendlicher auf. Geschorener Kopf, Muskeln, bekleidet mit einer Unterhose und einem weißen kurzärmeligen T-Shirt. Er schien gerade aus dem Bett gekommen zu sein.

Als er Paul sah, erstarrte er.

»Ah, Sie sind's, Leutnant ... Was ist passiert?«

»Wir müssen uns mal unterhalten. Können wir reinkommen?«

Der Blick des Jungen huschte kurz zu Atavian.

»Klar ... Wenn Sie wollen.«

Er führte sie in ein enges Zimmer. Ein unbeschreibliches Durcheinander diente als Dekor. Man lief über CDs, zerknüllte Klamotten, Fast-Food-Verpackungen. In einer Ecke stapelten sich etwa zehn Paar Latschen, vor allem Sportschuhe, sodass es stank wie in einem Termitenbau. Ein riesiger Aschenbecher quoll von Kippen und halb gerauchten Joints über. An den Wänden hingen vor allem die Propheten eines aggressiven Rap: Puff Daddy, Eminem, Joey Starr. Die Vorstadtversion der Liturgie.

»Kriegst du überhaupt noch Luft in dem Affenstall hier?«

Paul hatte gerade das Fenster aufgemacht. Eine eisige Luft drang in den Bau, vertrieb den Gestank nach kaltem Rauch, den Mief nach brünstigem Bock.

Sékou rieb sich an beiden Armen den Bizeps.

»Mensch, da friert man sich ja die Eier ab.«

»Du bist ja vielleicht ein Jammerlappen, meine Güte!«

Atavian stand in der Tür und lachte. Der Ton gefiel ihm.

Paul zog die Tagesdecke glatt und setzte sich aufs Bett.

»Ich brauche ein paar Infos.«

»Aha? Und worüber?«

»Über die Bombe, die in der Rue Borde hochgegangen ist.«

Der Schwarze verzog entsetzt das Gesicht.

»Was ... Was habe ich damit zu tun?«

»Mach dir nicht ins Hemd. Wir ermitteln, das ist alles. Ich hab mir gesagt, vielleicht hast du ja ein Gerücht aufgeschnappt.«

»Mich hat's voll erwischt. Die Grippe. Ich hab seit drei Tagen keinen Fuß vor die Tür gesetzt.«

»Dann macht deine Mutter wohl die Einkäufe ... Seit wann lässt dein Vater sie rausgehen?«

»Ein Kumpel macht das. Ist gestern Abend vorbeigekommen.«

»Na, siehst du, so ganz isoliert bist du also doch nicht. Es ist gut, wenn man Freunde hat. Brüder, die dir was zum Futtern bringen, dir die Zeitung vorlesen und dir den neuesten Klatsch erzählen.«

Der Jugendliche tänzelte von einem Fuß auf den anderen. Die beißende Kälte ließ seine Haut kleine Krater bilden.

»Ich weiß nichts, Leutnant. Ich schwör's Ihnen.«

Mit spitzen Fingern zog Paul aus dem Haufen einen dubiosen Trainingsanzug heraus.

»Hier, zieh das an. Und jetzt sperr deine Lauscher mal ganz weit auf. Erinnerst du dich noch an das Paket, das ich unter deinem Bett gefunden hatte? Wie viel waren das? Zwei Kilo? Drei? Wir können es zusammen wiegen gehen, wenn du magst. Es liegt noch in der Brigade.«

Sékou fiel die Klappe runter. Er zog sich flugs die Klamotten an, wühlte in der Tasche herum und zog ein zerknödeltes Päckchen Zigaretten heraus.

»Kann ich mal Feuer haben?«

Paul reichte ihm ein Feuerzeug.

»Gib mir einen Tipp, Sékou! Danach verschwinde ich, und wir sind quitt.«

»Das kommt nicht aus der Siedlung.«

»Werde deutlicher!«

»Der Imam hat gesagt, das würde noch auf uns zurückfallen. Dass wir aufpassen sollen. Die Blacks, die Beurs, alle.«

»Vielleicht weiß er nicht Bescheid.«

»Würde mich wundern... Jedenfalls kenne ich die ganzen Fanatiker, die in der Moschee rumhängen. Bei dem Coup war keiner von denen dabei.«

»Nicht mal für einen kleinen Gefallen? Dafür, dass einer seine Bude geräumt oder seine Kiste hergeliehen hat, was weiß ich.«

»Nein, ich schwör's.«

Der Junge log nicht. Er hatte zu große Angst vor dem Knast. Jetzt, da er volljährig war, würde man ihm nichts mehr durchgehen lassen.

Paul versuchte noch mehr aus ihm herauszukriegen.

»Und woanders?«

»Was heißt woanders?«

»Stell dich nicht blöd. Du weißt genau, wovon ich rede.«

Der Bursche zündete sich die Kippe an. So langsam hatte er sich wieder gefasst.

»Da hab ich nichts mehr mit zu tun. Ich hab keinen Grund mehr, mich hier rauszubewegen.«

Der Bulle deutete auf den Aschenbecher.

»Und das da? Alles bloß Fake, oder was?«

»Nur eine kleine Tüte. Zum Einschlafen. Die medizinische Dosis.«

Paul seufzte. Ein Schlag ins Wasser. Es würde nicht der letzte sein. Er ahnte, dass er noch einen langen Kreuzweg vor sich hatte, gesäumt von Schulterzucken und Ausflüchten.

Er stand auf und schloss das Fenster. Unten vor dem Block hatte sich eine ganze Horde von Schirmmützenträgern zusammengerottet, die ihn verstohlen beobachtete.

Er gab dem Jungen durch ein Zeichen zu verstehen, dass er sein Feuerzeug zurückhaben wollte.

»Halt die Augen offen. Wenn sich was tut, du weißt ja, wo du mich findest.«

Sékou versuchte, noch ein gutes Ergebnis für sich herauszuschlagen.

»Und was den Shit angeht... vergessen wir das?«

»Das hängt ganz von dir ab. Diesmal drück ich noch ein Auge zu. Aber wenn ich dich noch mal damit erwische, dann bist du dran.«

7

Van Bruge hatte sein letztes Wort noch nicht gesprochen.

Seine Mitarbeiter hatten sich in der Festung verbarrikadiert und führten eine Vernehmung nach der anderen durch. Ihre Gesichter sahen zerknittert aus, sie waren in Hemdsärmeln und hatten sich seit dem Vorabend nicht mehr von der Stelle gerührt, es sei denn, um sich in der Cafeteria des Justizpalastes ein Sandwich einzuverleiben. Gendarmen im Dress der Eingreiftruppe – Drillich, Rangers, Segeltuchjacken – scharrten vor den Büros ungeduldig mit den Füßen. Sie eskortierten verstört dreinschauende Typen in Handschellen, denen bereits ein Dreitagebart spross.

Wenn es um Terrorismus ging, betrug die legale Frist für einen Polizeigewahrsam vierundzwanzig Stunden. Mögliche Verlängerungen: zwei. Die erste um dieselbe Stundenzahl, die zweite um achtundvierzig Stunden. Alles in allem: vier volle Tage. Eine kurze Außerkraftsetzung der Menschenrechte, ein notwendiges Übel, wenn höhere Interessen im Spiel waren.

Van Bruge hatte den Bogen noch weiter gespannt. Er hatte das Inkrafttreten des Verfahrensweges verzögert, indem er die Protokolle ein bisschen manipuliert hatte. Das übliche Vorgehen. Jeder wusste Bescheid. Die Anwälte vergingen fast vor Ungeduld und saßen schon in den Startlöchern. Am Abend würden sie mit ihrem Theater loslegen können.

Der Richter riss seinen Blick von dem Flachbildschirm los. Seine Augen fühlten sich an wie Chromkugeln, immer wieder sah er Sternchen. Er rieb sie sich, als wolle er seine Augäpfel wieder an ihren rechten Platz in der Augenhöhle schieben. Unter seiner Schädeldecke galoppierte eine heftige Migräne wie eine Herde von Vollblütern, die aus einem Cañon herausstürmt.

Der Elsässer hatte unglaublich geschuftet, bis er sich fast den Sehnerv ruiniert hatte. Sein Computer hatte die Innereien des Arbeitsspeichers durchwühlt, um die seltene Perle zu finden. Einen Namen. Nur einen. Und die Sache wäre geritzt.

Bisher hatte er nichts aus dem Hut zaubern können.

Er öffnete eine Schublade und holte ein kleines weißes Mäppchen heraus, auf dem ein rotes Kreuz prangte. Es enthielt mehrere bunte Tablettenpackungen und Röhrchen, ein ganzes Arsenal von Pillen. Als perfekter Junggeselle hatte Van Bruge gelernt, allein klarzukommen. Er schluckte zwei Di-Antalvic, das einzige Schmerzmittel, das seine Beschwerden zu lindern vermochte.

Die Tür flog auf.

»Geschafft! Wir haben was gefunden.«

Der Richter hob den Kopf. Er setzte sich schnell die Brille auf, eine mechanische Geste, wie wenn jemand in seine Unterhose schlüpft.

Der Mann, der soeben ins Zimmer gestürmt kam, strahlte die Energie einer Nuklearbatterie aus. Marco Reichman, sechsundzwanzig Jahre alt, war Untersuchungsrichter in Paris und auf ausdrücklichen Wunsch von Van Bruge in das Team aufgenommen worden. Mit seinen blonden Spagettihaaren, dem Pausbackengesicht und den rosigen Wangen sah er aus wie ein kleiner Bub, der gerade vom Pausenhof kam.

Reichman kam aus Bischheim, das einen Katzensprung von Straßburg entfernt lag. Über seine Heimatverbundenheit hinaus hegte er dieselbe Vorliebe für Geheimakten wie sein Vorgesetzter, eine gewisse Leidenschaft für das treffende Wort, für Gedankengebäude.

Van Bruge rief ihn zur Ordnung.

»Immer mit der Ruhe, Marco, immer mit der Ruhe …«

Der junge Staatsbeamte hielt abrupt inne. Das breite Lächeln auf seinem Gesicht fiel in sich zusammen und wich einer ernsten Miene.

»Tut mir leid, Monsieur, ich …«

»Setz dich!«

Er nahm Platz und saß so stocksteif da, als habe er einen Besenstiel verschluckt. In der Hand hielt er ein Thermo-Fax, zusammengerollt wie eine Papyrusrolle.

»Das Marseiller Labor hat uns das hier geschickt. Das Original ist noch in ihren Unterlagen. Sie haben es in den Trümmern gefunden.«

Der Richter streckte die Hand über den Schreibtisch. Er blinzelte und sah sich das Dokument an.

Der Abzug war vollkommen schwarz. Unten in der Mitte waren ein paar Zahlen zu erkennen. Davor stand ein Logo, eine stilisierte Krone, gekreuzt von zwei Streitäxten.

»Ein Wunder«, fuhr Reichman fort. Manchmal bleiben ein paar Papiere vom Feuer verschont. Zumindest teilweise. Eine Metallplatte oder ein Stück Plastik genügen schon.«

Van Bruge gab keinen Kommentar dazu ab. Ein solcher

Fall war ihm in seiner Laufbahn schon einmal begegnet. Er fragte nur: »Was bedeutet das?«

Der junge Mann verkündete stolz: »Ich habe eine kleine Recherche gemacht. Das ist das Wappen einer alten englischen Familie, und zwar der Familie Aston. Sie waren in der elisabethanischen Epoche Cousins zweiten Grades der Tudor. Das Wappen wurde im Jahre 1847 von William Moore gekauft, einem Handelsreisenden zur See, der in Geschäften mit den Kolonien ein Vermögen gemacht hat.«

Van Bruge zog verdutzt eine Braue hoch. »Und?«

»Moores Erben haben ein Jahrhundert lang nicht auf der faulen Haut gelegen. Tee, Pfeffer, Vanille, Safran, sie kauften alles, was wächst. In Sussex errichteten sie Aufbereitungsfabriken und schlossen den Kreis, indem sie Frachtschiffe beluden. Im Jahre 1947 brachten sie fast den gesamten Weltgewürzmarkt unter ihre Kontrolle.«

Reichman machte eine Pause, um seine Worte wirken zu lassen.

»Und jetzt wird es interessant. Nach der Zerschlagung des Britischen Imperiums geraten sie ins Abseits. Einzige Notlösung: das Finanzwesen.«

Einige Wörter wirkten in Van Bruges Welt wie ein Zauberwort.

»Das Finanzwesen?«

»Die Hochfinanz, um genau zu sein. Die Delta Company. Eine Londoner Geschäftsbank, spezialisiert auf Geschäftsfusionen und Firmenkäufe im Nahrungsmittelsektor. Die Handelskammer der Stadt hat mir weitere Auskünfte erteilt. Der derzeitige Vorsitzende heißt Peter Moore. Zusammen mit seinen beiden Schwestern ist er im Besitz von fünfundachtzig Prozent der Anteile. Sie haben das Familienwappen zu ihrem Logo gemacht.«

Van Bruge lehnte sich zurück und sah sich das Fax noch

einmal genauer an. Es war von verwischten Schlieren bedeckt, die an Rauchspiralen erinnerten.

Eine Bank.

Die Explosion hatte zehn Tonnen Finanzamtsakten zerstört. Dazu die Belege der Steuerzahler. Es handelte sich also wahrscheinlich um einen Abschreibungsbeleg.

Er schüttelte den Kopf.

»Tut mir leid, Marco, ich verstehe nicht, worauf du hinauswillst.«

Der Blondschopf strich sich die Haare aus dem Gesicht. In seinen Augen leuchtete ein schalkhaftes Blitzen.

»Dieses Dokument gehört eigentlich nicht hierher. Nicht in diesen Zusammenhang.«

»Na so was ...«

Der junge Mann beugte sich vor. Er presste die Handflächen aufeinander.

»Zunächst die Zahlen. Ich habe an eine Registernummer gedacht. An ein Handelsregister oder eine Bankenkommission. Ich habe sie mit dem Nummernsystem der Handelsregistereinträge verglichen. Keinerlei Zusammenhang. Dann habe ich Scotland Yard kontaktiert. Die Nummernsequenz entspricht keinem englischen Klassifikationssystem.«

»Eine Kontonummer?«

»Vielleicht. Aber dann würde sie nicht an der Stelle stehen, das wäre unlogisch.«

Der Richter rückte die Schreibtischlampe etwas näher heran und betrachtete sich alles noch einmal. Die Zahlenkolonne stand ganz am unteren Rand, eine für ein Bankgeheimnis recht ungewöhnliche Position.

»Dann eine Filiale.«

»Schon wahrscheinlicher. Der einzige Haken an der Sache ist: Die Delta Company ist nicht zur Filialgründung berechtigt.«

»Dann muss es sich um eine …«

Reichman vollendete den Satz: »… Offshore-Gesellschaft handeln. Und damit wäre sie nicht einsehbar. Daher auch meine Frage: Wer würde der Verwaltung einen solchen Beweis liefern? Das klare Geständnis eines Bankkontos im Ausland? Und zwar mit Sicherheit in einem Steuerparadies.«

Er hielt kurz inne, bevor er seine Antwort herausposaunte.

»Niemand … das wäre ja der totale Selbstmord.«

Die Schlussfolgerung stand eine Weile im Raum. Damit war eines offenkundig geworden: Das Dokument war an einem Ort gefunden worden, an den es nicht hingehörte.

»Glaubst du, das ist eine Fährte?«

Der junge Beamte hatte sich das bereits selbst gefragt. Er bejahte: »Ich habe mir noch einmal den Bericht mit den ersten Ergebnissen der Untersuchung durch die Regionalabteilung der Kripo angesehen. Der Sprengkörper war im Aufzugskäfig befestigt gewesen. Die Druckwelle hat das Erdgeschoss verwüstet und die Fassade zerstört. Das ist alles, was man gesehen hat.«

»Ja und? Gab es sonst noch was zu sehen?«

»Eine Büroplattform auf der anderen Seite der tragenden Mauer, sie lag auf derselben Ebene.«

Van Bruge richtete sich auf. Er erinnerte sich an diesen Punkt. Die Explosion hatte das Nachbargebäude verwüstet, ehemalige Geschäftsräume, die in der Woche zuvor geräumt worden waren. Er hatte sich den leeren Raum angesehen, ohne dass ihm irgendetwas aufgefallen wäre. In seiner Vorstellung handelte es sich um einen Kollateralschaden.

Reichman zappelte auf seinem Stuhl herum, als habe er gerade eine Leckerei bekommen.

»Ich bin mir sicher, dass unser Stück Papier von dort stammt.«

Van Bruge schwieg eine Weile. Sein Mitarbeiter ging schnell vor. Manchmal zu schnell. Er erinnerte ihn an sich selbst, zwanzig Jahre jünger, wie er seine allerersten Gerichtsfälle anging. Dieselbe Verbissenheit, dieselbe Intuition, das Ganze gepaart mit einer außerordentlichen Arbeitswut.

Die Logik der Beweisführung hatte für ihn etwas Verführerisches. Trotzdem konnte er immer noch nicht erkennen, worauf dieser mit seiner Kaskade an Schlussfolgerungen zielte.

»Worauf willst du hinaus?«

»Es ist sehr gut möglich, dass wir uns geirrt haben.«

»Was?«

»Niemand hat sich zu dem Anschlag bekannt. Vielleicht war er gar nicht gegen das Finanzamt, sondern gegen diese Büros gerichtet.«

»Aber das ergibt keinen Sinn. Die Räume waren gar nicht besetzt.«

Reichman schwenkte das Fax.

»Sie waren nicht besetzt, aber auch nicht leer. Die Mieter hatten ihre Akten dort gelassen und wollten sie sich später holen. In aller Ruhe. Die Bombe war ihnen zuvorgekommen.«

»Marco … Man sprengt nicht einen ganzen Häuserblock in die Luft, nur weil man Papiere verbrennen will.«

»Es sei denn, sie sind von Wert, sie sind gut versteckt und man weiß nicht, wo.«

Dieses Argument verunsicherte den Richter. Eine unerwartete Hypothese, das Ergebnis einer schlüssigen Argumentationsfolge.

Van Bruge war offen für alle Ideen. Es gab keine Vermutung, die er von vornherein verwarf. Sofern sie wohlbegründet war. Er fragte: »Ich nehme an, du hast die Identität der Mieter überprüft?«

Die Selbstsicherheit des jungen Mannes bekam ein paar Risse.

»Bisher haben wir nichts Aufregendes gefunden. Es gab dort mehrere Gesellschaften.«

»Ihr Tätigkeitsbereich?«

»Internet.«

»Keine Finanzgesellschaften, Wirtschaftsprüfer, Anwälte?«

»Nein.«

»Hast du die Verantwortlichen kontaktiert?«

»Ich wollte abwarten, bis Sie mir grünes Licht geben.«

»Was meint der Besitzer dazu?«

»Eine SCI, eine Immobiliengesellschaft bürgerlichen Rechts. Den Verwalter habe ich noch nicht kontaktieren können.«

Van Bruge seufzte.

»Deine Theorie steht auf tönernen Füßen. Ich sehe keinerlei Zusammenhang zwischen deinen verschiedenen Mutmaßungen.«

Reichman senkte den Kopf.

»Noch nicht...«

Die Antwort des Staatsbeamten der Antiterrorabteilung knallte wie ein Peitschenschlag.

»Ich brauche handfeste, unumstößliche Fakten, Marco. Wir haben keine Zeit für solche Spielchen. Ich brauche alle Mann auf der Brücke. Und dich ganz besonders.«

»Geben Sie mir eine Chance. Bis morgen gehe ich der Sache nach. Wenn ich bis dahin nicht weitergekommen bin, lasse ich es auf sich beruhen.«

Der Richter trommelte mit den Fingern auf den Schreibtisch. In ein paar Stunden würde man die Verdächtigen freilassen. Die Brigade vor Ort schwieg sich aus. Er hatte nichts in der Hand. Die Entdeckungen seines Mitarbeiters waren zwar nur bruchstückhaft, aber sie hatten zumindest den Vorteil, dass es sie überhaupt gab.

Er bemerkte ganz beiläufig: »Vierundzwanzig Stunden. Danach reden wir nicht mehr davon.«

Reichman bekam wieder Farbe ins Gesicht. Er schnappte sich das Fax und machte kehrt. Noch auf der Türschwelle sagte er: »Falls Sie es gestatten, fahre ich sofort nach Marseille.«

»Möchtest du etwa in den Trümmern herumwühlen?«

»Warum nicht?«

Der Richter sah ihn prüfend an. Er war jung, geschickt, voller Tatendrang. Und er hatte ein krankhaftes Bedürfnis, seine Kompetenz zu beweisen. Er würde Himmel und Erde in Bewegung setzen, um seine These zu bestätigen.

Zum ersten Mal seit drei Tagen huschte Van Bruge ein Lächeln übers Gesicht.

»Na dann los. Und vergiss nicht, mich auf dem Laufenden zu halten.«

8

Reichman schreckte aus dem Schlaf hoch.

Bei dem durchdringenden Schrei war ihm gerade beinahe das Trommelfell geplatzt. Er wandte den Blick zur Sitzbank gegenüber und sah eine blutjunge Frau ihre Bluse aufknöpfen. Sie holte eine dicke, bleiche, von dünnen Venen durchzogene Brust heraus. Mit gekonnter Geste steckte sie dem Säugling die Brustwarze in den Mund.

Das Brüllen hörte sofort auf.

Er streckte sich. Sein Nachbar setzte sich unauffällig einen Platz weiter und lächelte etwas gezwungen. Im selben Augenblick spulte die Zugführerin der Bahngesellschaft ihre Dankesworte ab.

Der Beamte sah auf seine Uhr: sechzehn Uhr fünfundvierzig.

In fünfzehn Minuten würde er in Marseille sein.

Sein Blick wanderte über die Landschaft. Ein karges, leicht hügeliges Flachland, in dem spärlich gesäte Bäume ihre Zweige in einen düsteren Himmel reckten. Hin und wieder tauchten in dieser verlassenen Gegend ein paar Gebäude auf. Natursteinhäuser mit Ziegeldächern, die wie eine Sturmwacht ihre Wurzeln fest im Boden verankert hatten. In der Ferne sah man die Berge des Étoile-Bergmassivs, die dieses Ödland umschlossen, hinter Nebelringen verschwinden.

Reichman kam aus dem Osten. Aus einem Land, in dem alles Grau in Grau war und Trauer trug, umschlossen von Bergen und gespickt mit Nadelbäumen. Bei ihm zu Hause gehörte der Regen zur Landschaft. War ein Schicksal. Eine Strafe. Die Menschen stellten ihr Leben darauf ein. Hier, im Marschland der Provence, hatte er Lichtfontänen erwartet.

Cézanne. Das Gold, das Gelb, das Grün, dieses unglaubliche Leuchten, das man nördlich von Valence niemals antrifft. Ein bestimmtes Bild hatte ihn ganz besonders geprägt: *Die große Kiefer*. Die Quintessenz des Künstlers, 1906 vom Meister gemalt, ein paar Monate vor seinem Tod. Als junger Mann hatte er ganze zwei Stunden lang vollkommen hingerissen davor gestanden, es hatte den kalten Saal des Nationalmuseums von Straßburg mit Bildern gefüllt, die er mit nach Hause genommen hatte.

Plötzlich wechselte das Licht. Wurde fahl, wie aufgeladen. Der Zug fuhr durch eine Abfolge von Tunneln. Die Mutter hatte ihr Zubehör verstaut und packte ihre Siebensachen zusammen.

Reichman rückte seine Krawatte zurecht. Er wusste nicht,

in was er dort hineingeraten würde. Aber eine Fähigkeit besaß er, und die hatte er auch gegenüber Van Bruge zu seinem Vorteil eingesetzt: seine Überzeugungskraft, an der er beim Schwurgericht von Colmar, während seiner kurzen Tätigkeit für die Staatsanwaltschaft, weitergefeilt hatte.

Tief im Hinterkopf nagte der Zweifel. Die Argumente, die LVB vorgebracht hatte, zeugten von gesundem Menschenverstand. Das Dokument, das sie gefunden hatten, könnte genauso gut aus einer ganz ordnungsgemäßen Finanzamtsakte stammen oder sogar rein gar nichts mit irgendwelchen finanziellen Machenschaften zu tun haben.

Letztlich könnte die Spur ins Leere laufen.

Er hatte eine chemische Analyse des Fundstücks angeordnet, besser gesagt, von dem, was davon übrig geblieben war, in der Hoffnung, damit ließe sich der Herstellungsort des Papiers ermitteln. Er hatte seinen Vorgesetzen nicht darüber informiert, und dieser hatte nicht die Geistesgegenwart besessen nachzufragen.

Reichman wollte es ihm später mitteilen. Fürs Erste hatte er eine Chance, die Sache voranzutreiben.

Und die wollte er nutzen, so gut es ging.

Der Zug drosselte das Tempo. Der Himmel wurde wieder sichtbar, und in dem tristen Grau tauchte allmählich der Umriss von Marseille auf. Ein monumentaler, in Wolken gepackter Bogen mit den Hafenanlagen im Vordergrund. Hafenbecken, Kräne, Container… nur wenige Boote. Zwei vergessene Ozeanriesen dösten an einem Kai, blau-weiße Dampfer, die es leid waren, auf dem Meer herumzufahren. Das Ganze wirkte verlassen, wie erstarrt in einer Haltung endlosen Wartens.

Reichman schlüpfte in seinen Regenmantel, einen cremefarbenen Burberry, der ihn schon seit der Uni begleitete. Er war in Paris losgefahren, ohne sich vorher umzuziehen, und war froh darum. Drei Tage nonstop eingesperrt im Palais, ohne jede zeitliche Orientierung. Sein Kulturbeutel lag zusammen mit den Akten in seinem Handkoffer.

Er wartete in der Schlange, mit den Gedanken woanders. Auf der anderen Seite des Gleises defilierten die Vorstädte vorbei. Wohnblöcke. Blechkuben, überragt von altersschwachen Firmenschildern. Illegale Müllkippen. Und überall auf den Plätzen vor den Lagerhallen waren Paletten gestapelt.

Bei seiner Ankunft in Marseille zeigte sich die Stadt nicht von ihrer Postkartenseite. Wie ihre Schwestern lagerte auch sie ihre Industrien aus, versteckte ihren Müll. Auch sie hatte ihre Armen deportiert.

Er sprang auf den Bahnsteig und folgte der Menge. Niemand erwartete ihn. Er wollte lieber unangemeldet aufkreuzen, einen Überraschungscoup landen. Auf diese Weise bliebe für eventuelle Empfindlichkeiten keine Zeit.

Er durchquerte die Menge und suchte nach dem Weg. Diese Stadt hatte ihn nie angezogen. Er war zum ersten Mal hier und fühlte sich wie ein verlorener Tourist auf einem ihm unbekannten Flughafen.

Er blickte sich um und sah das Schild. Taxis. Er nahm die Rolltreppe und fuhr ins Untergeschoss. Ein langer Gang, eine endlose Reihe gelber Metallschilder, Plastikplanen. Ein aufdringlicher Geruch nach Gips stieg ihm in die Nase. Er musste unwillkürlich an eine Baustelle denken.

Im Parkhaus stand eine Reihe wartender Limousinen. Ein kleiner Wicht mit langem Haar leitete ihn mit einer vagen Handbewegung zu einem brandneuen Mercedes. Er stieg ein und nannte die Adresse.

»Zum Präsidium?«, fragte der Taxifahrer verwundert.

Die Frage erstaunte Reichman. Es lag eine gewisse Aggressivität darin, als erweise er ihm bereits einen großen Gefallen, dass er ihn überhaupt einsteigen ließ.

Er antwortete unwirsch.

»Zum Polizeipräsidium. Da gibt's ja wohl nur eins, oder?«

Schweigen. Der Wicht stellte den Zähler an und fuhr los. Beim Fahren beobachtete er seinen Fahrgast im Rückspiegel.

»War das der Zug aus Paris, der da gerade eingefahren ist?«

»Ja.«

»Und Sie kommen aus Paris?«

»Genau.«

»Dann will ich Ihnen mal einen Tipp geben. Das Polizeipräsidium, das ist hier nämlich ein ganzes Viertel. Sie müssen mir schon den Straßennamen verraten, sonst finde ich nicht hin.«

»Danke für den Hinweis.«

»Keine Ursache.«

Das Gespräch verlief sonst ganz normal. Aber ein Rest von Verachtung war seiner Stimme noch anzuhören.

Reichman wandte sich einer anderen Tätigkeit zu. Er kramte aus seiner Innentasche ein Handy heraus. Als er die Nummer wählte, die LVB ihm gegeben hatte, sah er auf die Uhr im Armaturenbrett. 17:15. Sollte der Präfekt nicht mehr da sein, würde er ihn zu Hause anrufen.

Nach zweimaligem Klingeln antwortete eine aufgebrachte Stimme: »Ja?«

»Guten Tag, hier spricht Marco Reichman, der Untersuchungsrichter. Ich arbeitete mit Richter Lionel Van Bruge zusammen.«

»Ja ... ich weiß ...«

»Ich bin jetzt in Marseille.«

»In Marseille?«

»In einem Taxi. Ich muss Sie sehen. Ist das möglich?«

»Na ja…«

»Es wird nicht lange dauern. Es gibt da noch einen Punkt zu klären.«

Das Schweigen zog sich in die Länge. Der Fahrer hatte die Ohren gespitzt und warf verstohlene Blicke nach hinten.

»Sehr schön«, lenkte Banon ein. »Können Sie gleich vorbeikommen?«

»Bin schon auf dem Weg.«

Reichman legte auf. Er hatte das Unbehagen des hohen Beamten gespürt und lächelte innerlich. Bei den Leuten von der Verwaltung musste man immer eine Länge Vorsprung haben. Sie in die Ecke drängen. Er wusste, wovon er sprach.

Er lehnte den Nacken auf die Kopfstütze. Auf der Reise hatte er sich ein wenig erholt. Eine Zwangspause, eingewiegt vom Walzer der Achsen. Aber sein Schlafkonto war noch immer im Minus.

Die Stimme des Taxifahrers hallte im Fahrgastraum wider. Sie klang immer noch gespannt, abgehackt, wie eine Maschinengewehrsalve. Jetzt nahm er erstmalig einen Hauch Respekt wahr. Was er für Aggressivität gehalten hatte, war im Grunde nur eine direkte und rüde Art, sich auszudrücken.

»Van Bruge… ist das der Ermittlungsrichter?«

»Genau der.«

»Und Sie arbeiten zusammen?«

»Ja.«

Der Typ pfiff durch die Zähne.

»Sagen Sie mal, es heißt, der hätte vier Leibwächter. Stimmt das?«

»Das stimmt.«

»Und Sie? Kommen Sie wegen des Attentats?«

Reichman antwortete nicht. Er betrachtete den Alten Hafen, der zu seiner Rechten vorbeiglitt. Eine Meereszunge, die ins Innere der Stadt hineinreichte, wo die Ausflugsschiffe mit ihren Schiffsrümpfen aneinanderstießen, so weit das Auge reichte.

Um dem Gespräch ein Ende zu machen, fragte er: »Ist es noch weit?«

Der Typ reagierte etwas verschnupft. Er hätte das Gespräch gerne noch etwas fortgesetzt.

»Noch etwa zwanzig Minuten.«

»Perfekt. Und jetzt entschuldigen Sie mich, ich muss noch einen Anruf machen.«

Er wählte eine Nummer aus seinem Adressspeicher.

LVB hatte darauf bestanden, dass er ihn zweimal täglich informierte.

Und als braver Soldat gehorchte er.

9

Überall dieselben Vergoldungen. Dieselben Bordüren.

Die Zurschaustellung eines Luxus, dessen Anblick den wenigen Privilegierten vorbehalten war, die sich in den Palästen der Republik verschanzt hatten.

Reichman folgte einem langen Gang mit hoher Decke, der von einem Spalier aus Gipsbüsten gesäumt war. Seine Mokassins glitten über einen purpurroten Teppich mit komplizierten Mustern. Monumentale Spiegel in mit Engelsfiguren verzierten Rahmen reflektierten den Raum ins Endlose.

Obwohl er noch so jung war, war er vom bombastischen Prunk dieses Ortes nicht beeindruckt. Er arbeitete selbst im Allerheiligsten und war vertraut mit der Relativität der Macht.

Ein Sandkorn konnte die Maschine anhalten, einen Aufstieg ausbremsen, die Mächtigen auf die Seufzertreppe werfen. Und er war dieses Sandkorn. Austauschbar, anonym, verborgen hinter einer Funktion, die die Machthaber das Fürchten lehrte.

Vor einer Metalldetektortür blieb er stehen. Ein Polizist in Uniform nahm ihm seine Schlüssel und seine Uhr ab, kontrollierte seine Papiere und öffnete seinen Handkoffer. Er ging unter dem Türbogen hindurch und sammelte seine persönliche Habe wieder ein, während die Ordonnanz seine Ankunft ankündigte.

Am Ende des Korridors öffnete sich eine Flügeltür. Es erschien ein Mann, der einen dunklen Anzug und eine blaue Krawatte trug. Er war klein, und sein langes Gesicht verschwand hinter einer eckigen Brille. Er kam mit ausgestreckter Hand auf ihn zu.

»Konnte Van Bruge nicht persönlich kommen?«

Banon konnte seine leichte Verärgerung nicht verhehlen. Dass man ihm diesen Hansel schickte, zeigte deutlich, welche Rolle man seiner Person beimaß. Er war ein Komparse, den man nach Gutdünken in die Pflicht nehmen und zur Fronarbeit verdammen konnte und dessen Meinung so wenig zählte wie die eines kleinen Polizisten.

Reichman beschwichtigte ihn mit einer Notlüge: »Er kann den Laden nicht verlassen. Nathalie Ménigond wurde noch einmal dem Richter vorgeführt.«

»Action directe?«

»Wir gehen allen Fährten nach.«

Der Präfekt nickte. Hier stand einiges auf dem Spiel, somit kratzte es nicht allzu sehr an seiner Würde. Er trat zurück und bat Reichman einzutreten.

Das Büro des Staatsbeamten wirkte wie eine Trappistenzelle. In der Mitte thronte ein gewaltiges Möbel aus massiver Eiche, auf dem sich überquillende Unterschriftenmappen stapelten.

Kein Sofa, keine Ledersessel.

Alles vollkommen spartanisch.

Er setzte sich auf einen schmalen Stuhl mit hoher, gerader Lehne, Stil Louis XVI. Mit steifer Geste wies er Reichman einen Sessel an.

»Wie weit sind Sie in Paris gekommen?«

Reichman hatte seine Anweisungen. Keine Informationen rauslassen. Egal, mit wem man sich unterhielt. Nur LVB persönlich war dazu befugt, anderen Einzelheiten mitzuteilen.

Er runzelte die Stirn und antwortete ausweichend. »Momentan gibt es noch nichts.«

Der hohe Beamte nickte noch einmal. Durch seine resignierte Miene sah er aus wie ein Plüschhund auf der Rücksitzablage eines Autos.

»Sie sagten, es gäbe noch einen Punkt zu klären...«

»Ich muss mir noch einmal die Lage vor Ort anschauen.«

Die düstere Miene wurde immer länger.

»Es gibt dort nichts mehr zu sehen. Die Teams der Spurensicherung haben schon alles durchgekämmt. Wir haben mit dem Räumen begonnen.«

»Ich weiß.«

Banon faltete die Hände und stützte sich auf die Lehne.

»Was genau suchen Sie?«

Reichman hörte die Frustration aus seiner Stimme heraus. Er warf ihm einen Knochen hin: »Es gibt vielleicht einen konkreten Anhaltspunkt.«

»Welchen?«

Der junge Mann tat so, als bringe ihn diese Frage in Verlegenheit. Er musste den Präsidenten zur Mitarbeit bewegen, ohne die Grenzlinie zu überschreiten, die LVB markiert hatte.

»Tut mir leid... Ich kann Ihnen nichts dazu sagen. Der Boss wird Sie sicher auf dem Laufenden halten.«

Banon wirkte verkrampft. Er versuchte, seine Reaktion mit einem Jesuitenlächeln zu kaschieren.

»Bestens. Wenn das so ist...«

Reichman zog die Brauen hoch. Damit wollte er zeigen, welch ein Mitgefühl er angesichts einer solchen Ungerechtigkeit empfand.

»Morgen früh«, schlug der Präsident vor. »Acht Uhr. Von wo soll ich Sie abholen lassen?«

»Ich kann nicht bis morgen früh warten. Wir müssen jetzt gleich hingehen.«

»Jetzt? Das ist lächerlich. Es wird schon dunkel sein. Sie werden nichts sehen können.«

»Die Fristen für den Polizeigewahrsam laufen aus. Es ist eine Frage von Stunden.«

Dem Argument war nichts entgegenzusetzen. Bei der Polizei musste man sich immer den Verfahrensvorschriften beugen. Das Strafgesetzbuch war wie eine Bibel oder ein Kruzifix, dagegen kam man nicht an...

»Wenn das so ist...«

Banon nahm einen Hörer ab und bestellte einen Wagen. Weiß vor Wut starrte er Reichman durch seine Brillengläser an. Als er aufgelegt hatte, brach seine Wut aus ihm heraus.

»Ich garantiere Ihnen, dass Ihr Chef von mir hören wird. Das ist doch keine Art.«

Reichman erhob sich kommentarlos. LVB agierte nicht wie die meisten seiner Kollegen. Er spielte das Spiel auf seine Art, setzte sich einfach über die Konventionen hinweg, ohne sich um die Folgen zu scheren.

Seine Handlungen gehorchten einem einzigen Kriterium: der Effizienz.

Auf seinem Spielfeld würden sich Typen wie Banon keine drei Minuten halten.

10

Die Apokalypse.

Verwaiste Mauerstücke, die nur noch sich selbst stützten. Zerfetzte Betonblöcke, aus denen verrostete Eisenstangen herausragten. Keine Dächer mehr. Keine Etagen. Ein verkohltes Skelett, das in den Sternenhimmel blickte.

Es war gerade Abend geworden, und der Ort der Katastrophe wurde von starken Projektoren erleuchtet. Inmitten der Trümmer waren noch die Räummannschaften am Werk, in fluoreszierenden Westen und Helmen mit Reflektorpunkten. Die Angestellten räumten den Schutt von Hand weg, stapelten die letzten Überreste des Gebäudes in Metallcontainern.

Sie trugen allesamt Atemmasken.

Der Wagen parkte am Gehsteigrand. Gelbe Absperrbänder versperrten den Zugang rund um den Ort der Katastrophe. Etwas weiter weg standen Bauwerkzeuge, verdeckt vom Schatten einer Platane: Bulldozer, Löffelbagger, Presslufthammer.

Reichman stieg als Erster aus. Er war einem solchen Gemetzel noch nie so nah gekommen. In seinem Büro bekamen die Bilder etwas Durchscheinendes. Die zwei Dimensionen eines Fotoabzugs machten die Wahrheit platt, beraubten sie des Kerns ihrer dramatischen Substanz.

Sie waren ein Filter. Wie eine schützende Wand zwischen einem selbst und dem Horror.

Hier schlug ihm eine andere Realität entgegen, die er sich

bei der Beurteilung seiner Tagesberichte, seiner Protokolle und all der Schriftstücke, die eine Akte enthielt, nicht hatte vorstellen können.

Allein schon der Geruch. Eine Mischung aus Staub und verbranntem Plastik, mit Händen greifbar, aggressiv. Die noch immer rauchenden Ruinen gaben dieses Gift kontinuierlich in die Atmosphäre ab.

Ihm wurde schlecht. Der Präsident machte seinem Chauffeur ein Zeichen, einem drahtigen Kerl, der in seinem Flanellanzug ziemlich bescheuert aussah. Der Mann ging zu einem Bauwagen und verschwand für einige Sekunden. Als er wieder herauskam, hatte er das unentbehrliche Rüstzeug in der Hand: Masken, Helme, Taschenlampen.

Sie setzten sie auf, stellten sicher, dass die Lampen einwandfrei funktionierten, und schlüpften unter dem Absperrband durch.

Sie gingen schweigend, Seite an Seite. Unter ihren Schuhsohlen knirschte das zertretene Glas, als würden sie eine Kolonie von Kakerlaken zerquetschen.

Die Räummannschaft beachtete sie nicht. Sie machte mit ihrer Arbeit weiter und kümmerte sich sonst um nichts. Wahrscheinlich waren die Männer es gewohnt, dass irgendwelche Amtsträger an ihnen vorbeistiefelten.

Die kleine Gruppe stieg die paar Stufen hinauf, die ins Innere des Gebäudes führten. So gut wie überall hatte man Handlampen aufgestellt, die Lichtkreise warfen. In den Ruinen war es bitterkalt.

Reichman fühlte sich, als steige er in eine Krypta hinab. Alles schien versteinert, mit einer grauen Schicht überzogen. Die Überreste von Pompeji nach dem Ausbruch des Vesuvs.

»Wir sind da«, bemerkte Banon durch die Maske hindurch.

Reichman nickte. Er hatte nicht die geringste Vorstellung,

wonach er eigentlich suchte. Er wusste lediglich, dass ein Einsatzkommando hier kurz vor ihm alles durchgepflügt hatte. Kriegserprobte, gerissene Kerle, die in der Lage waren, präzise mit Sprengkörpern umzugehen, ohne ein Autogramm zu hinterlassen. Seiner Ansicht nach hatte LVB sich im Opfer getäuscht. Das Verwaltungsgebäude war niemals Ziel des Anschlags gewesen.

»Können wir auf die andere Seite gehen?«

Der Präsident konnte seine Überraschung nicht verhehlen.

»Wollen Sie nicht das Finanzamt inspizieren?«

»Das haben ja schon Ihre Techniker besorgt. Ich habe den Bericht gelesen. Ich möchte die Büroräume sehen.«

»Da gibt es nichts. Sie waren nicht besetzt. Und ich glaube, da wurde noch nicht aufgeräumt.«

Dem jungen Mann huschte ein Lächeln übers Gesicht.

»Gehen wir?«

Banon schlug den Kragen seines Gabardinemantels hoch. Er brummelte etwas Unverständliches vor sich hin und machte kehrt.

»Nein!«, schnauzte Reichman ihn an. »Durch den Aufzugsschacht. Wenn es Ihnen nichts ausmacht...«

Der hohe Beamte zuckte mit den Schultern. Er fragte einen Arbeiter, ob der Weg zugänglich sei. Der Kerl nickte und zeigte mit dem Finger nach rechts.

Wo einmal der Aufzug gewesen war, klaffte nur noch ein dunkles Loch. Die erste Explosion hatte die Aufzugskabine ans andere Ende des Raums geschleudert. Das Feuerwerk, das durch das Gas veranstaltet wurde, hatte den Rest der Mauer erledigt. Man konnte den Schacht nur noch anhand des Grabens erahnen, der mit dem Untergeschoss verschmolz. Aus Sicherheitsgründen hatte man zwei Bretter über den Abgrund gelegt.

Dahinter lag das Nachbargebäude im Dunkeln. Der Chauffeur machte die Vorhut. Er versicherte sich, dass die Brücke auch trug. Reichman überquerte die Furt, gefolgt von Banon.

Sie schalteten die Taschenlampen ein.

Die Plattform hatte ihren Namen zu Recht. Ein leerer Raum, von Öffnungen umgeben. Man konnte ahnen, wo einmal die großen Fensterfronten gewesen waren, die die Druckwelle weggepustet hatte. Das Gebäude hatte der Erschütterung standgehalten. Nur die an das Finanzamt angrenzende Seite war in Rauch aufgegangen.

Reichman wagte sich weiter vor. Die Baustellengeräusche drangen nur noch gedämpft herüber. Er hatte das Gefühl, unerlaubt in ein Heiligtum einzudringen. Als er den Boden betrachtete, konnte er genau sehen, an welchen Stellen sich vorher Trockenbauwände befunden hatten. Sie waren völlig zerstört.

Er ging langsam durch den Raum und ließ sich seine jüngsten Entdeckungen noch einmal durch den Kopf gehen. Ein Bankkonto, versteckt in einem Tresor des Finanzamtes; eine angesehene, alteingesessene Londoner Bank, die die Geschäfte von Gewürzhändlern abwickelte; Gesellschaften, die im Internetsektor arbeiteten; Terroristen, die keine Forderungen stellten.

Welche Verbindung konnte es zwischen diesen Welten geben?

»Haben Sie gefunden, wonach Sie suchten?«

Der Präsident hatte die Frage in einem ungeduldigen Ton gestellt. Er tänzelte von einem Fuß auf den anderen, damit ihm vielleicht wieder etwas wärmer wurde. Sein Chauffeur stand reglos hinter ihm.

»Noch nicht… Sie können im Auto auf mich warten, wenn Sie möchten. Ich komme schon zurecht.«

Banon hatte offenbar das Gefühl, er wolle ihn loswerden. Er antwortete wie aus der Pistole geschossen: »Geht schon. Ich bin so etwas gewohnt.«

Reichman verstand ihn kaum. Er suchte die Wände ab und hielt den Lichtkegel seiner Taschenlampe auf die geschwärzte Wandfarbe und den Putz, der Blasen gebildet hatte. Er stellte sich eine Feuerkugel vor, die binnen Sekunden den Sauerstoff verzehrte, die Temperatur über tausend Grad steigen ließ und alles zerstörte, was ihr in den Weg kam. Er ließ die Schultern hängen. Selbst wenn es Beweisstücke gegeben hatte, wie hätten sie einem solchen Sturm widerstehen können?

Dennoch fuhr er mit seiner Untersuchung fort. Jetzt fuhr seine Hand über die Mauer, auf der Suche nach einer Unebenheit, nach einem Element, das der Spurensicherung entgangen sein könnte. Die Polizisten hatten diesen Raum nicht durchsucht. Für sie befand sich das anvisierte Objekt im angrenzenden Gebäude, rund um den Detonationspunkt.

Er schloss seinen Rundgang ab, sondierte die Oberfläche, klopfte sie an manchen Stellen mit dem Zeigefinger ab, um ein Versteck aufzustöbern. Vergeblich. Er sah sich auch die Decke genau an, die Styroporplatten, die über einer bienenwabenartigen Verkleidung zusammengeschmolzen waren. Es war ausgeschlossen, dass man dort was auch immer hätte verstecken können.

Nach seinem zehnminütigen Erkundungsgang kehrte er enttäuscht zu Banon zurück. Seine These löste sich in Wohlgefallen auf. LVB hatte recht gehabt. Jedes Indiz bekam nur dadurch Beweiskraft, dass es durch ein anderes bestätigt wurde. Wie Maschen, die ineinandergriffen.

Das war die Grundlage.

Er ging an Banon vorbei und näherte sich unentschlossen dem Schacht. Der Schein seiner Taschenlampe tastete das

Dunkel ab. Unten lag ein Wirrwarr aus Kabeln und Stahlfedern, das einen Großteil des Aufzugsschachts einnahm. Es war noch genug Platz, dass ein Techniker sich hinter den Aufzug gleiten lassen konnte.

Nach Ansicht der Experten hatten die Terroristen denselben Weg genommen. Sie waren über die in der abgehängten Decke angebrachte Sicherheitsklappe hineingeklettert. Auf diese Weise hatten sie den Sprengstoff zwischen der Aufzugsmaschine und der Trennwand anbringen können.

Die Trennwand …

Jetzt fiel es ihm wie Schuppen von den Augen. Was er suchte, war nicht mehr da. Hundertprozentig von der Explosion zerstört. Das geschwärzte Dokument stammte von dort. Ein in den Beton eingelassenes Versteck. Es war dort wahrscheinlich zusammen mit anderen Dokumenten versteckt gewesen und bei der Detonation herausgeschleudert worden.

Ein Lächeln huschte über sein Gesicht. Seine These bekam wieder Glaubwürdigkeit. Die Typen hatten es nur auf die Trennwand abgesehen. Und zwar ausschließlich. Und vielleicht hatten sie das Finanzamt nicht einmal betreten. Die zweite Explosion war nur aufgrund einer Verkettung von Umständen erfolgt, war eine Folge der Gasinstabilität. Und hatte sämtliche Spuren am Tatort verwischt.

Er war völlig aus dem Häuschen über diese Entdeckung, als ihm noch eine andere Idee kam. Er drehte sich zu Banon um und schrie fast: »Die Tür! Haben Sie die Tür untersucht?«

»Wovon sprechen Sie?«

»Vom Eingang! Von der Tür zu der Büroplattform. Wo ist sie?«

»Ich …«

Reichman sah sich um. Der Wind kam durch die zerstörten Fassaden hereingeweht und pfiff in der Aluminiumbewehrung. Plötzlich fiel ihm ein Viereck mit anderen Proportionen auf.

Er rannte zu der Öffnung. Glasstücke steckten noch im Türstock, scharf wie Haifischzähne. Am Boden lagen Pappstücke, Plastikstücke und noch mehr Glas.

Er kniete sich nieder und griff nach einem Holzstück. Mit der Taschenlampe in der Hand wühlte er den Schutt durch. Plötzlich blitzte etwas im Schein der Lampe auf. Ein silbernes Schimmern aus dem Dunkel der Schuttmasse. Er leuchtete es an.

Ein billiges Zylinderschloss aus Blei.

Sein Herz machte einen Sprung, als er sich das Schloss genau ansah. Die Schließbleche waren nach außen gebogen, somit war nicht daran zu zweifeln, dass man es aufgebrochen hatte.

Er war überwältigt vor Freude. Er hatte recht gehabt. Das Finanzamt war zu keinem Zeitpunkt Ziel des Anschlags gewesen.

Jetzt hielt er den Beweis in der Hand.

11

Den ganzen Tag über hatten sie die Elendsviertel durchforstet.

Zunächst die Vorstadtsiedlungen im Norden. Wohnblöcke, besetzte Häuser, Keller. Ein paar Zigeunerlager. Von Saint-Marcel bis La Rose, eine Inspektion der Orte, an denen die Brigade am häufigsten ihre Runden drehte.

Paul verging schier vor Ungeduld. Die Typen lebten in einer ganz eigenen Welt, völlig auf ihre Geschäftchen fixiert.

Ihr ganzer Hass richtete sich gegen die südlichen Vorstadtsiedlungen. Dort gab es ein gewisses Dolce Vita, saubere Straßen, helle Häuser. All das, was man ihnen verweigerte. Manche konnten sich kaum daran erinnern, dass dort eine Bombe hochgegangen war.

Am frühen Abend beschloss der junge Leutnant, eine andere Richtung einzuschlagen.

Das Stadtzentrum.

Und Atavians Netzwerke anzuzapfen.

Der Armenier hatte aus der Tomasini-Epoche noch Verbindungen zum korsischen Milieu. Es war zwar seither viel Wasser den Fluss hinuntergeflossen, aber einige alte Ganoven besaßen immer noch einen gewissen Einfluss. Sie könnten ihnen vielleicht weiterhelfen.

Die beiden Kameraden hatten dreißig Jahre lang ein Team gebildet. Der Kommissar mit dem Bussardprofil und den zweifelhaften Methoden und der Brigadier, der eine ungewöhnliche Aufsteiger-Karriere hingelegt hatte, fasziniert von der Selbstsicherheit und Geschicklichkeit des Korsen. Der ehemalige Chef der Brigade hatte ihn unter seine Fittiche genommen und in das Ritual eingeführt. Damit hatte er ihn zu seinem Vasallen gemacht, ihn als Sündenbock benutzt.

Ihre Karriere begann 1972 in den heruntergekommenen Büros eines Stadtteilkommissariats. Es lag in der Rue Nationale, im ersten Arrondissement, im Herzen des maghrebinischen Ghettos.

Rassistische Überfälle, Schlägereien – Tomasini hatte seinen Spaß daran. Er propagierte in der Öffentlichkeit ein bestimmtes Bild der Polizei, geprägt von Ordnung und Respekt. Die verdammten Araber bräuchten sich ja bloß gut zu benehmen. Niemand habe sie gebeten, hier zu bleiben.

Unter der Hand knüpfte er Beziehungen. Zu Paul Mondoloni, Jacky Imbert, genannt »der Verrückte«, Gaétan »Tany«

Zampa oder auch zu Gilbert Hoareau, dem »Libanesen«. Er kannte sie alle. Die Ganoven gaben ihm gelegentlich ein paar Tipps, beteiligten sich manchmal an außerdienstlichen Nahkampfoperationen in den Ghettos der Gare Saint-Charles. Im Gegenzug trat Tomasini als Schlichter auf, vergaß ein paar Dummheiten, schloss die Augen vor ein paar krummen Geldgeschäften oder tat so, als wisse er nichts davon, dass die Mädchen in den Kellern ihre Freier bedienten.

Von diesem Tausch profitierten alle. Er führte zu einem gewissen Gleichgewicht.

Atavian war voll in sein Spiel eingestiegen. Er hatte sich dessen rassistische Ideologie einverleibt, ohne sich je Fragen zu stellen, und gehorchte seinem Ziehvater wie ein Schoßhündchen. Er hatte eine Kämpferstatur, einen sehr niedrigen Schwerpunkt, ein Zufall der Gene, der ihn auf ganz natürliche Weise für körperliche Auseinandersetzungen prädisponiert hatte. Noch dazu machte sein schlichtes Gemüt ihn zu einem ausgezeichneten Handlanger. Er sprach wenig. Allein schon seine Gegenwart beeindruckte die einer Tat Verdächtigen dermaßen, dass sie sogleich ein Geständnis ablegten.

Bei der Gründung der Brigade zur Kriminalitätsbekämpfung hatte der Kommissar dafür gesorgt, dass Atavian seiner Einheit zugewiesen wurde. Eine erfolgreiche Mannschaft wechselt man nicht aus. Die unrechtmäßigen Eintreibungen von Geldern waren im gleichen Rhythmus weitergegangen, mit Fußtritten in den Bauch und psychischer Folter.

Nur dass alles jetzt in einem anderen Rahmen stattfand.

Und man es mit anderen Mentalitäten zu tun hatte.

Übervölkerte, an der Peripherie errichtete Vorstädte, in denen der Hass wie eine schwärende Wunde seinen Eiter aussuppte. Die Araber waren keine willfährigen Handlanger mehr, sie reckten stolz die Brust und warfen arrogante Blicke um sich, schärften ihre Waffen, organisierten sich. Ein Kampf auf Leben und Tod war ausgebrochen. Eine Stadtguerilla, in der die Lakaien von gestern nichts mehr zu verlieren hatten.

Im Gegensatz zu Tomasini hatte der Armenier das gespürt. Wie alle Jungs von der Brigade, Paul eingeschlossen, hatte er sich nach und nach von seinem Mentor entfernt. Das Ende des Korsen hatte einen Wendepunkt markiert. Es war das Zeichen gewesen, dass eine neue Ära angebrochen war.

Seither versuchte jeder sich neu zu orientieren.

Der Wagen fuhr die Rue Francis Davso hinauf. Der Abend hatte gerade erst begonnen, und an dem Ort roch alles noch nach Arbeit. Die Gemischtwarenhändler packten ihre Auslagen wieder ein, Metzger hängten ihre Fleischstücke ab, ein paar verspätete Hausfrauen rannten, voll bepackt mit Einkaufstüten, von einem Laden zum nächsten.

Atavian bog in die Rue Molière ein. Hier herrschte eine vollkommen andere Stimmung. Nuttenbars mit langen, in bläuliches Licht getauchten Gängen; mit schwarzen Vorhängen zugehängte Sexshops; hinter Gefängnistüren verschanzte Diskotheken. Blondinen, die schon etwas in die Jahre gekommen waren, schleppten einen Freier nach dem anderen ab, in Röckchen aus rotem Skai und aufreizender Spitzenwäsche.

Er parkte. Drei spärlich erleuchtete Straßen gingen von einem Vorplatz mit glänzenden Bodenplatten ab, umschlossen von dicken Ketten, nur wenig erhaben. Das Karree wurde vom Gebäude der Oper abgeschlossen, mit seinen weißen, kannelierten Säulen, seinem prunkvollen Frontgiebel. Eine schwer verdauliche Haussmannsche Architektur, in die Bildungsbürger in Scharen zur Matinée strömten, um Verdi zu hören.

Die Gegend rund um die Oper war nicht nur ein Viertel,

sondern auch eine Industrie. Das Disneyland im Sexgeschäft, mit Restaurants, Hotels, Klamottenläden und Arztpraxen. Eine zwielichtige Bevölkerung, rund um die Uhr im Einsatz, im Dienste ein und derselben Sache, das Ganze in einer aufgeladenen Atmosphäre.

Paul mochte die Gegend. Als er noch jünger war, hatte er ganze Nächte hier herumgehangen und in dieser Nährlösung nach seiner Dosis Adrenalin gesucht. Er hatte immer problemlos eine Frau fürs Bett gefunden. Er war vor allem auf Schlägereien aus. Ein Blick genügte, und schon ging die Kloppe los. Legionäre, Matrosen, angetrunkene Gauner. Er nahm, was ihm unter die Finger kam. Hauptsache, er konnte sich prügeln, den Überschuss an Aggressionen loswerden, der ihm die Arterien verstopfte.

Sie überquerten den Platz. Ein eisiger Sprühregen brachte den Stein wie eine Geisterlampe zum Glitzern.

Auf der anderen Seite regierte wieder der Schatten. Paul wusste, wo sein Kollege ihn hinführte. Zum Arrêt. Zur ältesten Nachtbar in der Stadt. Eine Institution, die seit drei Generationen von einer Familia aus Bastia geführt wurde.

Auf diesem Terrain trat Cabrera in die zweite Reihe zurück. Mit den Gangs der Schwarzen oder der Beurs kam er spielend zurecht. In den korsischen Bars hingegen stammten die Regeln noch aus einem anderen Zeitalter. Er fühlte sich, als habe man ihm ein blaues Auge geschlagen, als sei er ohne Vorankündigung in ein Vivarium geworfen worden.

Trotzdem begann er zu zweifeln. Keiner hatte etwas gesehen oder gehört. Das Netzwerk des Armeniers führte ins Leere.

Atavian drückte die Glastür auf. Sofort schwappte ein lautes Stimmengewirr auf den Gehsteig. Sie tauchten ein in einen See aus Zigarettenrauch. Durch die Rauchsäulen hindurch suchte Paul die Kaschemme mit dem Blick ab. Ein lang gestreckter Saal, proppenvoll. Auf seiner Linken ein Zinktresen, an dem ein paar lasche Typen herumhingen und ab und zu den Arm hoben. Durch einen engen Gang getrennt, reihten sich winzige Tische bis zur Küche.

Der Leutnant blinzelte. Eine aggressive Beleuchtung schnitt wie mit dem Skalpell in die Gesichter. Amorphe Gesichter, von der Nacht, der Einsamkeit, der Straße gezeichnet. Die Gewinnerinnen puderten sich frisch das Näschen, schlangen eine warme Mahlzeit hinunter, kommentierten die letzten Freier und warteten auf eine neue Gelegenheit zum Anschaffen.

Die Kasse befand sich am Ende der Bar. Dahinter thronte wie eine Königsmutter eine mit Klunkern behangene Alte, ordnete die Rechnungen und rauchte dabei eine Gitanes nach der anderen.

Sie murmelte, ohne den Blick zu heben: »Was treibst du dich hier rum?«

Atavian setzte ein breites Lächeln auf. »Ich wollte Gégé besuchen.«

»Habt ihr euch verabredet?«

»Ich habe eine Info für ihn.«

Die Mumie hob ein paar schwere Wimpern.

»Das wäre dann ja wohl das erste Mal...«

»Ist er oben?«

»Schau doch einfach selber nach. Wenn du ihn findest, dann sag ihm, er soll sich schleunigst hier blicken lassen, in seinem eigenen Interesse.«

Der Armenier warf ihr einen ironischen Gruß zu. Paul wurde nicht ganz klar, ob das nun ein eisiger Empfang gewesen war oder ganz im Gegenteil eine verschämt-herzliche Begrüßung.

Sie gingen durch die Küche, einen verdreckten Nebenraum, in dem der Gestank nach Grillfett einem den Atem verschlug.

Drei Kerle im Unterhemd machten sich an den Küchenherden zu schaffen und brüllten sich gegenseitig Anweisungen zu. Komorer, dachte Paul. Nicht gemeldet, beschissen bezahlt, vom Wirt in irgendeiner Bruchbude im Viertel untergebracht. In der Nachtwelt waren illegale Einwanderer gefragte Hilfskräfte.

Sie stießen auf eine Tür. Dahinter schraubte sich eine metallene Wendeltreppe um eine Eisensäule. Atavian kletterte fluchend hinauf.

»Scheiß Jeannine. Die hätte sich auch ein bisschen spendabler zeigen können.«

Paul schlich ihm hinterher. Er ging gebückt, um sich nicht an den oberen Treppenstufen den Kopf zu stoßen. Auf dem Weg zu Gérard Batisti.

Eine völlig undurchsichtige Person.

Nach außen gab er sich als Barbesitzer aus. Laut Atavian war er einmal eine Größe im korsischen Milieu gewesen und hatte sich mittlerweile aus dem Geschäft zurückgezogen. Ein Waffenhändler, der zahlreiche Überfallkommandos im Süden Frankreichs beliefert hatte. Er hatte mit Gaétan Zampa zusammengearbeitet, dem Paten, der in seinem Gefängnis ermordet worden war, und er hatte sich den Nationalisten angenähert. Für sie war er sogar bereit gewesen, umsonst zu arbeiten. Sein Beitrag zur Sache. Die Polizei hatte ihn oft im Verdacht gehabt, ihm aber nichts nachweisen können. Er ging schon auf die sechzig zu, aber sein Vorstrafenregister war noch so rein wie das eines jungen Mädchens.

Doch sein Werdegang hielt noch andere Überraschungen parat. Anfang der Achtzigerjahre hatten sich die Mafiabanden im Kampf um Guerinis Erbe gegenseitig niedergemetzelt. Dutzende von Leichen. Eine Epidemie gewaltsamer Todesfälle.

Auch dieser Gefahr war Batisti glücklich entronnen.

Paul kannte die Regeln. Der Mafioso verdankte jemandem sein Heil. In seiner Vorstellung konnte dieser Jemand nur Tomasini gewesen sein.

»Knickriger als die, das gibt's gar nicht«, murmelte Atavian beim Treppensteigen vor sich hin. »Wenn sie könnte, würde sie die Reste wieder aufwärmen und alles nur mit Kerzen beleuchten.«

»Ist sie seine Frau?«

»Seine Mutter. Sie hat alles unter Kontrolle. Die alte Ziege trägt seit zehn Jahren Trauer. Du kennst das besser als ich. Das verleiht ihr alle Rechte.«

Paul antwortete nicht. Er dachte an seine Eltern, seine eigene Kultur. Die Mittelmeerinseln waren sich alle gleich. Die Mutter spielte eine zentrale Rolle, war irgendwo zwischen Heiliger und Menschenfresserin angesiedelt.

Sie gelangten auf einen Treppenabsatz. Eine weitere Tür versperrte ihnen den Weg. Atavian holte Luft. Dann klopfte er dreimal schüchtern an. Dahinter ertönte eine barsche Stimme, wie aus einem Block aus Wut gehauen.

»Herein!«

12

In dem Zimmer roch es nach kaltem Rauch.

Ein dichter, greifbarer Geruch, der die Schleimhäute angriff und einem den Magen umdrehte. Dahinter Bierdünste, Frittengestank. Der Pesthauch aus der Küche schien sich hier zu konzentrieren. Eine luft- und wasserdichte Blase, die beim geringsten Funken zu detonieren drohte.

»Tag, Gégé.«

Der über seine Papiere gebeugte Mann zuckte überrascht zusammen.

»Das glaub ich nicht … Ein Wiedergänger.«

Gérard Batisti hatte sich sofort wieder im Griff. Er stand lächelnd auf und kam um den Tisch herum, der ihm als Schreibtisch diente. Er trug ein schwarzes, eng anliegendes Polohemd, das seine durchtrainierten Muskeln zur Geltung brachte. Eine Jeans und orangefarbene Turnschuhe komplettierten sein Outfit. Es schien sein besonderer Stolz zu sein, dass er sich so gut in Form hielt. Mit dem dunklen Teint und dem grauen Haar im Bürstenschnitt wirkte sein ebenmäßiges Gesicht wie eine Werbung für lebenslustige Senioren.

Aber ein Detail passte nicht ganz ins Bild. Der Typ hatte die Augen eines Perversen. Zwei dunkle, undurchdringliche Kugeln, die erloschenen Sternen gleich tief in den Höhlen lagen.

Atavian breitete die Arme aus. Sie klopften sich gegenseitig auf die Schultern. Der Ganove schien sich in seiner Haut wohler zu fühlen als der Bulle. Er führte sich auf wie ein mittelalterlicher Feudalherr, der die Huldigungen eines Vasallen entgegennimmt.

Paul hielt sich im Hintergrund. Er wartete, bis er an die Reihe kam, und sah sich unterdessen in dem Gelass um. Ein Hängeboden mit vergilbten Wänden, an die Boxkampfplakate gepinnt waren. Der Boden passte bestens dazu. Ein welliges Stück Linoleum, an manchen Ecken angekokelt. Überall Papierstapel, die den begehbaren Raum noch mehr begrenzten. Eine Rechenmaschine thronte auf dem Schreibtisch inmitten aufgeschlagener Aktenordner.

Batisti sprach leise. Ein leicht korsischer Akzent schleifte die Silben und vermittelte einen Eindruck von zurückgehaltener Aggression.

»Mensch, du Spinner. Das ist ’ne ganze Weile her.«

»Du hast dich nicht verändert«, antwortete der Armenier.

Dem Muskelprotz stand der Stolz ins Gesicht geschrieben.

»Ich tu mein Bestes. In unserem Alter muss man sich ganz schön ranhalten.«

Er trat zurück und zog eine Braue hoch.

»Du dagegen …«

Atavian murmelte etwas vor sich hin, als wolle er sich entschuldigen.

»Hab keine Zeit, mich makrobiotisch zu ernähren. Wir sind permanent im Einsatz.«

Paul spürte die Verbitterung. Der Armenier schaffte es nur weiterzuleben, indem er sich an die Pulle klammerte. Sein Aussehen war das geringste seiner Probleme.

»Der Nachwuchs?«, fragte Batisti weiter und deutete auf den jungen Mann.

»Mein Vorgesetzter. Leutnant Paul Cabrera.«

Paul streckte ihm die Hand hin. Er spürte einen kräftigen Händedruck, als würde man einen Baumstamm anpacken. Beim Zuschlagen dürfte der Bursche einen ganz schönen Schaden anrichten können.

»Boxt du?«, fragte Gégé.

Paul gab sich heiter.

»Sieht man mir das so an?«

»Ich hab da Erfahrung.«

Er griff nach einem vergoldeten Pokal hinter dem Schreibtisch.

»Provence-Meisterschaft 1965. Mittelgewicht. Mein letzter Titel.«

»Und jetzt?«

»Organisiere ich Wettkämpfe. Um ein bisschen am Ball zu bleiben.«

Paul nutzte die Gelegenheit, eine Gemeinsamkeit ins Spiel zu bringen.

»Tomasini war ein Fan.«

»Hast du ihn gekannt?«

»Ein Vater ...«

Ein Lächeln huschte über sein Gesicht und entblößte eine schnurgerade Zahnreihe. Man war unter sich.

»Die Freunde meiner Freunde sind auch meine Freunde. Kann ich Ihnen etwas anbieten?«

»Ricard«, sagte Atavian.

»Bier«, echote Paul.

Batisti öffnete einen winzigen Kühlschrank, der direkt auf dem Boden stand. Er ließ die Getränke herumgehen und schenkte sich einen Fruchtsaft ein. Von der Straße drang ein lautstarker Wortwechsel zu ihnen hinauf.

»Scheißviertel. Ich traue mich nicht mehr, meine Mutter ganz allein zu lassen.«

Der junge Leutnant verkniff sich ein Lächeln. In fünf Minuten würde der Typ sagen, dass die Polizei in ihrer Arbeit versagte.

Als habe er seine Gedanken erraten, warf Atavian in ironischem Ton ein: »Wir werden Beschwerde für dich einlegen.«

Die Miene des Ganoven erstarrte.

»Mach dich bloß nicht über mich lustig. Die Regeln haben sich geändert. Die Schlägerbanden, die aus den Vorstädten kommen, kennen keinen Respekt.«

»Den muss man ihnen beibringen.«

Batisti zuckte mit den Schultern.

»Neger und Araber. Was willst du denen beibringen?«

Er hob sein Glas, in Gedanken bereits ganz woanders.

»Auf die gute alte Zeit.«

Die drei Männer stießen miteinander an. Der Besitzer des

Arrêt kehrte zu seinem Stuhl zurück und fing zu kippeln an, die Füße auf dem Schreibtisch. Er fragte mit kalter Stimme: »Was ist los?«

Die beiden Polizisten standen immer noch. Atavian wirkte ein bisschen irritiert.

»Das Attentat in der Rue Borde.«

»Das Attentat? Welches Attentat?«

»Ich brauche Infos.«

»Und da fragst du mich?«

»In Erinnerung an die gute alte Zeit.«

Der Barbetreiber nahm einen großen Schluck. Er ließ den Armenier nicht aus den Augen.

»Was bringt dich zu der Annahme, ich könnte da *up to date* sein?«

»Weil du das immer gewesen bist. Schau dir deine Klamotten an. Die Zeiten ändern sich. Du passt dich an.«

In seinen schwarzen Pupillen blitzte die Bosheit auf.

»Aber das geht nicht so weit, dass ich Bomben legen würde, Kumpel. Ich mache Geschäfte. Keine Politik.«

»Manchmal kommt das auf dasselbe raus. Das wissen wir alle.«

»Das ist alles vorbei. Ich kümmere mich um die Bar. Das ist ein Fulltime-Job.«

Atavian leerte sein Glas auf einen Zug, als wolle er sich Mut antrinken. Der Typ nahm ihn auf den Arm, aber Paul begriff, dass er ihn nicht in die Offensive drängen wollte.

»Die Antiterrorabteilung beißt sich die Zähne aus«, fuhr der Armenier fort. »Keine Forderung, kein Indiz, kein Motiv.«

»Was soll ich dabei tun?«

»Auf dem Straßenpflaster ist niemand unsichtbar. Die Typen haben eine Spur hinterlassen. Zwangsweise. Du kannst mir dabei helfen, sie zu finden.«

Batisti brach in Gelächter aus.

»Ich bin in Rente gegangen. Weißt du, was das heißt? Ich helfe meiner Mutter und lass meine Schäfchen boxen. Damit bin ich voll ausgelastet.«

»Philippe Rocca. Serge Sampieri. Marc Andreani. Spielst du nicht mehr mit deinen Kumpels Karten?«

Der Ganove machte eine wegwerfende Handbewegung.

»Die alte Schule. Tot oder aus dem Spiel ausgeschieden.«

»Und die Nationalisten? Kämpfst du nicht mehr für die Sache?«

Batisti setzte eine ernste Miene auf.

»Das ist vorbei. Die Jungen machen nur Quatsch. Sie glauben nicht mehr an Werte.«

»Was Plastiksprengstoff angeht, da kennen sie sich immer noch aus.«

»Das ist ihr Problem... Aber nach dem, was ich gehört habe, sind sie nicht in diese Sache verwickelt.«

Paul konnte es sich nicht verkneifen, sich einzumischen.

»Das werden wir noch sehen...«

Der Mann warf ihm einen verächtlichen Blick zu.

»Wenn die Jungs irgendeinen Saustall in die Luft jagen, dann tun sie das nicht zum Spaß. Sollten sie das Finanzamt gesprengt haben, dann hätten sie das an die große Glocke gehängt, glaub mir.«

Der Ton war härter geworden. Gégé hatte sich vielleicht auf die Seite der Moderaten geschlagen, aber die patriotische Ader war ihm geblieben. Paul wollte gerade etwas erwidern, als er Atavians Hand auf seinem Arm spürte. Der Armenier schien die Sache mit Bedacht angehen zu wollen.

»Niemand klagt hier irgendjemanden an. Wir wollten nur um Hilfe bitten.«

Die Worte waren goldrichtig gewählt. Die Anspannung ließ etwas nach. Batisti schüttelte den Kopf.

»Ich weiß gar nichts. Ich mach's wie alle anderen auch. Ich lese Zeitung.«

Atavian ging zum Kühlschrank und schenkte sich noch ein Glas ein. Mit dem Rücken zu ihnen kippte er es in einem Zug hinunter.

Sie versanken alle in einem eisigen Schweigen. Die Erwähnung der korsischen Nationalisten hatte ein großes Unbehagen hervorgerufen. Im Raum roch es auf einmal nach Schießpulver.

Cabrera kam plötzlich ein erleuchtender Gedanke. Er trat einen Schritt vor und pflanzte sich vor Gégé auf.

»Du bist nicht mehr so ganz auf dem Laufenden, also will ich dir mal was sagen: Wir haben die Nationalisten im Visier. Jetzt, in diesem Augenblick, werden sie gerade in Paris von einem Richter in die Zange genommen.«

Der Mann erstarrte kurz. Die Haltung des jungen Leutnants brachte ihn ganz aus der Fassung.

Paul fuhr im selben Ton fort.

»Nehmen wir einmal an, deine Kumpels sind blau-weiß. In dem Fall können sie nicht einfach mit verschränkten Armen dasitzen und zuschauen, während man ihnen die Schuld für die ganze Sache in die Schuhe schiebt. Das geht einfach nicht.«

»Was willst du damit sagen?«

»Dass ich an ihrer Stelle nach dem Schuldigen suchen würde. Nach demjenigen, der ihnen die Verantwortung dafür zuschieben will.«

»Was nützt mir das schon?«

Paul starrte ihn an, ohne mit der Wimper zu zucken. In seinem Rücken kribbelte es.

»Ich muss wissen, was da abgeht. Du hast für sie gearbeitet. Du unterstützt ihren Kampf. Ich bin mir sicher, dass ihr noch immer gemeinsam krumme Dinger dreht.«

»Ich habe nichts mehr mit ihnen zu tun. Das habe ich dir schon gesagt. Das gehört der Vergangenheit an.«

Der Ton klang schon nicht mehr so bestimmt. Paul hatte ein Zögern wahrgenommen. Was für ihn der Beweis war, dass er log.

Er bohrte beharrlich weiter.

»Du irrst dich, Gégé. Wenn du so weitermachst, zwingst du mich dazu, unangenehm zu werden.«

Der Mann erstarrte. Er saß in den Stuhl gelümmelt da und zwang sich, keine Bewegung zu machen.

»Sag mal, du kleiner Scheißer, wer bist du eigentlich, dass du so mit mir redest?«

Paul warf seine Polizeimarke mitten auf die Aktenordner. Der Fruchtsaft kippte um und ergoss sich über die Papiere.

»Schau sie dir gut an. Tomasini hatte dieselbe. Aber im Unterschied zu ihm bin ich dir nichts schuldig. Also, entweder du kooperierst, oder ich kümmere mich um deinen Fall.«

Der Typ war verunsichert, hatte aber nichts von seiner Überheblichkeit verloren.

»Steck mich doch ins Loch, wenn dir das den Kick gibt. Das heißt noch lange nicht, dass ich plötzlich die Weisheit mit Löffeln gefressen habe.«

Paul bekam vor Wut einen roten Kopf. Er musste an Fabio denken, an die kaltblütige Art, mit der man ihn geopfert hatte. Die Leute, die hier Unschuldige unter die Erde brachten, das waren alles Typen wie Batisti. Energisch packte er den Ganoven beim Nacken.

»Dir hau ich die Nase platt, du Wichser. Vielleicht frischt dir das ein wenig dein Gedächtnis auf.«

Der andere stand auf und versuchte sich loszumachen. Da er kleiner war, schlugen seine Arme wie Windmühlenflügel ins Leere.

Paul ging um den Schreibtisch herum, ohne ihn loszulassen. Seine Finger drückten ihm die Kehle zu. Er presste ihn gegen die Wand und hob die Faust.

Eine kräftige Hand hielt ihn zurück.

»Lass ihn los. Das führt doch zu nichts.«

Paul drückte weiter zu. Weiße Blitze zuckten ihm durchs Bewusstsein.

Atavian brüllte: »Verdammt noch mal! Lass ihn los, du bringst ihn ja um!«

Ein paar Sekunden. Vielleicht noch etwas länger. Paul sah nur noch das Weiße der Augen, die langsam blutunterlaufen wurden.

Er ließ los.

Batisti brach auf dem Linoleum zusammen. Er hustete, rang nach Luft und stieß röchelnd ein paar abgehackte Worte hervor: »Du ... du bist ... du bist ja krank! Du weißt ... Du weißt ja gar nicht, wer ich bin ...«

»Spar dir deinen Atem. Du brauchst ihn noch, wenn ich zurückkomme.«

Atavian hielt ihn immer noch am Bizeps gepackt. Er zerrte ihn zur Tür.

»Wir hauen ab.«

Sie rasten die Eisentreppe hinunter und durchquerten im Sturmschritt den Saal. Draußen war die Nacht schon weiter vorangeschritten, und ein ganzer Zug von Erdwesen kam aus den Löchern gekrochen. Paul achtete nicht darauf. Die Knorpel Gégés knackten noch unter seinen Fingern.

Nachdem er sich ins Auto gesetzt hatte, kam er langsam wieder zur Ruhe. Die Bilder ordneten sich.

Batisti war ein Hai. Ein Menschenfresser. Das lag in seiner Natur. Auf die eine oder andere Weise schwamm er noch mit seinen Artgenossen zusammen.

Sein Schweigen war vorherzusehen gewesen. Hier kamen

die Gesetze des Klans voll zur Geltung. Aber trotz dieser Regel hatte er bei ihm eine gewisse Verstörtheit wahrgenommen.

Ein klares Zeichen dafür, dass die Korsen in die Sache verwickelt waren.

13

Reichman wohnte im Sofitel, oberhalb des Alten Hafens.

Ein Fünf-Sterne-Luxushotel ohne eigene Note, die Standardausführung. Von einer deprimierenden Konformität. Die Hotellobby, die Zimmer, die Restaurants und die Konferenzsäle – jeder Teil dieses Komplexes war ganz auf den Geschäftsmann zugeschnitten. Unten gab es dicke Teppiche mit melierten Mustern, zeitgenössische Ölbilder in schreienden Farben, klassische Ledersessel. Oben in den Stockwerken King-Size-Betten, Whirlpool-Badewannen, Blumenbuketts und Designermöbel.

Die Unternehmensgruppe setzte auf internationales Flair. Wenn ein Kunde sich für das Sofitel entschied, sollte er dort seiner vertrauten Umgebung begegnen. Ganz gleich, welcher Nationalität er angehörte. Überall auf der Welt, von Jakarta über New York oder Moskau bis nach Marseille, sollte er sich zu Hause fühlen.

Letztlich war das genau die Art von Hotels, die Reichman verabscheute. Er persönlich zog charmante kleine Hotels vor, Pensionszimmer, jene Orte, an denen Steine und Menschen eine Geschichte erzählten.

Aber in der Eile hatte er keine Zeit gehabt, nach etwas anderem zu suchen.

Banon hatte ihn kurzerhand in den Palast verfrachtet,

nachdem er ihm erklärt hatte, die Hotelkette habe mit der Stadtverwaltung eine Abmachung getroffen. Die Rechnung werde selbstverständlich beglichen. Auf der Fahrt hatte der Präsident noch einmal versucht, ihm die Würmer aus der Nase zu ziehen. Ohne Ergebnis. Reichman war ihm unauffällig ausgewichen und hatte sich an Van Bruges Anweisungen gehalten. Unter dem Vorwand, er sei von der Reise sehr erschöpft, hatte er eine Einladung zum Abendessen ausgeschlagen und sich verabschiedet.

Er hatte sofort sein Zimmer aufgesucht und vollkommen aufgekratzt LVB auf dem Handy angerufen.

Van Bruge hatte ihm zugehört, ohne ihn zu unterbrechen. Was er da vor Ort entdeckt hatte, ließ ihn aufhorchen. Für sich betrachtet bewiesen die einzelnen Dinge nicht viel. Ein aufgebrochenes Schloss war der einzige konkrete Anhaltspunkt. Aber es konnte sehr gut sein, dass es schon vor der Explosion aufgebrochen worden war, etwa von Kindern oder Hausbesetzern. Und was die fehlende Wand anging, die brachte sie gar nicht weiter. Rechtlich gesehen war das ein Negativbeweis. Unbrauchbar.

Er redete ihm dennoch zu, er solle weitermachen. Die Frist für den Polizeigewahrsam laufe aus, das Wochenende nahe, damit gerieten die Ermittlungen ins Stocken. Bis Montag werde er seine Dienste nicht weiter benötigen.

Der junge Mann hatte aufgelegt. Er schwebte wie auf einer Wolke.

Zwei Tage.

Für sein Vorhaben wäre das vollkommen ausreichend.

Es wurde nach und nach immer heller. Rot-, Orange- und Gelbtöne. Dann ein aggressives Weiß. Er dachte an einen Dimmer.

Als er die Augen öffnete, war das Zimmer hell erleuchtet.

Grelles Sonnenlicht fiel wie Goldregen aufs Bett. Kein Laut war zu hören.

Er brauchte ein paar Sekunden, um sich zurechtzufinden. Es roch anders als sonst, irgendwie fruchtig. Das Bett sagte ihm auch nichts. Zu groß, zu weich. Auf der Matratze stand in Reichweite sein halb geöffneter Handkoffer. Drumherum lagen Dokumente verstreut, sein Diktiergerät.

Augenblicklich wusste er wieder, wo er sich befand.

Die roten Ziffern auf dem digitalen Wecker zeigten 10:27 an. Reichman war über seinen Akten eingeschlafen, sicher sehr spät, ohne sich vorher auszuziehen. Zum Glück hatte er die Vorhänge nicht zugezogen.

Er stand hastig auf, nahm eine Dusche und zog sich das saubere Hemd an, das er immer in Reserve hatte. Die Antiterrorabteilung lebte ständig im Ausnahmezustand. Es war bei ihnen gang und gäbe, dass die Nächte durchgearbeitet wurden.

Während er auf der Bettkante saß, las er noch einmal seine Notizen durch.

Das erste Feld im Gänsespiel führte ihn ins Kommissariat des achten Arrondissements, Boulevard d'Haïfa. Der Punkt, den er hier klären wollte, war nicht entscheidend, aber mit etwas Glück würde er ihm zumindest ein wenig Munition liefern. Falls der Einbruch vor dem Attentat stattgefunden hatte, müsste es noch eine Spur geben. Eine Strafanzeige, irgendeinen weiterführenden Hinweis.

Nachdem er den Polizisten seine Ankunft angekündigt hatte, bestellte er sich einen Wagen und ging aus dem Zimmer. Wie versprochen, hatte der Oberbürgermeister die Rezeption verständigt. Ein unterwürfiger Lakai in purpurfarbener Livree überreichte ihm eine Quittung.

Er unterzeichnete sie und steckte sich den Durchschlag in die Tasche.

Draußen wartete ein glänzender, überdimensionierter Mercedes. Reichman war nicht sehr anfällig für Neidgefühle. Trotzdem ärgerte er sich. Diese Taxi-Unternehmer fuhren in dicken Limousinen herum. Bei seinem Lohn würde er mehrere Leben schuften müssen, bis er sich eine solche Kutsche leisten könnte. Er nannte ihm die Adresse. Die Limousine fuhr geschmeidig an, Richtung Corniche. Zum Glück war der Taxifahrer nicht in redseliger Stimmung.

Reichman saß entspannt auf seinem Sitz und genoss die Spazierfahrt. Dank des Mistrals war der Himmel wieder blau. Die Wolken waren wie weggewaschen, und der Himmel wirkte wie eine auf die Schnelle über Nacht hingepinselte Kulisse.

Schon bald spürte man deutlich das Meer. An der Weite über den Dächern. An der besonderen Art der Luft. Den speziellen Lichtverhältnissen. Eigentlich konnte man es nicht genau festmachen. Man spürte nur, dass es da war, ganz nah. Dann sah er es, am Fuße eines Hangs. Eine dunkle, bezaubernde, von weißen Flocken durchsetzte Masse. Heftige Windstöße ließen die Oberfläche in allen Regenbogenfarben schillern und schienen die seidige Flut in eine Reptilienhaut zu verwandeln. Vom offenen Meer rollten mit geschwellter Brust die Wellen heran. Sie zerschellten an den Felsen und sprühten salzige Sternchen in die Luft.

Er ertappte sich dabei, dass er lächelte, entzückt über die altbekannten Gefühle, die wieder in ihm hochkamen. Bei ihm zu Hause war die Natur ebenso wild. Ebenso rein. Die Seele dieser Stadt neigte zur Gewalttätigkeit. Sie war da, überall, wie eine Antwort auf die wütenden Angriffe der Elemente.

Plötzlich veränderte sich die Landschaft. Sie bogen in eine breite, von dicken Mauern gesäumte Straße ein. Dahinter lagen rechteckig gestutzte Zypressenhecken. Durch das Astgeflecht konnte man manchmal eine weiße Fassade erspähen, eine rosa Terrasse, die himmelblaue Lache eines Schwimmbeckens.

Ein Garten Eden. Mitten im Herzen der Stadt.

Reichman merkte kaum, wie das Taxi vor einem ockerfarbenen Zementblock hielt. Er zahlte den Fahrpreis und betrat das Gebäude.

Die Eingangshalle sah aus wie die eines x-beliebigen Verwaltungsgebäudes. Auf die Schnelle mit billigen Baumaterialien hochgezogen. In den Boden geschraubte Plastikstühle, gegenüber eine Theke, das Ganze in Gelb- und Grautönen gehalten. Der Architekt hatte dem Gebäude etwas Anheimelndes geben wollen: Alles befand sich auf gleicher Höhe. So musste sich die Polizei ohne die sonst übliche Herablassung ihren Kunden zuwenden.

Das Büro war voll an diesem Samstagmorgen. Vier Kids, die einen auf Rapper machten; ein Greis in Begleitung eines kurzhaarigen Kläffers; eine alte Schachtel mit Blazer und Perlenkollier. Reichman sah auf Anhieb, wer hier die Opfer und wer die Beschuldigten waren. Um das Bild zu vervollständigen, hatten sich zwei Bullen vor der Tür aufgepflanzt, barhäuptig und mit verschränkten Armen.

Er ging auf den Schalter zu. Eine Beamtin in tadelloser Uniform kritzelte etwas in ein Formular.

Er fragte höflich: »Ich möchte gerne den Kommissar sprechen. Ich ...«

Die Polizistin ließ ihm keine Gelegenheit sich vorzustellen und schnitt ihm barsch das Wort ab: »Sie warten. Sie werden aufgerufen.«

Der Staatsbeamte war eine solche Behandlung gewohnt. Wenn man jung war und eine gepflegte Erscheinung hatte, so war das ein Handicap. Er wurde oft übergangen und zückte nun seine Brieftasche.

»Untersuchungsrichter Reichman. Pariser Zivilgericht der zweiten Instanz. Ich habe angerufen.«

Die Frau machte große Augen, als sie den Ausweis sah, stammelte eine Entschuldigung und nahm einen Hörer ab. In weniger als zehn Sekunden hatte sie ihm erklärt, welchen Weg er nehmen musste.

»Erster Stock. Gegenüber der Treppe. Es … Es tut mir aufrichtig leid, Herr Richter.«

»Schon gut. Da lang?«

»Gleich hier rechts.«

Reichman bedankte sich mit einem Lächeln und machte kehrt. Als er aus der Halle ging, spürte er die Blicke der Rapper in seinem Rücken. Solche Blicke waren ihm schon oft begegnet. Eine Mischung aus Hass und Faszination. Ganz anders als die Blicke, mit denen sich die Bullen herumzuschlagen hatten.

Er repräsentierte nicht das Gesetz.

Er *war* das Gesetz.

Oben auf der Treppe wurde er von einem fülligen Mann erwartet. Seine Züge waren so ausgebeult wie seine Uniform, der tägliche Papierkrieg hatte ihn vorzeitig altern lassen. Er trug eine Gleitsichtbrille, die er auf seine kahle Stirn hochgeschoben hatte. Reichman schätzte ihn so auf die vierzig, war sich aber nicht ganz sicher.

»Kommissar Vals.«

Weicher Händedruck. Das Gefühl, eine Qualle anzufassen.

»Danke, dass sie mich empfangen.«

»Das ist doch selbstverständlich.«

Sie betraten einen kleinen Büroraum. In der Luft hing ein strenger Geruch. Es roch wie im Schlafzimmer eines Tuberkulosekranken. Den Kommissar schien das nicht zu stören. Er deutete auf einen Sessel, bevor er sich ächzend niederließ.

»Kaffee?«

»Nein, danke.«

»Arbeiten Sie mit Van Bruge zusammen?«

»Genau.«

»Sie sind jung …«

»Alt genug.«

Vals verschlug es einen Moment die Sprache. Hinter dem Engelsgesicht versteckte sich ein knallharter Bursche. Er schlug einen anderen Ton an.

»Ein Teufelskerl, dieser Van Bruge. Davon bräuchte man ein ganzes Dutzend. Dann gäbe es weniger Probleme.«

Reichman nickte als Antwort und vermied es, sich weiter über das Thema auszulassen.

»Ich bin wegen des Attentats hier.«

»Ich wüsste nicht, womit ich Ihnen dienen könnte. Ich leite alle Entdeckungen direkt an die Staatsanwaltschaft weiter.«

Reichman holte eine Drucksache aus seinem Handkoffer. Über dem transparenten Kürzel des Handelsgerichts Marseille erschienen die gesetzlichen Daten.

»SCI Vanessa. Das ist jene Immobiliengesellschaft bürgerlichen Rechts, der die Wand gehört, die an das Finanzamt angrenzt.«

Der Kommissar ließ seine Brille auf die Nase gleiten. Er überflog das Schriftstück mit gerunzelter Stirn.

Der Untersuchungsrichter fuhr fort: »Sie hat die Plattform ausgebaut und in Büroräume unterteilt. Die Räume waren alle an Gesellschaften vermietet. Vor sechs Monaten wurde den Mietern gekündigt. Die Büroräume stehen seit letzter Woche leer.«

»Davon habe ich gehört …«

»Darf man erfahren, ob die SCI eine Klage angestrengt hat?«

Der Kommissar massierte sich die Stirn. Er versuchte zu verstehen.

»Sie haben den Schaden wahrscheinlich bei ihrer Versicherungsgesellschaft gemeldet. Das ist die übliche Vorgehensweise.«

»Es geht nicht um die Explosion, sondern um einen möglichen Einbruch. Ich bin auf der Suche nach Hinweisen auf die Zeit vor der Räumung der Büroräume.«

Der Polizist starrte Reichman mit trübem Blick an. Bei dieser Frage kam er nicht mehr mit.

»Ich kann Ihnen nicht ganz folgen.«

»Ich werde es Ihnen erklären … Können wir nachschauen?«

Sein Gegenüber zuckte mit den Schultern. Er gab die Daten in einen PC ein. Nachdem er mehrere Minuten herumgesucht hatte, verkündete er: »Es liegt nichts vor. Jedenfalls nicht bei uns.«

»Sind Sie sicher?«

»Schauen Sie selbst.«

Er schwenkte den Bildschirm zu ihm hinüber. Ein blinkendes Fenster zeigte an, dass keine Informationen vorlagen.

Reichman spürte, wie eine Welle reiner Freude seinen Körper elektrisierte. Die erste Ampel war auf Grün gesprungen. Er fuhr immer noch.

»Wurde nie von einem Nachbarn Anzeige gegen irgendwelche Hausbesetzer erstattet?«

Vals verband die Datei der Strafanzeigen mit dem Geschäftsbuch für vorübergehende Eintragungen. Schließlich bemerkte er: »Nichts dergleichen.«

Reichman kramte in seinem Handkoffer. Er holte einen Notizblock heraus, auf dem er sich Ort und Uhrzeit der Unterhaltung notierte, den Namen seines Gesprächspartners und dessen Aussagen.

»Bestens. Ich danke Ihnen.«

Vals ließ sich in seinen Sessel zurückfallen. Er wirkte enttäuscht.

»Ist das alles?«

»Das ist alles.«

»Und Sie sind von Paris gekommen, um mir diese Fragen zu stellen?«

»Sagen wir mal lieber, ich habe diese Reise unter anderem dazu genutzt.«

Reichman stand auf. Er hatte, was er wollte.

»Noch mal vielen Dank für Ihre Mitarbeit, Herr Kommissar.«

Er war froh, dass er gehen konnte. Die Luft in dem Büro war so schlecht geworden, dass man kaum mehr atmen konnte. Auf der Türschwelle fragte er: »Noch eine letzte Frage. Ich bin nicht motorisiert. Könnten Sie mir vielleicht einen Wagen zur Verfügung stellen?«

14

Polizeimeister Scarbon sah man seine Dummheit schon von Weitem an.

Er sah recht gut aus, hatte ein wohlgeformtes Gesicht und ein markantes Kinn. Die Harmonie seiner Gesichtszüge unterstrich auf grausame Weise den völligen Mangel an Temperament. Er trug die Uniform der Beamten in Zivil: Blouson, Jeans, T-Shirt, Sportschuhe. Mit entspannter Miene kaute er auf einem Streichholz herum. Diese Geste entsprach vollkommen der Vorstellung, die er sich von sich selbst machte.

Inspektor Harry Callaghan.

Die Marseiller Ausgabe.

Reichman hatte auf dem Rücksitz Platz genommen. Die zwei Sätze, die er vor dem Kommissariat mit ihm getauscht hatte, hatten ihm genügt, um sich ein Bild zu machen. Er hatte dem Cowboy die Adresse genannt und sich dann in seine Akte vertieft.

SCI Vanessa.

Für einen Geschäftsnamen nicht sehr einfallsreich. Die Geschäftsinhaber zerbrachen sich in der Regel nicht groß den Kopf. Sie benutzten den Namen der Straße, die Vornamen ihrer Kinder, ihrer Frauen, notfalls auch ihrer Hunde. Manchmal kombinierten sie Silben, setzten sie neu zusammen wie bei einem Computerpasswort.

Das ausgewiesene Kapital war eine unerhebliche Summe: tausend Euro. In der Sparte nicht ungewöhnlich. Das Unternehmen bestand aus vier Teilhabern: einer natürlichen Person, Michèle Jourdan, der Geschäftsführerin, sowie aus drei juristischen Personen, bürgerlich-rechtlichen Gesellschaften, die ihrerseits von Jourdan repräsentiert wurden. Die Teilhaber hatten ihren Wohnsitz sämtlich auf der Place du Terrail Nr. 10 im siebten Arrondissement.

Der Ermittlungsrichter wunderte sich nicht über diese Konstellation. Es war ein einfaches System, das es dem Geschäftsgründer gestattete, das Kapital auf verschiedene Körperschaften zu verteilen und dennoch die Kontrolle zu behalten. Und das Ganze basierte auf Immobiliengeschäften: Erwerb, Marketing, Vermietung. War ein Projekt abgeschlossen, wurde der Gewinn in die externen Gesellschaften weitergeleitet, was steuerliche Einsparungen brachte. Die Firma war 2001 gegründet worden. Seither war keine Satzungsänderung vorgenommen worden. Am Sitz der Gesellschaft, ihrer Teilhaber, ihrer Verwaltungsorgane hatte sich nichts geändert.

Reichman klappte zufrieden seinen Handkoffer zu.

Seine Reise nach Marseille hatte sich gelohnt. Er musste die Gelegenheit nutzen, den roten Faden vor Ort weiterzuverfolgen. Telefongespräche, Befragungen… Nichts war wertvoller als ein Gespräch von Angesicht zu Angesicht.

Wie er weiter vorzugehen hatte, lag auf der Hand. LVB hatte ihm nicht so viel Zeit eingeräumt, dass er nun alle Mieter einzeln vernehmen könnte. Michèle Jourdan stand ganz oben auf seiner Liste. Sie würde ihm den Weg zu der richtigen Person schon weisen.

Der Wagen fuhr jetzt auf der Rue du Roucas, einer schmalen Verkehrsader, die von der Corniche abging. Die Schneise führte an einem steilen Hang zu Notre-Dame-de-la-Garde hinauf. Sie sah aus, als sei sie von einem gewaltigen Meißel in den Fels gehauen worden. Seitlich klammerten sich Gebäude aus dem frühen neunzehnten Jahrhundert an den Hügel. Gedrungen, schwer, wie dicke Sahnetorten.

Reichman hatte eine Vision in Schwarz-Weiß: Menschen mit Strohhüten auf dem Kopf spazierten zum Meer hinunter, unter den Platanen tanzten die Krinolinen, man hörte Gelächter…

Ein Hupen holte ihn in die Gegenwart zurück.

Sie standen im Stau.

Plötzlich kam Leben in Scarbon. Er stieß einen Schwall von Beleidigungen, Drohungen und wüsten Schimpfwörtern aus. Der Ermittlungsrichter streckte den Kopf aus dem Fenster. Hundert Meter weiter versperrte ein Lastwagen, der in zweiter Reihe geparkt stand, die Durchfahrt.

Er wollte gerade etwas sagen, als er brüsk nach hinten geworfen wurde. Der Polizeiwagen war ausgeschert. Blaulicht, Sirene: Harry nahm die Dinge in die Hand.

Sie fuhren links am Stau vorbei. Wagen flohen zur Seite, verkeilten sich ineinander, retteten sich auf den Gehsteig, um die Straße frei zu machen. Scarbon jauchzte, den Mund zu einem breiten Grinsen verzogen. Reichman wagte nichts zu sagen.

Kurz darauf konnten sie auf der Straße weiterfahren. Die Sirene heulte immer noch.

Sie gelangten an eine Kurve. Dahinter lag ein kleiner Platz mit einem hübschen Brunnen. Ein Obst- und Gemüsehändler hatte seinen Verkaufsstand dort aufgebaut und auf der Straße eine bunte Farbpalette ausgebreitet.

Scarbon brüllte, um den Lärm zu übertönen: »Place du Terrail«.

Reichman schrie zurück: »Die Sirene ... Könnten Sie nicht die Sirene abstellen?«

Voller Bedauern schaltete Scarbon sein Spielzeug ab. Ruhe. Leere. Tinnitusgeräusche im Ohr. Der Lärm der Stadt war wieder zu hören. Anfangs ein Raunen. Dann schwoll es an, breitete sich aus, nahm den ganzen Raum ein.

Der Ermittlungsrichter deutete auf eine Ecke, einen Platz, der den Lieferwagen vorbehalten war.

»Könnten Sie bitte dort parken? Ich brauche nicht lang.«

Scarbon gehorchte. Er hatte wieder seine abwesende, düstere Miene aufgesetzt. Reichman stieg aus, sah sich prüfend um.

Man hätte meinen können, man sei in einem Dorf gelandet. Kleine Häuschen, eine Schreibwarenhandlung, eine Reinigung, ein kleiner Supermarkt und eine Tabakbar. Das Ganze eingerahmt von Kastanienbäumen. Zwischen Stapeln von Obstkisten saß ein Obdachloser auf einer Bank und döste.

Reichman suchte nach den Hausnummern: 6, 8, 12.

Keine 10.

Mechanisch glitt sein Blick noch einmal über die Fassaden. Eine Vertiefung zwischen dem Schreibwarenladen und der Reinigung zog seine Aufmerksamkeit auf sich. Keine Nummer. Er überquerte den Platz. Vor Aufregung bekam er feuchte Hände.

Die Tür wirkte nicht sehr einladend. Dunkle Farbe, ein verstärktes Schloss. In der Mitte war auf Brusthöhe eine Kupfertafel angebracht.

Entspannt ließ er die Schultern sinken.

Hier fand sich der Name seiner Zeugin eingraviert.

Michèle Jourdan
Immobilienagentur

15

Er drückte die Klingel.

Der Messingknopf glänzte unter der Gegensprechanlage, einer verchromten Eisenplatte, die auf dieser alten Fassade wie ein Anachronismus wirkte.

Gleich darauf drang ein Knistern durch die Anlage, und man hörte eine ruhige Stimme: »Ja?«

»Michèle Jourdan?«

»Jawohl.«

»Marco Reichman. Untersuchungsrichter.«

Ein kurzes Schweigen. Die Schockreaktion, die dieser Art von Ankündigung üblicherweise folgte.

Wieder war die Stimme zu vernehmen, immer noch genauso ruhig: »Worum geht es?«

»Ich würde Ihnen gerne ein paar Fragen stellen. Es geht um das Attentat.«

»Die Agentur ist geschlossen. Könnten Sie nicht Montag noch einmal vorbeischauen?«

»Ich muss morgen den Zug nehmen. Es wird nicht lange dauern.«

Erneutes Zögern. Etwas länger diesmal. Und dann: »Dritter Stock. Lassen Sie mir einen Moment Zeit, ich muss mir nur noch etwas anziehen.«

Ein Klicken. Die Tür sprang ein Stück weit auf.

Reichman glitt hinein. Ein glänzender Boden aus roten Terrakottafliesen. Sehr wenig Licht. Es war deutlich kälter hier, was wahrscheinlich an den Steinen lag. Er tastete herum und fand einen Schalter. Eine Deckenlampe ging an.

Er stand in einer Diele. Schmal und tief. Die Wände waren mit beigefarbenem Stoff bespannt, hin und wieder waren Nischen aus cremefarbenem Marmor in die Wand eingelassen. Hinter dicken Glasscheiben standen Kunstobjekte aller Art: Büsten, Flachreliefs, Figuren. Alle im Khmer-Stil. Die Schmuckstücke wurden von Spots angestrahlt und bekamen dadurch etwas Lebendiges.

Reichman war ein Asienfan. Im Sommer nach dem Abitur war er mit dem Fahrrad quer durch Kambodscha gefahren. Eine Gruppenreise, die seine Pfarrei organisiert hatte, mehrere hundert Kilometer von Phnom Penh bis zur nördlichen Grenze. Unter der Aufsicht sportlich aktiver Pfarrer waren die Jugendlichen durch Straßen getrockneten Blutes gefahren, waren in das fiebrige Fleisch des Dschungels eingedrungen, hatten unter blankem Himmel auf kohlschwarzen Stränden übernachtet.

Mitten im Wald, in der Gegend um Siem Reap, hatten Tempel aufgeragt. Angkor Vat. Die grünen Steine. Die Götter mit dem Mona-Lisa-Lächeln. Die Ewigkeit, eingemeißelt in den Sandstein regloser Gesichter, wie das sanfte Wiegen eines Blattes im Wind.

Der angehende Ermittlungsrichter war drei Tage dort geblieben. Er hatte sich jede Statue angesehen, jedes Gesicht, hatte in den hermetischen Blicken und dem glatten Lächeln eine Alternative zu den Predigten der Kirche gefunden. Ein einfaches und beschauliches Lebenskonzept, verankert in der ekstatischen Betrachtung der Gegenwart.

Die Aufhebung des Todes.

Im Sommer darauf war er wieder hingefahren. Diesmal allein, trotz der Einwände seiner Eltern. Laos, Burma, Vietnam – von da an hatte er seine Sommermonate damit verbracht, die gelbe Seele zu erforschen. Es war für ihn wie ein Aufbruch ins Unbekannte gewesen, eine Initiationsreise, bei der er nach der Kehrseite der erlernten Gewissheiten suchte.

Er war ein guter Schüler, ein guter Sohn, und er beherrschte die gesellschaftlichen Umgangsformen, somit spiegelte seine Berufung für ein hohes Staatsamt die konventionelle katholische Erziehung seiner Eltern wider. Der Vater Arzt, die Mutter Apothekerin, eine Familie der Mittelklasse, gewöhnt an den Komfort einer prächtigen Wohnung im Stadtzentrum.

Sein Weg war vorgezeichnet. Er war der Älteste von vier Jungen, und auf ihm lasteten alle Hoffnungen des Clans. Er würde einmal eine Person von Stand werden. Einflussreich, geachtet, gesetzt. Ein Mädchen aus der Gegend würde ihm drei Blondköpfe schenken. Sie würden jeden Sonntag bei der Messe im Chor singen und anschließend bei den Eltern zu Mittag essen.

Dagegen hatte er gar nichts einzuwenden. Er war darauf vorbereitet. Dennoch fehlte ihm etwas. Seine Reisen waren eine Möglichkeit gewesen, aus dem Ganzen auszubrechen. Tief durchzuatmen und sich seinen Träumen hinzugeben.

Van Bruge und die Antiterrorabteilung hatten den Rest besorgt. Sie hatten es ihm ermöglicht, die Gegensätze zu vereinen: einen fest verinnerlichten Konformismus und eine angeborene Risikobereitschaft. Der innere Drang, den er seit seiner Kindheit unterdrückt hatte, hatte endlich ein Ventil gefunden.

Das Licht ging aus. Er drückte noch einmal den Schalter und nahm die Treppe. Die Frau wollte sich noch anziehen, also ließ er sich Zeit.

Der erste Treppenabsatz ähnelte dem Eingang. Nischen, Büsten: eine echte Privatausstellung. Er folgte der Treppe in dem Gefühl, in einem Museum herumzuspazieren.

Im zweiten Stock waren keine Nischen, nur ein Gang. Schließlich gelangte er in den dritten Stock. Eine Doppeltür. Schwarzes Holz, Zierleisten, balinesische Motive. Ein in den Türrahmen eingelassenes Glockenspiel in Marmor.

Mit einem kurzen Klopfen machte er auf seine Anwesenheit aufmerksam.

Wenige Sekunden später öffnete ihm eine Frau. Sie war groß und schlank, eine rote Mähne fiel ihr über die Schulter. Über einer beigen Hose trug sie einen Rollkragenpulli aus fahlgelbem Kaschmir. Das schicke und klassische Outfit eines Immobilienspezialisten.

»Madame Jourdan?«

Sie streckte ihm lächelnd die Hand hin. Ihr Blick wirkte leicht angespannt.

»Treten Sie bitte ein.«

Er folgte ihr durch einen hellblauen Gang. Japanische Stellwände ließen ahnen, dass es noch etliche weitere Zimmer gab. Eine Wendeltreppe machte deutlich, dass das Ganze als Maisonettewohnung konzipiert war. In der Luft hing der Duft von Räucherwerk.

Sie durchquerten einen hellen weitläufigen Raum, geschmückt mit Wandteppichen und Statuen. Krieger, Drachen, dickbäuchige Buddhas. In jeder Ecke wucherten tropische Pflanzen, sodass man das Gefühl hatte, durch einen

Mangrovenwald zu laufen. Vor einer großen Fensterfront, die auf eine Teakholzterrasse hinausging, stand ein Sofa aus Bambus.

»Mein Meditationssaal«, bemerkte sie, ohne sich umzudrehen. »Hier befreie ich mich vom Stress.«

Der junge Richter sagte nichts darauf. Diese Frau verwirrte ihn. Sie wirkte so gewandt, so gleichgültig, als wäre sie bereits am Ziel angekommen.

Sie führte ihn in ein Büro. Teakholz und Bambus. Juteteppiche. Völlig leer. Der einzige Luxus: Regale aus Mahagoni zierten die Wände.

»Die Agentur befindet sich im ersten Stock. Ich hoffe, es stört Sie nicht, dass ich Sie in meinen Privaträumen empfange?«

»Keineswegs. Ich hätte Ihnen früher Bescheid geben müssen.«

Michèle Jourdan blinzelte. Ein zarter Augenaufschlag, als erteile sie ihm wortlos die Absolution. Sie nahm Platz und fragte ihn zugleich: »Was kann ich für Sie tun?«

Reichman fühlte sich plötzlich fehl am Platz. Er zückte seine Karte, um wieder Oberwasser zu bekommen.

»Sie sind im Handelregister von Marseille als Leiterin einer Gesellschaft bürgerlichen Rechts namens Vanessa eingetragen, die in der Rue Borde zur gewerblichen Nutzung zugelassene Räume besitzt.«

Sie betrachtete das amtliche Dokument. Der Blondschopf auf dem Passfoto sah aus wie ein Kommunionskind.

»Justizministerium ... TGI Paris ... Ich wusste nicht, dass das Gericht die Opfer vertritt.«

Reichman wollte noch nicht all seine Geschütze ausfahren. Er ließ die Angelegenheit im Unklaren.

»Kontrolluntersuchungen ... Eine reine Routinesache ...«

Unmerklich wuchs ihre Anspannung.

»Ich habe den Schaden bereits meiner Versicherungsgesellschaft gemeldet. Soll ich Ihnen die Daten nennen?«

»Das wird nicht nötig sein. Wir suchen lediglich nach dem Mieter, dessen Gesellschaft an die Brandmauer angrenzt.«

»Aha. Und weshalb?«

»Für das Gutachten könnten sich bei der Haftungspflicht noch Fragen ergeben. Fragen zu den Schadensersatzansprüchen …«

Sie antwortete zu schnell.

»Er hat das Büro geräumt.«

»Sie kennen ja die Sachverständigen … Die wollen immer alle zur Verantwortung ziehen.«

»Ja … Sicher …«

Sie stand auf und deutete auf den Sessel, auf den Reichman sich stützte.

»Setzen Sie sich doch. Ich gehe die Akte holen.«

Er entschuldigte sich nochmals.

»Es reicht, wenn ich mir die erforderlichen Angaben notiere. Die Akte können Sie mir später zukommen lassen.«

Sie verschwand.

Der Ermittlungsrichter entspannte sich ein wenig. Die rothaarige Frau schüchterte ihn ein. Sie erinnerte ihn an eine Frau, der er in einer Ambulanz in Vietnam begegnet war, in der Nähe von Phan Thiet. Derselbe abwesende, fast schon durchscheinende Blick. Dieselbe Sanftheit. Im Alter von vierzig Jahren hatte diese Frau ein Leben hinter sich gelassen, das bereits millimetergenau vorgezeichnet war, um sich um Kinder zu kümmern, die Anti-Personenminen zum Opfer gefallen waren.

Doch trotz dieser äußerlichen Harmonie verbarg Michèle Jourdan etwas. Er dachte an eine ganz gewöhnliche Betrügerei. Das Attentat war im Vertrag wahrscheinlich nicht vorgesehen gewesen. Versicherungsgesellschaften deckten solche Risiken nur selten ab, zumindest nicht bei gewerblich genutzten Räumen. Sie hatte wahrscheinlich ihren Versicherungsmakler kontaktiert, um die Versicherungspolice nachträglich auf die Schadensersatzforderung zuzuschneiden.

Er seufzte. Diese Mauscheleien interessierten ihn nicht. Er war wegen etwas anderem hier.

»Ich hab's …«

Sie kam auf ihn zu, eine Brille mit runden Gläsern auf der Nase. In ihren Händen hielt sie eine Mappe mit Gummizug.

Sie setzte sich ein wenig steif hin. Mit gerunzelter Stirn begann sie mit ihrem Bericht.

»Die Räumlichkeiten wurden im März 2001 erworben. Sie sind in sieben vermietbare Einheiten unterteilt. Die Büros wurden sofort vermietet. An Start-up-Firmen, glaube ich. Im September 2003 wurde ihnen die Kündigung zugestellt. Letzte Woche wurden die Örtlichkeiten geräumt. Es waren bedeutende Renovierungsmaßnahmen vorgesehen …«

Der Ermittlungsrichter unterbrach sie: »Hätten Sie vielleicht einen Aufteilungsplan?«

Sie blätterte ein paar Seiten weiter. Bei jeder Bewegung verströmte sie einen zarten Duft nach Jasmin. Ihm fiel auf, dass sie am Mittelfinger einen flachen Ring aus mattem Silber trug. Eine stilisierte Schlange.

Gleich darauf zog sie eine Architektenskizze hervor. Feine Linien, wie Spinnweben auf Pauspapier. Die Parzellen waren mit Großbuchstaben von A bis G bezeichnet.

Einer für jede Gesellschaft.

Eine davon grenzte an die Mauer an.

»Das ist alles, was ich habe.«

Reichman antwortete höflich: »Das reicht vollkommen.«

Er sah sich das Dokument genau an und fragte schließlich: »Welcher Gesellschaft ist der Buchstabe E zugeordnet?«

Die Frau vertiefte sich wieder in ihre Akte. Es wurde immer deutlicher spürbar, dass sie sich unwohl fühlte.

»Hier … Es handelt sich um die Gemset-Gesellschaft. Geschäftsführer: Patrice Verbier. Gestaltung, Entwicklung und Vermarktung von Internetseiten.«

Reichman ergriff das Blatt, das sie ihm hinhielt. Name, Firmenname, Gegenstand des Unternehmens, die Gerichtskanzlei hatte sie bereits über jeden Mieter unterrichtet. Jetzt hatte er seinen Verdächtigen.

»Könnten Sie mir davon eine Fotokopie machen?«

»Sie können es behalten. Ich habe noch mehr Exemplare in der Akte.«

Er verstaute die Dokumente in seinem Handkoffer. Seine Wangen glühten vor Freude.

Aber es ging ihm noch eine Frage im Kopf herum. Ein Reflex, denn als Jurist war er es gewohnt, die möglichen Folgen einer jeden Handlung im Voraus zu bedenken.

Er fragte: »Sie vertreten die SCI Vanessa und deren Teilhaber. Gehört Ihnen diese Gesellschaft oder sind Sie nur deren Bevollmächtigte?«

Diese Frage schien sie zu überraschen. Sie nahm ihre Brille ab und starrte ihn misstrauisch an.

»Warum diese Frage?«

»Manche Eigentümer möchten lieber im Hintergrund bleiben. Aus familiären Gründen, wegen der Konkurrenz, aufgrund der Nationalität, Sie kennen die Motive. Immobilienagenturen und Notare leisten diese Art von Diensten.«

»Klären Sie mich bitte auf. Das hat doch keine Auswirkungen auf die Schadensersatzansprüche?«

»Absolut keine.«

Sie lächelte gekünstelt.

»Ich vertrete eine Gruppe von Investoren.«

»Dürfte ich erfahren, um wen es sich dabei handelt?«

»Muss ich darauf antworten?«

»Nein. Das heißt... Noch nicht.«

»Dann tut es mir leid. Berufsgeheimnis.«

»Verstehe.«

Er stand auf, ohne weiter nachzuhaken. Die Zeit wurde immer knapper. Er wollte mit sicheren Erkenntnissen nach Paris zurückkehren.

Die Rothaarige hatte ihm eine Fährte genannt. Ein kleines Informatikgenie, das in einem anonymen Büro am Netz herumbastelte.

Er hatte dort wahrscheinlich kompromittierendes Material versteckt: Bomben aus Papier, die imstande waren, ein Höllenfeuer zu entfachen.

16

Atavians Methode brachte nichts.

Paul hatte das Gefühl, er passe nicht mehr in die Zeit, sei einfach *out*, klammere sich krampfhaft an alte Erinnerungen an Sternstunden, die anderen gehört hatten.

Tomasini hatte das nötige Talent besessen, Durchsetzungskraft, Beziehungen. Seine Untergebenen hatten den Korsen gefürchtet und den Privatmann respektiert. Vor allem waren diese Kontinentalkorsen mit ihrer Insel so stark verwurzelt, dass sie ein undurchdringliches Netz bildeten. Der junge Leutnant machte sich nichts vor.

Zu Lebzeiten hatte der Kommissar die Karten verteilt.

Jetzt, da er tot war, war sein System keinen Pfifferling mehr wert.

Er hatte sich kommentarlos zu seiner Maschine zurückfahren lassen. Während der Fahrt hatte sich der Armenier hinter einem verzweifelten Schweigen verschanzt. Er war bereits wieder in sein Schattenreich abgetaucht.

Das Weitere war für Cabrera absehbar. Er würde sich allein durchschlagen müssen. Wie üblich.

Er war widerstrebend nach Hause gefahren und hatte den Abend damit zugebracht, eine Strategie zu entwerfen. Er glaubte nicht mehr recht daran, dass sie mit den Terroristen die richtige Fährte verfolgten. Das passte alles nicht zusammen. Batisti hatte recht gehabt, niemand hatte Forderungen gestellt. Warum sollte jemand eine Bombe legen, ohne Nutzen daraus zu ziehen? Wer wäre ein solches Risiko eingegangen? Die Erde war voll von Rebellen und Ayatollahs. Zerstörung war ihr Lebenszweck.

Wie bei seinen eigenen Kampfgenossen wurzelte der Kampf der korsischen Nationalisten in der Überzeugung, einem höheren Zweck zu dienen. Er zielte auf die Symbole eines feindlichen Staates, eines Unterdrückers. Nach dem Plastiksprengstoff war die Kommunikation seine beste Waffe. 1998, nach der Ermordung von Präfekt Érignac, einer bis dahin völlig unüblichen Aktion, hatten sich die Kommandos der Aktivisten zu der Tat bekannt.

Diesmal herrschte völlige Funkstille.

Paul hatte trotzdem die Gelegenheit ergriffen, in diesem Vakuum seine Ermittlungen voranzutreiben. Die Nationalisten hatten den Weg frei gemacht. Das Attentat hatte den Verdacht auf sie gelenkt. Sie würden versuchen dahinterzukommen, den Schuldigen zu finden. Das war nur logisch, und die Reaktion Batistis bestätigte diese Annahme.

Wenn er weiterkommen wollte, musste er Kontakt mit ihnen aufnehmen. Ein Mann könnte ihm dabei nützlich sein: Roger Pasquini, er war Direktor des Verwaltungsamts für

Sozialversicherungsbeiträge und Kindergeld im Departement Bouches-du-Rhône, und vor allem war er Freimaurer. Ein Bruder. Die einzige Person, die imstande wäre, zwischen ihnen und diesen Schattenkriegern eine Brücke zu schlagen.

Paul wollte sich am Telefon nicht weiter äußern. Er hatte ihn kurz vor Mitternacht angerufen, um ein Treffen zu vereinbaren. Pasquini war nicht in Marseille. Er würde am folgenden Tag spätnachmittags wieder zurück sein. Sie verabredeten sich zu einem Aperitif in der Nautischen Gesellschaft, einem Freizeitclub, dessen Präsident er unter anderem war.

Noch einen Tag warten.

Cabrera hatte sich frustriert schlafen gelegt. Geduld zählte nicht gerade zu seinen hervorstechenden Eigenschaften. Da sein Hirn noch immer auf Hochtouren lief, hatte er eine Weile gebraucht, bis er in einen unruhigen Schlaf gefallen war.

Paul war früh aufgewacht, hatte in der Wettbürokneipe an der Place d'Endoume einen Kaffee getrunken und dann beschlossen, auf seiner Terrasse ein paar Koteletts zu grillen. Wenn er samstags keinen Bereitschaftsdienst hatte, verbrachte er seine Zeit gerne in diesem friedlichen Eckchen.

Sein Haus war wie ein Nest. Klein, komfortabel, gemütlich. Es entfaltete seinen versteckten Charme im Quartier Vauban, am Ende einer von zahllosen Linden gesäumten Sackgasse.

Er hatte es fünf Jahre zuvor für einen Apfel und ein Ei erstanden. Eine Ruine, die nach dem Tod eines bettlägerigen Alten von dessen Erben schnell verhökert worden war. Mit Hilfe seines Vaters hatte er in wenigen Monaten ein Schmuckstück daraus gezaubert. Holz, Terrakottafliesen, Sichtbalken – er hatte die ursprünglichen Materialien erhalten. Bei der

Inneneinrichtung hatte seine Mutter ihn beraten: ein mit weißen Stoffen dekorierter Salon, eine Batterie von Zinnkochtöpfen, Seebilder an den Wänden.

Die mediterrane Aussteuer.

Nur in einem war er aus der Familientradition ausgebüchst: Hightech-Geräte. Eine Leidenschaft, die sein Freund Skali ihm während ihres Praktikums zu Ende ihrer Ausbildungszeit vermacht hatte. Home-Cinema, Hi-Fi-Dolbysurroundsystem, Plasma-Bildschirm, sein ganzes Polizistengehalt war in diese technischen Spielereien geflossen.

Um dreizehn Uhr schaltete er den Fernseher an.

Die Nachrichtensendung war gerade angelaufen, im Brennpunkt stand das Attentat. Eine Reportage voller sensationslüsterner Bilder von verkohltem Blech und rauchenden Ruinen. Der Moderator erinnerte an das tragische Schicksal dreier Feuerwehrleute: Helden, die bei der Erfüllung ihrer Pflicht in den Flammen den Tod gefunden hatten.

Als er das Foto von Fabio sah, empfand er eine tiefe Trauer. Es war wie eine Ungerechtigkeit, ein schwarzer Fleck im Leben, den nichts und niemand tilgen konnte.

Laut dem Journalisten trat die Ermittlung auf der Stelle. Die Antiterroreinheit kam keinen Schritt voran. Die Untersuchungsrichter vernahmen Dutzende von Personen, die auf die eine oder andere Weise Kontakt zu Untergrundbewegungen hatten. Es gab keine ernst zu nehmende Spur. Richter Lionel Van Bruge ging weiteren Hypothesen nach, über die derzeit noch nichts bekannt gegeben wurde.

Für den Bullen von der Brigade klangen diese Behauptungen falsch. Ein Lügengespinst, das die Massen einschläfern sollte.

Am frühen Nachmittag vibrierte sein Handy.

Virginie. Verheiratet, zwei Kinder; sie rief ihn samstags an, wenn ihr Gatte Golf spielen ging. Sie kreuzte wortlos auf, den Slip in der Tasche, geschminkt wie eine Nutte. Sie legten einen Quickie hin, meistens auf dem Boden, zwischen Eingang und Küche. Dann verschwand sie flugs im Badezimmer, tauschte noch die ein oder andere Banalität mit ihm aus und machte sich mit betretener Miene aus dem Staub. Bis zur nächsten Woche …

Diesmal setzte Paul das Spielchen nicht fort. Er war nicht in Stimmung. Er wollte sich lieber eine DVD anschauen, *Matrix reloaded*, die zweite Folge der Trilogie der Wachowski-Brüder.

Spezialeffekte, charismatische Figuren, ein atemberaubendes Drehbuch: einfach der helle Wahn.

Paul interessierte sich nur für diese Art von Spektakel. Abenteuer, Fantasy, Sciene-Fiction, diese drei Genres liebte er. Sofern sie amerikanischer Machart waren. Die Filme von Lucas, Spielberg, Wes Craven oder auch Peter Jackson kannte er auswendig.

Mit der Zeit hatte er sich mit dem Angestellten aus dem Videoclub angefreundet. Dieser hob ihm die Neuerscheinungen auf, beriet ihn bei manchen Titeln. Auf alles, was an die großen Gefühle appellierte, eine bestimmte Form von Mut und Tapferkeit pries, fuhr er ab. So konnte er seinen Alltag vergessen, in dem es nur Hass gab und die Hässlichkeit eines Lebens, in dem man nichts anderes tat, als Scheiße zu beseitigen.

Gegen Viertel nach sechs zog er seine Jacke an. Pasquini erwartete ihn um neunzehn Uhr; bis zum Hafen brauchte er zehn Minunten.

Er wollte schon die Tür zuziehen, als das Telefon klingelte.

Das Festnetz.

Nur eine Person benutzte noch dieses Instrument aus einem anderen Zeitalter. Er nahm den schnurlosen Hörer ab.

»Mama?«

»Geht's dir gut, mein Schatz?«

»Ich wollte gerade aus dem Haus.«

»Hast du für morgen Mittag schon etwas vor?«

»Nichts Besonderes.«

»Möchtest du zum Essen kommen?«

»Gerne.«

»Sag mal, du erinnerst dich doch an Angela, oder?«

Vor seinem inneren Auge erschien das Gesicht eines kleinen Mädchens. Braune Locken, kohlschwarze Augen, eine geheimnisvolle, etwas abwesende Miene, als schaue sie in ein inneres Traumgesicht. Die Erinnerung war schon alt. Fabios Tochter dürfte mittlerweile gewachsen sein.

»Undeutlich.«

»Sie konnte nicht zur Beerdigung kommen. Alles ist so schnell gegangen ... Aber jetzt ist sie hier. Bei uns. Ich glaube, es würde sie freuen, dich zu sehen.«

»Um halb eins, geht das?«

»Wann immer du willst. Wir warten auf dich.«

17

Er sprang auf seine Maschine und düste los.

Raureif hing in der eisigen Nachtluft. Drang durch das Leder, marterte die Haut, brachte die Muskeln dazu, sich völlig zu verkrampfen, fast bis zum Starrkrampf. Es war, als fahre er durch einen Kühlraum.

Mitte März waren die Sonntagsspazierfahrer unter den Motorradfreaks noch in ihren bequemen Limousinen unterwegs. Sie würden ihre Chromflitzer erst in einem Monat herausholen, nach der Umstellung auf die Sommerzeit.

Perfecto, Rangers, Integralhelm, Paul war bestens ausgerüstet, um dem Winter zu trotzen. In seiner Vorstellung war ein Motorrad nicht bloß ein Accessoire für die Anmache oder ein praktisches Fortbewegungsmittel. Jedenfalls nicht nur.

Das Herumdüsen mit dem Motorrad war eine Herausforderung, eine Lebensart. Man schoss wie von einem Faden gezogen dahin, verletzlich und kraftvoll zugleich.

Spitz wie ein Pfeil.

Er legte sich flach auf den Tank und bog in den Boulevard Notre-Dame ein. Von Abgasen verschmutzte Wohnblöcke aus Steinquadern. Schwarz wie die Gesichter von Bergarbeitern. Kaum Licht, nur ein paar Straßenlaternen, die einen grauen Brei auf die verlassenen Gehsteige kotzten.

Die Ducati »Monstro« kam auf über zweihundert PS. Ein Traktor, schwach in der Spitzengeschwindigkeit, kraftvoll in der Beschleunigung.

Paul spürte einen Schauder im Nacken.

Die Lust, sich zu amüsieren.

Er schaltete einen Gang herunter. Die Maschine heulte auf. Gleichzeitig gab er Gas. Dimensionswechsel. Wie bei einem Nintendo-Spiel. Die Konturen verwischen. Die vorbeifahrenden Autos bleiben stehen wie ein Standbild. Er langte am anderen Ende der Verkehrsader an.

Ein Engpass. Zwei Fahrzeugkolonnen, Kotflügel an Kotflügel. Kein Ausweg.

Er bremste. Dann fuhr er auf einen schmalen Gehsteig, der keinen Meter breit war.

Erster Gang, Vollgas.

In der Ferne war die Place de la Corderie zu erkennen, von Neonlichtern erleuchtet. Nach zwanzig Sekunden hatte er sich in den Kreisverkehr eingereiht. Dahinter kam die Rue Fort-Notre-Dame. Sie führte zu einem Wald von Masten hinunter.

Zum Glück war alles menschenleer.

Der Drehzahlmesser lief jetzt auf vollen Touren. Sechshundert Meter in sieben Sekunden. Ein Gefühl, als gleite man über eine Sprungschanze. Als surfe er auf einer Welle. Voller Adrenalinausstoß, bis zur Euphorie.

Er bremste ab, schwenkte nach links. Wieder normale Geschwindigkeit. Die Schneise zum Alten Hafen öffnete ihre salzigen Arme.

An den Anlegestegen lagen die Boote aufgereiht, hinter einer weißen Barriere, die den Zugang zu den Quais versperrte. Traditionelle Fischerboote, Außenbordmotorboote, Kabinenkreuzer, vor allem aber Segelboote. In der Nacht erinnerten ihre dicht gedrängten Masten an einen Bambuswald.

Er fuhr langsam bis zur Nautischen Gesellschaft. Der Freizeitclub erstreckte sich über etwa zwanzig Anlegestellen und verfügte über einige Ringe zum Anlegen, die ihm die Stadt zur Verfügung gestellt hatte.

Die Nautische Gesellschaft beherbergte Schiffe aller Größen, darunter so prestigeträchtige Exemplare wie die legendäre *Elisara* von Herbert von Karajan. Aber ihre größte Stärke lag in der Veranstaltung von Events. Durch die Organisation von Regattas mit geheimnisvollen Namen lockte sie zahlreiche Segelsportler an: Vire-Vire, Snim, Giraglia …

Paul übte diesen Sport selten aus. Ihm war Boxen lieber.

Er parkte sein Motorrad am Quai, unter einem aufgebockten marineblauen Schiffsrumpf. Es roch eindringlich nach Farbe.

Mit dem Helm unterm Arm kletterte er auf den Frachtkahn. Dort war der Club untergebracht. Er sah aus wie ein Jachtclub: strahlend blank gewienerte Kupferbeschläge, Seemannstaue anstelle von Rampen, mit dicken Nieten ins lackierte Holz der Wände eingelassene Bullaugen. Fotos von

Segelbooten gaben den Ton an: Segelboote der J-Klasse, Katamarane, Kimmkieler. Wettkampfboote. Wenn sie auf voller Fahrt dahinschossen, mit geblähten Segeln, wirkten sie wie Albatrosse, die über den Fluten schwebten. Hinter einem auf Hochglanz polierten Tresen reihten sich unzählige Pokale.

Cabrera entdeckte einen Kellner im weißen Hemd und mit Fliege.

»Ist Roger da?«

Der Mann musterte ihn mit leblosem Blick. Er schien den Anblick von heruntergekommenen Typen wie ihm gewohnt zu sein.

»Hinten. Hinter dem Restaurant.«

Paul bedankte sich mit einem kurzen Nicken. Er durchquerte den Saal, der um diese Zeit noch leer war. Die Tische waren schon gedeckt, elegant und unaufdringlich, weiße Tischtücher unter Porzellangeschirr. Bald würden die Mitglieder aufkreuzen, und der Rosé würde in Strömen fließen.

Ganz hinten machte der Raum einen Knick. Dahinter befand sich ein separater Nebenraum, in dem ein riesiger runder Tisch thronte. Ein Mann im Wollsakko runzelte die Stirn über einem Kreuzworträtsel.

Er hob den Kopf.

»Paul!«

»Na, Roger, wie geht's?«

»Geht so …«

Roger Pasquini faltete seine Zeitung zusammen. Er stand von seinem Stuhl auf und kam auf ihn zu. Der Vorsitzende der Nautischen Gesellschaft war klein und gedrungen, mit einer dichten grauen Mähne, die er sorgfältig nach hinten gekämmt und mit viel Haarspray fixiert hatte. Er trug eine Lesebrille auf der Nase, deren Goldkette ihm um den Hals hing.

Die beiden Männer begrüßten sich herzlich.

»Du machst dich rar«, warf Pasquini ihm vor.

»Keine Zeit.«

»Damit brauchst du mir nicht zu kommen ... Dir fehlt die Begeisterung. Das ist alles.«

Der junge Leutnant versuchte nicht, sich zu rechtfertigen. Sein Engagement für die Freimaurer hatte nachgelassen. Er hatte dort nicht die erwarteten Antworten gefunden. Lauter Individuen, die nichts anderes taten, als in gemeinsamer Isolation umherzuirren. Nachdem er vier Jahre lang ihre Symbole getragen, an ihren Ritualen und Tafellogen teilgenommen hatte, nagte die Einsamkeit noch immer an ihm.

Pasquini war eine Ausnahmeerscheinung. Wie die paar wenigen anderen Männer, zu denen er eine Beziehung geknüpft hatte. Aufgeklärte, bescheidene Freimaurer, die sich der Eitelkeit allen menschlichen Trachtens bewusst waren. Wahrscheinlich lag es an diesen Begegnungen, dass Paul seine Schürze noch nicht wieder zurückgegeben hatte.

»Komm. Wir gehen ein wenig an die frische Luft.«

Der Bruder führte ihn nach draußen auf einen schmalen Laufsteg. Ein leichter Wellengang ließ die Schiffskörper aneinanderschlagen.

»Also? Was soll die Heimlichtuerei?«

»Du musst mir helfen.«

»Dazu sind wir da. Soweit es im Bereich des Möglichen liegt ...«

»Ich ermittle im Fall der Rue Borde.«

Pasquini zog die Brauen zusammen.

»Ich kann dir nicht ganz folgen.«

»Macht nichts. Du musst nur ein Treffen für mich organisieren.«

»Mit wem?«

»Deinem Cousin.«

»Welchem?«

»Seinen Namen habe ich vergessen. Dem Anwalt.«

Plötzlich war deutlich Misstrauen zu spüren. Paul beschloss, mit offenen Karten zu spielen.

»Ich muss mich mit einem Nationalisten treffen. Er ist ihr Verteidiger.«

Kurze Pause.

»Warte mal… In was für eine Sache bist du da hineingeraten?«

»Du hast nichts zu befürchten. Ich brauche Informationen. Nichts weiter.«

»Ich habe die Zeitung gelesen. Die Nationalisten haben nichts damit zu tun.«

Paul war der gleichen Ansicht. Er machte ihm sein Anliegen etwas deutlicher klar: »Wahrscheinlich nicht. Aber ich habe guten Grund zu der Annahme, dass sie ihre eigenen Ermittlungen führen.«

Pasquini stützte sich mit den Ellbogen auf die Reling. Der Wind sang ein schrilles Lied in den Wanten.

»Du hast sie doch alle vernommen, oder?«

»Du kennst die Korsen. Das ist, als wolle man einen Fisch zum Reden bringen.«

Pasquini kam aus Luri. Ein Dorf in Nordkorsika, keine zweitausend Seelen, das zu gleichen Teilen Beamte, Mafiosi und Autonomisten hervorgebracht hatte. Er hatte sich für den Staat entschieden.

»Er wird nichts tun.«

»Es sei denn, du schickst mich.«

»Das reicht nicht. Du bist…«

Er unterbrach sich. Sein Blick glitt immer noch über die Masten, auf der Suche nach einem Halt.

Paul murmelte den angefangenen Satz zu Ende: »…ein Bulle?«

»Ein Bulle, ja. Und du bist nicht einmal Korse.«

»Ich kann seinen Klienten helfen. Er wird mir zuhören.«

Der Mann lachte schallend auf.

»Ihnen helfen? Was weißt du schon von diesen Leuten?«

»Zumindest eins. Sie suchen nach den Verrückten, die das getan haben. Und ich auch.«

Cabreras Schulter streifte die seines Bruders.

»Mein Onkel kam bei dem Attentat ums Leben. Hilf mir, sie zu schnappen.«

Pasquini sah ihn an.

»Dein Onkel? Das wusste ich nicht ...«

»Er war einer der Feuerwehrmänner.«

Pasquini verharrte noch einen Moment schweigend. Die Bindung an die Wurzeln, an die unausgesprochenen Gesetze. Die Brüderlichkeit. Alles schien sich zu vermischen. Plötzlich schlug er vor: »Es ist eiskalt. Lass uns wieder zurückgehen.«

Sie gingen wieder rein. Stimmengewirr zeigte an, dass sich schon die ersten Gäste zum Aperitif versammelt hatten. Es duftete köstlich nach Knoblauch und Safran.

Der Vorsitzende ließ sich auf seinem Stuhl nieder, zog ein kleines ledernes Notizbuch aus der Innentasche seiner Weste, blätterte schnell darin herum und nahm einen Telefonhörer ab. Als er die Nummer wählte, sagte er warnend: »Du wirst schon wissen, was du tust. Aber sei vorsichtig. Ich helfe keinen Bullen. Das geht auf deine Kappe. Wenn du die Sache verpatzt, werden sie dich nicht verfehlen.«

Er blickte ihn starr an.

»Und ich auch nicht.«

18

Reichman war mit sich zufrieden.

Binnen weniger als vierundzwanzig Stunden hatte er die Schallmauer durchstoßen. LVB würde über seine spektakulären Ergebnisse ziemlich verblüfft sein. Nach einer weiteren Nacht im Sofitel ging er wieder seiner Fährte nach.

Seine Vorgehensweise war nicht so ganz orthodox. Dessen war er sich bewusst. Ohne Protokollschreiber, an einem Sonntag, achthundert Kilometer von seinem Büro entfernt. Er hätte eigentlich abwarten, ordnungsgemäß handeln, den Betroffenen vorschriftsmäßig zur Vernehmung einbestellen müssen. Durch sein Verhalten könnte die Ermittlung schwer beeinträchtigt werden. Alle möglichen Belanglosigkeiten könnten angeführt werden.

Aber er brannte darauf, mehr zu erfahren. Seine Hypothese zu überprüfen.

Wer war Patrice Verbier? Wie sah er aus? Was verheimlichte er?

Reichman würde später in Paris Nachforschungen anstellen. Die Gerichtsakte, die Kartei der Polizei, interne Vermerke, er würde alles durchkämmen. Sollte der Geschäftsführer der Gemset-Gesellschaft bereits mit dem Strafgesetzbuch in Konflikt geraten sein, würde er das herausfinden.

Gegenwärtig wollte er den guten Mann einfach nur beschnuppern. Sich selbst ein Bild machen.

Für das, was er zu beweisen versuchte, gab es keinerlei konkrete Anhaltspunkte. Die Existenz eines Geheimfachs, versteckt in einer Wand, die nur mehr Staub war. Er hatte nichts in der Hand, womit er seinen Gesprächspartner überführen könnte. Nur ein Stück Konfetti und eine Reihe von Indizien.

Verbier hatte keine Schwierigkeiten gemacht. Sie hatten sich für zehn Uhr in einer Brasserie an den Hafendocks verabredet, nicht weit vom Hafen La Joliette.

Reichman fand problemlos einen Parkplatz. In diesem Geschäftsviertel herrschte am Wochenende eine Stimmung wie auf einer Beerdigung. Er setzte sich auf die Terrasse und bestellte einen Kaffee. Ein paar Kunden saßen bereits in der Sonne, eingemummt in dicke Klamotten. Ein kaltes Licht streichelte die Fassaden der alten Hafenlagerhallen. Der Ort lag ziemlich im Trend und war erst vor Kurzem für die Hightech-Gesellschaften renoviert worden.

Der Staatsbeamte hatte ihn sofort erkannt. Groß, geschmeidig, ein wirrer Haarschopf, die lässige Art des perfekten Sportsmanns. Sie dürften etwa gleich alt sein. Eine kämpferische Miene, in der das Auf und Ab des Lebens noch keine Spuren hinterlassen hatte. Er trug einen roten Jogginganzug, in dem er aussah wie ein Basketballspieler, der sich auf den Asphalt verirrt hat. Eine ultrafeine Sonnenbrille vervollständigte das Outfit.

Der Sportler sah sich prüfend um. In dem Moment hob Reichman die Hand. Er setzte sich zu seiner Rechten.

»Patrice Verbier.«

»Marco Reichman.«

»Haben Sie leicht hergefunden?«

»Ich hatte einen guten Stadtplan. Und in der Ecke hat sonst nichts auf.«

»Sonntags ist das hier völlig tote Hose. Aber ab Montag könnte man meinen, man befinde sich in Silicon Valley.«

Reichman verstand die Anspielung: Das Modell dieser Unternehmerbabys war auf der anderen Seite des Atlantiks entstanden. Businessplan, Stock Options, Nasdaq, die übliche Trilogie. Wahrscheinlich war seine Finanzierung nicht ganz koscher.

»Möchten Sie etwas trinken?«

»Wasser.«

Ein apathischer Kellner nahm die Bestellung auf. Verbier streckte entspannt die Beine aus.

»Ich gehe jeden Tag laufen, auch am Sonntag. Da kommt man nicht drum herum, wenn man sich fit halten will. Besser als koksen, oder?«

Er warf ihm ein verschwörerisches Lächeln zu. Der Ermittlungsrichter bewahrte eine eiserne Miene.

»Ich habe nicht recht verstanden. Weshalb wollten Sie mich sprechen?«

Reichman ging vorsichtig zum Angriff über: »Ich nehme an, sie kassieren eine Entschädigung für die Aufgabe der gewerblich genutzten Mietsache?«

»Zum Glück! Wir hatten einen Sondermietvertrag für gewerblich genutzte Räumlichkeiten, gesetzliche Laufzeit neun Jahre, garantierte Entschädigungszahlung, nach Firmenwert bemessen. Die Platinkarte im kommerziellen Bereich. Die Verrückten haben trotzdem versucht, mit uns zu verhandeln, wegen der Renovierungsarbeiten. Das Attentat hat die Sache wieder geradegerückt.«

Er deutete mit Genießermiene auf die Hafendockanlage. Das Gebäude roch nach Überfluss, nach schamlosen Mietpreisen. »Nächste Woche ziehen wir ein. Dreihundert Quadratmeter. Mit Blick auf die Reede.«

Das Geld wanderte von einer Hand in die andere. Man musste es sich nur zu nehmen wissen. Reichman dachte an sein vorheriges Treffen, an die Betrugsgeschäfte der Immobilienmaklerin. Unter anderen Umständen hätte ihn die Finanzkriminalität begeistern können.

»Zum Glück hatten wir unsere Koffer gepackt, bevor das Ganze in die Luft ging«, griff Verbier das Thema noch einmal auf.

»Zum Glück, ja. Wie groß ist denn Ihr Team?«

»Mit mir zusammen sind wir vier. In den neuen Büroräumen werden wir zu zehnt sein.«

»Seit wann hatten Sie die Räume angemietet?«

»Seit genau vierzehn Monaten.«

»Ihre Gesellschaft arbeitet im Informatikbereich, nicht wahr?«

Verbier gab sich ganz stolz.

»Internet. Kennen Sie nicht ›maville.com‹?«

»Nein.«

»Das ist eine Website mit Veranstaltungshinweisen. Ausgehlokale, Restaurants, Kinoprogramme, Ausstellungen, alles wird ins Netz gestellt. Mittlerweile habe ich Agenturen in Lyon, Nizza, Montpellier und Bordeaux. In anderthalb Jahren werden wir ganz Frankreich abdecken.«

Reichman hörte zu, bekam aber nichts mit. Er dachte an die Wand, an diesen phantomartigen Tresor, auf den sich seine Hypothesen stützten. Hatten diese Bill-Gates-Schüler kompromittierende Dokumente dort versteckt? Hatte die Bombe ihn im Visier gehabt?

Er legte das Fax auf den Tisch.

»Kennen Sie dieses Logo?«

Verbier warf einen Blick darauf. Er war vollkommen entspannt.

»Nie gesehen.«

»Das sind Wappen. Sie gehören einer Londoner Bank.«

Reichman ließ seinen Klienten nicht aus den Augen. Der Kerl schien sich immer noch genauso wohl in seiner Haut zu fühlen.

»Man hat sie in den Trümmern gefunden. Wir dachten, es stamme vielleicht aus Ihrem Büro.«

Verbier zog die Brauen hoch.

»Das würde mich wundern.«

»Warum?«

»Wir wickeln unsere Geschäfte über die USA ab. City Bank. Die europäischen Vorschriften sind viel zu kompliziert.«

»Vielleicht eine Überweisung von einem Ihrer Kunden?«

Der Unternehmer verzog verächtlich das Gesicht.

»Ich befasse mich nicht mit der Ablage von Rechnungen. Ich bin im Management tätig.«

»Könnte Ihr Buchhalter mir Auskunft erteilen?«

»Kein Problem. Er hat alle Belege.«

Der Ermittlungsrichter spürte vor Ärger einen kleinen Stich im Plexus. Der Rotzlöffel spuckte auf Zahlen und Texte, auf alles, was seiner Kunst ihre rechtliche Grundlage gab. Wahrscheinlich hatte er auch für Beamte nur Verachtung übrig.

Er schlug einen anderen Ton an.

»Haben Sie einen Tresor?«

»Gewiss.«

»Einen Wandtresor?«

»Nein. Der Besitzer wollte nicht, dass wir an der Wand etwas verändern.«

Ein Funken. Das Unbehagen der Maklerin war vielleicht auf einen einfachen Versicherungsschwindel zurückzuführen. Vielleicht wusste sie von dem Versteck.

Hier bohrte er nach.

»Ist Ihnen an der Wand irgendetwas Ungewöhnliches aufgefallen?«

»Wenn ich es recht verstanden habe, handelt es sich um eine der tragenden Wände des Gebäudes. Sie sind einen Meter dick.«

Reichman wusste das alles. Er wurde ungeduldig.

»Keine Höhenunterschiede? Keine seltsamen Markierungen?«

»Ich arbeite achtzehn Stunden am Tag. Falls Sie denken, ich hätte Zeit, die Tapete zu betrachten …«

Der Kellner stellte das Wasser auf den Tisch. Verbier stürzte sich darauf und trank es in einem Zug aus.

»Vom Laufen … da dehydriert man.«

»Erzählen Sie mir etwas über den Besitzer.«

»Eine schöne Frau. Macht ein bisschen auf Krishna, ist aber knallhart im Verhandeln. Die orientalische Methode.«

»Hat sie stille Gesellschafter?«

»Möglich.«

»Sie haben sie bestimmt einmal in ihrer Agentur aufgesucht. Ist Ihnen da niemand begegnet?«

Verbier betrachtete den Ermittlungsrichter über den Rand seine Brille hinweg.

»Sagen Sie mal, ich verstehe gar nichts mehr. Ich dachte, Sie kämen wegen der Entschädigungssumme?«

Reichman war zu weit gegangen. Er hatte sich bei der Befragung im Eifer des Gefechts mitreißen lassen. Jetzt griff er nach dem letzten Strohhalm.

»Ich suche nach einer möglichen Vertuschung vor den Versicherungsgesellschaften. Das Attentat war ihnen ja vielleicht ganz recht gekommen.«

Verbier zuckte mit den Schultern.

»Wir sind vorher gegangen. Die Verträge waren unterzeichnet. Der Scheck über die Entschädigungssumme liegt bei meinem Anwalt. Also …«

Der Richter bohrte nicht weiter. Seine innere Stimme flüsterte ihm zu, dass er hier auf der falschen Fährte war. Verbier war ein unbeschriebenes Blatt. Glatt und ohne Format. Sein Leben, sein Unternehmen, diese Schaumblasen konnten keine Bombe rechtfertigen.

Michèle Jourdan hingegen hatte eine verantwortungsvolle Position.

In dieser Richtung musste er weiter nachhaken.

Er bezahlte die Getränke und ging zum Auto zurück. Marseille hatte ihm einen Teil seiner Geheimnisse offenbart. Jetzt musste er LVB davon überzeugen, ihn weitermachen zu lassen.

Von nun an hatte er nur noch eine Fährte im Blick.

Die Finanzierung der SCI Vanessa.

19

Ein kupferfarbenes Püppchen.

Dieses Bild hatte er von ihr in Erinnerung.

Die Frau, die ihn beobachtete, hatte mit diesem Bild noch die Wärme und den Glanz einer Medaille gemein. Ihre Hautfarbe ließ einen an Strandspaziergänge denken, an Sonnenuntergänge in Ocker und Gold, an diese magischen Augenblicke, in denen die Körper von innen heraus zu glühen scheinen.

Ein kupferfarbenes Püppchen.

Der Rest war verschwommener.

Ein mageres kleines Mädchen mit zu großen, zu schwarzen Augen. Ein kleines schweigsames Wesen, das auf einer Ecke des Sofas sitzt und ein abgewetztes Plüschtier im Arm hält. Hinter dieser schützenden Wand aus Gleichgültigkeit hatte Paul den kleinen See der zurückgehaltenen Tränen wahrgenommen.

Er war sprachlos. Von der Angela, die er gekannt hatte, war nichts mehr da. Die Liane war gewachsen. Geschmeidig, kraftvoll, willensstark. Ihr unfertiges Gesicht war nun klar gezeichnet, hatte sich gefestigt, war wie mit einem festen Strich Zeichenkohle gezogen. Hohe Wangenknochen, gerade

Nase, gewölbte Stirn, ein perfektes, von braunen Locken umrahmtes Dreieck. Eine klassische, zeitlose Plastik, die gut auf das Cover einer Zeitschrift passen würde.

Aber da war noch mehr.

Die junge Frau war schön, doch darüber hinaus ging eine wilde Kraft von ihr aus, man sah ihren Augen an, dass sie einen starken Charakter hatte.

Es war, als habe man sie in einen Schmiedeofen gesteckt und als sei sie scharf und schneidend wie ein Silberstilett daraus hervorgegangen.

Sie stand vor ihm und sah ihn selbstsicher an, ohne zu blinzeln, eine antike Göttin in engen schwarzen Jeans. Sie trug eine ungebleichte Seidenbluse, nur leicht ausgeschnitten über einer in Weiß gehüllten Brust.

Keine Schminke.

Sie streckte ihm die Wange hin.

»Tag, Cousin.«

Paul küsste sie. Trotz ihrer forschen Art spürte er den Schmerz, verbarrikadiert hinter einem eisernen Willen.

Er murmelte: »Das mit deinem Vater – mein Beileid.«

Sie nickte.

»Danke.«

»Wann bist du angekommen?«

»Gestern. Ich konnte nicht früher.«

Er nickte ebenfalls.

»Wirst du es packen?«

»Ich denke schon.«

»Falls ich etwas für dich tun kann, dann …«

»Ich weiß.«

Keine Worte mehr. Paul neigte nicht gerade zu Gefühlsausbrüchen. Diese Art von Prüfung hatte er nie durchmachen müssen, aber er konnte sich vorstellen, wie schrecklich es sein musste. Einen Elternteil zu verlieren, dürfte wie ein

Erdbeben sein. Zumal Angela dieses Drama nun schon zum zweiten Mal durchlebte.

Er blieb ein paar endlose Sekunden lang mit hängenden Armen stehen.

Maria brach das Eis.

»Habt ihr Hunger?«

Draußen war der Tisch gedeckt, auf einer gefliesten Terrasse, von der man von oben herab auf den Hafen im Viertel Vallon des Auffes blickte. Dahinter lag das Haus der Cabreras, ein niedliches, rosafarben verputztes Häuschen. Durch die weit geöffnete Tür konnte man Fischernetze an den Wänden erkennen, wie zeitgenössische Kollagen auf der Leinwand eines Künstlers.

Vom Wind geschützt, von der Sonne überflutet, tummelten sich bereits einige Leute in der kleinen Bucht. Weiße Tischtücher, Plastikstühle, der Duft nach Gegrilltem. Mit schwarzen Brillen und in dicken Pullis ließen sich Kunden jeden Alters einen ersten Vorschuss auf den Sommer auszahlen.

Auf Marias Aufforderung hin setzte Angela sich mit dem Blick aufs offene Meer. Der Wind war abgeflaut, die Fluten hatten sich beruhigt. Das Meer erinnerte an eine Ölpfütze, die an manchen Stellen funkelte.

»Das ist zauberhaft.«

Die Stimme der jungen Frau hatte wie gehaucht geklungen. In dieser Atmosphäre konnte man sich gut entspannen.

Die Cabreras setzten sich ebenfalls. Paul nahm gegenüber seiner Cousine Platz.

Die beiden alten Leutchen sprachen wenig miteinander. Maria, weil das seit Urzeiten so Sitte war, und Antonio, weil er es so gewohnt war. In ihrer Kultur kümmerten sich die Frauen um das Haus, und die Männer gingen arbeiten. Fischen gehen und den Haushalt führen war etwas, dem jeder ganz für sich alleine nachging. Und bei beiden Tätigkeiten wurde ausgiebig geschwiegen.

Der junge Leutnant nahm das Gespräch in die Hand. Er wollte vor allem das Thema Fabio vermeiden. Angela würde schon von selbst darauf zu sprechen kommen, falls sie es wünschte.

»Wohnst du immer noch in Palermo?«

»Zurzeit… ist mir die Stadt zu laut.«

Paul zwinkerte seinem Vater zu.

»Das Problem haben wir hier nicht. Man hört nur mitten in der Nacht die Fischerboote ablegen.«

Der Alte lächelte ein wenig, eine zusätzliche Falte erschien auf seinem wettergegerbten Gesicht. Er griff nach der Flasche Rosé und schenkte allen ein. Maria nahm ein Schlückchen und verschwand in der Küche.

»Und was machst du jetzt?«, fragte Paul weiter.

»Ich bin Anwältin.«

Cabrera stieß einen bewundernden Pfiff aus.

»Da hast du deine Zeit nicht sinnlos vertan. Wie alt bist du denn jetzt? Zweiundzwanzig? Dreiundzwanzig?«

»Siebenundzwanzig. Ich habe vor zwei Jahren mein Studium abgeschlossen.«

»Und in welcher Sparte arbeitest du? Zivilrecht? Strafrecht?«

Ein Lächeln huschte über ihr Gesicht.

»Sozialrecht.«

Paul hob sein Glas.

»Auf die zukünftige Staranwältin.«

Sie stießen lachend miteinander an. Für einen kurzen Moment hatte der Tod sie aus den Klauen gelassen. Sie hatte dem Ansturm der reinen Lebensfreude nachgegeben, sich dem heilsamen Vergessen anheimgegeben, das den Seelen die Kraft zum Weitermachen gibt.

Angela fragte zurück: »Und du, du bist Polizist, nicht wahr?«

»Bulle, Polentenarsch, Oberfilzer, ganz wie du willst.«

Das Madonnengesicht verschloss sich wieder. Sie starrte Paul an.

»Du hast eine Ermittlung am Laufen, nehme ich an?«

Der junge Leutnant wurde angespannt. Er hatte nicht vorgehabt, ihr mitzuteilen, dass er an dem Fall beteiligt war.

»Denke schon.«

Sie schlug die Augen nieder.

»Ich wollte sein Grab besuchen gehen. Könntest du mich hinbringen?«

Paul wurde es ganz kalt ums Herz. Der gefürchtete Moment war schneller gekommen als erwartet.

»Jetzt gleich?«

»Ich habe eine Woche Urlaub genommen. Wann immer du Zeit hast.«

Maria stellte die Salatschüssel auf den Tisch. Sie hatte das Gespräch mit angehört.

»Ihr könnt ja nach dem Mittagessen hingehen. Der Friedhof schließt um fünf.«

Paul zog fragend die Brauen hoch, Angela zuckte mit den Schultern. Sie schien plötzlich nicht mehr recht zu wissen, ob sie das auch wirklich wollte. Ein Vollblut, das sich vor einem Hindernis aufbäumte.

Alles erstarrte, wurde geisterhaft. Antonio ergriff die Hand seiner Nichte.

»Das eilt nicht. Nimm dir die Zeit, die du brauchst. Bis dahin fühl dich hier wie zu Hause.«

Sie blinzelte. Bis zum Ende der Mahlzeit kam sie nicht mehr auf ihren Vater zu sprechen.

20

Toussaint Moretti.

Zweiundsechzig Jahre alt.

Geboren in Calenzana, Departement Haute-Corse. Verheiratet, Vater von drei Kindern.

Privatadresse: Villa »La Canonnière«, Miomo.

Besitzt eine weitere Wohnung am Boulevard Amédée-Autran, Marseille, siebtes Arrondissement.

Beruf: Anwalt.

Eingeschrieben in der Anwaltskammer von Bastia auf der Insel Korsika.

Zweitbüro in Marseille.

Paul hob den Blick von der Akte, die er von der Regionalabteilung des Verfassungsschutzes erhalten hatte. Er kannte sämtliche Einzelheiten auswendig.

Moretti hatte sich nach der CAPA – der Befähigungsprüfung für die Ausübung des Anwaltsberufs – im Januar 1973 in Bastia niedergelassen. Er war einunddreißig Jahre alt, ein fortgeschrittenes Alter für den Beginn einer Karriere. Über den Zeitraum davor lagen der Kripo keine Informationen vor.

Der zukünftige Verteidiger der korsischen Nationalisten hatte sich zu Beginn mit überfahrenen Hunden beschäftigt. Im Juristenjargon »Kleines Strafrecht« genannt. Mit Autodiebstählen, Haschischdealern, Einbrüchen, Schlägereien oder auch Verstößen gegen die Straßenverkehrsordnung.

Die Schule des Lebens.

Der Königsweg für angehende Strafrechtler.

1976, ein Jahr nach dem spektakulären Coup des Dr. Edmond Simeoni und der Besetzung des Winzergutes eines aus Marokko heimgekehrten Pied-noir*, markierte die Gründung der FLNC einen Wendepunkt in seiner Karriere. Als sich die Bewegung 1990 in verschiedene miteinander rivalisierende Fraktionen aufsplitterte, hatte er sich für den sogenannten legitimen Zweig entschieden, den FLNC-Canal Historique und dessen legales Aushängeschild, die A Cuncolta Naziunalista. Von den Todesdrohungen der Separatisten der Resistanza und des FLNC-Canal Habituel hatte dieser Sohn eines Landwirts sich nicht beeindrucken lassen. Seit der Wiedervereinigung des Front im Dezember 1999 war er zum wichtigsten Rat der Organisation aufgestiegen, die sich jetzt FLNC-Bund der Kämpfer nannte.

Aber der Staranwalt ließ es nicht dabei bewenden. In seiner Freizeit trat er auch als Verteidiger bei Banküberfällen auf, in die korsische Ganoven verwickelt waren, die mehr oder minder eng mit der Untergrundbewegung verbandelt waren.

Paul parkte sein Motorrad unten vor dem Gebäude. Wie die meisten seiner Berufskollegen hatte Moretti ein Büro im Stadtzentrum. In der Rue Montgrand, in Rufweite des Justizpalastes.

Er machte das Kanzleischild ausfindig. Glänzendes Kupfer, überdimensional große Buchstaben, der Eingang zeigte deutlich, dass hier Erfolg und Seriosität zu Hause waren. Eine Gegensprechanlage ersetzte die Klingelknöpfe, die man üblicherweise an diesen von der Luftverschmutzung angefressenen Gebäuden antraf. Paul fiel eine Überwachungskamera auf.

Er klingelte.

Das Auge der Kamera verengte sich noch etwas mehr. Nach wenigen Sekunden öffnete sich die Tür.

* Mit *Pied-noir* bezeichnete man seit den Fünfzigerjahren die weißen französischen Siedler in Algerien sowie die arabischen einheimischen Juden, die im 19. Jahrhundert die französische Staatsangehörigkeit erhielten.

In Gebäuden vom Anfang des neunzehnten Jahrhunderts hielten die gemeinschaftlichen Gebäudeteile oft Überraschungen bereit. Paul stand in einer geräumigen Halle, verziert mit Fresken, auf denen Seebilder dargestellt waren: Möwen im Sturm; Poseidon mit dem Dreispitz, auf Schaumbergen sitzend; ein von rotem Licht überzogener Sturmhimmel. Allegorische Darstellungen, die meisten im reinsten akademischen Stil. Aus der Qualität der Werke zu schließen, dürfte der Maler pro Quadratmeter bezahlt worden sein.

Über eine gewaltige Wendeltreppe konnte man in die oberen Stockwerke gelangen. Paul wurde klar, dass er sich in einem herrschaftlichen Stadthaus befand. Keine Treppenabsätze, keine Türen, nur Arkaden, die in helle Räume führten. In einem dieser Räume bemerkte er eine junge Frau, die sich mit sorgenvoller Miene über eine dicke Akte beugte.

Sonst war keine Menschenseele zu sehen.

Sie hob das Kinn, ließ sich aber nicht zu einem Lächeln herab.

»Haben Sie einen Termin?«

»Paul Cabrera. Herr Moretti hat mich gebeten, um neun Uhr vorbeizuschauen.«

Sie warf einen Blick auf ihre Uhr und nahm einen Hörer ab, der mit einer Telefonanlage verbunden war. Paul verstand nicht, was sie sagte.

Kurz darauf verkündete sie mit lauter Stimme: »Gehen Sie hinauf. Es ist auf Ebene eins.«

Mit derselben verschlossenen Miene vertiefte sie sich wieder in ihr Werk.

Cabrera stapfte gemächlich die Stufen hinauf. Die Eisenbeschläge seiner Rangers hallten bei jedem Tritt auf dem Marmor wider, ein störendes Echo an diesem stillen Ort. Die Treppe war von einem schmiedeeisernen Geländer umgeben. Mit Spitzen und Krallen wie eine Dornenkrone.

Er ging an zwei Büros vorbei, in denen sich Akten stapelten. An den Wänden standen Strafgesetzbücher und juristische Werke aufgereiht.

Niemand.

Vom anderen Ende des Gangs vernahm er ein Geräusch. Ein Gespräch, Gelächter. Er ging weiter. Eine Doppeltür war nur halb angelehnt. Auf mittlerer Höhe waren zu beiden Seiten Spiegel in das Holz eingelassen worden.

Paul erblickte sich darin. Dreitagebart, Pferdeschwanz, Perfecto, er hätte einer von Morettis Klienten sein können. Ein aus dem Knast ausgebrochener Einbrecher, der ohne Vorankündigung gekommen war, um den Staranwalt um Hilfe zu bitten.

Er klopfte ans Holz. Sofort ertönte eine Grabesstimme, die Ungeduld verriet.

»Ja!«

Morettis Büro war im gleichen Stil gehalten wie die anderen Räume. Protzig, neureich, pompös. Eine verschalte Decke, mit schreienden Malereien dekoriert; mit Feingold überzogene Bronzebüsten, Kopien griechischer Statuen; blutrote, von Politur glänzende Möbel. Paul stellte sich gigantische Honorarsummen vor, die überwiegend in Devisen bezahlt wurden.

Der Lohn der Lüge.

Der Anwalt saß hinter einem mit Intarsien verzierten Schreibtisch. Ein marderartiges Gesicht, lang gezogen, lichtes, weißes Haar, das bis auf die Schultern fiel. Beim Anblick dieser Person musste man unwillkürlich an hinterhältige Machenschaften denken, an krumme Geschäfte, teuflische Komplotte. Sein Mund, eine fast unsichtbare Linie, öffnete sich kaum, wenn er sprach. Trotz der winterlichen Temperaturen trug er ein weißes, kurzärmeliges Hemd, das eine sonnengebräunte, mit Leberflecken übersäte Haut sehen ließ.

Moretti trug eine Lesebrille auf der Nase und hielt sich mit der linken Hand ein Handy ans Ohr. Mit der anderen kritzelte er etwas auf einen Zettel. Ein Wettbürobetreiber, der gerade die Einsätze entgegennahm.

»So machen wir's ... Ciao.«

Er klappte das Handy zu und deutete auf eine Sitzgelegenheit. Seine ins Graue spielenden blauen Augen bohrten sich in Pauls Blick.

»Ich habe nicht viel Zeit. Womit kann ich Ihnen dienen?«

Einen warmherzigen Empfang hatte Cabrera auch nicht erwartet. Anwälte und Bullen kamen nur selten gut miteinander aus. Die einen mühten sich damit ab, eine ständig wachsende straffällige Bevölkerungsgruppe hinter Gitter zu bringen, die anderen setzten sich Tag für Tag der Gefahr aus, bei dem Versuch, sie zu befreien, einen Herzinfarkt zu bekommen. Jeder stand auf der anderen Seite der Justizmaschinerie und verteidigte seine Pfründe.

Paul blieb stehen. Er hatte sich eine Strategie zurechtgelegt.

Zunächst musste ein Kontakt hergestellt werden. Moretti empfing ihn, weil man ihn darum gebeten hatte. Daran musste er ihn erinnern.

»Roger hat Sie vom Zweck meines Besuchs unterrichtet?«

»Nicht in allen Einzelheiten. Ich weiß, dass Sie im Fall der Rue Borde ermitteln.«

Der Typ traute der Sache nicht. Er wusste, worum es ging, war es aber gewohnt, seine Gesprächspartner in die Enge zu treiben.

Paul versuchte, ihm seine Bedenken zu nehmen.

»Ich bin nicht in amtlichem Auftrag hier. Es gibt keine richterliche Anordnung und kein Protokoll. Das ist nur ein Gespräch unter vier Augen.«

»Sie machen wohl Scherze?«

»Das ist nicht meine Art.«

»Sie sind Polizeibeamter. Es gehört nicht gerade zu meinem Beruf, Ihrer Behörde großes Vertrauen entgegenzubringen.«

Die Dinge entwickelten sich ganz wie vorhergesehen. Paul lief ein paar Schritte durch das Zimmer und tat dabei so, als sehe er sich ein wenig im Raum um. Dabei legte er in Wirklichkeit die Regeln fest, markierte den Rhythmus.

»Ein Mitglied meiner Familie ist bei dem Attentat ums Leben gekommen.«

Moretti zuckte nicht mit der Wimper.

»Und weiter?«

»Ich bin persönlich involviert. Genügt Ihnen das nicht?«

»Ich vertrete die Interessen einiger derer, die im Rahmen des polizeilichen Gewahrsams vernommen wurden. Den Regeln meines Berufstandes entsprechend hätte ich, selbst wenn Sie der Herrgott persönlich wären, kein Recht, über die Akte zu reden.«

Der Ton war kalt, die Worte genau gewählt. Der verfahrensrechtliche Panzer.

Zweite Etappe.

Paul legte seine Karten offen.

»Darum bitte ich Sie auch gar nicht.«

»Worum dann?«

»Das wissen Sie sehr gut.«

Der Strafverteidiger presste die Kiefer aufeinander. An seinem Hals pochte eine Ader.

»Das ist unmöglich. Sie würden sich mit Ihnen nicht treffen wollen.«

»Ich kann Ihnen einen Dienst erweisen.«

Gelächter. Der Staranwalt wurde zusehends nervös.

»Da wüsste ich aber gerne, was Sie zu verkaufen hätten.«

»Das Ende der Schikanen.«

Paul bluffte. Auf diesem Gebiet hatte einzig und allein Van Bruge das Sagen. Er ließ seinen Worten ein Schweigen folgen.

Der andere neigte den Kopf. Da er mit Schwurgerichten und Volksgeschworenen vertraut war, analysierten seine Sensoren die verschiedensten Indikatoren zugleich. Rede, Stimme, Mimik, Gestik.

Die von Paul waren neutral.

»Meine Klienten sind alle vernommen worden ... Die Frist für den Polizeigewahrsam ist heute Nacht abgelaufen ... Es konnte ihnen nichts zur Last gelegt werden. Sie waren nicht in diese Angelegenheit verwickelt.«

»Davon bin ich überzeugt. Daher führen sie ihre eigenen Ermittlungen durch. Aber gegenwärtig sitzen sie noch auf der Anklagebank. Und es kann noch schlimmer kommen.«

»Dank Ihrer Mithilfe?«

Es war an der Zeit, ihm den Todesstoß zu versetzen. Paul hatte sich über das nationalistische Umfeld kundig gemacht. Die verschiedenen Bewegungen kämpften mit allen Mitteln, um die politische Vormachtstellung zu erringen. Über die Legitimität wurde auch an den Wahlurnen entschieden.

Am Sonntag sollten die Regionalwahlen stattfinden. Korsika konnte den Blutgeruch schon lange nicht mehr ertragen.

»Der meinen oder der eines anderen. Die Berichte gehen alle nach Paris. Wenn man bedenkt, woran Ihnen gelegen ist, könnte das ganz schön übel ausgehen.«

»Versuchen Sie etwa, Druck auszuüben?«

Jetzt war es an Paul, ihn ein wenig zu foppen. Er tat beleidigt.

»Aber Herr Rechtsanwalt ... ich bin ein Vertreter der Ordnung! Ich übe keinen Druck aus. Ich stelle lediglich die voraussichtlichen Folgen einer bestimmten Sachlage fest.«

Für einen Moment wirkte Morettis Miene etwas angespannt. Er wusste, welchen Schaden ein entschlossener Schweinehund anrichten konnte, vor allem, wenn er eine Polizeimarke trug.

Er setzte ein gewinnendes Lächeln auf.

»Ich werde die Nachricht weiterleiten. Gibt es eine Nummer, unter der ich Sie erreichen kann?«

Paul reichte ihm eine Visitenkarte. Der Anwalt nahm sie entgegen und legte sie in eine Schublade.

»Ich werde den Deal folgendermaßen darstellen: Meine Klienten werden durch eine offizielle und sofortige Pressemitteilung Van Bruges von allen Vorwürfen reingewaschen. Im Gegenzug organisiere ich ein Treffen.«

Der Strafrechtler versuchte ein letztes Manöver. Er wollte erhobenen Hauptes von der Bühne abtreten, den Eindruck vermitteln, er habe das Spiel in der Hand.

Cabrera wies ihn ohne Umschweife in seine Schranken.

»Wir sollten doch versuchen, die Dinge nicht durcheinanderzubringen. Ich treffe mich mit ihnen. Dann werden wir sie reinwaschen. Was ich von ihnen erfahre, wird uns ein Stück weiterbringen.«

Nach einem kurzen Zögern nickte der andere.

»Wie Sie wünschen. Es kommt vor allem darauf an, dass Sie Ihre Versprechen auch halten. Das liegt in Ihrem Interesse.«

Er begleitete Paul hinaus. Als sie die Treppe hinuntergingen, gab er ihm mit gereckter Brust noch den Hinweis: »Ich brauche nicht zu betonen, dass unsere Vereinbarung nur den Bund der Kämpfer betrifft. Ich sehe keinen Anlass, die anderen Splittergruppen, die keinerlei Legitimität besitzen, davon profitieren zu lassen.«

Der Fuchs hatte begriffen, was in seinem Interesse war. Indem die Justiz lediglich seine Klienten von der Schuld entlastete, würde sie den anderen das Todesurteil ausstellen. Die Wähler würden überhaupt nicht mehr durchblicken.

Paul warf ihm ein letztes Lächeln zu.

»Das versteht sich doch von selbst…«

21

Die Wohnung, die er zwei Jahre zuvor in der Rue Mouffetard bezogen hatte, erinnerte an den Dachboden eines Bauernhauses. Es war eine von Dachbalken durchzogene Zwei-Zimmer-Mansardenwohnung, versehen mit doppelten Velux-Fenstern, die auf die Dächer des Quartier Latin hinausgingen.

Reichman holte Getreideflocken aus dem Holzschrank über dem Kühlschrank. Frosties, Cornflakes mit Zuckerüberzug. Jeden Morgen, wenn er zu Hause schlief, vollzog er dieses Ritual. Pampelmusensaft als Ouvertüre, gefolgt von einer großen Schale Milch, in der die Flakes schwammen.

Anschließend fünfzehn Minuten Gymnastik.

Sommers wie winters unterzog sich der junge Ermittlungsrichter dieser eisernen Disziplin. In einem gesunden Körper wohnt ein gesunder Geist. Das brauchte man als Grundlage, wenn man seine Tage mit dem Versuch zubrachte, die Welt zu retten.

Er setzte sich auf einen hohen Schemel und stellte die Mixtur auf den Tresen. Die Zeitanzeige der Mikrowelle blinkte: 8:25.

Zu dieser Stunde tanzte in der Antiterrorabteilung schon der Bär.

Er tauchte seinen Löffel in die Mixtur, fühlte sich im Kopf noch völlig benebelt. Er hatte LVB davon in Kenntnis gesetzt, dass er den Morgen freinehmen würde. Was nur gerecht war, nachdem er ein Wochenende auf dem Altar der Pflicht geopfert hatte.

Letztlich wollte er einfach seine Ruhe haben, sich noch einmal das Organisationsschema der SCI Vanessa durch den Kopf gehen lassen und seine Erkenntnisse zusammenfassen. Er wollte sie in einem möglichst vorteilhaften und vielversprechenden Licht darstellen.

LVB legte großen Wert auf die Darstellung. Er liebte präzise Aufzeichnungen, Übersichtsverzeichnisse, explizite Stellungnahmen. In seiner Vorstellung musste eine Akte bereits durch die Lektüre der Vorschau verständlich sein, die eine Art chronologischen Bericht über die wesentlichen Verfahrensschritte darstellte und die er für seine Mitarbeiter ausgearbeitet hatte.

Reichman beendete sein Frühstück und begann dann mit seinem Bauchmuskeltraining ausgestreckt auf dem Teppich im Wohnzimmer, mit Mozart als Hintergrundberieselung. Die *Klaviersonate in A*, gespielt von Glenn Gould. Sein Körper litt, während seine Seele sich erhob. Triller trafen auf sein Trommelfell, gefolgt von stürmischen Vibrati, zerzausten Stakkati. Die Musik Gottes, gespielt von seinen Heiligen.

Nach fünfzehn Minuten Folter ging er in die Duschkabine. Der Biss des kalten Wasserstrahls machte ihn vollends wach. Er ertappte sich beim Singen.

Sauber und glatt rasiert, zog er sich einen dunklen Anzug an. Auch wenn er bei sich zu Hause war, kleidete Reichman sich an, wenn er nachdenken wollte. Er schenkte sich ein Glas Wasser ein, suchte alle Dokumente zusammen und schaltete sein Handy ein. Ein kurzer Piepston kündigte an, dass eine Nachricht auf ihn wartete.

Der Anruf war um acht Uhr zweiunddreißig eingegangen. Von einem Typen namens Jérôme Berthon. Eine weiche, apathische Stimme. Ihm vollkommen unbekannt. Aber was er ihm mitzuteilen hatte, traf Reichman wie ein Schlag.

Es handelte sich um einen Beamten der Marseiller Abteilung für Spurenauswertung. Man hatte ihm die Analyse eines Stücks Zellulose übertragen, das man am Ort des Attentats gefunden hatte, und nun wollte er genauere Angaben haben.

Der Ermittlungsrichter rief sofort zurück.

»Monsieur Berthon?«

»Am Apparat.«

»Marco Reichman.«

Der Mann zögerte. Er schien bereits mit einem neuen Rätsel befasst und hatte offenbar seinen Namen schon wieder vergessen.

»Sie haben mich heute Morgen angerufen«, kam ihm Reichman zu Hilfe. »Die Analyse des Fundstücks C154.«

In die Stimme kam ein klein wenig Leben.

»Ach ja … Das Stück Papier.«

»Und?«

»Ich wollte Sie um Ihre Genehmigung bitten.«

»Worum geht es?«

»Das Stück ist stark beschädigt. Wenn wir mit der Analyse fortfahren, laufen wir Gefahr, es noch mehr kaputt zu machen.«

Dem jungen Mann schnürte es vor lauter Ärger fast die Luft ab. Er musste sich in Geduld üben. Zugleich fragte er sich, wie groß wohl das Risiko war, von dem der Experte gesprochen hatte. Für sich betrachtet, hatte das Original keinerlei Beweiskraft. Außerdem besaß er eine Kopie davon. Um voranzukommen, musste man jetzt in den Gedärmen herumwühlen.

»Machen Sie es trotzdem.«

»Ich brauche eine schriftliche Bestätigung.«

»Die werden Sie bekommen. Aber bitte beeilen Sie sich.«

Die Antwort war erbarmungslos.

»Schicken Sie sie mir per Fax. Vorher kann ich nichts tun.«

Der Ermittlungsrichter legte auf. Die Vorsicht des Beamten war nichts Ungewöhnliches. Er sicherte sich ab. Aber er hätte ihn früher kontaktieren können, um diese zusätzliche Zeitverschwendung zu vermeiden.

Er rief sich zur Ordnung und sagte sich, dass nicht jeder seine Opferbereitschaft teilte. In der normalen Arbeitswelt legten die Leute am Freitag ihre Arbeit nieder, genossen das Wochenende mit ihrer Familie, mit ihrem Partner, oder sie taten einfach etwas für sich selbst.

Er nicht.

Van Bruge hatte ihn in seinen Wahnsinn hineingezogen. Er war seit Urzeiten nicht mehr in Urlaub gefahren, schmorte an den Wochenenden unter den Neonleuchten im Justizpalast, vergaß, dass er noch in einem Alter war, in dem man sich vergnügen konnte.

Als er sich dessen bewusst wurde, wurde ihm ganz schwindelig.

Er machte sich wieder an die Arbeit.

LVB hatte ihn zum Mittagessen eingeladen.

Das Vertrauen, das dieser ihm entgegenbrachte, rechtfertigte jedes Opfer.

22

Das Caveau du Palais war ein Restaurant, in dem ausschließlich »Arbeitsessen« stattfanden.

Eine Art Privatclub an der Place Dauphine, gelegen an den Stufen des Gesetzestempels.

Um die Mittagszeit kamen hier die verschiedensten Berufssparten der Rechtspflege zusammen. Den ersten Zirkel bildeten die Robenträger, im Wesentlichen hohe Beamte und Anwälte, den zweiten die Polizeibeamten des Quai d'Orfèvres und den letzten schließlich die Sonderberichterstatter. Manchmal verirrten sich ein paar Touristen auf ihren Wanderungen über die Île de la Cité in das Lokal.

Van Bruge hatte feste Gewohnheiten entwickelt. Ein schmaler Tisch, versteckt in einem Winkel im Hintergrund des Saals. Von diesem Beobachtungsposten aus konnte er mit dem Rücken zur Wand zu Mittag essen und die Tür im Auge behalten. Zwei fundamental wichtige Vorsichtsmaßnahmen, die er an öffentlichen Orten unter allen Umständen beachtete.

Diese kleinen Einschränkungen gehörten zum Spiel. Er erhielt regelmäßig Drohbriefe, man schickte ihm Dinge, die eine eindeutige Sprache sprachen – einen Sarg oder einen Strick –, und manchmal sogar Briefbomben.

Der Druck war allgegenwärtig. Und die Angst folgte ihm auf dem Fuße. Sie war eine treue Begleiterin, die er unter großen Willensanstrengungen mehr recht als schlecht im Zaum hielt.

Die Folgen waren klar: keine Frau, keine Kinder, keine Freunde.

Wer hätte schon Verständnis für sein Priesteramt aufbringen können? Wer hätte es teilen mögen?

Er hatte diese Wahl getroffen, und nun stand er für die Folgen ein. Sein Kontakt zur Außenwelt beschränkte sich auf ein paar Verrückte, die seine Überzeugungen teilten. Amtskollegen aus dem Ausland, denen er bei internationalen juristischen Kongressen begegnet war, die meisten von ihnen waren Italiener.

Er betrat den Saal, der zum Brechen voll war mit Leuten, die eine geschäftige Miene an den Tag legten. Einige wandten sich nach ihm um und grüßten höflich. Er nickte ihnen zerstreut zu, während man ihn an seinen Platz führte. Seine Leibwächter setzten sich an die Bar, eine schwarze Sonnenbrille auf der Nase, den Funkknopf im Ohr, vor ihnen eine Cola.

Van Bruge mochte dieses gemütliche Lokal sehr. Niedrige Decken, Holzbalken, warme Farben. Ein schickes rustikales Restaurant mit einem ländlichen Flair. Der Raum lag im Souterrain, was einem noch stärker das Gefühl gab, eine Grotte zu betreten. Im Hintergrund erstreckte sich ein Zinktresen mit goldblitzenden Armaturen.

Marco war noch nicht gekommen.

Er bestellte einen Tomatensaft und schlug die *Libération* auf.

Die Sonntagsausgabe behandelte vorwiegend kulturelle Themen. Hintergrundartikel über vergessene Angelegenheiten: den Bau der Chinesischen Mauer, die Odyssee von Pierre und Marie Curie, das Leben der Schriftstellerin Colette …

Er schlug die Zeitung auf der Gesellschaftsseite auf.

Der Artikel, den er Reichman zeigen wollte, war von Pierre Trébille verfasst worden, einem ehemaligen Anwalt, der sich erst spät dem Gerichtsjournalismus verschrieben hatte und die Institutionen aufs Schärfste attackierte. Jeder Fehler wurde seziert, aufgespießt und den Lesern zum Fraß vorgeworfen. Obwohl er einem starken Druck ausgesetzt war und häufig Strafanzeige gegen ihn erstattet wurde, war es noch niemandem gelungen, ihn von seinem Thron zu stürzen. Er besaß das Vertrauen des Chefredakteurs.

Auf seinem jüngsten Kreuzzug hatte er die Antiterrorabteilung ins Visier genommen. Und Van Bruge im Besonderen.

Er nahm ihn über vier Spalten lang auseinander, mit Beweisfoto, warf ihm »schuldhafte Verletzung der Zuständigkeitsregeln« und »grobe Fahrlässigkeit« vor. Mit hohen Beamten dieses Kalibers könne die »Achse des Bösen« einer wundervollen Zeit entgegensehen.

Der Richter legte den Artikel des Stänkerers nieder. Der Feigling verkroch sich in seinem Loch und schoss über die Medien seine scharfen Geschütze ab. Dass er Gift und Galle spuckte, ließ ihn kalt. Er wollte lediglich mit Marco eine Strategie aushandeln. In diesem Land wechselte man schnell von der Klägerbank zur Anklagebank.

Wenn sich nichts bewegte, machten sich andere an die Arbeit. Ihr Tun störte mehr als einen: die Presse, die Führungsspitzen, den Ministerrat. Oberflächlich betrachtet hatten sie dank der sakrosankten Unabhängigkeit von Richtern und Staatsanwaltschaft freie Hand. Doch im Dunkeln lauerten an jeder Ecke neue Fallstricke auf sie.

»Entschuldigen Sie die Verspätung.«

Reichman stand vor ihm, den Reisekoffer noch in der Hand. Er war außer Atem.

»Zehn Minuten … Eine Viertelstunde ist noch zulässig.«

»Es hat einen Selbstmord in der Metro gegeben.«

»Wie ärgerlich …«

Der junge Mann zog seinen Regenmantel aus und hängte ihn über den Stuhl. Als er sich setzte, erklärte er: »Ich musste in Saint-Paul aussteigen.«

Van Bruge seufzte.

»Ich werde das nie verstehen. Sollte ich jemals meinem Leben ein Ende machen wollen, würde ich Schlaftabletten nehmen oder mir eine Spritze setzen.«

»Die Todesspritze. In Texas machen sie das.«

»Das Prinzip ist anfechtbar, aber das Mittel gefällt mir. Der Tod, der im Schlaf kommt … Schmerzlos, geruchlos.«

»Das müsste man erst mal sehen. Noch ist niemand zurückgekommen, um zu berichten, wie es ihm ergangen ist.«

Der Ermittlungsrichter der Antiterrorabteilung machte es sich bequem. Das Gespräch schien ihn zu amüsieren.

»Das ist gewiss besser, als sich von tausend Tonnen Metall zerquetschen zu lassen.«

Aus dem Nichts tauchte eine ältere Frau auf. Ein knapp sitzendes, schwarzes Kostüm, kurze Haare, das Gebaren einer Domina.

Sie legte zwei Speisekarten auf den Tisch und machte kehrt.

»Madame Rosie«, raunte Van Bruge und feixte. »Die Wirtin.«

Reichman spielte das Spiel mit.

»Streng, aber gerecht …«

»Eigentlich gar nicht so übel. Man muss sie nur zu nehmen wissen.«

»Mit Verlaub, aber darauf lege ich keinen großen Wert.«

Sie lächelten beide. Van Bruge scherzte gern mit Marco. Mit dem Jungen fühlte er sich wohl. Vor allem in diesen viel zu seltenen Momenten, in denen er die Strenge, die sein Beruf ihm abverlangte, lockern und die Masken ablegen konnte, die er aufsetzen musste, um überleben zu können.

»Sieh mal.«

Er reichte ihm die Tageszeitung. Sein Mitarbeiter zog fragend die Brauen hoch.

»Ganz oben«, erklärte Van Bruge. »Da ist von uns die Rede.«

Reichman vertiefte sich in den Text, die Stirn gerunzelt. Kurz darauf gab er sein Urteil ab.

»Mancher Tritt in den Arsch verfehlt sein Ziel.«

»Du sagst es… Er hätte wenigstens ein vorteilhafteres Foto wählen können.«

Er hatte beschlossen, die Sache ironisch zu nehmen. Er wollte damit zeigen, dass diese ganzen schmutzigen Verleumdungen ihn nicht tangierten.

Reichman hatte begriffen und konterte: »Werden Sie eine Pressekonferenz geben?«

»Das steht außer Frage. Aber mir sitzt Favier im Nacken. Ich muss ihm einen Knochen hinwerfen.«

Der Pariser Staatsanwalt war ein persönlicher Feind von Van Bruge. Er war durchtrieben und hinterhältig und spielte seine Vormachtstellung aus, wann immer er konnte.

»Soll ich Ihnen die Rede vorbereiten?«

»Dafür sind wir hier. Aber zunächst zu den ernsten Dingen.«

Er nahm die Speisekarte und las sie aufmerksam durch.

»Gegrillter Lachs mit feinen Gemüsestreifen. Was meinst du?«

»Ich neige eher zu einem Stück Rindfleisch nach Hausmannsart.«

Van Bruge verzog zum Spaß angewidert das Gesicht. Schon beim Gedanken an rotes Fleisch bekam er Nesselsucht. Er hob einen Arm. Sogleich erschien die Domina. Sie nahm so zugeknöpft wie zuvor die Bestellung auf und verschwand Richtung Küche.

»Woran musstest du dabei denken?«, fragte er und deutete mit dem Finger auf die Zeitung.

»Wenn wir den humoristischen Aspekt einmal beiseitelassen, so denke ich, das ist der leichte Wind, der den Sturm ankündigt.«

»Genau. In zwei Tagen werden die anderen in den Chor einstimmen. Und gegenwärtig haben wir nicht viel, womit wir sie beruhigen könnten.«

Reichman wackelte mit dem Kopf. Er holte zwei maschinengeschriebene Blätter aus seinem Handkoffer und legte sie vor Van Bruge nieder. Die Zusammenfassung seiner Reise nach Marseille.

»Ich denke, ich bin auf der richtigen Fährte.«

Van Bruge verschränkte die Arme. Wenn er ernst schaute, wirkte sein Gesicht noch länger.

»Ich höre.«

Reichman legte in groben Zügen die ersten Schritte dar. Er berichtete ihm von der nächtlichen Besichtigung der Büroebene, der Entdeckung des Einbruchs, der Immobilienmaklerin, und dann von dem kleinen Arschloch, das sich für Bill Gates hielt. Er stützte sich gelegentlich auf seine Notizen, wie ein Student, der ein Referat hält.

Am Ende kam er zu dem Schluss: »Jourdan hat mich belogen. Sie wusste, dass es in der Wand einen Tresor gab oder zumindest ein Versteck.«

»Randvoll mit kompromittierenden Dokumenten, ich weiß. Aber kompromittierend für wen?«

»Ihre Kunden. Ich habe heute Morgen eine kleine Recherche gestartet. Die natürlichen Personen, die sich hinter den in der SCI Vanessa vereinigten Gesellschaften bürgerlichen Rechts verbergen, sind allesamt Korsen, wohnhaft in derselben Gemeinde.«

»So weit ich weiß, ist das kein Verbrechen.«

»An sich nicht. Aber auch hier kann es sich um bloße Namensgeber handeln. Das Milieu hat es in derartigen Übungen schon zur Meisterschaft gebracht.«

Van Bruge nahm eine Gabel und ließ sie auf der Spitze tanzen.

»Ich merke schon, das wird ziemlich interessant …«

Der junge Mann warf kurze Blicke zu seinen Tischnachbarn. Sie saßen alle außer Hörweite. Trotzdem beugte er sich vor und murmelte mit verschwörerischer Stimme: »Hier meine Idee. Die Gauner sind im Besitz heikler Unterlagen. Die zum Beispiel mit Geldwäscheaktivitäten in Zusammenhang stehen, die mithilfe der Delta Company durchgeführt wurden, unserer Londoner Bank. Sie werden überwacht, ihre Konten werden überwacht und ihre Angehörigen auch. Die einzige Lösung besteht darin, diese Beweise in einem Tresor zu verstecken, an einem anonymen Ort, an dem niemand auf die Idee käme, danach zu suchen.«

Van Bruge hörte aufmerksam zu. Er spielte immer noch mit seinem Besteck herum.

Reichman war immer mehr Feuer und Flamme.

»Sie ziehen zusammen mit Michèle Jourdan die Immobilienoperation der SCI Vanessa auf. Sie kennt zwar deren Sinn und Zweck nicht, lässt sich aber auf den Deal ein. Aus Eigeninteresse, aus Angst, wahrscheinlich aus beidem zusammen. Während der Bauarbeiten wird ein Versteck in die Mauer eingebaut, von dessen Vorhandensein keiner etwas ahnt.«

Wie ein Conferencier machte er eine Pause und trank einen Schluck Wasser.

»Die Beweisstücke sind nun in Sicherheit«, fuhr er fort. »Sie wurden offenbar nicht unmittelbar gebraucht, denn man musste die Wand einreißen, um an den Tresor zu gelangen. Unmöglich, einen solchen Krach zu veranstalten, ohne Verdacht zu wecken. Aus einem mir unerfindlichen Grund mussten sie sie wiederhaben. Sie haben Sanierungsarbeiten vorgeschützt und die Mieter rausgeschmissen. Die Bombe ist ihnen zuvorgekommen.«

Er verstummte und wartete Van Bruges Reaktion ab.

Der Richter betrachtete unentschlossen seine Gabel. Er brachte die Fakten in eine Ordnung, um zu sehen, wo der gedankliche Fehler lag. Es kam nicht in Frage, Favier irgendwelche windigen Hypothesen vorzusetzen.

»Und das politische Motiv schließt du definitiv aus?«

Reichman sah sein Gegenüber schelmisch an.

»Geben Sie es doch zu. Sie glauben daran nicht mehr als ich.«

Was das anging, so hatte der Bursche recht. Da fehlten zu viele Parameter.

»Nun gut … aber wer hätte denn ein Interesse daran, diese Dokumente zu vernichten?«

»Eine rivalisierende Bande. Ein Unzufriedener. Warum nicht die Nationalisten? Sie haben sich schon seit langem auf die verschiedensten mafiösen Aktivitäten spezialisiert.«

»Warum hätten sie das tun sollen?«

»Die Dokumente sind Originale. Eigentumstitel, Inhaberpapiere, doppelte Buchführung … unersetzbar.«

»Wenn ich dich recht verstanden habe, dann hätte die Justiz sich dafür interessieren können. Das heißt, sie hätte ebenfalls versuchen können, sie an sich zu bringen, um sie zu verwenden.«

»Das sind nicht ihre Methoden. Die Gauner lassen die Bullen immer außen vor.«

Wieder einmal hatte der Blondschopf ins Schwarze getroffen. Nun kam er zum Ende: »Wir finden heraus, wer das Opfer ist. Wir graben die Leichen aus. Und dahinter haben wir den Schuldigen.«

Ein Kellner stellte die Teller auf den Tisch. Van Bruge öffnete den Lachs, um nachzusehen, ob er durch war. Rosig, ganz so, wie er es liebte.

»Soll ich Favier etwa diese Räuberpistole vorsetzen?«

Reichman konnte sich ein Lächeln nicht verkneifen. Er wusste, er hatte das Spiel bereits gewonnen.

»Sie brauchen ja nicht ins Detail zu gehen. Sagen Sie ihm einfach, die Ermittlungen machten Fortschritte, es würden Verdächtige vernommen.«

»Machst du dich über mich lustig?«

»Er wird Ihnen glauben müssen. Für meine Reise nach Marseille gibt es offiziell keine Beweise. Außer der Zusammenfassung, die ich vor mir liegen habe.«

»Jetzt sag mir bloß nicht, du hättest keinen Protokollführer gehabt…«

Der junge Mann lächelte verschwörerisch. Er schnitt ein Stück Fleisch ab und steckte es sich in den Mund. Noch während er kaute, legte er sein Programm dar: »Ich werde die Maklerin noch einmal vernehmen… die Korsen einer Vernehmung unterziehen. In vierundzwanzig Stunden werden wir wissen, woran wir sind…«

Van Bruge betrachtete ihn amüsiert. Der Bursche schien von einem titanischen Vertrauen beseelt.

Er zerriss die Notiz und blinzelte ihm zu.

»Okay, Marco, ich bin dabei.«

23

Das Foto war nur leicht vergilbt.

Darauf war ein Paar zu sehen, das eng umschlungen im Badeanzug auf mit Seetang bedeckten Felsen posierte. Die beiden wirkten jung, schön, unbekümmert. Hinter ihnen befand sich ein dunkelblaues Meer, das wie geteert aussah; winzige Inselchen lagen in der untergehenden Sonne, aufgereiht wie ein Rosenkranz.

Angela drehte das Foto um. Sie las, was da mit schwarzem Stift geschrieben stand: Juni 1976. Taormina.

Der Sommer, in dem sie gezeugt worden war.

Sie schloss die Augen. Das Bild schwamm noch auf ihrer Netzhaut, leicht und beruhigend wie ein Abzählreim, den man über einer Wiege singt. Die Wirkung hielt ein paar Sekunden an. Ein Gefühl von Frieden erfüllte sie.

Sie streckte sich auf dem Bett aus, die Handflächen unterm Nacken. Sogleich ballten sich Wolken zusammen.

Dramen verzerrten die Erinnerung.

Angela war sieben Jahre alt. Ein Alter, in dem das Leben eigentlich nur aus Gelächter besteht. Eine magische Zeit, die sich in die Seele einbrennt und die Grundlage für das Erwachsenenalter darstellt.

An jenem Tag war die Direktorin in die Klasse gekommen. Sie kam in Begleitung eines Mannes, den sie nicht kannte. Ein großer Teddybär mit lauter Haaren im Gesicht, rund und dick wie eine Marshmallow-Kugel.

Madame Cardone hatte mit der Lehrerin gesprochen, nur wenige Sekunden lang. Sie hatte sie schräg angesehen und war dann an ihr Pult getreten.

»Angela?«

Das Mädchen nickte sprachlos.

»Kommst du bitte mit mir?«

In den Augen dieser hageren und unzugänglichen Frau stand ein seltsames Wohlwollen.

Sie hatten die hellen Fenster hinter sich gelassen, die mit Zeichnungen geschmückten Wandtafeln, den Geruch nach Klebstoff und sich alle drei in dem nüchternen Büro von Madame Cardone versammelt. Der Teddybär hatte den Mund immer noch nicht aufgemacht. Er lächelte bloß.

Die Direktorin sah sie lange wortlos an. Angela musste vor allem immer wieder ihre Hände anschauen. Nervöse, schlanke Hände. Sie rieb sie aneinander, dass es klang wie raschelnde Seide.

Dann war der Satz gefallen.

»Du musst jetzt tapfer sein …«

Ihr Herz hatte sich verkrampft. Sie spürte, das Erdbeben stand unmittelbar bevor.

»Dein … Dein Papa und deine Mama …«

Die Frau war plötzlich verstummt. Sie schien außerstande, das Unsagbare auszusprechen. Ihre Augen hatten dem Teddybären Hilferufe geschickt. Er hatte mit zärtlicher Stimme die Staffel übernommen.

»Ich heiße Antonio. Ich würde gerne dein Freund sein. Möchtest du das?«

Sie hatte stumm genickt.

»Du weißt doch sicher, wer der kleine Jesus ist, Angela.«

»Ja …«

»Der kleine Jesus bestimmt über uns, erinnerst du dich?«

Sie hatte geblinzelt.

»Heute Nachmittag hat er deine Eltern gebeten, zu ihm in sein Reich zu kommen.«

»Ins Paradies?«

»Genau. Ins Paradies.«

Sie hatte ihre Schuhe angestarrt.

In ihrem Kopf wirbelten die verschiedensten Bilder wild durcheinander. Ihre Mutter und ihr Vater, wie sie auf den Wolken liefen. Blonde Engel mit lieblichen Gesichtern und leuchtenden Flügelchen. Aber das Paradies war auch noch etwas anderes.

»Sind sie tot?«

»Ja.«

»Für immer?«

»Für immer, ja.«

»Dann … werde ich sie nicht wiedersehen?«

Der Teddybär hatte sich geräuspert. Er hatte ihre Hand ergriffen und hielt sie nun schützend in seinen Pranken.

»Doch. Du wirst sie wiedersehen.«

»Wann?«

»Eines Tages… Wenn du alt bist und auch ins Paradies kommst.«

Sie war nicht sogleich in Tränen ausgebrochen. Zunächst war da eine Leere gewesen, die ihr den Atem raubte. Dann waren die Schluchzer gekommen, schwere Schluchzer, die ihren Brustkorb in beißenden Stößen hoben.

In betretenem Schweigen hatten die beiden Erwachsenen abgewartet.

Von jener Minute an hatte Angelas Leben die Farbe eines Sturms angenommen. Eine Abstufung von Grautönen, die in manchen schlaflosen Nächten ins Schwarze übergingen. Da keine weiteren Familienmitglieder bekannt waren, hatte man sie ins Waisenhaus San Domenico gesteckt, eine konfessionelle Einrichtung im Altstadtviertel von Palermo, in der Nähe der Piazza Indipendenza. Die Karmeliter hatten sie auf Anfrage des sozialen Aktionszentrums aufgenommen, in dem Antonio arbeitete.

Die ersten Monate hatte sie in einer Art Nebel zugebracht. Jeden Tag gab der Klang der Glocken den Takt der Zeit an. Zur Frühmette, zur Abendmesse: das Erz der Turmuhren, wie ein Korsett für den Schmerz.

Das Drumherum hatte sie erst später in sich aufgenommen. Ein Kloster aus dem zwölften Jahrhundert, gespickt mit Kreuzgängen und Kapellen, durchzogen von dunklen Wegen.

Ein Gespensterschloss.

Hinter ihrer Maske aus schwarzen Schleiern schienen die Bräute des Herrn wie unwirkliche Schatten über diesen alten Steinen zu schweben. Angela war krank vor Angst. Ihr Zimmer war ihr zur Zufluchtsstätte geworden, der einzige Ort, der ihr lebendig erschien. Der Komfort, den es bot, war auf das strikte Minimum beschränkt. Ein weiß getünchtes Zimmer, in dem sie zu sechst schliefen. Ein Kreuz an der Wand, ganz schlicht, wie eine Aufforderung zur Meditation. Eisenbetten, deren Gestelle quietschten, sobald man sich umdrehte. Ein kleiner Holzschrank, in dem ihre Unglücksgefährtinnen ihre Schätze aufbewahrten. In dieser Basilika des Vergessens wuchsen mehr schlecht als recht Hunderte von Bälgern auf, die eine Laune des Schicksals am Wegesrand zurückgelassen hatte.

Angelas Schicksal ließ sich mit ein paar knappen Sätzen zusammenfassen. Das Auto von Pietro und Carla Santi war mit einem Alfa Romeo zusammengeprallt, der auf der Via Garibaldi in der falschen Richtung fuhr. Ein Frontalzusammenstoß, bei dem der Fiat der Opfer zu einem Brei aus Metall gequetscht wurde.

Keine Überlebenden.

Aus das Spiel.

Zwei lange Jahre hatte sie ihre Wunden geleckt. Sie war empfindungslos geworden, sich selber fremd, hatte sich mit einem Panzer aus Gleichgültigkeit umgeben. Die Gesellschaft der anderen hatte ihr Unglück nicht gelindert.

Leid lässt sich nicht teilen.

Es summiert sich.

Und in genau diesem Augenblick war Fabio in ihr Leben getreten. Anfangs hatte sie nichts begriffen. Wer war dieser Riese? Er blickte sie liebevoll mit seinen schwarzen Augen an, sprach von einer neuen Chance. Das Leben im Waisenhaus war mittlerweile ihr Sockel, ihr Horizont.

Er war öfter wiedergekommen, hatte sie zu einem Eis eingeladen, ins Kino ausgeführt. Er war sehr zurückhaltend, versuchte ihr jeden Wunsch, jede Weigerung von den Augen abzulesen und hielt stets ein ruhiges und offenes Lächeln für sie bereit.

Nach und nach begann ihr Misstrauen zu zerbröseln. Sie fand Gefallen an den Ausflügen, an seinen Aufmerksamkeiten, dieser steten Sanftheit, die ihr Herz wieder zusammenflickte. Ob sie es nun wollte oder nicht, die Teile ihrer Rüstung schmolzen unter dem wilden Ansturm seiner Liebe hinweg.

Einen Monat später landete sie auf dem Flughafen Marseille-Marignane, angetan mit einem neuen Namen.

Pazzonni.

Dem Namen ihres Adoptivvaters.

Zu jener Zeit war Fabio bei der Brigade von Vaison-la-Romaine angestellt, einem geschichtsträchtigen Städtchen, das sich an die Vorläufer der Alpillen im Herzen der Provence kauerte. Sie hatten sich ein Haus gemietet, dessen Fenster auf Sonnenblumenfelder und einen Buchenwald hinausgingen.

An manchen Nachmittagen im Winter betrachtete Angela den Gipfel des Mont Ventoux. Sie dachte an den Ätna, diesen unter einem Schneeteppich verborgenen Berg aus Lavagestein.

Ihr liefen die Tränen über die Wangen, und Fabio wischte sie mit einem Lächeln fort.

Da der Feuerwehrmann sich mit Herz und Seele seiner Leidenschaft verschrieben hatte, hatte er nie irgendwo Fuß gefasst. Er segelte von Brigade zu Brigade wie ein Feuerkorsar, der seine Segel Richtung Feind setzt. Var, Corse, Vaucluse, Hérault – die Departements mit hohem Brandrisiko zeichneten wie in einem pointillistischen Gemälde aus Glutfunken seinen Weg nach.

Das Feuer schien unter seiner Haut zu brennen. Er unterhielt eine geradezu sinnliche Beziehung zu diesem Element, eine Faszination, die ihn unaufhörlich dazu trieb, ihm zu trotzen. Immer ganz vorn, immer ganz nah. Mehr als einmal wäre er fast nicht wieder herausgekommen.

Er hatte nie geheiratet. Keine Zeit. Eines Tages hatte der Kinderwunsch ihn eingeholt.

Angela hatte den Mangel ausgefüllt.

Er war nach Sizilien gefahren, um sie zu holen, denn seine soziale Stellung als unverheirateter, herumirrender Feuerwehrmann passte bei der Direktion für Gesundheit und Soziales nicht so recht in irgendeine Kategorie. Doch was wichtiger war: Er war sich dessen sicher, dass ihre gemeinsamen Wurzeln die Dinge vereinfachen würden.

Und er sollte recht behalten.

Sie waren sich in ihrer Einsamkeit eine Stütze, die Besonderheit ihrer Beziehung hatte ein unverwüstliches Band zwischen ihnen geknüpft. Ganz allmählich waren sie zu einer Familie zusammengewachsen.

Das unstete Leben war weitergegangen. Zwei Jahre hier, zwei weitere dort, verschiedene Häuser und Schulen, immer wieder neue Freunde.

Angela hatte dieses abenteuerliche Leben geliebt, diesen originellen und starken Mann, der ihr mit seinem Blick die Ängste nehmen konnte. Sie bewunderte ihn, respektierte ihn. Doch das Wort »Papa« war ihr nie über die Lippen gekommen. Obwohl er nicht lockerließ, nannte sie ihn weiter Fabio.

Auf dem Papier war er zwar ihr Vater geworden, aber in der Nacht wurde sie von anderen Gestalten heimgesucht. Im Traum sah sie ein Madonnengesicht, dessen kupferfarbene Gesichtszüge den ihren glichen. Sie spürte, wie kräftige Arme sie packten und in die Luft warfen. Manchmal stieg sie eine Steintreppe hinab, die von hohen, ockerfarbenen Mauern umgeben war, und lief durch heiße Straßen, in denen die

Wäsche vor den Fenstern trocknete. In anderen hörte sie, wie Frauen sich von Balkon zu Balkon etwas zuriefen, atmete den Geruch nach Staub und Benzin ein, den die Gischt davontrug.

In den hintersten Winkeln ihrer Träume sprachen ihre Eltern Italienisch mit ihr.

Nach dem Abitur hatte sie ihre Entscheidung getroffen. Dank der neuen europäischen Richtlinien wurde ihr Abschluss anerkannt, und sie konnte sich an jeder beliebigen Universität Italiens einschreiben.

Was das Fach anging, so war schnell klar, dass sie Jura studieren würde. Auf diese Weise könnte sie zur Verteidigung der Menschen beitragen, die sich wie sie an der rauen Wand des Schicksals gescheuert hatten. Was den Ort anging, die Frage stellte sich gar nicht erst. Ein Ort des Elends, der Gewalt. Eine Stadt, die man links liegen gelassen hatte.

Ihre Stadt.

Palermo.

Über die Trennung wurde nie gesprochen. Fabio hatte seinen Schmerz taktvoll überspielt. Angela hatte ihn völlig aufgewühlt an sich gedrückt. Dieser Mann hatte sie eine Zeit begleitet, wie ein Tutor, der das Gedeihen eines jungen Pflänzchens überwacht. Jetzt musste sie sich um ihre Verletzungen kümmern, sie heilen.

Er hatte sie verstanden. Sie war ihm dankbar dafür.

Einschreibungen, Wohnungssuche, Taschengeld – er hatte sich um alle praktischen Aspekte ihres Umzugs gekümmert. Nach vier Jahren Uni hatte sie ihr Anwaltsdiplom erworben und sich in der Anwaltskammer von Palermo eingeschrieben.

Seither schlug sie sich ganz auf sich selbst gestellt durchs Leben und widmete sich mit Leib und Seele ihren neuen Aufgaben. Sie hatte keine Zeit mehr, nach Frankreich zu kommen, rief Fabio immer seltener an. Unwillkürlich schlug sie in Italien wieder Wurzeln, die sich ausbreiteten und allen Raum einnahmen. Die Gesichtszüge des Riesen mit den schwarzen Augen verblassten, wie eine vergessene Piste, die der Sand allmählich wieder zudeckt.

Und dann war die Bombe explodiert.

Sie setzte sich mit einem Ruck auf. Grelles Licht drang in ihre Augen. Sie blinzelte. Glasbilderrahmen reflektierten die Sonnenstrahlen; Motorräder, deren Fahrgestelle sich so in die Kurve legten, dass sie fast auf dem Boden aufsetzten; Boxer in geduckter Haltung, zum Zuschlagen bereit.

Ihr Cousin war offenbar nicht gerade ein Intellektueller. In seinem Jungenzimmer gab es kein einziges Buch. Nur diese brutalen Männerbilder, Kampf, Gefahr.

Kein Wunder, dass er Bulle geworden war.

Sie zündete sich eine Zigarette an und lehnte sich gegen die Wand. Maria hatte ihr erzählt, dass Paul die Ermittlungen in Fabios Todesfall durchführte. Er würde ihr helfen, die Wahrheit herauszufinden.

Deshalb war sie hergekommen.

24

Eine Steinmauer.

Überragt von hundertjährigen, in Reihen gepflanzten Zypressen. Wenn sich ab und an eine Lücke auftat, sah man eine Engelsstatue, den Dachfirst eines Mausoleums. Ein Kreuz.

Der Friedhof Saint-Pierre schien schwarze Wellen in seine Umgebung auszusenden. Die Vorstellung, dass es einer materiellen Grenze bedurfte, um den Tod auf Distanz zu halten.

Paul parkte die Ducati vor dem Haupteingang. Angela stieg ab, und ihr Cousin nahm den Helm ab.

»So … wir sind da.«

Die junge Frau versuchte zu lächeln. Ihre gebräunte Haut wirkte etwas gräulich.

Paul fragte aufs Geratewohl: »Wie wär's, sollen wir Blumen kaufen?«

»Einverstanden.«

Vor dem Eisengitter befand sich ein ärmlicher Kiosk. In dichten Reihen wurden dort bunte Sträuße feilgeboten: Chrysanthemen, Rosen, Margeriten, Tulpen. Die Sträuße standen in Plastikeimern im Wasser. Hier und da steckten mit Kreide beschriftete Täfelchen darin, auf denen der Preis für das gute Gewissen geschrieben stand.

Angela streckte einen Fünfzig-Euro-Schein hin. Der Florist stellte etwas für sie zusammen. Weiße Blumen, ausschließlich.

Sie gingen den Hauptweg entlang.

Die ersten Grabgewölbe waren von protziger Arroganz. Rosa Marmor, schwarzer Marmor, gesprenkelter Marmor, über dessen Maserung dunkle Schlieren liefen. Gewaltige Grabsteine, in die mit Feingold pompöse Sentenzen eingraviert waren: »Deus gratias«; »In memoriam«; »Unseren geliebten Verstorbenen« …

Hin und wieder waren Büsten zu sehen, Flachreliefs, die ein vergessenes Gesicht für die Ewigkeit festhielten. An anderen Gräbern hatte man Fotos angebracht: feierliche Nahaufnahmen, wie eine Krücke für die Erinnerung.

Dieser Prunk hatte Paul stets sprachlos gemacht. Es war, als existiere man für die Gesellschaft weiter, über den letzten Atemzug hinaus. Seiner Ansicht nach lag zu viel Pathos in dieser Vermessenheit. Ob die Leichen nun in herrschaftlichen Gruften oder in Massengräbern lagen, sie suppten auf die gleiche Art ihren Saft aus. Sie blähten sich auf, verflüssigten sich und befleckten die Samtauskleidung der Särge. Die Leichenbestatter machten sich dieses Paradox zunutze. Sie beruhigten die Lebenden, indem sie alles in ein festliches Gewand packten.

Als habe sie seine Gedanken erraten, warf eine unverschämt strahlende Sonne ihren Glanz über die Mausoleen. Sie schien den Ernst dieser Inszenierung ebenso zu verspotten. Um dem Ganzen die Krone aufzusetzen, verdreckten die Vögel noch mit ihrem Kot diese Hügel des Stolzes.

Paul warf Angela hin und wieder einen Blick zu. Sie ging an seiner Seite, die Augen hinter einer Sonnenbrille versteckt. Dieser Schwanengesang schien sie nicht zu beeindrucken.

Etwas weiter herrschte eine andere Stimmung. Sie liefen nun unter Schirmkiefern, deren Astwerk eine breite Krone bildete. Ihre Schuhe zertraten trockene Nadeln, stießen gegen Kiefernzapfen.

Paul erinnert sich an den Namen. Es war der Chemin des Chapelles.

Es gab alte, zum Teil recht schäbige Gebäude, die aussahen wie Jagdhütten. Sie waren leer oder bargen eine Statue. Meistens eine Figur der Jungfrau Maria mit einem kleinen Cherubim im Arm, den sie verliebt anblickte.

Sie gingen ein paar Stufen hinunter und gelangten wieder in einen anderen Bereich. Hier gab es keinen Prunk und kein Gold. Nur einfache Gräber, Wange an Wange in einer beschaulichen Intimität aneinandergereiht. Eine alte Frau in Blümchenbluse machte sich an einem gewaltigen Geranienbeet zu schaffen. Sie redete mit sich selbst und hielt eine Gießkanne in der Hand.

Paul blieb vor einer rechteckigen Steinplatte stehen, die direkt auf dem Boden lag. Nur eine einzige Inschrift unterschied sie von den anderen: »Familie Pazzonni«.

Ihm fielen die frischen Rosen auf. Seine Mutter war bereits vorbeigekommen.

»Hier ist es …«

Angela nahm ihre Brille ab und warf ihm einen dankbaren Blick zu. Sie setzte sich auf das Grab, den Blumenstrauß in der Hand. Sie wirkte abwesend.

Cabrera trat einen Schritt zurück und senkte den Kopf. Er war den Umgang mit Toten nicht gewohnt. Die Gesellschaft der Lebenden beschäftigte ihn rund um die Uhr. Und doch war er nun innerhalb von weniger als einem Jahr zwei Trauerzügen gefolgt. Im letzten Jahr dem von Leila*, vor Kurzem dem von Fabio.

Die Tochter eines befreundeten Kollegen. Der Bruder seiner Mutter. Menschen, die er nicht oder nur wenig gekannt hatte. Er hatte aus Solidarität an den Beerdigungen teilgenommen. Ein Schmerz, den er nur stellvertretend empfunden, den er aus den Tränen der anderen geschöpft hatte.

Er beobachtete Angela. Sie hatte ihren Strauß auf den Grabstein gelegt, saß wie versteinert da und wartete auf etwas Unbestimmtes. Ein Schauder lief ihm über den Rücken. Eines Tages würde auch er diesen Schmerz erleiden müssen. Er würde seine Eltern zu Grabe tragen, würde erfahren, was für eine Leere sie hinterließen, ein Schmerz, von dem er schon ahnte, wie sehr er ihn quälen würde.

Ein Vibrieren ließ ihn hochschrecken. Er holte sein Handy heraus. Unterdrückte Nummer. Er entfernte sich ein paar Schritte und nahm den Anruf entgegen.

»Cabrera.«

»Rechtsanwalt Moretti. Störe ich Sie?«

Angela hatte sich umgedreht. Paul machte ihr ein Zeichen,

* Siehe vom selben Autor: *Blutspiegel*, Blanvalet, 2005.

mit dem er ihr bedeuten wollte, das Gespräch werde nicht lange dauern. Er ging ein wenig außer Hörweite.

»Was ist?«

»Einverstanden.«

»Wann?«

»Sobald die Pressemitteilung veröffentlicht ist.«

Paul biss die Zähne zusammen.

»Keine Pressemitteilung. Nicht vor dem Treffen. Das habe ich Ihnen schon gesagt.«

»Das wird nicht möglich sein. Sie müssen sich ins Zeug legen.«

Bisher hatte Paul geblufft. Er war als Einzelkämpfer unterwegs, ohne Befehl und ohne Deckung. Er musste weitermachen.

»Na dann, was soll's? Schert euch zum Teufel!«

Ein Zögern in der Leitung. Dann war wieder die schnippische Stimme des Anwalts zu hören.

»Van Bruge ist über unsere Vereinbarungen nicht unterrichtet. Irre ich mich?«

Der Bulle zögerte kurz. Der Schwätzer hatte in kürzester Zeit begriffen, was für ein Spiel da gespielt wurde. Er war ihm wahrscheinlich schon von Anfang an dahintergekommen.

»Nein.«

»Sie sind als Einzelkämpfer unterwegs. Sie können mir keinerlei Garantie geben, dass Sie Ihren Part der Vereinbarung auch einhalten können.«

Paul wusste das. Er behielt seinen Kurs bei.

»Sie haben mein Wort. Ich werde diese Presseverlautbarung erhalten. Aber gehen Sie mir damit nicht auf die Nerven. Sonst gibt's Ärger.«

Wieder Stille. Der Staranwalt versuchte offenbar einzuschätzen, wie es um die Glaubwürdigkeit Cabreras bestellt war, welche Risiken er einging, wenn er den Deal abschloss, ohne sich abzusichern.

Schließlich sagte er barsch: »Sie werden sie nicht hier treffen.«

»Wo dann?«

»Auf Korsika.«

»Kein Problem. Wie machen wir's?«

»Ich rufe Sie im Laufe des Tages an.«

Er legte auf.

Ein Lächeln huschte über Pauls Gesicht. Die Nationalisten waren bereit, eine Erklärung abzugeben. Sie hatten etwas anzubieten.

Er zündete sich einen Zigarillo an und lehnte sich an einen Baum. Der Friedhof wirkte wie ein Park. Ein gedämpfter Frieden lag über den Wegen, eine Stille wie im Weltall.

Er ging zu Angela zurück. Die junge Frau hatte sich nicht von der Stelle gerührt. Sie saß über das Grab gebeugt, atmete kaum und sah ihn mit geröteten Augen an.

»Ich hatte mir nicht vorgestellt, dass es so schwer sein würde.«

Paul nickte. Seine Mutter hatte dasselbe gesagt. Sie hatte heimlich geweint.

Er nahm ihre Hand und half ihr auf. Wut schnürte ihm die Kehle zu, das Bedürfnis, diese Schweinehunde zu finden, die solche Wunden in seine Familie rissen. Sie zu vernichten.

Sie machten sich auf den Rückweg. Paul wagte nicht, das Schweigen zu brechen. Bevor sie ihren Helm aufsetzte, sah Angela ihn fest an.

»Du musst mir etwas versprechen.«

Paul runzelte die Brauen. Seine Cousine bohrte ihren Blick in den seinen, als wolle sie seine Seele aufspießen.

»Ich weiß, dass du in seinem Todesfall ermittelst.«

»Woher ...«

»Deine Mutter hat es mir gesagt... Aber das ist unwichtig. Versprich mir nur eins.«

Für Paul hatte ihre Stimme die Härte einer Klinge.

»Was?«

»Wenn du etwas herausfindest, sag es mir. Ich muss es wissen.«

25

»Wie bitte?«

»Verstorben.«

»Alle?«

»Jawohl, Herr Richter.«

Reichman hielt den Hörer etwas vom Ohr weg. Er wollte sich überzeugen, dass er nicht einer akustischen Täuschung zum Opfer gefallen war.

Er fragte noch einmal nach: »Sind Sie sicher?«

»Es war nicht schwierig herauszufinden... In den Akten beim Standesamt, im Polizeipräsidium, es ist überall erwähnt. Zur Sicherheit haben wir eine Befragung der Nachbarschaft durchgeführt. Die besagten Individuen wurden auf dem Gemeindefriedhof von Borgo beerdigt.«

Sekunden verstrichen. Die Nachricht hatte Reichman so aus dem Konzept gebracht, dass er unfähig war zu reagieren.

Tot... Die Teilhaber der SCI Vanessa waren tot.

Ausnahmslos alle.

In den Geschäftspapieren erfreuten sich die Frauen bester Gesundheit. Sie waren zwar alt, aber sehr wohl am Leben. Wie hatte die Gerichtskanzlei einen derartig groben Schnitzer machen können? Und der Notar? Hier mussten doch

Erbfälle eingetreten sein, da wurde in alle Richtungen Post verschickt.

»Herr Richter?«

»Ja ...«

»Soll ich noch etwas anderes für Sie nachprüfen?«

Fürs Erste wusste er nicht, was er sagen sollte. Er wollte das Gespräch schon beenden, als ihm etwas einfiel.

»Haben Sie die Todesdaten?«

»Ich schau mal nach.«

Ein schabendes Geräusch. Dann wurde heftig auf die Tastatur eingehämmert. Reichman sah Gendarmerieoberst Raoul Garnier vor sich, wie er den Telefonhörer hinlegte und den Arbeitsspeicher seines Computers durchwühlte. Die Effizienz der Gendarmen war über jeden Zweifel erhaben. Das Rechtshilfeersuchen war am frühen Nachmittag per Fax eingegangen. Weniger als drei Stunden später hatten sie den Vorgang bereits abgeschlossen.

Nach etlichen Sekunden war der Oberst wieder am Apparat.

»Marthe Menconni, verstorben am 18. April 1999. Madeleine Tramoni, verstorben am 6. Juni 1998. Gabrielle Simoni, verstorben am 8. November 2000. Louise Filoni, verstorben am 12. März 1999.«

Der Richter notierte sich die Angaben und bemühte sich, ruhig zu bleiben.

»Danke, Herr Oberst.«

Er legte auf. Lange Zeit starrte er einfach ins Leere, ohne die vertrauten Dinge auf seinem Schreibtisch überhaupt wahrzunehmen. Er nahm sich noch einmal die Akte vor, sah sich die Auskünfte an, die er vom französischen Handelsgericht erhalten hatte, seine letzten Recherchen.

Die vier Frauen hatten, über drei weitere Körperschaften verteilt, die Kontrolle über die Gesellschaften inne. Sie tauchten abwechselnd darin auf, in Zweier- oder Dreiergruppen. Im Juristenjargon nannte man das eine Überkreuzbeteiligung.

Im Eintragungsnachweis des Handelsregisters gab es keine weiteren Berufsangaben. Sie waren vor dem Krieg geboren, in einem abgelegenen Dorf in Nordkorsika. Acht Jahrzehnte später wohnten sie immer noch dort.

Reichman malte sich ihr Schicksal aus, zwischen Meer und Berg, zwischen Ehemann und Kindern, Pflichten und Traditionen. Er sah schwarz gekleidete Frauen vor sich, schweigsam, zermürbt, die unter der Knute von Männern mit steinernen Mienen ihren Pflichten nachgingen.

Unterwürfig und folgsam.

Ideale Namensgeber.

Aber damit war es nicht genug. Diejenigen, die die Operation aufgezogen hatten, hatten die krumme Tour noch weiter getrieben.

Die SCI Vanessa war im Februar 2001 gegründet worden.

Drei Monate nach dem letzten Todesfall.

Der Ermittlungsrichter stieß einen bewundernden Pfiff aus. Es gingen Gerüchte um, dass die Korsen immer öfter Toten Wahlscheine ausstellten. Manche Kommunalwahlen waren von den Verwaltungsgerichten für ungültig erklärt worden, nachdem man diese »Unregelmäßigkeiten« festgestellt hatte.

Auch diesmal kam Bewegung in die Friedhöfe.

Reichman stand auf. Er tigerte durch das Zimmer, weil er nicht mehr stillsitzen konnte. Seine Vermutung, das Milieu könnte etwas damit zu tun haben, bekam neue Nahrung. Die Vorgehensweise sprach für sich.

Er setzte sich wieder und versuchte sich zu beruhigen. Ein Ermittlungsverfahren ähnelte dem Thunfischfang, an dem er einmal während eines Urlaubs in der Bretagne mit seinem Vater teilgenommen hatte.

Zunächst musste man nach Möwen Ausschau halten, die einzigen äußeren Anzeichen für das Vorhandensein eines Fischschwarms. Dann fuhr man mit Vollgas in die Zone. Und warf die Angeln aus.

Aufs Geratewohl.

Manchmal verhakten sie sich im roten Fleisch. Das Meer begann zu bluten. Ein andermal trieben sie völlig ergebnislos ab, loteten wie Ariadnefäden die Tiefe aus.

Die Vögel waren nur ein Signal. Unsicher, zufällig. Der Fisch schwamm schnell davon. Der Fischer musste seine Reaktionen vorhersehen, imaginären Routen folgen, ihn abpassen.

Die Vögel waren nur ein Signal. Was wirklich zählte, war Intuition.

Er setzte sich wieder in seinen Sessel und wühlte in der Akte herum. Die Alten faulten schon seit geraumer Zeit vor sich hin. Ihr Schatten hatte ihn in die Irre geleitet, wie über dem Ozean schwebende Geistermöwen.

Doch eine Rettungsboje war ihm noch geblieben.

Die Maklerin. Ein Reiher, der einen mit seinem flammenden Gesang betörte, umhüllt von Weihrauchdüften. Sie schwebte über den Fluten und beschützte mit ihren Flügeln die großen Haie.

Nur sie hatte diese aberwitzige Operation decken können.

26

Er würde sie in die Enge treiben.

Sie spürte das.

Dieser Rotzlöffel hatte sie mit seinem Musterschülergehabe ganz schön geleimt. Freundlich, höflich, gepflegt, eine Person, der man blindes Vertrauen entgegenbrachte. Sie hatte es zugelassen, dass er seine Nase in ihre Angelegenheiten steckte, ohne erst einmal abzuwarten, dass er mit einem offiziellen Durchsuchungsbefehl anrückte.

Jetzt ging er mit Volldampf zur Sache.

Vorladung ins Kommissariat des achten Arrondissements, »zwecks Einvernahme«. Keine Angabe des Grundes, keine Erklärungen. Nur die genaue Angabe der Uhrzeit, zu der sie sich zwingend verfügbar zu halten hatte.

Um zehn Uhr. Morgen früh.

Sie brauchte nicht lange zu suchen. Die Vorladung war gezeichnet.

Michèle Jourdan knipste das Licht aus und verließ ihr Büro. Es war spät, die Händler der Place du Terrail hatten schon ihre Metallrollos heruntergelassen. Ein paar wenige Autos schossen durch die tintenschwarze Nacht, lenkten ihre dunklen Schatten zum allabendlichen Familiengottesdienst.

Sie eilte zum Eingang. Unterm Arm trug sie eine Aktenmappe, dick wie ein Wörterbuch. Der lange, mit beigem Stoff bespannte Gang wirkte feindlich auf sie. Nackte Wände, die nur sich selbst spiegelten. An diesem Arbeitsplatz hatte sie ihre Begeisterung für die asiatischen Kulturen geheim gehalten. Es passte nicht zu dem seriösen und gesetzten Eindruck, den man von einem Geschäftsträger erwartete.

Denn das war ihr Job.

Immobilienmaklerin klang besser. Der Begriff weckte nicht

die teuflischen Konnotationen, die man mit ihrem wahren Beruf verband. Aber mit Wohnungsvermietungen hatte sie sich schon lange nicht mehr beschäftigt.

Sie sperrte die Tür ab und ging in ihr Reich hinauf. Sie fühlte sich nervös, erschöpft, außerstande, einen einzigen klaren Gedanken zu fassen. Die Statuetten in den Glasvitrinen sahen aus wie eine Teufelslegion. Sie schienen in Zeitlupe zu tanzen und ihre Lanzen zu schwingen.

Die Wohnung lag im Dunkeln. Sie tastete sich zum Lichtschalter vor. Die Wandleuchten verströmten ein sanftes Licht.

Die pastellfarbenen Wände wirkten wie eine sanfte Brise. Es gingen positive Wellen von ihnen aus, die Harmonie eines Chakras, das man schon unzählige Male betrachtet hat. Aber ihre Beklommenheit nahm noch zu.

Ein Bad. Wenigstens das wollte sie sich jetzt gönnen. Anschließend würde sie sich wieder an die Arbeit machen, den Papierkram durcharbeiten, eine Argumentation ausarbeiten, mit der sie den Sturm abwenden könnte. Ihr Business war ein Risikosport. Sie hatte sich immer aus der Affäre ziehen können. Warum nicht auch dieses Mal?

Sie ging durchs Schlafzimmer und legte im Vorübergehen die Akte auf ihr Bett. Hinter dem Zimmer befand sich ein von oben bis unten gefliester Raum, Porzellankacheln, die sie in Bangkok bei einem thailändischen Kunsthandwerker aufgestöbert hatte. In der Mitte thronte ein Whirlpool, ein Becken mit zwölf rundum laufenden Sprudeldüsen.

Sie ließ das Wasser einlaufen, streute blaue Salzkristalle in den Schaum. Moschusduft stieg ihr in die Nase. Es roch nach Hamam, nach diesen von runden Formen und üppigen Kurven bevölkerten Höhlen.

Der Dampf war wie ein Schleier, durchsichtig und feucht.

Der Blick der Frauen, zugleich bohrend und verschämt.

Die Augen von Florence.

Sie waren sich in Paris begegnet, auf einer Messe, auf der die junge Antiquarin einem japanischen Touristen eine Khmer-Bronze verkauft hatte. Michèle war sofort hin und weg gewesen. Liebe auf den ersten Blick, bei beiden, gefolgt von sechs glücklichen Jahren.

Florence trieb sich damals im Goldenen Dreieck herum. Sie kaufte alles, was sie kriegen konnte – und manchmal raubte sie es auch. Ein Teil der Beute war an der Place du Terrail gelandet, in diesem viel zu großen Appartement, das sie lange Zeit gemeinsam bewohnt hatten.

Florence. Ihre Blume, ihre Doppelgängerin, ihr Stück Freiheit. Im Süden von Laos von Rebellen verschleppt. Wahrscheinlich war sie tot, oder man hatte sie als Sklavin an Drogenhändler verkauft. Fünf Jahre später brannten ihre Zärtlichkeiten ihr immer noch wie Feuer auf der Haut.

Sie zog sich aus und stieg in den Schaum. Die sinnliche Berührung mit den Badezusätzen öffnete ihre Poren, befreite sie von ihrer Anspannung, drang ihr tief ins Fleisch. Sie ließ sich ganz ins Wasser gleiten.

Endlich sorgenfrei.

Sie glaubte, in der Stille ein Geräusch zu vernehmen. Ein schweres, dumpfes Geräusch, wie von einer Eisenstange, die auf Marmor prallt. Sie spitzte die Ohren. In der Wohnung war alles still. In der Ferne hörte sie durch die Doppelglasfenster hindurch das Dröhnen eines Autos, das auf dem Platz seine Runden drehte.

Ihre Muskeln entspannten sich.

Aber ihr Geist blieb wachsam.

Sie atmete mehrmals durch, langsam, tief, ließ den Sauerstoff aus jeder einzelnen Zelle hinausströmen. Allmählich bahnte der Frieden sich wieder einen Weg.

In ihrer Arbeit konnte sie sich keine Paranoia leisten. Zu

viele krumme Projekte, zu viele heikle Mauscheleien. Undankbare, rachsüchtige, manchmal auch gefährliche Klienten. Und zum Schluss gab es gewaltige Provisionen. Um Distanz zu halten, hatte sie einen kühlen Kopf bewahren, auf ihre Klarsicht bauen müssen. Die Angriffe konnten von allen möglichen Seiten erfolgen. Man musste sie nur kommen sehen.

Diesmal mehr als je zuvor.

Sie ging im Geiste der Frage nach, inwieweit sie in die Sache verstrickt war. Ihre Rolle im Fall Vanessa beschränkte sich darauf, die Angelegenheit auf glaubhafte Weise zu vertuschen. Sie hatte nicht die geringste Ahnung, aus welchen Gründen ihre Klienten dieses Versteck eingebaut hatten. Oder was es enthielt. Vor allem hatte sie es gar nicht wissen wollen.

Alles würde gut gehen. Es gab keinerlei Risiko. Sie musste nur ihren Job machen. Den, für den man ihr Vertrauen geschenkt hatte.

Sie fühlte sich ruhiger und ließ sich wieder ins Wasser gleiten. Zehn, fünfzehn, zwanzig Sekunden. In ihren Lungen machte sich ein leichtes Brennen bemerkbar. Sie atmete tief aus und stützte sich auf ihre Handflächen, um sich wieder aufzurichten.

Ein Druck auf ihren Schädel hinderte sie daran aufzutauchen. Im Bruchteil einer Sekunde schoss Adrenalin in ihre Adern. Sie schlug um sich, versuchte dem Schraubstock zu entrinnen, der sie unter Wasser hielt. In ihrem Brustkorb breitete sich das Kohlendioxid aus wie ein Lavastrom.

Jemand packte sie fest bei den Haaren. Sie öffnete die Augen. Wie durch einen flüssigen Spiegel starrte sie in ein Gesicht. Entstellt, verschwommen, ungreifbar.

Sie wollte schreien. Ein Gurgeln kam über ihre Lippen, während ihr das Wasser in den geöffneten Mund drang. Sie schlug immer heftiger um sich, die Lungen in Flammen. Ihre

Beine, ihre Arme waren wie autonome Auswüchse. Sie schlugen auf anarchische Weise den Takt, schleuderten Schaumgarben auf die Kacheln.

In ihrem Kampf bekam sie einen Arm zu packen.

Sie zog.

Der Druck ließ mit einem Mal nach.

Sie schoss aus dem Wasser, kurz vorm Ersticken. Sie hatte das Gefühl, Säure zu schlucken und musste sich auf der Stelle übergeben.

Zu ihren Füßen lag ein Mann reglos auf dem Bauch.

Sie nahm nur eine Farbe wahr: Schwarz.

Lederjacke, Jeans, Haare, der Typ schien direkt von einer Beerdigung zu kommen.

Wie eine bruchstückhafte Vision lief die Szene noch einmal vor ihrem inneren Auge ab. Der Angreifer, über sie gebeugt, die seifenglänzenden Fliesen, ihr verzweifeltes Aufbäumen, der plötzlich nachlassende Druck, das Aufschlagen am Badewannenrand.

Vollkommen nackt sprang sie über den Körper hinweg und rannte in den Salon. Vor ihren Augen tanzten Blitze.

Man hatte gerade versucht, sie umzubringen. Ein Herumtreiber? Daran glaubte sie keine Sekunde. Die kleinen Einbrecher drehten ihre Dinger klammheimlich. Im schlimmsten Fall fraßen sie einem die Bude leer.

Die Antwort, die ihre Befürchtungen rechtfertigte, war klar. Die SCI Vanessa stand voll im Rampenlicht. Eine in diesem Fall sehr schädliche Publicity. Wie auch immer die Erklärungen aussahen.

Ihre Klienten hatten beschlossen, sie zu eliminieren.

Sie schluckte salzige Tränen, vermischt mit dem synthetischen Geschmack der Badezusätze. Sie wehrte sich gegen dieses Ende. Nicht jetzt. Nicht so.

Nicht so …

Erster Reflex: das Telefon. Sie lief zum Apparat. Ihr blieb beinahe das Herz stehen. Das Anschlusskabel war verschwunden.

Aus dem Badezimmer kam ein Grunzen. Sie wollte schreien, besann sich dann aber eines Besseren. Sie wohnte allein in dem Gebäude. Niemand würde sie hören.

Niemand außer ihm.

Sie schnappte sich einen Mantel und stürzte zur Tür. Doppelt abgesperrt. Auf Knien durchkämmte sie mit zitternden Fingern den Teppich nach den Schlüsseln.

Im Gang tauchte bereits ein Schatten auf.

Sie nahm all ihren Mut zusammen und drehte sich um. Mit drei langen Schritten war der Mann bei ihr.

Sein Gesicht ließ sie zu Eis erstarren. Glatt, gespannt. Eigentlich sah es eher aus, als habe er gar keine Gesichtszüge. Besonders ein Detail ließ sie erschauern. Das linke Auge war nach unten verschoben, als sei die Augenhöhle im lockeren Erdreich abgesunken. Eine kleine Narbe an der Außenlinie zeigte an, dass man hier eine chirurgische Korrektur vorgenommen hatte.

Ihre Angst stieg sprunghaft an, als sie das Messer sah. Ein riesiges Klappmesser mit einem Griff aus lackiertem Holz, das er mit einem kurzen Klicken aufschnappen ließ. Die Finger, die das Messer hielten, steckten in Latexhandschuhen.

Diesmal brüllte sie einfach los. Der Schrei überflutete die Leere wie ein von einer Diva ausgestoßenes Wehklagen.

Der Mann packte sie. Er drehte sie um und legte ihr eine Hand auf den Mund. Mit der anderen presste er die Klinge auf ihre Kehle.

Mit einem Schulterzucken bedeutete er ihr, sie solle sich in Bewegung setzen. Eine irrsinnige Hoffnung tobte in ihrem Brustkorb. Er wollte sie nicht töten. Er wollte sie nur zum Reden bringen. Worüber, das wusste sie nicht. Sie hatte nie etwas vor ihren Klienten verheimlicht, hatte sie über anfallende Probleme stets sofort unterrichtet.

Sie gingen durch die Wohnung bis in ihr Schlafzimmer. Einen Moment lang befürchtete sie, er wollte sie vielleicht vergewaltigen. Sie war nackt, immer noch begehrenswert, der Kerl wollte sie dafür strafen, dass sie versucht hatte, sich zu wehren.

Sie blieben vor einem Fenster stehen. Ihr fiel auf, dass sie die Fensterläden nicht geschlossen hatte. Er knipste das Licht aus. Jetzt lag das Zimmer im Halbdunkel, nur noch vom Mondschein erhellt.

Während er sie weiter festhielt, öffnete er die Fensterflügel.

Die kalte Luft drang ihr unter die Haut, sodass ihre Poren sich aufrichteten wie ein Nagelkissen.

Dann nahm ihr verhängnisvolles Schicksal seinen Lauf.

Er trat einen Schritt zur Seite und ließ den Mantel zu Boden gleiten, ohne das Messer loszulassen.

Sie fühlte, wie sie hochgehoben und nach hinten gekippt wurde.

Als sie begriff, machte sie einen letzten Versuch, sich zu befreien. Ihre Arme, ihre Beine, all ihre Muskeln bäumten sich auf. Sie versuchte sich an ihm festzuklammern, fuhr alle Krallen aus, wie ein Kätzchen, das im Leeren hängt.

Er löste eine Klaue nach der anderen.

Schließlich ließ sie los.

Zunächst spürte sie das Streicheln des Windes. Seltsamerweise war ihr gar nicht mehr kalt. Sie sah die Sterne, eine Vielzahl von Diamanten, zu funkelnden Armreifen zusammengefügt. Ein Pfeifen brachte das dumpfe Dröhnen der Stadt zum Verstummen.

Der Sturz dauerte drei Sekunden.

Eine Ewigkeit.

Acht Meter tiefer prallte ihr Körper auf, und es klang, als zerschlage man ein Ei.

27

Die Gelegenheit war zu schön.

Taillandier hatte ihm die Sache wieder zugeschanzt. Und ihm damit eine Gelegenheit verschafft, mit Van Bruge zu verhandeln.

Am Morgen hatte der Richter auf dem Kommissariat angerufen. Er wollte die Lage besprechen. Angesichts der Umstände schlug er ein Gespräch in seinem Büro in Paris vor.

Taillandier hatte Paul gleich nach dem Gespräch zu sich gebeten. Der Domino-Effekt. Er hoffte, er sei schon weitergekommen, damit er sich dann mit fremden Federn schmücken könnte.

Cabrera hatte keine klare Stellungnahme abgegeben. Bei dieser Operation nutze er nicht die üblichen Verbindungen, außerdem habe er sein Wort gegeben. Wenn man noch das Risiko für Leib und Leben dazurechnete, habe er schon drei gute Gründe, den Mund zu halten.

Aber seine Vorsicht hatte noch andere Gründe.

In seinen Augen war sein Vorgesetzter nicht vertrauenswürdig.

Der Kommissar hatte ihm einen misstrauischen Blick zugeworfen und war überzeugt, dass Paul ihn auf den Arm nahm. Nach kurzem Zögern war er lieber auf Nummersicher gegangen. Ohne genauere Kenntnisse der Einzelheiten würde er vor einem Richter vom Kaliber eines Van Bruge keine zehn Minuten bestehen können. Frustriert hatte er beschlossen, Cabrera zu schicken.

Paul war froh, wieder an der frischen Luft zu sein. Nach dem engen Platz in dem Airbus war er in dem Waggon der Orlyval-Linie, mit dem er bis zur Haltestelle Saint-Michel gefahren war, schier erstickt. Eine halbe Stunde RER, versunken in die Betrachtung der aschfahlen Vorstädte, dann ging es wieder unterirdisch weiter. Willkommen in Paris …

Er schlug den Kragen seines Perfecto hoch und lief zur Île de la Cité. Alles wurde immer düsterer. Grau in Grau, ohne Konturen, ohne Geschmack. Um ihn herum liefen schemenhafte Gestalten geduckt durch den Nieselregen. Die Leute erinnerten ihn an Insekten. Sie hatten es eilig und wirkten angespannt, offenbar überzeugt davon, Rastlosigkeit sei der beste Beweis für ihre Existenz.

Er ging unwillkürlich schneller, als habe das aufgeregte Treiben etwas Ansteckendes. In der Ferne verschwanden die Türme von Notre-Dame in einem milchigen Nebel. Sie sahen aus wie geköpfte Pfeile, die eine Teufelshand auf dem Pflaster vergessen hatte. Er hob den Kopf, als erwarte er fast, die an einen Wasserspeier geklammerte Gestalt des Glöckners auftauchen zu sehen.

Inmitten einer Schar von Touristen ging er über den Pont Saint-Michel. Anschließend lief er den Boulevard du Palais entlang. An diesem Ort gab es nur wenige Menschen. Die Nähe des Justizpalastes schien wie eine Bannmeile zu wirken.

Dann tauchte sein Ziel auf. Monumentale, mit Feingold bemalte Gitter, eine Prunktreppe, imposante, stuckverzierte und mit lateinischen Inschriften geschmückte Fassaden.

Er wurde beim Mitarbeitereingang an der Seite des Gebäudes vorstellig. Einem von Akne geplagten Türsteher streckte er seine Karte hin. Der Bursche warf einen leicht beunruhigten Blick auf die Lederjacke und den Pferdeschwanz. Schließlich winkte er ihn durch.

Die Antiterrorabteilung war im zweiten Stock untergebracht, in der Galerie Saint-Éloi. Er fragte einen Gendarmen, der als Wachposten vor einem der Gerichtssäle abgestellt war, nach dem Weg.

Dann tauchte er ein ins Labyrinth. Endlose, marmorgepflasterte Gänge, Steinbögen, Spitzbogengewölbe, mit Kreuzstreben versehene Kirchenfenster. Die Struktur des Gebäudes gemahnte an die Strenge eines Klosters. Sein Sinn und Zweck bestand darin, den Beklagten zu erdrücken, ihn immer kleiner werden zu lassen und am Ende ganz auszulöschen.

Überall begegnete man dem Imponiergehabe des Gesetzes. Es war unparteiisch, brutal, zeitlos. Eine Frau mit verbundenen Augen, die in der einen Hand eine Waage hielt und in der anderen ein Schwert. Schwarze Roben, strenge Gesichter – diese Hilfspriester sprangen unter den Arkaden herum, um den Ritus zu zelebrieren.

Nachdem er zehn Minuten herumgeirrt war, kam Paul in einen etwas weniger feierlichen Bereich. Einen armseligen Weg, der von einer ganzen Batterie von Neonlampen erhellt wurde. Drei Mitglieder der Garde-Mobile versperrten den Durchgang. Sie trugen schwarze Kevlar-Overalls, kugelsichere Westen und hielten kurzläufige Maschinengewehre in Händen.

Er ratterte seine Personalien herunter, hielt zum Beweis seine Polizeimarke hin, nannte den Namen seines Gesprächspartners und den Grund für seinen Besuch. Hinter einem Schülerpult saß ein stiernackiger Kerl und trug die Informationen gewissenhaft in ein Register ein. Über eine interne Telefonverbindung benachrichtigte er Van Bruge und ließ Paul dabei nicht aus den Augen.

Nachdem Cabrera grünes Licht erhalten hatte, ging er durch einen Metalldetektor. Man führte eine Leibesvisitation durch und nahm ihm seinen Manurhin-Revolver ab.

Ein Typ mit kantigem Kinn stand mit verschränkten Armen da und wartete. Er machte ihm ein Zeichen, ihm zu folgen.

Die Antiterrorabteilung sah aus wie jede andere juristische Abteilung auch. Alle zehn Meter eine Tür, davor Holzbänke, auf denen zwischen zwei Gendarmen die Vorgeladenen saßen und auf ihre Vernehmung warteten.

Ein einziger augenfälliger Unterschied: die Sicherheit. Eine Zerberusarmee bevölkerte den Gang, kurz geschorenes Haar, sportliche Erscheinung, Funkknopf im Ohr. An den Holstern hingen Schlagwaffen, gut sichtbar. Vor lauter Anspannung war der Sauerstoffvorrat knapp geworden.

Der Mann, der ihn hierhergeführt hatte, hielt vor einer mit Leder ausgeschlagenen Doppeltür. Aus der Dicke der Tür schloss Paul, dass es sich um eine Panzertür handelte. Wieder wurde er durchsucht.

Schließlich betrat er den Bunker. Ein nüchterner, funktioneller, von peinlicher Ordnung geprägter Rahmen. Paul dachte: »Ein Platz für jedes Ding … und jedes Ding an seinem Platz.« Die Devise der Ordnungsfanatiker.

Sogleich begrüßte ihn ein dünnes Stimmchen: »Leutnant Cabrera! Treten Sie ein …«

Der hohe Beamte hatte sich erhoben. Ein langer Lulatsch mit unbestimmbaren Gesichtszügen, der in einem viel zu weiten Anzug steckte.

»Herr Richter …«

Cabrera fühlte sich unwillkürlich eingeschüchtert. Er drückte die Hand, die Van Bruge ihm reichte, ein fester, offener Händedruck, der gar nicht zu seiner Person passen wollte.

»Gute Reise gehabt?«

»Alles völlig problemlos.«

»Danke, dass Sie so schnell gekommen sind.«

Er setzte sich und deutete auf einen Stuhl. Dabei schob er die Akten zur Seite und griff nach dem Telefon.

»Entschuldigen Sie mich einen Augenblick. Mein Kollege Reichman wird sich zu uns gesellen.«

Paul setzte ein Lächeln auf. Sie wollten ihn zu zweit in die Zange nehmen. Das versprach eine harte Partie zu werden.

Nach kurzer Zeit tauchte ein junger Bursche in Krawatte auf. Zwei rote Kreise färbten seine Wangen, blondes Haar fiel ihm in die Stirn. Van Bruge stellte sie einander vor. Dann kam er ohne Umschweife zum Thema: »Wie weit sind Sie?«

Paul war nicht bereit, seine Karten offenzulegen. Nicht ohne Gegenleistung.

»Die Vorstadtsiedlungen schweigen sich aus. Wir haben dort nichts in Erfahrung bringen können.«

»Es gibt ja nicht nur die Vorstädte, nehme ich mal an.«

»Wir haben die Bars im Stadtzentrum durchgekämmt, unsere Polizeispitzel befragt, niemand weiß Bescheid.«

Der hohe Beamte nickte. Seinem Gesichtsausdruck war nichts zu entnehmen. Reichman begnügte sich damit, in regelmäßigen Abständen die Stirn zu runzeln.

»Dann sind Sie also nicht weitergekommen.«

Paul schickte seine Bauern vor.

»Eine Möglichkeit steht noch offen.«

»Welche denn?«

»Es ist ein wenig… ungewöhnlich.«

»Ich höre.«

»Ich habe Korsen befragt. Nicht amtlich. Ihrer Meinung nach haben die Kapuzenträger nichts damit zu tun.«

»Das behaupten sie.«

Van Bruge blieb neutral, kälter als eine Spinne. Er schien keine Meinung zu dem Thema zu haben.

Paul bekräftigte, als wolle er sich rechtfertigen: »Hätten sie das Feuerwerk wirklich veranstaltet, dann hätten das die Spatzen von allen Dächern gepfiffen.«

Der Untersuchungsrichter verschränkte die Finger, eine langsame, fast schon affektierte Geste.

»Kommen Sie bitte zu den Tatsachen.«

»Die stehen ganz schön unter Druck. Jemand hat in Marseille eine Bombe gelegt. In einer Stadt, die sie selbst kontrollieren. Außerdem hat man sie im Verdacht. Sie werden versuchen, die Täter zu schnappen.«

»Eine geheime Ermittlung?«

»Sie schützen ihren Herrschaftsbereich. Um zu überleben. Die verschiedenen Untergrundbewegungen liegen sich ganz schön in den Haaren. Die Wahlen rücken näher. Blutvergießen ist nicht mehr angesagt. Wenn sie nichts unternehmen, ist es vorbei mit der Glaubwürdigkeit.«

Schweigen. Die Richter warfen sich einen verständnisinnigen Blick zu.

Paul setzte noch hinzu: »Ich habe einen Kontakt. Sie haben sich zu einem Treffen bereit erklärt.«

»Einen Kontakt? Welchen?«

Cabrera lächelte.

»Sie kennen die Regel. Seine Quellen gibt man nicht preis.«

Eine Woge der Empörung schwappte durch den Raum. Van Bruge dürfte es nicht gewöhnt sein, dass jemand so mit ihm umsprang. Zumindest nicht, wenn dieser Jemand ein Bulle war.

»Und Sie glauben, dabei etwas herausfinden zu können?«

»Ich habe einen Deal mit ihnen gemacht. Die Kerle erzählen mir was. Und Sie entlasten sie dafür.«

Der Richter räkelte sich in seinem Sessel. Ein kaltes Lächeln gab seinem Gesicht etwas Scharfes.

»Solche Sachen bitte nicht mit mir. Ich verhandle niemals.«

Der junge Leutnant beugte sich vor, die Ellbogen auf den Knien.

»Es geht nicht darum zu verhandeln. Nur darum, Zeit zu gewinnen.«

Van Bruge kniff die Augen zusammen.

»Zeit?«

»Die müssen dafür sorgen, dass sie geachtet werden. Jetzt, sofort. Ich habe ihnen das nötige Konzept verkauft.«

»Sie verfügen über etwas, das Ihnen gar nicht gehört, Leutnant Cabrera.«

Paul reckte die Schultern. Er sah dem Richter unverwandt in die Augen, beinahe drohend.

»Das ist meine Methode. Es ist Ihre Entscheidung.«

Van Bruge antwortete nicht sofort. Er senkte den Kopf und versuchte, die Folgen einer solchen Vereinbarung einzuschätzen. Als er anschließend wieder das Kinn hob, wandte er sich an Reichman.

»Marco?«

Der Blondschopf schien zu überlegen.

»Seit gestern sitzen uns die Anwälte im Nacken. Ganz gleich, wie die Figurenkonstellation aussieht – wir müssen schnell Stellung beziehen. Solange uns diese Möglichkeit offensteht, sollten wir sie auch nutzen.«

Paul beobachtete den Mann neben ihm. Der Ton, den dieser Rotzlöffel anschlug, passte überhaupt nicht zu seinem Aussehen. Überlegt, selbstbewusst. Er zeigte, dass er die Situation vollkommen im Griff hatte.

»Einverstanden«, sagte Van Bruge schließlich. »Gehen Sie hin.«

»Werden Sie ein Kommuniqué veröffentlichen?«

»Nach Ihrem Treffen.«

»Unabhängig vom Ergebnis?«

»Sie haben mein Wort.«

Cabrera war es gewohnt, den Leuten in der Seele zu lesen. Durch seine jahrelangen Erfahrungen mit Treibjagden und heiklen Vernehmungen, bei denen es darum ging, die Urheber kleiner Anschläge zum Reden zu bringen, die es in der Kunst der Lüge zur Meisterschaft gebracht hatten. Van Bruge war in Ordnung. Er würde sein Versprechen halten.

Der Richter stellte noch klar: »Das Ganze wird in verdeckter Mission ablaufen. Mir ist nicht daran gelegen, dass jemand erfährt, dass ich etwas mit ihnen zu tun habe.«

Paul dachte: Und mit der Brigade auch nicht. Dieses Misstrauen ging ihm auf die Nerven, aber das tat nichts zur Sache. Eines Tages würde er diesen überheblichen Dackel gehörig zusammenstauchen. Das Rad drehte sich immer weiter.

»Wann soll das stattfinden?«

»Morgen.«

»In Marseille?«

»In Bastia.«

Der Richter stand auf und lief ein paar Schritte durch den Raum. Wenn er stand, wirkte er verbraucht.

»Eines müssen Sie wissen. Unsere eigenen Ermittlungen haben uns zu dem Schluss gebracht, dass das Finanzamt unter Umständen gar nicht Ziel des Anschlags war. Es gibt immer mehr sichere Hinweise darauf, dass die Bombe eigentlich dem Gebäude nebenan galt. Büroräume, die an Handelsgesellschaften vermietet waren, die zum korsischen Milieu gehören.«

Pauls eigene Schlussfolgerungen fanden sich bestätigt. Es war nie um einen idealistischen Akt oder um die Zerstörung eines Symbols gegangen.

Mit verschlossener Miene lief der Richter weiter durchs Zimmer. Dabei spielte er mit einem Schlüsselanhänger herum. Einer silbernen Kugel.

»Eine weitere Tatsache führt uns in diese Richtung. Die Person, die ihre Interessen vertrat, wurde gestern Abend mitten in Marseille umgebracht. Wir wollten sie heute Morgen verhören.«

Die Tageszeitung *La Provence* hatte von dem Fenstersturz berichtet.

Michèle Jourdan. Eine Immobilienmaklerin für die feinen Viertel. Es war eine Ermittlung eingeleitet worden. Niemand hatte von einem Verbrechen gesprochen und noch weniger von einem Zusammenhang mit dem Attentat in der Rue Borde. Und was die Verwicklung der korsischen Gauner anging …

Paul fragte: »Haben Sie die persönlichen Daten der ›Opfer‹?«

»Nein. Sie haben Deckfirmen benutzt. Eine Immobiliengesellschaft bürgerlichen Rechts, Strohmänner. Und zwar, halten Sie sich fest … Witwen, die schon eine Ewigkeit tot und begraben sind.«

Der junge Leutnant lächelte breit. Die Insellage sowie ein starkes Zugehörigkeitsgefühl zum eigenen Clan machten solche Mauscheleien möglich.

Van Bruge hatte sich wieder hingesetzt.

»Wir hoffen sie trotzdem zu finden. Ein paar Dokumente sind den Flammen nicht zum Opfer gefallen. Sie waren in einer Wand versteckt. Sie stammen von einer Bank in London, der Delta Company, die von einem gewissen Peter Moore geleitet wird. Wir vermuten, dass ein Netz von Geldwäschern dahintersteckt.«

Paul gab sich unbeeindruckt. In Wahrheit war er verblüfft über die Effizienz des Untersuchungsrichters. In weniger als einer Woche war er hinter die Fassade gedrungen und ins Herz der Sache vorgestoßen.

»Und nun zu unserer Strategie«, schloss Van Bruge. »Sie gehen nach Korsika, und zwar in verdeckter Mission. Ich betone es noch einmal: in verdeckter Mission. Über Ihren Kontakt darf nichts nach außen dringen. Wir werden unsererseits der Finanzfährte nachgehen. Ich möchte, dass Sie uns jeden Tag Bericht erstatten, notfalls per Telefon.«

Er spießte Paul mit dem Blick auf.

»Und noch etwas. Ich teile nicht Ihre Überzeugung, dass die Aktivisten unschuldig sind. Das politische Motiv lässt sich nicht aufrechterhalten, darüber sind wir uns alle einig. Aber die Rivalitäten zwischen der Mafia und den Nationalisten sind sehr wohl real. Es könnte sich um eine Begleichung offener Rechnungen handeln.«

»Möglich …«

»Darüber müssen Sie sich im Klaren sein, wenn Sie sie treffen. Sie werden in jedem Fall versuchen, Sie zu manipulieren.«

Paul wurde nervös. Er hatte plötzlich das Gefühl, sich in eine Schlangengrube zu begeben. Verschleierung, Manipulation – das Spiel fand auf mehreren Ebenen statt. Moretti oder Van Bruge, jede Kraft nutzte die andere. Sie verheimlichten einen Teil ihrer Batterien, um eine fassadenhafte Wahrheit aufzubauen. Täuschungsmanöver, die wieder zu anderen Täuschungsmanövern führten. Und in der Mitte: ein Bauer.

Er.

Mit einem Geschmack von Eisen im Mund verließ er den Justizpalast. Solche Trips stießen bei ihm nicht gerade auf Begeisterung. Sie stimmten nicht mit seinen Überzeugungen überein.

Er schlug seine Zweifel in den Wind und lief zur Metro.

Eine einzige Boje wies ihm den Weg.

Fabio.

Und seit Kurzem auch Angela, eine dunkelhaarige, aus der Vergangenheit aufgetauchte Puppe.

II

SUCHEN

28

Der Flughafen Bastia-Poretta. Nordkorsika.

Eine futuristische Halle mit gebogenen Decken – Glas und Stahl –, eine hochwertige Innenausstattung, endlos viel Raum, bei dem das natürliche Luxusgut Licht optimal genutzt wurde.

Paul näherte sich den Drehkreuzen. Mehrere Dutzend Passagiere drängten sich vor dem Schalter von Flug ESY75 aus Marseille. Ihre angespannten Mienen verrieten, dass sie sich Sorgen machten. EasyJet brüstete sich damit, die günstigsten Tarife anzubieten, in der gängigen Terminologie nannte man das einen »Billigfluganbieter«.

Die Kehrseite der Medaille: häufige Verspätungen und unterwegs verloren gegangene Koffer. Das war der Preis, der zu bezahlen war bei dem einzigen Viehtransporter, bei dem Paul noch einen Platz bekommen hatte.

Nach zwanzig Minuten Wartezeit hatte er endlich seine Tasche wieder und steuerte den Taxistand an.

Draußen empfing ihn die Hitze. Wie eine sanfte, unerwartete Liebkosung, die ihm das Gefühl gab, eine weite Reise gemacht zu haben. Das Gefühl hielt nicht lange vor. Der Taxifahrer hörte RTL, eine Sendung, in der Olivier Kersauson das Publikum mit billigen Witzen unterhielt.

Paul öffnete das Fenster und ließ das Geschwätz vom Wind verwehen. Da er nicht gerne als Tourist unterwegs war, war er nie nach Korsika gefahren. Außerdem reichte ihm Marseille. Die Nationalstraße fand er langweilig. Dicht gedrängte Autoschlangen, Stoßstange an Stoßstange, Industriezonen, Werbeplakate. Das einzige exotische Flair war das berühmte Schild mit der 2B, das Steuervorteile garantierte, den Sonderstatus einer Insel hervorhob, die verhätschelt wurde wie ein verwöhntes Kind.

Dann tauchte die Stadt auf. Ganz allmählich. Bergfriede, kleine Forts, Festungsmauern um rostfarbene Fassaden mit türkisgrünen Fensterläden. Die Bauwerke entstammten einer anderen Epoche, beobachteten wachsam das Mittelmeer. Bastia erinnerte sich noch an die Zeit, als es zu Genua gehörte, als Horden von Barbaren auf der Suche nach Seide und Gold über ihre Küsten hereinbrachen. Die Stadt hatte ihren Reichtum im Schutz der Festungsmauern errichtet, eingeschlossen in einen Talkessel, dessen Berge von bläulichen Wolken geschliffen wurden.

Paul ließ sich am Alten Hafen absetzen. Moretti hatte ihm die Adresse eines Hotels gegeben, in dem seine Klienten Kontakt zu ihm aufnehmen würden. Wann und wie? Der Anwalt hatte keinen blassen Schimmer gehabt. Nur auf einer Sache war er ständig herumgeritten: Sein Name dürfe unter keinen Umständen genannt werden.

Der Palazzo hatte nichts von einem Palast. Er war nicht mehr als ein Zwei-Sterne-Hotel, versteckt in einem Gässchen. Paul trug sich ins Anmelderegister ein. Vorsichtshalber teilte er dem Hotelbesitzer mit, er erwarte einen Anruf.

Das Zimmer entsprach seinen Erwartungen. Ein abgewohnter, zehn Quadratmeter großer Raum, in dessen Tapeten noch der Bocksgestank der Vorgänger hing. Ein Bett und ein Kleiderschrank vervollständigten das Mobiliar. Auf einem winzigen Nachttisch stand ein Telefon. Hinter dem Vorhang aus undurchsichtigem Plastik verbarg sich vermutlich die Dusche.

Er stellte seine Tasche ab und streckte sich lang auf dem Bett aus. Warten war nicht seine Stärke. Schließlich leitete er eine Brigade von Haudegen, die dazu ausgebildet worden war, radikal durchzugreifen.

Diesmal wurden die Regeln von anderen diktiert.

Er musste an Angela denken. Seine Cousine hatte ihn verwirrt. Ein Gefühl, das er sich nicht eingestanden hatte. Tief, sinnlich. Unvereinbar mit Familienbanden. Die junge Anwältin rührte etwas in seiner Seele an, das er nicht erwartet hatte. Wenn er sie ansah, hatte er das Gefühl, den Hafen erreicht zu haben.

Zu Hause zu sein.

Er verscheuchte diese Gedanken. Die Treibjagd hatte begonnen. Moretti war ein Verrückter. Er verteidigte andere Verrückte. Typen, die zu allem bereit waren, hungrig nach Macht und Geld. Die Autonomie war nur ein Vorwand. Der Terror ein Mittel.

Er musste sich vorsehen. Hier auf Korsika war seine Polizeimarke keinen Pfifferling wert. Blut war das einzige Tauschmittel.

Er schloss die Augen. Bilder der Gewalt schossen ihm in den Sinn. Boxwettkämpfe, Schlägereien, das Gebrüll der Gauner, die man in flagranti ertappt hatte, die Leichen der Kollegen, die bei der Ausübung ihres Amtes getötet worden waren, der Brustkorb zerrissen von einem Kaliber 12.

Paul hatte sich für dieses Leben, dieses Risiko, diese ständige Herausforderung entschieden. Um sich dafür zu entschuldigen, auf der Welt zu sein. Seit seiner Kindheit quälte ihn eine gesichtslose Angst. Sie trug bloß einen Namen, den seine Eltern zu früh ausgewählt hatten.

Louis.

Sein Zwillingsbruder, der gestorben war, bevor er den ersten Schrei getan hatte, damit er selbst besser leben konnte.

Das Klingeln des Telefons verscheuchte die Geister.

»Hallo?«

»Paul Cabrera?«

Ein typisch korsischer Akzent.

»Ja.«

»Ich bin Ihr Reiseführer. Das Treffen findet im Café de la Palombe statt, in dreißig Minuten.«

Die Nationalisten hatten keine Zeit verloren. Paul fühlte sich wie ein gläserner Mensch. Seit seiner Ankunft hatten sie offenbar sein ganzes Tun und Treiben beobachtet.

»Ich bin gerade angekommen. Ich kenne dieses…«

»Haben Sie etwas zum Schreiben da?«

Paul kramte in seiner Tasche. Er holte eine Zeitschrift und einen Kugelschreiber heraus.

»Schießen Sie los.«

»Rue Sainte-Croix Nr. 12. Das ist in Terra Nova.«

»Wo?«

»Folgen Sie dem Südquai und gehen Sie dann durch den Jardin Romieu. Vor der Zitadelle fragen Sie jemanden.«

Paul notierte sich die Angaben. Die Stimme hatte einen Befehlston, klang fast schon barsch.

»Werde ich Sie dort treffen?«

»Setzen Sie sich auf die Terrasse und warten Sie.«

Cabrera spürte, wie er den Hörer unwillkürlich fester hielt. Der Ton gefiel ihm nicht. Als habe er seine Gedanken erraten, setzte der andere noch eins drauf.

»Und noch etwas. Seien Sie pünktlich.«

29

Eine Stadt für die Reichen.

Der Quadratmeterpreis war exorbitant. Die Restaurants unbezahlbar. Jeans zum Preis von Kaschmir. Für einen Beamten des Justizministeriums war das Leben hier unerschwinglich.

Reichman sah ins dunkle Wasser des Flusses. Es mischte sich mit den Nebelschwaden zu einer Art aschfarbenem Talg, einem feuchten Staub, der die Konturen verwischte.

Dies war sein zweiter Besuch in London, und den ersten würde er lieber vergessen. Eine Expressreise mit Van Bruge, auf der man sie im Hilton eingesperrt hatte, für ein Symposium der SO13, der Antiterrorabteilung von Scotland Yard, zum Thema »Der Anstieg des Islamismus in Europa«. Er hatte sich damals nichts angeschaut, nichts mitbekommen. Das Einzige, was er von der Reise mit nach Hause genommen hatte, war der allgemeine Eindruck eines bestimmten Klimas. Steif, altertümlich, griesgrämig. Wieder zurück in Paris, hatte er beschlossen, nie wieder einen Fuß in diese Stadt zu setzen.

Das Gesicht zur Grimasse verzogen, stieg er aus dem Eurostar.

Waterloo international. Der TGV-Bahnhof. Eine Schlange aus Glas, prall gefüllt mit ehrgeizigen Menschen. Eine zwangsläufige Zwischenstation auf dem Karriereweg eines durchschnittlichen Finanzmannes. Jeden Morgen wurden die Bahnsteige von Horden von Brokern gestürmt. Woher sie kamen, war nicht von Bedeutung. Sie passten ihr Erscheinungsbild und ihre Wünsche den Ikonen der City an. Jung, dynamisch, geldgierig. Veraltete Karikaturen aus dem Bildarsenal der Achtzigerjahre.

Reichman flüchtete sich in ein Taxi. Es war schwarz, hatte drei Seitenfenster und sah aus wie ein Leichenwagen. Das Londoner Cab, an dem sich seit dem Bau des ersten Modells nichts geändert hatte.

Er kramte sein Schulenglisch zusammen und nannte die Adresse. Auf seinen Reisen durch Südostasien hatte er sich das lebensnotwendige Minimum an Vokabular angeeignet: sich fortbewegen, essen, schlafen. Die drei grundlegenden Dinge, die man für das Überleben in einer fremden Kultur brauchte.

Der Sitz von Scotland Yard befand sich auf der anderen Seite des Flusses, keine zwei Kilometer entfernt. Reichman hatte sich mit einem Beamten der Finanzabteilung verabredet, der sich auf Steuerparadiese spezialisiert hatte. Rupert Benets machte in allen vier Erdteilen Jagd auf die Weiße-Kragen-Kriminalität, und vor allem sprach er Französisch. Er kannte die City wie seine Westentasche, und natürlich kannte er die Delta Company.

Bisher hatte der Ermittlungsrichter nur verlauten lassen, dass er Auskünfte über die Aktivitäten dieser Gesellschaft benötige. Die internationale Zusammenarbeit barg immer Schwierigkeiten. Er wollte seine Karten lieber eine nach der anderen offenlegen.

Bei der Fahrt über die Themse sah er den Westminster-Palast. Die gotische Fassade wirkte sehr homogen: Spitztürme, Fenster, alles war symmetrisch, wie von einem zwanghaften Grafiker mit dem Senklot gezeichnet. An jeder Ecke stand ein Turm. Er hatte keine Schwierigkeiten, den berühmtesten zu entdecken: Big Ben, das Symbol einer Stadt, in der alles so geregelt ablief wie bei einer Turmuhr.

Der Wagen setzte ihn vor dem Gebäude in der Victoria Street ab. Mehr als einen Meter über dem Boden war auf einer zylindrischen Säule ein Triptychon aus schwarzem Metall angebracht, auf dem der mythenumrankte Name geschrieben stand.

NEW
SCOTLAND
YARD

Reichman erschauderte. Er musste an die Filme aus dem Filmclub denken, Schwarz-Weiß-Filme, in denen Detektive auftauchten, die aussahen wie Sherlock Holmes. Von allen rätselhaften Fällen Scotland Yards war der von Jack the Ripper der eindrücklichste. Das Monster hatte zu Beginn der viktorianischen Ära etwa zehn Prostituierte aufgeschlitzt. Die Körper waren verstümmelt worden, chirurgische Handgriffe, ein Kunsthandwerker des Horrors. Der Metzger war intelligent gewesen und hatte sich über die Ermittler lustig gemacht. Obwohl allerhand schwammige Hypothesen aufgestellt worden waren, hatte dieses Mysterium ein Jahrhundert später noch immer seine ganze Kraft bewahrt.

Im kollektiven Unbewussten blieb Scotland Yard mit dieser Epoche verknüpft. Legendäre Verbrecher, von Ermittlern mit Zylinderhut durch neblige Gassen gehetzt. Stattdessen sah der Ermittlungsrichter nun ein Glashaus vor sich, einen schweren Turm, der Hunderte von Beamten beherbergte. Die Polizei hatte sich mit der Zeit verändert. Dem alten Namen hatte man bloß die Bezeichnung »New« hinzugefügt. Die Engländer surften auf der Woge der Moderne mit, und gleichzeitig fühlten sie sich fest in ihrer Geschichte verankert.

Reichman stellte sich beim Empfang vor. Ein Beamter im weißen Hemd nahm einen Hörer ab. Er brabbelte mit tonloser Stimme unverständliche Sätze. Der Ermittlungsrichter musste ihn mehrmals bitten, das Gesagte noch einmal zu wiederholen, bis er die Botschaft begriffen hatte.

Sein Kontaktmann werde in die Halle herunterkommen.

Er setzte sich auf einen an die Wand geschraubten Plastikstuhl. Vor seinen Augen spazierten alle möglichen Leute vorbei. *Bobbys*, den Kopf bedeckt mit einer Art schwarzem Metalltopf, gewöhnliche Polizisten, die Schirmmütze mit gelbweißen Karos bestickt, Zivilbeamte in Jeans und Lederjacke, wieder andere im steifen Anzug und mit teuren Lackschuhen.

Eines hatten sie alle gemein. Sie gingen ruhigen Schrittes, eine Art Distanziertheit vermittelte einen Eindruck von gebändigter Kraft. Der Beweis dafür, dass sich das Gesetz letzten Endes als mächtiger erweisen würde.

»*Mister Reichman*?«

Der junge Staatsbeamte drehte den Kopf. Ein rothaariger Gnom mit weißem Bart beobachtete ihn verschmitzt. Er trug einen grauen Flanellanzug und eine rote Seidenkrawatte. Ein Bankier, der gerade aus der Vorstandssitzung kam.

»*Mister Benets*?«

Er hatte seinen schönsten Akzent aus der Schublade gezogen, ähnlich dem von Louis de Funès in *Fantômas*.

Der Rotschopf streckte ihm eine Hand hin. An einem der Finger prangte ein Siegelring.

»Hocherfreut, Sie zu sehen. Hatten Sie eine gute Reise?«

Er sprach ein perfektes Französisch, vielleicht ein wenig zu akademisch, mit einem ganz leichten britischen Akzent.

»Ja ... Danke ...«

Sein Gegenüber sah auf seine Uhr.

»Haben Sie Hunger?«

Reichman war zwar in aller Herrgottsfrühe aufgestanden, aber sein Magen schlief noch. Er nahm die Einladung nur aus Höflichkeit an.

»Ich denke schon.«

»Mögen Sie Innereien?«

Allein schon das Wort verursachte ihm einen Magenkrampf. Ohne die Antwort abzuwarten, nahm Benets ihn beim Arm.

»Ich zeige Ihnen mein Lieblingsrestaurant. Es ist gleich um die Ecke.«

30

Auf seiner Uhr war es halb zwei.

Paul hatte keine Sekunde zu verlieren.

Er überprüfte das Magazin, ließ einen Dolch in den Stiefel gleiten und befestigte den Griff mit zwei Klettverschlüssen an der Wade. Ausgerüstet für den Krieg, dachte er. Er schlüpfte in seine Lederjacke und verließ das Hotel.

Draußen wurden die Gehsteige von einer selbstgefälligen Sonne überflutet. Der Himmel schien an dem Spiel Feuer gefangen zu haben. Er war von einem reinen, petrolfarbenen Blau und bildete den idealen Hintergrund für den gleißenden Stern.

Paul verließ das Gässchen und bog auf den Südquai ein. Noch vor einer Stunde war ihm gar nicht aufgefallen, wie harmonisch der Alte Hafen wirkte. Ein an den Fuß der Zitadelle gekauerter Bogen, bewacht von der aristokratischen Silhouette einer zweitürmigen Kirche. Vor dem Wasser ragten imposante Gebäude auf, deren pastellfarbene Fassaden der Wind gebleicht hatte.

Plötzlich erschien ihm alles vertraut. Die Fischrestaurants, die ihre Terrassen unter bunte Planen gezwängt hatten, die Fischerboote, die an den Anlegestellen vertäut lagen, der Strom von Müßiggängern, die ohne genaues Ziel zwischen

Bratendüften umherliefen. Er hätte auch in Cassis sein können, an einem Sommertag.

Er beschleunigte seinen Schritt. Der Typ hatte von einer halben Stunden gesprochen. Er hatte die Zeit wahrscheinlich ganz knapp kalkuliert, um ihn unter Druck zu setzen.

Als er am Ende des Quais angelangt war, betrat er einen grünen Park. Auf einer Tafel stand geschrieben: »Jardin Romieu«. Er war auf dem rechten Weg und folgte einem gewundenen Pfad, gesäumt von Palmen, Lorbeerbäumen und Kiefern. Am Ende bog er Richtung Zitadelle ab.

Im Inneren der Festung sprang ihn die Vergangenheit an. Er spazierte durch eine mittelalterliche Stadt, die krude Festungsarchitektur verursachte Beklemmungen in ihm. Enge Straßen verliefen unter lachs- und rosafarbenen Fassaden und schufen eine geheimnisvolle, mysteriöse Atmosphäre. Überall rannten Schwärme von Touristen herum und streckten die Nase in die Luft, Stoffkäppi und T-Shirt auf krebsfarbener Haut.

Ein Straßenhändler wies ihm den Weg.

Paul sah auf die Uhr. Es blieben ihm gerade mal drei Minuten.

Er beeilte sich noch mehr.

Das Café de la Palombe war ein winziges Lokal, das hinter einer riesigen Terrasse verborgen lag. Die Wirte hatten die Straße erobert und ihre Tische auf jedem verfügbaren Stück Gehsteig aufgestellt. Darüber hingen behelfsmäßige Leinen mit Wäsche darauf, was daran erinnerte, dass dies einmal ein Arbeiterviertel gewesen war.

Paul setzte sich und zündete sich einen Zigarillo an. Sofort tauchte ein Kellner auf, der ein Tablett auf der Handfläche balancierte. Cabrera bestellte ein Schinken-Käse-Baguette und ein Glas Bier. Ein scharfer Schnabel hatte sich in seinen

Magen gebohrt und ihn daran erinnert, dass er seit dem Vorabend nichts mehr gegessen hatte.

Der Kellner waltete sogleich seines Amtes. Er stellte ihm das Gewünschte hin sowie den Kassenbon in einer Schale, und dann verschwand er wieder im Innern der Kaschemme. Kein Wort. Kein Lächeln. Die Diskretion der Inselbewohner.

Paul machte sich über seine Notfallration her. Sein Blick strich immer wieder über die anwesenden Gäste. Einige aßen zu Mittag, ein schnelles und einfaches Mahl aus verschiedenen Salaten, Sandwiches und Paninis. Niemand schien seine Ankunft bemerkt zu haben.

Nach einem zweiten Biss orderte er einen Kaffee. Die Sonne begann zu wandern, die Terrasse leerte sich. Jetzt wartete er schon vierzig Minuten. Was war da los?

Er beschloss nachzuschauen.

Die Bar war menschenleer. Ein dunkler Gang, in dem Wimpel in den Farben von Bastia hingen, Fotos des Furiani-Stadions, Bilder von Spielern. Hinter dem Tresen stand ein Kerl und putzte Gläser. Aufgrund seiner Erscheinung schloss Paul, dass es sich um den Wirt handeln musste. Über seinem Bauch spannte sich ein schwarzes Polohemd, sodass es aussah, als werde er bald einen Fußball zur Welt bringen.

»Den Kaffee bring ich Ihnen raus.«

Der Ton war wie Beton. Hart, undurchdringlich. Cabrera stützte sich am Tresen auf und dachte darüber nach, wie er ein Gespräch eröffnen könnte.

»Ich trink ihn hier.«

Der Wirt starrte ihn abwesend an. Er stellte die Tasse auf den Zinktresen und schlug eine Zeitung auf.

»Man hat mich hierher bestellt«, wagte Paul einen Anfang.

»Aha …«

»Jemand sollte mich abholen.«

»Viele Leute verabreden sich im Palombe. Es ist zentral gelegen.«

Der junge Leutnant nahm einen Schluck Arabica.

»Wie etwa die Nationalisten?«

Eine kurze Pause. Es schien so, als habe sich noch jemand stillschweigend zu ihnen gesellt. Schwarz wie der Stachel eines Skorpions.

»Ich verstehe nicht, worauf Sie hinauswollen. Das ist ein freies Land. Die Leute können gehen, wohin sie wollen.«

Das Gespräch würde nicht lang werden. Der Dicke wusste nicht Bescheid. Oder er misstraute ihm.

Paul zahlte die Rechnung. Mit Wut im Bauch verließ er das Café. Er hatte nur seine Zeit vertan. Für nichts und wieder nichts. Man führte ihn wie einen Kasper an der Nase herum. Es blieb ihm nicht anderes übrig, als ins Hotel zurückzukehren.

Er verließ die Rue Sainte-Croix und ging die Rue de l'Évêche hinauf. Eine dichte Menschenmenge schlenderte unter den Mauern umher. Die Reisebusse hatten ihre Quote an alten Omas ausgespuckt, in regelmäßigen Abständen humpelten Rentner ihre tägliche Rennstrecke entlang.

Er spürte sofort, dass da jemand war. Das Gefühl kam aus dem Bauch, die Gewissheit, dass er beobachtet wurde. Er ging weiter und tat so, als habe er nichts bemerkt. Die Karussellfahrt dauerte zehn Minuten. Paul bog ganz gemächlich in eine Gasse nach der anderen ein. Er flanierte wie ein x-beliebiger Müßiggänger unter den Festungsmauern entlang.

Der Verfolger hielt sich auf Distanz. Ein beweglicher Schatten, der ein rotes T-Shirt und Bermudajeans trug. Er ging in dem herrschenden Gewühl unter wie eine Sardine in einem Schwarm.

Paul bemerkte eine Gruppe von Achtzigjährigen, die sich auf einem kleinen Platz versammelt hatte. Die alten Leutchen stolzierten vor dem rechteckigen Frontgiebel einer Kathedrale herum, der mit steinernem Laubwerk, Muscheln und Friesen verziert war. Eine junge Frau mit Pagenschnitt schien ihre Reiseführerin zu sein. Sie machte ausholende Gesten, um sie Richtung Eingang zu bugsieren.

Er mischte sich unter die Menge und betrat das Kirchenschiff. Für einen kurzen Augenblick wurde er ganz ruhig. Er badetete in einer stummen Sinfonie, deren rosafarbene und goldene Töne die Decken bekleideten. Seine Rangers knallten auf den weißen, blauen und roten Bodenplatten. Die Reiseführerin sprach über die Kunst des Barock, über den Marmor aus Carrera, Corte oder Oletta, die Felsen von Bevinco. Die größte Besonderheit der Kathedrale Sainte-Marie sei deren Reinheit. Sie sprach auch über die »cantories«, diese Sängertribünen in den dicken Schrankenmauern, über die Malerei des Leonoro d'Aquila und die Skulpturen des Gaetano Macchi.

Paul verstand nichts von dem Kauderwelsch. Er begnügte sich damit, den Blick zu diesen Augenblicken der Gnade zu erheben. Etwas weiter weg, mitten in der Menge, entdeckte er seinen Schutzengel. Er schlenderte durch die Kirche, die Hände in den Taschen: ganz entspannt.

Plötzlich führte die Brünette ihre Schäfchen zum Seitenrand. An der Wand reihten sich verglaste Nischen, die goldene Jungfrauen, Heiligenfiguren aus Holz und Bilder bargen. Paul bemerkte einen Beichtstuhl.

Geschickt ließ er sich ins Innere gleiten. Er schob den Vorhang etwas zur Seite und bemerkte, dass der Mann mit den Bermudas zu langsam war, um sein Manöver zu bemerken. Er konzentrierte sich auf die Gruppe, beobachtete sie aus gebührendem Abstand.

Jetzt hatten ihre Rollen sich verkehrt.

Paul wartete ein paar Minuten. Die Touristen bewegten sich Richtung Altar.

Der Typ ging an seinem Versteck vorbei, ohne ihn zu bemerken.

Im Bruchteil einer Sekunde hatte der junge Leutnant sein Versteck verlassen und sich von hinten an ihn gedrängt. Er hatte seinen Dolch gezückt und piekste ihm damit in die Seite.

Er flüsterte ihm ins Ohr: »Mach keinen Ärger. Wir gehen langsam raus.«

Keine Reaktion. Ein kaum wahrnehmbares Erschaudern, gefolgt vom Anspannen der Wirbelsäule.

Sie kamen auf den Platz. Paul drückte seinen Verfolger an eine Wand, die Klinge auf der Gurgel.

»Was ist dein Problem?«

Kleine, ausdruckslose Augen starrten ihn an. Kein Anzeichen von Furcht.

»Ich habe kein Problem. Ich bin Ihr Reiseführer.«

Die Stimme war herrisch und kalt. Dieselbe wie am Telefon.

Er ließ den Dolch sinken.

»Was machen Sie da für Spielchen?«

»Eine Frage der Sicherheit. Ich musste mich vergewissern, dass Sie allein sind.«

»Verdammt. Klar bin ich allein.«

»Haben Sie einen gültigen Ausweis dabei?«

»Was?«

»Ich muss Ihre Identität überprüfen.«

Paul hielt ihm seine Polizeimarke unter die Nase.

»Reicht das?«

Der Typ betrachtete sie eingehend. Seine gewölbte Stirn hatte sich in Sorgenfalten gelegt.

»Vor der Zitadelle wartet ein Auto auf Sie. Sind Sie immer noch interessiert?«

»Na klar.«

»Falls Sie immer noch das wollen, worum Sie uns gebeten hatten, müssen Sie sich ihren Forderungen beugen.«

Ein Zweifel, wie ein Riss in einem Spiegel.

»*Ihren* Forderungen. Und wer sind dann Sie?«

»Ein Mittelsmann. Ich bin nicht von Bedeutung.«

Paul hatte gerade bemerkt, dass er es mit der Paranoia der Aktivisten zu tun hatte. Sie umgaben sich mit Schatten, schützten ihre Identität, ihre Strategien, zumindest gegenüber denen vom Festland. Und wie Pasquini bemerkt hatte, war er zudem noch ein Bulle.

Der Form halber fragte er: »Was verlangen sie?«

»Das werden Sie gleich erfahren.«

31

»Das beste französische Restaurant von Westminster.«

Benets hatte schreien müssen, um sich verständlich zu machen. Mit einer ausholenden Armbewegung deutete er auf den proppevollen Saal.

»Sie haben 1939 hier angefangen. Der Wirt ist ein Landsmann von Ihnen, aus dem Périgord. Sarlat, wenn ich mich nicht irre.«

Reichman gab sich interessiert. Er hatte einen Knoten im Magen und machte ein Martyrium durch. Seit einer guten Viertelstunde standen sie an der Bar und warteten ohne allzu große Hoffnung darauf, dass man ihnen einen Tisch freimachte.

Der Raum war klein, verraucht, voll gestopft mit Kitsch.

Der Gastwirt hatte eine fröhliche Stilmischung betrieben: lederne Sitzbänke, hellblaues Porzellan, provenzalische Tischdecken. Die Tische waren so aneinandergeklatscht, dass es wirkte wie der Stau vor Lyon. Die karminroten Wände erinnerten an die großen Grand-Cru-Bordeauxweine. Wie Trophäen waren Fotos unter Glas aufgehängt, auf denen in verblichenen Farben die nostalgische Geschichte einer verlassenen Gegend erzählt wurde.

Benets klopfte ihm auf die Schulter.

»Kommen Sie.«

Ein als Cafékellner verkleideter Kerl führte sie ans andere Ende des Saals.

Auf dem Tisch, der für sie vorgesehen war, standen noch die Hinterlassenschaften der letzten Gäste. Benets zog sein Sakko aus und krempelte die Ärmel hoch. Seine Unterarme waren übersät mit Sommersprossen.

»Die französische Küche … ist eine ernste Angelegenheit.«

Der Ermittlungsrichter konnte ihn kaum verstehen. Er fragte sich, wie lange er es in dieser Höhle aushalten würde.

Als habe er sein Unwohlsein bemerkt, sagte der Polizeibeamte von Scottland Yard, während er sich hinsetzte: »In zehn Minuten sind wir allein. Wir befinden uns in einem Verwaltungsviertel. Die Mittagspause ist auf die Minute genau festgelegt.«

Der junge Richter rang sich ein müdes Lächeln ab. Der bärtige Mann hatte eine sehr tiefe Stimme, beruhigend wie ein alter Wollpulli.

»Möchten Sie ein Glas Wasser?«

»Gerne.«

Benets nahm die Karaffe. Mit einer Ecke des Tischtuchs rieb er ein Glas sauber.

»Man muss sich nur zu helfen wissen.«

Reichman kippte die lauwarme Flüssigkeit in einem Zug hinunter. Allmählich entspannte er sich.

»Entschuldigen Sie. Ich habe in der letzten Woche kaum geschlafen.«

»Ich weiß, wie das ist. Unser Berufsethos ist eine unbarmherzige Gebieterin. Voller Leidenschaft, auf Alleinherrschaft pochend, mitunter gnadenlos...«

Auf einmal hatte er einen anderen Ton angeschlagen. Er klang jetzt ernst, geradezu schmerzerfüllt. Reichman musste an Van Bruge denken. Das Verhalten der Menschen war sich ähnlich, ganz gleich, auf welcher Seite des Kanals man sich befand. Alles wurde von der Jagd beherrscht. Sie verschlang die lebende Beute und spuckte tote Hüllen wieder aus.

Der Rotschopf lockerte seine Krawatte. Plötzlich zogen Schatten durch seinen Blick. Wie Hilferufe.

»Gestatten Sie mir eine Frage?«

»Bitte sehr.«

»Wie alt sind Sie?«

Es war damit zu rechnen gewesen, dass man ihn ausfragen würde. Aber diesmal lief es gut.

»Sechsundzwanzig.«

»Verheiratet?«

»Nein.«

»Auch keine Kinder, nehme ich an.«

»Auch nicht.«

»Aha.«

Benets spielte mit seinem Siegelring. Er hatte wieder sein warmes Lächeln aufgesetzt, das so einnehmend war und einen zu vertraulichen Mitteilungen ermunterte.

»Sie sind jung. Und sicher brillant. Sie haben Ehrgeiz, eine vielversprechende Zukunft. Ich möchte Ihnen gerne einen Rat geben.«

Der Richter zog eine Augenbraue hoch.

»Und der wäre?«

»Verlieren Sie nicht zu viel Zeit.«

»Wie bitte?«

»Lassen Sie sich nicht von Ihrem Beruf beherrschen. Bauen Sie sich nebenher noch ein zweites Leben auf. Wenn Sie damit warten, wird es irgendwann zu spät sein.«

Reichman war platt. Er kannte ihn seit weniger als einer Stunde, und schon erteilte dieser Kobold mit dem Bardengesicht ihm eine Lehre fürs Leben. Und was das Unglaublichste war, das Ganze kam ihm völlig normal vor.

»Ich werde es mir merken.«

Der Kellner rückte an. In seinen Händen hielt er eine Schiefertafel, auf der mit Kreide ein paar sibyllinische Wörter geschrieben standen.

»Die Spezialitäten werden auf der Basis von …«

Benets suchte nach dem treffenden Wort.

»… Innereien hergestellt. Flambierte Nieren, Rinderzunge, gefüllte Kutteln. Aber es gibt auch Salate oder rotes Fleisch.«

Reichman nahm ein Filetsteak, während sein Gastgeber sich für Kalbsleber entschied. Als der Kellner kehrtgemacht hatte, bemerkte er, dass der Saal leer war.

Er ging schnurstracks zum Angriff über.

»Wie wär's, wenn Sie mir etwas über die Delta Company erzählen würden?«

Der Engländer spielte wieder mit seinem Siegelring. Seine buschigen Augenbrauen wirkten wie zwei Pagodendächer.

»Zuerst möchte ich Ihnen etwas sagen. Es ist mehr als unwahrscheinlich, dass diese Gesellschaft auch nur im Entferntesten etwas mit einer terroristischen Vereinigung zu tun haben könnte.«

Reichman merkte, wie angespannt er war. Ausweichend sagte er: »Davon gehen wir auch nicht aus.«

»Wunderbar. Sie wissen ja bereits, dass es sich um eine Investmentbank handelt …«

»Die sich auf den Lebensmittelsektor spezialisiert hat, ja. Aber erzählen Sie mir die Geschichte doch bitte von Anfang an.«

»Die Gesellschaft wurde Anfang des neunzehnten Jahrhunderts gegründet. Zu Beginn agierte sie im Schiffsmaklergeschäft. Ein großes Betätigungsfeld, das sich aus dem Handelsverkehr zu Zeiten des Britischen Imperiums ergab. Allmählich wandten sie sich immer mehr dem eigentlichen Handel zu. Sie kauften Gewürze aller Art, rüsteten Schiffe auf. Die Produkte wurden in Sussex weiterverarbeitet, wo sie eine Produktionseinheit errichtet hatten. 1879 nahm ihre Handelsaktivität solche Ausmaße an, dass sie in Karatschi, an den Mündungen des Indus, ein Kontor errichteten.«

»In Pakistan?«

»In Indien, lieber Freund. Pakistan gibt es erst seit 1947. Sie machten ihr Geschäft vor allem mit Tee …«

Sein Blick verschleierte sich, als trauere er einem für alle Zeiten verlorenen goldenen Zeitalter nach.

»Die Unabhängigkeit hatte die Karten völlig neu gemischt. Die alten Kolonien duldeten ›den Engländer‹ nicht mehr. Zudem Indien und Pakistan sich in einem Bruderkrieg um Kaschmir befanden. Das Ganze hatte schlimme Auswirkungen auf den Handel.«

»Und zu dem Zeitpunkt war die Delta Company wieder ins Finanzgeschäft eingestiegen.«

»Sie besaßen bereits eine Bank. Bei ihren Handelsaktivitäten ein unabdingbares Werkzeug. Sie stützten sich auf die vorhandene Struktur, um neue Aktivitäten zu entwickeln.«

Reichman musste an das Dokument denken, das man in

den Trümmern gefunden hatte. Offshore-Operationen, in die das korsische Milieu verwickelt war. Wie hatten diese versnobten Briten der Inselmafia über den Weg laufen können?

»Erzählen Sie mir etwas über deren Aktivitäten.«

»Sie sind im Corporate Banking tätig. Sie greifen in den Markt der Gesellschaften ein. Firmenabtretungen und Übernahmen, Fusionen, Börseneinführungen. Sie analysieren die Geschäftszahlen, die Möglichkeiten, entwerfen Allianzpläne. Ihr wesentlicher Wertzuwachs besteht in ihrem Adressbuch. Darin sind sie nun schon seit bald zwei Jahrhunderten Meister. Im Jargon des Milieus werden sie ›Heiratsvermittler‹ genannt.«

Das hier hatte nichts mehr mit einer traditionellen Bank zu tun, mit altmodischen Beamten, die sich hinter Plastikschaltern verschanzten, oder mit irgendwelchen Gewerkschaftsforderungen. Hier ging es um Business. Was hier als »Bank« bezeichnet wurde, war viel undurchschaubarer: Hier gab es Allianzen, Machtspiele, Netzwerke. In den Mauern dieser Bank schlug das Herz des Kapitalismus.

»Wurden hier keine Summen hin und her geschoben?«

»Doch, natürlich. Das ist Teil des Deals.«

»In welchen Ländern?«

»So gut wie überall. Diese Art von Operation funktioniert ›à la carte‹. In Anpassung an die unterschiedlichen Bedürfnisse stellt man sich sein eigenes Menü zusammen.«

»Wir haben die Rechtsdaten geprüft. Es ist keine Filiale im Ausland angegeben.«

»Das ist auch nicht notwendig. Hier genügt eine Nebenabsprache. Die Banken dieser Mikrostaaten sind sehr kulant.«

Der junge Staatsbeamte verzog das Gesicht. In diesem Gänsespiel der Steuerumgehung gab es an die fünfzig Teilnehmer.

Die meisten davon waren Bananenrepubliken, deren Rechtsordnung eine wechselnde Geometrie aufwies.

Er versuchte es anders.

»Wer ist Peter Moore?«

Benets wiegte den Kopf hin und her. Ihm war offenbar nicht ganz wohl bei der Sache.

»Peter Moore … Das ist der Erbe. Vierundfünfzig Jahre alt, Oxfordabschluss, Mitglied des House of Lords. Er hat die Kontrolle über das Kapital der Gesellschaft und ist deren tatsächlicher Leiter. Eine schillernde Person. Elegant, intelligent, opportunistisch. Und reich … Sehr, sehr reich.«

»Ein Unberührbarer?«

»Das ist das treffende Wort. Er hat sich ein unvergleichliches Beziehungsnetz aufgebaut. Überall hat er Freunde sitzen: in der Finanzwelt, in der Politik, im Filmgeschäft. Ja, er trifft sich sogar mit Prinz Charles zum Polospiel. Er ist unverheiratet und besitzt ein vornehmes Privathaus in Chelsea. Einmal im Monat versammelt sich dort ganz London zu einem prunkvollen Fest. Er ist ein Liebhaber seltener Sammlerstücke, schätzt gutes Essen und selbstverständlich auch die schönen Frauen. Ein Genießer. Die *Sun* nimmt seine Eskapaden regelmäßig aufs Korn, aber das Publikum liebt ihn.«

Bei dieser Art von Porträt standen dem Staatsbeamten die Haare zu Berge. Ein Privilegierter, der mit einem goldenen Löffel im Mund auf die Welt gekommen war. Für ihn dürfte das Leben nichts als eine große Gartenparty sein. Benets Tonfall bestätigte ihm diese Ungerechtigkeit. Es lag Respekt darin, Furcht, das willfährige Gebaren eines Bettlers gegenüber seinem Herrn.

Er beschloss, noch einen Schritt weiter zu gehen.

»Bis wohin reichen seine Beziehungen?«

Der Scotland-Yard-Beamte machte sich steif.

»Könnte es sein, dass er über Kontakte zu den Akteuren der schweren Bandenkriminalität verfügt?«

»Das ist doch …«

»Eine Frage. Bloß eine Frage.«

»Nein. Unmöglich.«

»Ihre Abteilungen zur Bekämpfung der Geldwäsche haben nie etwas zutage gebracht?«

»Nicht, dass ich wüsste.«

Benets war über diese Hypothese entsetzt. Zwischen den beiden Männern herrschte nun polare Kälte.

Der Ober stellte eine Flasche Burgunder auf den Tisch. Einen Hautes Côtes de Nuits, 1996. Der Polizeibeamte nippte mit spitzen Lippen an dem Nektar.

Reichman öffnete seinen Handkoffer. Es war höchste Zeit, einen Gang höher zu schalten. Er legte eine Faxkopie der kriminaltechnischen Spurenauswertung vor ihm auf den Tisch.

»Das Original wurde an einem Tatort sichergestellt. In Marseille. Erkennen Sie das Logo wieder?«

Der Bärtige setzte sich eine schmale Brille auf. Er betrachtete wortlos das Wappen.

»Laut unseren Ermittlungen führt eine Spur ins korsische Milieu«, fuhr der junge Mann fort. »Ich habe keine Ahnung, in welcher Beziehung sie zu Ihrem Aristokraten stehen. Aber wenn ich diesem Dokument trauen darf, dann gibt es eine Verbindung. Und um hier weiterzukommen, bin ich auf Ihre Mitarbeit angewiesen.«

Benets lehnte sich zurück. Er schien völlig verdutzt zu sein.

»Selbstverständlich …«

»Wo können wir Peter Moore treffen?«

»Das wird nicht einfach sein. Wir haben kein Motiv, das uns gestatten würde …«

Der junge Staatsbeamte zog ein weiteres Dokument aus dem Sack. Ein internationales Rechtshilfeersuchen, ausgestellt auf den Antrag eines französischen Richters, betreffs einer Anhörung von Peter Moore, Vorsitzender der Delta Company.

»Sie müssen es nur noch bestätigen.«

32

Ihr blieb nicht sehr viel Zeit.

Falls Paul erfuhr, dass sie ihn hinterging, würde er ihr bestimmt nicht gerne seine Unterstützung gewähren. Und das konnte sie sich nicht leisten. Sie wusste, wie wertvoll diese Gelegenheit war.

Angela knöpfte ihren Mantel zu, einen beigen Pelzmantel mit Schulterpolstern, der sehr figurbetont geschnitten war. Sie hatte ihn in Mailand gekauft, in einer Prada-Boutique auf der Via Monte Napoleone. Ein sündhaft teures Stück für eintausendfünfhundert Euro, das ihren Teint vorteilhaft zur Geltung brachte und ihre katzenhafte Eleganz betonte. Bestens geeignet, um dem Pariser Klima zu trotzen.

Sie drehte den Lippenstift heraus und zog ihr Lächeln nach. Ein Blick in den Rückspiegel beruhigte sie. Sie war zwar müde und gestresst, wirkte aber immer noch verführerisch. Sie nahm ihre Tasche, sperrte den Austin ab und verließ das Parkhaus.

Auf dem Boulevard du Palais herrschte Karnevalsstimmung. Ein Team von Bauarbeitern mit Schutzhelmen machte sich mitten auf der Straße hinter Absperrgittern zu schaffen. Im Umkreis war der Verkehr zum Erliegen gekommen. Motoren liefen im Leerlauf, die Autohupen stießen Hassschreie und durchdringende Vibrati aus. Eine handfeste Dezibelbelastung. Wie das Tosen eines unzähmbaren Sturzbachs wurde das Echo von den Karosserien zurückgeworfen.

Angela durchquerte dieses Chaos. Sie hörte nichts mehr, sah nichts mehr. Ihre Gedanken waren wie ein geschlossener Kreislauf, wie Wellen im Aquarium, die von einer Seite auf die andere schwappen und dabei aus ihrer Eigenenergie den Impuls erhalten.

Nach dem Friedhof hatte Paul sie noch auf ein Glas eingeladen. Sie hatte sich auf dem kleinen Sitz an ihn gepresst, die Arme um seine Taille geschlungen, während er das Motorrad steuerte. Während der Fahrt hatte sie wieder durchatmen können. Von ihrem Cousin ging eine beruhigende Kraft aus, es umgab ihn eine Aura der Ruhe, in der sie ihren Gedanken freien Lauf lassen konnte.

Nach einer Serpentinenstraße waren sie in ein Dorf gelangt. Les Goudes. Fischerhütten, von der Gischt zerklüftetes Felsgestein und davor nur der Blick aufs weite Meer. Angela war von einem Déjà-vu-Erlebnis überwältigt worden. Die Inseln vor Palermo hüllten ihre Einsamkeit in ein ähnlich pittoreskes Äußeres.

Sie hatten lange auf der Terrasse eines Restaurants in der Sonne gesessen und miteinander geredet. Paul hatte ihr von seiner Stadt erzählt, von seinem Job, von der Straße, auf der die Seele der Menschen Tag um Tag verstümmelt wurde. Sie hatte von ihrem Beruf erzählt, von ihren Kämpfen, vom Elend in einem Arbeiterviertel, in dem die Kids für einen Game Boy zu töten bereit waren.

Dann hatten sie ihre Kindheit wieder zum Leben erweckt. Hatten über die Gewalt gesprochen, der sie begegnet waren, den Schmerz, den sie stillschweigend hinuntergeschluckt hatten, und auch vom Aufbruch zu neuen Ufern. Jeder hatte auf seine eigene Art zu sich selbst gefunden, einzig und allein dank einer ungebrochenen Willenskraft.

Als Paul versuchte, das Thema Fabio anzuschneiden, hatte sie nichts dazu sagen können. Sie hatte bloß den Kopf gesenkt und die Tränen fließen lassen. Er hatte einfach nur ihre Hand genommen und ihr geschworen, die Mörder zu finden.

Sie reckte die Schultern. Die erste Etappe ihres Parcours lag jetzt vor ihr.

Der Justizpalast war ein beeindruckendes, zeitloses Gebäude, in Stein gehauen, um in die Ewigkeit einzugehen. Sie hatte Bilder davon im italienischen Fernsehen gesehen, eine Reportage über die neuen islamistischen Netzwerke, über die französische Antiterrorabteilung, über Richter Van Bruge. Der Mann hatte einen seltsamen Eindruck auf sie gemacht. Er hatte über seinen Beruf gesprochen, als handle es sich um eine heilige Pflicht, hatte seinen Kampf mit einem Kreuzzug verglichen. Ein Templer, der das Recht wie ein Schwert benutzte, um die Christenheit zu beschützen.

Sie drückte ihre Tasche etwas fester an sich.

Und diesen Verrückten würde sie jetzt treffen.

Sie hielt einer vor sich hin dämmernden Ordonanz ihre Visitenkarte hin. Anwaltskammer von Palermo. Der Typ hatte so etwas offenbar noch nie gesehen. Ihr ängstliches Kleinmädchenlächeln fegte seine Befürchtungen hinweg.

Das Sesam-öffne-Dich ersparte ihr die Durchsuchung ihrer Dokumentenmappe, nicht aber die Metalldetektortür. Auch Anwälte mussten sich an die Regeln halten. Sie mussten kuschen, sich wie alle anderen den neuen Sicherheitsnormen beugen.

Sie hatte die Person, die ihr Kollege beauftragt hatte, sofort erkannt. Blond, kurzes Haar, eine junge Frau in hochhackigen Schuhen, die in ihren schwarzen Kleidern steifer dastand als ein Grundsatz des öffentlichen Rechts. Sie erwartete sie am vereinbarten Ort, vor dem Empfang.

»Guten Tag. Ich bin Angela Pazzonni.«

Ihre Kollegin streckte ihr eine feuchte Hand entgegen.

»Aurélie Finel.«

»Ist Rechtsanwalt Laforge nicht da?«

Die Auszubildende stammelte eine Entschuldigung.

»Rechtsanwalt Laforge lässt sich entschuldigen. Er musste zu einem Gerichtstermin nach Lyon.«

Angela schluckte ihren Ärger hinunter. Sie hatte sich Pierre Laforge ausgesucht, den amtierenden Präsidenten der Anwaltskammer, und auf die Wichtigkeit ihres Anliegens hingewiesen. Ihr Kollege hatte ihr versichert, er werde persönlich anwesend sein. Stattdessen schickte er ihr nun eine Praktikantin …

»Richter Launey erwartet uns in seinem Büro«, bemerkte das junge Ding. Ich bin heute Morgen bei ihm gewesen, um unser Treffen bestätigen zu lassen.«

»Treffen wir uns nicht mit Richter Van Bruge?«

»Er ist sehr beschäftigt … Machen Sie sich keine Sorgen. Launey gehört zu seinem Team.«

Angela spürte eine leise Furcht. Man zog es offenbar vor, sich statt an den Herrgott persönlich lieber an einen seiner Heiligen zu wenden. Sie räusperte sich und fragte schnippisch: »Bekomme ich Aktenzugang gewährt?«

»Wir treten als Nebenkläger auf. Da … Da dürfte es keine Schwierigkeiten geben.«

Die Blonde hatte keinen blassen Dunst. Sie wusste nichts über den Fall und assistierte bloß. Auch hier wollte Angela keinen Streit vom Zaun brechen. Es war sinnlos, sie gegen sich aufzubringen, sie war ihre einzige Verbündete.

Sie holte tief Luft und versuchte, die Dinge von ihrer guten Seite zu betrachten. Auf eine gewisse Art hatte Laforge dennoch seine Arbeit getan. Seine Kanzlei war auf ihren Antrag als Nebenkläger aufgetreten. Da sie Fabios Adoptivtochter war, stand ihr diese Möglichkeit offen. Auf dem Papier vertrat der Präsident der Anwaltskammer ihre Interessen in dem nach dem Attentat gegen X eröffneten Strafverfahren.

»Gehen wir?«, schlug sie vor.

Die Galerie der Antiterrorabteilung war nichts weiter als ein dunkler Gang, nackt wie eine Gangway. Überall patrouillierten Gorillas in schwarzen Lederjacken, die ihre Waffen offen zur Schau trugen. Aurélie blieb vor einer Tür stehen, klopfte zweimal schüchtern an und trat ein, ohne abzuwarten.

Sie betraten ein spärlich möbliertes Vorzimmer. Ein gepolsterter Durchgang ließ vermuten, dass sich hinter der Wand ein etwas anständiger ausgestattetes Büro befand.

Ein junger Mann mit Spitzbärtchen und Ohrring saß vor einem Bildschirm und hob den Kopf.

»Ja?«

»Frau Finel von der Anwaltskanzlei Laforge. Frau Rechtsanwältin Pazzonni von der Anwaltskammer Palermo. Wir haben einen Termin bei Richter Launey.«

»Ich gebe ihm Bescheid«, antwortete der Justizbeamte lächelnd.

Er nahm den Hörer einer internen Telefonanlage ab. Sogleich dröhnte eine Stentorstimme durch die Wand.

»Herein!«

Launeys Körperbau entsprach ganz seinem Kehlkopf. Dick, vierschrötig, Kahlschädel und Holzfällerbart. Er arbeitete in Hemdsärmeln, ohne Krawatte, den Kragen über einer struppigen Brustbehaarung weit geöffnet.

»Setzen Sie sich.«

Zwei abgewetzte Stühle erwarteten sie. Angela nahm neben der Praktikantin Platz. Die Wände schwitzten die Anspannung einer Schwurgerichtssitzung aus.

Der Richter schüttelte ihnen kurz die Hände. Ein zu fester Händedruck, ohne Wärme, ohne Respekt. In tadelndem Tonfall wandte er sich direkt an Angela.

»Frau Rechtsanwältin Pazzonni. Ich möchte Sie zunächst einmal darauf hinweisen, dass ich mit Ihrer Vorgehensweise nicht einverstanden bin.«

Die junge Frau sah ihn erstaunt an. Der Richter musterte sie mit strengem Lehrerblick.

»Ich weiß nicht, wie das Prozedere in Italien aussieht, aber hier haben nur bevollmächtigte Anwälte Zugang zu den Akten. Diese haben das Recht, Kopien zu machen, die sie anschließend in ihren Anwaltskanzleien zur Kenntnis nehmen können. In diesem Fall sind Sie nicht in Ihrer Funktion als beratende Anwältin bestellt.«

Diese Art von Gesprächsauftakt kannte sie. Der Orang-Utan markierte sein Territorium. Weiter würde er nicht gehen.

Sie nickte.

»Ich werde eine Ausnahme machen«, sprach Launey weiter. »Und zwar aus zwei Gründen. Erstens, weil Sie trotz alledem Rechtsanwältin sind und ich folglich davon ausgehe, dass ich Ihnen Vertrauen schenken kann. Zweitens«, hier wandte er sich an Aurélie, »sind Sie in der wundervollen Lage, den Beistand einer hervorragenden Anwaltskanzlei zu genießen, zu der wir uns nur beglückwünschen können.«

Bingo. Sie hatte die rechte Wahl getroffen.

Angela antwortete schlicht: »Danke …«

Der Richter öffnete einen Metallschrank und holte eine gewaltige Akte im Pappband heraus.

»Am Ende des Gangs gibt es einen Saal. Wenn Sie Kopien brauchen, wenden Sie sich bitte an meinen Kanzleibeamten.«

Die Anwältinnen erhoben sich. Aurélie erging sich in Dankesbeteuerungen und Bücklingen. Angela wurde vom Zusehen fast schlecht.

Sie fanden den Raum, den er ihnen genannt hatte. Letztlich ein Abstellraum, der nur mit einem schmalen Tisch und einem unbequemen Stuhl ausgestattet war. Die Justiz verachtete ihre Hilfskräfte. Durch tagtägliche Verwaltungsschikanen ließ sie sie spüren, dass sie nur geduldet waren.

»Kann ich Sie allein lassen?«, fragte die Praktikantin. »Ich habe einige Dinge zu erledigen.«

»Ich komme schon zurecht.«

Die junge Frau bedankte sich mit einem Lächeln und lief im Sturmschritt davon.

Angela zog ihren Mantel aus und betrachtete dabei den Backstein aus Zellulose. Dieses Ritual, wie oft hatte sie es schon ausgeführt? Das Wühlen in Intimitäten, die schamlos ins Scheinwerferlicht gezerrt wurden.

Mit der Zeit hatte sie gelernt, Abstand zu wahren. Die Justiz reduzierte die Schicksale auf Worte, die Menschen auf Konzepte: der Vernehmung unterzogen, in Kenntnis gesetzt, der Verurteilte, das Opfer … Sie balancierte durch diesen Maskenwald, eine Seelenakrobatin zwischen Scylla und Charybdis. Unter dem Schmerz und der Angst mussten immer nur die anderen leiden.

Diesmal waren die Abgründe ihre eigenen.

Sie warf sich in den Kampf. Die Akte war chronologisch geordnet, versehen mit nummerierten Aktenzeichen von 1 bis 323, welche die Entwicklung des Ermittlungsverfahrens von hinten nach vorn festhielten. Auf den Aktendeckel war eine Zusammenfassung geheftet, in der die bedeutenden Etappen festgehalten waren. Die erste, datiert auf Montag, den 21. März, hielt das Auslaufen der Frist für den Polizeigewahrsam fest.

Sie begann mit dem Bericht über die ersten Ermittlungen. Beträchtliche Sachschäden. Selbst gebauter Sprengsatz. Drei Tote.

Kurz darauf folgten die Autopsieberichte. Cremefarbene, dicke, beunruhigende Mappen. Sie überflog die Schlussfolgerungen, unterdrückte den morbiden Wunsch, sich die Fotos anzusehen.

Der Tod der drei Feuerwehrmänner war die Folge einer Reihe von Polytraumen, die durch die Explosion einer Gaswolke verursacht wurde. Die Druckwelle hatte innere Verletzungen hervorgerufen, die Gebäudestruktur hatte den Rest besorgt: Stahlträger, Betonstücke, Glassplitter. Ein schneidender Regen hatte die Körper völlig zerfetzt. Bislang gestattete keines der Elemente, einen Rückschluss auf die Bombenleger zu ziehen.

Dann blätterte sie die Protokolle der Zeugenvernehmungen durch. Van Bruge hatte ein breites Spektrum durchkämmt, hatte ein Dutzend Personen überprüft. Basken, Muslime, Korsen oder Bretonen, potenzielle Verdächtige aus der Datenbank der nationalen Antiterrorabteilung. Diese Jagd in alle Himmelsrichtungen hatte sich als vergeblich erwiesen, desgleichen die Analyse der Sprengstoffrückstände. Nach viertägigen Ermittlungen schien sich die Antiterrorabteilung im Kreis zu drehen.

Als sie die Durchsicht beendet hatte, stieß sie auf eine blaue Papiermappe, die nicht beschriftet war. Sie enthielt nur wenige Dinge und wirkte sehr durcheinander, als sei dieser Teil der Akte noch nicht bearbeitet worden. Es befanden sich Bankdokumente darin sowie Internetrecherchen über die englische Aristokratie, den Gewürzhandel und den Nahrungsmittelsektor. Sie fand auch eine Liste der Steuerparadiese, Drucksachen des Handelsgerichts von Marseille und der entsprechenden Einrichtung in London.

Keine Prozessakten, mit Ausnahme eines Antrags auf die Analyse eines Stück Papiers, das man in den Trümmern gefunden hatte, sowie ein paar richterliche Anordnungen für Vernehmungen: eine Immobilienmaklerin, korsische Ortsansässige, einen Londoner Bankier. Bislang war noch keine davon durchgeführt worden.

Sie hob den Kopf und starrte an die Wand. Was bedeutete das? In welche Richtung lief die Ermittlung? Und noch etwas machte sie stutzig. Pauls Name war nirgendwo aufgetaucht, so wenig wie der seiner Brigade. Wie konnte er in diesem undurchschaubaren Durcheinander arbeiten? Welche Rolle spielte er hier eigentlich?

Das Ganze passte nicht zusammen.

Sie sah auf ihre Uhr. Die Stunde war um. Die Praktikantin würde schon bald wieder ihr gepudertes Näschen hereinstrecken und sie zur Rückgabe der Akte drängen. Sie nahm ein paar Protokolle an sich, darunter auch die Zusammenfassung, sowie die gesamte blaue Mappe. Sie würde sie sich später in Ruhe genauer ansehen.

Der Kanzleibeamte hatte sich keinen Millimeter vom Fleck gerührt. Er hockte vor seiner Tastatur und schrieb einen unformatierten Text herunter.

»Fertig?«

Sie reichte ihm ihre Auswahl.

»Könnten Sie mir davon Kopien machen?«

»Mit Vergnügen, Frau Rechtsanwältin.«

Der Typ war wirklich sympathisch. Er stand von seinem Pranger auf und ließ das Kopiergerät warm laufen. Angela schaute ihm zu, stand neben ihm in dem winzigen Raum.

Die Dokumente defilierten vorbei, wurden von Leuchtbalken mit Streifen versehen. Sie musste an Mondstrahlen denken, ein höllisches Licht, das eine unsichtbare Schrift zutage förderte. Eine geheime Lösung.

Plötzlich zog eine handschriftliche Notiz auf der Rückseite eines Blattes ihre Aufmerksamkeit auf sich.

»Warten Sie!«

Der junge Mann zuckte zusammen. Dann sagte sie in einem etwas sanfteren Ton: »Kann ich mir dieses Papier noch einmal ansehen?«

»Sicher ...«

Eine gedrängte, nervöse Schrift, wie die Linien eines Elektrokardiogramms. Mit der Notiz wollte der Verfasser sich daran erinnern, dass er noch das Verfahren Jourdan beilegen wollte, das vor dem Großinstanzgericht Marseille eröffnet worden war.

Dem folgte eine Telefonnummer.

Sie drehte das Blatt um. Es handelte sich um eine richterliche Anordnung zur Einvernahme der Immobilienmaklerin.

Ihr Name: Michèle Jourdan.

Der Ort: Polizeikommissariat des achten Arrondissements, Boulevard d'Haïfa in Marseille.

Angela war perplex. Beim ersten Durchlesen hatte sie nicht auf die Details geachtet. Auch die Notiz war ihr nicht aufgefallen.

Die folgenden Gedanken waren wie ein Reflex.

Es war noch ein anderes Ermittlungsverfahren eröffnet worden. Das dieselbe Person betraf. In einem anderen Gerichtsbezirk. Aus welchen Gründen? Und wieso sah Richter Van Bruge hier eine Verbindung?

Die Akte lieferte keine sofortige Erklärung.

Sie bedankte sich bei dem Kanzleibeamten und ging, ihre Fundstücke unterm Arm. Als sie den Justizpalast verließ, fiel ihr ein, dass sie sich von Aurélie nicht verabschiedet hatte.

33

Unter einer Kiefer wartete ein Audi A6. Mit seinen Fensterscheiben aus Rauchglas und der schwarzen Lackierung sah er aus wie eine Hightech-Kakerlake.

Der Mann mit den Bermudashorts öffnete die Tür. Der Wagen war nicht abgeschlossen.

»Ich muss Sie durchsuchen.«

Paul hob ein wenig die Arme. Er wurde abgetastet, schnell und präzise, und dann im Handumdrehen um seine stählerne Ausrüstung erleichtert.

»Sie gestatten …«

Cabrera zögerte. Er wollte dieser Bande von Verrückten nicht völlig hilflos ausgeliefert sein.

Der Mann stellte in kaltem Tonfall klar: »Das ist die erste Bedingung …«

Paul gehorchte widerstrebend. Der Manurhin-Revolver und der Dolch landeten auf dem Vordersitz.

»Sie bekommen sie wieder zurück. Steigen Sie ein.«

Paul setzte sich auf die Rückbank. Mattleder, Nussbaumholz, einige technische Spielereien, der reinste Luxus.

Drinnen saß niemand.

Sein Führer setzte sich neben ihn.

»Wo bringen Sie mich hin?«

»Das sollen Sie gar nicht wissen. Und jetzt hören Sie mir mal gut zu. Ich werde Ihnen die Hände fesseln und die Augen verbinden. Dann wird man Sie wohin bringen, und Sie werden gar nicht erst versuchen herauszufinden, um was für einen Ort es sich handelt. Wenn alles vorbei ist, bringen wir Sie wieder hierher zurück. Während der Fahrt stellen Sie keinerlei Fragen. Bleiben Sie einfach sitzen und warten Sie ab. Haben Sie das verstanden?«

Der junge Leutnant war nicht beunruhigt über die Art, wie sie die Sache aufzogen. Er hatte schon einige Bilder von den Treffen der Aktivisten gesehen. Sturmmasken, schwarzer Drillich, Maschinengewehre – die revolutionären Symbole einer Geheimarmee. Letztlich wollten die Freiheitssoldaten einfach nur keinerlei Risiko eingehen.

Er nickte kurz.

»Capito.«

Der Reiseführer legte ihm Handschellen an. Die klassischen Metallschließen fürs Handgelenk, die mit einem winzigen Schlüssel zugeschlossen wurden. Dann nahm er einen Stoffschal und verband ihm damit die Augen.

Sofort wurde es zappenduster. Dafür wurden die anderen Sinne geschärft. Gerüche, Geräusche, Luftbewegungen – Paul orientierte sich jetzt nur noch über den Instinkt.

Danach ging alles sehr schnell.

Die Sitzbank straffte sich. Das Auto war nicht mehr leer. Zu seiner Rechten sank ein Gewicht nieder, ein ziemliches Gewicht, der Audi lag nun deutlich tiefer. Vorn wurden die Autotüren zugeknallt. Ein schweres, würziges Parfüm. Das Gefühl, die Nähe anderer Körper raube einem die Luft. Ein Gefühl, wie wenn der Aufzug eine Panne hat.

Die Limousine fuhr langsam an.

Eine Kehrtwende.

Der Wagen wurde beschleunigt.

Paul ließ seinen Nacken gegen die Kopfstütze sinken. Er fühlte sich wie in einem Traum, als liege er auf einer Wassermatratze. Die Stoßdämpfer schluckten jede Bodenunebenheit. Das Geräusch des Motors war kaum zu hören. Keine weiteren Geräusche. Seine Leibwächter hatten sich allesamt hinter einem eisigen Schweigen verschanzt.

Sie fuhren etwa zwanzig Minuten.

Der Wechsel der Fahrsequenzen ließ darauf schließen,

dass sie durch eine Stadt fuhren. Langes, gedämpftes Gleiten, Verlangsamung, Stopp. Erneutes Anfahren. Paul stellte sich verstopfte Verkehrsadern vor, Kreuzungen, Ampeln. Hin und wieder drang ein Hupen in den Fahrgastraum, fern, wie gefiltert durch einen Wattenebel.

Schließlich hatte der Wagen freie Fahrt. Er folgte einer Serpentinenstraße, ging weich in die Kurven.

Sie fuhren bergauf.

Cabrera versuchte, seinen Standort zu bestimmen. Bastia war von Hügeln umgeben. Er kannte die Gegend überhaupt nicht. Es war unmöglich, sich ein Bild davon zu machen, wo sie hinfuhren. Er ruckelte auf seinem Sitz herum. Die Handschellen schnitten ihm in die Handgelenke, in seinem Magen rumorte das dumpfe Gefühl, sich gleich übergeben zu müssen.

Seine Eskorte hatte noch immer kein Wort fallengelassen.

Nach einer schier endlosen Weile gelangte der Audi auf ein Plateau. Eine Haarnadelkurve, eine lange gerade Strecke, dann fuhr er auf einen holprigen Weg.

Schließlich stand er still.

Die Türen wurden schlagartig aufgerissen. Paul wurde ohne große Umstände aus dem Wagen gezerrt. Deal hin oder her, er war ein Bulle. Eine potenzielle Gefahr – und auf alle Fälle ein Feind.

Er lief über unebenen Boden. Kiesel? Schotter? Zwei stählerne Hände stützten ihn, packten ihn am Bizeps. Die Luft roch nach Macchiabewuchs.

Man drückte ihm von oben auf den Schädel. Das übliche Polizeiprozedere, wenn man einen Verdächtigen in einen Streifenwagen verfrachtet. Er duckte sich. Die Krallen hielten ihn immer noch gepackt. Der Geruch nach Pferdemist stieg ihm unangenehm in die Nase.

Er wurde nach vorn gestoßen, verlor das Gleichgewicht

und rollte über den Boden. Er prallte gegen etwas. Ihm brannten die Ellbogen und Knie. Eine näselnde Stimme füllte den Raum, als werde sie durch einen Synthesizer verzerrt.

»Ist gut. Wir kümmern uns um ihn.«

Klicken. Knirschen. Man half ihm dabei, wieder auf die Füße zu kommen. Gleichzeitig nahm man ihm die Augenbinde ab. Grelles Licht riss ihm schier die Augen aus. Er blinzelte.

Zunächst nahm er undeutlich die Drillichuniformen wahr. Zwei standen ganz in seiner Nähe, etwas weiter weg saßen zwei weitere in abgewetzten Sesseln. Sie trugen alle Kommandomasken. Ihre Augen wurden von einem roten Kreis gesäumt, sodass er das Gefühl bekam, er blicke in die Fratzen wutschäumender Dämonen.

Er konnte wieder etwas klarer sehen. Patronentaschen, Pump-Guns, Handgranaten, Maschinenpistolen, Kalaschnikows. Die Guerilleros stellten ein wahres Arsenal zur Schau. Sie waren für den Sturmangriff ausgerüstet, boten mit ihrer Aufmachung der Legitimität der Republik die Stirn.

Das ganze Verfahren hatte nur einen Zweck: ihn zu beeindrucken. Ihm in bildhafter Sprache zu verstehen zu geben, wo seine Interessen lagen. Wenn er die Regeln respektierte, würde alles gut gehen. Hielt er nicht Wort, würde seine Zukunft sich in einen langen Albtraum verwandeln.

Ein Stuhl wurde ihm untergeschoben. Man drückte ihn nach hinten, damit er sich setzte. Jetzt sah er alles wieder ganz klar.

Sie befanden sich in einem vollkommen nackten Raum. Steinwände mit Durchgängen, gestampfter Lehmboden, Reste von Stroh, dazwischen verwitterte Ziegelsteine. Ein Schafoder Pferdestall. Ein Generator versorgte eine Halogenlampe mit Strom.

Aus einem der Sessel herrschte ihn eine roboterhafte Stimme an. Sie kam aus der Kehle eines Profikillers mit dem Brustkorb eines Büffels. Er trug eine runde Brille, als wolle er wie ein Künstler wirken. Paul fragte sich, ob er sich wohl für John Lennon hielt.

»Das Kommuniqué. Wann wird es erscheinen?«

Als Antwort streckte Paul seine Handgelenke vor.

»Die Handschellen, nehmen Sie mir die ab?«

»Beantworten Sie meine Frage.«

Die Aufforderung duldete keinen Widerspruch. Die Stimme klang etwas bedrohlich. Der Polizist erinnerte sich an die Ermahnungen seines Reiseführers: »Sie müssen sich ihren Forderungen beugen.«

»Es wird veröffentlicht werden … und zwar nach meiner Rückkehr.«

Die Aktivisten tauschten Blicke. Auf die anfängliche Aggressivität folgte jetzt offenbar Misstrauen.

»Welche Garantien haben wir?«

»Keine.«

Paul versuchte, das Risiko einer solchen Provokation einzuschätzen. Die Rambos aus dem Lager der Widerstandskämpfer hatten ihn vollständig in der Hand. Ihre Reaktionen waren unvorhersehbar. Aber Van Bruge hatte ihm keine Entschuldigung geschrieben. Er musste die Hosen runterlassen.

»Der Richter hat mir sein Wort gegeben. Ich vertraue ihm.«

Ein kurzes Auflachen, in das man hinter ihm einstimmte.

»Nicht mit uns.«

»Sie müssen sich einen Ruck geben.«

Der Profikiller spielte mit der Trommel einer 38er, als wolle er russisches Roulette spielen.

»Glauben Sie?«

»Wenn Sie nicht mitspielen, werden die Ermittlungen weitergehen, bis zu den Wahlen … Falls Sie etwas wissen, bin ich in der Lage, Van Bruge dabei zu helfen, seine Versprechen zu halten. Es ist Ihre Entscheidung …«

Ein kurzes Zögern. Es verunsicherte die Soldaten, dass Cabrera sich seiner Sache so sicher war.

Der andere Nationalist ergriff das Wort. Er war kleiner, gedrungener und hielt eine Polizeiknarre auf den Knien.

»Wissen Sie, welcher Gefahr Sie sich da aussetzen?«

»Weiß ich.«

Die Sturmmützenträger beratschlagten miteinander. Paul spürte, wie die beiden anderen ihn in die Zange nahmen. Man konnte in dem Versteck das Adrenalin geradezu riechen.

Die synthetisch klingende Stimme verkündete: »Achtzig Stunden. Wenn die vorbei sind, sind Sie dran.«

Ende des ersten Satzes. Paul wusste nicht, wohin der zweite ihn führen würde.

Der Profikiller ließ die 38er in ein Holster gleiten, das unter seiner Achsel befestigt war. Er beugte sich vor, die Hände gefaltet, die Ellbogen auf den Knien. In dieser Haltung, mit den runden Gläsern auf der Nase, wirkte er fast wie ein Intellektueller.

»Einige unserer Kameraden sind von der nationalen Antiterrorabteilung verhört worden. Wir haben ihnen gesagt, dass wir jede Verantwortung für diese Aktion zurückweisen.«

Er machte eine Pause. Ein Verhandlungstrick, den er sich wahrscheinlich bei Pressekonferenzen in der Pampa angewöhnt hatte. Schließlich fuhr er mit seiner schwülstigen Rede fort.

»Wir wissen alle, worum es geht. Die Nationale Befreiungsfront, Korsikas Bund der Kämpfer, hat einen Waffenstillstand akzeptiert. Keine Attentate bis zu den Regionalwahlen.«

»Sie sind nicht die Einzigen, die mit Plastiksprengstoff umgehen können.«

»Wir sind die Mächtigsten. Wir geben hier den Takt an.«

»Ach, hören Sie doch auf mit dem Quatsch! Ihre Truppen lassen sich nicht kontrollieren.«

Der Mann plusterte sich empört auf. Er schien in seinem Stolz verletzt.

»Alles läuft über uns. Glauben Sie mir. Sollte einer von uns die Vereinbarung gebrochen haben, dann hätten wir davon erfahren.«

Da hatte er's. Sie hatten auch Ermittlungen laufen. Überwachten ihr Territorium. Pauls Frontalangriff war genau die richtige Methode gewesen. Er fuhr fort mit seinen Sticheleien: »Wie haben Sie das angestellt? Haben Sie den Busch in Brand gesteckt?«

»Sagen wir lieber, wir arbeiten zusammen.«

»Was haben Sie herausgefunden?«

»Wir haben die Gewissheit, dass unsere Anweisungen befolgt worden sind.«

Er klang so, als sage er die Wahrheit. Paul war überzeugt, dass sie die Bombe nicht gelegt hatten. Die Möglichkeit eines Krieges zwischen Mafiosi und Nationalisten, die Van Bruge in Betracht gezogen hatte, war nicht mehr recht überzeugend.

Er fragte noch: »Sonst nichts?«

Der Typ schüttelte den Kopf.

»Sollten Sie mehr erwartet haben, so werden Sie enttäuscht sein. Wir wissen nicht, wer für den Anschlag verantwortlich ist.«

Paul dachte nach. Jeder Deal beinhaltete eine Gegenleistung. Die Untergrundkämpfer hatten ein drängendes Bedürfnis, sich reinwaschen zu lassen. Er konnte nicht glauben, dass sie ihn hatten kommen lassen, ohne einen Knochen zu haben, den sie ihm vorwerfen konnten.

Er legte einen anderen Gang ein.

»Der Richter wird gar nichts tun, wenn er von Ihnen nichts bekommt.«

Der Typ ließ sich in seinen Sessel sinken. Plötzlich atmete er schneller, geräuschvoller. Paul bildete sich ein, dass er unter seiner Maske ins Schwitzen kam.

»Klar wird er etwas bekommen. Deswegen sind Sie ja hergekommen, nicht wahr?«

Paul bestätigte die Frage mit einem kurzen Nicken. Vor Aufregung brannten ihm die Augen.

»Die Sache hat viel Staub aufgewirbelt«, fuhr der Maskierte fort. »Es sind einige an der Sache dran.«

»Einige? Das ist mir zu ungenau.«

Ein kurzes Schweigen. Das zu schwer lastete, als dass es hätte unbemerkt bleiben können. Der Typ hatte seinen Sitzplatz verlassen. Er pflanzte sich vor Paul auf, die Hände im Rücken verschränkt.

»Es ist kompliziert ... und gefährlich.«

»Nun legen Sie schon los. Dafür werde ich bezahlt.«

Der Kämpfer kniete sich nieder. Ihre Augen befanden sich jetzt auf einer Höhe.

Er murmelte fast, wie bei einer Beichte.

»Gefährlich ... für uns. Es steht zu viel für uns dabei auf dem Spiel.«

»Drücken Sie sich klarer aus.«

Der Nationalist hauchte ihm die Worte hin: »Sie sind nicht die Einzigen, die nach den Schuldigen suchen ... Das ist alles, was ich Ihnen sagen kann.«

Paul erinnerte sich an das, was Van Bruge ihm erzählt hatte. Ein Nachbargebäude, im Besitz von ein paar Gaunern großen Kalibers. Das eigentliche Ziel.

Er sagte: »Das korsische Milieu?«

Der Mann erstarrte.

»Wie kommen Sie darauf?«

»Wir machen auch so unsere Nachforschungen. Über ein Gebäude, das zusammen mit dem Finanzamt abgebrannt ist ...«

»Ich verstehe nicht, wovon Sie reden.«

Das Ausweichmanöver klang falsch. Und das wusste der Typ auch ganz genau.

»Ein paar hätten die Sache für ihre Zwecke ausschlachten können«, präzisierte Paul. »Da ist es nur logisch, dass sie sich schlau machen.«

Der Kerl mit der Sturmhaube richtete sich auf. Seine Körperhaltung verriet, wie angespannt er war.

»Da sind Sie auf dem falschen Dampfer. Diese Angelegenheit geht über die lokalen Interessen weit hinaus.«

Eine Bank, in London ...

Paul wurde gereizt.

»Jetzt rücken Sie schon damit raus, zum Teufel.«

»Ich habe Ihnen genug darüber gesagt.«

Cabrera war verblüfft. Die Bombenleger zierten sich wie alte Jungfern. Er wollte nicht glauben, dass andere Korsen der Grund dafür waren. Er erinnerte sich an Batisti, den ehemaligen Auftragskiller, der auf eine Frittenbude umgestiegen war. Auch er markierte sein Territorium. Und er gehörte zur Familie.

Paul versuchte das alles zu verstehen. Die schwere Bandenkriminalität konnte Kerlen von seinem Kaliber keine Angst machen. Sie bekämpften sich, oder sie verbündeten sich, je nachdem. Ein Gleichgewicht, in dem jeder abzuwägen versuchte, wie weit der andere ihm schaden könnte.

Was machte ihnen also solche Angst? Und warum?

Er versuchte ein letztes Mal, sie zu provozieren.

»Es will mir nicht in den Kopf, dass Ihr Schiss bekommen habt.«

»Wir wissen, wo unsere Grenzen liegen.«

»Und Sie glauben, diese Neuigkeit wird Van Bruge interessieren?«

»Muss sie wohl.«

Der junge Leutnant spürte, wie die Sache ins Kippen geriet. Die Untergrundkämpfer würden nicht weiter gehen. Er hatte die Wahl.

»Gut… Bringen Sie mich wieder zurück, oder soll ich mir ein Taxi rufen?«

Der Maskierte machte seinen Männern ein Zeichen. Die beiden Zerberusse zogen Paul hoch und legten ihm erneut die Augenbinde um.

Als die Nacht ihn wieder einhüllte, hörte er, wie die metallische Stimme ihn ein letztes Mal anherrschte: »Wir haben uns an den Vertrag gehalten. Jetzt vergessen Sie nicht. Das Kommuniqué…«

34

Nach zehn Minuten war die Formalität erledigt.

Zwei Stempel auf einem Formblatt in dreifacher Ausführung, auf dem das Siegel der britischen Justiz prangte.

Jetzt waren die Dinge geregelt. Moore würde im Rahmen einer internationalen Ermittlung gegen Terrorakte unter der Aufsicht eines Beamten von Scotland Yard von einem französischen Richter vernommen werden.

Auf dem Papier gestatteten das die Vereinbarungen zwischen den beiden Ländern. In diesem konkreten Fall hatten Van Bruges persönliche Beziehungen die Angelegenheit beschleunigt.

Reichman war noch nicht ganz zufrieden. Der gegenwärtige Stand der Dinge ließ eine Vernehmung des Londoner Geschäftsmannes nicht zu. Er wurde lediglich als Zeuge vernommen.

Aber der junge Ermittlungsrichter war sich sicher, dass der Verdächtige in die Sache verwickelt war. Und zwar bis zum Hals. Doch das Ganze schien eine heikle Angelegenheit zu sein, und LVB hatte sich für die sanfte Methode entschieden. Falls Moore lügen wollte, hätte er alle Trümpfe in der Hand.

Sie waren am frühen Nachmittag in seinem Büro zu ihm vorgelassen worden, nachdem seine Sekretäre sie voller Geringschätzung ewig hatten warten lassen. Benets hatte sie miteinander bekannt gemacht, mit der ganzen Diplomatie, die bei diesem Vorhaben vonnöten war.

Peter Moore hatte weder mit ihnen herumgefeilscht noch sich herauszureden versucht. Er hatte sich als verantwortungsvoller Bürger geriert, der trotz seines Adeltitels mit der Justiz zu kooperieren bereit war. Zudem war der Lord ein großer Verehrer Frankreichs.

Zum Zeichen seines guten Willens hatte er sich mit ihnen für achtzehn Uhr in seinem Club verabredet, mitten im Herzen der Stadt.

In fünfzehn Minuten.

Ein Wagen der MET – der Metropolitan Police – setzte sie vor dem Royal Exchange ab, drei Häuserblöcke von ihrem Zielort entfernt. Der Scotland-Yard-Beamte schlug vor, ein paar Schritte zu laufen. In England gehörte Pünktlichkeit zum guten Ton.

Es hatte aufgehört zu regnen. Dem Regen war eine beißende Kälte gefolgt, ideal, um sich ein wenig die Beine zu vertreten. In einem Pulk von Herren in anthrazitfarbenen Anzügen liefen sie die neoklassizistische Fassade entlang. Es war Tea-Time. Um diese Zeit verließen die Bankangestellten ihre Büros und gingen in die Pubs.

Benets spazierte ganz gemächlich dahin. Der allgemeine Aufruhr schien ihn nicht zu tangieren. Er erklärte begeistert die Architektur, nahm Bezug auf geschichtliche Ereignisse und einzelne Begebenheiten und stellte dabei eine Bildung zur Schau, deren Umfang und Detailgenauigkeit den jungen Franzosen verblüffte.

Hinter dem Gebäude begann eine Fußgängerzone, gesäumt von Springbrunnen und Statuen. Der Mann mit dem Schnauzbart setzte seine Führung fort. Reichman hörte nicht mehr zu. Er bereitete sich mental bereits auf den Angriff auf seinen Gegner vor. Ein junger Richter fordert den Finanzbaron auf dessen eigenem Terrain heraus. David gegen Goliath. In diesem Kräfteverhältnis hatte er kaum eine Chance.

Sie gingen die Broad Street hinauf. In der Ferne sahen sie einen monumentalen Glaspfeil, der sich in den Wolken verlor. Als sie näher kamen, sah Reichman, dass der Frontgiebel die Nummer 42 trug.

Sie passierten eine Drehtür und gelangten in eine von Licht durchflutete Halle. Ein großes Schild zeigte Etage für Etage an, welche Gesellschaften sich hier niedergelassen hatten. Banken, Trader, Anwälte, Rechnungsprüfer. Eine Kohorte von Söldnern, die dem Gott Nasdaq dienten. Auf dem Gipfel dieses Turms zu Babel war einer der prestigeträchtigsten Zirkel in der Welt des Mammons zu Hause: der Kipling.

Laut Benets zählte er etwa sechzig Mitglieder. Die Eintrittskarte: ein Vermögen von mindestens fünfhundert Millionen Pfund Sterling. Man konnte nur durch Ergänzungswahl hineingelangen, und der Tod eines Gentleman war die einzige Möglichkeit, Zugang zu erhalten. Die Anwärter standen jahrelang auf einer Warteliste, die einem Fegefeuer gleichkam.

Sie gingen auf eine Batterie von Aufzügen zu. Reichman

zählte acht, je vier, die sich in einer langen Marmornische gegenüberstanden. Einer von ihnen öffnete sich sogleich und entließ eine Flut ausdrucksloser Gesichter. Die meisten waren jung.

Benets betrat den Aufzug als Erster. Sein Gesichtsausdruck hatte sich verändert. Jetzt wirkte er verschlossen. Er drückte auf den obersten Knopf, während Reichman sich in die Ecke quetschte. Mit Ausnahme zweier eleganter Herren in den Sechzigern war die Kabine leer.

Dann ging es sanft hinauf Richtung Himmel.

Schließlich verlangsamte sich die Fahrt. Ein Glockenton ertönte, und sie hoben die Köpfe.

Die Türen gingen auf, und eine ultramoderne Eingangshalle empfing sie: Hinter einem Tresen stand, steif wie ein Stock, ein Mann in einer gelb-schwarzen Livree. Er grüßte respektvoll die älteren Herrschaften und öffnete ihnen eine Seitentür.

Benets streckte ihm eine Visitenkarte entgegen und erläuterte kurz die Gründe ihrer Anwesenheit. Der Hausdiener nahm den Hörer einer Telefonanlage ab. Reichman verstand kein Wort von dem, was er sagte. Es klang affektiert, und er klimperte dabei mit den Wimpern.

Zu seiner Rechten bemerkte er eine Pendeluhr.

Die Zeiger zeigten genau achtzehn Uhr an.

Nach einer ganzen Weile kam jemand vorbei, um sie abzuholen. Der Mann trug einen Smoking und eine Brille mit Stahlfassung. Ohne recht zu wissen, warum, überkam den jungen Ermittlungsrichter eine unbändige Lust zu lachen.

Man bat sie in einen asymmetrischen Saal von unerwarteten Ausmaßen, der aus Podesten und verschiedenen Ebenen bestand und mit blauem Samt ausgeschlagen war. Überall standen niedrige Tische, die von winzigen Halogenlampen beleuchtet wurden. Die einzigen klassischen Möbel waren

Ledersofas im Chesterfield-Stil. Darin saßen ein paar Männer im Anzug, lasen Zeitung oder diskutierten mit leiser Stimme und rauchten Zigarren.

Reichman fand sich allmählich gar nicht mehr zurecht. Er hatte damit gerechnet, ein schlossartiges Dekor zu betreten, das mit Bohnerwachs auf Hochglanz gebracht wurde und nach altem Holz roch. Stattdessen stand er nun in einem Loft, einem mit zeitgenössischen Bildern geschmückten Architektentraum. Der Himmel drang wie Watte durch die Barriere der Fensterscheiben. Wenn man hier so saß und an seinem Whisky nippte, dürfte man das Gefühl haben, in den Wolken zu schweben.

Sie durchquerten den Raum Richtung Bar, ein hufeisenförmiges Chromgebilde, hinter dem Kristallkaraffen aufgereiht standen. Ihre Füße berührten einen beigefarbenen, dicken Teppich, der einem das Gefühl gab, auf Heliumkissen dahinzugleiten.

Der Hausdiener öffnete eine weitere Tür. Dahinter verbarg sich ein Privatsalon voller Bücherregale. Im Hintergrund ein Sofa und zwei mit Seide bezogene Sessel, davor ein rundes, einbeiniges Tischchen. In einem Aschenbecher lag eine angezündete Zigarre, die den kleinen Raum mit beißendem Geruch erfüllte.

Ein Mann saß in dem Sessel, das Gesicht hinter einer Aus gabe der *Times* verborgen. Das linke Beim war auf Kniehöhe übergeschlagen, er trug einen Nadelstreifenanzug und Schnallenschuhe. An seiner rechten Hand funkelte ein Rubinring.

Er ließ sich Zeit, bevor er die Zeitung sinken ließ.

Mit herablassender Geste deutete er auf die beiden Sessel.

»*Gentlemen, please …*«

35

»Sie sind nicht die Einzigen, die nach den Schuldigen suchen.«

Der Satz ging ihm immer wieder durch den Kopf, wie diese billigen Schlager, die man sich nur ausdachte, um die Menschheit mit diesen Ohrwürmern zu quälen.

Paul atmete tief durch und versuchte, den Kopf ganz leer zu bekommen.

Seit er ins Hotel zurückgekehrt war, war er immer wieder in dieselbe Sackgasse geraten.

»Sie sind nicht die Einzigen, die nach den Schuldigen suchen.«

Der Anschlag sollte ein paar Ganoven treffen, da war es nur logisch, dass sie sich jetzt in Bewegung setzten. Wer waren sie? Van Bruge hatte keine Ahnung.

Der hohe Staatsbeamte war zu dem Schluss gekommen, dass es sich um das korsische Milieu handeln musste. Ein Schlagwort, hinter dem sich eine vielschichtige Realität verbarg. Clans mit komplexen Strukturen, ständige Querelen, flüchtige Allianzen.

Hier durchzublicken war ein Ding der Unmöglichkeit.

Wenn man noch dazu bedachte, zu welchen Vorsichtsmaßnahmen die Gauner griffen, um ihre Mauscheleien zu vertuschen, war klar, dass es Jahrhunderte dauern würde, sie zu finden.

Aber die Angelegenheit war noch komplizierter. Aus eigenem Interesse hatten die Nationalisten kurzerhand eine Grundregel verletzt. Sie hatten gegen das Gebot der Omertà – gegen das Schweigegebot – verstoßen und einen Hinweis geliefert. Genau gesagt hatten sie eine Richtung aufgezeigt. Damit waren sie aus dem Schneider, ohne sich allzu sehr die Füße nass zu machen, falls jemand sie zur Rechenschaft ziehen wollte.

Denn sie selbst hatten auch Angst.

»Diese Angelegenheit geht über die lokalen Interessen weit hinaus.«

Wer von außerhalb der Insel könnte darin verwickelt sein? Wer besaß eine solche Macht, anderen zu schaden, dass diese Rambos es mit der Angst zu tun bekamen?

Paul dachte nach. Der hohe Beamte der Antiterrorabteilung hatte von geheimen Dokumenten gesprochen, die in einer Wand versteckt waren. Er hatte auch eine Londoner Bank erwähnt...

Cabrera stellte sich stinkreiche Typen im Anzug vor, mit Melone und Regenschirm, die stocksteif über einen mit der Gartenschere gestutzten Rasen liefen.

So einer würde einem dieser maskierten Kämpfer keine Angst einjagen.

Er schloss seine Tasche. In zwei Stunden ging das Flugzeug. Gleich nach der Ankunft in Marseille wollte er Van Bruge anrufen und ihm Bericht erstatten.

Ihm seine Niederlage eingestehen.

Ihm ein Ergebnis vorlegen, das gleich null war.

Er knallte die Tür zu und ging in die Halle. Der Mann an der Rezeption diskutierte mit einer blonden Frau, die in einem engen, malvenfarbenen Bustier steckte. Er warf Cabrera einen müden Blick zu.

»Ja?«

»Die Rechnung. Ich bleibe nicht.«

Der Mann zuckte mit den Schultern. Die stundenweise Vermietung dürfte zum Angebot gehören. Das blonde Gift wahrscheinlich auch.

»Fünfundsiebzig Euro. Das Frühstück rechne ich nicht mit.«

Die Blondine zündete sich eine Zigarette an. Sie musterte Paul eingehend und wiegte sich dabei in den Hüften.

»Könnten Sie mir eine Rechnung ausstellen?«, fragte Cabrera.

Sein Gegenüber kam der Aufforderung widerwillig nach.

»Geschäftsreise?«

»Sozusagen ... Gibt es hier Taxis?«

»Ja ... Hinten im Hafen.«

Paul ließ dieses Elend an Unterkunft mit Freuden hinter sich. Draußen waren die Schatten länger geworden und bedeckten den Himmel und die Wände mit einer rußschwarzen Schicht. Die Temperatur erinnerte daran, dass der Winter noch nicht weit zurück lag. Ein paar Nutten standen sich ohne rechte Begeisterung die Beine in den Bauch, Hologramme aus Fleisch und Blut, die über die Gehsteige schwebten.

Er warf sich die Tasche über die Schulter wie ein Seemann, der sich anschickt, wieder an Bord seines Schoners zu gehen. Der Ausflug hatte weniger als sechs Stunden gedauert. Eine Express-Reise, unwirklich, wie ein Sprung in die vierte Dimension.

Drei Minuten später war er am Südquai. Wieder kam ihm alles verändert vor. Die Kirche wurde von bläulichen Lichtkegeln angestrahlt, die alten Fassaden waren unter großem Aufgebot an Scheinwerfern ins rechte Licht gerückt worden, und die mit Teelichtern dekorierten Restaurants wirkten wie von Glühwürmchen erhellt. Überall erleuchteten ganze Batterien von Straßenlaternen die Meeresküste. Nachts legte die Stadt Schminke auf. Eine flüchtige Sinfonie, mit der man Gäste anlocken wollte.

Etwa hundert Meter weiter fand er den Taxistand. Drei oder vier Wagen warteten auf Kundschaft.

Er ging auf sie zu. Vom Meer her war Wind aufgekommen, beißend wie Sandpapier. Er hatte die Spaziergänger so sicher vertrieben wie eine Salve Tränengas.

Paul hatte auf dem Schild einer öffentlichen Einrichtung eine digitale Wanduhr erspäht.

18:15.

Feierabendzeit. Eine fürchterliche Zeit. Müde und fertig saßen die Bewohner von Bastia in ihren Autos und fuhren nach Hause. Sie quälten ihre Motoren und Kupplungen, und die Auspuffrohre spuckten Abgaswolken aus. Der Verkehr stand kurz vor dem kompletten Zusammenbruch.

Aus dieser Kakophonie hörte der Polizist ein Geräusch heraus. Ein Zischen in seinem Rücken, wie von einer Rakete in der Phase des Abhebens. Reflexartig spitzte er die Ohren. Dieses Geräusch kannte er. Er hatte es schon hundertmal auf dem Paul-Ricard-Ring gehört.

Ein schweres Motorrad, japanisches Modell. Wer war so verrückt, mit einer solchen Maschine in diesem Chaos hier herumzukurven?

Er wandte den Kopf.

Begriff sofort, was Sache war.

Eine schwarze Rakete schoss mit voll aufgedrehten Scheinwerfern über den leeren Gehsteig. Auf dem Sattel saßen zwei in Leder gepackte Gestalten. Im Bruchteil einer Sekunde erkannte Paul den Lauf einer Schusswaffe.

Wie ein hell loderndes Feuer schoss Adrenalin durch seine Adern.

Er warf sich zu Boden und zog seine Waffe. Mechanische Gesten, ein tausendfach wiederholter Ablauf. Die Logik einer Kampfmaschine.

Er schoss viermal aufs Geratewohl.

Die rasende Maschine stürzte scheppernd zu Boden. Ein weißer Funkenregen stob auf.

Paul war mit einem Satz wieder auf den Beinen. Die Motorradfahrer lagen in einem Meer aus Öl. Der Motor lief immer noch, nur langsamer. Hinter den Fensterscheiben der Restaurants hatten die Leute bereits ihre Handys gezückt.

Er ging näher, die Kanone im Anschlag. Im ganzen Umkreis stank es nach Benzin.

Der Fahrer war unter dem Motorrad eingeklemmt, eine Suzuki GSX Hayabusa mit dreizehnhundert Kubik, eine der stärksten Maschinen auf dem Markt. Die Kugeln des Manurhin hatten ihn mitten im Flug niedergemäht. Zwei hatten den Thorax, eine den Kopf erwischt. Das Geschoss hatte das Visier durchschlagen und war in die Augenhöhle eingedrungen. Dort spuckte ein schwarzer Krater in regelmäßigen Abständen einen dickflüssigen Saft aus.

Der andere hatte mehr Glück gehabt. Aufgrund des Schusswinkels hatte er sich im Sturmschatten befunden. Er war ein paar Meter weit fortgeschleudert worden und stand schon wieder auf.

»Bleib stehen!«, schrie Paul.

Der Typ stand wankend auf den Beinen. Zögerte er? War ihm schwindlig? Durch den Helm waren seine Absichten nicht zu erkennen.

Cabrera richtete die Waffe auf ihn.

»Ganz sachte … Dreh dich um.«

Er führte eine schnelle Leibesvisitation durch. Der Mann ließ bereitwillig alles mit sich geschehen. Er trug keine weiteren Waffen bei sich.

»Dein Helm. Nimm ihn ab.«

Langsam öffnete der Motorradfahrer den Kinnverschluss und nahm den Integralhelm ab. Kräftiger Nacken, rasierter Schädel, er sah aus wie ein Skinhead.

»Bestens … Und jetzt lass mich dein Rattengesicht sehen.«

In diesem Augenblick fing die Luft Feuer. Eine Detonation

hallte von den Mauern wider, und alles ringsum färbte sich gelb. Die Temperatur stieg schlagartig an.

Aus purem Überlebensinstinkt hatte Paul sich zusammengekauert. Eine Feuerwelle leckte seine Wangen. Metallstücke zerfetzten seine Lederjacke. Rundum gingen die Fensterscheiben zu Bruch.

Zwei, drei Sekunden.

In der Ferne heulte eine Sirene auf.

Wie magnetisch angezogen, drehte er sich zu den Flammen um. Die Suzuki verbrannte, der Tank war explodiert. Der wie an die Maschine geschweißte Körper des Fahrers ging in Flammen auf und sonderte schwarzen Rauch ab.

Durch die Wolke hindurch nahm Paul eine Gestalt wahr: den Schützen. Er rannte über die Straße Richtung Quai.

Cabrera schätzte seinen Vorsprung ab.

Dreißig Meter.

Ohne zu zögern, stürzte er sich mit gezückter Waffe in den Verkehr. Lautes Hupen, quietschende Reifen, Schimpftiraden – er hörte nichts mehr. Er hatte nur noch seine Beute im Visier.

Paul gelangte auf die andere Straßenseite. Eine Fußgängerpromenade, frisch geteert, glatt wie eine Rollerskatebahn. Menschenleer. Der Flüchtende lief keine zwanzig Meter vor ihm. Er rannte in gebückter Haltung, als versuche er, wieder zu Atem zu kommen.

Der Leutnant legte einen Gang zu. Ausladende Laufschritte, kontrollierter Atem. Er holte auf. In ein paar Sekunden würde er diesen Dreckskerl am Schlafittchen packen.

Fünfzehn Meter.

Der Mann schlug auf einmal einen Haken und lief auf einen Anlegesteg. Urplötzlich war er verschwunden.

Paul rannte hinterher, noch ganz gut bei Puste. Er spähte in die Nacht hinein. Vor ihm verlor sich ein Brettersteg im

Dunkeln. Auf jeder Seite lagen bis zum Deich Motorboote Rumpf an Rumpf.

Keine Menschenseele. Der Kerl schien sich in Luft aufgelöst zu haben.

Paul bemerkte dunkle Flecken zu seinen Füßen. Sie zeichneten unregelmäßige Kreise auf den Anlegesteg. Er bückte sich und langte mit dem Zeigefinger hinein.

Blut.

Eine Kugel hatte getroffen. Die Leibesvisitation war zu oberflächlich gewesen, die Jacke hatte wie ein Tampon gewirkt. In der ganzen Aufregung war ihm das entgangen. Das Holz brachte es ans Licht, als habe man weiße Steinchen ausgelegt, so deutlich sichtbar wie eine Landebahnmarkierung.

Er ging vorwärts, die Waffe im Anschlag, die Muskeln angespannt. Er lauschte auf jedes Geräusch, jedes Zeichen. Aneinanderreibendes Plastik, knarrendes Teakholz, in dem Hafenbecken waren nur dumpfe Geräusche zu hören. Die Boote überwinterten und warteten, von Planen bedeckt, auf den Sommer.

Mit einem Mal endete die Spur. Unmittelbar bei einem Cougar-Powerboot, einer riesigen, mit zwei Innenbordmotoren bestückten Meereszigarre.

Paul wollte lieber das Überraschungsmoment nutzen. Lautloser als ein Geist kletterte er auf das Nachbarboot. Am anderen Ende angelangt, sprang er über die Reling und stieg von vorn in den Cougar ein.

Von dort aus schätzte er die Größe des Bootes ab. Fünfzig Fuß lang, gedrungen, kompakt. Ein Konzentrat an Kraft in futuristischer Verpackung. Die Biegung des Rumpfes gab einem das Gefühl, auf einem Marlin zu reiten.

Er kroch vor bis zu einer Art Absatz. Darunter lag hinter Plexiglasscheiben das Steuerpult. Er wagte es, einen Blick hineinzuwerfen. Blutspritzer auf dem Boden. Rote Streifen,

Fußspuren. Eine verglaste Tür führte zu den Kabinen. Sie war abgesperrt.

Er hielt sich an der Kante fest und ließ sich nach vorn fallen. Dann fing er sein Gewicht ab und landete sanft auf dem Boden. Mit einer blitzschnellen Bewegung spannte er den Hahn. Dann schob er die Tür auf und ließ sich hineingleiten.

Dunkelheit. Feuchtigkeit. Er tastete herum und bekam einen Schalter in die Finger.

Das hier hätte das Zuhause eines jeden beliebigen Neureichen sein können. Marmor, Samt, Gold. Breite Sitzbänke, schwere Möbel, Flachbildschirme. Der arrogante Geruch von schmutzigem Geld.

Paul folgte der Spur. Ein breiter Streifen wie der Schleim einer Nacktschnecke. Aufgrund der Anstrengung hatte die Wunde jetzt stark zu bluten begonnen. Der Typ war hier offenbar zusammengebrochen und dann weitergekrochen.

Er ging durch ein Schlafzimmer, ein Badezimmer und noch ein Schlafzimmer. Überall sprang ihm der Luxus entgegen. Dann endete die Spur ganz abrupt. Mitten in einer zum Büro ausgebauten holzgetäfelten Kabine. Paul durchsuchte den Raum, gespannt wie ein Flitzebogen. Er riss die Schränke auf, schaute hinter die Vorhänge. Sein Angreifer schien sich abermals in Luft aufgelöst zu haben.

Er kniete an der Stelle nieder, an der die Spur endete. Der Teppichflor war noch ganz feucht. Verblüfft strich er mit der Hand darüber. Er bemerkte eine Vertiefung. Er strich die Fasern auseinander. Unter dem dichten Flor lief eine schwarze Linie, die aussah wie ein versteinerter Regenwurm.

Mit beiden Händen packte er den Teppich.

Zog daran.

Eine Falltür wurde sichtbar, die mithilfe einer Stahlwinde betätigt wurde. Sie war unauffällig in die Bodenplanken eingebaut und groß genug, dass ein Mensch hindurchpasste.

Zwei Meter tiefer schimmerte das Hafenwasser in sanftem Licht.

Alles war still.

36

Die Realität stellte die Fiktion noch in den Schatten.

Graues Haar, künstliche Bräune, feine, edle Gesichtszüge, und dabei jener Hauch von Distinguiertheit, der sich für Leute von vornehmer Herkunft geziemt. Zwei stahlblaue Augen sahen seinen Gesprächspartner unverwandt an: Augen wie ein kalter Planet, wie die Oberfläche eines gefrorenen Sees.

Lord Moore sah blendend aus für seine fünfzig Jahre. Er war schlank und hochgewachsen und ließ unter seinem Markenanzug die Muskulatur eines Sportlers erahnen. Vor allem seine Hände zogen den Blick auf sich. Sie waren lang und sehnig, von bläulichen Adern durchzogen und weckten beim Betrachter widersprüchliche Gefühle. Man hatte den Eindruck, dass sie ebenso gut über die Tasten eines Klaviers gleiten wie jemandem die Knochen im Leib brechen könnten.

Er sprach ein perfektes Französisch ohne jeden Akzent. Das tadellose Lächeln entblößte eine Reihe regelmäßiger, weiß gebleichter Zähne. Der Mund eines Schauspielers.

»Ich liebe Frankreich. Paris, Cap Ferrat, Saint-Paul-de Vence… Es ist ein bisschen wie meine zweite Heimat.«

Er hatte sich auf dem Sofa zurückgelehnt, einen Arm lässig auf die Armlehne gelegt. Benets und der Ermittlungsrichter hatten mit einigem Abstand ihm gegenüber Platz genommen. Jedes Händeschütteln wäre in dieser Atmosphäre fehl am Platz gewesen.

»Danke, dass Sie so schnell bereit waren, uns zu empfangen«, fing Benets an. »Richter Reichman von der Pariser Antiterrorabteilung …«

Der Lord unterbrach ihn mit einer lässigen Geste und sah dem Franzosen in die Augen.

»Ich besitze eine Wohnung in Neuilly, Boulevard du Commandant-Charcot. Den kennen Sie doch sicher?«

Der junge Mann war erst einmal dort gewesen. Anlässlich einer Hausdurchsuchung, die sie bei einem ägyptischen Strohmann durchgeführt hatten. Der Mann war im Waffenhandel aktiv gewesen und in fünfhundert Quadratmetern Marmor herumstolziert. Eine andere Welt, in der die Dienstboten den Kaviar vom Vortag vertilgten, und zwar in Küchen, die größer waren als seine Wohnung.

Er nickte stumm.

»Sie liegt im Bois de Boulogne. Spielen Sie Polo?«

»Nein.«

»Schade … Wir hätten gemeinsam dem Ball hinterherjagen können. Vor zwei Wochen habe ich mit Ihrem Justizminister den Schläger gekreuzt.«

Moore lächelte immer noch. Das Lächeln wirkte starr und wollte nicht recht zum Ausdruck seiner Augen passen. Mit diesen harmlosen Bemerkungen steckte er den Rahmen ab, gemahnte den Richter an ihre jeweiligen Lebensumstände und Positionen.

Er richtete sich auf und drückte auf den Knopf einer Fernbedienung. Noch in derselben Sekunde kam ein wie aus dem Ei gepellter Hausdiener im Frack herein und stellte sich in Habacht-Stellung auf.

»Einen Tee?«, schlug Moore vor.

Benets bejahte. Reichman schloss sich ihm an. Das Angebot konnte man offenbar unmöglich ausschlagen, das wäre unpassend gewesen. Der Hausdiener verschwand, sein wächsernes Gesicht zeigte nicht die geringste Gefühlsregung.

»Nun gut ... Womit kann ich Ihnen dienen?«

Reichman räusperte sich. Seine Kehle fühlte sich an, als habe er Sand geschluckt.

»Sie haben höchstwahrscheinlich schon von dem Attentat gehört, das in Marseille verübt wurde.«

»Keineswegs.«

»Es ist letzte Woche passiert. Eine Sprengstoffladung hat ein ganzes Gebäude zerstört.«

Der Lord faltete die Hände. Er gab sich genau im richtigen Maß interessiert.

»Zunächst dachten wir, es handle sich um ein politisches Attentat«, fuhr der junge Mann fort. »Die Bombe hat ein Finanzamt in die Luft gesprengt, wir hatten sofort die korsischen Nationalisten im Verdacht.«

»Aber ... Denn ich könnte mir denken, es gibt ein ›aber‹.«

»In Wirklichkeit ist das anvisierte Gebäude ein ganz anderes, als wir geglaubt hatten. Das eigentliche Ziel waren die angrenzenden Privaträume. Eine Immobiliengesellschaft bürgerlichen Rechts.«

Der Aristokrat gab sich weiterhin distanziert. Zwar interessiert, aber nicht persönlich betroffen.

»Wir haben die Besitzer ausfindig gemacht und festgestellt, dass es sich um Decknamen handelte. Wir denken, dass sich eine Gruppe von Schwerverbrechern dahinter verbirgt.«

»Von Schwerverbrechern?«

»Sie benutzten diese Büros als Versteck. Um dort Dokumente zu deponieren.«

Moore nickte, allerdings ohne rechte Überzeugung.

»Spannend ... Ein richtiger Krimi ... Ich hoffe doch, Sie haben die Schuldigen gefunden.«

Der Richter entfaltete das Fax, das er in seiner Tasche aufbewahrt hatte.

»Noch nicht. Aber wir haben das hier aus den Trümmern gefischt.«

Moore nahm das Papier mit spitzen Fingern entgegen. Er setzte sich eine Lesebrille auf und betrachtete es aufmerksam. Dann hob er lächelnd den Kopf.

»Man könnte meinen, das sei unser Wappen.«

»Erkennen Sie es wieder?«

»Ja. Ohne jeden Zweifel.«

Ihre Blicke kreuzten sich. Der Kerl zuckte nicht mit der Wimper.

»Es ist auch das Logo Ihrer Bank. Ein Geschäftslogo. Haben Sie eine Idee, was es an diesem Ort verloren hatte?«

Der Frontalangriff sorgte für einige Turbulenzen. Benets zappelte auf seinem Stuhl herum, Moore reagierte betroffen. Nach ein paar Sekunden raunzte er den Franzosen mit eiskalter Stimme an: »Ich bin mir nicht ganz sicher, ob ich Sie recht verstanden habe, Monsieur Reichman.«

Der junge Ermittlungsbeamte spürte, dass es jetzt eng wurde. Im Bruchteil einer Sekunde war ihm klar geworden, dass er einen Fehler gemacht hatte. Er hatte sich zu einer unvorsichtigen Äußerung hinreißen lassen, auf die Gefahr hin, alles zu verpatzen.

Er versuchte, die Situation wieder in den Griff zu bekommen.

»Ich frage mich, was es mit diesem Zufall auf sich hat. Das ist mein Beruf.«

Der Lord öffnete eine Schachtel aus karmesinrotem Holz, die auf dem Tisch stand. Seine Gesten waren langsam und gemessen. Er nahm eine Zigarre heraus und rollte sie zwischen den Fingern.

»Sie haben ein Papier gefunden, auf dem sich unser Logo

befindet ... Laut Ihrer Aussage befand es sich im Besitz recht zwielichtiger Personen ... Sollten Sie damit andeuten wollen, es könnte eine Beziehung zwischen diesen ... Leuten ... und mir geben?«

Reichman erwiderte eine Weile gar nichts. Er hatte große Lust, die Katze aus dem Sack zu lassen, den Finanzmann zu fragen, ob er schon einmal etwas vom korsischen Milieu gehört habe, von Toten, die man wieder ausgrub, um sie Unterschriften leisten zu lassen. Aber Moore war unangreifbar. Nichts als ein mächtiger und gefährlicher Zeuge, der sie in seinem Herrschaftsgebiet empfing.

Er trat den Rückzug an.

»Ich möchte gar nichts andeuten, Monsieur Moore. Ich ermittle. Ich versuche zu verstehen. Die Bombenleger haben eine Rechnung beglichen. Mit wem? Das weiß ich noch nicht. Warum? Ich habe nicht die geringste Ahnung. Aber ich besitze nur diese eine Spur, mit deren Hilfe ich herausbekommen kann, wer die eigentlichen Opfer sind. Und wie ich die Schuldigen zu fassen bekomme.«

Der Aristokrat deutete ein Lächeln an.

»Das klingt schon besser. Jedenfalls sehe ich nicht, wie ich Ihnen weiterhelfen kann.«

Der Richter entspannte sich. Er war um Haaresbreite einem diplomatischen Zwischenfall entgangen. Benets, der zusammengesunken auf seinem Sessel saß, war kreidebleich geworden.

Als habe er den Moment genau abgepasst, öffnete der Hausdiener die Tür. Er stellte ein Tablett ab, auf dem ein silbernes Service glänzte. Wortlos füllte er die Tassen. Allmählich mischte sich der Duft nach Tee mit dem Tabakgeruch.

Der Richter wartete, bis er verschwunden war, dann nahm er seine Vernehmung wieder auf, diesmal in einem etwas freundlicheren Tonfall.

»Auf unserem Dokument befindet sich auch eine Zahlenreihe. Aufgrund der Anordnung kann es sich nicht um eine Kontonummer handeln.«

Moore schnitt die Zigarre an und zündete sie an. Er vollführte diese Geste mit sinnlicher Sachkenntnis. Beim Sprechen entwichen seinen Lippen dicke Rauchschwaden.

»Um was dann?«

»Das habe ich nachgeprüft. Es handelt sich auch nicht um die gesetzlichen Koordinaten der Delta Company, und Sie haben keine Filiale angemeldet.«

»Dann wird jemand unser Wappen benutzt haben. Es ist überall bekannt und auch im Netz zu finden.«

Sie spielten Katz und Maus. Nichts ging voran. Moore war gelassen und vollkommen entspannt. Reichman verzehrte sich innerlich vor Ungeduld. Er war gezwungen, sich auf feindliches Terrain zu begeben.

»Da gibt es noch eine möglich Erklärung.«

»Die wäre?«

»Haben Sie Offshore-Beteiligungen?«

Diesmal kam die Antwort mit leichter Verzögerung.

»Wie meinen Sie das?«

»Sie sind weltweit im Nahrungsmittelsektor tätig. Dass Sie möglicherweise Mittler in den Steuerparadiesen haben, ist keine absurde Annahme.«

»Wir stützen uns in der Tat auf Vermittler. Einige lokale Banken kooperieren mit uns bei besonderen Operationen. Das reicht vollkommen, und wir sehen keine Notwendigkeit, im Ausland zusätzliche Kosten entstehen zu lassen.«

»Dann wäre es nicht möglich, dass diese Zahlen der Registraturnummer einer dieser Gesellschaften außerhalb des britischen Territoriums entsprechen?«

Die Antwort klang entschieden.

»Auf keinen Fall.«

Damit stand er wieder am Anfang. Moore führte ihn an der Nase herum. Er zerquetschte ihn voller Herablassung und trieb sein Spiel mit ihm. Benets sagte nichts. Er versuchte, möglichst nicht aufzufallen.

Nach einem langen Schweigen fragte Moore in jovialem Tonfall: »Noch etwas?«

Reichman dachte schnell nach, ihm rauchte schon der Schädel.

Nichts. Der Bildschirm war leer.

Er schüttelte den Kopf.

Die Spur verlor sich im Sand. Er hatte sich Unmögliches erhofft. Von einer Konfrontation geträumt, bei der ihm ein Licht aufgegangen wäre. Die Realität hatte ihn wieder eingeholt. Hier, unter diesen Umständen, war seine Macht völlig wertlos. Und was den Beamten von Scotland Yard anging, so zitterte dieser wie Espenlaub und hatte keinen Mucks mehr von sich gegeben. Der Lord hatte sich zu keinem Zeitpunkt bedroht gefühlt.

Die Verbitterung würgte ihn in der Kehle. In weniger als vierundzwanzig Stunden waren die Eckpfeiler, die er so mühevoll abgesteckt hatte, in sich zusammengefallen.

Die Zeugen waren tot, die Verdächtigen unberührbar. Er hatte versagt. Sich das eingestehen zu müssen, war für ihn das Schlimmste.

37

Ihre Finger zitterten vor Aufregung. Wie am Weihnachtsmorgen, wenn sie auf das Bett ihrer Eltern gesprungen war und sie unverzüglich zum Christbaum geschleift hatte.

Angela legte die Akte auf ihre Oberschenkel und konnte

sich nur mit Mühe zurückhalten, sie aufzuschlagen. Dann schloss sie den Sicherheitsgurt.

Es war neunzehn Uhr. Der Air-France-Flug hatte dreißig Minuten Verspätung, und das Flugzeug war proppenvoll. Müde Gesichter, deren zugehörige Körper in zerknitterten Anzügen und Kostümen steckten. Über den Bankreihen hing ein leichter Alkoholgeruch. Nach zwei Geschäftsterminen und einem mit Alkohol begossenen Abendessen kehrten die Zwangsarbeiter wieder in den Schoß ihres Unternehmens zurück.

Die Stimme des Flugkapitäns rauschte über die Köpfe hinweg. Die Stewardessen nahmen ihre Plätze ein, wie unerreichbare Wachspüppchen verharrten sie starr in ihren Operettenuniformen. Dann wurde das Licht runtergedimmt. Ein Dröhnen. Das Flugzeug hob von der Startbahn ab.

In der Business-Class, die vor Kurzem den pompösen Namen »Espace 127« erhalten hatte, war es nicht der Komfort, der den Preis rechtfertigte, sondern die Stille. Ein gedämpftes Pfeifen, in dem nur das leise Rascheln der Wirtschaftsmagazine zu hören war.

Sobald sie konnte, klappte Angela ihr Tablett aus. Ihr Sitznachbar, ein Mann mit Schwabbelbauch in den Vierzigern, beobachtete sie aus dem Augenwinkel und nippte dabei an einem Bourbon. Sie ließ ihm keine Gelegenheit, irgendeine Form von Anmache zu starten. Sie setzte ihre Brille auf und nahm sich die Akte vor.

Der Justizbeamte hatte seine Sache gut gemacht. Tadellose, ordentlich zusammengeheftete Kopien. Das neue Papier roch noch immer nach Kopierer.

Sie nahm sich ein Blatt nach dem anderen vor und sortierte zunächst die heraus, die Michèle Jourdan betrafen. Nach etwa zehn Minuten hatte sich ein eigener Stapel gebildet, den sie nun durchackern konnte.

Die Frau leitete eine bürgerlich-rechtliche Immobiliengesellschaft, die von Teilhabern korsischer Herkunft überwacht wurde. Diese Gesellschaft besaß Büroräume in der Rue Borde, die an Start-up-Firmen vermietet und bei der Explosion teilweise zerstört worden waren.

Bis dahin war alles schon bekannt. Die Gesellschaft war unmittelbar geschädigt worden und konnte Schadensersatzansprüche geltend machen. Somit war es nur logisch, dass die Geschäftsführerin in der Akte auftauchte.

Wenn man aber etwas genauer hinsah, waren manche Einzelheiten doch nicht so einleuchtend, wichen von dem üblichen Verfahren ab.

Zunächst einmal das Rechtshilfeersuchen. Es war nicht an die SCI Vanessa gerichtet, sondern unmittelbar an deren Geschäftsführerin. Außerdem war Madame Jourdan nicht in ihrer Eigenschaft als »Opfer«, sondern als »Zeugin« vorgeladen worden, was häufig die Voraussetzung für die »Einleitung eines Ermittlungsverfahrens« war.

Noch seltsamer war dieses zweite Gerichtsverfahren, das in Marseille eröffnet worden war und ebenfalls Madame Jourdan betraf. Mit welcher Begründung? Was verband die beiden Klagen?

Diese Frau tauchte einfach zu oft auf. Sie schien eine wichtige Rolle zu spielen.

Nur welche?

Dann gab es noch ein zweites Rechtshilfeersuchen, das an die Gendarmerie von Calvi gerichtet war. Auch hier stimmte etwas nicht. In Schadensersatzfragen musste man sich nicht an die einzelnen stillen Gesellschafter wenden, sondern an die Geschäftsleitung. Wieso interessierte Van Bruge sich für diese Leute?

Sie musste an ihren Cousin denken. Er war am späten Vormittag auf die Insel geflogen. Er hatte ihr bestätigt, dass es um die Ermittlung ging, ohne ihr genau zu sagen, worum eigentlich. Verfolgte er die nationalistische Spur weiter?

Sie verwarf den Gedanken wieder, als sie sich noch einmal bestimmte Vernehmungsprotokolle der vorläufigen Festnahmen ins Gedächtnis rief. Der FLNC hatte jede Verwicklung in das Attentat abgestritten. Wenn man sich ihre Ideologie vor Augen hielt, gehörten sie nicht zu denen, die Sprengstoff vergeuden und sich anschließend darüber ausschweigen.

Was dann? Was machte Paul in Korsika?

Die junge Frau ahnte, dass dieses fehlende Stück von entscheidender Bedeutung war.

Dann ordnete sie die restlichen Papiere. Mit Ausnahme eines Faxes und einer an die Spurenauswertung adressierten Genehmigung für eine Analyse ging es in allen um die Geschichte britischer Großhändler, die sich aufs Finanzgeschäft verlegt hatten. Peter Moore, der aktuelle Vorsitzende der Delta Company, sollte auch vernommen werden. Ein internationales Rechtshilfeersuchen berief sich auf ihn als Zeugen und übertrug die Amtspflicht von Van Bruge auf einen gewissen Reichman, Ermittlungsrichter der Antiterrorabteilung.

Also wurde in zwei Richtungen ermittelt. Die offenbar nichts miteinander zu tun hatten.

Sie blickte durch das Seitenfenster hinaus in die Nacht. In der Leere blinkte ein rotes Licht, wie eine Bake in einem tintenschwarzen Ozean.

Zwei Welten. Was verband sie miteinander?

Sie nahm die Kopien wieder auf und las sie ein zweites Mal durch. Es gab bestimmt irgendeinen Hinweis, eine Unebenheit, die das Ganze in einen Zusammenhang bringen konnte. Van Bruge kannte ihn sicher, hatte ihn genutzt, um die Ermittlung in eine andere Richtung zu lenken. Es war da. Sie wusste es. Alles war in der Akte. Immer.

Plötzlich stach ihr ein Detail ins Auge. Ein stilisiertes Logo, das aus einer Krone und zwei Streitäxten bestand. Es tauchte in der Geschichte der Familie Moore immer wieder auf: als Logo einer Schiffsmaklergesellschaft, einer Schifffahrtsgesellschaft, einer Handelsgesellschaft und schließlich einer Geschäftsbank.

Sie blätterte noch einmal zum Anfang zurück und prägte sich jedes Blatt ein. Dieses Wappen hatte sie schon einmal irgendwo gesehen. Ein Bild, das sie aus dem Unterbewusstsein ansprang.

Als sie bei dem Fax anlangte, stieß sie einen kleinen Schrei aus. Eingenebelt in seine Malt-Whisky-Dämpfe, schreckte ihr Sitznachbar kurz hoch und schlief dann weiter. Sie sah ihn entschuldigend an und vertiefte sich wieder in ihre Arbeit.

Versiegeltes Beweisstück Nr. C154: ein Stück Papier. Herkunft unbekannt.

Die gleiche Zeichnung, gefolgt von einer Zahlenreihe.

Das war es also. Die Signatur der Familie Moore hatte in den Trümmern gelegen. Der Richter hatte sie an sich gebracht und analysieren lassen. Sie war der konkrete Beweis für eine Verbindung zwischen der korsischen Fährte und der englischen Hochfinanz.

Die Leuchtsignale über den Sitzen gingen an. Ein dumpfes Geräusch unter dem Cockpit, das Fahrwerk wurde ausgefahren. Der Airbus befand sich nun in der Landephase.

Sie nahm die Brille ab und ordnete ihre Papiere. Mit zerknittertem Gesicht gähnte ihr Nachbar, dass man befürchten musste, er werde sich den Kiefer ausrenken.

Sie schloss die Augen. Ihre Entdeckungen halfen ihr nicht wirklich weiter. Die Akte verzettelte sich in alle Richtungen. Sie hatte das Gefühl, vor ihr liege ein laubbedeckter Weg, der vor einem bösen Zauberwald endete.

Würde sie ihn betreten, käme sie nie wieder heraus.

Nur eines war gewiss. Van Bruge folgte nicht dem klassischen Weg. Er hatte von der Verfolgung der Fährte mit den Terrornetzwerken abgelassen und wagte sich jetzt auf unbekanntes Terrain vor.

Nur, in welche Richtung ermittelte er?

38

Rote und blaue Blitze.

Sie warfen ihr Farblicht auf die Hausmauern, den Himmel, schmückten die Häuserblöcke wie für einen Galaabend. Aus der Ferne sah es aus wie sommerliche Festlichkeiten, wie sie von mittellosen Gemeinden veranstaltet wurden.

Paul ging näher ran. Zu beiden Seiten war die Straße durch Polizeiwagen gesperrt. Personenwagen, Kastenwagen, Motorräder, alle in den Farben der Trikolore gespritzt. Sie leiteten den Verkehr auf eine Seitenstraße um.

Ihm fielen sofort die Schirmmützenträger auf. Flache Schatten, die langsam die Zone abliefen oder einfach an strategischen Posten aufgestellt waren. Dic Polizeibeamten hatten den Tatort rundum mit Absperrgittern abgesichert. Eine beeindruckende Zahl von Schaulustigen war aus dem Nichts heraus angerückt und stützte die Ellbogen auf die Metallabsperrungen. Dem Zeitgeschmack angepasste Zirkusspiele.

Cabrera bahnte sich einen Weg durch die Menge. Von der Verfolgungsjagd brannten ihm die Beine, seine Adern wurden immer noch mit Adrenalin bombardiert. Einem schmächtigen Wachposten, der sich die Beine in den Bauch stand, streckte er seine Polizeimarke hin. Der Typ machte den Weg frei und ging anschließend in Habachtstellung.

Schnell verschaffte Paul sich einen Überblick. In der ersten Reihe standen die Zivilstreifen, auf dem Gehsteig geparkt. Sie warteten mit offenen Türen. Aus dem Fahrzeuginneren kam ein Knistern – die Scanner des neuen ACROPOL-Systems – eingestellt auf die Notruffrequenz.

Dann begegneten ihm Beamte in Zivil. Lederjacken, Jeans, rote Armbinden. Sie sahen Furcht einflößend aus. Die Typen rannten in alle Richtungen, hatten ihr Funkgerät an den Lippen kleben und taten sich wichtig.

Schließlich sah er die Kraftfahrzeuge, Seite an Seite. Die von der Feuerwehr waren mit Feuerspritzen und Feuerlöschern bestückt. Auf den Notarztwagen drehte sich stumm ein Blaulicht. Er machte einen Bogen um sie und überquerte ein Stück Wiese. Die Hintertüren des Notarztwagens waren weit geöffnet und gaben den Blick frei auf eine hochmoderne Sanitätseinheit: Operationstisch, Chirurgenlampe, Schläuche, Beatmungsgeräte und Monitore. Unter einem grünlichen Licht machte sich eine Frau im blauen Kittel zu schaffen.

Er musste an die Notarzttruppe denken. Aufopferungsvolle Soldaten, die mit Leib und Seele für eine oftmals schon im Vorfeld verlorene Sache kämpften. Drei Viertel ihrer Zeit brachten sie damit zu, Leichenteile von der Straße aufzuklauben und ins Leichenschauhaus zu karren.

Hinter dieser Abschirmung tauchte der Tatort auf, mit einem gelb-schwarzen Plastikband abgesperrt. Rundum hatte man mit Elektrokabeln verbundene Scheinwerfer aufgestellt. Sie beschossen jedes Detail intensiv mit Photonen, ein grelles, klinisches Licht, so unbarmherzig wie eine Stadionbeleuchtung.

Zu allem Überfluss hing noch der Geruch nach verbranntem Fleisch in der Luft.

Der Blick des jungen Polizisten fiel zuerst auf das Motorrad. Der Rahmen und der Tank waren bis auf das Fahrgestell heruntergebrannt. Ein geschwärztes Skelett, erstarrt in einem Ausdruck der Agonie. Unter dem Löschschaum rauchte noch das Metall des Motors.

Über den Resten kauerte ein junger Kollege von der Spurensicherung und nahm Proben. Er trug einen weißen Schutzanzug und Chirurgenhandschuhe. Wie ein verrückter Chemiker jonglierte er mit Pinzetten, Phiolen und Reagenzgläsern.

Paul fielen noch andere Zeichen auf. Rote Kreise, die mit Kreide auf den Asphalt gemalt waren, in deren Inneren man getrocknete Blutspuren erkennen konnte. Eine halbautomatische Pistole lag in einem durchsichtigen Beutel direkt auf dem Boden. Patronenhülsen lagen willkürlich verstreut, jede einzeln mit einem weißen Kreis markiert und mit einem bezifferten Schild versehen.

Seine Patronenhülsen.

Er zählte vier Stück.

Er ging ein paar Meter die Absperrung entlang. Hier waren weitere Spezialisten am Werk, gekleidet wie Imker. Sie kratzten mit Skalpellen auf dem Boden herum, besprühten die Fassaden mit fluoreszierendem Pulver, nahmen Maß.

Am anderen Ende des Schlachtfelds nahm er undeutlich eine auf dem Asphalt ausgestreckte Gestalt wahr. Sie war vollständig von einem Tuch bedeckt.

Plötzlich wurde sein Arm mit eisernem Griff gepackt.

»Was haben Sie hier zu suchen?«

Paul vollführte eine schnelle Drehung. Unter einer Primatenstirn starrten ihn zwei Augen böse an.

»Deine Hand«, zischte Cabrera, »nimm sie weg, aber plötzlich!«

Er klang, als drehe er gleich durch. Eine heftige, unwillkürliche Reaktion. Der Typ ließ etwas beunruhigt seine Beute los.

»Das ist nicht der Tag der offenen Tür. Sie können hier nicht bleiben.«

Cabrera zückte seine Polizeimarke. Der Blick seines Gegenübers begann zu flackern.

»Kriminalitätsbrigade Marseille? Was soll das jetzt wieder?«

»Wer ist denn hier der Obermufti?«

Der Affe deutete auf zwei Kerle, die etwas weiter weg auf der Terrasse eines Restaurants miteinander diskutierten.

»Der in dem schwarzen Parka. Hauptkommissar Anziani. Scheiße… Du hättest mir sagen können, dass du zum Haus gehörst.«

Paul winkte ab und ging. Er war bereits damit beschäftigt, Ordnung in seine Gedanken zu bringen. Er hatte zwar in Notwehr gehandelt, aber schließlich hatte er einen Mann abgeknallt und einen Brand mitverursacht. Man würde ihm bestimmt nicht den roten Teppich ausrollen. Er musste seinem Gegenüber zuvorkommen und einen vollen Angriff fahren.

»Kommissar Anziani?«

Der Mann sah verärgert hoch.

»Was ist?«

»Kann ich Sie sprechen?«

»Sehen Sie nicht, dass ich beschäftigt bin?«

»Es ist wichtig.«

Anziani runzelte die Stirn. Falten wölbten sich bis zum Ansatz seiner grauen, sehr kurz geschnittenen Haare. Sie verliehen seinem scharf geschnittenen Gesicht eine zusätzliche Kraft. Ein alter Hase, mit einem breiten Kreuz wie ein Gladiator.

Er verabschiedete sich von dem Mann, mit dem er sich gerade unterhalten hatte, und drehte sich zu Paul um.

»Also?«

»Ich habe den Motorradfahrer erschossen.«

»Hä?«

»Sie waren zu zweit. Sie wollten mich abknallen. Ich hatte keine andere Wahl.«

Der Kommissar rollte mit den Augen.

»Zum Teufel, wer sind Sie eigentlich?«

»Leutnant Cabrera. Kriminalitätsbrigade Marseille.«

Er zeigte erneut seine Marke.

»Ich ermittle im Auftrag von Untersuchungsrichter Lionel Van Bruge von der Antiterrorabteilung Paris.«

Anziani sackte in seinem Parka zusammen. Auf der Insel war der Staatsbeamte bekannt wie ein bunter Hund.

»Van Bruge ... Die Kriminalitätsbrigade ... Ich verstehe gar nichts mehr.«

»Ich werde es Ihnen später erklären. Sperren Sie den Hafen ab und schicken Sie Leute zum Anlegesteg Nr. 15. Dort liegt ein Cougar, der Ihnen vielleicht was zu erzählen hat.«

»Hä?«

»Ich habe den anderen verfolgt. Er ist durch eine Falltür abgehauen, die im Fußboden des Bootes versteckt war.«

Der Kommissar massierte sich die Stirn. Die Informationen stürmten zu schnell auf ihn ein.

»Nun mal mit der Ruhe ... Sie kreuzen hier aus dem Nichts auf, erzählen mir irgendein krudes Zeug und verlangen noch von mir, dass ich mich schnurstracks auf die Socken mache ...«

Paul holte sein Handy heraus.

»Rufen Sie Van Bruge an. Er wird es Ihnen bestätigen.«

Der Kommissar starrte ihn an. Das Ganze stürzte ihn offenbar in einen tiefen inneren Konflikt.

Paul hielt ihm den Apparat hin und wiederholte mit ruhiger Stimme: »Rufen Sie an. Wir haben keine Zeit zu verlieren.«

Der andere kapitulierte.

»Einverstanden ... Aber Sie sollten mir in Ihrem Interesse jetzt mal ganz genau erzählen, was Sache ist.«

Er erteilte seine Befehle. Sogleich rannte eine Vierergruppe los in Richtung Quai. Paul folgte ihr ein paar Sekunden mit dem Blick, dann verlor er sie im Gedränge aus den Augen.

Anziani wandte sich wieder ihm zu.

»Ist das alles?«

»Noch etwas, Kommissar. Die Leiche. Ich muss wissen, wer es ist.«

Der Polizeiboss lachte hämisch auf.

»Da müssen Sie sich etwas gedulden.«

»Weshalb?«

»Kommen Sie mit.«

Er führte ihn zu der Stelle, an der der Typ auf dem Boden lag. Auf dem Tuch breiteten sich fettige Flecken aus, wie Kohlezeichnungen.

»Bereit?«

Paul nickte.

Langsam zog Anziani das Tuch weg.

Die Leiche war vollkommen schwarz und brüchig wie ein Stück Kohle. Sie lag in Fötushaltung zusammengekrümmt, die Knie an der Brust. Das Feuer hatte die Haut und einen Teil der Muskeln zerstört. Unter dem verkohlten Rumpf konnte man an den weniger fleischigen Stellen die Knochen sehen: Schienbein, Speiche, Fingerknochen.

Dem Gesicht war es ähnlich ergangen. Das Fleisch, die Nase, die Lippen, die Augen. Verschwunden. Nur die Zunge war dem Massaker entkommen, klemmte wie eine schwarze Schlange zwischen den Zähnen.

Paul biss die Kiefer aufeinander. Er hoffte, dass der Typ schon im Kugelhagel gestorben war, bevor das Motorrad Feuer fing.

»Wie konnte er …«

»Bevor die Feuerwehrleute kamen, hat es keiner gewagt, näher ranzugehen. Der Körper brannte zwanzig Minuten, und das ist das Ergebnis.«

Das Vorzimmer zum Krematorium.

So sah eine Einäscherung aus. Paul hatte diese Lösung stets ins Auge gefasst. Besser als der Sarg und die Würmer. Plötzlich kam sie ihm genauso unmöglich vor.

Der Kommissar bedeckte die Leiche wieder mit dem Tuch.

»Da lässt sich gar nichts gegen sagen. Sie haben gute Arbeit geleistet.«

39

So durfte es nicht enden.

Reichman lief die King William Street hinunter Richtung Themse. Moore hatte ihn zum Narren gehalten. Natürlich besaß er Filialen. Es war offensichtlich, dass er sie zu zwielichtigen Geschäften eingesetzt hatte. Aber niemand in England würde es wagen, gegen eine so mächtige Persönlichkeit ein Ermittlungsverfahren zu eröffnen.

Er wandte etwas den Kopf und sah, wie Benets drei Schritte hinter ihm im Trippelschritt folgte, um den Anschluss nicht zu verlieren. Die beiden Männer hatten kein Wort miteinander gesprochen, seit sie den Kipling verlassen hatten.

Obwohl Benets sich alle Mühe gab, war der französische

Staatsbeamte wütend auf ihn. Es war eine kalte, aufgestaute Wut, ein Eingeständnis der Machtlosigkeit.

Seiner Machtlosigkeit.

Der Polizeibeamte von Scotland Yard hatte ohne Protest in den Nachtspaziergang eingewilligt. Er war ihm keine Hilfe gewesen und hatte nun offensichtlich das Bedürfnis, etwas wieder gutzumachen.

Was eigentlich?, dachte Reichman. Er war nur ein kleiner Polizeibeamter, ein unbedeutender Handlanger, der sich einer Hierarchie zu beugen hatte. Und Moore kannte die hohen Tiere in dieser Hierarchie. Vielleicht hatte er sich auf ihren Tanzpartys getummelt und dort Champagner gesüffelt.

Das Ganze war ein abgekartetes Spiel. Von Anfang an.

Reichman hatte das niederschmetternde Gefühl, gescheitert zu sein, es fraß an seinen Überzeugungen und Idealen. In der Realität war die Welt in zwei Teile gespalten. Auf der einen Seite waren die Starken, auf der anderen diejenigen, die die Schläge einsteckten. In Paris hatte er sich manchmal der Illusion hingegeben, sein Amt verleihe ihm eine gewisse Bedeutung. Er sei das Sandkorn im Getriebe. Der weiße Ritter. In weniger als einer Stunde hatte man ihm vor Augen geführt, wie eitel und selbstgefällig diese Vorstellung gewesen war.

Die Straßengeräusche holten ihn in die Wirklichkeit zurück. Neunzehn Uhr. Die Gehsteige leerten sich, allmählich wurde der Verkehr dichter. Zu allem Überfluss begann es zu nieseln, es war trostlos.

Sie gelangten an eine Kreuzung. In der Mitte erhob sich eine gewaltige Säule, angestrahlt von ganzen Schweinwerferbatterien. Sie dürfte so über den Daumen gepeilt mehr als fünfzig Meter hoch sein – höher, und vor allem breiter als der Obelisk auf der Place de la Concorde. Obenauf flackerte eine Flamme in der Nacht, wie die Feuervipern im Haar der Medusa.

Reichman blieb stehen. Es tropfte ihm aus den Haaren, ihm war kalt, auf seinem Gesicht war ein fettiger Film. Plötzlich erdrückte ihn die Stadt, sie trat ihn mit Füßen. Er fühlte sich klein, erbärmlich, auf seine Bedeutungslosigkeit reduziert.

»Nehmen wir uns ein Taxi?«

Benets' tiefe Stimme hatte den Lärm übertönt. Er tänzelte von einem Fuß auf den anderen und rieb sich den Bizeps.

Es fuhren einige Cabs herum. Er hielt eins an. Weiches Leder, eine angenehme, nach Lavendel duftende Atmosphäre.

Stille.

Reichman entspannte sich ein wenig.

»In welchem Hotel sind Sie abgestiegen?«, fragte Benets.

»In gar keinem.«

»Hatten Sie vor, heute Abend noch zurückzufahren?«

»Ich habe gar keine Pläne gemacht.«

Der Polizeibeamte sah auf die Uhr.

»Den Eurostar können Sie noch erwischen. Der letzte fährt um zweiundzwanzig Uhr.«

Reichman hatte nicht mehr die Kraft zum Weiterkämpfen. Wozu auch? Es war ja alles schon gelaufen.

»Bestens.«

Sanft fuhr der Wagen an. Der Regen lief über die Fensterscheiben und brach das Licht. Weiße Plättchen, rote Blitze, Chromstreifen. Ein Kinderkaleidoskop, das die Leere bunt färbte.

Benets unternahm nichts gegen diese Leere. Der französische Staatsbeamte war ein Problem für ihn. Dass er wieder fuhr, schien ihn zu erleichtern.

Sie überquerten eine ultramoderne Brücke, die von drei

Spritzbetonpfeilern gestützt wurden. Unter der riesigen Fahrbahnplatte bahnten sich die Boote mit Nebelhörnern einen Weg durch die Schwärze.

Reichman war mit seinen Gedanken woanders. In seinem Kopf begann es unwillkürlich zu arbeiten. Eine Art Spätzündung, wie es manchmal vorkommt, wenn man einen Motor abwürgt. Wo befand sich die Filiale? In welchem korrupten Land hatte dieser gerissene Fuchs sie versteckt?

Das waren die Fragen, auf die es ankam.

Er ging das Ganze noch einmal von vorn durch, versuchte, die verschiedenen Möglichkeiten aufzulisten, die einen Zugang zur Moore-Galaxie verschaffen könnten.

Nummer eins: Die Finanzauskunftsabteilung TRAFCIN.

Heikel.

An die Daten aus der Kartei dieser Organisation zur Bekämpfung der Geldwäsche war nicht heranzukommen, zumindest nicht in Frankreich. Bei einer solchen Beute würde sein britischer Kollege, trotz aller europäischen Kooperationsabkommen, lange auf eine Antwort warten.

Nummer zwei: INTERPOL.

Absurd.

Diese Datenbank enthielt über zweihundertfünfzigtausend Personen, vor allem Straftäter. Hier bestand keine Chance, Informationen über Peter Moore zu erhalten. Außerdem hatte er dort schon nachgesehen.

Nummer drei: Der Geldfluss der Konten.

Zufallsbedingt.

Der Lord kam aus Oxford. Er beherrschte seine Sache, und es wäre ihm ein Leichtes gewesen, die notwendigen Schutzmaßnahmen zu treffen. Mit dem Telekommunikationsnetz der internationalen Genossenschaft der Geldinstitute SWIFT konnte man mit wenigen Klicks ganze Fonds verschwinden lassen. Außerdem hätte er dafür eine Vollmacht zur Aufhebung des Bankgeheimnisses gebraucht. Und die würde er nicht bekommen.

Nummer vier: die Steuerparadiese.

Unrealistisch.

An die fünfzehn Staaten allein in Europa und in der Karibik. Das Netz war noch weiter gespannt, wenn man jene Länder hinzuzählte, die nicht unter Vertrag standen und in denen die Angelegenheit, je nachdem, welches Regime gerade an der Macht war, recht lax gehandhabt wurde.

Der junge Mann bekam ein flaues Gefühl im Magen. Bei genauer Betrachtung löste sich jede Angriffsmöglichkeit in Wohlgefallen auf. Er musste sich wohl oder übel eingestehen, dass das Spiel hier endete. In diesen regennassen Straßen, in die sein Stolz ihn geführt hatte.

Plötzlich rüttelte eine synthetische Musik ihn aus seiner Versunkenheit auf. Reichman zog sein Handy heraus.

»Ja?«

»Hallo … Herr Richter? Hier spricht Berthon … aus dem Marseiller Labor.«

Dieselbe weiche Stimme, unter Tausenden wiederzuerkennen.

Reichman atmete tief ein. Ohne recht zu wissen, warum, hatte er mit einem Anruf von LVB gerechnet. Er hätte sich rechtfertigen müssen, und dazu war er noch nicht bereit.

»Ich höre.«

»Ich habe die Ergebnisse von Ihrem Stück Papier. Es hat ein bisschen gedauert wegen der Genehmigung, die Sie uns schicken sollten. Da war nicht dranzukommen.«

Reichman runzelte die Stirn. Er hatte diesem Blödmann das Formular sofort geschickt. Er fragte unwirsch: »Und?«

»Eine echte Pfuscharbeit. Sehr schlechte Papierqualität. Der Zelluloseanteil beträgt fünfundfünfzig Prozent.«

»Das heißt?«

»Das ist der Grenzwert. Etwas höher und Sie schreiben auf Löschpapier.«

»Gibt Ihnen das einen Hinweis?«

»Eigentlich nicht. Viele Unternehmen mischen ihr Holz mit chemischen Bestandteilen. Aber der Rest…«

»Der Rest?«

Der Staatsbeamte hatte die Stimme erhoben. Benets beobachtete ihn peinlich berührt aus dem Augenwinkel.

Im Apparat ertönte wieder die tonlose Stimme: »Wir haben Spuren der *Dicksonia squarrosa* gefunden.«

»Der was?«

»Das ist ein Baumfarn. Ein Parasit, der im tropischen Gürtel wächst.«

»Was bedeutet, dass das Papier aus dieser Gegend stammt?«

»Mit einer Wahrscheinlichkeit von neunzig Prozent. Die schlechte Produktqualität und die Tatsache, dass das Holz nicht gereinigt wurde, lassen darauf schließen, dass es vor Ort verarbeitet wurde.«

»Können Sie den Bereich eingrenzen?«

»Südamerika, Ozeanien, Südostasien. Die *Dicksonia* findet man so gut wie überall.«

Reichman spürte, wie die Fährte ihm durch die Finger glitt. Er packte das Handy ein bisschen fester.

»Ich schicke Ihnen den Bericht innerhalb der nächsten achtundvierzig Stunden«, schloss Berthon. »Er muss nur noch getippt werden.«

»Danke.«

Er legte auf, hin und her gerissen zwischen widersprüchlichen Empfindungen. Die polizeiliche Spurenauswertung arbeitete zwar langsam, aber sie hatte ihm gerade einen zusätzlichen Hinweis geliefert. Er war vage, aber er reichte aus, um seine bisherigen Vermutungen zu bestätigen.

Moore machte krumme Geschäfte mit dem korsischen Milieu. Das bewies das Dokument, das man am Ort des Attentats gefunden hatte. Dank seiner Zusammenstellung wusste Reichman jetzt, dass das Spielfeld der Betrüger bis in die Tropen reichte.

Aber bis wohin genau?

Die Antwort glich einer sternenlosen Nacht.

Das Taxi hielt an. Sie befanden sich jetzt in einer belebten Straße voller Bars, Pubs und Restaurants. Alles wirkte ziemlich gestylt und hip. Junge Bobos schlenderten unter bunten Stoffplanen umher, chic, aber relaxt. Überall zuckten Leuchtreklamen wie elektrische Regenbögen durch die Nacht.

Eine erregte seine Aufmerksamkeit. Eine rote Spirale, die in einer hypnotischen Bewegung um sich selbst kreiste. Darunter ein blindes, von schweren purpurroten Vorhängen verdecktes Schaufenster.

Reichman entzifferte mechanisch die Wörter, die in goldenen Lettern auf das Glas gemalt waren: »Rajah Spice. Indisches Restaurant.« Vor dem Eingang stand ein als Maharadscha verkleideter Typ und hielt den Gästen die Tür auf.

Im Bruchteil einer Sekunde hatte er eine Verbindung hergestellt.

Indien. Pakistan.

Karatschi.

Mitten im Tropengürtel.

Die Delta Company hatte in diesem Hafen ihr Glück gemacht. Eine historisch gewachsene Basis, die fast ein Jahrhundert lang ausgebeutet worden war, bis zur Unabhängigkeit. Trotz der politischen Risiken hatte sie dort besondere Verbindungen und Kontakte gepflegt.

Gezwungenermaßen.

Außerdem lag das Land abseits der ausgetretenen Pfade.

Ein armes, korruptionsreiches Land, in dem militärische und religiöse Regimes einander abwechselten. Ideal, sofern man nicht zimperlich war. Der junge Mann lächelte still. In dieser Hinsicht mussten die korsischen Gauner sich nicht erst beweisen.

Jetzt blieb nur noch herauszufinden, wie Moore sein Geschäft aufgezogen hatte.

Und mit wem.

Er drehte sich zu Benets um. Seine Augen funkelten wild.

»Ich werde noch etwas bleiben. Könnten Sie mir ein Hotel suchen?«

Der Polizeibeamte machte ein langes Gesicht.

»Ja … sicher … aber …«

»Mir ist da gerade eine Idee gekommen. Kommen Sie gleich morgen früh zu mir. Ich werde sie Ihnen dann im Einzelnen erläutern.«

40

Flammen.

Jedes Luftmolekül entzündet sich und verbrennt, bevor es als Lavakugel explodiert. Das Feuer ist kein Element mehr. Es ist der Feind. Der absolute, totale Feind. Ein Raubtier, dessen Knochengerüst immer neue Gestalten annimmt, dessen Geifer sich einem tief in die Haut einätzt.

Angela droht zu ersticken. Sie zerreißt ihre Bluse und hält sie sich vors Gesicht. Die Plastikdämpfe sind wie tödliche Gase. Sie wirbeln herum, bilden wattige Windhosen, winden sich um die Körper.

Geschwärzte Gesichter, die Kleider mit den Gliedern verschmolzen, man sieht sie in Trauben daliegen, sobald die

Dämpfe sich für einen kurzen Moment lichten. Ein konturenloses Massengrab, ein Haufen verkohltes Fleisch.

Sie rennt. Sie springt über die Leichen. In ihrem Bauch ein Ultraschall. Sie spürt ihn. Körperlich. Er breitet sich in ihren Adern aus wie ein Elektroschock.

Das Feuer lodert auf. Es errichtet herrliche Mauern. Gold, Rot, Weiß. Die Farben der Hölle. Ihre hohl klingende Stimme wälzt sich unter den Decken entlang. Aus ihrem Echo glaubt sie ein Flehen herauszuhören.

Sie brüllt. Kein Laut dringt über ihre Lippen. Sie bekommt keine Luft. Jedes Einatmen ist der schiere Selbstmord. Noch kämpft sie weiter, aber sie weiß es schon.

Das Ende ist nah.

Ein paar Sekunden noch, dann wird sie bei den anderen sein. Schon kommt der Rauch in Bewegung. Bildet Buchten und Schluchten, gewölbte Täler, durch die milchige Fäden fließen. Er formt junge und starke Gesichter, verleiht ihnen vertraute Züge. Ein zärtliches Lächeln leuchtet in ihren Augen.

In ihrer Panik realisiert sie das Unfassbare. Sie sind fast so alt wie sie selbst, für alle Ewigkeit in Vollkommenheit erstarrt.

Sie entspannt sich, ruft sie mit diesen Worten, die so endlos lange in gusseisernen Schubladen verschlossen waren.

»Mama … Papa …«

Die Gespenster beginnen zu flackern. Urplötzlich werden sie hohl, als habe ein kalter Luftzug sie eingesaugt. An genau der Stelle, an der sie eben noch lebendig waren, taucht etwas aus den Flammen auf.

Angela sieht nur einen schweren Helm, eine Sauerstoffmaske. Ein Arm wird nach ihr ausgestreckt, macht ihr ein Zeichen, sie solle näher kommen. Die Bewegungen sind langsam, abgehackt, irreal.

Sie erstarrt zur Salzsäule, unfähig, sich zu entscheiden. Ihre Augen brennen, Tränen laufen ihr über die Wangen. Sie murmelt seinen Vornamen, streckt die Hand vor.

»Warte…«

Plötzlich eine Explosion, und alles fliegt in die Luft. Eine weiße Energiekugel schluckt selbst ihren Schrei.

Angela schreckte aus dem Schlaf auf. Ein gurgelndes Geräusch entwich ihrer Kehle. Sie blinzelte mehrmals und spürte, wie ihre Wimpern von einer trockenen Kruste zusammengeklebt waren. Dann hatte sie das Gefühl, keine Luft mehr zu bekommen.

Sie hob die Nase vom Kopfkissen. Ein Speichelfaden befleckte den Bezug an der Stelle, wo sie ihr Gesicht im Kissen vergraben hatte. Sie atmete durch den Mund, wie ein Taucher nach dem Tauchen ohne Sauerstoffgerät. Ihr Herz schlug zum Zerspringen, ihre Stirn war schweißgebadet.

Sie wartete, bis sie sich wieder erholt hatte. Der Albtraum hatte sie überwältigt. Ein sehr dichtes, seltsames Erlebnis. Es hatte sich ihrer bemächtigt wie ein Parasit, ihren Geist gefangen genommen und am Ende ein zitterndes, schlotterndes Etwas voller Entsetzen und Elend zurückgelassen.

Die Wunden waren noch nicht verheilt. Sie nässten immer noch, versteckt in den hintersten Winkeln ihrer Erinnerung.

Fabio hatte sie nicht retten können.

Und jetzt war auch er tot.

Verzweiflung überkam sie. Das Schicksal wiederholte sich. Jetzt war sie ein dreifaches Waisenkind und fühlte sich mehr denn je allein. Tränen schnürten ihr die Kehle zu. Seit dem Drama jagte allein schon der Gedanke an eine feste Beziehung ihr Schauder über den Rücken. Ihre Freundschaften blieben oberflächlich, und die Liebe verbat sie sich. Die Angst vor dem Leiden war stärker.

Aus diesem Grund hatte sie Fabio auf Distanz gehalten,

war sie nach vollendeter Volljährigkeit wieder nach Sizilien zurückgekehrt, und nichts und niemand hatte sie zurückhalten können.

Bis zum Alter von siebenundzwanzig hatte sie sich zu schützen vermocht, unter anderem dank der zahlreichen Umzüge. Ihre Liebesgeschichten waren ähnlich gestrickt gewesen, sie waren bedeutungslos oder wurden im Keim erstickt, sobald sie Feuer zu fangen begann. Ihr Herz war wie verbrannte Erde, eine mit Kratern bespickte Mondlandschaft.

Sie hatte eine Lösung finden müssen, um leben zu können.

Die Lösung.

Sich selbst vergessen. Im Schmerz der anderen aufgehen. In noch schlimmere Schicksale eintauchen, um alles relativieren zu können.

Einige Anwälte arbeiteten des Geldes wegen, andere verteidigten eine Vorstellung von Gerechtigkeit oder machten einfach nur ihren Job.

Bei ihr war es so, dass sie jeden Tag von Neuem ihre Haut rettete.

Ihr Kampf an der Seite der Ärmsten und Mittellosesten hinderte sie daran, sich aufzulösen. Sie war eine Art Menschenrechtskämpferin. Sie bearbeitete alle möglichen Fälle: Abschiebungen, Einzug von Sozialleistungen, Kündigungen und natürlich Strafrechtsfälle. Wie ein roter Faden, eine endlose Litanei.

Meistens wurden ihre Honorare vom Staat bezahlt. Sie verdiente nur Peanuts, und ihr Stundenlohn lag unter dem einer Putzfrau. Zum Glück übernahmen auch einige Verbände die Kosten. So kam sie bis zum Monatsende über die Runden und konnte weitermachen.

Ein dreifaches leises Klopfen an der Tür riss sie aus ihren Gedanken.

»Angela?«

»Ja?«

»Bist du wach?«

Sie zog die Decke hoch.

»Nur herein, Maria, nur herein ...«

Pauls Mutter erschien im Türrahmen. Mit ihr strömte Kaffeeduft ins Zimmer.

»Alles in Ordnung?«

Sie sah sie durch ihre Brille hindurch an. Mit einem sanften und auch ein wenig besorgten Blick. Angela fühlte sich in Gefahr. Als ob die alte Dame sie mit ihrem Blick ausziehen würde.

»Ja ... Warum?«

»Ich hab dich schreien hören.«

»Ein Albtraum.«

»Das ist ganz normal. Nach allem, was geschehen ist ...«

»Wahrscheinlich.«

Es folgte betretenes Schweigen. Die plötzliche Intimität der Situation war für beide etwas unerwartet.

Maria flüchtete sich in ein Lächeln. Sie stellte die Tasse auf den Nachttisch und legte eine fast unangetastete Zeitung daneben.

»Hier hast du was zum Lesen ...«

»Danke.«

Sie lächelte wieder.

»Falls du irgendetwas brauchst ... Falls du reden möchtest ...«

Angela nickte. Sie hatte kein Bedürfnis danach, sich jemandem anzuvertrauen. Sie wollte nur verstehen. Eine Erklärung für Fabios Tod finden.

Sie wartete, bis Maria die Tür hinter sich zugezogen hatte, dann richtete sie sich auf. Sie stopfte sich ein Kopfkissen in den Rücken und trank ihren Kaffee, in kleinen Schlucken, wie ein Kätzchen, das eine Tasse Milch aufleckt.

Dann griff sie nach der Tageszeitung. *La Provence* bestand ähnlich wie all diese regionalen Käseblättchen zu drei Vierteln aus Stadtnachrichten und Berichten über sportliche Ereignisse. Das Schicksal des Landes wurde auf einer sehr allgemein gehaltenen Seite abgehandelt, und was die Welt betraf, die schien so fern …

Aus Gewohnheit blieb sie bei der Rubrik Vermischtes hängen. Berichte über Gerichtsprozesse füllten die Spalten. Diebstähle, Schlägereien, Betrügereien aller Art. Alles Gerichtsverfahren in der ersten Instanz. Und die waren in allen Ländern gleich. Eine Betrugsaffäre war darunter, die etwas aus dem Rahmen fiel, ein Buchhalter hatte provisorische Konten gefälscht und dabei mehrere Millionen Euro unterschlagen.

Sie las die ganze Seite und musste mehrmals von vorn beginnen, um den Sinn zu verstehen. Ihre Augen nahmen die Buchstaben zwar wahr, aber ihr Hirn schwebte in anderen Sphären. Nur an einem Artikel blieb sie hängen. In einem besetzten Haus hatte die Polizei, in diesem Fall die Kriminalitätsbrigade Nord, unter Einsatz von Gewalt einige Leute vorübergehend festgenommen. Man hatte Kriegswaffen beschlagnahmt, ein Dutzend Personen wurde in Polizeigewahrsam genommen, drei davon landeten im Krankenhaus.

Sie musste an Paul denken. Er war ständig mit dieser Gewalt konfrontiert. Er ernährte sich davon. Seine äußere Erscheinung, seine Umgangsformen, sein ganzes Wesen waren davon durchdrungen. Doch im Gegenzug hatte sie auch eine große Sensibilität an ihm wahrgenommen. In seiner Zurückhaltung, seinem Schweigen, seiner Fähigkeit, aufmerksam zuzuhören, seinen Gesten.

Was suchte er in diesem Kampf? Welche Schattenseite versuchte er dahinter zu verbergen?

Plötzlich machte die junge Frau große Augen. Eine kurze Nachricht am unteren Seitenrand, keine fünf Zeilen lang, wirkte auf sie wie die Druckwelle einer Explosion. Es ging um einen Todesfall, einen Sturz aus dem Fenster, der zwei Tage zuvor stattgefunden hatte. Das Opfer, eine Frau, war Immobilienmaklerin. Nach der ersten Spurensicherung hatte man keine Aussagen über die Todesumstände machen können. Laut Akte wurde auf Antrag der Staatsanwaltschaft ein Ermittlungsrichter auf den Fall angesetzt.

Das Opfer hieß Michèle Jourdan.

Vollkommen sprachlos ließ Angela die Zeitung fallen. Van Bruge hatte diese Frau im Visier. Er hatte sie zur Vernehmung vorgeladen. Wie durch Zufall starb sie kurz vor der Vernehmung.

Sie wurde sich ihrer Sache immer sicherer. Jourdan war ermordet worden, höchstwahrscheinlich von den Bombenlegern. Der hohe Beamte der Antiterrorabteilung hatte die Zusammenführung der beiden Verfahren beantragt, weil auch er zu diesem Schluss gelangt war.

Die junge Anwältin spürte, wie die Energie in ihren Körper zurückkehrte. Sie sprang aus dem Bett und schlüpfte unter die Dusche.

Endlich hatte sie etwas Greifbares in der Hand, das dem Ganzen eine neue Richtung gab.

41

»Einen Espresso?«

»Einen doppelten.«

Anziani winkte Richtung Bar. Sogleich ertönte das schrille Pfeifen eines Kaffeeautomaten im Raum. Paul setzte sich neben ihn auf einen mit grünen Kissen ausgelegten Rattansessel. Abgesehen von zwei Schülerinnen, die ganz offensichtlich den Unterricht schwänzten, waren sie allein.

Der Kommissar hatte ihn um ein Treffen um neun Uhr im Cortes gebeten, einer Brasserie an der Place Saint-Nicolas, in der er Stammgast war. Er wartete drinnen, hinter einer sonnendurchfluteten Fensterscheibe.

Die Terrasse draußen, die schon halb voll war, ging auf einen großen Vorplatz hinaus. Eine auf einen Betonsockel montierte Statue von Bonaparte blickte hochmütig auf die Passanten herab. Auf den Bänken saßen ältere Leutchen, lasen die Zeitung und ließen sich den Bauch wärmen.

»Gut geschlafen?«, fragte Anziani.

»Wie ein Stein.«

»Wenigstens einer … Um zwei Uhr morgens waren wir mit der Spurensicherung fertig.«

Der Polizeibeamte von Bastia war leichenblass. Er hatte sich in seinen Parka gemummelt und den Kragen bis zu den Ohren hochgezogen, als wolle er sich unter eine Daunendecke verkriechen.

»Na gut, wenn Sie mich jetzt bitte aufklären würden.«

Paul hatte nicht die Absicht, sämtliche Karten auf den Tisch zu legen. Er war in Korsika, einem komplizierten Land, dessen Regeln er noch nicht so ganz begriffen hatte. Tomasini hatte immer gesagt, sein Land sei eine kulturelle Ausnahmeerscheinung. Hier kannte sich jeder. Bullen und Ganoven konnten denselben Stammbaum haben, sich auf denselben Hochzeiten begegnen. Und was die Nationalisten betraf, so war ihr Einflussbereich zu wenig scharf umrissen, um das Risiko eingehen zu können.

Er schüttelte den Kopf.

»Tut mir leid.«

Anziani verzog das Gesicht.

»Wir haben einen Deal miteinander geschlossen.«

»Ach ja?«

»Nehmen Sie mich nicht auf den Arm. Van Bruge hin oder her, ich habe genug in der Hand, um Sie in Polizeigewahrsam zu nehmen. Und das wissen Sie.«

Paul kreuzte die Hände im Nacken. Der Tonfall des Korsen beeindruckte ihn nicht.

»Na dann los. Tun Sie sich keinen Zwang an.«

Der Mann im Parka kniff die Augen zusammen.

»Passen Sie bloß auf...«

Cabrera lächelte entspannt. Seine Stimme klang eiskalt.

»Sie sollten aufpassen. Falls Sie mir Knüppel zwischen die Beine werfen, werden Sie es bereuen, das verspreche ich Ihnen.«

Er bluffte wieder einmal. Van Bruge hatte ihn gewarnt. Seine Ermittlung war nicht amtlich. Er war allein, ohne Auftrag und ohne Deckung.

Der Kommissar zögerte. Wahrscheinlich war er nicht scharf darauf, sich mit Paris ein Duell zu liefern. Er brummte: »Ach Scheiße... Letztlich ist das Ihr Problem.«

»Gute Entscheidung.«

»Aber mit dem Generalstaatsanwalt haben Sie weniger Glück. Er möchte Sie noch vor Mittag sprechen. Und ich kann Ihnen jetzt schon verraten, seine Laune ist nicht die beste.«

»Keine Zeit. Er braucht ja bloß Van Bruge anzurufen. Ich habe zu tun.«

»Das könnte übel für Sie enden.«

Paul setzte seine Sonnenbrille auf, zwei schwarze, längliche Bullaugen, mit denen er noch mehr wie ein Rowdy aussah.

»Ist mir herzlich schnuppe.«

Eine Weile sprach keiner mehr. Ein Kellner im roten Polohemd stellte zwei Tassen ab. Cabrera steckte sich einen Zigarillo an und atmete den Rauch tief ein. Dann ging er zum Angriff über.

»Ich nehme an, Sie haben den Mann, der vor mir geflohen ist, nicht gefunden?«

»Es wäre mir eine Freude gewesen, es Ihnen zu verkünden.«

»Die Maschine … Haben Sie da etwas herausgefunden?«

»Ist letzten Monat gestohlen worden.«

»Und der Cougar?«

»Wir haben das Schiffsregister befragt. Er fährt unter maltesischer Flagge und gehört einer luxemburgischen Gesellschaft.«

London. Malta. Luxemburg.

Der Maskierte hatte recht gehabt. Diese Angelegenheit reichte weit über die Insel hinaus.

»Können Sie den Besitzer ermitteln?«

»Das dürfte möglich sein. Aber es wird Zeit in Anspruch nehmen.«

Cabrera nahm sich ein Stück Zucker. Er wickelte es aus dem Papier aus und ließ es in die Tasse gleiten, dann rührte er langsam darin herum und starrte aufs Meer.

Wer waren diese Killer? Für wen arbeiteten sie? Die Geschwindigkeit, mit der die Ermittlung voranging, verdammte ihn zur Untätigkeit. Die Antworten würden später kommen. Wenn überhaupt.

Doch ein Punkt sprang ins Auge: Sein Abstecher nach Korsika war nicht unbemerkt geblieben. Ebenso wenig wie sein Treffen mit den Nationalisten. Beim Herumkraxeln in der Macchia hatte er den Ameisenhaufen aufgestört. Aber war man im Milieu imstande, einen Bullen abzuknallen?

Er änderte die Taktik: »Wie weit sind Sie mit der Autopsie?«

»Der Gerichtsmediziner hat um acht Uhr damit angefangen. Vor dem Mittagessen dürfte das erledigt sein.«

»Werden wir einen Bericht bekommen?«

»Vielleicht am späten Nachmittag.«

»Das ist zu spät. Wir gehen hin.«

Der Kommissar zuckte mit den Schultern.

»Machen Sie sich keine Illusionen, Cabrera. Die Chancen, dass wir die Leiche identifizieren, stehen eins zu tausend.«

Der junge Leutnant war sich dessen bewusst. Bei einer so verkohlten Leiche war es äußerst schwierig, eine Analyse vorzunehmen. Die Ergebnisse hingen letztlich vom Zufall ab. Und die DNA-Analyse vom Blut seines Komplizen würde eine gute Woche dauern. Zumal es noch fraglich war, ob er überhaupt in einer Kartei erfasst war.

Aber hatte er denn eine andere Wahl?

Er kippte seinen Kaffee hinunter und stand auf. Der Gerichtsmediziner war noch mitten in der Arbeit. Wenn er sich ein wenig die Beine vertreten wollte, so war das jetzt der rechte Augenblick.

»Ich treffe Sie um elf Uhr wieder hier.«

Anziani warf ihm einen erstaunten Blick zu.

»Wo wollen Sie hin?«

»Eine Runde drehen. Darf ich das?«

Der Kommissar hatte keine Zeit zu antworten. Paul hatte bereits kehrtgemacht und trat hinaus ins Licht.

42

Die Archive befanden sich im Untergeschoss.

Tausend Quadratmeter Regale, fast vierhundert Jahre Geschichte. Die Zauberbücher reihten sich Rücken an Rücken auf roten Holzregalen. Da sie millimetergenau einsortiert waren, sahen sie aus wie eine Ledertapete, glänzend und glatt, unter dem gedämpften Licht böhmischer Kristalllüster. Die in regelmäßigen Abständen angebrachten Leitern glitten auf Schienen dahin, die man ins Parkett geschraubt hatte. Sie reichten bis zu einer hohen, kuppelförmigen Decke, die mit monumentalen Fresken geschmückt war.

Reichman wurde schwindlig. Das Archiv des Stock Exchange sah aus wie eine Apostolische Bibliothek. Ein unsichtbares Gewicht erdrückte den Besucher, die Spuren einer Vergangenheit, in der Reisen noch lang dauerten, die Epoche der Segelschiffe, der auf Pergamentrollen geschriebenen und mit der Feder unterzeichneten Verträge.

Heutzutage wurden die Transaktionen mit elektronischen Hilfsmitteln vorgenommen. Computer, Telefon, Internet oder Intranet. Die Broker arbeiteten in Echtzeit. Sie spielten eine gewaltige Partie Monopoly, während sie auf Konsolen herumhackten. Das Herz der Weltwirtschaft schlug seither im Stillen seinen Takt. Selbst der Handelsraum war leer.

Der Richter folgte Benets. Dieser war über die Entdeckung des Labors, dass das Papier mit dem Briefkopf der Delta Company diesen tropischen Farn enthielt, noch immer völlig aus dem Häuschen. Er sträubte sich noch ein wenig dagegen, begann aber die Hypothese ernst zu nehmen: Die ominöse Finanzplattform konnte sich nur in Karatschi befinden, genau an dem Ort, an dem Moore sein Vermögen gemacht hatte.

Sie durchquerten einen Wald von Pulten, die Stirnseite an Stirnseite aneinandergereiht standen. Zu dieser frühen Stunde waren gerade mal zehn Personen mit Recherchen befasst und beugten den Rücken unter dem Licht von Zinnleuchten. Sie gemahnten ihn an Mönche, die mit dem Pinsel die Buchmalereien heiliger Texte kopierten. Wer waren sie? Was suchten sie? Welche dunkle Affäre war der Grund, hier in tiefe Gewässer einzutauchen?

Genau wie sie hatten ihn seine Schlussfolgerungen hierhergeführt.

Die Archive der Institution sahen aus wie ein Fotoalbum. Zwei Jahrhunderte lang hatten Tonnen von Rohstoffen in diesen Mauern den Besitzer gewechselt. Handelsgesellschaften, Schiffsmakler, Lieferanten und Händler – jeder hatte hier seinen Fingerabdruck hinterlassen. Bis zur Gründung der Fox, dem neuen Rohstoffhandel, der zwei Straßen weiter untergebracht wurde, um Platz zu schaffen für die Finanzmärkte.

Mehr als jede andere Gesellschaft hatte die Delta Company der alten Throgmorton Street ihren Stempel aufgedrückt. Jahrzehntelang hatte sie das Land mit ihrem wichtigsten Genussmittel versorgt: dem Tee.

Reichman krempelte innerlich die Ärmel hoch. Er würde die Zeit zurückdrehen, versuchen, ihr Skelett auszugraben.

Der Hüter dieser Papierberge war eine Hüterin: Sie war jung, hatte blonde Rattenschwänze und eine riesige Brille auf, hinter der ihr Gesicht fast völlig verschwand. Sie hockte in einem hermetisch abgeschlossenen kleinen Raum, der durch eine Glasscheibe vom Saal getrennt war. Benets verhandelte über eine Sprechanlage mit ihr.

Nach fünf langen Minuten kehrte er zu Reichman zurück.

»Sind Sie sicher, dass Sie weitermachen wollen?«

»Warum? Gibt es ein Problem?«

»Die Ablage ist nicht digitalisiert. Sie werden die Register einzeln durchgehen müssen, Jahrgang für Jahrgang.«

Der Staatsbeamte hatte mit dieser Eventualität schon gerechnet. Er antwortete entschieden: »Wir fangen bei denen vor der Unabhängigkeit an. Es dürfte nicht schwer sein, unseren Gewürzhändler zu finden.«

Benets zuckte mit den Schultern. Das Durchforsten der Handelsregister schien ihn schon im Vorfeld zu ermüden.

»Das ist da hinten. Die Dokumente sind auf Mikrofiches gespeichert.«

Die beiden Männer gingen in den angrenzenden Raum. Er war eher klein, weiß gestrichen, und an den Wänden standen Tageslichtprojektoren aufgereiht. Die junge Frau mit den Rattenschwänzen stand vor einem Metallschrank und erwartete sie.

Nach einer weiteren Salve von Erläuterungen öffnete sie ein Fach und holte eine rechteckige Kassette aus Hartplastik heraus. Zwei Daten waren mit Filzstift auf ein selbstklebendes Etikett geschrieben: 1931–1950. Sie reichte es Benets und schaltete eines der Mikrofiche-Lesegeräte an.

Die beiden Männer zogen ihre Jacken aus und setzten sich Seite an Seite vor den Bildschirm.

Sie öffneten die Büchse der Pandora.

Die Karteien waren nach Produkten geordnet, die auf Trennblättern aus biegsamer Pappe säuberlich aufgelistet waren.

Pfeffer, Zimt, Kaffee …

Tee.

Das Ganze war noch in Jahre und Monate unterteilt, die Fleißarbeit einer Bibliotheksratte. Reichman legte den ersten Mikrofiche unter die Lampe.

August 1947. Der Monat der Unabhängigkeit.

Sie stürzten sich ins Vergnügen.

Die fotografierten Dokumente waren Seefrachtbriefe, die meisten mit Maschine geschrieben. Das altmodische, mit dem Farbband getippte Typoskript erinnerte an alte standesamtliche Urkunden. Reichman las jedes zweite Wort, ein technisches Englisch, das sich an den Fachmann wandte. Einige Begriffe kannte er noch aus seinen Kursen in Seerecht:

Shipping, *bill of loading*, FOB, CAF ... Der Rest kam ihm vor wie Chinesisch.

Schon bald tauchte der Name auf, den er suchte.

Benets übersetzte den Text, einen Verkauf der Delta Company, bei dem acht Tonnen Tee aus Darjeeling an eine in Woolwich, einem Vorort von London, ansässige Gesellschaft namens Royal India veräußert wurden. Für den Transport war die FOB-Klausel vereinbart worden, der Tee wurde 0,17 Pfund Sterling das Pfund verkauft.

Schiff: Steamer M/S Scotia.

Verladehafen: Karatschi.

Der Auftrag war am 10. August 1947 von Kevin Keats vom Maklerbüro Lear & Larkin abgewickelt worden. Die gesamte Ladung war über Lloyds versichert gewesen.

Reichman dachte an einen letzten großen Coup vor der Abreise.

Er verfolgte die Sache zeitlich noch weiter zurück.

In den ersten Monaten des Jahres waren nur kleinere Geschäfte vermerkt, bei denen es um ein paar hundert Tonnen ging und die stets über denselben Handelsmakler abgewickelt wurden. Die Periode vor der Unabhängigkeit ließ bereits die kommende Entwicklung ahnen.

Die Jahre 1946 und 1945 waren erfolgreicher gewesen. Jede Woche neue Ladungen, mit einem durchschnittlichen Frachtgewicht von fünf Tonnen. Lear & Larkin war immer noch für die Delta Company tätig, das Ganze lief über deren Angestellte.

Mit Benets' Hilfe ging Reichman alles durch. Im Zweiten Weltkrieg wurden die Handelsströme geringer, wurden aber nicht unterbrochen. Dem Beispiel seiner Konkurrenten folgend hatte Moore weiterhin Handel betrieben und sich bereichert.

Nach einer Stunde Analyse hatten sie bereits drei Viertel

der Mikrofiches durchgesehen. Die Augen brannten ihm, und in seinem Kopf begann es sich zu drehen. Die ganzen Informationen hatten ihm keinen Aufschluss darüber gegeben, auf welche Weise Moore seine Geschäfte in Karatschi abgewickelt hatte. Bei wem hatten sie den Tee gekauft? Wie wurde er von dem Darjeeling-Anbaugebiet weiterbefördert? Welche Mittelsmänner benutzten sie?

Kurz und gut, welche Verbindungen hatten sie vor Ort?

Es war Benets, der ihn auf ein bestimmtes Detail aufmerksam machte.

»Haben Sie es bemerkt?«

»Was?«

»Das Maklerbüro. Es ist nicht mehr dasselbe.«

Der junge Mann kniff die Augen zusammen. Seit einer ganzen Weile hörte er, wie Benets die Litanei der Handelsinformationen noch einmal abschrieb. Es handelte sich jetzt um handschriftliche Dokumente, was das Entziffern zu einer haarigen Angelegenheit machte.

»Larry Nash«, las Benets langsam. »Büro Nash & Nash.«

»Kennen Sie ihn?«

»Nein, aber warten Sie …«

Er überflog schnell die nachfolgenden Mikrofiches. Er hatte die Schultern gestrafft und schien wieder ganz bei der Sache zu sein.

»Da ist er wieder. Ab Juni 1932 haben sie sich einen neuen Partner gesucht.«

Reichman rieb sich die Augen, wie ein kleiner Junge, den die Hausaufgaben ermüdet haben.

»Na und?«

»Das ist eine kleine Welt. Die Zusammenarbeit basiert auf Vertrauen, dem guten Ruf. Dieser plötzliche Wechsel ist nicht unbedeutend.«

»Ein Konflikt?«

»Vielleicht... Jedenfalls ist hier mit Sicherheit irgendetwas geschehen.«

»Wer könnte uns weiterhelfen?«

Der Polizeibeamte von Scotland Yard rollte mit dem Stuhl nach hinten.

»Diese Schiffsmakler sind über alles auf dem Laufenden. Sie kennen die Erzeuger, die Händler, die Käufer. Sie suchten einen Kontakt vor Ort, nicht wahr?«

Eine Bresche wurde geschlagen. Reichman begriff allmählich, worauf Benets hinauswollte.

»Falls sie gefeuert wurden, könnten sie kooperativ sein.«

Der kleine Schalk zwinkerte mit einem Auge.

Er war wieder voll und ganz mit von der Partie.

43

Angela verließ den Anlegesteg und kletterte den Deich hinunter.

Sie kraxelte von Fels zu Fels bis zu einer Betonplatte, die auf Meereshöhe eingelassen worden war.

Keine Menschenseele war unterwegs. Der Vallon-des-Auffes war hinter den Bögen des Pont aux Changes verschwunden, desgleichen das Haus der Cabreras. Sie hörte nur noch ein paar ferne Geräusche, irgendwo klapperte jemand beim Geschirrspülen, vom Hafen drangen Alltagsgeräusche herüber.

Sie setzte sich hin, mit Blick aufs Meer, und entfaltete das Papier. Der Name sagte ihr gar nichts. Die Telefonnummer noch weniger. Sie klappte ihr Handy auf, dann ließ sie wieder von ihrem Vorhaben ab. Was sie da gerade tun wollte, kam ihr verrückt vor. Absurd.

Antonios Worte gingen ihr wieder im Kopf herum: »Falls du etwas brauchst, was auch immer es sein mag, dann geh zu ihm. Er ist ein Freund aus Kindertagen…«

Seit ihrer Rückkehr nach Sizilien wachte der dicke Teddybär, der sie damals bei den Nonnen untergebracht hatte, über sie. Sein Haar war weiß geworden, man hatte ihn befördert, aber sie empfanden immer noch dieselbe Zuneigung füreinander. Jetzt leitete er den Stab für soziale Koordination, der dem sizilianischen Parlament in Palermo unterstand.

Antonio kümmerte sich um Jugendliche, die auf Abwege geraten waren. Angela verteidigte sie. Und so hatten sich ihre Wege ganz zwangsläufig wieder gekreuzt.

»Was auch immer es ist…«

Sie kniff die Augen zusammen und starrte auf den Horizont. Sie hatte aus seinen Worten herausgehört, dass es sich um eine unverwüstliche alte Freundschaft handelte, um einen von den Freunden, an die man sich wendet, wenn man in Not ist. Und sie konnte sich schon denken, dass der Mann kein Waisenknabe war. Er verkörperte einen unbekannten Teil von Antonio, den er aus einer verstaubten und dunklen Vergangenheit ausgegraben hatte.

Doch nachdem sie alle Möglichkeiten durchdacht hatte, musste sie sich den Tatsachen beugen. Rechtlich gesehen gab es keinerlei Verbindung zwischen ihr und Jourdan. Sie würde keine Akteneinsicht erhalten, solange der Fall nicht mit dem Attentat in Verbindung gebracht wurde. Wie viel Zeit würde der Justizbeamte brauchen, um sie nach Paris weiterzuleiten? Drei Tage? Eine Woche?

Viel zu lang.

Sie wollte jetzt sofort Antworten auf ihre Fragen haben.

Etwas ängstlich wählte sie die Nummer. Nachdem es fünfmal geklingelt hatte, meldete sich eine Männerstimme.

Angela fragte: »Serge Brucchi?«

»Am Apparat.«

»Angela Pazzonni. Antonio Gagini hat mir gesagt, ich solle Sie anrufen.«

Dem folgte ein Schweigen, sodass die junge Frau sich schon zu fragen begann, ob sie auch an die richtige Tür geklopft hatte. Dann war die Stimme wieder da, ein singender, leicht ironischer Tonfall.

»Wie geht's denn dem Mistkerl? Ist er noch nicht gestorben?«

»Gut. Es geht ihm gut.«

»Macht er immer noch diesen Mutter-Teresa-Quatsch?«

»Ja, macht er immer noch.«

Ein hämisches Lachen ertönte. Angela wusste nicht so recht, wie das alles gemeint war.

»Ich bin in Marseille. Ich habe mir erlaubt …«

Sie hatte keine Zeit, ihren Satz zu beenden.

»Das war gut so. Unter Landsleuten muss man zusammenhalten. Heute arbeite ich nicht. Sollen wir uns treffen?«

Der Vorschlag hatte ganz spontan geklungen. Als sei es eine Selbstverständlichkeit.

Ohne groß darüber nachzudenken, ging sie darauf ein.

»Aber gern.«

»In einer Stunde, ist Ihnen das recht?«

»Bestens. Wo denn?«

Brucchi machte wieder eine Pause, als schlage er im Telefonbuch nach. Schließlich fragte er: »Kennen Sie sich in der Stadt ein bisschen aus?«

»Nein.«

»Im Parc Borely. Pavillon du Lac. Den finden Sie mit verbundenen Augen.«

Sie wollte schon auflegen, als ihr noch ein ganz wichtiger Punkt einfiel.

»Ich … woran erkenne ich Sie eigentlich?«

Ein tiefes Lachen war zu hören.

»Keine Sorge. Mich erkennt man recht schnell.«

44

Paul folgte Anziani dicht auf den Fersen.

Ein rotes, in den weißen Backstein eingelassenes Schild über ihren Köpfen zeigte an, dass sich hier der Eingang zur Notaufnahme befand.

Im Krankenhaus stank es so intensiv nach Reinigungsmitteln, dass es einem den Atem verschlug. Es fühlte sich an, als sei man in ein Bad mit WC-Reiniger eingetaucht oder atme Salzsäuredämpfe ein.

Paul atmete durch den Mund. Diese tödliche Mischung erinnerte ihn an das städtische Schwimmbad, wo er mit fünfzehn die Samstage damit zugebracht hatte, seine Bahnen zu ziehen. Der Trainer, eine Art Nazi mit Bürstenschnitt, brüllte in einen Lautsprecher, um die Kids anzutreiben. Nachdem er das Arschloch schließlich an eine Wand geklatscht hatte, hatte sich seine Mutter von da an die Mitgliedsbeiträge sparen können.

Sie durchquerten einen proppenvollen Wartesaal, eine Art mittelalterlichen Hof der Wunder. Es gab dort notorische Pennbrüder, deren Gesichter vom Alkohol und von den Schlägen aufgequollen waren. Manche trugen schmutzige Verbände und Bandagen, Spuren, die von vergangenen Besuchen zeugten. Etwas weiter weg lag ein junger Beur auf einer Trage, Infusionen in den Venen, die Nase zermatscht. Er streckte flehend einen Arm nach den gleichgültigen Insassen aus.

Anziani schien das alles nicht zu berühren. Die Hände in den Taschen, ging er mitten durch dieses Elend, als gehe er in einem öffentlichen Park spazieren. Er war wahrscheinlich bereits an seiner Grenze angelangt. An jenem Punkt, an dem jeder normale Polizeibeamte eine entscheidende Wahl treffen musste: entweder die Augen zumachen oder durchdrehen.

Er öffnete eine Brandschutztür, die in eine verstärkte Wand eingelassen war. Dahinter führte eine steile Treppe in den Keller.

Während er hinunterging, fragte sich Paul, wie vielen Gerichtsmedizinern er schon begegnet war. Eigentlich nur wenigen. Die Brigade sammelte keine Leichen auf und für Autopsien interessierte sie sich noch weniger. Sie sorgte auf der Straße für Ordnung, zeigte die Zähne, langte auch einmal kräftig zu, falls es nötig war. Gewaltsame Todesfälle fielen in das Ressort der Regionalabteilungen der Kripo, deren Beamte Sorgfalt walten ließen und allem genau auf den Grund gingen.

Am Fuß der Treppe lag ein düsterer, von Sicherheitsleuchten erhellter Schlauch. Schmutziger Rauputz ließ das Ganze noch erbärmlicher wirken. Paul musste an einen Geheimgang denken, den man im Innern des Gebäudekomplexes angelegt hatte, um zu vertuschen, dass hier ein paar verbotene Experimente gemacht wurden.

Sie marschierten im Gänsemarsch auf eine zweiflügelige Tür zu. Anziani drückte sie auf, ohne zu schauen, ob Paul ihm auch folgte. Der junge Leutnant konnte gerade noch rechtzeitig hindurchschlüpfen.

Auf der anderen Seite sah es verblüffend anders aus. Ein makellos reiner Raum, erleuchtet von bienenwabenartigen Deckenleuchten. Am anderen Ende konnte man durch eine transparente Plastikplane undeutlich einen Rundbau erkennen. Dahinter bewegten sich ein paar verschwommene Gestalten, ein unheimliches Ballett, dem das Geklapper von Stahl den Takt schlug.

Der Kommissar bog nach rechts ab. Sie betraten einen kleinen Raum, in dem sich ein Waschbecken ans andere reihte. Entlang der Wände waren mit Ketten verschlossene Spinde aufgereiht.

Er nahm ein steriles Set und riss die Plastikhülle auf.

»Wir müssen uns anziehen.«

Paul tat es ihm gleich. Er zog sich einen Kittel und Hausschuhe an und versteckte seinen Pferdeschwanz unter einer Haube. Als er sich im Spiegel sah, konnte er sich ein Lächeln nicht verkneifen. Das Arztkostüm stand ihm fast so gut wie einer Ente ein Paar Hosenträger.

Sie gingen wieder durch die Schleuse. Nach kurzem Zögern steuerte Anziani den Operationstrakt an. Die Plastikplanen machten beim Zurückschlagen ein Geräusch wie Seide.

Paul zählte sechs Operationssäle, die in einem kreisförmigen Bogen angeordnet waren. Er drückte sich an einem Sichtfenster die Nase platt. Ein OP-Team war bei der Arbeit und stand unter dem grellen Licht der Chirurgenlampen zusammengedrängt. Überall auf dem Boden lagen Kompressen, als fließe Blut aus ihm heraus.

Instinktiv wich er zurück. Er drehte sich um und sah Anziani mit einer Krankenschwester sprechen. Die Frau nickte kurz und verschwand.

»Er kommt«, wandte sich Anziani daraufhin an Paul.

»Der Rechtsmediziner?«

»Dominique Pietri. Der Chef der Gerichtsmedizinischen Abteilung.«

»Wunderbar … Da haben sie uns ja gleich den Obermacker geschickt.«

»Darüber hinaus ist er Universitätsprofessor und stellvertretender Bürgermeister. Versuchen Sie, daran zu denken, wenn Sie ihn anreden.«

Cabrera tat so, als nehme er Habachtstellung ein.

»Jawoll, Chef.«

»Hör auf, den Clown zu mimen, Cabrera. Das ist nicht der rechte Moment.«

Paul hätte den Bogen gerne noch etwas weiter gespannt. Der Spaziergang am Hafen hatte ihm gut getan, er fühlte sich in Form. Aber die Miene des Kommissars hielt ihn davon ab. Wie eine Bombe mit kurzer Zündschnur, die man behutsam auf einen Elektrogrill gelegt hat.

Sie warteten, ohne miteinander zu sprechen. Das Pflegepersonal ging seinen Beschäftigungen nach und achtete nicht auf sie. Cabrera fiel auf, dass es ausschließlich Frauen waren. Sie trugen Edelstahltabletts, die vor Instrumenten überquollen, schoben Betten auf Rollen zu den Lastenaufzügen und kamen mit Blutbeuteln wieder zurück. Sie hatten gebeugte Schultern und einen schlurfenden Gang und trugen allesamt Schutzmasken aus Papier. Diese konnten aber nicht verbergen, dass sie Ringe unter den Augen hatten.

»Kommissar!«

Professor Pietri kam energischen Schrittes auf sie zu. In der Hand hielt er eine CD-ROM, auf die mit rotem Filzstift Zahlen geschrieben waren.

Paul war beeindruckt von seiner Erscheinung. Er war groß, mager und wirkte wie ein Metallstab. Er trug eine sorgfältig gepflegte Bartkrause, die einen an die Amischen aus dem Herzen der Vereinigten Staaten erinnerte. Eine kleine Hornbrille unterstrich noch seine professurale Ausstrahlung. Die Stimme hinter dieser glatten Fassade verriet den autoritären Alleinherrscher.

Anziani stellte Paul kurz vor. Er hatte den Ärzteguru am

Morgen angerufen, um ihm ihren Besuch anzukündigen. Mit einem einzigen Blick machte Pietri klar, dass er ihnen weit überlegen war. Dass sie zwei Welten angehörten, die erschaffen wurden, um einander bis in alle Ewigkeit nicht zu beachten.

Er richtete sich an den Kommissar. Mit einem ganz unverhohlenen Vorwurf in der Stimme.

»Ich habe nicht viel Zeit. Sind Sie bereit?«

Ohne die Antwort abzuwarten, stürmte er los.

Der Autopsiesaal war etwas abseits gelegen. Man gelangte über eine schiefe Ebene dorthin, die im Zentrum des Rundbaus eingelassen war.

Pietri schloss eine Tür auf und ging hinein. Der Raum lag im Dunkeln. Der Gestank nach verbranntem Fleisch, den selbst der Geruch nach Antiseptika nicht überlagern konnte, stieg einem in die Nase. Die Temperatur war um ein paar Grad gesunken.

Ein kurzes Klacken. Die Lampen gingen an. Gleichzeitig begann in der abgehängten Decke ein Generator zu summen.

Das Vorzimmer zum Friedhof funkelte wie ein Schneekristall. Die Böden, die Wände, die Decke, alles war weiß gekachelt. In der Mitte thronte ein mit einem Leintuch bedeckter Edelstahltisch.

Darunter war eine Gestalt zu erkennen.

Pietri schob die CD-ROM in einen Computer. Vor einem gelben Hintergrund tauchten Icons auf. Er zog sich Plastikhandschuhe an und schlug das Tuch zurück.

Der Anblick der Leiche war eine harte Prüfung. Paul sah sie nun schon zum zweiten Mal, und doch erschauerte er. Ein Anblick wie in einer Doku-Sendung, live aufgenommene Fotos von einem verbrannten Kamikaze-Opfer aus einem mit einer Sprengladung versehenen Auto. Zusätzliches Detail:

Die Körperglieder waren an den Gelenken abgetrennt – an den Schultern, Ellbogen, Hüften und Kniescheiben – und wieder auf einer Achse mit dem Thorax hingelegt worden.

»Die gesamte Körperoberfläche ist vom Feuer zerstört worden. Verbrennungen fünften Grades, die Muskelmasse ist angegriffen. Die Leiche war in Fötalhaltung erstarrt. Wir haben die Glieder abtrennen müssen, um die Knochenstruktur analysieren zu können und zur Evaluation überzugehen.«

Pietri sprach in gelehrtem Tonfall. Seiner Ansicht nach war er der Beste. Daran gab es keinen Zweifel.

»Das Opfer ist männlich, kaukasischer Typ, fünfundzwanzig, dreißig Jahre alt, achtzig Kilo bei einem Meter achtzig. Mit anderen Worten ein hübscher Brocken.«

Das Gehabe des Gurus ging Paul auf die Nerven. Er konnte sich einen Kommentar nicht verkneifen: »Wie Tausende von sportlichen Leuten ...«

Der Mediziner erstarrte. Er sah höchst pikiert drein.

»Ich habe ein paar Besonderheiten entdeckt. Eine Fraktur der linken Metatarsalgelenke. Die noch aus der Kindheit stammt. Die Bruchstellen sind kalzifiziert, was für ein posttraumatisches Wachstum spricht. Es gibt auch etliche Gesichtsverletzungen. Nasenbein, Kieferknochen, Augenbrauenbogen.«

»Folgen des Sturzes?«, fragte Anziani.

»Ich denke nein. Das Opfer trug einen Integralhelm, und die Verletzungen sind ... alt. Es ist wahrscheinlicher, dass die Person einen Kampfsport trainiert hat. Boxen oder eine andere Kampfsportart.«

Das klang Cabrera vertraut in den Ohren. Er musste an die Stimmung im Ring denken, an die bis zur Weißglut erhitzten Bestien, die aufeinander losgingen und wie die Bekloppten aufeinander einschlugen. Aber auch hier gab es Tausende von Anhängern.

Dann kam ihm ein Gedanke. Er erinnerte sich an ein Kapitel zur Spurenauswertung, das er in der Polizeischule einmal in einem Handbuch für Polizisten gelesen hatte.

»Könnte man es mit einer Gesichtsrekonstruktion versuchen?«

Der Guru brach in hämisches Gelächter aus.

»Sie machen wohl Witze?«

»Wieso?«

»Das ist eine komplexe Technik. Sie ist zeitaufwändig, teuer und wird nur von Spezialisten beherrscht. Ich kann Ihnen lediglich sagen, dass Ihr Kerl ein markantes Gesicht hat. Die Spuren an den Knochen verraten, ob jemand Verletzungen am Gewebe oder an den Knorpeln gehabt hatte. Der Kerl, den Sie da zu identifizieren suchen, hat gewiss nie einen Schönheitspreis gewonnen.«

Cabrera ballte die Fäuste. Er hätte dem Doktor problemlos eins in die Fresse geben können.

»Sonst nichts?«

Pietri starrte ihn über seine Brillengläser hinweg an. Aus seinen Augen sprach Verachtung.

»Ich nehme mal an, Sie sind der Urheber der Schüsse?«

»Genau.«

Er beugte sich über die Leiche.

»Dann schauen Sie mal gut hin. Drci Projektile haben ihr Ziel erreicht. Linker Arm, Thorax, Gesicht. Der letzte Schuss war tödlich gewesen. Er hat das Helmvisier durchschlagen und eine Gehirnhälfte weggerissen, was sofort zum Tod geführt hat. Deshalb hat das Opfer sich nicht aus den Flammen befreien können. Und das ist auch der Grund, warum wir nicht mehr viel haben.«

Paul verfolgte den Zeigefinger des Gurus, der auf die Öffnungen deutete. Formlose Krater, kaum zu erkennen in dem verkohlten Durcheinander. Pietri schien ein diebisches Vergnügen daran zu finden, ihn mit der Nase in die Scheiße zu drücken.

Er fuhr fort: »Nur ein Teil ist nicht verbrannt. Die Zahnreihen.«

Er ging wieder zum Computer. Nach ein paar Klicks erschienen Röntgenbilder.

»Die unteren Backenknochen 1 und 3 und die oberen 15 und 16 sind wurzelbehandelt. Die Behandlung ist älteren Datums, wir bemerken eine Mineralisierung der Wurzelkanäle. Keine Kronen, nur Füllungen.«

Paul betrachtete sich das Halloween-Lächeln. Weiße Flecken zeigten an, wo die Füllungen gesteckt hatten. Er deutete mit dem Zeigefinger auf ein schwarzes Loch.

»Und das da, was ist das?«

»Ein Loch im Kiefer. Hier steckte ein Implantat drin. Die Kugel hat es herausgeschossen, aber ich habe Spuren von Gold entdeckt. Achtzig Karat. Das findet man oft bei Boxern. Auf den ersten Blick würde ich behaupten, es ist jüngeren Datums. Weniger als sechs Monate alt.«

Cabrera drehte sich nach Anziani um.

»Lässt sich damit was anfangen?«

Der Kommissar zuckte die Achseln.

»Da müssten wir wie üblich alle abklappern. Das sind mindestens fünfzig praktizierende Ärzte. Falls sich der Kerl überhaupt in der Gegend hier hat behandeln lassen.«

»Und die Zahnarchive?«

»Sie sehen zu viele Filme. So etwas haben wir nicht in Frankreich.«

Paul kochte innerlich. Der Bulle aus Bastia zeigte so wenig Entgegenkommen, dass er Lust bekam, ihm an die Gurgel zu springen. Der Chef-Mediziner mischte sich ein. Er bedachte Cabrera mit einem herablassenden Blick.

»Sie sollten mit den Orthopäden den Anfang machen.«

Paul riss die Augen auf. Das Wort klang nach schwerer Chirurgie, nach Hüftprothesen oder Apparaturen für Behinderte.

»Das ist ein zahnmedizinisches Fachgebiet«, erklärte Pietri. »Dento-faciale Orthopädie. Orthodontie, wenn Sie so wollen.«

»Das verstehe ich nicht.«

Der Gerichtsmediziner trat wieder vor den Bildschirm.

»Der Unterkiefer ist um wenige Millimeter verschoben. Vielleicht die Folge eines üblen Hiebs, den er kassiert hat... Bei der Einsetzung des Implantats musste der Arzt vorher eine Kieferkorrektur vornehmen. Ein x-beliebiger Zahnarzt ist dazu nicht in der Lage.«

»Wie viele gibt es davon in Bastia?«

»Ich würde sagen drei oder vier.«

Paul spürte, wie ihm Flügel wuchsen. Er fragte den Doktor: »Könnten wir Abzüge von den Röntgenaufnahmen haben?«

»Das ist nicht allzu schwierig. Aber mit dem Bericht dauert es noch bis morgen früh.«

45

Die Arena in London.

Ein Platz aus weißem Beton, umgeben von Sitzreihen und Logenplätzen. Ein Veranstaltungsort, an dem Events und Feste stattfanden, in einer Welt aus Grau in Grau.

Auf dem kulturellen Veranstaltungsort auf dem Vorplatz, der auf dem Gelände des ehemaligen Broad-Street-Bahnhofs gebaut worden war, trat heute ein Streichquartett auf. Zwei Violinen, ein Cello, ein Kontrabass. Die Musiker steckten in

Smokings und spielten unter einem Zelt aus weißem Stoff eine Liszt-Sonate. Um sie herum stand eine Menschenmenge mit Regenschirmen, die weniger von der Musik in Bann geschlagen wurde als vielmehr von der Absonderlichkeit der ganzen Szenerie.

Benets deutete auf ein Gebäude mit roten Backsteinpfeilern, die gewaltige Glasfronten stützten. Efeu rankte über die Platten, ein hängender Garten in einem Babylon aus Metall.

»Hier ist es.«

Reichman zog den Kopf ein. Klebriger Smog bedeckte sein Gesicht und drang nach dem Kapillarprinzip überall in seinen Körper ein. Er fühlte sich, als unterziehe man ihn der chinesischen Folter, langsam und heimtückisch, die Methode mit dem steten Tropfen, zugeschnitten auf westliche Verhältnisse.

Sie verließen den Platz durch ein Souterrain und kamen am Fuß des Gebäudes wieder an die Oberfläche. Hier gab es keine monumentale Eingangshalle und kein Empfangsbüro. Auf einer Tafel waren, eins über dem anderen, diskrete Firmenschilder angebracht, auf denen der Name, das Stockwerk und die Nummer der Suite standen.

Reichman fand es im selben Augenblick wie Benets.

Nash & Nash, 7. Stock. Suite Nr. 7659.

Das als Suite angekündigte Maklerbüro bestand lediglich aus zwei kleinen Räumen. Ein vollgestopftes Sekretariat, das eine Oma im rosa Kostümchen befehligte, und das Büro vom Boss, das auch nicht geräumiger war und auf einen Hinterhof hinausging.

David Nash sprach ein abgehacktes Englisch. Sein Akzent unterschied sich deutlich von dem der City.

»Geht es um ein Verfahren?«

Er lümmelte hinter einem Intarsienschreibtisch und fixierte

sie mit inquisitorischem Blick. Er war um die sechzig und fettleibig, sein Haar war schütter, und sein Gesicht vom guten Essen, Wein und Brandy völlig aus der Form gegangen. Aus längst vergangenen Zeiten trug er noch einen Siegelring aus massivem Gold, in den ein geflügelter Löwe geprägt war.

Benets versuchte, die Situation etwas zu entschärfen.

»Es handelt sich um eine internationale Ermittlung. Sie werden von uns als Zeuge befragt. Sie sind nicht gezwungen zu antworten.«

»Dann scheren Sie sich zum Teufel!«

Diese Antwort verstand Reichman auf Anhieb. Er blickte Benets an, ohne recht zu wissen, was er sagen sollte.

Der Polizist von Scotland Yard ließ sich nicht so schnell den Wind aus den Segeln nehmen.

»Wir brauchen Informationen über die Delta Company.«

Dem folgte ein kurzes Schweigen. In das Gesicht ihres Gegenübers kam etwas Bewegung.

»Moore?«

Benets kniff die Augen zusammen.

»Für die arbeitet Nash & Nash schon seit Jahrhunderten nicht mehr«, sprach der Schiffsmakler verächtlich weiter. »Ich habe keinen blassen Schimmer, was die treiben.«

»Eben, wir interessieren uns ja auch gerade für die Vergangenheit.«

»Die Vergangenheit?«

»Die Zwanzigerjahre.«

Das Hängebackengesicht prustete los.

»Da war ich noch nicht auf der Welt.«

»Ihr Großvater hat viele Geschäfte für die Moores getätigt. Man könnte sogar behaupten, er habe mit ihnen sein Vermögen gemacht.«

»Bevor sie ihn wie einen Aussätzigen vor die Tür gesetzt haben.«

David Nash hatte ihnen seinen Groll hingerotzt, als spucke er einen Olivenkern aus, der ihm störend in der Kehle saß.

Reichman konnte die Situation unschwer rekapitulieren. Nash war der Erbe einer langen Reihe von Schiffsmaklern, und er hatte die Nachfolge aus Pflichtbewusstsein angetreten. Nach seinem Status zu urteilen, war außer Nachlassschulden nicht viel übrig geblieben.

Benets fragte in neutralem Ton: »Können wir uns setzen?«

Nash deutete auf zwei abgewetzte Ledersessel.

»Was ist damals geschehen?«, fragte der Polizeibeamte.

»Die Moores sind Bastarde. Die lassen Sie die Risiken tragen, und sie selbst streichen den Gewinn ein.«

»Risiken welcher Art?«

»Die schlimmsten, die man sich nur denken kann.«

Der Polizist räusperte sich. Er hielt sich ganz gerade, steifer noch als ein Regenschirm.

»Ich bitte Sie, Mister Nash. Könnten Sie versuchen, ein klein wenig genauer zu sein?«

Sein Gegenüber lachte hämisch auf.

»Die Lage in Indien wurde immer prekärer. Wenn man garantiert haben wollte, dass die Lieferungen auch sicher ankamen, machten die Teeproduzenten einem die Hölle heiß. Sie bestanden auf einer Bezahlung in Gold, und das in einer Zeit, in der man sich an dem Zahlungsmittel die Finger verbrannte.«

Der Polizist zog erstaunt eine Augenbraue hoch.

»Warum denn?«

»Waffen. Nicht alle waren Anhänger der Thesen von Mahatma Gandhi. Gewaltlosigkeit, Meditation, das alles war Intellektuellenquatsch. Vor Ort organisierten sich Aufstände, die von den großen Plantagenbesitzern unterstützt wurden. Um die Bewegung unter Kontrolle zu bringen, wurden

Goldtransfers von der Krone verboten. John Moore hatte meinen Großvater gebeten, sich um dieses Detail zu kümmern. Und er hat sich natürlich geweigert.«

»Und daraufhin hat man auf seine Dienste verzichtet.«

Der Fettkopf gab ein Grunzen von sich.

»Sie sagen es.«

Reichman konnte dem Gespräch nur schwer folgen. Nashs Akzent hatte zur Folge, dass nur noch ein völliger Wortbrei bei ihm ankam. Benets merkte das und fasste kurz zusammen.

Der Franzose machte sich ein paar Notizen. Moores Denkungsart passte gut in das von ihm vermutete Schema. Ganoven, die bereit waren, die Interessen ihres Landes zu gefährden, sofern es ihnen Geld einbrachte.

Er ließ seinen Füller sinken und warf in stümperhaftem Englisch ein: »Haben Sie Ihren Großvater gut gekannt?«

Ein weiterer Schleier legte sich über die ohnehin schon wässrigen Augen.

»Ich war zehn, als er starb.«

»Was war er für ein Mann?«

»Ein Prinz. Alte Schule, die kolonialistische.«

»Reiste er nach Indien?«

»Regelmäßig.«

»Für die Delta Company?«

»Nicht ausschließlich, er liebte dieses Land.«

»Hatte er Freunde dort, Beziehungen?«

»Ja. Viele.«

»Was machten sie?«

»Geschäfte, Politik. Sie kannten auch alle Plantagenbesitzer.«

Reichman ging methodisch vor, unterstützt von Benets, der ihm hin und wieder die genaue Bedeutung eines Wortes oder Satzes erklärte. Er suchte nach einer Verbindung, nach dem Mann, den die Moores zu ihrem Verbündeten machen würden, dessen Loyalität sie sich über die Jahre und die Regimes hinweg versichert haben würden.

Er fragte: »Kannte er Leute in Karatschi?«

»Wahrscheinlich. Das war der Verladehafen für die ganze Ware.«

»Können Sie sich an einen bestimmten Namen erinnern?«

Nash verzog das Gesicht.

»Nein. Da war ich noch zu klein.«

Der Ermittlungsrichter lächelte verständnisvoll. Er bohrte in einer anderen Richtung weiter.

»Kamen diese Kontaktpersonen hin und wieder nach England?«

»Gelegentlich. Ich erinnere mich an einen Empfang, damals war ich acht Jahre alt. Sie trugen allesamt Turbane. Moment mal, warten Sie ...«

Er stand auf und öffnete einen Schrank. Nachdem er ein bisschen herumgekramt hatte, kehrte er mit einer Blechschachtel zurück, die mit altmodischen Motiven verziert war.

»Das ist alles, was ich behalten habe. Zusammen mit den Schulden.«

Vorsichtig öffnete er seine Schatztruhe. Darin befand sich ein wildes Durcheinander von Schwarz-Weiß-Fotos.

Er zog eines heraus.

»Weihnachten 1952. Das da rechts ist er.«

Reichman nahm die Reliquie an sich. Der Rand war ausgefranst, das Bild etwas verblasst. Ein eleganter alter Herr hatte sich neben zwei Maharadschas in Positur geworfen. Er wirkte erschöpft, vollkommen am Ende.

»Wer sind die beiden Männer neben ihm?«

»Das weiß ich nicht. Er hat seine Freundschaften dort noch weiter gepflegt, obwohl die Moores ihm so übel mitgespielt hatten.«

Der Ermittlungsrichter sah sich das Bild genau an. Die Männer waren Inder. Ganz offensichtlich reich. Sie trugen einen weißen Bart und elegante Krawatten unter den traditionellen Gewändern. Aus der Haltung der beiden sprach die britische Erziehung, man sah ihnen an, dass sie prestigeträchtige Universitäten besucht hatten.

Nash erhob wieder die Stimme.

»Wir werden Margaret fragen. Sie hat schon damals für meinen Vater gearbeitet und den Alten gekannt. Vielleicht hat sie eine Idee.«

Er nahm den Telefonhörer ab. In derselben Sekunde tauchte eine Frau mit blaugrauer Föhnfrisur im Türrahmen auf.

»Mister Nash?«

Er reichte ihr den Abzug.

»Erinnern Sie sich an diese Schurken?«

Die Alte setzte sich eine Goldbrille auf, die sie an einer Kette um den Hals trug. Elegant und dynamisch, ganz im Stil von Barbara Cartland.

»Das ist Ihr Großvater.«

»Sehen Sie sich die anderen an.«

Sie verharrte einen Augenblick mit gerunzelter Stirn, dann deutete sie auf einen.

»Der da.«

Die Worte hatte sie mit einem gewissen Widerwillen ausgesprochen. Reichman hakte nach.

»Wer ist das?«

»Chandra Singh. Eine echte Schlange.«

»Was wollen Sie damit sagen?«

»Korrupt. Grausam. Und pervers noch dazu. Er versuchte die ganze Zeit, einem auf den Hintern zu klatschen.«

Der Ermittlungsrichter musste sich ein Lächeln verkneifen. Die Oma hatte hübsche Beine und Temperament. In ihrer Jugend dürfte sie so manches Feuer geschürt haben.

»Kannten sie sich schon lange?«

»Eine Geschäftsbeziehung. Im Kontor von Karatschi. Und nach allem, was ich weiß, hat das Ganze nicht gut geendet.«

»Warum haben sie sich weiter getroffen?«

»Mister Nash hat seinen Rauswurf nie akzeptiert. Er glaubte, er könne die Märkte wieder an sich reißen, indem er die Moores einfach überging.«

»Arbeitete Singh auch mit der Delta Company zusammen?«

»Fast ausschließlich. Die Moores kauften über die Mittler Nash & Nash Tee bei ihm ein. Gewaltige Mengen. Wahrscheinlich war er ihr Hauptlieferant. Meiner Meinung nach ist das der Grund, warum der Mistkerl bereit war, den alten George wiederzusehen.«

Reichman bat Benets, ihm zu übersetzen. Er war müde und fürchtete, nicht recht verstanden zu haben.

Nachdem er die Zusammenfassung verdaut hatte, dachte er einen Augenblick nach und pflichtete ihm dann bei.

»Sie wollten ihn kontrollieren. Um ihn zum Schweigen zu bringen.«

»Das hat zwanzig Jahre gedauert. Bis er es schließlich begriff und sich eine Kugel in den Kopf jagte.«

Sie schlug das Kreuz und sah den Nachfolger an.

»Nach Ansicht Ihres Herrn Vater hat er das alles nur für das Büro getan.«

Schweigen machte sich breit. Wie eine Hommage. Niemand wagte es weiterzureden.

Schließlich fragte Reichman: »Wissen Sie, was aus Singh geworden ist?«

Die alte Dame nahm mit einer lässigen Geste ihre Brille ab.

»Der alte Dreckskerl ist schon lange tot. Aber er hat ein

paar Sprösslinge hinterlassen. Laut den neuesten Nachrichten haben sie sich sogar weiterentwickelt.«

»In welche Richtung?«

»Industrie, Handel, Bankwesen. Sie sind überall dort zu Hause, wo man Geld scheffeln kann.«

Reichman fügte die Teile zusammen. Singh war ein mächtiger Mann. Und er war skrupellos. Er handelte mit Gewürzen und war somit auch im Goldgeschäft tätig. Über diesen Umweg waren sie auch mit der Delta Company verbandelt. Außerdem hatten seine Nachkommen eine Bank eröffnet.

Er sah zwei parallel laufende Linien vor sich.

Die Moores. Die Singhs.

Ein ähnliches Schicksal. Eine neutrale Allianz.

Er bedankte sich beim Maklerbüro Nash & Nash und verabschiedete sich. Draußen nagte ein schwarzer Sprühregen an der Straße. Zum ersten Mal achtete er nicht darauf.

Die Offshore-Bank hatte jetzt ein Gesicht.

Er hatte soeben einen Sieg errungen.

46

Das Taxi setzte sie am Ende einer Einbahnstraße ab, vor einem Gitterzaun, dessen Tor zu einem Park führte. Ganz am Ende, in einem Garten im französischen Stil, lag ein winziges Schloss mit Blick aufs Meer.

Angela ging auf eine bunte Anschlagtafel zu. In dem Dschungel an Eintragungen war ein Pfeil, der Richtung See wies.

Sie bog in eine asphaltierte, von Bäumen und Wiesen gesäumte Allee ein. Ein paar wenige Jogger trotteten durchs Unterholz, flüchtige Schatten, ganz mit ihrer schweißtreibenden

Tätigkeit beschäftigt. Kein Laut außer dem Geräusch ihrer Schuhe auf dem Asphalt.

Als sie so durch den Park ging, versuchte sie sich wieder zu beruhigen. Gegenwärtig riskierte sie gar nichts. Niemand würde erfahren, dass sie um Hilfe gebeten hatte. Sie hatte das Spiel in der Hand. Sollte der Typ ihr nicht ganz vertrauenswürdig erscheinen, konnte sie immer noch den Rückzug antreten.

Das Restaurant lag versteckt auf einer künstlichen Insel. Ein blütenweißer Pavillon im Art-déco-Stil, rundum von großen Glasfronten umgeben. Im Sonnenlicht lag träge eine mit billigen Plastikstühlen vollgestellte Terrasse.

Keine Menschenseele.

Ohne zu zögern, ging sie hinein. Der Saal strahlte Langeweile aus. Ein leeres, schlafendes Gehäuse. Die Tische waren schon mit weißen Tischtüchern und dem nötigen Geschirr gedeckt und nach einer millimetergenauen Geometrie im Raum verteilt. Sie musste an diese sonntäglichen Mittagessen denken, bei denen Rentnerehepärchen ihr gekochtes Rindfleisch mümmelten und dabei auf ihren Teller starrten.

Sie wartete ein Weilchen, dann hörte sie eine Wasserspülung. Eine Tür wurde zugeschlagen. Ein Mann tauchte aus dem Nirgendwo auf und ging auf sie zu, während er sich den Gürtel zuschnallte.

Sie wusste sofort, dass er es war.

Er war deutlich über fünfzig, gebaut wie ein Stier und trug eine Wildlederjacke. Ein Plakatkleber, stets bereit, bei Wahlveranstaltungen eine Schlägerei vom Zaun zu brechen.

Er blieb breit lächelnd vor ihr stehen.

»Mademoiselle Pazzonni?«

Der jungen Frau blieb fast das Herz stehen. Ein schier unaussprechliches Wort schoss ihr in den Sinn.

Psoriasis.

Das ganze Gesicht war davon bedeckt. Rötliche, schuppige Placken, Narben, Krusten. Diese Krankheit machte den Mann unverkennbar. Sie hatte sich tief in die Haut hineingefressen, sodass er aussah wie ein Leprakranker.

Sie reichte ihm wortlos die Hand. Brucchi hatte offenbar bemerkt, dass sie etwas peinlich berührt war. Er sorgte dafür, dass die Situation sich wieder entspannte.

»Ich hatte es Ihnen ja gesagt. Mich erkennt man schnell.«

»Ich …«

»Lassen Sie's gut sein. Es ist nicht ansteckend. In fünf Minuten fällt es Ihnen schon nicht mehr auf.«

Er ging um sie herum und lehnte sich an die Bar. Dort erwartete ihn ein Ballonglas mit Weißwein, das er noch kaum angerührt hatte.

»Darf ich Ihnen einen Aperitif anbieten?«

»Ich würde lieber ein bisschen an die frische Luft gehen.«

Er leerte sein Glas auf einen Zug und zog sie nach draußen.

»Gute Idee.«

Sie gingen über die Terrasse und überquerten eine kleine Holzbrücke. Ein Abwasserkanal schlängelte sich durch das Grün. Sie folgten ihm und liefen Seite an Seite an dem niedrigen Ufer entlang.

»Antonio Gagini …« Brucchi zog den Namen in die Länge. Er kostete die Silben aus, als stürmten Tausende von Erinnerungen auf ihn ein. Er schüttelte den Kopf und bemerkte seufzend: »Das alles macht uns nicht jünger.«

Angela wusste überhaupt nichts über ihn. Sie griff die Bemerkung auf, um etwas mehr über ihn herauszubekommen.

»Kennen Sie sich schon lange?«

»Seit ewigen Zeiten. Wir haben gemeinsame Verwandte in der Gegend von Trapani. Dadurch hatten wir Gelegenheit, uns an denselben Rinnsteinen den Hosenboden durchzuwetzen.«

Wenn sie ihn so ansah, musste sie eher an eine Besserungsanstalt denken. Antonio hatte offensichtlich nicht denselben Weg eingeschlagen.

Der Mann deutete mit ausladender Geste auf die Bucht.

»Ich habe mich nach dem Militärdienst hier niedergelassen. Wegen meiner Haut. In der Uniklinik von Timone haben sie einen verflucht guten Service.«

Der jungen Frau fiel auf, dass sie seine Verunstaltung ganz vergessen hatte. Brucchi wirkte so natürlich und lässig, dass einem gar nicht mehr auffiel, dass er aussah wie ein Fabelmonster.

Außerdem bemerkte sie, dass er sie intensiv ansah.

»Also?«, fragte er. »Was kann ich für Sie tun?«

Angela ließ ein paar Sekunden verstreichen, bevor sie loslegte.

»Ich bin Anwältin. Ich habe ...«

»Anwältin?«

Er hatte ihr mit einem Stirnrunzeln das Wort abgeschnitten. Ihr Instinkt hatte sich als richtig erwiesen. Der Typ war kein Chorknabe. Alles, was mit der Justiz zu tun hatte, ließ ihn misstrauisch werden.

Sie wollte ihn beruhigen.

»Ich arbeite mit Antonio zusammen, in Palermo. Vor allem strafrechtliche Fälle. Er schickt mir Mandanten. Ich verteidige sie.«

Er atmete erleichtert auf, und sein schrundiges Gesicht glättete sich wieder.

»Kommen Sie wegen eines Prozesses?«

»Nein. Die Sache ist persönlicher Natur.«

Brucchi nickte mit ernster Miene. Sie betraten wieder vertrautes Gelände.

»Ich brauche Akteneinsicht«, fuhr Angela fort. »Es geht um eine Akte über das Ermittlungsverfahren eines Marseiller Untersuchungsrichters.«

»Wo liegt das Problem? Sie sind doch Anwältin, oder nicht?«

»Die Sache ist etwas komplizierter ...«

Sie zögerte noch, ihm die Einzelheiten anzuvertrauen. Ein Reflex, den sie sich aus Gründen der Vorsicht bei ihrer Arbeit angeeignet hatte.

Er blieb stehen und packte sie am Arm.

»Hören Sie mal, kleines Fräulein. Bei mir müssen Sie mit offenen Karten spielen. Sonst rühr ich keinen Finger.«

Seine plötzliche Heftigkeit ließ Angela erstarren. Sie begriff augenblicklich, mit wem sie es zu tun hatte. In gewisser Weise hatte sie sich schon zu weit vorgewagt, um jetzt noch einen Rückzieher machen zu können.

Mit wenigen Worten schilderte sie, was sich seit Fabios Tod bis zu ihrem Abstecher nach Paris ereignet hatte. Sie wägte jedes Wort genau ab, um auch wirklich den rechten Ton zu treffen. Sie sprach viel von ihrem Schmerz, vom quälenden Bedürfnis, alles zu verstehen und die Spur zurückzuverfolgen. Die Familie Cabrera erwähnte sie mit keinem Wort.

Als sie geendet hatte, fragte sie mit Engelsstimme: »Und? Können Sie mir helfen?«

Keine Antwort.

Sie spazierten unter Trauerweiden, deren Zweige an Lianen erinnerten. Ein paar Jungendliche hatten auf der Wiese einen improvisierten Fußballplatz geschaffen, indem sie mit Pullovern das Tor markierten. Sie spielten gegeneinander und schrien herum, während ein paar junge Mädchen das Publikum bildeten.

Schließlich fragte Brucchi: »Kennen Sie den Richter?«

»Ich habe seine Telefonnummer. Es dürfte sich um die direkte Durchwahl handeln.«

Er holte einen goldenen Kugelschreiber aus seiner Tasche und schrieb sich die Nummer auf die Handfläche.

»Ihre Akte, hat die auch einen Namen?«

»Jourdan. Michèle Jourdan.«

Wieder kritzelte er etwas auf seine Handfläche.

»Wo kann ich Sie erreichen?«

Sie streckte ihm ihre Visitenkarte hin.

»Meine Handynummer.«

»Ich gebe Ihnen heute noch Bescheid.«

Dass es so schnell ging, brachte die junge Frau ganz aus dem Konzept. Brucchi hatte sich auf ihre Seite geschlagen. Ohne Wenn und Aber. Jetzt hatte sie einen Verbündeten, der Berge versetzen würde, um sie aus dem Schlamassel herauszuholen.

Sie gaben sich die Hand.

Bevor sie kehrtmachte, wagte Angela es noch, die eine Frage zu stellen, die ihr die ganze Zeit schon auf der Zunge gelegen war: »Sagen Sie... Was arbeiten Sie eigentlich genau?«

»Kommt drauf an. Meistens bin ich auf den Quais.«

»Und wenn nicht?«

Er machte ein schelmisches Gesicht.

»CGT. Gewerkschaftsarbeit. Ich leite die Gruppe der Hafenarbeiter.«

47

Es gab vier davon.

Alle hatten ihre Praxis im Stadtzentrum. Lauter Virtuosen der Kieferrekonstruktion, die es zuwege brachten, einem Profiboxer sein altes Lächeln zurückzugeben. Paul hatte sich bei der Festlegung der Reihenfolge seiner Praxisbesuche einfach von den Namen leiten lassen. Zwei Korsen, ein Franzmann, und der letzte Name klang irgendwie vietnamesisch.

Seine Überlegung war einfach. Der Killer auf dem Motorrad kam von der Insel. Wahrscheinlich aus Bastia oder Umgebung. Und so einer würde niemals einen Zahnarzt vom Festland aufsuchen, wenn es darum ging, sich den Kiefer auseinandernehmen zu lassen.

Er warf einen Blick auf die Liste.

Karine Bartoli. 12, Boulevard Paoli.

Sein erster Besuch galt einer Frau. Und das war ganz nach seinem Geschmack.

Bei der angegebenen Adresse gab es einen auf althergebrachte Weise gepflasterten Innenhof. Die Praxis lag im Erdgeschoss, versteckt hinter Milchglasfenstern. Paul drückte einen mit Plastik überzogenen Klingelknopf. Die Tür ging auf.

Eine Sprechstundenhilfe mit Pferdegesicht führte ihn in einen Wartesaal, in dem es aussah wie in einer Kindertagesstätte. Überall lag Plastikspielzeug herum, auf einem Tisch stapelten sich Comics. Nach zehn Minuten kam die Kieferorthopädin ihn holen. Eine kleine graue Maus mit einem tadellosen Dutt. Sie gingen in einen mit glasierten Fliesen ausgekleideten Raum, in dem die Kieferabdrücke aneinandergereiht dalagen.

Paul erläuterte den Grund seines Besuchs und zeigte ihr die Fotos.

»Ein kräftiger Kerl, Boxervisage, möglicherweise wurde vor dem Einsetzen des Implantats eine Kieferkorrektur von Ihnen vorgenommen.«

Sie verzog den Mund, dann schüttelte sie den Kopf.

»Tut mir leid. Ich behandle nur Kinder.«

Ein Schlag ins Wasser.

Damit hatte Paul nicht gerechnet.

Er ging wieder über den Hof und trat dann auf die Straße. Ein kurzer Blick auf seine Liste – der zweite Zahnarzt praktizierte nur ein paar Häuser weiter.

Die Praxis lag im dritten Stock. Eine mit rotem Teppich bedeckte Marmortreppe führte nach oben. Auf einer hohen Eichentür war ein goldenes Schild angebracht:

ZAHNARZTPRAXIS
Dr. Francis Cavalini

Der völlige Gegensatz zur ersten Praxis. Hier roch es nach Geld, nach florierendem Unternehmen. Paul zückte erneut seine Polizeimarke. Eine Brünette bat ihn zu warten. Sie nahm einen Telefonhörer ab und beobachtete ihn aus den Augenwinkeln.

Gleich darauf tauchte ein reicher Pinkel im Anzug auf. Er hatte ein honigsüßes Lächeln, silbergraue Schläfen und hinkte leicht. Er führte Paul in sein Büro.

»Womit kann ich Ihnen dienen?«

Paul breitete die mitgebrachten Röntgenaufnahmen aus, ohne sich weiter dazu zu äußern. Irgendeine innere Warnglocke sagte ihm, dass hier Vorsicht angebracht war.

»Erkennen Sie den wieder?«

Cavalini betrachtete aufmerksam die Bilder. Er antwortete ganz wie seine Kollegin, aber bei ihm klang es irgendwie ironisch.

»Vielleicht wenn ich die Archive durchgehe... Wir haben viele Patienten.«

»Boxer? Mit Narbengesichtern?«

»Kommt schon mal vor.«

Paul fixierte den Zahnarzt, als wolle er ihm den Todesstoß versetzen.

»Versuchen Sie sich zu erinnern. Ein junger Mann, einen Meter achtzig groß. Die Operation ist jüngeren Datums. Sie haben ihm wahrscheinlich den Kiefer gerichtet, bevor Sie ihm einen Schneidezahn aus Gold eingesetzt haben. Das dürfte nicht so häufig vorkommen, oder?«

Cavalini faltete bedauernd die Hände.

»Tut mir leid. Das sagt mir nichts.«

Cabrera war nicht überzeugt. Die Antwort stank ziemlich nach Lüge.

Er tat so, als gebe er auf.

»Na dann. Ich lasse Ihnen einen Abzug da. Rufen Sie mich an. Falls Sie fündig werden.«

Er zückte eine Visitenkarte und legte sie auf den Schreibtisch. Beim Aufstehen fragte er: »Sagen Sie... haben Sie Partner?«

»Mitarbeiter.«

»Kann ich sie sprechen?«

Im Auge seines Gegenübers blitzten Vorbehalte auf.

»Wenn Sie möchten. Aber ich empfange meine Patienten persönlich. Alle Patienten.«

Paul spürte, dass er hier auf der richtigen Fährte war.

»Man weiß ja nie. Vielleicht ist er einem aufgefallen.«

Im Cavalini-System operierten die Chirurgen wie am Fließband. Zwischen zwei Extraktionen rauschten sie im weißen Kittel vorüber, die Maske um den Hals. Der Polizist vernahm sie einen nach dem anderen in Abwesenheit ihres Chefs.

Nachdem er sich eine Stunde lang bemüht hatte, war er keinen Schritt weitergekommen. Niemand erinnerte sich an einen kräftigen Mann mit Gold im Mund.

Voller Wut verließ Paul die Praxis. Er spürte, dass man ihn hier an der Nase herumführte, auch wenn er es nicht genau begründen konnte. Die Analyse der Archive würde zu viel Zeit in Anspruch nehmen, außerdem bräuchte er dazu einen Durchsuchungsbefehl, die Mitarbeit eines Labormediziners… Falls Cavalini die Bilder überhaupt noch hatte.

Er sah auf seine Liste, während er die Treppe hinabstieg. Die beiden verbleibenden Zahnärzte kamen ihm vor wie ein Trostpreis. Völlig nutzlos, bloße Staubfänger.

Plötzlich blieb er stehen. Er hatte die Sprechstundenhilfe noch nicht befragt. Sie sah auch viele Patienten an sich vorbeiziehen.

Alle Patienten.

Er machte kehrt, stürmte wieder nach oben und trat ohne zu klingeln ein. Die Brünette zog die Brauen hoch und warf ihm ein Lächeln zu.

»Haben Sie etwas vergessen?«

Paul stützte die Ellbogen auf die Theke. »Wann haben Sie Feierabend?«, fragte er.

»Um sechzehn Uhr. Warum?«

»Ich hätte da ein paar Fragen an Sie. Vielleicht könnten wir was trinken gehen…«

Sie verzog das Gesicht und tat so, als sei ihr etwas peinlich.

»Ich bin mit einer Freundin verabredet.«

Paul deutete auf das Telefon.

»Damit kann man absagen.«

48

Eine fixe Idee.

Die Kontonummer rekonstruieren.

Reichman ordnete noch einmal seine bisherigen Entdeckungen: geheime Dokumente, ein Geldwäschenetz, eine Bank in Karatschi.

Wer waren die Kunden der Delta Company?

Er sah auf seine Uhr. Drei Uhr nachmittags. Sein Magen rebellierte schon, und er spürte, dass er Unterzucker bekam. Er gab Benets ein Zeichen und deutete auf ein Schaufenster, das vor Lebensmitteln überquoll.

»Möchten Sie nicht lieber in ein kleines Restaurant?«, schlug Benets vor.

»Keine Zeit. Wir müssen uns noch einiges anschauen.«

Sie kauften sich Roastbeef-Sandwiches, die einzige einigermaßen akzeptable Nahrung in dem ganzen Angebot. Sie stellten sich an die Straße, schlangen sie herunter und hielten dann ein Taxi an.

Erste Etappe: die Botschaft von Pakistan.

Auf der Fahrt dorthin rief Reichman Van Bruge an. Er hatte sich seit dem Vortag nicht mehr gemeldet, denn er wollte erst wieder Kontakt zu ihm aufnehmen, wenn er etwas in der Hand hatte. Seit seinem Besuch bei dem Schiffsmakler war er in Angriffsstimmung.

Das Gespräch war kurz. LVB verhörte gerade einen baskischen Restaurator, und zwar im Rahmen eines ganz anderen Falls, bei dem es um ein Waffenversteck der ETA ging. Drei Minuten später erhielt der junge Ermittlungsrichter grünes Licht. Er würde weiter der pakistanischen Spur nachgehen und gegen Abend noch einmal Bericht erstatten.

Sie mussten zehn Minuten lang warten, bevor ein Beamter

sich dazu herabließ, sie zu empfangen. Der Mann versuchte gar nicht erst, sich Mühe zu geben. Die islamische Republik Pakistan zählte ungefähr hundertzehn Millionen Einwohner. Die wenigsten von ihnen waren standesamtlich gemeldet. Singh war ein weit verbreiteter Name. Für ihr Ansinnen, eine Bank ausfindig zu machen, die sich im Besitz dieser Familie befand, hatte er nur ein Lächeln übrig.

Benets blieb höflich. Er stellte einen handschriftlichen Antrag beim Botschafter, in dem er lediglich eine Kopie forderte. Als der Beamte sie wieder nach draußen begleitete, schlug er ihnen einen Genealogen in Karatschi vor, einen seiner Neffen.

Reichman fragte sich, ob er träumte.

Draußen wogte eine dichte Menschenmenge durch den Regen. Schilder, Spruchbänder, Lautsprecher – ein Zug von Demonstranten marschierte die Themse entlang und legte das ganze Viertel lahm. Benets schlug vor, dass sie für den Rückweg nach Scotland Yard besser die Metro nahmen.

Keine zehn Minuten später hatten sie ihr Ziel erreicht. Halb fünf. Das Gebäude leerte sich. Ein paar Beamte im Bereitschaftsdienst schoben Wache, die Stimmung war entspannt. Über einen Dienstbotenaufgang gelangten sie in das Büro des Polizeibeamten. Die Ermittlungsabteilung für Finanzdelikte befand sich im ersten Stock, neben der Abteilung für innere Angelegenheiten, die im Volksmund auch die Polizei der Polizei genannt wurde.

Reichman sah ein Symbol darin. In gewisser Weise ähnelten sich die beiden Verbrechen. Sie waren heimtückisch, wurden nicht an die große Glocke gehängt, und sie waren unspektakulär. Ihre Folgen fraßen das System jedoch wie ein Krebsgeschwür von innen heraus auf.

Im Allerheiligsten seines Kollegen türmte sich ein Wust von Papier. Bis zur Decke waren Ordner gestapelt, als sollten sie die Wände stützen. Auf dem Teppich lagen ohne jede erkennbare Ordnung stapelweise Zeitungsartikel. Der einzige Bereich, in dem strenge Ordnung herrschte, war ein Tisch aus satiniertem Glas, auf dem ein Computer stand.

Reichman spürte intuitiv, dass der Polizeibeamte dieses Chaos voll im Griff hatte. Er kannte sich wahrscheinlich in allen Winkeln und Ecken aus wie in seiner Westentasche. Jeder Ermittler hatte so seine eigene Art, sein Süppchen zu brauen. Dieser hier musste offenbar erst alles herausziehen, bevor er sich ein Rezept zusammenstellen konnte.

Benets stieg über ein Gewirr aus Kabeln und setzte sich vor den Bildschirm. Ohne abzuwarten, schaltete er die Kiste ein.

»Womit fangen wir an? Mit dem Internet oder der hauseigenen Datenbank?«

Der französische Ermittlungsrichter räumte einen mit Akten bedeckten Stuhl frei. Dann nahm er dicht neben dem Rotschopf Platz, wie ein Schüler, der sich mit seinem Mitschüler eine Nintendo-Konsole teilt.

»Haben Sie Informationen über die pakistanischen Banken?«

Der Engländer tat so, als sei er empört.

»Das Commonwealth existiert noch, mein junger Freund. Pakistan wurde 1999 ausgeschlossen, aber ich möchte bezweifeln, dass es seither nennenswerte Veränderungen gegeben hat.«

Sie hatten nur einen Namen. Für eine Internetrecherche war das nicht ausreichend. Laut Auskunft der Botschaft waren die Singhs Legion. Wie viele von ihnen wussten nicht einmal, was Internet überhaupt war?

Sie mussten als Erstes nach der Bank suchen.

»Versuchen wir es einmal mit der hauseigenen Datenbank.«

Benets öffnete ein Fenster. Er gab seine persönlichen Daten ein – Name, Abteilung, Codenummer – und wartete. Auf dem Bildschirm erschien eine bereits formatierte Seite, wie manche Websites sie benutzten, wenn man seine Kreditkartendaten eingeben sollte.

Er füllte sie aus, so gut es ging, öffnete die erweiterte Suche im gesamten Land sowie bei dem großen Nachbarn Indien. Dann drückte er auf »Enter«.

Die Festplatte begann zu schnurren. Reichman hielt den Atem an, die Augen starr auf den Bildschirm gerichtet.

Er sprang fast hoch, als die Ergebnisse angezeigt wurden. Drei Geldinstitute sprangen aus der Trickkiste.

Eins in Indien, zwei in Pakistan.

Reichman schluckte. Die Informationen, welche die alte Dame im bonbonrosa Kostüm ihnen geliefert hatte, stammten aus den Nachkriegsjahren. Seither hatte die Familie Singh sich auch in andere Bereiche vorgewagt, hatte sich bereichert, war gewachsen. Ihr Einflussbereich war gewiss nicht mehr auf Karatschi oder das Indusdelta beschränkt. Außerdem konnten auch noch andere Namensvetter in der Finanzwelt florierende Unternehmen gestartet haben.

Welche von diesen Banken war die richtige?

»Können wir uns die Karteien ansehen?«

»Kein Problem.«

Benets schickte die Eingaben los. Reichman spürte, wie seine Aufregung wuchs. Das war jener Augenblick der Ermittlung, in dem alles kippen konnte. Das hauptsächliche Beweisstück, die alles entscheidende Vernehmung …

Bei der Durchsicht der Dokumente musste er sich von seinen Illusionen wieder verabschieden. Scotland Yard hatte lediglich die Firmensitzadressen zusammengetragen, die Identität der Geschäftsführer, die Nummern von Fax, Telex und Telefon.

Doch ein Detail war Balsam für seine Seele. Jedes Mal tauchten dieselben zwei Namen auf über dem Organigramm, Seite an Seite, wie die Pfeiler eines Tempels.

Rajiv Singh. Prithvi Singh.

Diese disparaten Einheiten wurden also von einem Zweiergespann kontrolliert. Handelte es sich um die Nachkommen von Chandra Singh?

Er brauchte noch mehr Informationen.

»Starten Sie eine Internet-Recherche. Sie müssen doch eine Website besitzen.«

Der Polizist klickte sich bei Yahoo ein.

Er fing mit der Bank of India in Bombay an. Eine ganze Reihe von Sites tauchte auf, eine ausgefeilte kommerzielle Homepage, auf der auf goldenem Grund die Leistungen der »ersten indischen Bank« angepriesen wurden. Zweihundertfünfzig Bankniederlassungen überzogen das Land bis in die Slums von Kalkutta. Sie bot unverschämt günstige Gewinnbeteilungen an, bei denen die westlichen Konkurrenten vor Neid erblassen dürften. Ihr Mehrheitsaktionär stand auch auf der Liste: die Indus Bank in Karatschi.

Jetzt wurde der Zusammenhang allmählich klar. Die Gesellschaften bildeten eine nebulöse Einheit. Aber nichts wies gegenwärtig auf eine Verbindung zu dem Plantagenbesitzer hin.

Benets klickte die Indus Bank an. Aufgrund ihrer Lage war sie besonders vielversprechend. Dieselbe Websitegestaltung, als sei sie von ein und demselben Webmaster erstellt worden. Das Kapital wurde von den Singhs kontrolliert, und zwar zu fünfundneunzig Prozent. Keinerlei Hinweis auf die Vergangenheit des Unternehmens.

Dann sah er sich die letzte Website an.

Sie war weniger durchgestylt, wirkte fast ein bisschen plüschig. Es gab keinerlei Finanzinformationen, lediglich Angaben zur Klientel. Elf, Adventis, Danone, und die First Islamabad of Credit standen an oberster Stelle. Die Bank war in so verschiedenen Bereichen wie dem Erdölgeschäft, der Pharma- und der Lebensmittelindustrie tätig. Reichman spürte intuitiv, dass diese Geschäftsbank ganz auf die Bedürfnisse der Delta Company zugeschnitten war.

Im Inhaltsverzeichnis blinkte die Rubrik »Entstehungsgeschichte«. Er bat Benets darum, sie zu öffnen.

Sogleich erschien oben auf dem Bildschirm ein Farbfoto. Ein Mann mittleren Alters, so um die fünfzig, der eine traditionelle kragenlose, hochgeschlossene Weste trug. Die Stirn unter dem dichten, sehr kurz geschnittenen, grau melierten Haar war von tiefen Falten durchzogen. Sie wirkten wie ein Zeichen großer Intelligenz.

Reichman las die Bildunterschrift.

Rajiv Singh. Verwaltungsratsvorsitzender.

Die Bank war 1975 gegründet worden und beschäftigte sich mit Auslandsinvestitionen. Eine hatte gewissermaßen einen Führungsanspruch und nahm die kapitalistischen Kandidaten, die sich in der Region niederlassen wollten, bei der Hand. Ihr Aktionsbereich umfasste ganz Pakistan sowie den indischen Subkontinent. Die politischen Konflikte, aufgrund derer die beiden Länder sich feindlich gegenüberstanden, schienen ihre Aktivität nicht zu beeinträchtigen.

Der Ermittlungsrichter konnte den Sermon nur langsam entziffern. Dennoch sprang ihm deutlich die Verbindung ins Auge, die zwischen Peter Moore und seinem pakistanischen Kollegen bestand. Sie hatten dieselbe Vergangenheit, hatten eine vergleichbare schulische Laufbahn hinter sich und verfolgten ähnliche Ziele. Rassenzugehörigkeit oder Nationalität hatten keinen Einfluss auf ihren Werdegang gehabt. Sie schienen einem ganz eigenen Schmelztiegel zu entstammen, als seien sie aus einem seltenen Material geformt, das nur in einer anderen Realität vorkam.

Eine Mischung aus Schwärze und Glanz.

Ein schwarzer Diamant.

Er sah sich die Website sehr gründlich an und versuchte, an ein Foto von Prithvi heranzukommen, den anderen Singh. Wahrscheinlich sah er weniger repräsentativ aus, denn man hatte es nicht für wert erachtet, ihm diese Ehre zu erweisen.

»Da ist er. Wir haben ihn.«

Benets grinste breit übers ganze Gesicht. Er deutete mit dem Finger auf vier Textzeilen am unteren Rand, die der Ermittlungsrichter noch nicht überflogen hatte.

Er las sie laut vor: »Die First Islamabad of Credit ist ein Traum. Krönender Abschluss des beispiellosen Werdegangs einer charismatischen Familie, dem Symbol einer zukunftsträchtigen Nation. Vor fast einem halben Jahrhundert war Chandra Singh, ihr Gründer, bereits ein Visionär.«

Reichman las sich die Hommage noch einmal durch. Er konnte es kaum glauben. Es hatte nur wenige Stunden gedauert, und schon hatte seine Intuition Gestalt angenommen. Jetzt erkannte er die wichtigsten Rädchen im Getriebe eines Geldwäschenetzes, das Pakistan mit England verband.

Das schmutzige Geld stammte aus dem korsischen Milieu. Drogen, Prostitution, Schutzgelderpressung, egal was. Es wurde über die Delta Company weitergeleitet und verschwand auf irgendwelchen Konten in Pakistan. Dort wurde es dank der Familie Singh vor Ort investiert. In Form von unverfänglichen Gewinnen gelangte es wieder in den offiziellen Kreislauf.

Ein Kinderspiel.

Zur Bestätigung seiner These brauchte er nur noch eins zu

überprüfen: Er musste die Zahlen auf dem verkohlten Dokument mit der Bankleitzahl der First Islamabad of Credit vergleichen.

Das wäre nichts weiter als eine Formalität.

Moore hatte gelogen.

Reichman dachte an die folgenden Stunden und schüttelte seine Beine aus. LVB würde stolz auf ihn sein. Mit diesen Angaben würde er ihm die Mittel liefern, den Lord mit schwerem Geschütz in die Zange zu nehmen. Auf diese Weise ließ sich die Spur der Fonds zurückverfolgen.

Sie würden die Kunden finden.

Die Opfer.

Bei der Befragung der Opfer würde man leicht diejenigen einkreisen können, deren Interessen in Gefahr waren.

Niemand legte aus Jux und Tollerei eine Bombe.

Es gab immer ein Motiv.

49

»Ich bin die Sylvie.«

Sie dürfte nicht älter als zwanzig sein, ihr Gesicht war frisch und rund und etwas zu stark geschminkt. Die Augen waren das Schönste an ihr. Lang geschwungen, grün, wie Jadeschälchen. Sie trug eine Hüfthose, die einen Bauchnabel sehen ließ, der mit einem malvenfarbenen Piercing geschmückt war.

Der junge Leutnant streckte ihr feierlich die Hand hin.

»Duzen wir uns?«

Sie zierte sich ein wenig, ein Verführungsversuch, der linkisch und charmant zugleich wirkte.

»Einverstanden.«

Paul zündete sich einen Zigarillo an. Bei den Kids dieser Generation fühlte er sich wohl. Zum einen, weil sein Geburtsdatum gar nicht so weit von dem ihren entfernt war, und dann auch, weil ihm durch den Kontakt mit den »Youngsters«, den er durch seine Arbeit zwangsläufig hatte, etliches an ihrem Verhalten nicht mehr so viele Rätsel aufgab.

Sylvie hatte ihn gebeten, in einer Snack-Bar ganz in der Nähe ihrer Arbeitsstelle auf sie zu warten. Der Saal war laut und verraucht, ein paar Twens hockten herum und ließen sich mit Bier volllaufen.

»Kommst du oft hierher?«, fragte Paul.

»Jeden Tag, wenn ich arbeite.«

»Nett hier ...«

»Gehört zur zahnmedizinischen Fakultät. Oder umgekehrt, wenn man so will.«

Der Polizist hörte ihr Bedauern aus der sarkastischen Bemerkung heraus.

»Hast du die Aufnahmeprüfung gemacht?«

»Drei Mal. Dann hatten meine Eltern die Schnauze voll ...«

»Mist.«

»Ja ... Früher oder später muss man eben selbst für sich sorgen.«

Sie zuckte mit den Schultern, als habe sie die bittere Pille mittlerweile geschluckt. Sie bestellten sich zwei Bier vom Fass und eine Wurstplatte. Paul ging in aller Ruhe auf sein Ziel los, ohne das Register zu wechseln.

»Arbeitest du schon lange für das Hinkebein?«

»Sechs Monate.«

»Mit dem ist offenbar nicht gut Kirschen essen.«

»Der ist nie da.«

Der Bulle machte große Augen.

»Empfängt er seine Patienten nicht selbst?«

»Nur beim ersten Termin. Er sieht sich die Akten an, und dann macht er die Einteilung.«

»Behandelt er sie nicht selbst?«

»Selten. Seit ich dort arbeite, war das vielleicht fünf- oder sechsmal der Fall.«

Das passte zusammen. Der Chef kümmerte sich nur um eine Handvoll Privilegierter. Den Rest der Zeit drehte er Däumchen, während der Spielautomat auf vollen Touren lief. Hatte er dem Motorradfahrer seine Vorzugsbehandlung angedeihen lassen?

Paul nahm sich ein Stück Brot, das in einem Bastkörbchen lag.

»Und du, siehst du die Kunden?«

»Na klar doch ... Ich sitze am Empfang.«

»Ein großer Kräftiger mit einer zerbeulten Birne, sagt dir das was?«

Die kleine Brünette setzte jetzt ein anderes Gesicht auf. Sie zündete sich wortlos eine Zigarette an. Der Lippenstift hinterließ auf dem Filter einen sinnlichen Kreis. Schließlich erwiderte sie schroff: »Nein.«

Paul hatte genug Erfahrung in diesen Dingen. Wenn ein Verdächtiger um den heißen Brei herumschlich, roch er das auf drei Kilometer. Er versuchte es auf die sanfte Tour.

»Bist du sicher? Dein Arbeitgeber hat ihm einen Goldzahn eingesetzt.« Er machte den Mund auf und deutete auf seinen Schneidezahn. »Genau da ...«

Das Gesicht des Mädchens wurde immer länger. Jetzt hatte sie Angst.

Der Polizist ergriff ihre Hand. Er beugte sich vor, ohne sie aus den Augen zu lassen.

»Du hast nichts zu befürchten. Der Typ ist tot. Niemand wird erfahren, dass du mir etwas gesagt hast.«

Sie zog ein paarmal an ihrer Kippe, den Blick gesenkt.

»Ein Verrückter. Einer von der harten Sorte. Hat mich in der Praxis angemacht.«

»Wie lange ist das her?«

»Drei Monate.«

»Erinnerst du dich an seinen Namen?«

»Ich kenne nur seinen Spitznamen. Colargol.«

Eine Erinnerung nahm Gestalt an. Eine Kindersendung aus dem Vorabendprogramm. Vor den Nachrichten. Paul hatte sie sich im Pyjama angesehen und war anschließend hoch gegangen zum Schlafen.

Er fragte: »Wie das Bärchen?«

»Schönes Bärchen! Ich habe ihn beim Chef anschwärzen müssen, damit er mich in Ruhe lässt.«

Der junge Leutnant zog zum Zeichen seines Mitgefühls die Brauen hoch. Gleichzeitig kam ihm eine andere Idee.

»Gibt es keine Eintragung im Terminkalender?«

Die Sprechstundenhilfe wurde nervös.

»Einige Patienten tauchen da nicht auf.«

»Erklär mir das.«

»Manchmal operiert Dr. Cavalini noch spät am Abend, nach den Öffnungszeiten. Dann kümmert er sich selbst um die Papiere.«

Das Schema nahm Gestalt an. Nächtliche Operationen, von denen kein Mensch etwas erfuhr, für Patienten, denen Diskretion ein großes Anliegen war. Die Ganoven kannten die Methoden der Polizei. Wenn sie Kariesprobleme hatten, zogen sie es vor, keine Spuren zu hinterlassen.

Paul biss in das Brot.

Colargol.

Die Spur, auf die er vor einer Stunde gekommen war, wurde immer heißer.

50

Nur noch fünfzehn Minuten.

Ihr war gesagt worden, man werde sie abholen kommen. Durch eine Angestellte der C-Net-Gesellschaft, die für die Reinigung und Pflege des Justizpalastes zuständig war. Sie würde nichts sagen, keinen Ausweis vorzeigen und auch keinen verlangen müssen.

Sie sollte einfach nur Vertrauen haben.

Angela mummelte sich in ihren Mantel. Zwischen den Leisten zog ein eisiger Luftzug herein, der die Wandelhalle in eine Kühlkammer verwandelte. Mit Gesichtern wie aus Pappmaschee und Ringen unter den Augen tigerten ein paar wenige Kollegen im Neonlicht umher. Sie warteten auf ihren Auftritt, auf den Ausgang von Marathonverhandlungen, die sich lange hinziehen würden, wahrscheinlich bis tief in die Nacht.

Die Frau erschien zur vereinbarten Zeit. Käsiger Teint und fettiges Haar, das sie mit einem billigen Haargummi zusammengebunden hatte. Sie trug einen rosafarbenen Arbeitskittel und weiße Clogs und schob einen Wagen vor sich her, auf dem Reinigungsmittel aufgereiht standen. Mit einer Kopfbewegung machte sie Angela ein Zeichen, ihr zu folgen.

Angela spürte, wie ihr die Knie schlotterten. Von jetzt an musste alles ganz natürlich wirken, sie musste so tun, als sei sie müde nach einem langen Arbeitstag. Sollte man sie erwischen, würde sie ihr Diplom auf den Müll werfen können.

Sie eilten mit großen Schritten durch ein Labyrinth von Gängen. Eine hinter der anderen, mit ein paar Schritten Abstand. Im Justizgebäude herrschte eine Stimmung wie in einer Kirche zwischen den einzelnen Messen, nachdem das Bauwerk sich geleert hatte. Es war, als seien die Menschen in aller Hast aufgebrochen, wie nach einer behördlich angeordneten Notevakuierung.

Wider Willen fand Angela Gefallen an dieser besonderen Gefahrensituation. Sie spürte deutlich, wie eng Gefahr und Lust beieinanderlagen. In dieser Erregung lag eine ursprüngliche Wahrheit. Es ging um das unmittelbare Überleben, darum, seine Haut zu retten, um etwas, das so unentbehrlich war wie die Luft, die ihre Lungen füllte.

Sie bekam fast Lust zu schreien. Um diese pralle Lebenslust, die sie schier bis zum Platzen erfüllte, herauszulassen. Die davoneilende Gestalt der Frau, die ihr den Weg zeigte, brachte sie wieder auf die Erde zurück. Die Frau lief mit gesenktem Kopf und klammerte sich dabei wie eine seelenlose Ameise an ihr Wägelchen.

Angela beobachtete sie fasziniert. Wer war sie? Warum half sie ihr so bereitwillig? Zunächst dachte sie, sie habe vielleicht eine persönliche Beziehung zu Brucchi. Er schien seine Entourage ganz gut unter Kontrolle zu haben – seine Familie, seine Freunde, die Menschen, die ihm zu Dank verpflichtet waren. Wie ein Patriarch oder ein Pate. Vielleicht war die Frau ja auch eine militante Mitstreiterin. Die Gewerkschaftsbewegung schrieb Brüderlichkeit ganz groß. Sie reichte sogar über die Grenzen hinaus. Das hatte sie irgendwo gelesen.

Sie verscheuchte diese Gedanken. Was hatte das letztlich für eine Bedeutung?

An diesem Abend würde eine kleine Maus dem Fuchs das Gatter zum Hühnerstall öffnen.

Sie gelangten in einen runden Saal, der von einer Sicherheitslampe spärlich erleuchtet wurde. Man konnte ein paar in regelmäßigen Abständen in die Wand eingelassene Nischen erahnen. An der Wand waren mit blauem Stoff bezogene Stühle aufgereiht, die durch Eisenstäbe miteinander verbunden waren.

Die Frau deutete auf einen von ihnen.

»Warten Sie hier auf mich.«

Die Anwältin tat wie geheißen. Sie verfolgte die Frau im Arbeitskittel mit dem Blick, während diese auf eine der Nischen zuging.

Im Nu hatte der Schatten sie verschluckt.

Ein kurzes Klicken, das Quietschen von Türangeln. Die Reinigungskraft tauchte wieder auf.

»Es ist offen. Los, gehen Sie, ich werde hinter Ihnen wieder zuschließen.«

Die junge Frau bekam einen trockenen Hals.

»Werden Sie mich etwa da drin einsperren?«

»Kann sein, dass der Wächter seine Runde macht. Und machen Sie vor allem kein Licht.«

Sie gab ihr eine Taschenlampe.

»Im Prinzip sind die Vorhänge immer geschlossen. Aber passen Sie auf die Tür auf.«

»Wie viel Zeit habe ich?«

»Ich komme alle Viertelstunde vorbei. Ich werde dreimal klopfen. Sie antworten mir dann, indem Sie einmal kratzen. Wenn Sie fertig sind, kratzen Sie zweimal. Dann mache ich Ihnen auf.«

Auf Angela wirkte das ganze Prozedere etwas abstrus. Sie kam sich vor wie in einem schlechten Spionageroman, wie sie hier von einer als Putzfrau verkleideten Geheimagentin ihre Anweisungen entgegennahm. Bei der Vorstellung musste sie lachen. Das Ganze war fast schon komisch.

Nur dass das hier die Wirklichkeit war. Sie war dabei, sich einer Unbekannten auf Gedeih und Verderb auszuliefern, sich in ein Gefängnis stecken zu lassen und die Schlüssel wegzuwerfen. War die Sache diesen hohen Einsatz wert?

Sie atmete tief ein. Diese Frage hatte sie für sich von Anfang an mit Ja beantwortet.

Im Büro des Ermittlungsrichters roch es nach Zimt. Ein Raumdeo aus dem Supermarkt, dessen Name für den Käufer nach Natur klingen sollte. Alpenwiese oder Sommergarten. Ein synthetischer Duft, der nach Feierabend von weiblicher Hand versprüht wurde.

Sie schaltete die Taschenlampe ein. Sofort sprang ihr ein rechtwinkliges Universum entgegen. Der Traum eines Ordnungsfanatikers, glatt und völlig unpersönlich, jedes Detail der Einrichtung schien unmittelbar einem Katalog entsprungen. Der Schreibtisch, die Ablage und die Containerschränke, die der Inhaber dieses Büros sich ausgesucht hatte, waren in Nussbaum gehalten. Auf dem Holz prangte ein Fotorahmen mit dem Bild eines kleinen Mädchens darin.

Nicht die geringste Spur von einem Dokument.

Angela sah sich genauer um. In einer Ecke stand ein Metallschrank. Ihm genau gegenüber befand sich ein Aktenschrank mit Schiebetüren. Beide mit Schlössern versehen.

Sie fing mit dem Schrank an. Zum Glück war er nicht abgesperrt.

Darin waren an die hundert Akten in Hängeregistern aufgereiht. Sie waren mit Pappreitern gekennzeichnet und auf eine ganz gewöhnliche Weise geordnet, nämlich alphabetisch.

Die junge Frau durchsuchte die mit dem Aktenzeichen J.

Ohne Ergebnis.

Um ganz sicherzugehen, sah sie noch unter S wie Staatsministerium nach.

Auch nichts.

Sie wich zurück, ihr war schwindlig geworden. Die seelische Anspannung schnürte ihr die Brust ab und trübte ihren Blick. Sie blieb ein paar Sekunden reglos stehen und versuchte sich zu beruhigen. Blieb noch das andere Möbel. Es war niedrig, tief und absolut spiegelglatt. Es dürfte die Backsteine enthalten, die komplizierten Fälle, die den Richtern so viel Freude bereiteten.

Einen kurzen Moment lang wurde sie von Zweifeln heimgesucht. Der Mord an Michèle Jourdan war noch recht frisch. Die Ermittlungen hatten gerade erst begonnen, was lediglich hieß, dass es nur wenige Akten gab. Warum also hätte man sie hier einordnen sollen?

Sie hatte sich wieder gefangen. Er gab keinen anderen Ort.

Sie musste hier sein, notgedrungen.

Sie legte die flache Hand aufs Holz und drückte es nach links. Die Schiebetür gab nicht nach. Abgesperrt. Sie kniete vor dem Schloss nieder. Der Schein der Taschenlampe fiel auf das Metall, es sah aus wie ein mutiertes Insekt, mit Stahlschlitzen und zerbrechlichen Gliedern.

Angela versuchte abzuschätzen, wie viele Probleme der Gegner ihr bereiten würde. Es war klein, schmal, von schlechter Qualität. Ein billiges Schloss, das vor allem zur Abschreckung diente. Damit dürfte sie leicht fertig werden.

Sie versuchte zunächst, die Türen etwas aufzuschieben, um an den Riegel heranzukommen. Die einzige Folge war, dass sie sich einen Nagel abbrach, und zwar bis zum Nagelbett. Sie biss sich auf die Lippen, überwältigt von einer Woge des Schmerzes.

Als sie sich wieder gefangen hatte, suchte sie nach einem anderen Weg. Einbruch gehörte zwar nicht gerade zu den Dingen, die sie jeden Tag machte, aber sie hatte eine Menge Filme gesehen. Sie brauchte nur einen flachen und festen Gegenstand, um ihn in den Zwischenraum zu schieben und das Holz aufzubrechen. Ein Stahllineal zum Beispiel, also jene Art von Gegenständen, die Untersuchungsrichter gerne besitzen.

Sie wühlte die Schubladen durch. Sie waren ebenso ordentlich aufgeräumt wie das Zimmer, sie fand nur einen Becher mit Klebstoff, Filzstifte und einen kleinen Hefter. Es sah ganz so aus, als nehme der Richter seinen Ranzen und sein Federmäppchen mit nach Hause.

Die Absurdität der Situation war augenfällig. Sie hatte alle Risiken auf sich genommen, war gewaltsam in das Büro eines Untersuchungsrichters eingedrungen, und jetzt wurde sie kurz vorm Ziel ausgebremst.

Es wurde dreimal schüchtern an die Tür geklopft. Das vereinbarte Zeichen. Schon eine Viertelstunde. Sie hatte sich so auf ihre Arbeit konzentriert, dass sie gar nicht gemerkt hatte, wie die Zeit verging. Sie schaltete die Taschenlampe aus und presste sich an die Holztür. Ohne zu warten, flüsterte sie: »Ein Schraubenzieher … Haben Sie einen Schraubenzieher?«

»Was?«

Angela wiederholte ihre Frage. Als sie sich so reden hörte, hatte sie das Gefühl, ihre Stimme gehöre einer anderen, einem bösen kleinen Mädchen, das gerade dabei war, jemandem einen Streich zu spielen. Als Antwort kam nur ein beängstigendes Schweigen.

Nach ein paar Sekunden wurde die Tür einen Spalt breit geöffnet.

»Das ist alles, was ich habe.«

Sie schnappte sich den Gegenstand und dankte dem Himmel. Sie spürte einen Griff, ein Gelenk und zwei Backen. Als sie den Gegenstand anleuchtete, sah sie, dass es sich um eine Zange handelte.

Sie ging zu dem Möbel zurück und richtete den Strahl der Lampe auf das Schloss. Ihr Herz raste, eine seltsame Übelkeit rumorte in ihren Gedärmen. Sie schob das Metall beim Riegel in den Zwischenraum und benutzte es als Hebel.

Ein Knacken. Das Holz gab nach.

Die Akten hingen in zwei Reihen. Ziemliche Kaventsmänner, die man mit Riemen zugebunden hatte oder die von Gummibändern zusammengehalten wurden. Sie brauchte nicht lange nach der von Michèle Jourdan zu suchen. Sie war auf die Seite gelegt worden, wahrscheinlich wartete sie dort darauf, an einen anderen Ort gebracht zu werden.

Mit zitternden Händen schlug die Anwältin die Akte auf. Im Schneidersitz, die Taschenlampe zwischen den Zähnen, saß sie über ihren Schatz gebeugt.

Die Ermittlungen waren von der Staatsanwaltschaft gegen X eingeleitet worden, hatten aber keine besondere Beziffferung erhalten. Somit war offenbar die These vom freiwilligen Selbstmord von dem Ermittlungsrichter, der mit der Akte betraut worden war, noch nicht endgültig verworfen worden. Über die Todesumstände erfuhr sie nicht viel. Jourdan war aus ihrem Schlafzimmerfenster im dritten Stock gefallen. Ein tödlicher Sturz in den Innenhof, der am 21. März gegen dreiundzwanzig Uhr erfolgt war. Da sie die einzige Bewohnerin des Gebäudes war, hatte es keine Zeugen gegeben. Weder Augen- noch Ohrenzeugen. In der Wohnung hatte man nicht den geringsten Hinweis darauf gefunden, dass ein Kampf stattgefunden hatte. Die Leiche war vollkommen unbekleidet gewesen, und was auffällig war: die linke Hand umkrallte ein metallenes Kreuz.

Sie blätterte den Autopsiebericht durch. Der Schädelbruch wurde als entscheidende Todesursache angesehen. Die arme Frau war offenbar kopfüber auf den Asphalt geknallt. Eine Art Kopfsprung in ein Schwimmbecken ohne Wasser. Der Gerichtsmediziner hatte auf ihrer Haut Reste von Natriumsulfat und Silikonöl gefunden, Bestandteile, die in zwei Dritteln aller Flüssigseifen enthalten sind.

Jourdan hatte also gerade ein Bad genommen. Oder eine Dusche.

Angela lächelte in sich hinein.

Ihrer Ansicht nach gab es nicht den geringsten Zweifel, dass es sich hier um einen Mord handelte. Selbst wenn jemand völlig durchgeknallt wäre – wer würde sich die Mühe machen, sich zu waschen, bevor er sich aus dem Fenster stürzte?

Angela lief ein Schauder über den Rücken. Sie stellte sich die Frau vor, wie sie allein und hilflos der Mordlust eines methodischen Killers ausgeliefert war. Der Mörder hatte das Verbrechen vorsorglich wie einen Selbstmord aussehen lassen. Es gab keine Spuren von Schlägen, keine Strangulationsmale. Keinerlei Fingerabdrücke. Er hatte auch keine Waffe benutzt. Ganz offensichtlich fürchtete er, ein Mord könnte jemandes Verdacht erregen.

Sie hob den Kopf und starrte in die Dunkelheit. Im Gegensatz zu dem Marseiller Richter hatte Van Bruge sich nicht an der Nase herumführen lassen. Dass die Akte hier bei den anderen lag, bewies, dass die Immobilienmaklerin eine wichtige Rolle spielte. Sie war kein Kollateralschaden des Attentats, sondern ein wichtiges Glied in der Kette. Eines von denen, die man vernichten muss, damit keiner der Sache nachgehen kann.

Was hatte sie gewusst?

Angela dachte konzentriert nach. Jourdans Büro lag gleich neben dem Finanzamt, vielleicht hatte sie den Terroristen Informationen über die Örtlichkeiten geliefert. Denn die waren unumgänglich, wenn man eine Bombe legen wollte.

Diese Hypothese kam ihr absurd vor. Die SCI Vanessa war bei der Explosion in Flammen aufgegangen. Da war es nur schwer vorstellbar, dass die Geschäftsführerin die Lunte gelegt haben sollte.

Dann dachte sie an die korsischen Teilhaber. Es gab eine richterliche Anordnung zur Aufklärung dieser Straftat, Paul ermittelte vor Ort. Vielleicht hatten sie die angrenzenden Büros gemietet, um sich ihrer als Plattform zu bedienen. Ein direkter Zugang zum öffentlichen Steuergebäude.

Diese Möglichkeit fegte sie mit einem nervösen Lachen beiseite. Dann hätten sie auch gleich eine Visitenkarte in den Trümmern hinterlassen können. Und es hatte sich ja niemand zu dem Attentat bekannt…

Blieben noch die britischen Finanzhaie. Hatten sie mit ihr zusammengearbeitet? War sie in irgendwelche brisanten Geheimnisse eingeweiht worden? Und selbst wenn. Angela konnte sich die Banker aus der City nur schwer als Bombenleger vorstellen.

Plötzlich fühlte sie sich unendlich hilflos. Je weiter sie vorankam, desto weniger blickte sie in dem Ganzen durch. Es hatte sich nicht gelohnt, solch beträchtliche Risiken einzugehen.

Sie wollte die Akte gerade wieder schließen, als sie einen Umschlag in die Finger bekam, der mit einem Wachssiegel versehen war. Sie hielt ihn in den Lichtstrahl der Lampe. In Schreibmaschinenschrift stand darauf geschrieben: »Versiegeltes Beweisstück Nr. 1. Kreuz.« Wahrscheinlich handelte es sich um das Kreuz, das man bei der Leiche gefunden hatte. Auf einem angehängten Blatt waren die Ergebnisse der Untersuchung auf Fingerabdrücke vermerkt: »negativ«.

Ein leises Geräusch ließ sie den Kopf heben. Etwas schlug leicht gegen die Tür.

Ihr Herz krampfte sich zusammen. Das war nicht das vereinbarte Zeichen.

Sie schaltete die Lampe aus und wartete.

Von der Halle drangen Stimmen herüber. Sie erkannte die Stimme der Frau wieder, die sie hergebracht hatte. Eine andere antwortete ihr wie aus einem dumpf dröhnenden Lautsprecher.

Die Anwältin hielt den Atem an. Katastrophenszenarien schossen ihr durch den Kopf. Eine unerwartete Kontrolle. Man hatte das Licht der Taschenlampe von außen gesehen. Man würde sie schnappen, sie zur Polizei bringen, sie des Hausfriedensbruchs anklagen, des Diebstahls von Rechtsdokumenten.

Die Bassstimme verschwand wieder. Friedhofsstille machte sich breit.

Nach einer Minute, die ihr endlos vorkam, vernahm sie drei fast unhörbare Klopfgeräusche.

Angela näherte sich der Tür. Sie legte die Hand aufs Holz, wagte es aber nicht zu kratzen.

»Sind Sie fertig?«, flüsterte die Putzfrau.

Ihre Muskeln entspannten sich. Sie fühlte sich wie ein Sack Steine, den man am Straßenrand abgestellt hatte.

»Noch nicht ganz.«

»Machen Sie schnell. Er kommt wieder.«

»Wann?«

»In fünf oder zehn Minuten.«

»Das reicht.«

Die Anwältin schaltete die Lampe wieder ein, setzte sich abermals in den Lotussitz. Ihr Rücken begann zu schmerzen, eine Folge der Anspannung.

Sie nahm den Umschlag, betastete ihn. Es fühlte sich tatsächlich wie ein Kreuz an. Ein flacher, leicht gewölbter Gegenstand, dessen Kanten sie spüren konnte.

Sie zögerte ein wenig, bevor sie sich am Siegel zu schaffen machte. Nach einer solchen Tat gab es kein Zurück mehr. Wie zur Antwort verharrte ihr Blick auf dem aufgebrochenen Möbelstück. Die Holzsplitter ließen keinen Zweifel an der Art ihres nächtlichen Besuchs. Sie überwand ihre letzten Widerstände und brach das Siegel mit ungeschickten Händen.

Die Reaktion ließ etwas auf sich warten. Zunächst war es nur ein Déjà-vu-Gefühl. Undefinierbar.

Das Kreuz war durch einen transparenten Plastikbeutel geschützt. Es war aus Bronze, so groß wie ein kleines Feuerzeug, mit barocken Motiven geschmückt. Ein alter Talisman, in längst vergangenen Zeiten von inspirierten Händen geschaffen. Ein Goldring war angebracht worden, sodass man es an einer Kette tragen konnte.

Sie hielt die Lampe darauf. Der Gegenstand war an manchen Stellen zerkratzt, wahrscheinlich von dem Skalpell, das die Leute von der Spurenauswertung benutzt hatten. Sie drehte es um, eine mechanische Geste. Eine Inschrift hob sich reliefartig ab, wie eine von den Wellen geschliffene Sandburg. Sie entzifferte vier Buchstaben, Großbuchstaben, durch Punkte getrennt.

Es traf sie wie ein Blitz.

Die Gewissheit, dass sie wusste, woher diese Antiquität stammte.

Gleichzeitig blieb ihr die Luft weg. Dieses Kreuz gehörte nicht Jourdan. Konnte ihr nicht gehören.

Aus einem einfachen Grund: Es gab davon nur ein einziges Exemplar.

Und sie selbst hatte es am Hals seines Besitzers gesehen.

51

Ein Horrorkabinett.

Visagen in Schwarz-Weiß mit Dreitagebart; leere Augen, die einen imaginären Punkt anstarrten; eine völlig unbeteiligte Miene, das Erkennungsmerkmal der Stammkunden beim polizeilichen Casting.

Die erbärmlich schlechten Fotos vom Erkennungsdienst waren in dichter Folge auf eine gewaltige Papptafel gepinnt worden. Das Mosaik bedeckte einen ganzen Teil der Wand. Etwa fünfzig Porträts, wie ein Familienalbum.

Keine Namen. Nur Personenkennziffern.

Anziani kauerte in seinem Sessel und starrte mit nachdenklicher Miene das Jagdbild an. Er schien in diesen Zellulosegesichtern nach einer Hilfe zu suchen, nach dem Energieschub, den er brauchte, um ins kalte Wasser zu springen.

Dann beschloss er: »Wir werden mit offenen Karten spielen, Cabrera. Mag ja sein, dass Sie sich in Marseille gut auskennen. Aber über dieses Land hier wissen Sie gar nichts. Also, eine Hand wäscht die andere. Sie erklären mir, was Sie hier zu suchen haben, und im Gegenzug gebe ich Ihnen die nötigen Tipps.«

Paul saß ihm auf einem Plastikstuhl gegenüber und versuchte den Spielraum seiner Handlungsmöglichkeiten abzuschätzen. Der Deal kam fast schon einer Erpressung gleich. Anziani würde nicht mit sich verhandeln lassen.

Diese Art von Druck mochte der junge Leutnant gar nicht. Normalerweise war er es, der den Tanz anführte. Außerdem zögerte er immer noch, sich von einem Einheimischen in die Karten schauen zu lassen.

Als Antwort deutete er auf das gewaltige Durcheinander: »Welcher von denen ist es?«

Anziani verzog das Gesicht. »Das wird Ihnen nichts nutzen.«

Pauls Augenbrauen zuckten fragend in die Höhe.

»Was Sie nicht sagen ...«

Der Kommissar schlug einen anderen Ton an. In seinen Worten schwang ein Hauch von Aggressivität mit: »Wenn Sie seine Identität haben, können Sie ihn sich einrahmen lassen und beten, dass Ihnen die Erleuchtung kommt.«

»Das heißt im Klartext?«

»Colargol ist nur ein kleiner Gauner. Ein Scheißkerl ohne Format. Ohne mich werden Sie nie erfahren, wer der Auftraggeber ist. Ihre Entdeckung ist keinen Pfifferling wert.«

Paul warf dem Kommissar einen fragenden Blick zu.

»Monatelange Ermittlungen. Genug für einen ganzen Roman. Befragen Sie die zentrale Datenbank, wenn es Ihnen Spaß macht. Aber da werden Sie nichts finden. Ohne meine Hilfe werden Sie nicht weit kommen.«

Paul war sichtlich getroffen. Er versuchte, die Sache umzubiegen, indem er so tat, als rege er sich auf.

»Zurückhaltung von Informationen?«

Der Kommissar kratzte sich an der Schläfe. Er tat so, als bringe ihn das in Verlegenheit.

»Das müssen Sie erst einmal beweisen.«

Einen Moment lang drohte die Stimmung völlig zu kippen. Paul lächelte, aber seine Pupillen verengten sich.

Anziani sagte beschwichtigend: »Spielen Sie hier nicht den kleinen Soldaten, Cabrera. Sich an die Polizeiaufsichtsbehörde zu wenden, das ist nicht Ihr Ding.«

»Nein?«

»Das lese ich in Ihren Augen. Und ich sehe darin auch, dass Sie mir nicht vertrauen.«

Bingo. Das offene Wort hatte eine Bresche geschlagen. Paul machte mit der Schulter eine Bewegung, als wollte er einem direkten Angriff ausweichen. Dann raunzte er: »Etwa zu Unrecht?«

»Ich werde Ihnen ein Zeichen meiner Aufrichtigkeit geben. Ich fange an. Danach sind Sie an der Reihe.«

Das klang ehrlich. Der Handel, den er ihm da vorschlug, war redlich. Außerdem wollte Paul einfach weiterkommen. Er rückte näher heran und stützte die Ellbogen auf den Schreibtisch.

»Einverstanden. Ich höre.«

Der Kommissar zog eine Metallschublade auf und holte eine Aktenmappe aus blauer Pappe heraus. Mit feierlicher Geste legte er ihm ein Fahndungsfoto vor.

»Serge Nicoli alias Colargol alias der Verrückte. Das Porträt stammt vom letzten Jahr.«

Das Gesicht sah aus, als sei es unter eine Dampfwalze geraten. Eine Visage, die nur noch zum Verschrotten taugte, gespalten von einem überdimensionierten Mund. Braune Locken sorgten für einen etwas sanfteren Gesamteindruck, wahrscheinlich hatten sie ihm den niedlichen Spitznamen eingetragen. Was den anderen Beinamen anging, so brauchte man sich nur seinen Blick anzusehen. Zwei irr blickende Augen, starr, schwarz, die hinter dem Kameraobjektiv schon nach der nächsten Prügelei Ausschau hielten.

Dass er lächelte, mutete etwas seltsam an. Paul konnte keinen Goldzahn erkennen, was die Annahme erhärtete, dass er sich das Implantat erst kürzlich hatte machen lassen.

Er gab ein kurzes Pfeifen von sich.

»Ein Tom Cruise war das nicht gerade.«

»Eher ein Tyson. Ein schlechter Abklatsch.«

»Vom Boxen?«

»Von einem Autounfall. Ohne Sicherheitsgurt. Er ist mit dem Kopf ins Armaturenbrett gerauscht.«

Cabrera musste an den Gerichtsmediziner denken. Mit seiner süffisanten Art hatte er völlig danebengelegen. Ohne die Hilfe der Sprechstundenhilfe würden die Ermittler noch bis in alle Ewigkeit in Boxhallen nach ihm suchen.

Er legte das Foto wieder hin und sagte dann in einem unbeteiligten Tonfall: »Dann kennen Sie also seine Arbeitgeber.«

Ein kurzes misstrauisches Schweigen.

»Er ist Soldat. Er arbeitet für die Brise.«

Paul zog die Brauen hoch. Dieses Wort weckte vage Erinnerungen, Geschichten von Ganoven, wie Tomasini sie so gemocht hatte, erzählt von alternden Haudegen, die in einer Bar in Bastia Karten spielten.

»Die Brise de mer? Ich dachte, das sei aus und vorbei.«

Anziani lachte höhnisch auf.

»Unkraut vergeht nicht. Und mit jeder neuen Generation wird der Kampf zäher.«

Der junge Leutnant nahm in seiner Stimme einen feinen Unterton wahr, eine nervöse Spannung, die ihm verriet, dass dieser mit seiner Strategie gescheitert war.

»Die Brise ist immer noch aktiv«, fuhr der Kommissar fort. »Und glauben Sie mir, seit den bewaffneten Überfällen der Achtzigerjahre hat sie sich ganz schön weiterentwickelt. Heute ist es eine ausgewachsene Mafia-Organisation. Das Geld der Gangster wurde ins Hotelgewerbe gesteckt, in Restaurants, Bars und Diskotheken, aber auch in die großen Ketten oder den Handel. Sie haben klammheimlich einen Teil der Wirtschaft unter ihre Kontrolle gebracht und manipulieren die Politiker.«

Das korsische Milieu, die Strohmänner. Diese Hinweise bestätigten, dass der Ermittlungsrichter der Antiterrorabteilung auf der rechten Spur gewesen war. Aber gegenwärtig war die Situation noch unklar. Die Brise war wie ein gestaltloser, ungreifbarer Nebel.

Im Klartext: Er hatte gar keinen Namen an der Hand.

Der Kommissar schien seine Gedanken förmlich hören zu können. Er verließ sein lauschiges Plätzchen und stellte sich vor der Tafel auf.

»Die wichtigsten Barone der Brise, ihre Verbündeten, ihre Vasallen. Sie können sie gerne einen nach dem anderen ins Kreuzverhör nehmen, ich wünsche Ihnen viel Glück dabei. Wir sind seit zwanzig Jahren hinter ihnen her. Abgesehen von ein paar wenigen Ausnahmen ist es uns nicht gelungen, auch nur einen einzigen zu schnappen. Und außerdem, selbst wenn wir sie in den Knast werfen würden, es traut sich ja doch niemand, sie zu verurteilen.«

Paul stellte sich neben ihn. Bei dem Versuch, die Gesichter in einen Zusammenhang zu bringen, fielen ihm die mit Bleistift aufgemalten Zeichen auf. Pfeile, Namen, Daten, lauter weiße Kieselsteine, die ihm entgangen waren. Die örtlichen Polizeibeamten hatten ein echtes Strukturdiagramm gezeichnet. Eine Methode, sich bei Laune zu halten, wenn man nichts als dasitzen und Kaffee trinken konnte.

Anziani erläuterte noch: »Die Kreuze stehen für die Todesfälle. Natürliche oder gewaltsame. Die Kreise für die Kinder. Der Nachwuchs.«

»Und das?«

Paul hatte auf eine Art Smiley gezeigt, den jemand neben ein apathisches Gesicht gekritzelt hatte.

»Das sind die Nationalisten.«

»Im selben Lager wie die Ganoven?«

»So was kommt schon mal vor. Die Grenzen sind nicht immer so klar abgesteckt.«

Paul traute seinen Ohren nicht. Er hatte zwar davon gehört, dass die Separatisten langsam abdrifteten und Mafiamethoden anwandten. Aber sich vorzustellen, dass sie deshalb gleich direkt mit dem Milieu zusammenarbeiteten …

Der Kommissar verschränkte die Arme und warf ihm einen wissenden Blick zu.

»Sind Sie deshalb hier?«

Hatte man eine Vereinbarung getroffen, musste man sich auch daran halten. Außerdem befürchtete Paul, die Diskussion könnte noch einmal von vorn losgehen. Er berichtete ihm bis in alle Einzelheiten von seinen bisherigen Irrfahrten.

Was das Attentat anging, so hatte Anziani die Zeitung gelesen. Da Van Bruge die Regionaleinheit der Kripo von Ajaccio bei seiner Ermittlung nicht hatte hinzuziehen wollen, war ihm der Rest unbekannt.

Er hörte sich alles aufmerksam an. Paul erzählte ihm von der Entdeckung der wahren Zielscheibe. Von den korsischen Decknamen und dem Mord an der Maklerin. Von der Bank in London. Von der Idee, mit den Maskierten einen Deal zu machen, und was sie ihm am Ende dabei enthüllt hatten. Und schließlich von dem Versuch, ihn abzuknallen.

Als Paul seine lange Rede beendet hatte, wirkte Anziani ziemlich verstört. Nach einer Weile sagte er: »Das passt alles zusammen. Sie sind der Brise zu nahe gekommen. Ich habe keine Ahnung, was sie in Marseille versteckt hatten, aber es dürfte kompromittierend genug sein, um sie reagieren zu lassen.«

»Indem sie einen Bullen abknallen?«

»Das wissen Sie doch so gut wie ich. Die Gauner begleichen ihre Rechnungen lieber unter sich. Wenn die Polizei ins Spiel kommt, entgleitet ihnen die Sache.«

Lächeln.

»Und dann, was meinen Sie wohl, was ist ein Bulle für die schon wert?«

Paul sagte nichts darauf. Aus dieser zynischen Feststellung sprach Verzweiflung. Die wollte er lieber nicht noch größer machen.

Der Kommissar setzte sich wieder hinter seinen Schreibtisch. Er zückte ein Feuerzeug und ließ den Deckel auf- und zuklappen.

»Ich fasse noch einmal zusammen: Die Nationalisten haben die Bombe nicht gelegt. Sie werden verdächtigt und stellen daher Nachforschungen an. Dabei erfahren sie, dass die Brise auch ihre Erkundigungen einzieht. Und das mit Grund:

Man hatte sie ins Visier genommen. An diesem Punkt wurde ihnen wahrscheinlich klargemacht, dass sie die Sache besser auf sich beruhen ließen, dass diese Geschichte sie nichts angehe.«

»Und schon geben sie auf?«

»Ich habe Ihnen doch schon gesagt: Die Brise ist eine Kriegsmaschinerie. Sie lässt sich von nichts aufhalten. Vor allem nicht seit dem Tod von Santoni und der Zersplitterung der Untergrundbewegungen. Die Soldaten der Freiheit fallen nicht mehr ins Gewicht.«

Cabrera musste an die Vorkehrungen denken, die man für ihre Unterredung getroffen hatte. Der FLNC mimte den starken Mann, hatte aber keinen großen Einfluss mehr.

»Die Nationalisten hatten Sie auf die richtige Fährte gebracht. Das ist schon mal was. Mehr konnten sie nicht tun.«

»Wie hat die Brise überhaupt davon Wind kriegen können?«

»Die wissen alles. Und sie erfahren es sehr schnell.«

Die Teile fügten sich zusammen. Ein großes Informationsnetz, eine Politik der Abschreckung, die Eliminierung der störenden Elemente. Nur eine Organisation wie die Brise verfügte über diese Mittel.

Doch eines an der Sache war paradox: Jemand hatte es gewagt, ihnen die Schuld in die Schuhe zu schieben.

Wer?

Er fragte: »Und was gibt es hier sonst noch für Mafia-Banden?«

»Korsika ist in zwei Teile gespalten. Die Aufteilung verlief stillschweigend. Ich würde sogar sagen, sie ist historisch gewachsen. Nordkorsika gehört der Brise, Südkorsika gehört den Colonna. Sie haben keinen Grund zu versuchen, sich gegenseitig ein Bein zu stellen.«

An diesem Punkt musste er sofort an die Rede denken, die er im Schafstall gehört hatte.

»Sie nicht. Doch der FLNC hat von Interessen gesprochen, die über die Insel hinausgehen.«

»Die Brise verlässt ihr Heiligtum nicht. Ihre Devise lautet: Wir leben und räubern im eigenen Land.«

»Aber sie hatte Geschäfte in Marseille laufen.«

»Das ist eine ganz natürliche Verlängerung. Wie etwa die Côte d'Azur. Mit Ausnahme des Einbruchs in die UBS in Genf und einem vereitelten Versuch in Sibirien hat sie sich niemals weiter fortbewegt.«

»Und diese Bank in London?«

Zum Zeichen seiner Machtlosigkeit breitete Anziani die Arme aus.

»Was das angeht: Ich habe die Weisheit nicht mit Löffeln gefressen. Wir kümmern uns um Bastia. Nicht um Europa. Meiner Meinung nach handelt es sich einfach um eine Begleichung von offenen Rechnungen. Die finanziellen Netze der Ganoven sind komplex. Um ihren Schotter verschwinden zu lassen, sind sie bereit, bis nach China zu gehen. Ich gehe jede Wette ein, dass der in Luxemburg gemeldete Cougar auch zu ihrer Flotte gehört.«

Paul wurde allmählich heiß. Lag es daran, dass die Heizkörper voll aufgedreht waren? Er hatte das Gefühl, dass es eher an seinem inneren Barometer lag. Die Spur, die er verfolgte, schien im Sand zu verlaufen.

»Sie haben also keine Ahnung, wer ihnen übel wollen könnte?«

»Wenn ich es wüsste, würde ich es Ihnen sagen.«

Davon war Paul nicht überzeugt. Der Kommissar hatte zwar ein Zipfelchen des Schleiers gelüftet, behielt aber noch einen Teil der Informationen für sich. Die Brise war *sein* Klient. Van Bruge hin oder her, er würde sich nicht bis aufs Hemd ausziehen lassen und dann auch noch Danke sagen.

Als habe er seine Zweifel gespürt, warf er noch hämisch hinterher: »Wie dem auch sei, wir reden hier von einer Bande von Arschlöchern. Über deren Schicksal werden wir keine Tränen vergießen.«

Paul hörte kaum hin. Er versuchte, ein wenig Ordnung in dieses Chaos zu bringen. Ohne großen Erfolg. Gewissheit hatte er lediglich darin, dass er jetzt wusste, wer das Opfer war. Eine Beute mit zahllosen Facetten, wahrscheinlich genauso gefährlich wie der Räuber.

Aus welchen Gründen hatten diese Raubtiere sich gegenseitig zerfleischt? Wer war so mächtig, dass er der Brise gewachsen war?

Das waren die Fragen, die es zu klären galt.

Er stand auf und griff sich seine Sporttasche, die in einer Ecke des Zimmers stand. Die Visagen der Ganoven auf dem glänzenden Fotopapier schienen ihn mit den Augen zu verfolgen.

»Was wollen Sie tun?«, fragte Anziani.

»Ich nicht viel. Aber ich kenne einen, der da etwas mehr Ideen haben dürfte.«

52

Die Straße wurde von schrill hupenden Fahrzeugen verstopft. Schwarze Regenschirme stießen auf den Gehsteigen aneinander, als sauge man sie in einem abgehackten Ballett nach vorn. Reichman wartete geschützt unter dem Portal und blickte in den Regen.

Er sah auf die Uhr.

Viertel nach sieben.

Das Auto, das Scotland Yard schicken wollte, kam nicht. Wenn das so weiterging, würde er noch eine Nacht in London verbringen müssen. Nachdem er Benets verlassen hatte, war er ins Hotel gegangen, um seine Sachen zu holen. Am Vorabend hatte der britische Polizeibeamte ihn auf ein unauffälliges Hotel aufmerksam gemacht, das hinter Harrods versteckt lag. Dort hatte er in einem Bett mit Baldachin geschlafen, am Morgen wurde ihm der Kaffee in Porzellangeschirr serviert, das Ganze für um die hundert Pfund. Verschwendung von Steuergeldern war ihm kaum vorzuwerfen.

Bevor er ging, hatte er Van Bruge angerufen. Er hatte sich bemüht, an sich zu halten und seinen Enthusiasmus zu zügeln. Letztlich tat er hier nur seine Arbeit. Aber ob er es nun wollte oder nicht, seine Brust war stolzgeschwellt. Er hatte gerade die Akten zusammengeführt. Das fehlende Verbindungsstück gefunden, das die bisherigen Entdeckungen miteinander verknüpfte. Und er hatte das ganz allein geschafft. Dank seiner Intuition, seiner Intelligenz, seiner Entschlossenheit. Er war gut gewesen, wie er sich selbst eingestand.

Auch LVB hatte dies bemerkt. Er hatte zwar der Form halber gegen so manche Methode protestiert, aber das Ergebnis hatte ihn verblüfft.

Reichman wusste, das Spiel war gewonnen. Jetzt würde ihn nichts mehr aufhalten können. Die Antiterrorabteilung würde ihr machtvolles Feuer zu einem einzigen vernichtenden Strahl bündeln. Die pakistanische Bank würde ihre Geheimnisse preisgeben.

Er sah erneut auf die Uhr. In fünfundvierzig Minuten würde der Eurostar seine Türen schließen. Bei dem panikartigen Gedränge, das hier herrschte, standen die Chancen gut, dass er ihm vor der Nase wegfuhr. Er würde sich in der Waterloo

Station den Hintern abfrieren, in der Hoffnung, dass die Folgezüge nicht schon ausgebucht waren.

Er wollte gerade zur Metro laufen, als ein Wagen der MET herangefahren kam. Ein Fenster ging herunter, eine Hand winkte ihm zu. Der junge Mann ging auf ihn zu und benutzte seinen Handkoffer als Regenschirm.

»Sind Sie es?«

»Sergeant Shaw. Ich Sie bringen nach Waterloo.«

Der Typ radebrechte in einer Art Pidgin-Französisch. Auf seinem tief gefurchten Gesicht erschien ein gewinnendes Lächeln.

Reichman ließ sich nicht lange bitten. Öffentliche Verkehrsmittel hatte er schon immer gehasst.

Sie fuhren im Schritttempo bis zum Fluss. Die Stadt schien gleich zu implodieren, im Wahnsinn versinken zu wollen. In dieser apokalyptischen Stimmung wirkten die Autos wie Fallen aus Metall, wie chromglänzende Zwangsjacken, in die man die Seelen der Menschen gesteckt hatte. Dieser Sabbat hatte etwas Heidnisches, war wie das Zelebrieren eines verrückten Ritus, wie das letzte Opfer, das der Mensch seinen stählernen Götzen darbrachte.

Trotzdem hatte der junge Mann zum ersten Mal seit seiner Ankunft das Gefühl, am rechten Platz zu sein. Er war Teil dieses Ganzen, vibrierte zusammen mit seinen Brüdern wie ein Photon in einem Teilchenbeschleuniger.

Als sie vor dem Gebäude von Scotland Yard vorbeifuhren, schickte er einen Gruß in die Nacht. Benets war ihm ganz unverhofft eine wertvolle Hilfe gewesen. Er war eine gute Mischung aus Bedächtigkeit und Effizienz, nach so einem Vorbild konnte man unter den französischen Bullen, diesem Misthaufen, lange suchen. Der schnurrbärtige Mann hatte seine wertvolle Zeit geopfert, um ihn durch dieses Labyrinth zu schleusen. Er hatte sich seinen eigenen Ängsten gestellt, seine Überzeugungen mit Füßen getreten. In gewisser Weise war der junge Mann stolz darauf. Er war sich sicher, dass er ihm die Augen geöffnet hatte.

Plötzlich wurde das Fahrzeug von einem Stoß erschüttert. Reichman wandte den Kopf. Der Wagen fuhr auf eine Rampe, die offenbar in ein unterirdisches Parkhaus führte.

Er fragte: »Was ist los?«

»Abkürzung. Schneller. Anderer Ausgang.«

Zum x-ten Mal sah der Ermittlungsrichter auf seine Uhr. Ihm blieben noch zwanzig Minuten, um sich einen Fahrschein zu kaufen und in den Zug zu steigen. Egal, welchen Weg sie nahmen, es würde knapp werden.

Der Fahrer hielt vor einer Metallschranke an. Ein Schalter spuckte ein Ticket aus. Dahinter erstreckte sich, so weit das Auge reichte, eine von zahllosen Leitungen und Kabeln überzogene niedrige Decke.

Reichman sank mit einem Seufzer in den Sitz. Er hatte ganz unwillkürlich ein seltsames Gefühl im Bauch. Er warf einen Blick auf das Display seines Handys, ohne recht zu wissen, warum.

Netzsuche.

Die Reifen quietschten auf dem Bodenbelag. Durch die Lüftung drang Staubgeruch ins Innere. Der Wagen fuhr in einen Gang, der zu beiden Seiten mit Autos zugeparkt war. Einige waren mit Planen abgedeckt, als hätten ihre Besitzer sie hier zum Überwintern ins Warme gestellt.

Keine Menschenseele weit und breit.

Wieder eine Rampe. Der Fahrer fuhr noch einen Stock tiefer. Reichman starrte auf die riesigen gelben, auf den Rauputz aufgemalten Ziffern.

2

3

4

Er stellte sich eine endlose Spirale vor, einen Weg, der sich ins Leere hinabschraubte. Sein Unwohlsein nahm zu. Er fragte beunruhigt: »Sagen Sie... Sind Sie sicher, dass der Trick funktioniert?«

»*No problem*. Abkürzung.«

Seine Worte vermochten Reichman nicht zu beruhigen. Er sah wieder auf sein Handy. Eine mechanische Geste, als wolle er die Verbindung zur Außenwelt wiederherstellen.

Immer noch kein Empfang.

Das Auto erreichte das achte Untergeschoss. Auf dieser Ebene war das Parkhaus fast leer. Ein vergessener Austin, zwei Autos unbekannter Marke, ein Mercedes mit getönten Scheiben. Neonlampen sorgten für eine Beleuchtung wie in einem Pissoir.

Jetzt läuteten bei ihm sämtliche Alarmglocken. Dieser Plan begann ihm in höchstem Maße zu missfallen. Die Route, das Parkhaus, selbst dieser Fahrer.

Da ging etwas nicht mit rechten Dingen zu.

Er rüttelte dreimal an der Türklinke. Vergeblich. Die Klinke reagierte nicht.

Die Erkenntnis traf ihn wie ein Schlag. Eine Falle. Wieso hatte er das nicht gemerkt? Wieso hatte er nicht mit so etwas gerechnet?

Er konnte kaum mehr klar denken. Moore? Er war mächtig genug, einen Richter um die Ecke bringen zu lassen, und von Skrupeln war er auch nicht gerade geplagt. Die Singhs? Die Botschaft von Pakistan hatte vielleicht von seinem Besuch Wind bekommen, falls ihr britischer Verbündeter sie nicht direkt gewarnt hatte. Oder aber der MI-6, der britische Geheimdienst, informiert durch einen Benets, dem es nicht recht war, dass Frankreich ein derartiges Interesse an einem unberührbaren Lord bekundete.

Die Türen des Mercedes flogen auf. Zwei Typen stiegen

aus, sie trugen Maßanzüge, die ihre kräftige Statur betonten. Sie stellten sich vor der Limousine in Positur und warteten.

Ihr Wagen schoss auf sie zu. Drei, vier Sekunden, dann waren sie da. Reichman war wie zur Salzsäule erstarrt. Er klammerte sich an seinen Handkoffer wie an eine Rettungsboje.

Seine Lage stand ihm glasklar vor Augen.

Er war nicht bewaffnet.

Er war allein.

Er hatte vom Kämpfen noch nie etwas verstanden.

Brutale Vollbremsung. Der Chauffeur sprang aus dem Fahrzeug, entriegelte die Tür und bat Reichman auszusteigen.

»Wir ändern Programm. Sie okay?«

Immer noch dieses fast schon provozierende Lächeln.

Der junge Ermittlungsrichter leistete keinen Widerstand. Was sollte er auch sonst machen? Er stieg in den Mercedes und wurde von zwei großen Wachhunden eingekeilt. Ein dritter hatte Reichmans Handkoffer an sich genommen und sein Handy konfisziert.

Die beiden Autos fuhren über verschiedene Aufgänge aus dem Parkhaus heraus. Das Quietschen der Gummireifen hallte einen Moment lang von den Wänden wider.

Dann herrschte wieder Stille.

53

Man überquert niemals zweimal denselben Fluss.

Mit den Informationen, die er mittlerweile zusammengetragen hatte, konnte Paul zusammen mit Atavian einen neuen Versuch starten. Der Bulle hatte sich zwanzig Jahre lang im Dunstkreis Korsikas bewegt. Er hatte zwar keine Kontakte mehr, aber er würde ihm viel über die Brise erzählen können.

Zumindest hoffte er das.

Die Kripo Bastia hatte das Spiel nur halb gespielt, jetzt musste er sich allein durchboxen. Was Van Bruge anging, so wollte er ihn lieber später anrufen, wenn er der Frage auf den Grund gegangen wäre. Der Ermittlungsrichter könnte ihn dabei behindern, schlimmer noch, er könnte das Baby wieder an sich reißen und ihn einfach am Straßenrand stehen lassen.

Bevor er Bastia verließ, hatte Paul dem Brigadier telefonisch eine kurze Zusammenfassung der Lage gegeben. Sein Kollege war völlig von den Socken gewesen, in welche Richtung sich die Ermittlung entwickelt hatte. Als er von der Brise sprach, hatte seine Stimme gezittert. Es schien ihn in eine glorreiche Vergangenheit zurückzuversetzen, in eine Zeit, in der er es noch mit den großen Haien zu tun gehabt hatte.

Sie hatten sich für elf Uhr verabredet, unten vor seiner Wohnung. Diesmal hatte Atavian nicht gezögert. Zum Thema Brise hatte er den idealen Informanten an der Hand.

»Wir fahren nach Caillol. Ein Katzensprung.«

Mit einer Gitanes im Mundwinkel hatte er selbstsicher das Tempo vorgegeben.

Paul fragte: »Nehmen wir deine Kiste?«

Atavian verzog das Gesicht zur Grimasse und deutete auf die Ducati. »Du glaubst ja wohl nicht, dass ich auf so was draufsteige ...«

Paul lächelte verstohlen. Der Armenier hatte sich wieder gefangen. Er konnte ihm nur dazu gratulieren.

Atavian fuhr mit quietschenden Reifen los. Sie waren auf dem Weg nach Sormiou, einer von Pinien gesäumten Allee, hinter der sich die verschiedenartigsten Häuschen verbargen. Dazwischen lagen Brachflächen, gespickt mit Werbetafeln, auf denen die neuen Immobilienprogramme angekündigt wurden: die Gärten von Sormiou, der Grüne Wald, die Terrassen der Calanques. Lauter identische Wohnblöcke, von gierigen Planungsbüros am Fließband geklont. Nach zwei Kreisverkehranlagen gelangten sie in die Siedlung.

Die kleinen Gebäude am Straßenrand waren alles andere als abschreckend. Sie waren in Pastelltönen gehalten – rosa, hellorange, grau –, nicht mehr als drei Stockwerke hoch und in einer verschrobenen Geometrie angeordnet, die an die Behausungen von Höhlenmenschen erinnerte. Auf den Balkonen trocknete Wäsche, die man direkt übers Geländer gehängt hatte. Das Ganze war in ein warmes Licht getaucht, was den Eindruck erweckte, als habe man den Ort mit Gouachefarben gemalt.

Paul rieb sich die Augen. Keine Spannungen, kein Geschrei. Ganz im Gegensatz zu den aggressiven Wohnblöcken der Vorstadtsiedlungen im Norden strahlte diese hier eine kindliche Unschuld aus. Vorsichtshalber hakte er die Verschlussklappe seines Holsters auf. Jetzt konnte er seinen Manurhin-Revolver sofort zücken, falls es Ärger geben sollte.

»Nicht nötig.«

Atavian ging voraus, sein Schädel glänzte. Er hatte gesprochen, ohne sich umzudrehen, als habe er Pauls Reaktion vorhergesehen.

Sie durchquerten eine Arkade und kamen an einer Reihe von Holztüren vorbei, über denen Großbuchstaben angebracht waren. Überraschend war, dass der Ort völlig menschenleer wirkte. Eine Geisterstadt, die in der Sonne verrottete.

Als sie vor dem Gebäude H ankamen, blieb Atavian stehen. Er zog ein Taschentuch heraus und wischte sich die Stirn.

»Wir sind da.«

»Wo?«

Der Armenier zwinkerte ihm zu.

»In der Höhle des Löwen.«

Paul verzog das Gesicht. Der größte Fehler an seinem Kollegen war sein Humor. Zusammen mit dem Hang, einen zu heben, wann immer er konnte.

»Aram Sarafian«, fuhr er fort. »Er kennt viele Leute. Er weiß viel. Eine Goldmine.«

»Ein Landsmann von dir?«

»Ein Überlebender. Er ist in einem Lager zur Welt gekommen, nicht weit von Karput in der Türkei. Seine Mutter hat ihn inmitten von Leichen geboren.«

Paul lief es eiskalt über den Rücken.

»Scheiße... Was erzählst du mir da für ein Zeug?«

Atavian senkte den Kopf.

Er ließ ein paar Sekunden verstreichen, bevor er zu seiner Erklärung ansetzte.

»Der Völkermord, Mann. Eine Million Armenier, von den Türken ausgerottet. Frauen und Kinder wurden zwei Monate lang über die Landstraßen deportiert. Kein Wasser, kein Essen, und die Sonne versengt dir den Pelz. Kannst du dir das bildhaft vorstellen? Tausende von Leichen liegen reihenweise auf den Feldern, ihr Bauch ist aufgetrieben, aus ihrer Haut kriecht ein Gewimmel von Würmern. Sie wurden karrenweise begraben. In Massengräbern. Dann schüttete man ungelöschten Kalk drauf. Sarafian wurde durch die Leichen gerettet. Es gab so viele davon, dass die Henker ihn nicht entdeckten. Eine Bäuerin hat ihn da rausgeholt. Er war hungrig, die Gliedmaßen stellenweise verätzt, er brüllte, dass er leben wollte.«

Paul hörte schweigend zu. Atavian sprach nicht über seine Wurzeln. Niemals. Er schwieg sich über seine Vergangenheit aus, so wie man ein Geheimnis bewahrt. Aber Paul kannte die Geschichte dieses Volkes, das dem ottomanischen Reich unterworfen war und sich nach der Freiheit sehnte, die ihre Herrscher ihnen beschnitten. Jahrelang hatten die Nachkommen vor dem türkischen Konsulat auf dem zweiten Prado demonstriert. Spruchbänder, Sprechchöre, Lautsprecher, eine Handvoll aufgebrachter Menschen, die in die Stille hinein brüllten. Frankreich wurde dessen müde und gab zu, dass es damals ein Gemetzel gegeben hatte.

Er rechnete kurz im Geiste nach.

»Dein Typ ist 1915 geboren. Demnach hat er fast neunzig Jahre auf dem Buckel.«

»Nächstes Jahr wird er so alt.«

»Und er lebt hier?«

»In seinem Alter sucht man sich keine neue Höhle mehr. Seine Familie ist groß. Und dankbar. Sie sorgt für alles, was er braucht.«

Atavian hatte einen anderen Ton angeschlagen. Klar, unmissverständlich.

Paul nutzte das aus und hakte nach: »Was hat das mit der Brise zu tun? Das ist nicht gerade dieselbe Generation.«

»Drogen, Mann. Drogen sind zeitlos.«

Das also war die Verbindung. Die Brise war tatsächlich am Drogengeschäft beteiligt.

»Erzähl mir bloß nicht, dass er noch dealt.«

»Sarafian hat seine Belle Époque gehabt. Bis zur Enttarnung der French Connection. Du warst zu jung. Du kannst das nicht wissen.«

»Was machte er?«

»Er ist Chemiker. Und zwar einer der besten. Seine Kollegen hatten ihm den Spitznamen ›Mandrake‹ verpasst. Der

Zauberer. Er konnte sogar Mehl zu Schnee verarbeiten. Zu fünfundachtzig Prozent reinem Schnee.«

»Ist er nicht etwas zu alt für diese Scherze?«

Die Miene des Armeniers wurde wieder unzugänglich. Als habe man soeben einen Freund angegriffen.

»Dieser Mensch ist etwas ganz Besonderes. Vor drei Jahren war er für die Brise noch als Berater tätig. Der Luftschutz- und Grenzpolizei waren seine Reisen in die Schweiz und die Niederlande aufgefallen, das sind zwei der Drehscheiben für die Umwandlung von Rohmorphin zu Morphium.«

Die Geschichte klang überzeugend. Gute Chemiker fand man nicht an jeder Straßenecke. Der Job verlangte vor allem Fingerspitzengefühl. Selbst wenn sie schon an den Rollstuhl gefesselt waren, konnten sie ihren Dreck noch weiterverkloppen.

»Hat man ihn nie erwischt?«

Atavian ließ seinen Blick über die Umgebung schweifen. In einer Allee lief eine Frau im schwarzen Schleier, die einzige Gestalt in dieser Oase der Stille.

»Seit seiner Geburt hat er sich immer durch alles durchlaviert. Keine einzige Verurteilung. Er hat einfach Baraka. Du weißt, was das heißt, Baraka?«

Der Leutnant unterdrückte seinen Ärger.

»Sag mir bloß nicht, du glaubst an diesen …«

»Natürlich glaube ich daran.«

In Nu tat sich eine ganz neue Welt auf. Der Armenier trug zwei Seelen in der Brust. Jahrhunderte des Aberglaubens, der Kern des Orients. Sein Bullen-Outfit war nur ein Panzer. Unter den Schuppen brodelte es brennend heiß, eine zähflüssige Lava aus Überzeugungen, die im Glauben wurzelten.

»Dieser Typ gibt dir alle möglichen Tipps. Er ist ein Polizeispitzel. Du hast mir nie von ihm erzählt.«

»Erstens: Das ist mein Privatleben. Zweitens: Sarafian ist nicht mehr im Rennen. Ich hatte keinen Anlass, dir Bescheid zu stoßen. Wenn ich dich hierherbringe, dann nur, weil deine Familie ganz schön was durchgemacht hat. Das ist der einzige Grund.«

Paul wich unwillkürlich zurück. Er hatte den Armenier noch nie so außer sich gesehen. Bevor sie hinaufgingen, wagte er noch eine letzte Frage: »Wie bist du mit ihm in Kontakt getreten?«

»Wieso ist das wichtig?«

»Es ist gar nicht wichtig… Nur der Vollständigkeit halber.«

Der Brigadier antwortete nicht. Er malträtierte die Klingel, während er sich die Schuhe zuband.

Zweimal. Einmal. Zweimal.

Die Tür ging sofort auf. Als sie das Gebäude betraten, raunzte er ihm von Weitem zu:

»Die Diaspora… Das ist kein Ammenmärchen, mein Freund.«

54

Angela hatte eine denkwürdige Nacht hinter sich, in der sie abwechselnd von Albträumen und Angstattacken gequält wurde. Ihre Ängste kreisten allesamt um ihre Schnüffeltour, und sie war sich sicher, dass sie eine große Dummheit begangen hatte. Jeder x-beliebige Bulle wäre imstande, ihr im Handumdrehen auf die Schliche zu kommen.

Im Morgengrauen fand sie endlich ein wenig Schlaf. Für zwei Stunden fiel sie, völlig erschöpft, in ein tiefes schwarzes Loch. Sie war ganz verstört gewesen, als das Nebelhorn einer Fähre sie aus diesem todesähnlichen Schlaf gerissen hatte.

Ihre Hand war unters Kopfkissen geglitten. Sie hatte das kalte Metall gespürt, das Relief der Motive. Mit halb geschlossenen Augen hatte sie sich in die Betrachtung ihrer Beute versenkt.

So viele Erinnerungen. So viele Hoffnungen.

Verbrannt.

Sehr schnell waren sie von anderen Bildern überlagert worden. Ein geöffnetes Fenster. Zwei gebeugte Gestalten. Eine verkrampfte Hand, die sich in einem letzten Aufbäumen des Lebenswillens um eine Reliquie krallt. Der Mörder hatte nicht gespürt, dass seine Beute ihm den Talisman entriss. Er war wieder in die Wohnung zurückgegangen und hatte nur noch daran gedacht, sauber zu machen. Daran, dass er keinerlei Spur hinterlassen durfte.

Die Polizisten hatten den Gegenstand beim Opfer gefunden, das ihn fest umklammert hielt. Zunächst hatte nichts auf einen Mord hingedeutet, sodass sie annehmen mussten, hier seien religiöse Überzeugungen im Spiel gewesen. Der Antrag auf Abnahme der Fingerabdrücke wurde erst später gestellt, nach der Autopsie, bei der Seifenrückstände auf der Leiche gefunden worden waren.

Aber auch der Vermutung, es könne sich um ein Verbrechen handeln, war man nicht weiter nachgegangen. Der Vermerk »negativ« bedeutete, dass man auf dem Kreuz bestenfalls Fingerabdrücke des Opfers gefunden hatte.

Während sie sich anzog, hatte Angela gelächelt. Die Polizei war ganz nah dran gewesen, hatte sich dann aber schon bald wieder auf dem Holzweg befunden. Mittlerweile war sie bestimmt davon überzeugt, dass es sich um Selbstmord handelte. Wenn Van Bruge von einem Mord ausging, so musste das andere Gründe haben. Dieselben, die ihn veranlasst hatten, Paul nach Korsika und seinen Schergen auf Ermittlungstour nach England zu schicken.

Nur sie allein wusste, woher das Kreuz stammte.

Somit wusste auch nur sie, welche Spur zum Mörder führte.

Um die Wahrheit zu sagen, dieser Vorsprung war ein vergiftetes Geschenk. Er brachte ihre Pläne ins Wanken, ließ ihre Mission ganz unerwartet eine Wende nehmen, die sie völlig verwirrte.

Sie musste dringend Kontakt aufnehmen.

Sie verließ den kleinen Hafen über die Treppe des Vallon. Rutschige Treppenstufen, deren Kanten Tausende von Schuhsohlen glatt poliert hatten. Als sie auf die Corniche heraustrat, hatte sie das Gefühl, aus einem Schrank herauszukriechen. Das Meer war wie ein Tanz, sinnlich und dunkel. Die Sonne schickte Lichtpfeile auf seine Wellenkronen, ein Spiegelspiel, das ständig in Bewegung war.

Sie betrat einen Tabakladen und kaufte sich eine Telefonkarte. Anschließend überquerte sie die Straße. Auf der anderen Seite lag ein halbkreisförmiger Platz mit Blick auf den Horizont, ausgestattet mit Fernrohren für Touristen. In der Mitte stand ein Ehrenmal für die Toten in Form eines Bogens, wie ein Durchgang ins Jenseits. Vom Blau des Himmels hob sich eine Telefonkabine ab.

Angela eilte auf sie zu. Noch im Gehen dachte sie an all die dämlichen Regeln, die man ihr vor ihrer Abreise aus Palermo auf die Schnelle eingebläut hatte.

Nicht übers Festnetz. Und schon gar nicht übers Handy. Niemals einen Namen nennen. Nur Farben. Sie war Gelb, und sie sprach mit Blau. Zu guter Letzt das Wichtigste: die Codenummer, die nach dem Wählen der Telefonnummer eingetippt werden musste.

Sie hatte sie auswendig gelernt.

Als sie den Hörer abnahm, wurde ihr plötzlich ganz heiß. Warum hatte sie sich in diesen Wahnsinn hineinziehen lassen? Warum sollte sie in diesem Machtspiel ihre Karriere aufs Spiel setzen?

Sie war doch das Einzige auf der Welt, das ihr einen Grund zum Leben gab.

Fabios Liebe war keine ausreichende Erklärung. Auch nicht die Versprechen, die Blau ihr gemacht hatte.

Sie starrte auf die Wellen. Die Insel Frioul lag wie ein dunkler Streifen in der pudrigen Luft. Sie musste an ein geborstenes Schiff denken, an die letzten glorreichen Momente, bevor es in die Tiefe gezogen wurde.

Wie dieses Schiff sank auch sie unerbittlich immer tiefer.

Sie hatte ihr Leben auf dem Scherbenhaufen ihrer Kindheit errichtet. Eine unheilbare Verletzung, die sie mit ihrer Willensstärke mundtot gemacht hatte. Ihr Therapeut hatte von der persönlichen psychischen Widerstandskraft gesprochen, die Menschen besaßen, denen das Leben den Hals umgedreht hatte, und zwar allem zum Trotz.

Sie hatte nicht daran geglaubt.

Einer Sache war sie sich plötzlich sicher. Dass die Jugendlichen im Knast oder der Schmerz der anderen ihr etwas bedeuteten, war alles Augenwischerei. Sie hatten ihr dabei geholfen, sich nicht mit der Wahrheit auseinandersetzen zu müssen. Die Konfrontation mit den Abgründen zu vermeiden, vor denen sie seit dem Unfall die Augen verschloss.

Mit der Annahme des Auftrags hatte sie dem Ganzen ein Ende machen wollen. Sie hatte die Einsamkeit durchbrechen, sich die Maske herunterreißen wollen, die sich ihr in die Haut fraß. Als sie in das Büro des Ermittlungsrichters eingebrochen war, hatte sie noch nicht gewusst, dass sie damit einen ganz klaren Wunsch verfolgt hatte, einen ganz unmittelbaren.

Sie wollte geschnappt werden.

Um in ihrem Leben endlich ein anderes Kapitel aufschlagen zu können.

Sie lockerte die Schultern, nahm den Hörer ab und gab die Nummer und den Code ein. Nach zweimaligem Klingeln war eine männliche Stimme am Apparat, die Italienisch sprach.

Mit gefasster Stimme nannte sie ihre Farbe.

55

»Hier lang, mein Freund … Komm her …«

Die Stimme kam aus dem hinteren Teil der Wohnung. Dunkel, kratzig. Die Stimmbänder eines langjährigen Rauchers, belegt mit einer Teerschicht.

Paul eilte hinter seinem Kollegen her.

Sie durchquerten ein ohne große Sorgfalt eingerichtetes Zimmer – wahrscheinlich das Esszimmer –, in dem alle möglichen alten Möbel herumstanden. Ein lackiertes Holzbüfett, mit Korbgeflecht bespannte Stühle, ein rotes Plüschsofa, schreiend bunte Vasen, gefüllt mit Trockenblumen. Das Ganze sah aus, als sei es vom Lastwagen eines Trödlers gefallen und zum Teil unter Einsatz großer Mengen Isolierband wieder zusammengeflickt worden. Überall hingen Heiligenbildchen, an die Wände genagelt oder in Rahmen gezwängt. Rührselige Bilder von Christus mit der Dornenkrone, von der Jungfrau mit dem Kinde, umkränzt vom goldenen Heiligenschein, von mit Feuerlanzen bewaffneten Racheengeln.

Paul war im Glauben erzogen worden. Römisch-katholisch, apostolisch. Der jahrelange Katechismus-Unterricht war nur noch eine ferne Erinnerung, aber was er hier sah, ließ ihn an eine Kirchenspaltung denken. Orthodoxe Ikonen, überladen mit Gold und Silber, erstarrt in einer kitschigen Leidenschaft.

Die Höhle eines Popen.

Atavian schien sich hier wohlzufühlen. Und zu Hause. Er grüßte mit einem Nicken, schüttelte eine Hand, drückte einen Kuss auf eine Stirn. Ungefähr zehn Personen hockten in dieser Zwei-Zimmer-Wohnung aufeinander, sie lächelten aufrichtig zurück. Ein echtes Familientreffen.

Er umrundete einen Tisch aus Kiefernholz und blieb vor einer Tür stehen.

Wieder ertönte die Stimme, wie das Hauchen eines Blasebalgs: »Komm ...«

Sie betraten ein Schattenreich. Hinten sah man eine weiße Linie, die von dem Spalt zwischen zwei schweren Vorhängen stammte, die das Mysterium bewahren sollten. Äthergeruch kroch die Wände entlang.

»Das Licht ... Ich vertrage kein Licht mehr.«

»Ist es schlimmer geworden?«

»Jeden Tag wird es schlimmer, mein Freund ... Das Alter ist eine Krankheit, an der man sterben muss.«

»Hör auf mit dem Unsinn. Du wirst uns alle überleben.«

»Nein ... Das ist das Ende. Ich fühle es. Die Metastasen zerfressen mir die Netzhaut. Der Arzt meint, es sei nur noch eine Frage von Wochen.«

Sarafian sprach diese Wahrheit aus, als lasse sie ihn kalt. Er schien ganz neben sich zu stehen, auf einem See aus Schmerz dahinzudriften. Ein metallisches Geräusch schlug den Takt zu seinen Worten.

Paul kniff die Augen zusammen. Er erkannte undeutlich eine lange und schmale Gestalt. Sie atmete kaum merklich, ausgestreckt auf einem mit medizinischen Geräten ausgestatteten Bett.

Atavian schloss vorsichtig die Tür.

»Brauchst du etwas?«

»Nein. Ich habe alles, was ich brauche. Manchmal zu viel … Du kennst ja die Kinder …«

Das menschliche Wrack machte eine Pause, um zu schlucken. Die Schleimhäute gaben ein trockenes Geräusch von sich, kein Saft, kein Speichel. Dann fing die Stimme kaum hörbar wieder zu sprechen an: »Was führt dich hierher?«

»Das Attentat in der Rue Borde.«

Der Alte reagierte nicht. Er ging sparsam mit seinen Worten um. Mit einer Kinnbewegung deutete er auf Paul.

Atavian stellte ihn vor: »Mein Vorgesetzter. Leutnant Paul Cabrera. Er ist auch ein Freund.«

Paul nickte ihm zu. Er zögerte, ihm die Hand hinzustrecken. Der antiseptische Geruch wirkte wie eine Barriere. Eine abschreckende Grenze, welche die Welt der Lebenden von derjenigen der Toten schied.

Die Gestalt bewegte sich wieder. Jetzt konnte man die spitzen Umrisse eines Mannes erkennen. Er saß aufrecht, den Rücken von einem Berg von Nackenrollen gestützt, seine Beine steckten unter einem weißen Laken. Sein Oberkörper sah aus wie ein Vogelkäfig, eine Reihe von Rippen, auf denen durchsichtige Plastikplättchen angebracht waren. Dünne Kabel waren mit einem Monitor verbunden, der inmitten einer Tonne von Medikamenten auf dem Nachttisch stand. Auf dem Bildschirm zeigte eine grüne Linie eine Reihe von steilen Kurven an.

Das Gesicht blieb immer noch unsichtbar.

»Tania hat mir die Zeitungen vorgelesen.«

»Was denn? … Sie kann schon lesen?«

»Zählen auch. Sie kommt im September in die Grundschule.«

Ein Seufzer. Wie ein Ausdruck der Reue. Eine Klage über

etwas, das man verpasst hat. Sarafian griff nach einer Plastikflasche und trank einen Schluck Wasser.

»Die haben Schwein gehabt, dass nicht das ganze Viertel in die Luft ging.«

Atavian nickte.

»Wir haben eine Fährte.«

»Wir? Machst du jetzt einen auf Terroristenjäger?«

»Nicht ich. Ich helfe nur.«

Schweigen. Das Rauschen des Monitors vibrierte in der stickig-heißen Luft. Der Krebskranke beugte sich vor, immer noch von Halbschatten verschluckt. Seine Bewegung wurde von einem süßlichen Geruch begleitet. Mit einem Gluckern sagte er zu Paul: »Cabrera ... Italiener?«

»Sizilianer.«

»Palermo?«

»Meine Mutter stammt aus Bagheria.«

»Bagheria ... Wie der Feuerwehrmann?«

Sein Herz machte einen Sprung. Als wären sie plötzlich durch eine ganze Reihe von Kabeln verbunden. Urplötzlich enge Vertraute geworden.

»Er war mein Onkel. Er ist in Marseille geboren.«

»Die Journalisten schreiben aber auch einfach, was ihnen in den Sinn kommt...«

Der junge Leutnant hörte Mitgefühl in Sarafians Stimme mitschwingen. Als teile er sein Leid, und es klang aufrichtig. Als habe er Ähnliches schon selbst erlebt.

Er beschloss, auch ehrlich zu sein.

»Die Bombe hatte nicht das Finanzamt zum Ziel.«

»Ach nein?«

»Sie sollte ein angrenzendes Büro treffen. Es gehörte Ihren Freunden von der Brise.«

Eigentlich genügte schon die bloße Erwähnung dieser Mafiabande, um den Leuten Angst zu machen. Wie bei den

Kindermärchen, wenn der Menschenfresser in Erscheinung tritt. Aber der Alte fuhr mit ruhiger Stimme fort.

»Ich sehe schon, du bist gut informiert…«

»Ist das ein Problem?«

Paul glaubte ein Lächeln zu erkennen. Im Dämmerlicht sah man, wie sich eine Hand bewegte, die so dürr war wie eine Vogelkralle. Sie drückte linkisch einen Schalter. Das Zimmer wurde in ein fahles Licht getaucht, das mit Ikonen tapezierte Wände erkennen ließ.

Jetzt konnte man auch Sarafians Gesicht sehen. Tiefe Augenringe, hohle Wangen, eine gelbliche, von Abschuppungen zerfressene, tief gefurchte Haut. Das Gesicht eines Märtyrers, dessen Magerkeit offenbarte, wie weit die Krankheit schon vorangeschritten war.

Cabrera wich zurück. Der Moribunde starrte ihn an, zwei schwarze, harte, auf Stecknadelkopfgröße geschrumpfte Pupillen.

»In meinem Zustand können sie mir nicht mehr viel anhaben, mein Junge.«

Paul dankte ihm mit einem Zwinkern.

»Ich mach das nicht für dich«, fuhr Sarafian fort. »Deinem Freund hier bin ich Hilfe schuldig.«

Es entfuhr ihm ein Seufzer. Unter seiner Schädeldecke schienen Gespenster zu tanzen. Nachdem er noch einen Schluck Wasser getrunken hatte, schickte er eine weitere Frage hinterher: »Die Brise… Ist das deine Fährte?«

»Sagen wir mal so, das ist unser Ausgangspunkt. Wir suchen nach Verrückten, die einen solchen Hass auf sie hatten, dass sie bereit waren, dafür ein ganzes Haus in die Luft zu sprengen.«

Ein ersticktes Lachen war von seiner Bettstatt zu vernehmen.

»Da gäbe es viele, die sie gerne fertigmachen würden. Die

Frage ist bloß, wer auch den nötigen Mut dazu aufbringen würde.«

»Haben Sie da eine Idee?«

Dem folgte eine längere Pause. Sarafian rang nach Atem. Nach ein paar Sekunden sprach er weiter: »Es gibt nur eine Möglichkeit...«

Die Bronchien füllten sich mit Luft. Es klang wie das Pfeifen einer Lokomotive.

»Eine Organisation... die mindestens genauso mächtig ist. Und die über dieselben Mittel verfügt.«

Paul begriff sofort. Korrupte Politiker, Terror, Kontrolle über die Wirtschaft. Anziani hatte ihm die Richtung gewiesen.

»Also eine Mafia.«

»Genau. Die Haie haben sich schon immer gegenseitig zerfleischt. Jedenfalls werden die kleinen Fische es nicht wagen, sie anzugreifen.«

Sogleich drängte sich ein Wort auf, das seit dem Zerfall des Ostblocks allen auf den Lippen lag.

»Die Russen?«

»Nicht nur die... Da sind noch die türkischen Kurden, die Albaner und die Italiener: Camorra, N'Drangheta, Cosa Nostra. Wenn man noch weitersucht, stößt man auf die kolumbianischen und mexikanischen Kartelle in Lateinamerika, die Italo-Amerikaner in den Vereinigten Staaten. Ganz zu schweigen von den chinesischen Triaden und den japanischen Yakusas.«

Paul wurde ganz schwindlig. Sarafian zeichnete ihm gerade eine Weltkarte des Verbrechens.

»Das sind ganz schön viele. Welche dieser erlauchten Gesellschaften könnte mit der Brise ein Hühnchen zu rupfen haben?«

Das Laken erzitterte, dann folgte ein Seufzer.

»Wie soll ich das wissen?«

»Sie haben für sie gearbeitet.«

»Schau mich an. Ich bin seit drei Jahren tot. Und dann haben sie mich auch nie über ihr Geschäft auf dem Laufenden gehalten …«

Die letzten Worte gingen in einem Röcheln unter. Der Kranke versuchte mit der Hand an den Nachttisch zu gelangen. Atavian reichte ihm den Sauerstoffinhalator.

Paul nutzte die kleine Pause, um nachzudenken. Die Korsen verließen ihr Refugium nicht. Folglich musste es sich um einen aggressiven Räuber handeln, der imstande war, seinem Nachbarn in die Karten zu schauen. Nur bei den europäischen Mafiavereinigungen war diese unmittelbare Nähe gegeben.

Aber was sollte das Ganze? Jeder war genug mit seinen eigenen Schäfchen beschäftigt. Würden sie das Risiko eingehen, einen Gegner zu attackieren, der auf seiner Insel so tief verwurzelt war? Bei ihm zu Hause?

Er suchte nach einem anderen Weg. Einem, der zwei Mafiaorganisationen über ihre Herrschaftsgebiete hinaus miteinander verbinden könnte. Menschenhandel, Waffenhandel, Handel mit gestohlenen Autos, Schmuggel …

Das alles kam ihm recht unwahrscheinlich vor. Zu unrentabel. Jedenfalls nicht rentabel genug, um dem Grundprinzip zuwiderzuhandeln, das darin bestand »im eigenen Land zu leben und zu räubern«.

Während er den Krebskranken anstarrte, kam ihm plötzlich ein erhellender Gedanke. Es gab etwas, das ein Überschreiten der Grenzen rechtfertigen und die einvernehmlichen Beschlüsse außer Kraft setzen könnte.

»Ist die Brise immer noch im Drogenhandel tätig?«

Sarafian nahm den Inhalator ab. Er schien jetzt etwas besser atmen zu können.

»Sie hat sich gleichzeitig mit mir vom Markt zurückgezogen. Außerdem hat sie dort nicht lange mitgemischt. Die Türken und die Kurden haben sich mit den Russen verbündet. Sie schaffen den Rohstoff von Afghanistan über die ehemalige sowjetische Republik Tadschikistan. Das ist sehr kompliziert geworden. Und was die Mittelsmänner im Goldenen Dreieck angeht, so ist es schon lange her, dass sich die Korsen in Indochina aus dem Staub gemacht haben.«

»Wir haben Finanzdokumente in den Trümmern gefunden. Es könnte sich um einen Zusammenschluss von mehreren Akteuren handeln. Hier wurde wahrscheinlich Geld gewaschen.«

»Jede Organisation bedient sich ihrer eigenen Netze.«

Diese Behauptung verblüffte Paul. Ein Urteil, das keinen Einspruch duldete.

Also war es nichts mit dem weißen Pulver. Mussten sie wieder bei null anfangen.

Cabrera legte die Stirn in seine Hände. Jemand öffnete die Fenster und machte sie wieder zu. Er wusste nicht mehr weiter.

Der Alte spürte, wie durcheinander er war.

»Entspann dich, Junge.«

Cabrera schüttelte den Kopf. Was nützte ihm der Ratschlag schon?

»Ist das alles, was Sie mir zu sagen haben?«

»Über deine Ermittlungen, ja. Den Rest musst du alleine herausfinden. Aber es gibt etwas, das du noch nicht weißt. Und da kann ich dir helfen.«

»Ach ja?«

»Es betrifft die Gründe, die dich antreiben.«

Paul richtete sich wieder auf. Der Alte starrte ihn eindringlich an.

»Du bist auf dem Holzweg. Aber ich kann dich verstehen… Ich habe das Gleiche empfunden. Mein Leben lang habe ich gekämpft, um meine Schuld zu begleichen. Wenn ich die Augen schloss, sah ich diese Frau vor mir. Sie ist gestorben, kurz nachdem sie mich aus dem Massengrab herausgezogen hatte…«

Er ließ sich in ein Meer von Kissen zurücksinken. In seiner Stimme lag nur noch Reue.

»Ich habe das alles nur getan, um der Sache zu dienen.«

Cabrera raunzte: »Mit der Herstellung von Heroin?«

»Du weißt gar nichts… Aber lass dir von einem alten Mann einen Rat geben. Ich habe mich getäuscht. Ich habe die ganze Zeit für mich selbst gekämpft.«

Er unterbrach sich, als habe die Tirade ihn erschöpft. Nach ein paar Sekunden sagte er kaum hörbar: »Pass bloß auf… Du bist nämlich auf demselben Weg.«

Paul fühlte sich durchschaut. Er versteckte sich hinter seiner Dienstmarke: »Ich mach meine Arbeit. Dafür werde ich bezahlt.«

Sarafian stieß einen Seufzer aus und löschte das Licht. Im Dämmerlicht war nur noch eine leblose Form zu erkennen.

Atavian gab ihm ein Zeichen. Es war Zeit zu gehen.

Aus der Tiefe ihres Schattenlochs krächzte die Raucherstimme ein letztes Mal: »Vergiss es nicht, mein Junge. Man kämpft nicht für irgendeine Sache. Das ist alles heiße Luft. Man kämpft immer nur für sich selbst.«

56

In dem Raum roch es nach Schimmel.

Reichman riss die Augen auf, konnte aber nichts erkennen. Nur weiße, rote oder schwarze Punkte. In der Dunkelheit erschienen auf seiner Netzhaut flüchtige Bilder. Ein Nichts in Bewegung, wirre Galaxien.

Und doch wusste er ganz genau, wo er war.

Der Wagen hatte London Richtung Gatwick Airport verlassen. Er hatte sich eine gute Stunde lang über eine verstopfte Autobahn gequält, bevor er auf eine Nationalstraße abgebogen war. Auf einer Anschlagtafel hatte Reichman lesen können: Dulwich. Nach einem weitläufigen Park, aus dem Vogelgezwitscher zu hören war, war die Limousine durch ein Portal gefahren. Am Ende einer dunklen Allee war ein efeuumranktes Herrenhaus aufgetaucht. Man hatte ihn ohne viel Federlesens in einen Keller gestoßen, mitten hinein in mit staubigen Flaschen gefüllte Weinregale. Er hatte versucht, etwas herauszubekommen, das Ganze zu verstehen. Seine Entführer hatten ihm keinerlei Erklärung gegeben, aber auch keine Fragen gestellt. Sie hatten ihn bloß hierhertransportiert, ihn gefesselt und dann im Dunklen sich selbst überlassen.

Er wechselte seine Stellung. Die Wirbelsäule war nur noch ein brennender Stab, es stach ihn im Nacken. Seinem Hintern ging es nicht besser. An einigen Stellen war er völlig gefühllos, an anderen kribbelte es wie von Ameisen.

Wie lange war er jetzt schon an diesen Stuhl gefesselt? Unmöglich zu sagen. Er war offenbar mehrmals eingeschlafen, kurze Nickerchen, wie wattige Absenzen.

Er zerrte an seinen Fesseln. Die Nylonschnur biss sich noch ein wenig tiefer in seine Handgelenke. Seine Oberschenkel fühlten sich eiskalt an. Seine Hose war nass vom Urin.

Wieder überkam ihn eine Welle der Angst. Auf der Fahrt hatte man ihn nicht daran zu hindern versucht herauszufinden, wo er sich befand. Keine Augenbinde, kein Schlafmittelcocktail, kein Schlag mit dem Knüppel auf den Schädel.

Das war ein deutliches Zeichen.

Diese Reise sollte eine Reise ohne Wiederkehr werden.

Beim Geräusch eines Schlüssels schreckte er hoch. Zur gleichen Zeit flammte das Licht im Raum auf. Aus einem Reflex heraus schloss er die Augen. Feuerlanzen malträtierten seine Netzhaut. Er hörte Schritte. Und dass jemand atmete. Schwer und mühevoll.

Sofort bekam er Panik.

Ganz allmählich öffnete er die Augen. Durch die Tränen hindurch konnte er zwei Gestalten erkennen. Er erkannte den stiernackigen, kurzgeschorenen Mann wieder, der ihn zum Keller eskortiert hatte. Der andere war vom selben Kaliber.

Sie traten beiseite, um einen dritten Mann vorbeizulassen. Klein, weißer Anzug, pechschwarzes, nach hinten geklatschtes Haar. Mehr konnte Reichman nicht erkennen.

»Hocherfreut, Herr Richter.«

Die Stimme klang sanft, fast schon süßlich. Sie sprach ein perfektes Französisch mit einem leichten Akzent, den er nicht einzuordnen vermochte.

»Entschuldigen Sie, dass ich nicht früher kommen konnte. Ich hoffe, Sie nehmen mir das nicht übel.«

Reichman blinzelte mehrmals. Das Bild war noch verschwommen, als blicke er durch eine regennasse Scheibe. Jasminduft stieg ihm in die Nase.

Der Mann im weißen Anzug ging zu einer Art Waschgelegenheit, zwei aneinanderhängende Steinbecken, die in die Wand eingelassen waren. Darauf stand ein Metallbehälter von der Größe eines Benzinkanisters. Mit einer geschmeidigen Bewegung zog er seine Jacke aus und reichte sie einem seiner Gorillas.

»Sind sie Bordeauxliebhaber … oder mögen Sie lieber einen Burgunder?«

Er hatte gesprochen, ohne sich umzudrehen, während er sich die Hände wusch. Reichman war völlig perplex. Man wollte ihn zu einer Weinprobe einladen ... Es sei denn, es handelte sich um das letzte Glas eines zum Tode Verurteilten.

»Ich persönlich ziehe den Burgunder vor«, sprach die honigsüße Stimme weiter. »Letzte Woche habe ich mir eine Kiste Romanée-Conti Jahrgang 67 ersteigert. Ich bin sicher, Sie werden ihn mögen.«

Er wandte sich um, so leicht wie eine Feder.

»Was meinen Sie?«

Der Ermittlungsrichter konnte jetzt wieder ganz normal sehen. Er betrachtete das ausgemergelte Gesicht mit Widerwillen. Tiefe Stirn, abwesender Blick, das Lächeln eines Schauspielers. Wegen des kurzen, sorgfältig gestutzten Barts konnte man seine Gesichtszüge nicht klar erkennen.

Der Mann kam näher. Seine manikürten Fingernägel schimmerten wie rosa Bernstein.

»Sie sind kein Weinliebhaber? Ganz wie Sie wollen ...«

Er machte ein Zeichen mit der Hand. Einer der beiden Bewacher reichte ihm ein Paar mit Eisenschuppen bedeckte Handschuhe. Eine mittelalterliche Schutzkleidung, die direkt aus einem Rittermuseum zu stammen schien. Er nahm vorsichtig den Kanister und goss den Inhalt in das Waschbecken.

Weißer Rauch hüllte ihn ein, dicht, fast schon kompakt. Schon bald machte sich in dem Kellergewölbe ein unerträglicher Geruch breit.

»Das geht vorbei«, bemerkte der Weinfachmann. Der Raum ist groß. Sie werden schon sehen. Man gewöhnt sich daran ...«

Reichman begriff nicht, was da vor sich ging. Er spürte nur, wie seine Gedärme sich verkrampften und es ihm schließlich die Kehle zuschnürte.

Der kleine Mann nahm sich einen Stuhl und setzte sich vor Reichman darauf, die Beine gekreuzt. Auf die Entfernung konnte der Richter den Nasenrücken sehen, der spitzer war als ein Dorn. Eine wellenförmige Narbe lief über ein Augenlid.

»Ich bin sehr beeindruckt«, fuhr der Mann fort. »Logisches Denken, Intuition, Sie verbinden diese zwei Seiten einer Medaille auf brillante Weise.«

Der Ermittlungsrichter nahm all seine Kraft zusammen. Es war sinnlos, den Helden spielen zu wollen. Außerdem war er ohnehin nicht aus dem Holz geschnitzt.

»Was wollen Sie von mir?«

»Wissen natürlich. Ist das nicht unser aller ureigenes Streben?«

Eine Hoffnung nahm Gestalt an. Vielleicht wollten sie ihn gar nicht umbringen? Sie wollten Informationen. Sonst nichts. Anschließend würden sie ihn laufen lassen.

Er murmelte: »Was wollen Sie wissen?«

Der Mann lockerte seine Krawatte aus türkisblauer Seide.

Jede seiner Bewegungen wirkte manieriert.

»Ich denke, es ist sinnlos, um den heißen Brei herumzureden. Also werde ich Ihnen die Fragen ganz direkt stellen. Erste Frage: Wer ist über Ihre jüngsten Entdeckungen unterrichtet?«

Reichman dachte nach, bevor er antwortete. Er hatte LVB ein paar Teilinformationen übermittelt. Es lag ganz in seinem Interesse, ein bisschen dicker aufzutragen, ihn glauben zu machen, er sei nur ein ausführendes Organ, das von Paris aus überwacht wurde. Vielleicht könnte diese Strategie es ihm ermöglichen, hier wieder herauszukommen.

»Ich habe mit meinem Vorgesetzten telefoniert, bevor ich das Hotel verließ.«

»Mit Richter Van Bruge?«

Reichman zeigte sich sichtlich beeindruckt. Sein Gesprächspartner kannte sich aus. Während er weiterredete, versuchte er, ganz natürlich zu klingen.

»Er leitet die Ermittlungen. Ich informiere ihn zweimal täglich.«

Keine Reaktion. Gerade mal ein kleiner Seufzer.

»Zweite Frage: Kennen Sie die Kunden der Delta Company?«

Das war's. Moore hatte gespürt, dass sich da was zusammenbraute. Er konnte die Sache nicht auf sich beruhen lassen und tatenlos zusehen, wie sich die Schlinge immer enger zuzog. Einen kurzen Moment lang fühlte Reichman Verbitterung. Es war ein Sieg und zugleich eine Niederlage. Seine Intuition war belohnt worden. Aber der Preis, den er dafür zahlen musste, war übertrieben hoch.

Er dachte kurz nach, bevor er antwortete. Sie hatten seinen Handkoffer, seine Notizen, die Kopien mehrerer Protokolle. Und noch dazu das Fax. Mit Sicherheit hatten sie das alles peinlich genau unter die Lupe genommen.

»Ich weiß nur, dass es sich um Korsen handelt. Ihre genaue Identität kenne ich nicht.«

»Sind Sie sich da sicher?«

Der Ton war so scharf, dass Reichman einen Luftzug spürte. Schneidend und gemein. Der Ermittlungsrichter spürte, wie ihm das Herz in die Hose sackte.

»Ja ... Ich nehme an, Sie haben sich meine Akte angesehen ...«

Ein aufgesetztes Lächeln.

»Das ist bloß Papier. Ich denke, das Wesentliche haben Sie in Sicherheit gebracht. Es ist in Ihrem Kopf.«

»Nein … Ich versichere Ihnen … In der Akte steht alles drin.«

Der Mann stand auf. Er ging ein paar Schritte umher und krempelte sich dabei die Ärmel seines Hemds hoch.

»Betrachten wir das Problem einmal aus einem anderen Blickwinkel. Können Sie mir sagen, was dieser Polizist in Korsika macht?«

»Er ermittelt … Wir verfolgen mehrere Fährten.«

»Was hat er herausgefunden?«

»Ich … Ich weiß nicht …«

Der Mann verzog den Mund.

»Na los, Herr Richter. Sie wollen mir hier doch nicht weismachen, dass die Informationen nur in eine Richtung laufen.«

Der junge Mann war im Alleingang unterwegs. Er hatte nicht die geringste Ahnung, was Cabrera entdeckt haben könnte. Und sein Entführer ganz offensichtlich auch nicht.

»Ich wiederhole meine Frage. Was wissen Sie über die Kunden der Delta Company?«

Die Situation war vertrackt. Der Typ war überzeugt davon, dass er ihm etwas verheimlichte. Und es gab keinen Weg, ihn vom Gegenteil zu überzeugen.

Reichman stöhnte: »Alles, was ich weiß, steht in der Akte …«

»Tatsächlich? Das werden wir ja sehen.«

Er drehte sich zu den beiden Wachhunden um.

»*Go on.*«

Die Männer packten ihren Gefangenen. Einer von ihnen schnitt die Nylonschnur durch, die ihn in die Handgelenke schnitt. Der andere ergriff ihn beim Arm.

Watte in den Knien. Ein Schwindel. Der Ermittlungsrichter versuchte nicht, sich zu wehren. Er hatte weder die Kraft noch den Mut dazu.

Man platzierte ihn vor dem Waschbecken. Ein feiner Dampf stieg daraus empor. Bei dem Geruch drehte es ihm den Magen um, es war, als würde er einen Abflussreiniger einatmen. Er bekam einen Krampf.

Die zuckersüße Stimme in seinem Rücken war jetzt schneidender als ein Skalpell: »Also, Herr Reichman?«

Panik überkam ihn, wie ein Fieberanfall.

»Ich ... Ich weiß nicht mehr ... Ich schwöre es Ihnen.«

Er sah nicht den stummen Befehl, den der andere seinen Bewachern gab. Der Druck auf den Bizeps wurde stärker. Seine Handgelenke wurden nach vorn gezogen.

Zunächst fühlte es sich an den Fingern ganz frisch an. Kein Schmerz. Die Flüssigkeit war dick, fast sirupartig. Dann, mit etwas Verzögerung, explodierte der Schmerz.

Er klappte zusammen, brüllte los.

Die Hände brannten wie Feuer. Muskeln, Sehnen, Gefäße – er konnte spüren, wie das chemische Mittel sein Fleisch bis aufs Mark verzehrte. Ein beißender Dampf begleitete das Manöver. Ein Geruch nach Ätznatron.

Reichman verlor das Bewusstsein.

Als er wieder zu sich kam, lag er auf dem Boden ausgestreckt. Das Gesicht lächelte ihn an. Er dachte an einen Arzt im weißen Kittel, der sich nach einem Unfall über ihn beugte.

»H2SO4. Die chemische Formel für Schwefelsäure. In der Umgangssprache auch Vitriol genannt.«

Er packte das Handgelenk des jungen Mannes und näherte es seinen Augen. »Schauen Sie hin.«

Reichmans Hände sahen aus wie Klauen. Zusammengekrümmt, knotig. Die Lederhaut war weggeätzt und ließ die elfenbeinerne Spitze der Fingerkuppen erkennen. Keine Nägel mehr, keine Haut. An ihrer Stelle ein rosafarbenes Etwas, das zu schwären begann.

Die Stimme fuhr in ruhigem Tonfall fort: »Sie können sich wahrscheinlich gut vorstellen, was das im Gesicht anrichtet … Ein letztes Mal, was haben Sie über die Kunden der Delta Company erfahren?«

Tränen stiegen ihm in die Augen. Reichman verlegte sich aufs Betteln: »Ich … Tun Sie das nicht … Ich kenne sie nicht.«

Sein Henker beobachtete ihn einen Augenblick. In seinem Blick lag eine Mischung aus Neugierde und Begeisterung. Schließlich setzte er wieder seine höfliche Maske auf.

»In gewisser Weise enttäuschen Sie mich … Aber andererseits haben Sie mich überzeugt.«

Die Spannung sank wieder. Was blieb, war nur der Schmerz. Und der war quälender, als wenn er seine Hände in ein glühendes Kohlenbecken gehalten hätte.

Der andere sah ihn immer noch starr an.

»Leider habe ich ein Problem.«

Das Spiel ging weiter.

»Ich kann Sie nicht einfach wieder nach Paris zurückschicken, damit Sie Ihrem Vorgesetzten von unserer Unterhaltung erzählen. Das verstehen Sie, nicht wahr?«

Reichman war nicht mehr in der Lage zu protestieren. Er schlotterte, wurde von Krämpfen geschüttelt. Dem Schock und dem Schmerz war die Benommenheit gefolgt, wie ein natürliches, vom eigenen Körper produziertes Betäubungsmittel. Sein Großvater hatte im Widerstand gekämpft. Er hatte ihm von dieser Apathie erzählt. Von der Resignation, die einen kurz vor dem Tod überkam.

Man stellte ihn wieder auf die Beine, doch sie trugen ihn nicht mehr. Sein Kopf hing zur Seite wie bei einer kaputten Puppe.

Er bäumte sich ein letztes Mal auf, als er begriff, dass sein Henker beschlossen hatte, mit ihm Schluss zu machen.

Ein letztes Mal herrschte die Stimme ihn an: »Haben Sie keine Angst. Es ist wohl so, dass man gar nichts spürt. Das Herz bleibt stehen, sobald…«

Reichmans Kopf kippte nach vorn, wobei er letzte Worte stammelte.

Nur Empfindungen.

Eis.

Feuer.

Schwärze.

57

In den Büros der Brigade Nord war die Stimmung aufgeheizt.

Sporttaschen lagen auf dem Boden verstreut, gleich daneben ein wahres Arsenal. Automatikwaffen, Schlagringe, Pumpguns und Messer – die Bullen hatten sich großzügig eingedeckt. Sie zogen sich Kevlar-Westen an und überprüften ihre Funkgeräte. An der schwarzen Wandtafel bildeten rote und blaue Pfeile ein abstruses Schema.

Paul huschte ein Lächeln übers Gesicht.

Die Jäger machten sich bereit für die Jagd auf das Vorstadtgesindel.

Er begrüßte die Jungs mit einem Handzeichen. Wenn er auf seine innere Stimme gehört hätte, hätte er sich die Haare zusammengebunden, seine Armbinde übergezogen und sich mit ihnen ins Abenteuer gestürzt. Das Adrenalin, das man bei solchen Aktionen ausschüttete, verscheuchte alle Fragen und Theorien.

Aber ihn erwarteten andere Freuden. Taillandier, dieser kleine Scheißkerl, verfolgte ihn seit einer Stunde und quatschte ihm die Mailbox voll. Er wollte ihn unverzüglich sprechen.

Paul ging in sein Büro. Er war vorübergehend vom Dienst befreit. Wenn er ihn sprechen wollte, sollte er doch vorbeikommen.

Nachdem er eine Weile lang Tomasinis Höhle besetzt hatte, hatte Paul schließlich seine Hausgötter dort untergebracht. Ein jämmerlicher Raum, dessen Wände jeden Tag ein Stück näher zusammenzurücken schienen. Der einzige Trost war, dass Taillandiers Ankunft mit einer Renovierung des Mobiliars zusammengefallen war. Holzimitat, synthetische Stoffe.

Er zündete sich einen Zigarillo an, und ihm fiel auf, dass er seit Beginn der Woche nicht einen Augenblick der Entspannung gehabt hatte. Die Lider wurden ihm schwer, er ließ den Kopf nach hinten sinken. Bilder vom süßen Nichtstun stiegen in ihm auf, und er sah sich ausgestreckt auf den Felsen von Cassis liegen, neben einem Geschöpf, das ihm nicht auf den Keks ging und ihm den Rücken mit Sonnencreme einschmierte.

Ein zweimaliges Klopfen an der Tür brachte ihn in die Realität zurück. Die Anfeindungen gingen erneut los.

»Mir wurde gesagt, Sie seien gerade gekommen.«

Wenn er Paul ansprach, wirkte Taillandier jedes Mal, als laufe er über ein Seil.

»Die Neuigkeiten machen ja schnell die Runde«, antwortete Cabrera.

»Schneller, als Sie denken. Van Bruge hat heute Morgen angerufen. Er möchte Sie sehen.«

»Gibt es was Neues?«

»Das können Sie ihn selbst fragen.«

In seinem Tonfall lag ein Hauch von Enttäuschung. Der Kommissar blieb völlig außen vor. Das war schwer zu schlucken für ihn.

Sie gingen in Taillandiers Büro. In der Brigade herrschte eine seltsame Ruhe, sie wirkte verlassen wie ein Klassenzimmer während der Sportstunde. Die Bullen hatten ihre Ranzen stehen gelassen, um die Schießscharten zu besetzen.

»Nehmen Sie bitte Platz.«

Der Kommissar deutete auf einen Stuhl und nahm den Hörer ab. Während er die Nummer wählte, fasste Paul im Geiste die letzten Tage zusammen. Seine Entdeckungen waren Gold wert, Van Bruge schuldete ihm großen Dank. Aber das Wesentliche war nicht zu greifen, und so drohte es noch eine Weile zu bleiben. Wer auch immer die Feuerwerker waren, sie wohnten gewiss nicht im Lande.

An der Telefonanlage blinkte ein grünes Licht. Taillandier legte die Hand auf den Hörer.

»Ich stelle laut. So gewinnen wir Zeit.«

Denkste!, dachte Paul. Nach viermaligem Klingeln ertönte die verärgerte Stimme des Pariser Staatsbeamten.

»Ja?«

Im Hintergrund waren Gesprächsfetzen zu vernehmen, zwei oder drei Personen lieferten sich ein erbittertes Wortgefecht.

Der Leutnant eröffnete das Gespräch.

»Cabrera. Sie wollen mich sprechen?«

»Wo sind Sie?«

»In der Brigade.«

»Ich rufe zurück.«

Er legte auf.

Paul zuckte mit den Schultern und legte den Hörer auf. Er fragte sich, ob diese Typen, die am Machthebel saßen, jemals in ihrem Leben auch nur ein Minimum an Höflichkeit lernen würden.

Vor ihm saß sein sogenannter Chef und schien davon nicht im Mindesten unangenehm berührt zu sein. Arschtritte entgegenzunehmen war bei ihm zur zweiten Natur geworden.

Der Apparat klingelte wieder. Taillandier stürzte sich darauf. Er äußerte mit verkniffenem Mund zwei Belanglosigkeiten und reichte dann den Hörer an Paul weiter.

Van Bruge griff sofort an: »Die Staatsanwaltschaft von Bastia hat mir von Ihren Heldentaten berichtet. Sind Sie von allen guten Geistern verlassen, oder was?«

»Notwehr.«

»Das war ja wirklich ein Bravourstück. Noch dazu haben Sie sich auf mich berufen, weil Sie sich Rückendeckung verschaffen wollten.«

»Tut mir leid. Ich hatte keine Zeit, einen Anwalt zu rufen.«

Die Stimme des Staatsbeamten war nur noch ein Zischen.

»Vorsicht, Cabrera. Treiben Sie es nicht zu weit.«

»Die Nationalisten haben mir einen beinharten Tipp gegeben. Möchten Sie ihn hören?«

Kurze Stille. Als Van Bruge weitersprach, hatte er den Ton geändert.

»Freut mich zu hören. Ich brauche Ihnen wohl nicht zu sagen, dass ich die Pressemitteilung nicht herausgegeben habe.«

Paul biss sich auf die Unterlippe, Van Bruge hatte sich über die Forderungen der Maskierten hinweggesetzt. Die Schießerei hatte offenbar denselben Effekt wie diese bläulichen Lampen, mit denen man Falter in die Falle lockt.

Er entschuldigte sich trotzdem nicht.

»Sie werden Ihr Versprechen halten können. Die Leute sind nicht darin verwickelt, aber was noch besser ist: Sie wissen, wen die Täter im Visier hatten.«

»Wen denn?«

»Die Brise de mer.«

»Haben Sie diese Infos von der FLNC?«

»Nicht direkt. Die hatten zu viel Muffensausen. Ich bin durch den Vergleich mit anderen Informationen darauf gekommen.«

Ein Seufzer am anderen Ende der Leitung.

»Die Kerle haben mir gesagt, es würden parallel Ermittlungen angestellt. Und zwar nicht von ihnen selbst. Dann behaupteten sie noch, die Sache reiche weit über die Grenzen Korsikas hinaus.«

»Diese Ganoven verlassen nie ihre Insel.«

»Ich weiß... Aber nach dem Treffen hat man versucht, mich abzuknallen.«

Van Bruge fiel ihm ins Wort.

»Woher wollen Sie wissen, dass es die Brise war? Die verkohlte Leiche, die Sie auf dem Gewissen haben, konnte nicht identifiziert werden.«

Anziani hatte die Information zurückgehalten. Er hoffte wahrscheinlich, selbst Nutzen daraus ziehen zu können.

»Ich schon«, fuhr Paul fort. »Es handelt sich um Serge Nicoli alias Colargol. Einen Auftragskiller der Brise.«

»Wie...«

»Ist doch egal. Ich habe es herausgefunden, das ist alles, was zählt. Dadurch, dass ich Kontakt zu den Maskierten aufgenommen habe, habe ich sie aus der Reserve gelockt.«

Wieder eine Pause. Van Bruge war offenbar dabei, den Wert dieser Auskünfte abzuschätzen und sie in seine eigenen Informationen einzubeziehen.

Schließlich fragte er: »Was wissen Sie sonst noch?«

»Die Brise hat ihr Herrschaftsgebiet unter Kontrolle. Sie macht im Inneren das Gesetz und schützt es vor Angriffen von außen. Das ist eine Mafia-Organisation, die in Frankreich ihresgleichen sucht. Korruption, Terror...«

»Lassen Sie es gut sein. Ich brauche keine Nachhilfestunde. Sagen Sie mir lieber, was Sie herausgefunden haben.«

Paul schluckte die Kröte hinunter. Taillandier saß steif auf seinem Stuhl und genoss die Situation sichtlich.

»Ich bin überzeugt, dass nur eine andere Mafia sich an sie heranwagen konnte.«

»Aber sonst geht's Ihnen noch gut?«

»Der Angriffsplan war kompliziert. Es brauchte eine Organisation, Informationen und ganz gewiss einen Haufen Kohle. Und wozu das alles? Um Papiere abzufackeln. Ganz zu schweigen von den unvermeidlichen Repressalien. Wer hätte die nötigen Mittel, um sich an so eine Sache heranzuwagen?«

»Die Nationalisten. Die hocken mit gezogenen Messern in den Startlöchern ...«

»Hören Sie doch auf mit dem Quatsch! Sie sind gespalten, werden schwerfälliger. Die beherrschen gar nichts mehr.«

Das Argument zog. Paul konnte fast hören, wie dem Ermittlungsrichter die Kinnlade herunterklappte.

»An Mafia-Organisationen herrscht ja nicht gerade Mangelware. Haben Sie eine bestimmte Fährte?«

»Gegenwärtig noch nicht.«

Dem folgte eine lange Pause. Schließlich verriet ihm Van Bruge: »Ich habe seit gestern Abend keine Nachricht mehr von meinem Mitarbeiter. Im Prinzip erstatten wir uns alle zwölf Stunden kurz Bericht.«

»Ist er immer noch in London?«

»Er war dort. Heute müsste er nach Paris zurückkommen.«

Der Satz verlor sich in einem Abgrund. Der Richter räusperte sich, bevor er fortfuhr.

»Er hatte gerade herausbekommen, woher die Finanzdokumente stammten.«

»Ihre englischen Bankiers?«

»Die Sache ist komplizierter. Die Delta Company hat Beziehungen zu Pakistanis, zur First Islamabad of Credit. Marco … ich meine, Ermittlungsrichter Reichman glaubt, dass unsere Korsen ihre Geldwäsche mithilfe dieser Mittelsmänner betreiben.«

Cabrera massierte sich die Schläfe. Die Brise schaffte ihre Kohle nach Pakistan. Das Ganze wurde allmählich unentwirrbar.

»Ist das alles, was er Ihnen gesagt hat?«

»Er sollte mir nach seiner Rückkehr hier zusammenfassend Bericht erstatten. Er hat mir lediglich gesagt, die FIC, die pakistanische Bank, gehöre einer alteingesessenen Familie, die von zwei Brüdern geleitet werde, von Rajiv und Prithvi Singh.«

Auf die andere Seite des Schreibtischs kam Bewegung. Taillandier hatte sich einen Notizblock geschnappt und kritzelte etwas aufs Papier.

Van Bruge verkündete mit Grabesstimme: »Es ist möglich, dass er sich damit in unmittelbare Lebensgefahr gebracht hat.«

Untersuchungsrichter Michel – drei Kugeln in den Kopf, aus nächster Nähe von zwei Motorradfahrern erschossen. Untersuchungsrichter Falcone – fünfhundert Kilo Sprengstoff, die unterm Asphalt deponiert waren, der Bombenkrater verschluckte sein Auto mit sämtlichen Insassen. Der Panzer der Justiz war kein Schutz vor Projektilen aus dem Dunkeln.

Paul fragte: »Was sollen wir tun?«

»Ich werde Kontakt zu Scotland Yard aufnehmen und versuchen herauszufinden, wo mein Kollege abgeblieben ist. Was die Bankiers angeht, da müssen wir uns an den Quai d'Orsay wenden. In der Hoffnung, dass wir Einsicht in ihre Konten bekommen.«

»Und die Brise?«

»Dieser Spur nachzugehen, überlasse ich der Brigade zur Bekämpfung der Bandenkriminalität.«

»Scheiße. Ich war es, der …«

»Sie haben gute Arbeit geleistet, Cabrera. Aber man muss Fälle auch wieder aus der Hand geben können. Ihre Kollegen von der Abteilung zur Bekämpfung des Schwerverbrechertums sind für diese Art von Ermittlung besser ausgerüstet als Sie.«

Das Urteil brachte Paul völlig aus der Fassung. Eine vernünftige, sich auf Fakten stützende Entscheidung. In diesem Rechtsfall war er ein Nichts. Nur eine günstige Gelegenheit, die man nach ausgiebiger Nutzung wieder ausrangierte. Aber Van Bruge vergaß ein Detail. Er hatte sich nicht um seiner schönen Augen willen auf die Sache eingelassen. Auch nicht, weil er davon träumte, als Racheengel aufzutreten.

Er war es Fabio, seiner Mutter und auch Angela schuldig.

Stur erwiderte er: »Sie machen einen Fehler, wenn Sie mich auf die Ersatzbank schicken. Meine Methoden zahlen sich aus. Und das wissen Sie. Lassen Sie mich machen, ich kümmere mich um die Korsen.«

»Indem Sie in die Menge ballern?« Die Stimme war wieder barsch und schroff geworden.

»Wir sind schon weiter«, fuhr der Richter fort. »Sie haben uns geholfen, und ich danke Ihnen dafür. Jetzt müssen wir Ihre Hypothesen noch überprüfen. Also, lassen Sie uns unsere Arbeit tun.«

Er machte eine Pause, bevor er hinzufügte: »Bei der Gelegenheit, sagen Sie bitte Mademoiselle Pazzonni, sie soll aufhören, uns für Idioten zu halten. Wenn Sie so weitermacht, könnte sie Probleme bekommen.«

Paul erstarrte.

»Wovon sprechen Sie?«

»Sie schnüffelt zu viel herum für meinen Geschmack. Ich weiß nicht, wonach sie in der Akte gesucht hat, aber diese Art von Einmischung schätze ich gar nicht. Sie kann von Glück reden, dass nicht ich es bin, der sie dafür zur Rechenschaft zieht.«

Er machte eine Pause, als zögere er noch, den Rest zu verraten.

»Übrigens ist aus einer angegliederten Akte, die den Mord an der Immobilienmaklerin betrifft, ein versiegeltes Beweisstück entwendet worden. Ich habe noch keine Klage gegen sie angestrengt, aber Ermittlungen in die Wege geleitet. Im Hinblick auf ihre weitere Karriere möchte ich doch sehr hoffen, dass sie nichts damit zu tun hat.«

Diese Mitteilung wirkte wie ein Elektroschock. Angela hatte ihn gebeten, sie über die weitere Entwicklung des Falls auf dem Laufenden zu halten. Als es ihr schlecht ging, auf den Friedhofstreppen.

Sie hatte ihn überholt. Manipuliert. Aus Gründen, die für ihn jetzt klar auf der Hand lagen: Auch sie suchte nach den Schuldigen.

Er antwortete wie benebelt: »Ich werde es ihr ausrichten.«

»Das sollten Sie auch.«

Der Richter legte auf.

Cabrera warf Taillandier einen bösen Blick zu. Der Kommissar rutschte auf seinem Stuhl herum und fühlte sich noch unwohler.

Ohne abzuwarten, zückte Paul sein Handy. Nach fünfmaligem Klingeln ertönte Angelas Stimme mit dem Vorschlag, eine Nachricht zu hinterlassen.

Paul konnte seine Wut nur schwer verhehlen: »Hier spricht Paul. Ruf mich an. Ich habe Neuigkeiten.«

58

»Hältst du mich für bescheuert?«

Paul hatte dem Ärger Luft gemacht, der seit einer Stunde an ihm nagte. Er starrte Angela hasserfüllt an und versuchte aus ihrem verzerrten Gesicht herauszulesen, was eigentlich an der Sache dran war.

»Nein, es ist nur …«

»Es ist was?«

Die junge Frau senkte den Kopf. Sie starrte auf ihre Stiefelspitzen, wie ein kleines Mädchen, das man auf frischer Tat ertappt hatte, die Hand noch im Marmeladenglas.

Schweigen machte sich breit. Jeder stand erstarrt in einer Ecke der Küche, sie waren wie zwei Ringkämpfer, die auf den Gong warteten.

Schließlich machte sie den ersten Schritt: »Ich brauche einen Kaffee. Möchtest du auch einen?«

»Wechsel nicht das Thema.«

»Denkst du, das habe ich vor?«

Sie nahm die Dose aus dem Schrank. Ihre Gesten waren ein wenig schwerfällig, sie schien ein rätselhaftes Ritual zu vollführen, ein Ritual, das nichts mit ihr zu tun hatte.

»Ich musste die Akte sehen.«

»Dann hättest du wenigstens … ach, Scheiße! Dann könnte ich es verstehen. Ich habe deswegen auch Ärger bekommen.«

»Warte mal … Du siehst das falsch …«

Ihre Stimme klang schmerzerfüllt, ihre Verwirrung war greifbar.

Sie goss zwei Tassen ein und setzte sich an den Tisch. Wie sie das Kinn so leicht gesenkt hielt, wirkte ihr ovales Gesicht, als sei es einem Gemälde von Vermeer entsprungen. Die Grazie in Reinkultur.

»Ich konnte dir nichts davon erzählen. Es geht nicht nur um Fabio, nicht nur um mich. Ich habe das alles gemacht, weil man mich darum gebeten hat.«

»Man?«

»Ein Vertreter der italienischen Regierung.«

»Was für eine Art von Vertreter?«

»Einer von denen, die nicht in den offiziellen Listen auftauchen.«

Cabrera blieb fast der Mund offen stehen.

»Sonst geht's dir noch gut?«

Sie strich sich eine Strähne aus der Stirn und sah ihn mit leerem Blick an.

»Das ist die Wahrheit. Ich schwör's dir.«

Paul hätte sich am liebsten in den Arm gekniffen. Nichts in seiner Ermittlung hatte vermuten lassen, dass die Sache in diese Richtung ging. Aber Angela schien die Wahrheit zu sagen.

Er zündete sich einen Zigarillo an und atmete tief durch.

»Okay… Wir gehen alles noch einmal von vorn durch. Du spielst den Spion für eine Bande von Geheimagenten. Was das angeht, warum nicht? Aber diese Typen interessieren sich für ein Attentat, das Hunderte von Kilometern von ihrem Land entfernt stattgefunden hat. Mensch, ist dir denn nicht klar, dass das keinen Sinn ergibt?«

»Ich weiß.«

»Haben Sie dir wenigstens gesagt, wonach sie suchen?«

»Man hat mich nur darum gebeten, nach Frankreich zu fahren und den Fall zu verfolgen.«

»Als Anwältin?«

»Nein. Ich bin Fabios Tochter. In gewisser Weise ein Opfer. Ein Kollege vertritt mich und hat es mir gestattet, mir Akteneinsicht zu verschaffen.«

»Ich begreife das nicht. Konnten sie nicht einen offiziellen

Antrag stellen? Es gib doch bestimmt Abkommen zwischen Frankreich und Italien …«

»Die Akte wurde als vertraulich eingestuft. Ich weiß auch nicht, wieso. Jedenfalls ist jede internationale Zusammenarbeit ausgeschlossen.«

Sie nahm sich ein Stück Zucker und wartete, bis es sich in ihrem Kaffee aufgelöst hatte.

»Daher haben sie mich ausgewählt. Weil ich die Möglichkeit hatte, diesen Fall unmittelbar zu verfolgen, ohne allzu großes Aufsehen zu erregen.«

Paul führte die Tasse an seine Lippen. Er betrachtete Angela durch einen feinen Dampfschleier. Sie wirkte zerbrechlich und verloren.

»Und du hast dich dazu bereit erklärt?«

»Sie haben mir einen Posten in Rom in Aussicht gestellt. Im Sozialministerium.«

Sie schluckte. In ihren Augen lag ein fiebriger Glanz.

»Dieser Job gibt mir die Möglichkeit, Jugendlichen in ganz Sizilien zu helfen. Ich meine, ihnen wirklich zu helfen. Etwas Besseres hätte mir gar nicht passieren können, selbst wenn ich mehrere Leben hätte.«

Paul hörte aufmerksam zu. Angelas Werdegang rechtfertigte diese Wahl, diese Bereitwilligkeit. Trotzdem kam ihm diese Einsatzbereitschaft etwas merkwürdig vor. Er hatte das Gefühl, dass hier noch andere Motive im Spiel waren. Erstaunlicherweise schien Fabio keiner dieser Gründe zu sein.

»Ich glaube, dieser Traum wird nie in Erfüllung gehen«, bemerkte die junge Frau.

Daraufhin schwiegen sie beide. Cabrera zog eine Braue hoch und wartete ab, was sie noch erzählen würde. Angela spielte mit ihrem Löffel, ihr Blick verharrte auf dem Wappen, das in das Ende des Stiels eingraviert war. Ein Katzenprofil, das ägyptisch aussehen sollte.

Als sie wieder das Wort ergriff, klang ihre Stimme fester: »Was ich herausgefunden habe, hat ihnen zu denken gegeben. Sie haben mir befohlen, alle Nachforschungen einzustellen, bis man mir weitere Anweisungen erteilt.«

»Könntest du versuchen, etwas klarer zu werden?«

»Die Antiterrorabteilung hat in zwei Richtungen ermittelt. In London und in Korsika. Sie haben eine Bank im Visier und die Eigentümer eines Büros, das zusammen mit dem Finanzamt zerstört wurde. Aber ich nehme natürlich an, dass du auf dem Laufenden bist.«

Paul nickte. Er war neugierig, wo sie ihn hinführen wollte.

»Beim Durchstöbern der Akten habe ich die Verbindung zwischen den beiden entdeckt: Ein Dokument mit einer Nummer, das in den Trümmern gefunden wurde. Aber weiter bin ich nicht gekommen. Ich weiß nicht, was es damit auf sich hat, warum es sich dort befand, was Van Bruge in London und was du in Korsika gesucht hast. Im Klartext: Ich habe nicht die geringste Ahnung, was das Motiv für das Attentat gewesen sein könnte. Und noch weniger weiß ich, wer dafür verantwortlich zu machen ist.«

Paul analysierte jedes Wort der jungen Frau. Ihr Tonfall, ihre Körperhaltung, alles war irgendwie seltsam. Sie schien völlig neben sich zu stehen und gab sich dennoch siegessicher.

Lag das an ihrer Erfahrung als Anwältin? War das eine Art, sich dem Kampf zu stellen, den Gegner hinters Licht zu führen, wie auch immer dessen Waffen aussehen mochten?

»Aber zwei Dinge weiß ich«, fuhr sie fort. »Erstens, dass es sich nicht um ein klassisches Attentat handelt. Diese Hypothese habt ihr sofort fallen gelassen. Gleich nach der Feststellung, dass es keinerlei Bekennerschreiben gibt. Und was das Zweite angeht ...«

Sie hielt inne, als wolle sie damit eine größere Wirkung erzielen.

»Das Zweite kann niemand von euch ohne meine Hilfe herausfinden …«

Die Selbstsicherheit wurde jetzt zur trotzigen Herausforderung. Nachdem sie den Köder ausgeworfen hatte, ließ sie die Angelschnur im Wasser treiben. Paul hatte die Botschaft verstanden. Es ging ans Verhandeln.

»Hast du etwas zu verkaufen?«

»Genau.«

»Was verlangst du als Gegenleistung?«

»Sämtliche Einzelheiten.«

Paul stand auf. Er machte den Kühlschrank auf und öffnete eine Bierflasche. Die bittere Flüssigkeit war wie ein langer, eisiger Kuss.

»Warum sollte ich dir die verraten? Seit einer Woche hältst du mich zum Narren.«

»Weil ich im Besitz eines äußerst wichtigen Beweisstücks bin.«

»Dann leite es an Van Bruge weiter.«

»Ausgeschlossen. Man würde mich sofort ausbooten.«

Cabrera dachte an sein eigenes Schicksal. Der Ermittlungsrichter war im Alleingang unterwegs. Er presste einen aus wie eine Zitrone, und dann ab damit in den Müll. Ohne jeden Skrupel.

»Van Bruge hat mich fallenlassen. Ich bin nicht mehr dabei.«

»Das trifft sich gut, ich auch nicht.«

»Du meinst, wir sollten ein Team bilden.«

»Dann wüssten wir wenigstens, mit wem wir es zu tun haben.«

Angela hatte sich völlig in die Sache verrannt. Sie erinnerte ihn an einen Blutegel, der sich in sein Fleisch verbissen hatte.

Um ihn wieder abzukriegen, müsste man eine Klinge heiß machen.

»Du arbeitest für eine fremde Regierung. Ich bin nicht gerade ein glühender Patriot, aber es gibt doch Grenzen.«

»Das ist vorbei ... Wenn wir zwei uns zusammentun, haben wir sie bald alle überholt. Sag bloß nicht, du hättest nie daran gedacht, die Sache allein durchzuziehen ...«

Er hatte von Anfang an nichts anderes getan. Hatte daran gedacht, die Fährte der Brise weiterzuverfolgen, Fabios Mörder zu finden, sie dazu zu bringen, ein Geständnis abzulegen. Der ganze Fall war für ihn zu einer persönlichen Angelegenheit geworden. Zu einer Begleichung von Rechnungen.

Van Bruge hatte ihn einfach aus dem Rennen geworfen. Jetzt, da die Grundlagen geschaffen waren, wollte dieser schlaue Fuchs die Ermittlung wieder an sich reißen und alle Mittel einsetzen.

Wenn er allein weitermachte, würde er ihn abhängen können.

Er beobachtete seine Cousine. Sie wartete. Sie hatte ebenso allen Grund, die Killer zu jagen. Und sie behauptete, eine Länge Vorsprung zu haben. Also, warum nicht?

»Einverstanden. Ich höre.«

»Nein. Du zuerst.«

»Vertrauen gegen Vertrauen.«

Sie zierte sich ein wenig.

»Entschuldige. Ich bin es nicht gewohnt, meine Karten offenzulegen, ohne mich abzusichern.«

Paul gab aus Prinzip nicht nach.

»Dann wirst du eine Ausnahme machen. Als Entschuldigung dafür, dass du mich an der Nase herumgeführt hast.«

Sie sah ihm unverwandt in die Augen, wie ein Pokerspieler am Spieltisch. Paul lächelte spöttisch. Sie gab als Erstes auf.

»Es gibt noch eine zweite Akte in Marseille. Sie betrifft die Ermordung einer Frau. Einer Immobilienmaklerin namens Michèle Jourdan. Sie verwaltete die SCI, die den Korsen gehörte.«

»Nicht gerade ein Scoop ...«

»Van Bruge sollte die Fälle zusammenführen. Ich hätte warten können, bis die Akte in Paris angekommen wäre, aber ich wusste nicht, wie lange das dauern würde.«

Paul musste an den Verdacht Van Bruges denken. An die beigefügte Akte, die eine Anwältin entwendet hatte. Er sagte: »Also hast du dich einfach bedient.«

»Es war nichts sonderlich Interessantes darin, außer einem versiegelten Beweisstück, mit dem deine Kumpels von der Polizei nichts anfangen konnten.«

Sie holte ein kleines Bronzekreuz aus ihrer Tasche und legte es auf den Tisch.

»Schenk ich dir.«

Der Polizist nahm den Gegenstand vorsichtig an sich. Er sah aus wie ein Amulett. Vier Großbuchstaben waren auf der Vorderseite eingraviert, durch Punkte voneinander getrennt.

S.P.Q.R.

»Was ist das?«

»Das wurde in der Hand von Madame Jourdan gefunden, als man ihre Leiche untersuchte. Die Buchstaben bedeuten ›Senatus Populusque Romanus‹.«

»Das heißt übersetzt?«

»›Senat und Volk von Rom‹. Die Devise der Republik, gegründet im Jahre 509 vor Christus.«

»Woher weißt du das?«

»Ich habe dieses Symbol schon einmal gesehen.«

»In einem Museum?«

»Am Hals eines Bekannten.«

Paul setzte sich wieder. Er ahnte bereits, welchen Weg seine Cousine einschlagen würde.

»Womöglich am Hals des Mörders?«

Sie nickte kurz. Es war, als sei unter der willensstarken Stirn eine schmerzende Wunde wieder aufgerissen worden. Wie eine Geschichte, mit der man noch nicht abgeschlossen hat, wie eine noch nicht ganz durchgestandene Trauer.

Der Polizist bemerkte: »Denkst du nicht, dass der Schluss, den du daraus ziehst, ein bisschen wenig Spielraum lässt? Solche Kreuze gibt es bei den Antiquitätenhändlern wahrscheinlich zuhauf. Das Opfer hatte offenbar eine Vorliebe für alten Trödel.«

»Es ist ein Unikat.«

»Das beweist gar nichts. Dein Freund hat es ja vielleicht einfach weiterverkauft.«

»Er hätte sich nie davon getrennt. Er achtete darauf wie auf seinen Augapfel.«

Paul sagt ironisch: »Nichts währet ewiglich, meine Liebe.«

Sie konterte: »Manche Dinge schon, mein *Lieber*. Aber das ist dir offenbar entgangen.«

Sie starrte ihn wütend an. Dann versicherte sie: »Wie dem auch sei, das Kreuz konnte Jourdan nicht gehört haben.«

»Warum nicht?«

»Die Leiche war nackt gewesen, und auf ihrer Haut wurden Seifenspuren entdeckt. Sic hat wahrscheinlich gerade eine Dusche oder ein Bad genommen, als der Kerl in die Wohnung kam. Ich kann mir nur schwer vorstellen, dass sie das Kreuz beim Baden die ganze Zeit in der Hand hielt. Später hat der Angreifer sie aus dem Fenster geworfen. Ohne sie vorher zu erschlagen oder zu erschießen. Es ist also höchst unwahrscheinlich, dass sie sich nicht gewehrt hat.«

Diese Details kannte Cabrera nicht. Van Bruge hatte ihn informiert, ihm aber nichts Genaueres dazu gesagt. Und in

La Provence war lediglich von »ungeklärten Umständen« die Rede gewesen.

Er versuchte, den Gedankengängen der Anwältin zu folgen.

»Sie soll es ihm also vor dem Sturz vom Hals gerissen haben?«

»Das wäre die naheliegendste Lösung.«

»Und der Killer soll davon nichts gemerkt haben?«

»Nicht während des Kampfes. Später hatte er wahrscheinlich genug andere Dinge zu tun.«

Paul kratzte sich am Kopf. Schließlich hatte das alles Hand und Fuß. Und vorerst war es die konkreteste Spur.

Am Ende kapitulierte er.

»Einverstanden. Wer ist der Typ?«

Sie stammelte tonlos: »Er heißt Giacomo Rainaldi. Ich habe ihn damals kennengelernt, als ich gerade mein Jurastudium beendete.«

»In Palermo?«

»Ja ... selbstverständlich.«

Schlagartig wurde Paul einiges klar. In zwei harmlosen Sätzen hatte Angela ihm soeben das fehlende Verbindungsstück geliefert.

Er ließ eine Weile verstreichen, bis er die Information verdaut hatte. Dann nahm er ihre Hypothese genauer unter die Lupe.

»Wie gut hast du ihn gekannt?«

»Gut.«

»Einfach nur gut?«

»Er war mein Liebhaber.«

Das gab Paul ganz unerwartet einen Stich. Als habe ihn der Stachel der Eifersucht getroffen. Er hakte nach: »Ein Student?«

Angela verkrampfte sich.

»Damals war er einer gewesen … Wir haben uns vor vier Jahren aus den Augen verloren.«

Paul bekam Zweifel. Ein angehender Mann des Gesetzes, der mir nichts, dir nichts eine Frau schulterte, um sie in die Tiefe zu werfen – das schien ihm nicht recht zusammenzupassen.

Er fragte weiter: »Ist er in Palermo geboren?«

»Ja, ich glaube schon.«

»Bist du schon mal bei ihm zu Hause gewesen? Kennst du seine Freunde? Seine Familie?«

»Nein. Wir haben uns in meiner kleinen Dachwohnung getroffen. Er träumte immer von der perfekten Osmose, von einer vollkommen symbiotischen Beziehung. Nur er und ich, vereint gegen den Rest der Welt.«

Ein trauriges Lächeln legte sich wie ein Schleier über ihr Gesicht.

»Ich habe nicht daran glauben wollen. Oder es ist mir nicht gelungen … Was hat das letztlich für eine Bedeutung? Jetzt ist das alles Vergangenheit.«

Paul erinnerte sich an die eigenen Liebesgeschichten, die schiefgelaufen waren. Weil jeder mit seinen eigenen Dämonen zu kämpfen hatte, vor Angst verging bei der Vorstellung, den anderen loszulassen. In seinen persönlichen Archiven gab es mehr als eine davon.

Aber für diese gescheiterte Beziehung gab es vielleicht eine andere Erklärung.

Und Angela dürfte sie kennen.

»Ich glaube, dass dein Freund eine enge Beziehung zur Mafia von Palermo unterhält, zur Cosa Nostra.«

Sie hob den Kopf und sah ihn ungläubig an.

»Was?«

Paul stand auf und tigerte durch den Raum. So konnte er freier sprechen.

Er setzte ihr das Ganze bis in alle Einzelheiten auseinander. Von der ursprünglichen falschen Fährte, der Brise de mer, dem anglo-pakistanischen Geldwäschenetz, dem Krieg der Mafia und schließlich Reichmans Verschwinden. Die Identifizierung des Mörders von Michèle Jourdan war das letzte fehlende Puzzleteil. Es würde sie zu denen führen, die für das Attentat verantwortlich waren.

Nachdem er eine halbe Stunde geredet hatte, setzte er sich wieder.

»Das ist der derzeitige Stand der Dinge.«

Angela war sprachlos. Sie stand ebenfalls auf und schenkte sich noch einen Kaffee ein. Ohne sich umzudrehen, bemerkte sie: »Du glaubst also, dass die Cosa Nostra die Bombe gelegt hat …«

»Das scheint mir offensichtlich.«

»Aber eines passt nicht ganz hinein.«

»Was denn?«

»Warum hätte sie die Maklerin umbringen sollen? Nach dem, was du gesagt hast, arbeitete sie für die Brise. Nicht für die Sizilianer.«

Die Frage traf Paul ins Mark. Außerdem zeigte sie, wie geistesgegenwärtig Angela war. Der Mann, den sie geliebt hatte, gehörte jener Organisation an, die Kids in explosive Angriffswaffen verwandelte. Noch dazu hatte er Fabio getötet. Sie würde einige Zeit brauchen, bis sie diesen Widerspruch akzeptiert hätte.

Er bastelte sich eine Antwort zusammen.

»Vielleicht hat sie ein doppeltes Spiel gespielt. Vielleicht hat sie sie ja darüber informiert, was die Korsen in Marseille vorhatten. Und da bekamen sie Angst, man könnte ihnen auf die Schliche kommen.«

Sie stützte sich mit gekreuzten Armen am Ausguss auf. Die Erklärung genügte ihr nicht.

»Hör zu«, sprach Paul weiter. »Mal ganz ehrlich, ich habe nicht den Funken einer Ahnung. Wir werden erst dann eine Antwort bekommen, wenn wir Giacomo gefunden haben. Also, wenn du einverstanden bist, dann packen wir jetzt unsere Siebensachen und hauen ab.«

Sie antwortete nicht. Ihre Finger spielten mit einer Haarsträhne, als suche sie nach einer Gewissheit.

Cabrera stand auf.

»Das wolltest du doch, oder etwa nicht?«

»Ich … Ich weiß nicht mehr …«

»Aber ich. Gehen wir.«

III

FINDEN

59

Paul erinnerte sich nur noch undeutlich an die Stadt. Eine Farbe, die sich ausbreitete wie bei einer Gouachemalerei, ausgewaschen von den Wassern der Erinnerung.

Rot.

Palermo war in diesem Farbton gehalten, der in den feinsten Nuancen durchgespielt wurde. Die Erde der Stadt, von Quellen gespeist, war lehmig und ungeheuer ertragreich; ihre rauen Kuppeln waren Purpurkolliers, die das flirrende Azurblau durchbrachen; ihre ockerfarbenen Fassaden vom Blutrot der Saharastürme übersiebt.

Cabrera hatte das Seitenfenster geöffnet und ließ still seine Blicke schweifen. Er betrachtete die Stadt mit dem Gefühl, als habe er eine enge Freundin wiedergetroffen. In den dreißig Jahren seines Lebens hatte er diese Reise erst ein einziges Mal unternommen. Er hatte seine Mutter nach einem Todesfall in der Familie bei der Erledigung einer Erbschaftsangelegenheit begleitet.

Damals war er vierzehn Jahre alt gewesen.

Als der Fiat Panda die Via Maqueda verließ, wurde er von der Dunkelheit verschluckt. Angela fuhr langsam, konzentrierte sich auf die Schlaglöcher und andere Unebenheiten des Asphalts. Seit sie den Flughafen verlassen hatten, hatte sie keinen Ton mehr von sich gegeben.

Die Gegend um den Capo-Markt hatte etwas Dörfliches. Ein fröhliches Arbeiterviertel, strotzend vor Energie und Lebenslust. Mietshäuser mit abgebröckeltem Putz ragten in den Himmel, bildeten ein Ehrenspalier, auf dem ganze Wagenladungen von Wäschestücken trockneten. Männer in Unterhemden standen rauchend auf den Gehsteigen, grüßten sich mit Handzeichen, nickten einander zu. Frauen mit braun gebrannten Beinen machten sich mit vollen Körben auf den Heimweg. Überall liefen lärmende Kinder herum.

Die Atmosphäre erinnerte an einen Film von Vittorio de Sica, an die Studios der Cinecittà, an Szenen, in denen Sophia Loren und Marcello Mastroianni sich unter den verschworenen Blicken der Nachbarn von einem Balkon zum anderen etwas zuriefen.

Beim Durchqueren dieser Idylle musste Paul an das Panier-Viertel denken, diesen mitten in Marseille gelegenen, in die Jahre gekommenen Zwilling. Dieselbe Gelassenheit, derselbe Fatalismus, verborgen unter einem Panzer aus Stolz. Das Elend eines ungeschminkten Lebens, in dem Schwangerschaften und Arbeitssuche den Rhythmus vorgaben.

Nach der Umrundung eines kleinen Platzes gelangten sie auf eine große Allee. Bauten aus behauenem Stein, konkave, mit Nischen versehene Fassaden, mit Statuen geschmückt. Nach der stickigen Enge der Gässchen wurde einem bei dem Kontrast fast ein wenig schwindlig. Es war wie der erste Atemzug nach einem Tauchgang.

Angela hielt vor einem Gitterzaun an. Dahinter war ein Garten zu erkennen, eine unglaubliche Oase, gespickt mit Palmen, Olivenbäumen und Pinien. Sie betätigte eine Fernbedienung und fuhr hinein.

Paul stieß einen Pfiff aus. Er hatte alles erwartet, nur das nicht. Ein vornehmes Privathaus, abseits der Straße gelegen, versteckt in einem grünen Park. Ein wahrer Königssitz.

»Wohnst du hier?«

Angela parkte nah bei dem Gebäude auf einem Parkplatz

aus rosafarbenem Kies. Sie öffnete den Kofferraum und schnappte sich ihren Koffer.

»Das war früher mal ein Museum. Es wurde von der Stadt in Wohnungen unterteilt, und die Dachböden wurden ausgebaut. Ich habe eine Dachwohnung bekommen.«

»Wie …«

Sie schnitt ihm das Wort ab.

»Ich war im rechten Moment am rechten Ort. Schwein gehabt.«

Paul warf ihr einen verdutzten Blick zu. Die junge Frau überraschte ihn immer wieder. Sie schlug sich sehr erfolgreich durchs Leben, ergriff die sich ihr bietenden Gelegenheiten und ging aufs Ganze, um zu erreichen, was sie wollte.

Als habe sie gespürt, dass er sich Fragen stellte, huschte ein Lächeln über ihr Gesicht, und dann zog sie ihn in das Gebäude.

Die Gemeinschaftsräume wirkten pompös. Eine riesige Eingangshalle. Klassische Fresken, Marmor. Eine monumentale Treppe führte zu geräumigen Treppenabsätzen, gesichert durch Geländer aus weißem Stein. Seitlich war ein Aufzug eingebaut worden. Wenig später betraten sie das Universum der jungen Frau.

Paul fand eine gemütliche Einrichtung vor, in Pastelltönen gehalten und mit Seidenkissen bestückt. Ein Kleinmädchenzimmer, zerbrechlich und zart, das ganz im Gegensatz zu der Willensstärke stand, die sie nach außen hin zur Schau trug. An der Wand stand ein Ausziehsofa, auf der anderen Seite befand sich eine durch eine Bar abgetrennte Kochnische. Das schräge Mansardendach wurde von einem einzigen Dachflächenfenster durchbrochen und ließ viel Licht ins Zimmer strömen.

Sie machte den Kühlschrank auf und öffnete eine Flasche

Sprudelwasser. Sie schenkte sich ein Glas ein und fragte ihn: »Ein Bier?«

Paul nickte verwirrt. Angela waren seine Vorlieben aufgefallen, und sie hatte sie sich gemerkt.

Sie reichte ihm die Bierdose und setzte sich im Schneidersitz auf den Teppich, den Rücken fest an die Wand gedrückt.

»Den Trick hab ich von meinem Krankengymnasten. Das entlastet die Wirbelsäule.«

Paul nickte wieder, ohne recht zu wissen, was er dazu sagen sollte. Eingequetscht in diese Bonbonniere, kam er sich wie ein Tölpel vor. Zu groß, zu schwer. Außerdem jagte ihm die körperliche Nähe seiner Cousine immer mehr Angst ein. Fabios Foto, das ihn aus einem Glasrahmen anlachte, rief ihn wieder zur Ordnung.

Mit samtweicher Stimme fragte er: »Hast du den Schock überstanden?«

»Es ist schön, wieder zu Hause zu sein …«

Aus ihrer Stimme hörte er Müdigkeit heraus, es klang, als wolle sie aufgeben.

»Bist du sicher, dass du weitermachen willst?«

Sie starrte ihn mit ihren schwarzen Augen an. Zwei herausfordernde Monde über einem Ozean aus Sand.

»Warum? Du etwa nicht?«

Gut pariert. Ihre Frage spiegelte ihm seine eigenen Zweifel wider. Seit ihrer Ankunft war die Begeisterung des Polizisten komplett verflogen. Sie waren Knall auf Fall aufgebrochen, ohne zu zögern, ohne einen Plan zu fassen. Wie zwei Schüler, die heimlich über die Mauer abhauten, um die gefräßige Nacht im Sturm zu erobern.

Plötzlich zeigte sich ihnen der Gegner, dem sie sich stellen wollten, in seiner ganzen erschreckenden Realität. Eine ausgefeilte, grausame Organisation, deren Mitglieder wahre Könner in Sachen Verbrechen waren. Paul wusste nicht, wie sie funktionierte, wie weit sie verzweigt war. Er konnte nur ahnen, wie komplex sie war, ihr Kräfteverhältnis ausloten. Er sah immer nur ein Bild vor sich: ein Fliegengewicht, das ohne Vorankündigung in die Arena der Schwergewichte geworfen wurde.

Er dachte an seine Mutter, an Fabio. Er hatte kein Recht, sie fallen zu lassen, sie zu verraten. Darüber hinaus schrie Angelas persönliche Lage jetzt nach Antworten.

Er seufzte: »Es wird nicht einfach sein.«

»Damit haben wir gerechnet, oder etwa nicht?«

Sie war angespannt, fast schon aggressiv. Paul machte einen Rückzieher. Er wollte keinen Streit mit ihr vom Zaun brechen.

»Womit fangen wir an?«

»Jetzt ruhst du dich erst einmal aus. Ich muss jemanden treffen.«

Er klammerte sich an sein Bier. Angela hatte ihm soeben eine freundliche Abfuhr erteilt, war drauf und dran, die Sache auf die sanfte Art selbst in die Hand zu nehmen.

»Jetzt raff ich gar nichts mehr. Willst du mich in der Versenkung verschwinden lassen?«

Sie ließ ihre Halswirbel knacken. Ein Geräusch wie von brechenden Knochen.

»Reg dich nicht auf. Ich kann dich ganz einfach nicht mitnehmen.«

»Das reicht mir nicht als Erklärung.«

»Die Person würde das nicht verstehen. Sie könnte sich weigern, mir zu helfen.«

»Warum? Ist es einer deiner zahlreichen Lover?«

Der Satz klang seltsam. Er fragte sich, welcher Teufel ihn da gerade geritten hatte. Er kam sich dumm vor, lächerlich, bescheuert. Sein Angriff auf ihr Privatleben war völlig unangebracht gewesen.

Angela ging nicht darauf ein. Sie stand flugs auf und sagte nur: »Vertrau mir.«

Paul ließ sich aufs Sofa fallen.

»Tut mir leid. Ich verstehe nicht, was mich…«

»Lass es gut sein. Ich bin froh, dass du hier bist. Ohne dich wäre ich aufgeschmissen.«

Sie sah auf ihre Uhr. Dann zog sie sich ein Paar Turnschuhe an und tauschte ihre Bluse gegen ein weißes T-Shirt.

Paul sah kurz die Seide eines Spitzen-BHs, die formvollendete Rundung ihres Busens, der sich im Rhythmus ihres Atems hob und senkte. Er wandte halb den Blick ab, überrascht von der Offenheit der Geste. Angela kannte keine falsche Scham. Sie entblößte sich mit aller Natürlichkeit, wie ein Mannequin hinter den Kulissen einer Modenschau. Auf der Türschwelle deutete sie auf einen Schlüsselbund, der an einem Schlüsselbrett hing.

»Falls du mal raus musst. Ansonsten hab ich Kabelfernsehen. Ich hab nicht gezählt, aber ich glaube, es sind an die zweihundert Programme.«

Sie lächelte ihm zu.

»Ich brauche nicht lange. Wenn du magst, gehen wir anschließend was essen. Ich erzähl dir alles, versprochen.«

60

Sie würde ihn in seinem Büro finden.

Jeden Sonntagnachmittag verbarrikadierte er sich dort zum Arbeiten. Antonio Gagini wirkte zwar nachgiebig, scheute aber keine noch so große Mühe. Seine Besessenheit hatte ihn dahin gebracht, in der Vergangenheit herumzuwühlen, tonnenweise Archivmaterial auszugraben, Reliquien zu analysieren. Nach zehn Jahren Recherche kannte er sich in der Geschichte der Cosa Nostra besser aus als so mancher Universitätsprofessor.

Von anderen unterschied ihn vor allem eines: Was ihn antrieb, war die Gewalt, die Kindern angetan wurde.

Angela stellte den Motor ab. Sie blieb reglos sitzen, ihre Hände hielten das Lenkrad fest umklammert. Seit sie ihren Schwur geleistet hatte, war sie Mitstreiterin in diesem schon im Vorfeld verlorenen Kampf.

Die kriminelle Organisation nutzte das Elend der Menschen aus. Völlig skrupellos benutzte sie die Kinder, setzte Soldaten in kurzen Hosen als willige Arbeitstiere bei ihren Missionen ein: beim Handel mit Zigaretten, Drogen, Diebesgut oder Giftmüll, als Spürhunde oder Aufpasser. Die Unschuld war käuflich. Manchmal ging der Einsatz bis zum Mord. In Palermos Problemvierteln wurde nicht mit Murmeln gespielt, hier wurden Posten verschachert.

Sie ließ die Tür zufallen und ging zur Treppe, die bis in den Himmel aufzusteigen schien. Jedes Mal, wenn sie den Palazzo Reale aufsuchte, wurde sie von seinen gewaltigen Ausmaßen schier erdrückt. Der ehemalige Sitz der spanischen Herrscher erinnerte an ein mittelalterliches Schloss, erbaut in einem toskanischen, griechischen und maurischen Stilmix. Eine Folge der zahllosen Invasionen, die Sizilien über sich ergehen lassen musste. Heute befand sich dort der Sitz der *Assemblea regionale siciliana*, des Parlaments der Insel.

Sie stieg die Treppen hinauf und betrat das Gebäude. Schlangen von Besuchern wanden sich durch die Säle und gerieten vor den Ölgemälden der großen Meister, vor den Werken aus dem Orient und den Kandelabern in Verzückung.

Sie musste daran denken, was ihre Mutter einmal zum Thema Kunst gesagt hatte. Manche glaubten sie zu besitzen, wie man ein Konsumgut besitzt – ein Auto oder ein Haus. In Wahrheit gehörte die Kunst allen Menschen. Ihre Universalität überbrückte alle Gräben, offenbarte dem Menschen den in ihm ruhenden göttlichen Teil.

Angela öffnete eine kleine Tür, an der ein Schild darauf hinwies, dass Unbefugten der Zutritt verboten war. Seit Antonio ihr diese Abkürzung gezeigt hatte, benutzte sie keinen anderen Weg mehr.

Dahinter verlief ein durchbrochener Wandelgang, der zu einem palmenbepflanzten Hinterhof führte und an eine Hacienda erinnerte. Kein Laut. Kein Luftzug. In diesem Teil des Gebäudes herrschte eine mönchische Stille, hin und wieder untermalt von Vogelgezwitscher.

Sie eilte hindurch, achtete nicht auf die schmiedeeisernen Rampen, die weißen Steinskulpturen, die pastellfarbenen Mosaiken, die wie Smaragdlagunen in der Sonne funkelten. Sie war vollkommen auf die bevorstehenden Minuten konzentriert. Die Unterredung war so etwas wie ein Prüfstein. Eine Suche, deren Ausgang sie fürchtete.

Sie ließ die Hand in ihre Tasche gleiten und umklammerte das Kreuz.

Nur Antonio konnte ihr eine Antwort geben.

Nach einer weiteren Treppe gelangte sie auf einen breiten Gang, der mit völlig verschlissenen Perserteppichen ausgelegt war. Sie klopfte an eine Tür und trat ohne abzuwarten ein.

Der Teddybär saß über einen Computerbildschirm gebeugt, eingeklemmt hinter einem kunstvoll gearbeiteten Schreibtisch. Rundherum stapelten sich tonnenweise Dokumente. Er trug ein rotes, kurzärmeliges Polohemd, das weißes und weiches Fleisch bloßlegte.

Sein Gesicht hellte sich auf, als er die junge Frau erblickte.

»Angela …«

Sie kam näher und küsste ihn. Sie war jedes Mal überrascht, wenn sie den Bart spürte. Die Berührung kratzte und roch ein wenig nach hellem Tabak. Je älter er wurde, desto stärker entwickelte Antonio sich zu einer freiwillig gescheiterten Existenz. In seinen grauen Haaren könnte auch das Salz des Meeres kleben, die Furchen auf seiner Stirn hätten von der Gischt stammen können.

Die junge Frau fragte auf Italienisch: »Ich störe dich doch nicht etwa?«

»Niemals, das weißt du doch.«

Dieselbe Zärtlichkeit wie bei ihrer ersten Begegnung am Tag des Dramas. Hinter den entspiegelten Brillengläsern fiel ihr in seinen Augen eine ungewöhnliche Müdigkeit auf.

Sie fragte besorgt: »Ist alles in Ordnung?«

»Ja ...«

»Stimmt das auch?«

Er atmete tief ein und zog die Brauen hoch.

»Es ist dieses verdammte Buch. Ich glaube, ich habe keine Lust mehr, es zu schreiben.«

Falsch, dachte Angela. Antonios Kampf hatte ihn hierhergeführt, in diese begehrte Abteilung der sizilianischen Regierung. Mittlerweile war er Leiter der Abteilung für soziale Koordination und saß an ganz neuen Machthebeln. Das Buch war eine Weiterführung dieser Arbeit. Es war mehr als ein Zeugenbericht, es stellte eine wirksame Waffe dar. Ein Pamphlet, das die Korruption anprangerte, für die die Straßenkids den Preis zahlen mussten.

Sie versuchte ihn zu beruhigen: »Du arbeitest zu viel. Nimm dir ein wenig Zeit für dich selbst. Wenn du dich dann wieder dransetzt, wird es sich ganz von alleine schreiben.«

Der Teddybär rang sich ein Lächeln ab. Es war wie eine Ausflucht, aber immerhin hatte er ihre Botschaft verstanden.

»Du hast recht. Erzähl mit lieber von dir. Wie war deine Reise nach Marseille?«

»Schwierig …«

Er nickte und wirkte dabei, als sei er mit seinen Gedanken ganz woanders. Ein echtes Schweigen war mehr wert als der ganze Quatsch, den die Leute bei Trauerfällen von sich geben. Schließlich fragte er, um das Thema zu wechseln: »Hast du meinen Freund gesehen?«

Er wusste offenbar nichts davon, dass der Gewerkschafter sich eingeschaltet hatte. Die junge Anwältin beschloss, die Sache unerwähnt zu lassen.

»Nein.«

»Schade. Ich hätte gerne gewusst, was es bei ihm so Neues gibt.«

Als Antwort zog sie bloß das Kreuz aus der Tasche und legte es auf den Schreibtisch.

»Kennst du das?«

Er nahm den Gegenstand und betrachtete ihn. Nach ein paar Sekunden fragte er sie in einem inquisitorischen Ton: »Wo hast du das her?«

»Das ist nicht von Bedeutung. Du sollst mir nur antworten.«

Sein Blick verfinsterte sich.

»Das ist das Konstantinskreuz. Das älteste Symbol der Cosa Nostra.«

Die Antwort wirkte wie ein Dolchstoß. Angela wurde schmerzvoll bewusst, was sie hierhergeführt hatte. Sie wollte Pauls Schlussfolgerungen nicht bestätigt, sondern dementiert sehen. Sich zumindest die Illusion bewahren, dass ein Teil ihrer Vergangenheit dem Massaker entgangen war.

Vergebens.

Giacomo war nicht nur ein Mörder. Er hatte auch noch für diese Metzger getötet.

Sie wollte Einzelheiten hören, um das Entsetzen zu überspielen, das in ihrem Gesicht zu lesen stand.

»Was weißt du über diesen Gegenstand?«

»Es ist eine Art Widerspruch. Eine Häresie. Das heidnische Rom, das im Schmelztiegel der Christenheit aufging. So hatte sich das der Kaiser im vierten Jahrhundert vorgestellt, als er zum christlichen Glauben konvertierte. Die Schmuckmotive stellen stilisierte Flammen dar. Um Hölle und Erlösung zu vereinen …«

Die Hölle. Die Erlösung.

Das Kreuz. Das Schwert.

Angela begriff dic ganze Tragweite des Symbols. Die sizilianische Mafia ließ unter den Blicken Gottes vorübergehend Gerechtigkeit walten. Die Macht der Kaiser war ihr Werkzeug, ihre Legitimität beruhte auf einer unerschütterlichen Hingabe.

Antonio drehte sich eine Zigarette. Er erzählte weiter, ohne auf seine Finger zu schauen.

»Die Cosa Nostra hatte es entdeckt und sich unter den Nagel gerissen. Von Anfang an, glaube ich. Es sollte die einfachen Geister in Bann schlagen. Die darauf gedrillt wurden, blind zu gehorchen, um einem größeren Schicksal zu dienen als nur den Interessen des eigenen Lebens. Lauter Ehrenmänner …«

»Die Frauen und Kinder ermorden!«

»Schutzgelder erpressen, Leute bestechen und phänomenale Mengen an Drogen in Umlauf bringen … Alles sattsam bekannt.«

Er zündete seine Zigarette an und starrte an die Decke. Seine Müdigkeit nahm zu und lastete ihm noch schwerer auf den Schultern. Jeder Sizilianer kannte diesen Wundbrand, der sich ins Land fraß.

Er versuchte ihn zu bekämpfen.

Mit seinen Worten und der Feder als einzigen Waffen.

»Dieses Kreuz befand sich in Rom«, sprach er schließlich weiter. »Im Vatikan-Museum. Im Krieg verschwand es auf einmal, zusammen mit tausend anderen Objekten, die von den Nazis gestohlen wurden. Man erzählt sich, eine Familie aus Trapani, die Familie Bonnano, habe es mithilfe von Lucky Luciano wieder an sich gebracht.«

Angela runzelte die Stirn. Giacomo hieß Rainaldi. Nicht Bonnano. Noch eine Lüge?

Sie versuchte, sich Gewissheit zu verschaffen: »Ist es immer noch im Besitz dieses Clans?«

»Jetzt nicht mehr. Dieses Symbol wird der Familie zuerkannt, die die Kuppel regiert. Das Familienoberhaupt behält es für die Zeit seiner Herrschaft.«

Bei dieser Enthüllung ging ihr ein Licht auf. Giacomo war gerade mal neunundzwanzig Jahre alt.

Wie auch immer sein Werdegang aussehen mochte, es war schwer vorstellbar, dass er bereits das Zeug zu einem Paten hatte. Außerdem war allgemein bekannt, dass seit der Verhaftung von Toto Riina Nino Palici der neue Chef der ehrenwerten Gesellschaft war, der *capo* der Familie Corleone.

Das alles ergab keinen Sinn mehr.

Antonio nahm zwei Züge, ohne zu inhalieren.

»Was ist mit dir?«, fragte er schließlich.

Sie zögerte, zweifelte eine Sekunde lang. Es würde sie erleichtern, einem anderen Menschen ihre Befürchtungen mitzuteilen. Sie konnte Antonio mehr vertrauen als jedem anderen.

Sie hatte sich sofort wieder im Griff. Wenn sie sich jetzt gehen ließ, würde sie ihn in Gefahr bringen.

»Ich kann nicht darüber sprechen. Zumindest jetzt noch nicht.«

»Das ist ernst, Angela. Sehr ernst. Du solltest dieses Kreuz nicht besitzen.«

»Ich weiß… Hab keine Angst. Ich werde es nicht behalten.«

»Es ist wie ein Szepter. Das Emblem der Herrscher. Sie werden alles tun, um es wieder an sich zu bringen.«

Sie spürte, wie ihr Puls sich beschleunigte. Die Gefahr nahm plötzlich drohend Gestalt an, wie ein Lavastrom. Wenn sie jetzt einen falschen Schritt machte, würde er sie augenblicklich verschlingen.

Sie warf einen Blick auf ihre Uhr. Sieben Uhr abends. Paul dürfte allmählich die Wände hochgehen.

»Ich muss gehen. Danke für deine Informationen.«

Er seufzte. Als er sie zur Tür brachte, hakte er noch einmal nach: »Es war in Marseille, nicht wahr?«

»Nein…«

»In der Nähe des Sarges deines Vaters…«

Diesmal konnte die junge Frau nicht antworten. Sie hatte einen Kloß im Hals. Antonio sah sie eindringlich an.

»Es ist nicht gut, die Vergangenheit wieder zum Leben zu erwecken, meine Liebe. Vergiss sie.«

Ein Stechen. Ihr Blick trübte sich.

Sie umarmte ihn flüchtig und machte auf dem Absatz kehrt. Der Satz, der ihr auf der Zunge lag, quälte sie zutiefst. Sie murmelte, als spreche sie zu sich selbst.

»Das habe ich getan, Antonio. Zwanzig Jahre lang…«

61

Angela hatte sich für eine einfache Trattoria zwei Straßen weiter entschieden: die Villa.

Paul hatte sich dort sofort wohlgefühlt. Eine familiäre Atmosphäre, rot-weiß karierte Tischdecken, Regale an den Wänden, vollgestellt mit bunt bemalten Steinguttöpfen. Ein Schanktisch aus Kirschholz zog sich die Wand entlang, dahinter döste ein alter Mann vor sich hin.

Sie hatten den Speisesaal durchquert und waren in einen Innenhof gelangt. Winzig, gemütlich, in zwei Hälften geteilt durch eine Platane, die aussah wie ein Affenbrotbaum. Drumherum standen gerade mal vier Tische, von Teelichtern erleuchtet.

An diesem Abend war die Luft sommerlich mild. Es war eine dieser dem Winter abgerungenen Nächte, wie man sie in den südlichen Ländern hin und wieder erleben kann. Sie erinnerte Paul an einen Silvesterabend, an dem er mit Freunden auf der Terrasse zu Abend gegessen hatte, nur mit einem dicken Pulli bekleidet und gewärmt vom Rosé. Er liebte das Mittelmeer, weil man es auf der Haut spüren konnte. Diese sinnliche Gelassenheit, etwas Unsichtbares, das einen täglich auf eine zärtliche Weise berührte und dessen Sinnlichkeit einem unter die Haut ging.

Angela vervollständigte das Bild. Sie war zart, sinnlich, hatte etwas Gebrochenes im Blick, das Menschen so anziehend macht. Ihr Leben war kein Zuckerschlecken gewesen. Geblieben war eine resignierte Traurigkeit, eine Melancholie, die an jene *saudade* der Brasilianer erinnerte.

Sie band sich die Haare im Nacken zusammen, ihr Zittern verriet die Anspannung und gab ihrem Gesicht einen scharfen Zug.

»Gefällt es dir?«

Paul antwortete im Brustton der Überzeugung: »Wunderbar.«

Er setzte sich und atmete tief ein. Es roch nach Lavendel, nach Gegrilltem und nach Thymian. Am anderen Ende der Terrasse aß ein tuschelndes Pärchen zu Abend.

Die Stadt war weit weg.

Ein Mädchen mit Zahnspangenlächeln brachte ihnen die Speisekarte. Paul überflog die fremdländischen Namen, die vertraut klangen und deren Klang einen zugleich in die Irre führte. *Ricotta fritta, sfinzione, panzerotti, babbaluci*... Ein mit falschen Freunden gespicktes Kauderwelsch.

In seinem Elternhaus wurde kein Italienisch gesprochen. Oder sie taten es, wenn er nicht da war. Sie hatten Sizilien den Rücken gekehrt, um in eine bessere Welt überzusiedeln, in die ihre Kinder sich integrieren sollten. Und das hatte er getan.

Doch ganz verborgen im Innern dieses Vergessens fühlte er noch Gespenster herumirren. Seine stolze, hitzige, manchmal auch etwas strenge Art. Freundschaften, in denen man sich bis zum bitteren Ende die Treue hielt. Paul erfreute sich an einfachen Dingen, mochte einen ehrlichen Handschlag, diese stillschweigenden Übereinkünfte, die die Menschen jenseits aller Worte miteinander verbanden.

»Was nimmst du?«, fragte Angela.

»Ich steig nicht so ganz durch. Kannst du mir übersetzen?«

Ein Lächeln huschte über ihr Gesicht.

»Pasta? Pizza? Eine Spezialität?«

»Ich vertraue dir.«

»Du machst Fortschritte, könnte man meinen ...«

»Wir sind Partner, oder etwa nicht?«

Sie schenkte sich ein Glas Wasser ein und brachte einen Toast aus.

»Auf unseren Verein.«

Er tat es ihr gleich. Für einen kurzen Moment sah er ihr tief in die Augen. Schwarz in schwarz. Zwei Einsamkeiten, die sich endlos ineinander spiegelten, darin die tanzenden Flammen der Kerzen.

Eine wohlige Wärme machte sich in seinem Körper breit. Er fühlte sich erleichtert, bekam Lust, sich gehen zu lassen. Die Bruchstücke seiner Seele schienen wieder zusammenzufinden und ein Ganzes zu bilden.

Er wandte den Kopf zum Speisesaal.

»Ich habe Durst. Wollen wir Wein trinken?«

Angela winkte das Mädchen herbei. Sie bestellte Gerichte mit schwer verständlichen Namen und eine Flasche Valpolicella.

Paul lauschte fasziniert. Wenn seine Cousine ihre Muttersprache sprach, bekam ihre Stimme einen ganz anderen Tonfall. Klang etwas tiefer, gedämpfter. Eine Mischung aus Sinnlichkeit und Arglosigkeit, die ihn zutiefst verstörte.

Ihr fiel auf, dass er sie beobachtete.

»Was ist?«

»Nichts… Ich habe mich gerade gefragt, was dich dazu bewogen hat, nach Palermo zurückzukommen.«

»Warum? Hast du auch vor, den großen Sprung zu wagen?«

»Nein… Für mich ist es zu spät. Aber ich habe oft daran gedacht.«

Eine Weile sagte sie gar nichts. Ihre Miene war undurchdringlich geworden.

»Wahrscheinlich weil ich hier geboren bin.«

Paul ahnte, dass es ein stärkeres Motiv gab. Er ließ das Schweigen wirken, in der Hoffnung, es werde zu einem Geständnis führen.

Nachdem sie sich eine Zigarette angezündet hatte, setzte

sie hinzu: »Meine Eltern liegen ein paar Kilometer von hier begraben. Ich glaube, ich habe es gebraucht, ihre Gegenwart zu spüren.«

»Ist das nicht ein bisschen morbide?«

Sie schaltete auf stur. »Man tut, was man kann.«

Die Luft wurde bleischwer. Paul nickte nur, ihm war bewusst, wie ungeschickt er gewesen war. Die Flasche Wein kam gerade im rechten Moment. Er leerte das erste Glas in einem Zug, als wolle er sich Mut antrinken. Dann versuchte er vorsichtig einzulenken: »Also? Was hat dein Treffen ergeben?«

»Es war lehrreich und … verwirrend.«

»Was noch?«

»Du hattest recht mit der Cosa Nostra …«

Der Marseiller knirschte vor Wut mit den Zähnen.

»Hattest du daran gezweifelt?«

»Das war nicht ganz einfach zu akzeptieren.«

Noch so ein Geheimnis. Er versuchte nicht dahinterzukommen, da er fürchtete, wieder völlig danebenzuliegen. Er fragte: »Was hast du in Erfahrung gebracht?«

»Das Kreuz ist ein Symbol der Mafia. Es steht für den Boss des ganzen Clans, der die Kommission leitet. Die berühmte Kuppel, die die einflussreichsten Familien der neun Provinzen Siziliens in sich vereint.«

Paul hob die Brauen. Er erinnerte sich an die angespannte Diskussion, die sie am Vorabend bei seinen Eltern gehabt hatten. Er fragte sie und achtete dabei darauf, dass seine Betonung korrekt war: »Sollte dein Giacomo etwa der *capo di tutti capi* sein?«

»Alles scheint darauf hinzudeuten. Aber das ist unmöglich.«

»Warum?«

»Weil Nino Palici seit der Verhaftung von Toto Riina 1992

der neue Boss ist. Er ist das Oberhaupt der Familie Corleone.«

Der Name dieses Dorfs ließ ihn sofort an die Filme von Coppola denken. Sympathische und menschliche Mafiosi, die Marlon Brando und Al Pacino unsterblich gemacht hatten, mit Mandolinenklängen im Hintergrund. Paul ahnte, dass die Realität weit entfernt war von diesen geschönten Bildern.

Er schüttelte den Kopf.

»Nie gehört.«

»Nur wenige Leute kennen ihn. Palici ist seit 1963 auf der Flucht, und es gibt kein Foto jüngeren Datums. Die letzte Aufnahme stammt aus seinem Führerschein.«

Paul rechnete nach. Heute dürfte dieser Mafioso um die siebzig sein. Die Beschreibung passte wirklich nicht.

Angela hatte noch immer nicht von ihrem Wein getrunken. Sie zündete sich eine Zigarette an und fuhr fort: »Man erzählt sich, er sei ein intelligenter Mann, politischer als Riina. Er hat begriffen, dass der Terror nicht den Interessen der Organisation diente. Dass die Attentate und Morde zu viel Aufmerksamkeit auf sich zogen.«

»Ein strategischer Rückzug?«

»Eine Folge des Gesetzes zum Schutz der Reumütigen. Die Mafia musste neu organisiert, musste wieder undurchschaubar gemacht werden. Er hat die Rekrutierungen unterbunden, einige Familien aufgelöst und die Befehlsketten verändert.«

Für Paul hörte sich das an, als handle es sich um eine militärische Organisation. Er stellte sich einen alten General vor, der sich über Generalstabskarten beugt, um einen Schlachtplan zu erstellen. Dem Strategen klebte Fabios Blut an den Händen.

Er fragte: »Lebt er in Palermo?«

»Das würde die Anti-Mafia-Ermittlungsbehörde, die DIA, nur zu gerne wissen. Palici zählt zu denen, die sie ganz besonders auf dem Kieker haben.«

Paul schenkte sich noch ein Glas Wein ein. Er war beeindruckt, wie sehr sich Angela auf dem Gebiet auskannte. Er stellte sie sich im Gerichtssaal vor, als leidenschaftliche Streiterin des Strafgesetzbuches im Kampf gegen eine hungrige Hydra.

Sein Herz krampfte sich zusammen. Der Krieg würde sehr bald brutaler werden. Und nur er würde sie vor dessen blinder Wut schützen können.

»Gut, fassen wir zusammen«, sagte er schließlich. »Das Kreuz gehört Palici, und du hast es am Hals von Giacomo gesehen. Ich sehe nur zwei Lösungen. Entweder man hat es ihm anvertraut, das würde bedeuten, er steht dem Boss nahe genug, um sich dieser Ehre würdig zu erweisen. Oder Palici hat sich zur Ruhe gesetzt … Daraus folgt: Dein Romeo steht an der Spitze der Pyramide.«

Angela stritt diese offensichtliche Tatsache weiter ab: »Er ist zu jung …«

»Dass ein junger Wolf die Führung übernimmt, ist ganz normal …«

»Er hat nicht das Zeug dazu, eine Familie anzuführen, und noch weniger die Kuppel.«

Der Bulle zuckte mit den Schultern.

»Was weißt du über ihn?«

Sie lehnte sich zurück. Als sie antworten wollte, kam nur ein hauchzartes Stimmchen aus ihrer Kehle.

»Nichts … das stimmt schon.«

Paul begriff, dass Angelas Enttäuschung noch andere Gründe hatte. Er hätte gerne ihre Hand ergriffen, sie fest gedrückt, um ihr zu verstehen zu geben, dass nicht alle MännerReckskerle waren.

Stattdessen blieb er stumm sitzen.

Das Essen wurde serviert. Sie hatte für sie beide zwei Sorten marinierte Schnecken bestellt und eine mit Zwiebeln voll beladene Pizza. Paul hatte mächtig Hunger, und er machte sich über die Pizza her.

Zwischen zwei Bissen entwarf er einen Schlachtplan. Ganz Feuer und Flamme.

»Wir gehen zunächst zur Uni. Wir müssen diese Identitätsgeschichte überprüfen. Wer weiß? Vielleicht finden wir eine Spur.«

»Ich fürchte, das ist nicht nötig.«

Er legte seine Gabel nieder. Die Prophezeiung hatte einen düsteren Beiklang.

»Wie meinst du das?«

»Dieses Kreuz gehört ihnen. Sobald sie wissen, dass ich es habe, werden sie es sich holen kommen.«

»Ein Grund mehr. Wenn Giacomo so wichtig ist, wie es den Anschein hat, dann müssen wir versuchen, ihn zu schnappen. Mit einem Überraschungscoup wird uns das am besten gelingen. Dann ist er verletzlicher. Und wir hätten einen Köder, mit dem wir Palici locken könnten.«

Sie senkte den Kopf. Von Kampfgeist war bei ihr nichts mehr zu spüren.

»Sollten wir nicht besser der Polizei Bescheid sagen?«

»Bis die sich in Bewegung setzen, haben uns die anderen schon in der Mangel. Das kannst du mir glauben, ich kenne sie.«

Er zwinkerte ihr zu, eine Geste, mit der er ihr Mut machen wollte.

»Lass mich nur. Erst ziehen wir an einem Faden. Und dann wickeln wir das ganze Knäuel ab.«

Er leerte sein Glas und schnalzte mit der Zunge.

In Wirklichkeit bekam er es mit der Angst zu tun.

62

Die Flügel der Aufzugstür öffneten sich. Der Flur lag im Dunkeln, wie jedes Mal, wenn sie bei ihrem Stockwerk ankam. Man konnte gerade noch den Schein einer Sicherheitsglühbirne erkennen, bleich und fern wie ein vom Nebel verschluckter Leuchtturm.

Angela trat auf den Flur. Paul wartete und hielt mit einer Hand den metallenen Türflügel auf, damit sie ein wenig Licht hatte. Sie steuerte den Lichtschalter an und verfluchte innerlich den Architekten. Der Trottel hatte den Schalter zehn Meter vom Aufzug entfernt angebracht, was die Sache nur komplizierter machte. Sie drückte auf den Minutenschalter. Ein weicher Schein erhellte die vertraute Umgebung. Nach und nach kehrten ihre Rachegelüste zurück.

Paul holte sie im Laufschritt ein. Mit zerzaustem Haar und glänzendem Blick lächelte er sie an. Angela lächelte nicht sehr überzeugend zurück. Sie hatte nicht mehr die Kraft, mit ihren wahren Gefühlen hinterm Berg zu halten, die entschlossene, erbittert kämpfende Partnerin zu spielen, die mit zusammengebissenen Zähnen ihrem Schicksal zu trotzen vermochte. Seitdem sie Giacomos wahres Gesicht erkannt hatte, war ihre Widerstandskraft völlig zusammengebrochen.

Sie ging den Flur entlang, schwebte dahin wie eine auf die Erde zurückgekehrte Fee. Seit dem Essen im Restaurant hatte sie sich in den Kokon ihrer Erinnerungen eingesponnen. Die Bilder drehten sich im Kreis, wie eine Privatvorstellung auf einem alten Camcorder.

Giacomos Gesicht, seine Hände auf ihrem Körper, der Geruch seiner Haut in der Nackenkuhle …

Diesen Mann hatte sie geliebt. Ein wolkenloses Glück,

eine Auszeit, in der die Dämonen verstummt waren. Diese Zeit des Lichts hatte sechs Monate gedauert. Bis ihr klar wurde: Sie hatte kein Recht auf Liebe. Das war eine eiserne Regel ohne Wenn und Aber. In den geheimen Winkeln ihres Bewusstseins verbreitete seine Anwesenheit Todesgestank. Sie zerriss sie, machte sie hilflos, bescherte ihr lodernde Albträume, die ihre Nächte zur Qual werden ließen.

In dem Moment hatte sie einen Rückzieher gemacht. Um sich zu schützen, sich Schlimmeres zu ersparen. Sie hatte diese immer enger werdende Bindung aufgelöst, wie man ein Abonnement kündigt. Ohne Vorwarnung.

Giacomo hatte ihre Gründe verstehen wollen. Sie hatte nicht gewusst, was sie sagen sollte. Angeödet hatte er seine Sachen zusammengepackt und war mit einem Kuss aus ihrem Leben verschwunden.

Damit hatte dann die echte Hölle begonnen. Sie wurde innerlich zerrissen von dem quälenden Gefühl, einen unersetzlichen Verlust erlitten zu haben, als sei ein Teil von ihr in zwei Hälften gehackt worden. Zum ersten Mal seit dem Unfall wurde sie von einem anderen Schmerz überrollt.

Drei Monate lang hörte sie nichts mehr von ihm, eine Ewigkeit, die sich ihr wie Ätznatron ins Fleisch fraß. Sie hatte durchgehalten. Hatte ihn nicht angerufen. War nicht zusammengebrochen. Was Schmerz war, wusste sie zur Genüge. Er würde mit der Zeit nachlassen.

Aber nichts hatte geholfen. Die Tage verstrichen, waren wie geplatzte Wassertaschen, die nur durch die Flicken der Gewohnheit abgedichtet wurden. Die Nächte hatte sie vor dem Telefon verbracht und gehofft, es werde klingeln, hatte aber gezögert, selbst anzurufen. Schließlich hatte sie beschlossen, wieder Kontakt zu ihm aufzunehmen. Ein anonymer Anruf auf seinem Handy, nur um seine Stimme zu hören.

Ihre Finger hatten sich verkrampft, als sie die Nachricht vernahm: Kein Anschluss unter dieser Nummer.

Giacomo hatte einen Schlussstrich gezogen.

Angela blieb vor ihrer Wohnung stehen. In ihrem Rücken die beruhigende Gegenwart von Paul. Ein dunkler, verwirrender Engel, dessen Tiefgang mit seiner harten Schale kontrastierte. Sie wollte gerade den Schlüssel im Schloss umdrehen, als er ihr Handgelenk packte.

Er zog sie sanft beiseite. Dann drückte er die Tür mit dem Fuß auf.

Die Tür öffnete sich ein paar Zentimeter.

Die junge Frau erstarrte. Sie konnte sich noch genau erinnern, dass sie die Tür abgesperrt und dann den Schlüssel in ihre Tasche hatte gleiten lassen. Sie öffnete den Mund, doch ihre Stimmbänder brachten keinen Laut hervor. Paul zauberte ein Messer aus seinem Stiefel, ein Messer mit Wellenschliff, dessen Größe die Anwältin überraschte.

Er machte ihr ein Zeichen, sie solle hier warten, und verschwand im Dunkeln.

Sie wartete gut eine Minute. In ihrem Kopf herrschte ein wildes Durcheinander. Einbrecher? Schwer zu glauben. Cosa Nostra? Wie hätten sie auf sie kommen sollen? Und vor allem so schnell?

Ein Lichtstrahl fiel durch den Türspalt. Paul tauchte wieder auf, gespannt wie eine Klaviersaite.

»Du hast Besuch gehabt… Halt dich fest, die haben sich mächtig ins Zeug gelegt.«

Sie nickte. Das Blut pochte ihr in den Adern, den Schläfen, überall. Zögerlich trat sie über die Schwelle ihrer kleinen Wohnung.

Pauls Ankündigung war noch untertrieben. Das Zimmer sah aus wie ein von einer Bombe zerfetzter Bunker. Bücher, Bilderrahmen, Gegenstände – man hatte nichts ausgelassen.

Auf dem Boden lagen Glasscherben, Holzstücke, Gipsbrocken. Das Bett hatte man aufgeklappt, umgedreht und die Matratze ausgeweidet.

Die Typen waren gründlich zu Werke gegangen, sie hatten die komplette Einrichtung durchwühlt. Den Teppich herausgerissen, die Tapete von der Wand gerissen, die Decke in Stücke zerfetzt. Die Kabelleiter hingen von den Wänden herunter.

Ganz gleich, ob der Schmerz körperlich oder psychisch ist, ein heftiger Schock zeichnet sich dadurch aus, dass die Wirkung erst mit Verzögerung einritt. Wenn das Gehirn die Menge an traumatisierenden Informationen nicht mehr verarbeiten kann, kappt es die Verbindung zur Wirklichkeit.

Es verpasst sich selbst eine Narkose.

Angela lief mit kleinen Schritten durchs Zimmer. Sie hielt sich gerade, zeigte keine sichtbare Reaktion. Nur ihre bleichen Lippen verrieten, wie es um sie bestellt war. Ein Zombie in einem Leichenfeld.

Paul nahm die Dinge in die Hand.

»Hast du es hier gelassen?«

Keine Reaktion. Er kam näher und drückte ihren Arm.

»Angela … Hörst du mich?«

»Ja …«

»Sie sind gekommen, um das Kreuz zu suchen. Wo ist es?«

Die junge Frau schien aus einem Traum zu erwachen. Sie antwortete mit tonloser Stimme: »In meiner Tasche …«

»Gib her.«

Sie gehorchte ihm, ohne zu protestieren. Ihre Gesten liefen ins Leere, ihr Kopf war wie leer geblasen. Der Leutnant ließ den Gegenstand in seine Jackentasche gleiten. Er fragte sie: »Kennst du ein Hotel?«

»Aber …«

»Du darfst hier nicht bleiben.«

Er wühlte in den Trümmern und zog seine Sporttasche heraus. Der Inhalt lag überall verstreut, von Gips verdreckt. Er stopfte alles wieder hinein und sagte in einem entschlossenen Ton: »Meine Knarre ist verschwunden. Jetzt wissen sie, dass du in Begleitung bist. Das erklärt, warum sie nicht auf dich gewartet haben …«

Er drehte sich zu ihr um.

»Such deine Sachen zusammen, wir hauen hier ab.«

Sie warf ihm einen leeren Blick zu. Man hatte ihr Nest verwüstet. Ein barbarischer Akt der Zerstörung, dessen Wucht sie immer stärker spürte. Ihre Kleider lagen in den Trümmern herum – Kleider, Blusen, Unterhosen, von fremden, aggressiven Händen zerknüllt. Die Vorstellung, sie anzufassen, schien ihr unerträglich.

Sie stammelte: »Ich … Ich kann nicht.«

Paul suchte für sie das Nötigste zusammen. Als er damit fertig war, zog er sie in den Flur hinaus.

Sie hasteten durch den Park, versuchten sich in den schattigen Winkeln zu verstecken. Die Kiefern wiegten sich im Wind, lange Äste, die feierlich wippten.

Kein Laut.

Nur das Knirschen des Kieses unter ihren Absätzen.

Zehn Meter von dem Fiat entfernt kauerte sich Paul in den Schutz eines Mäuerchens. Er hielt das Messer immer noch umklammert, als sei er ein eiserner Auswuchs seiner Fingerglieder. Er sah nach, ob der Weg frei war, und schlich sich zum Auto.

Angela wartete zusammengekauert und an allen Gliedern zitternd. Bisher hatte Pauls körperliche Gegenwart wie ein Schutzschild gewirkt.

Jetzt brach die Schockwelle über ihr zusammen.

Mit dem Motor gingen auch die Schlusslichter an. Der Panda setzte zurück.

Ohne nachzudenken, rannte die junge Frau los. Nach zwei, drei Schritten hatte sie das Auto erreicht und warf sich hinein.

63

Keine Menschenseele weit und breit.

Sie überfuhren zwei gelb blinkende Ampeln.

Paul raste mit einem Höllentempo über die Via Vittorio Emanuele, eine prächtige Allee, die zum Meer führte. Hohe Frontgiebel aus grauem Stein, scharfkantige Simse, wütend dreinblickende Wasserspeier. Die Nacht gab der Stadt etwas Beunruhigendes. Die Häuser warfen riesige Schatten, die aussahen, als wollten sie lebendig werden und sich gegenseitig zerfleischen.

Gefangen in einem dunklen Traum, sah Angela die Fassaden vorbeidefilieren. Der düstere Schein der Straßenlampen traf in rhythmischen Abständen auf ihr Profil. Sie sah abgespannt aus, ihr Gesicht eingefallen und leichenblass. Die Reinheit der Linien war einer angstverzerrten Maske gewichen. Die Wimperntusche hatte auf der Wange bis zu den Lippen aschfarbene Rinnsale hinterlassen.

Der junge Leutnant traute sich nicht, das Schweigen zu brechen. Er wollte lieber abwarten, ihr Zeit lassen, bis sie sich wieder einigermaßen gefangen hatte. In null Komma nichts war die energische Anwältin in den tiefen Schlund eines Gewaltverbrechens hineingeraten, einer widerwärtigen Grotte, in der es vor Urzeitmonstern nur so wimmelte, diesen blinden Kreaturen mit den gewaltigen Mäulern. Sie war übergangslos von einer sicheren, geordneten Welt in die Wildnis hineingeraten. In einen Dschungel, dessen Gesetze mit Blut geschrieben wurden und dessen Bibel die Angst war.

»Hier!«

Sie hatte geschrien, der Ton hatte sich wie ein Krampf aus den tiefsten Tiefen ihres Bewusstseins gelöst.

Paul trat auf die Bremse. Auf dem nassen Asphalt geriet der Fiat ins Schleudern. Als er den Wagen wieder im Griff hatte, stand er quer auf der Straße.

Ein Blick in alle Richtungen. Seine Augen suchten nach einem Anhaltspunkt. Sie befanden sich an einer Kreuzung, mitten im Nirgendwo.

Mit gepresster Stimme sagte er: »Hier ist nichts.«

»Fahr rechts weiter.«

Cabrera legte den ersten Gang ein und fuhr in eine Gasse, die kaum breiter war als ein Auto.

»Was soll das?«

»Fahr!«, befahl Angela.

Paul gehorchte. Die junge Frau hatte sich wieder gefangen und zeigte sich von ihrer energischen Seite.

Er kam nur langsam voran und versuchte, die Karosserie nicht am rauen Putz zu zerschrammen. Der Wagen war für Pflastersteine zu hart gefedert, daher musste er den Motor drosseln.

Nach etwa fünfzig Metern befahl die Anwältin wieder: »Bleib hier stehen.«

Sie standen vor einer Garage, einem grauen Metallschild mit einem Halteverbotszeichen. Im Dämmerlicht war die Fassade eines bürgerlichen Hauses zu sehen. Und ein Hotel war immer noch nicht in Sicht.

Sie wühlte in ihrer Tasche und zog ein Handy heraus. Sie drückte die Tasten. Das Display leuchtete türkisblau.

In der Stille des Autos konnte Paul die Klingeltöne hören. Zwei. Drei. Vier … Ein Nebelhorn im Sturm. Wen rief sie da an? Schließlich vernahm er undeutlich eine verschlafene Stimme. Eine Frauenstimme.

»*Si* …«

»*Sono Angela.*«

»*Angela*?«

»*Sono sotto. Sbrigati! È urgente*!«*

Sie legte auf.

Paul betrachtete sie mit gerunzelter Stirn: »Wo gehen wir hin?«

»Zu einer Freundin.«

»Bist du sicher, dass …«

»Ich weiß, was ich tue.«

Ein metallenes Scheppern setzte den Schlussstrich unter ihren Satz. Ein Eisenrollo wurde hochgezogen, und man sah einen staubigen Abstellraum, vom grellen Licht einer Neonröhre erleuchtet. Dicht an der Wand stand ein neuer, kanariengelber VW Beetle.

Paul hatte Schwierigkeiten beim Hineinfahren. Er mühte sich mit dem Lenkrad ab, während seine Stiefel die Kupplung quälten. Schließlich gelang es ihm, neben dem deutschen Fahrzeug zu parken.

Angela stieg ohne weitere Erklärung aus. Sie öffnete eine Tür an der Rückseite der Garage. Ihre Handgriffe waren präzise und schnell, von einer unerschütterlichen Entschlossenheit. Paul schnappte sich die Sporttasche und folgte ihr. Hinter ihm schloss sich bereits der eiserne Vorhang.

Sie gelangten in eine runde Eingangshalle, eine Art spärlich beleuchteten elliptischen Schacht, dessen Boden ein schwarz-weißes Schachbrettmuster aufwies. Fresken in ab-

* »Ja …«
»Hier ist Angela.«
»Angela?«
»Ich bin unten. Mach auf! Es ist dringend!«

blätternden dunklen Farben liefen die Wände entlang und vermittelten den Eindruck von verfallener Pracht und einstigem Reichtum. Die Luft war gesättigt vom Geruch nach Salpeter, das Ganze erinnerte an eine archäologische Ausgrabungsstätte.

Angela schien den Ort zu kennen wie ihre Hosentasche. Sie erklomm die Treppe fast im Laufschritt.

Paul folgte ihr dicht auf den Fersen. Er nahm zwei Stufen auf einmal, rutschte hin und wieder an den ausgetretenen Stellen aus, stolperte über Stufen, die nicht ganz auf einer Linie lagen. Diese Unvollkommenheiten schienen ihm der Ausdruck einer bestimmten Lebensart. Sie bekundeten den freien Entschluss, die Dinge so zu belassen, wie sie waren, die Vergangenheit wie eine Standarte zu schwenken.

Im Hausflur stand eine Tür offen, darin eine der schönsten Erscheinungen, die Paul je gesehen hatte. Etwa so alt wie Angela, größer, mit Gesichtzügen von klassischer Symmetrie. Die Augen waren von einem dunklen Grün, die Stirn so hoch, dass es wie eine ständige Provokation wirkte. Sie war in einen Bademantel aus roter Seide gehüllt, der mit chinesischen Motiven bestickt war.

Sie musterte Paul argwöhnisch, dann trat sie zur Seite, um ihn hereinzulassen. Beim Vorbeigehen roch Paul den Zimtgeruch eines Parfüms, vermischt mit den intimeren Gerüchen des Schlafs.

Die beiden Frauen umarmten sich. Angela murmelte ihr ein paar Worte ins Ohr, bevor sie in Tränen ausbrach. In den Armen ihrer Freundin ließ sie ihrem Kummer freien Lauf, die Tränen kullerten ihr nur so aus den Augen.

Als sie sich wieder beruhigt hatte, stellte sie die beiden einander schließlich vor. Die Erscheinung hieß Fiona. Sie war Anwältin und arbeitete in einem Anwaltsbüro. Mehr erfuhr Paul nicht. Und letztlich war es ihm auch egal. Trotz der heiklen Situation hatte die Sinnlichkeit dieser Frau ihn bereits gepackt.

Sie wischte Angela mit einem Taschentuch die Tränen ab. Dann bot sie sich an, ihnen einen Kaffee zu machen, und verschwand in der Küche.

Seine Cousine führte ihn in den Salon, wo sie sich setzten. Die modernen Möbel bildeten einen Kontrast zu dem heruntergekommenen Gebäude. Ein niedriger Tisch aus mattem Metall, Sofas mit Plexiglasgestellen, Edelstahlnippes und zeitgenössische Bilder. Paul hatte das Gefühl, in eine Werbesendung für italienischen Kaffee hineingeraten zu sein. Eleganz, Komfort, modernes Design, eingefasst in einen traditionsreichen Rahmen.

Angela ließ ihm kaum Zeit, sich erst einmal umzuschauen. Hastig gab sie ihm ihre Anweisungen: »Offizielle Version: Die Bullen sind hinter dir her. Verstanden?«

»Du spinnst ja …«

»Bei deinem Look nimmt dir das jeder ab. Ich will nicht, dass sie Probleme bekommt.«

Paul massierte sich den Nacken. Er zögerte, ihr zu sagen, was er wirklich dachte. Schließlich bemerkte er: »Ist es dafür nicht ein bisschen zu spät?«

In den Augen der Anwältin flammte wildes Entsetzen auf.

»Niemand ist uns gefolgt … Der Fiat ist in der Garage … Sie … Sie kennen Fiona nicht.«

»Hast du deine Wohnung gesehen? Sie wissen, dass wir in Palermo sind. Wo wir hingehen. Wen wir treffen. Wie lange werden sie deiner Ansicht nach brauchen, bis sie uns gefunden haben?«

Panik flammte in ihren Augen auf.

»Was … was machen wir jetzt?«

»Heute Nacht blieben wir hier. Es wäre zu riskant, in dieser verlassenen Gegend wieder vor die Tür zu gehen. Morgen früh machen wir uns aus dem Staub.«

Sie nickte bedächtig. Die Tränen hatten wieder angefangen zu fließen. Es schien ihr plötzlich bewusst geworden zu sein, dass sie andere Menschen in Gefahr gebracht hatte.

Paul hörte sie murmeln.

»Antonio …«

»Was?«

»Die Person, die ich heute Nachmittag getroffen habe. Vielleicht wissen sie ja …«

Sie stürzte sich auf ihr Handy und machte einen Anruf. Ihre hohlen Wangen ließen erkennen, wie groß ihre Angst war. Kurz darauf sagte sie: »Er hat umgeschaltet. Ich hatte den Anrufbeantworter dran.«

»Ist doch logisch … Er schläft.« Doch Paul war sich da nicht ganz sicher. Wenn sie seit dem Flughafen verfolgt wurden, dann wussten die Mafiosi über jeden ihrer Schritte Bescheid. Im gleichen Moment erinnerte er sich an das Gespräch, das sie am Vorabend bei seinen Eltern geführt hatten.

Er sagte: »Deine Auftraggeber … Sie haben uns verraten.«

Angela warf ihm einen entsetzten Blick zu. Wieder hatte er eine Ladung Dynamit in ihren Garten geworfen. Sie konnte nur stammeln: »Das ist … absurd.«

»Sie und dein Freund sind die Einzigen, die wissen, dass du das Kreuz hast. Und sie haben es früher gewusst als er.«

Die Ladung explodierte.

»Warum hätten sie das tun sollen?«

»Was weiß denn ich! Du bist hier die Spionin …«

Ein Räuspern. Fiona betrat den Salon, ein Lacktablett in den Händen. Paul betrachtete eingehend ihre Beine, zwei endlos lange, honigschimmernde Lianen.

Sie stellte die Tassen auf den Tisch. Angela sprach Italienisch mit ihr. Singende, klangvolle Sätze, wie Perlen aus Musik.

Fiona nickte. Sie warf Paul mit einem Lächeln auf den Lippen einen Blick zu. Dann verschwand sie.

»Ich habe ihr gesagt, wir müssten miteinander reden«, sagte Angela.

Paul hatte den Sinn einiger Worte verstanden. Er hakte nach, um sicherzugehen: »Ein Streit unter Verliebten?«

»Mit ist nichts Besseres eingefallen.«

»Passt schon …«

Sie lächelte. Dann ließ sie den Kopf aufs Sofa sinken. Nach dem Stress kam die Müdigkeit, ihr Körper entspannte sich. Außerdem schien sie nachzudenken.

Schließlich sagte sie: »Du irrst mit deiner Vermutung.«

»Weshalb?«

»›Mani pulite‹. Sagt dir das was?«

»Nicht wirklich …«

Den Blick verloren auf ihr Gepäck gerichtet, erzählte sie: »Die größte Hexenjagd der letzten hundert Jahre. Eine Hetzjagd, die 1992 von Ermittlungsrichter Di Pietro veranstaltet wurde. Es wurden mindestens zweitausend Ermittlungen in Gang gesetzt. Hunderte von Anklagen erhoben. Es hagelte nur so Prozesse. Er hat die alte politische Klasse enthauptet und die ganze Mafialandschaft umstrukturiert.«

Paul stützte das Kinn in die Hand wie ein eifriger Schüler. Damals war er zwanzig Jahre alt gewesen. Er hatte seine Zeit auf seiner Maschine verbracht, beim Boxen und mit seinen zahllosen Eroberungen. Den Erschütterungen der italienischen Innenpolitik hatte er keine Aufmerksamkeit geschenkt.

Die junge Frau fuhr fort: »Die Korruption wurde ernsthaft eingedämmt. Die Verbindungen zwischen den Christdemokraten und der Mafia gekappt. Seither kneifen unsere lieben Regierungsvertreter die Arschbacken zusammen, wenn sie der Brigade zur Bekämpfung der Finanzkriminalität begegnen.«

»Das bedeutet nicht, dass sie clean sind.«

»Nein … Aber es ist schwieriger geworden, irgendwelche Mauscheleien abzuziehen.«

Paul nahm das zur Kenntnis. Ließ sich aber nicht von seiner Linie abbringen. Er erinnerte sich an frühere Ermittlungen, in denen man auf höchster Ebene die unglaublichsten Verbindungen festgestellt hatte.* Am Ende hatten sie zu den gewaltsamen Todesfällen ihr Scherflein beigetragen.

»Die Mafia ist wie Ungeziefer. Du zerstörst ein Nest, und schon entsteht ein neues. Sie brauchen bloß etwas vorsichtiger zu sein.«

Angela zog die Brauen hoch. Sie nahm die Tasse und trank ihren Kaffee in einem Zug leer.

»Zugegeben … Aber eine Sache passt nicht ins Bild. Meine Auftraggeber wussten nichts von der Akte, hatten keine Ahnung, dass die Cosa Nostra in die Sache verwickelt war. Deshalb wollten sie Informationen von mir haben.«

»Und dass sie dich manipuliert haben? Ist dir die Idee schon mal gekommen?«

»Findest du nicht, dass ich schon genug übers Ohr gehauen wurde?«

Paul stand auf und lief im Salon herum. In seiner Vorstellung griffen die einzelnen Teile mit der Präzision einer Schweizer Uhr ineinander. Er stieß hervor: »Schau mal, so sehe ich die Dinge. Deine Spielkameraden verfolgen dieselben Ziele wie die Mafia. Kohle, Informationen, was auch immer. Sie wussten, dass ihre Kumpels bis zum Hals in etwas

* Siehe *Blutspiegel*, op. cit.

drinsteckten, sonst hätten sie ihren Arsch nicht hochgekriegt, das haben sie nur für sie getan. Sie haben dich losgeschickt, um herauszufinden, wie die Ermittlungen vorankommen, um bei den jungen Ermittlungsrichtern rumzuschnüffeln. Um herauszufinden, ob sie mit der falschen Fährte des Finanzamts weitergekommen waren, ob sie Indizien gefunden hatten... Kurz und gut, auf welche Weise sie das Knäuel entwirrt hatten.«

»Mit welchem Ziel?«

»Um eine Länge Vorsprung zu haben. Um herauszufinden, ob jemand sie ins Visier genommen hatte. Um sich zu organisieren. Die Cosa Nostra hat einen Häuserblock in die Luft gesprengt. Bist du dir darüber im Klaren? Nur um Dokumente zu zerstören und Druck auf die Konkurrenz auszuüben. Ich weiß noch nicht, was das für sie bedeutet, aber eines ist gewiss: Die fraglichen Papiere müssten Gold wert sein, und niemand hatte ein Interesse daran, dass die Bullen ihre Nase da reinstecken.«

Angela atmete tief ein. Sie schluckte die Wahrheiten eine nach der anderen herunter, bis ihr fast schlecht wurde.

Paul ließ ihr Zeit, das Ganze zu verdauen. Er ging zum Fenster und zog den Vorhang beiseite. Ein herrlicher Springbrunnen schlummerte vor seinen Augen, verziert mit Nymphen, Monstern und allen möglichen in Stein gehauenen allegorischen Figuren. Er sah einen Durchgang vor sich. Eine Tür, die ihn direkt in die Hölle führen würde.

Er ging zurück und setzte sich wieder neben Angela.

»Dein Kontaktmann, hat der einen Namen?«

»Renato Grazzi. Wir haben über Codes miteinander kommuniziert. Blau für ihn. Gelb für mich.«

»Hast du ihn in Palermo getroffen?«

»Ja. Aber er arbeitet in Rom.«

Nicht gerade um die Ecke. Es dürfte recht kompliziert werden, mitten im Ministerium irgendwelchen Typen mit schwarzen Sonnenbrillen nachzujagen. Und ziemlich für Wirbel sorgen, sodass sie Gefahr liefen, dass man sie schnappte.

Blieb noch Giacomo. Seine Spur könnten sie verfolgen, ohne allzu großes Aufsehen zu erregen. Indem sie bei der Uni anfingen.

Er gähnte herzhaft. Vor allem musste er ein bisschen schlafen. Die kommenden Stunden dürften recht stürmisch werden. Er schlug vor: »Gehen wir schlafen?«

Angela nickte.

»Guter Rat kommt über Nacht.«

»Wie machen wir es mit dem Zimmer? Wir müssen ja wohl in einem zusammen schlafen, oder?«

»An Betten mangelt es hier nicht. Ich werde Fiona sagen, dass wir ein bisschen Abstand brauchen. Sie wird das verstehen.«

Paul hob die Hände zum Zeichen der Zustimmung. Er hätte sich gut vorstellen können, Angela in den Arm zu nehmen. Nur um sie bei sich zu spüren, ihren Atem ...

Er verscheuchte den Gedanken wieder. Sie war seine Cousine. Gehörte zu seiner Familie.

Und doch ...

64

Ein Tauchermesser ist eine gefährliche Waffe, vor allem, wenn man sich ihrer zu bedienen weiß. Eine Klinge mit Wellenschliff, fünfzehn Zentimeter lang, imstande, den Brustkorb zu durchstoßen und lebenswichtige Organe zu verletzen. Innere Blutungen wären noch der geringste Schaden, im schlimmsten Fall drohte der sofortige Tod. In jedem Fall sind die Verletzungen irreparabel. Mit dieser Schneide konnte man auf einen Streich die Halsschlagader und die Stimmbänder durchtrennen – ein stiller Tod.

Aber wie wirksam auch immer sie sein mag, sie besitzt nicht die Schlagkraft einer Sig Sauer, der neuen Dienstpistole der französischen Polizei. Ein Schweizer Fabrikat, Kaliber 12, Halbautomatik, das in zehn Sekunden fünfzehn Stahlpatronen abfeuern konnte. Leicht, handlich, keinerlei Gefahr einer Ladehemmung, in ihrer Wirkung einer Magnum .357 vergleichbar.

Für seine Expedition nach Sizilien hatte Paul sich für diese Waffe entschieden. Er hatte sie klammheimlich aus der Brigade entwendet, aus den Lagervorräten, die im letzten Monat geliefert worden waren. In der Brigade wussten alle, dass er sich dagegen wehrte, seine Automatik einzutauschen. Sollte er in die Verlegenheit kommen, sie einsetzen zu müssen, würde man ihm nicht so leicht auf die Spur kommen wie mit seinem Manurhin-Revolver.

Gemäß den neuen gesetzlichen Bestimmungen im Flugverkehr hatte die Pistole die Reise im Laderaum angetreten, zusammen mit seinem Messer, ohne das Magazin, das bei einem anderen Flug mitgeschickt wurde. Paul musste sich die Munition auf dem Polizeipräsidium von Palermo abholen, innerhalb eines Zeitraums von achtundvierzig Stunden und gegen Vorlage seiner Polizeimarke.

Jetzt, da man ihm die Sig geklaut hatte, brauchte er sie nicht mehr einzufordern.

Er brauchte nur eine neue Knarre.

Fiona schlug ihm vor, die Wohnung über die Keller zu verlassen. Die alten Viertel verfügten über ein verzweigtes Netz von Stollen, das die einzelnen Gebäude verband und im Krieg angelegt worden war.

Sie stiegen hinunter ins Kellergeschoss. Am Ende eines

düsteren Gangs stellte Angela ein Schild mit der Aufschrift »Zutritt verboten« auf. Dahinter verlor sich eine Rampe aus gestampfter Erde in der Nacht.

In den Gängen stank es heftig nach Schwefel, und sie verströmten einen üblen Geruch nach Fäulnisgasen. Der Geruch, die Beschaffenheit der Gänge, die Atmosphäre erinnerten Paul an die nördlichen Vorstadtviertel von Marseille. Man konnte seiner natürlichen Veranlagung nicht entkommen, sie holte einen immer wieder ein. Er schien dazu geboren, in diesem Dreck herumzukriechen.

Sie begleitete ihn etwa hundert Meter weit und leuchtete ihnen mit einer Taschenlampe. Er konnte kaum ihren Rücken und ihren Nacken erkennen, sie wurden von der Dunkelheit verschluckt. Nach einer Biegung nahm sie wieder eine Rampe. Eine verrostete Eisentür verwehrte ihnen den Zugang. Sie versuchte sie aufzuziehen, doch es gelang ihr nicht. Cabrera setzte sein ganzes Gewicht ein. Mit quietschenden Angeln öffnete sich die Tür.

Sie gelangten in weitere Kellerräume, noch eine Halle, noch ein Gebäude. Dort ließ die junge Frau ihn stehen. Sie gab ihm ein Küsschen auf die rechte Wange, wünschte ihm viel Glück und verschwand.

Das Gebäude führte auf eine belebte Straße. Leitende Angestellte im hellen Anzug begannen ihr Tagwerk, ohne Krawatte und sonnengebräunt. Mütter mit fettigen Haaren und erschöpften Gesichtern trieben ihre Kinder zur Schule.

An diesem Wochenanfang zeigte sich Palermo von seiner beruhigenden Seite. Strahlte eine beschauliche, in Alltags dingen verwurzelte Normalität aus, in der die Familien lebten und arbeiteten, ohne sich um die Gewalt zu scheren.

Paul stieg in einen Bus. Laut Angela würde er ihn direkt zum Vucciria-Markt bringen, hinter dem alten Hafen La Cala. Dort angekommen, musste er nur noch die Piazza San

Domenico überqueren, um zu seinem Bestimmungsort zu gelangen. Noch ein Ort, an dem gehandelt und getauscht wurde, wo man für einen Apfel und ein Ei Hi-Fi-Geräte, Klamotten und Zigaretten erstehen konnte. Die Bewohner von Palermo hatten ihm den Spitznamen *Casa di ladrone* gegeben, was wörtlich übersetzt »Haus der Diebe« hieß.

Angela hatte ihm versichert, man könne dort auch Waffen kaufen. Das Geschäft wurde über Kids abgewickelt, ohne lästige Fragen und Quittungen in dreifacher Ausfertigung. Wenn man Geheimagenten im Nacken sitzen hatte, war es besser, man bemühte sich, unauffällig zu bleiben.

Es war fast zehn Uhr, als er sich unter die Leute mischte. Der Boden war schon rutschig, überzogen mit einem bunten Film. Aufgeplatzte Früchte, Fischblut, Sägemehl, eine Mischung, die Paul sofort wiedererkannte. Hier kreischten und brüllten die Obst- und Gemüsehändler mit den Fischhändlern um die Wette.

Er bahnte sich einen Weg durch die Menschenmenge. Die Sonne spiegelte sich in den Eisstücken, die ihre Strahlen in funkelnden Lichtkegeln zurückwarfen. Hausfrauen mit geflochten Einkaufskörben in der Hand ließen ihre Blicke über die Auslagen schweifen. Überall herrschte ein ohrenbetäubendes Geschrei. Schrill. Aggressiv. Eine Kakofonie, bei der es einem ganz schwindlig wurde. Aber noch lästiger waren die Blicke. Wie Schläge mitten ins Gesicht. Unmöglich, irgendeine Absicht dahinter zu erkennen. Sie schossen einem lediglich wie Harpunen ins Herz, ohne Scham und Zurückhaltung.

Nachdem er sich zwanzig Minuten lang durch die Menge gekämpft hatte, lichtete der Strom sich allmählich. Paul spürte, dass er seinem Ziel näher kam. Er umrundete eine Kirche und bog in eine schmutzige Straße ein. Decken lagen auf dem Asphalt ausgebreitet, dicht nebeneinander. Es war dort eine Menge Trödel aufgehäuft worden, unter den argwöhnischen Blicken der Händler.

Er machte einen Jungen aus. Nach dem ersten Eindruck zu schließen war er etwa zehn Jahre alt, bekleidet mit einer kurzen Fußballhose und einem Trikot in Gelb und Grün, den Farben von Brasilien. Es trug die Nummer neun, die Nummer von Ronaldo.

Paul steuerte auf ihn zu. Er tat so, als sehe er sich seine Ware an, in der Hauptsache verschiedene englische CDs, noch in Plastikfolie eingeschweißt. Britney Spears, Justin Timberlake, Beyoncé. Die Lärmbelästigung kannte keine Grenzen.

Der Junge quatschte auf ihn ein und pries seine Sachen an. Ein Kauderwelsch, bei dem ein Sprachlehrer sich die Haare raufen würde.

Paul verstand kein Wort. Er begnügte sich damit, immer wieder zu nicken. Als der Redestrom versiegte, bedeutete der Polizist ihm durch ein Zeichen, näher zu kommen. Dann flüsterte er ihm ins Ohr: »*Pistola*?«

Der kleine Fußballer tat erstaunt. Paul ließ ein Bündel Geldscheine zum Vorschein kommen, was den Jungen sofort beruhigte. Er hielt den Daumen hoch und pfiff durch die Finger.

Augenblicklich reckte ein weiterer Rotzbengel seine Nase ins Bild. Noch jünger, mit einem dreckverkrusteten, schafsähnlichen Wuschelkopf. Er bedeutete Paul mit einer Bewegung des Kopfes, ihm zu folgen.

Sie gingen die Straße entlang, bis sie zu einem Portal kamen. Cabrera war so verdutzt, dass er kein Wort sagte. Sie waren nicht misstrauisch, hatten keinerlei Garantie verlangt, als wäre es die natürlichste und vor allem die legalste Sache der Welt, mit Waffen zu handeln. Dieser Eindruck wurde noch dadurch verstärkt, dass offenbar keiner der Händler an den anderen Verkaufständen ihrem Manöver Aufmerksamkeit schenkte.

Der Junge ließ seinen Blick über die Straße schweifen. Eine professionelle Geste, flüchtig und spontan. Beruhigt ging er durch die Passage, gefolgt von Paul.

Dahinter lag ein kleiner Hof, umstanden von abgeblätterten Fassaden. Auf dem Boden hockten drei andere Jungen und spielten ein Geschicklichkeitsspiel mit Knöchelchen. Alle drei trugen dreckige Shorts und Polohemden in schreienden Farben.

Sie standen alle gleichzeitig auf und rannten ihnen entgegen. Die Bande verhandelte eine Weile miteinander. Dann wandte sich einer von ihnen an Paul. Er war offenbar der Boss und war so um die zwölf Jahre alt. Dunkle Haut, kohlschwarzes Haar und ein Lächeln in Schwarz-Weiß.

Der Bursche filzte ihn auf die Schnelle, fand aber nicht das Messer, das im Stiefel versteckt war. Zufrieden verschwand er in einem der Gebäude. Die anderen nahmen wieder ihre Plätze ein und setzten das Spiel fort, als sei nichts geschehen.

Paul war einen Moment unschlüssig. Er fürchtete schon, er könnte in eine Falle geraten, eine Bande von Zuhältern könnte mit dem Jungen zurückkommen und ihm sein Geld abknöpfen. Oder Bullen in Zivil könnten hinterrücks auftauchen und ihm ein Paar Handschellen verpassen.

Nichts von alledem geschah.

Der Junge tauchte nach etwa zehn Minuten wieder auf. Er kam mit einem in ein Fensterleder eingewickelten Päckchen zurück, das er vorsichtig auswickelte.

Dann verkündete er stolz: »Glock.«

Paul sah sich die Waffe genau an. Sie war leicht, hatte eine erhebliche Feuerkraft und bestand zu achtzig Prozent aus Kunststoff. Die Magazinkapazität lag bei sechzehn Schuss, eine 45 mm Parabellum.

»*Cuanto*?«, fragte er.

»*Sete cento.*«*

Die kleinen Racker gingen nicht gerade zimperlich vor. Aber letztlich war das ihr gutes Recht. Am Ende einigten sie sich auf fünfhundert.

Paul nahm die Waffe in die Hand, prüfte ihr Gewicht, dann entsicherte er sie mit einem Ruck. Ohne Ergebnis. Er überprüfte die Waffe und ahnte schon, wo der Haken war. Kein Magazin. Die Rotzbengel hatten es nicht kostenlos mitgeliefert.

Cabrera zollte ihnen innerlich Respekt. Eine funktionstüchtige Waffe zu liefern konnte einem Todesurteil gleichkommen.

Er bräuchte nur auf die Verkäufer zu zielen und sich schnell aus dem Staub zu machen.

Er steckte sich die Glock im Rücken unter die Jacke und breitete die Arme aus. Auf diese Weise zeigte er, dass er nichts im Schilde führte. Dann blätterte er langsam die fünfhundert Euro hin und reichte sie dem Jungen.

Ein Murmeln ging durch das Team von Juniorschiebern, als ihr Boss die Kohle einsteckte. Offenbar hatten sie ein lukratives Geschäft gemacht.

Paul zog lächelnd die Brauen hoch.

»*Le palle*?«**

Es kam Bewegung in die Gruppe. Zwei Magazine tauchten auf, die mit dem Fuß weitergekickt wurden. Bis Paul sie aufgehoben hatte, war der Spatzenschwarm in alle Richtungen auseinandergestoben.

Cabrera machte keinen Versuch, sie einzuholen. Er schob das Magazin ein und lud eine Kugel in die Kammer. Als

* »Wie viel?«
»Siebenhundert.«

** »Die Kugeln?«

er das vertraute Klicken hörte, durchströmte ihn Gelassenheit.

Jetzt war wieder alles wie immer.

65

»Wie war noch mal der Name?«

»Rainaldi. Giacomo Rainaldi.«

Angela warf Paul einen erschöpften Blick zu. Sie lehnte an der Theke des Universitätssekretariats und versuchte seit zehn Minuten, einen ersten Anhaltspunkt zu bekommen. Hinter der Theke ließ eine fast apathische Angestellte ganze Kolonnen von Namen über ihren Bildschirm laufen.

»Welches Jahr?«, fragte die Tranfunzel teilnahmslos.

»1997 bis 2001. Glaube ich zumindest …«

»Grundstudium und Hauptstudium?«

»Ja. Wir haben zusammen den Magister gemacht.«

Die Finger hämmerten auf die Tastatur ein, als führten sie ein Eigenleben. Paul beobachtete die junge Frau über den Nacken seiner Cousine hinweg. Schmutziges Haar, abgekaute Fingernägel, eine Brille mit Kassengestell, die Bewerber dürften ihr nicht gerade die Bude einrennen.

Schließlich hob sie den Kopf und sah die beiden ausdruckslos an.

»Unter dem Namen habe ich nichts.«

Angela presste die Kiefer aufeinander.

»Sind Sie sicher?«

Die Megäre fauchte zurück: »Wenn ich es Ihnen doch sage!«

Paul legte seiner Cousine die Hand auf die Schulter. Die Art von Zimtzicke kannte er. Die Macht der Trägheit, die

Sicherheit der Anstellung, Verantwortungslosigkeit: das unvermeidbare Triptychon. Weiter nachzuhaken war sinnlos.

Sie verließen den düsteren Raum und gingen in die große Halle. Die juristische Fakultät schien aus einem riesigen Marmorblock gehauen. Es wirkte wie ein helles, eisiges Bassin, dessen Decken sich in unbestimmbaren Höhen verloren. Zwischen den Säulen schlenderten Studenten umher, sie hielten Fotokopien in den Händen und machten konzentrierte Gesichter. Eine mönchische Stille unterstrich noch die Feierlichkeit des Orts.

Paul zog Angela zu einer Bank. Er zündete sich einen Zigarillo an, ohne sich um die rot-weißen Schilder zu scheren, obwohl deren Botschaft unmissverständlich war. Sein Körper brauchte Nikotin, und er kam diesem Bedürfnis nach. Er stieß den Rauch aus und bemerkte: »Er hat dir wahrscheinlich einen falschen Namen genannt.«

Sie blickte unschlüssig drein.

»Nein ... das würde nicht zu ihm passen.«

»Ach ja?«

»Wir haben zusammen Kurse belegt. Sein Name war auf den Listen eingetragen.«

»Dann hat er sich unter einer falschen Identität eingeschrieben.«

»Unter solchen Voraussetzungen kann man keine Prüfungen ablegen. Sie wären völlig wertlos.«

Das Argument musste Paul wohl oder übel gelten lassen. Wozu sollte man sich jahrelang abrackern, wenn man dann keinen Nutzen davon hatte? Wozu sollte das gut sein?

Er streckte die Beine aus. Das war ein schlechter Anfang für ihre Verfolgung. Dank Fiona war es ihnen gelungen, lautlos ihr Versteck zu verlassen, aber jetzt liefen sie Gefahr, in den Startlöchern Wurzeln zu schlagen, sofern es ihnen nicht gelang, ihre Beute aufzustöbern. Eine Beute, die gefährlicher war als eine Klapperschlange und die im Farnwerk versteckt auf ihre Stunde lauerte.

Plötzlich drehte er sich zu seiner Cousine um. Ihm war gerade eine neue Idee gekommen.

»Er wurde gelöscht.«

»Kannst du das noch mal wiederholen?«

»Er war da ... Aber jetzt ist er es nicht mehr ... Man hat seine Studiendaten gelöscht, ich sehe keine andere Lösung.«

»Aber ... Warum?«

Darauf hatte Paul keine Antwort. Er zog seine Schlüsse aus den offenkundigen Tatsachen, gemäß dem guten alten Prinzip von Ursache und Wirkung. Das Motiv würde sich später zeigen, zusammen mit allem anderen. Gegenwärtig hielt sich Cabrera am einzigen tragfähigen Ast fest: an der Sorgfalt, die Giacomo darauf verwandt hatte, seine Spuren zu verwischen. Ein Übereifer, der sich als hilfreich erweisen könnte.

Er richtete sich auf.

»Jetzt stellen wir auf manuell um.«

Angela stand ebenfalls auf.

»Und das heißt?«

»Wir beschaffen uns die Informationen selbst. Jemand hat sich darum gekümmert, deinen Kumpel in der Versenkung verschwinden zu lassen. Es dürfte nicht allzu viele Leute geben, die diese Art von Manipulation überhaupt durchführen können.«

»An wen denkst du?«

»An die Typen, die die Bude hier leiten. An einen Bürohengst, der mächtig genug ist, um Akten zu fälschen, und gerissen genug, Bakschisch dafür zu kassieren.«

Sie zögerte. Die Vorgehensweise schien sie zutiefst zu verstören.

»Willst du etwa den Rektor befragen?«

Paul stemmte die Arme in die Hüfte. Er sah aus wie ein Krieger der Apachen.

»Warum nicht? Ist er stumm?«

Über diese Antwort musste die junge Frau lächeln. Ohne abzuwarten, breitete Cabrera die Arme aus.

»Das ist deine Uni. Gehst du voran?«

Die Büros der Universitätsleitung nahmen die gesamte vierte Etage ein. Sie waren hinter einer langen, mit goldenen Buchstaben verzierten Glaswand versteckt. Dahinter waren Räume mit Teppichboden und mit rotem Stoff bezogene Wände zu erkennen. Eine Welt der Überheblichkeit, deren makellose Schilder cinc symbolische Grenze zu markieren schienen.

Als Paul die Frontlinie überschritt, wuchs seine Anspannung. Er mochte keine Profs, mochte nicht die Selbstsicherheit dieser im Grunde schwachen Menschen, ihre egozentrische Selbstgefälligkeit. Diese Leute hielten ihre Welt für die Realität. Sie wussten nichts vom Leben, dem echten, in dem die Gegner erwachsene Raubtiere waren und keine leicht zu beeindruckenden Kids. In der man Fehler teuer bezahlte. In gewisser Weise hatten diese Idioten die Schulbank nie verlassen.

Angela verhandelte mit einer Sekretärin mit spitzem Mardergesicht, die schon jenseits der Menopause und sehr schnieke gekleidet war. Das Gespräch verlief offenbar etwas hitzig. Schließlich kam sie mit enttäuschter Miene zurück.

»Der Rcktor kann uns nicht empfangen ... nicht jetzt.«

»Wann?«

»Wir müssen einen Termin vereinbaren.«

»Soll das ein Witz sein?«

»Ich fürchte, nein ...«

Pauls nervliche Anspannung wuchs. Er hatte keine Lust,

mit so einem Typen herumzuverhandeln. Er fragte Angela: »Ist er da?«

Die junge Frau schien große Angst zu haben.

»Die Tür da hinten. Aber …«

Paul wartete nicht. Er ging schnurstracks darauf zu und stürmte das Heiligtum. Die Alte in seinem Rücken fing zu keifen an.

Er sah nur eins. Regale, aufgereiht hinter glänzenden Vitrinenfenstern. Sie liefen die Wände entlang, vom Boden bis zum Dachbalken. Tausende von Büchern waren hier versammelt, in Leder gebunden wie die Neuronen eines Großhirns aus Papier.

Ein Mann mit tiefen Augenringen saß hinter einem dunklen Lacktisch. Seine ausgezehrten Gesichtszüge wirkten, als leide er an einer Krankheit. Eine durchscheinende Blässe, als könne er jeden Augenblick umkippen. Das rabenschwarz gefärbte Haar machte es unmöglich, sein Alter zu bestimmen. Er dürfte so zwischen vierzig und sechzig Jahre alt sein, schätzte Paul.

Er runzelte die Brauen und öffnete leicht die Lippen. Noch bevor er einen Ton sagen konnte, drückte ihm Cabrera die Glock an die Stirn.

»Halt's Maul! Sag der blöden Ziege, sie soll wieder zu ihrem Strickzeug gehen.«

Die Sekretärin stürzte bereits ins Zimmer, gefolgt von Angela. Paul versteckte die Waffe in seiner Jacke. Unter dem Leder zielte er immer noch auf den Rektor.

Dieser schluckte schwer. Sein Angreifer hatte Französisch gesprochen, aber er hatte begriffen, was er meinte. Er schickte den Zerberus weg und setzte ein Lächeln auf. Die Frau zögerte etwas verstört, dann machte sie sich aus dem Staub. Angela schloss die Tür hinter ihr.

»Sprichst du Französisch?«, fragte Cabrera barsch.

»*Si*…«

»Noch einer…« Er wandte sich zu seiner Cousine um. »Schon irre, wie viele Italiener diese Sprache beherrschen.«

Sie antwortete nicht. Sie sah aus, als sei ihr das Blut in den Adern gefroren.

Der Rektor versuchte sich aufzuplustern. Er fragte und tat dabei so, als habe er die Situation unter Kontrolle: »Wer sind Sie? Was wollen Sie?«

Paul brachte die Knarre wieder zum Vorschein. Er richtete sie auf den Professor, ein paar Zentimeter von dessen Gesicht entfernt.

»Lass das… Und jetzt sperr mal schön die Ohren auf. Falls du was nicht verstehst, wird die Brünette hier übersetzen. Giacomo Rainaldi? Sagt dir das was?«

Der Mann ließ die Kanone nicht aus den Augen. An seinen Nasenflügeln begannen sich dicke Schweißperlen zu bilden.

»Nein.«

Paul sah tief betrübt auf seine Glock.

»Ist es das, was dich so beeindruckt, mein Süßer? Einverstanden, dann pack ich sie weg.«

Er steckte sich die Waffe immer noch gut sichtbar in den Gürtel. Fast augenblicklich blitzte das Messer in seiner Hand auf.

»Ich werde deinem Gedächtnis mal ein bisschen auf die Sprünge helfen. Er hatte einen Studienplatz in deiner Bude und hat sich sogar zur Anwaltsprüfung angemeldet. Also, immer noch nichts?«

Der andere starrte jetzt völlig entgeistert auf die Wellenschliffklinge. Er versuchte sich bei Angela Unterstützung zu holen. Vergebens. Sie hatte den Blick abgewandt. Er stammelte: »Wir haben Tausende von Studenten… Ich… Ich kann mich nicht an alle erinnern…«

Der Polizist setzte sich auf den Schreibtisch. Er ließ das Messer wie einen Kreisel auf der Spitze drehen.

»Und wenn du dich auf die beschränkst, an deren Akten du herumbastelst? Wird es dann nicht leichter?«

»Ich … Ich verstehe nicht.«

Paul hatte noch eine andere Angst bei ihm gespürt, die mit der Furcht vor der Klinge überhaupt nichts zu tun hatte. Dieser Dreckskerl trieb seine Mauscheleien auf Kosten der Studenten. Das war vollkommen klar. Gekaufte Examina, Vergabe ungerechtfertigter Stipendien, Unterkünfte im Studentenwohnheim: Er dürfte sich an so ziemlich allen Futternäpfen bereichern.

Cabrera beugte sich zu dem Rektor vor.

Der Geruch von Kölnischwasser verursachte ihm Übelkeit. Es dürfte ursprünglich mal pfeffrig gerochen haben, jetzt roch es nur noch sauer. Er flüsterte ihm zu: »Deine Betrügereien sind mir völlig schnuppe, du Idiot. Die Akte dieses jungen Mannes ist verschwunden. Ich will sie bloß wiederhaben.«

Die Tränensäcke des Rektors zitterten. Noch ein Zeichen, dass er sich zunehmend unwohl fühlte. Für den Bullen war nun der Moment gekommen, einen Gang höher zu schalten. Blitzschnell lief er auf die andere Seite des Schreibtischs, packte den Kerl bei den Haaren und setzte ihm die Klinge an die Kehle.

»Ich weiß, dass dir der Arsch auf Grundeis geht. Das ist normal. Dein kleiner Musterschüler hat dich gebeten, ihn aus den Listen zu streichen, und zwar unter dem Siegel der Verschwiegenheit. Und für diese Gefälligkeit hast du dann wahrscheinlich ein hübsches Sümmchen eingesackt. Aber du hast keine Wahl mehr. Du spuckst das jetzt aus, oder ich sorg dafür, dass dein Lächeln breiter wird.«

Der Mann bäumte sich nach hinten. Er rollte wie verrückt

mit den Augen, die jetzt blutunterlaufen waren. Dann stieß er hervor: »Warten Sie!«

Cabrera ließ ihn los. Er wusste, dass er gewonnen hatte. Angela stand da, als habe sie einen Besenstiel verschluckt, und spannte die Kiefermuskeln an.

Der Rektor zog einen USB-Stick aus der Tasche, ausreichend, um Millionen vertraulicher Daten zu horten. Mit zitternden Händen steckte er ihn in seinen Computer.

»Ali Babas Räuberhöhle«, sagte Paul ironisch.

»Sagen Sie mir noch einmal den Namen?«

»Rainaldi. Giacomo.«

Die Finger des Rektors hackten auf die Tastatur ein. Ein präzises Ballett, ein Tanz zur Beschwörung der Angst. Plötzlich machte er ein langes Gesicht.

»Das ist...«

»Wunderbar. Du hast ihn gefunden.«

Der Universitätsrektor sah ihn flehend an.

»Sie... Sie werden herausfinden, dass die Informationen von mir stammen.«

Die Antwort klang so knallhart wie ein Urteilsspruch.

»Glaubst du etwa, das schert mich was, du Dreckschwein? Druck's aus und verpiss dich.«

Widerstrebend schaltete der bestechliche Rektor den Drucker an. Paul griff sich die Blätter, sobald sie aus dem Apparat herauskamen, und reichte sie Angela.

»Und?«

Die Anwältin setzte eine Brille auf und ging die Papiere durch. Als sie den Kopf hob, lag in ihrem Blick nur noch kalte Entschlossenheit.

Sie sagte bloß: »Geht in Ordnung.«

66

Die Akte umfasste zwei Seiten.

Oben rechts war ein roter Vermerk, ein Buchstabe, eine Ziffer: C3. Höchstwahrscheinlich ein Code, den der Rektor sich zur Einstufung der Risiken ausgedacht hatte. Er hatte auf den ersten Blick verstanden, wer Rainaldi war.

Paul klappte die Sonnenblende herunter und las weiter. Er saß am Steuer des VW Beetle, den er in einer kleinen, an die Uni angrenzenden Straße geparkt hatte. Angela rauchte bei geöffnetem Fenster eine Zigarette.

Die ersten Informationen betrafen den Lebenslauf. Er war auf Italienisch geschrieben und relativ leicht zu verstehen.

Giacomo wurde am 29. Februar 1976 in Palermo geboren. In einem Schaltjahr, demnach feierte er seinen Geburtstag nur alle vier Jahre. Sein Vater war Werbefachmann, seine Mutter Dekorateurin. Sie wohnten in der Via Dante, die Angela als »Neue Stadt« bezeichnet hatte, in einem wohlhabenden Viertel, das Ende des neunzehnten Jahrhunderts im Jugendstil erbaut worden war. Der junge Mann wohnte drei Straßen weiter in der Via Messina, eine ebenso vornehme Adresse, die er gewiss seinen Eltern zu verdanken hatte.

Paul stellte sich die Welt dieser Menschen begütert und weltoffen vor, ganz anders als die obskuren Zirkel der Cosa Nostra. Die gnadenlosen Regeln einer geradezu feudalistischen Organisation waren das genaue Gegenteil dieses Lebensentwurfs. Wie hatte dieser Sohn aus gutbürgerlichem Hause den Kontakt herstellen können? Wie hatte er es zuwege gebracht, dass man ihn akzeptierte? Und vor allem, wie hatte er Einfluss auf diese Wölfe gewinnen können? All diese Fragen zeigten, wie seltsam ungereimt sein Lebenslauf war.

Dem folgten mehrere tadellos übersichtliche Tabellen. Sie zeichneten seinen studentischen Werdegang nach, Jahr für Jahr, Fach für Fach.

Der Junge war brillant. Ja geradezu hochbegabt. Er hatte alle Prüfungen mit »sehr gut« bestanden, sein Durchschnitt war überragend. Sein Lieblingsfach war Wirtschaftsrecht. Er hatte sämtliche optionalen fachübergreifenden Sonderkurse belegt, insgesamt sechs, darunter auch einen Kurs in Bankrecht.

Er musste unwillkürlich an Van Bruges Ermittlungen denken. Dessen Mitarbeiter Reichman verfolgte eine Spur, die in den Finanzsektor führte. Ganoven im Flanellanzug, die Offshore-Gesellschaften und Nummernkonten manipulierten. Paul hatte das Gefühl, dass die Karriere des Juristen ganz hervorragend in dieses Schema passte. Dass seine Sachkenntnisse in nicht unerheblichem Maße mit seiner neuen Orientierung zu tun hatten.

Er sah sich das zweite Blatt an.

Zahlen. Daten. Zahlungen? Zusammengenommen handelte es sich um über hunderttausend Euro. Der Preis für einen schwarzen Pakt mit der Mafia.

Paul reichte Angela die Akte. Sie vertiefte sich in die Papiere, als betrachte sie ein Foto. Das Bild eines Schattens, der sich durch ihr Leben zog.

»Wie wär's, wenn wir den Alten mal einen Besuch abstatten würden?«, fragte Paul.

Sie warf die Kippe hinaus und schloss das Fenster.

»Warum nicht? Dann würde ich sie endlich mal kennenlernen …«

Die Via Dante war nur ein paar Straßen entfernt. Palermo war eine kleine Stadt, das Zentrum sehr überschaubar. Aus der Vogelperspektive wirkten die Entfernungen lächerlich. Die Schwierigkeit lag eigentlich nur darin, dass die Verkehrsachsen so schmal waren, dass es viel zu viele Autos gab und vor allem Pferde, was das Durchkommen noch mehr behinderte. Es gab Uhrzeiten, da rechneten die Einheimischen nicht in Kilometern, sondern sahen auf die Uhr.

Paul sah auf die seine. Dreizehn Uhr. Mittagspause. Der Verkehr dürfte ihnen keine großen Schwierigkeiten bereiten. Und es bestand die Hoffnung, dass sie bei Giacomos Eltern jemanden antrafen.

Der VW düste davon. Er bahnte sich seinen Weg bis zur angegebenen Adresse, ohne in einen Stau zu geraten. Paul gelangte in eine breite Straße, gesäumt von opulenten Bauwerken mit lila-, ocker- und rosafarbenen Fassaden. Als sie aus dem Wagen stiegen, hatte er das Gefühl, mitten in eine Blumenkomposition hineingeraten zu sein, einen frischen Strauß, von göttlicher Hand geordnet.

Die Rainaldis wohnten in der Nummer 45. Cabrera hatte den Wagen etwas abseits abgestellt, um nicht zu nah beim Ziel zu parken. Angela ging voran. Sie hatte ihre Bluse ausgezogen und trug jetzt nur noch ein T-Shirt. Die Lichtstrahlen auf ihren braun gebrannten Schultern ließen ihre Haut wie Gewürzbrot schimmern.

Sie klingelte an der Gegensprechanlage. Kurz darauf ertönte eine Frauenstimme. Die Anwältin stellte sich vor, ließ aber die Gründe ihres Besuchs im Ungewissen. Als sie den Vornamen Giacomo aussprach, war ein kurzes Stocken zu spüren. Dann öffnete sich das Portal.

Hinten in einem großen Garten spiegelte ein Glashaus die Sonne. Beim Näherkommen erkannte Paul schmiedeeiserne Balustraden. Sie erstreckten sich entlang der Balkone, lang gezogene Kurven, die die Geradlinigkeit etwas auflockerten.

Eine Frau, die einmal schön gewesen sein musste, erwartete sie auf der Eingangstreppe. Sie war sonnengebräunt, trug ein weißes Kostüm und hatte etwas Strahlendes an sich, dem die Zeit kaum etwas anhaben konnte. Zwei tiefe Falten, die Verbitterung ausdrückten, liefen über ihre Wangen.

Sie forderte sie nicht auf einzutreten, musterte sie stattdessen ausgiebig.

Angela hatte sich zuvor ein paar Sätze zurechtgelegt, eine Haltung einstudiert. Obwohl das alles eine harte Prüfung für sie war, war sie immer noch die raffinierte Anwältin, die Paul in ihr gewittert hatte. Sie stellte sich noch einmal vor und fragte auf Italienisch: »Sind Sie ... Carla?«

»Ja.«

»Großartig.« Sie drehte sich zu Paul um und sagte ganz unbeschwert: »Mein Mann ist Franzose.«

Die Frau nickte. Ihre Gesten waren zurückhaltend und von beinahe altmodischem Charme. Aus Höflichkeit antwortete sie auf Französisch: »Könnten Sie mir sagen, was Sie wünschen?«

»Entschuldigen Sie ... Ich habe mit Giacomo Jura studiert. Er hat mir viel von Ihnen erzählt. Leider haben wir uns aus den Augen verloren, seit ich in Rom arbeite. Ich war gerade in der Gegend, und da habe ich mir gedacht ... Na ja, ich wollte wissen, was aus ihm geworden ist.«

Paul fand die Methode hervorragend. Die junge Frau log hervorragend und gab sich dabei forsch, aber freundlich. Sie wollte ihr Gegenüber von sich einnehmen, ihr verständlich machen, dass sie der gleichen Welt angehörten.

Carla sah sie entgeistert an.

»Wissen Sie denn nicht Bescheid?«

»Nein ... Worüber?«

»Giacomo ist tot.«

Ein Donnerschlag. Gefolgt von einem betretenen Schweigen. Angela wurde kreidebleich. Sie fragte trotzdem weiter und musste sich dabei nicht anstrengen, ihre Stimme zittern zu lassen: »Wann ist das geschehen?«

»Vor zwei Jahren. Ein Unfall vor der Küste von Lipari.«

»Im Meer?«

»Ja. Er hat mit Freunden seinen Urlaub dort verbracht. Sie waren auf Unterwasserjagd.«

»Er … Er ist ertrunken?«

Giacomos Mutter senkte den Blick. Der Schmerz schien mit der Geschwindigkeit eines Lavaausbruchs wieder hochzukommen. Sie murmelte abwesend:

»Ertrunken, ja.«

Die Mauer des Anstands zerbrach. Die beiden Frauen standen einander gegenüber, wie versteinert in einem Leichentuch aus Schmerz.

Plötzlich hatte Paul das Gefühl, er störe. Er kannte den Menschen nicht, und letztlich ließ sein Verschwinden ihn kalt. Er dachte an die Ermittlung, an die neue Wende, die das Ganze nahm. In seiner Vorstellung kam dieser Tod recht gelegen. Zu gelegen. Er bestätigte nur den Rest.

Er wartete ein wenig, dann ging er, ganz sachte, zum Angriff über.

»Haben sie seine Leiche bergen können?«

Die Frage traf Clara wie ein Peitschenhieb. Sie starrte ihn unentschlossen an.

»Warum fragen Sie mich das?«

»Ich bin auch Taucher. Ich weiß, was es bedeutet, wenn man seine Toten nicht begraben kann.«

Einfache Worte. Im richtigen Ton. Die Frau kreuzte die Arme vor der Brust, als versuche sie, eine offene Wunde zusammenzuhalten.

»An der Stelle gibt es starke Strömungen. Man hat ihn nie gefunden.«

Paul war nicht überrascht. Angelas Verflossener hatte genügend Kohle. Dieser Teufel hatte seinen Plan von langer Hand vorbereitet.

Eiskalte Berechnung, ohne Rücksicht auf Verluste. Offiziell war er tot. Gab es eine bessere Methode, ein neues Leben zu beginnen?

Der Polizeibeamte spielte die Komödie bis zum Schluss mit. Er bekundete sein Mitgefühl: »Mein Beileid.«

Dann sah er seine Cousine an. In ihren Augen blitzte es auf, was ihm bestätigte, dass ihr derselbe Gedanke gekommen war.

Sie verließen das gläserne Haus. Sonnentränen glitten wie weiße Perlen über die Wände.

»Was für ein Mistkerl!«, fauchte Angela.

Sie stapfte energisch voran. Die Wut hatte Stirn und Wangen gerötet. Es sah aus, als würde ihr Gesicht vom Widerschein eines Waldbrands beleuchtet.

Paul gab keinen Kommentar dazu ab. Er konnte sich gut vorstellen, dass sie jetzt von den unterschiedlichsten Gefühlen hin und her gerissen wurde. Erleichterung, Enttäuschung. Liebe, Hass. Obwohl sie schon so lange getrennt waren, konnte Giacomo ihr immer noch das Herz brechen. Trotzdem, die Ermittlung musste weitergehen.

Er blieb vor dem Wagen stehen.

»Zu Fuß oder mit dem Auto?«

Sie antwortete mit leichter Verzögerung, als müsse sie sich erst aus einem bleiernen Korsett befreien.

»Was?«

»Um zu ihm nach Hause zu kommen, was ist da das Einfachste?«

»Er ist seit zwei Jahren verschwunden. Wir werden dort nichts finden.«

Paul spürte ihren Widerstand. Sie fürchtete, noch einen weiteren Schlag zu erhalten. Der ihr wahrscheinlich den Rest geben würde. Er nahm ihre Hand und sah ihr tief in die Augen.

»Ich weiß, es ist hart. Aber es ist unsere einzige Chance.«

Sie wandte den Kopf ab und setzte sich eine schwarze Sonnenbrille auf.

Unter den dunklen Gläsern liefen wahrscheinlich die Tränen.

67

Das Gebäude war klein, drei Stockwerke aus rosafarbenem Stein, die Balkone üppig bepflanzt. Der Bauplaner hatte seine Konstruktion den umliegenden Palästen angepasst. Auch hier waren Glas und Schmiedeeisen eingesetzt worden, etwas sparsamer zwar, aber mit dem gleichen Effekt, dass das Gebäude mit seiner Umgebung verschmolz.

Sie blieben an der Straßenecke stehen, in etwa zwanzig Metern Entfernung. Paul überzeugte sich davon, dass die Luft rein war. Je näher sie ihrem Ziel kamen, desto nervöser wurde er. Er fühlte sich wie ein Grabräuber, der Grabstätten durchwühlt und auf der Suche nach geheimen Sälen Staub aufwirbelt. Im letzten würde er den Sarkophag mit der Mumie ausgraben.

Zurzeit waren keine Grüppchen zu sehen. Die Straße lag ruhig im Schatten einer Palmenhecke. Die Gehsteige waren leer, die Autos brav in einer Reihe geparkt. Die bürgerliche Ruhe einer Wohnoase. Er drückte Angelas Finger und stapfte los. Auf dem Asphalt tauchten zwei lange Schatten auf. Während sie vorwärtsschlichen, sah sich Paul die Wagen, die Bäume, jeden toten Winkel, der als Versteck herhalten könnte, genau an.

Vor dem Eingang blieben sie stehen. Eine Glastür, üppig mit Gold verzierte Klinken, Gegensprechanlage, Kamera.

Hier war man weit entfernt von den Gässchen der einfachen Viertel, von den Kids mit dem Gebaren von Bandenbossen, die Automatikpistolen verhökerten. Das Leben in diesem Stadtteil hatte die Leichtigkeit eines Rosengartens.

Cabrera hielt es für das Beste, den Hausmeister auszuquetschen. In diesen protzigen Kästen gab es immer einen. Mit ein bisschen Glück würde er sich an den Musterstudenten erinnern.

Er ging die Liste der Namen durch. Jedem von ihnen war eine Nummer zugeteilt, ein Code, den man in die Tastatur eingeben musste, wenn man klingeln wollte. Keiner ließ auch nur im Entferntesten auf die Anwesenheit eines Hausmeisters schließen.

»Scheiße ... hier gibt es nicht einmal einen Concierge.«

Angela kam zu ihm.

»Lass mich mal sehen.«

Sie tauschte ihre Sonnenbrille gegen eine normale Brille aus. Dann entzifferte sie die Nachnamen einen nach dem anderen.

Paul drehte sich um und beobachtete die Straße. Seine Nervosität wuchs. Plötzlich spürte er eine Bewegung in seinem Rücken. Er schoss herum und sah, wie seine Cousine in ihrer Tasche herumwühlte. Er fragte sie ängstlich: »Was ist los?«

»Ich glaube, dass ...«

Sie unterbrach sich und zog zwei doppelt gefaltete Papiere aus der Tasche. Der Polizist erkannte die Akte, die man ihnen in der Uni ausgedruckt hatte. Was zum Teufel machte sie da?

Die Anwältin las sich das Dokument noch einmal genau durch. Ihre Augen sprangen wie besessen über die Zeilen. Plötzlich wurde sie bleich, ging wieder zur Gegensprechanlage und sagte mit tonloser Stimme: »Scicli ...«

»Scicli was?«

»Das ist der Mädchenname von Carla. Appartement 37, dritter Stock.«

Paul nahm ihr das Papier aus der Hand. Im Nu hatte er sich selbst überzeugt. Wenigstens diesmal war das Glück ihnen hold.

Nach Giacomos Tod hatte seine Mutter die Junggesellenbude behalten. Schließlich gehörte sie ihr. Aber das war in Anbetracht der ganzen Umstände keine folgenlose Entscheidung. Paul vermutete dahinter eine Art krankhaften Fetischismus, der zu den Todesumständen passte. Für sie war der Sohn nicht gestorben. Er war verschwunden, und sie wartete weiter auf ihn. Der Polizist hätte darauf wetten mögen, dass sie seine Sachen nicht angerührt hatte.

Vorsichtshalber wählte er den Code, der die Gegensprechanlage aktivierte. Keine Antwort. Seine Vorahnungen nahmen immer konkretere Gestalt an.

Er befahl: »Wir gehen rauf.«

»Wie denn?«

»Wir haben nicht mehr die Zeit, uns irgendwelche Tricks auszudenken. Klingel einfach irgendwo und sag, du machst eine Umfrage. Ich lege meine Hand dafür ins Feuer, dass dir einer aufmachen wird.«

»Das ist Schwachsinn. Auf den Trick fällt keiner mehr rein.«

»Das hängt davon ab, wer die Umfrage macht…«

Er stellte sich außerhalb des Sichtfelds und hob den Daumen, um ihr Mut zu machen. Angela setzte ein freundliches Gesicht auf. Sie stellte sich vor die Kamera. Nach zwei fruchtlosen Versuchen hörte man knisternd eine männliche Stimme. Drei Sätze. Ein Lächeln. Und schon ertönte der Türsummer.

Sie betraten die Eingangshalle. Sie war geräumig, mit

Spiegeln verkleidet, die ihnen ihre angespannten Mienen vielfach zurückwarfen. Wie schwierig die Sache war, begriff Paul erst, als er vor der Tür stand. Massive Eiche, Zylinderschloss. Mit dem Dietrich nicht zu knacken. Er würde Gewalt anwenden müssen.

Er zog seine Jacke aus, steckte die Glock durch den Ärmel und versuchte die Kanone so gut es ging zu dämpfen. Er drückte ab. Der Schuss war kaum zu hören. Das Krachen von Metall und Holz dagegen schon. Wo sich das Sicherheitsschloss befunden hatte, klaffte nur noch ein großes Loch.

Er sah sich um, das Herz schlug ihm im Hals. Kein Nachbar streckte seine Nase heraus. Sie hatten entweder nichts gehört oder wollten sich nicht in Gefahr begeben.

Er bemerkte Angelas Blick. Sie starrte ihn entsetzt an. Ohne zu zögern, packte er sie und zog sie hinein.

Der verlorene Sohn besaß eine überaus komfortable Bude. Ein geräumiges Zimmer, das eher wie ein Loft als wie eine Einzimmerwohnung wirkte, höchst geschmackvoll eingerichtet. Der Stil kombinierte geschickt Teakholz mit Stahl und strahlte eine Kraft und Klarheit aus, die einem buchstäblich ins Gesicht sprang. Das Mobiliar war geradlinig, schlicht, geradezu minimalistisch. Zwei Aluminiumträger stützen Steinarkaden, die den Raum in zwei Wohnräume teilten. Eine feine graue Schicht lag wie ein Tüllschleier über dem Ganzen.

Paul hatte richtig geraten. Giacomos Mutter hatte die Räume so belassen, wie sie waren. Die Staubschicht verdeutlichte ihre unsinnige Hoffnung. Sie kam nie hierher. Die Wohnung war zu einem Mausoleum geworden.

Er sagte zu ihr: »Jetzt aber los. Schnapp dir alles, was interessant sein könnte. Aussortieren können wir später.«

Ein stummes Nicken.

Sie machten sich ans Werk.

68

Paul hatte sie das Wohnzimmer durchsuchen lassen. Er hatte Fotos, Bücher, Golfclubzeitschriften entdeckt, alles Zeichen eines ganz gewöhnlichen Lebens. Letztlich alles Dinge, die eine falsche Wirklichkeit vortäuschten und von denen er sich keine großen Aufschlüsse erhoffte.

Er nahm sich das Schlafzimmer vor. Es entsprach ganz seinen Vorstellungen, der Verhau eines Singles, der noch gar nicht so alte Erinnerungen in ihm wach rief. Das Bett war ungemacht, die Laken verknuddelt, überall lagen Klamotten herum. Auf den Regalen stapelten sich juristische Werke neben verblassten Fotokopien. An der Wand stand ein Schreibtisch mit gedrechselten Füßen. Er hatte fünf wuchtige Schubladen.

Er öffnete die erste und wirbelte beim Aufziehen kompakte Teilchen auf.

Leer.

Fieberhaft durchsuchte er die anderen. Ebenfalls leer. Hatte Giacomo klar Schiff gemacht, bevor er von der Bildfläche verschwand? Hatte seine Mutter die Papiere an sich genommen, bevor sie hier den Riegel vorschob?

Er suchte weiter, schüttelte die Bücher aus, die Vorlesungsskripte, auf der Suche nach einem Hinweis: einer Telefonnummer, einer Adresse, egal was. Er sah in die Vasen, hob den Lattenrost hoch, hing die Bilder ab.

Nichts.

Im Badezimmer dasselbe. Halb aufgebrauchte Markenprodukte, auf dem Waschbecken ein Einmalrasierer, an dem noch ein paar Barthaare klebten. Wäre da nicht der Staub gewesen, man hätte meinen können, der Bewohner dieser Zimmer sei gerade erst zur Tür herausgegangen.

Paul setzte sich aufs Bett und dachte nach. Hinter dem nach außen sichtbaren Chaos hatte der vorgebliche Student seine Vergangenheit geordnet. Er hatte gehandelt wie ein Profi, kein Detail außer Acht gelassen. Die Präzision beeindruckte Cabrera, verwirrte ihn.

In seiner Vorstellung waren Mafiosi immer stämmige, grobschlächtige Leute, deren Macht im Wesentlichen auf ihrer Stärke beruhte. Hier hatte er es mit dem Gegenteil zu tun. Giacomo Rainaldi stammte aus einer reichen Familie, hatte zahlreiche Diplome ergattert, war spitzfindig und intelligent und warf all diese Klischees mutwillig über den Haufen.

Der junge Leutnant verließ mit einem Gipsgeschmack in der Mundhöhle das Zimmer und musste sich eingestehen: Er saß wie eine Fliege im Netz.

Angela irrte in den Erinnerungsstücken umher.

Eine doppelte Vergangenheit, von der sie ein Teil war und die sie zugleich ausschloss. Sie betrachtete die unbekannten Gegenstände, die Schwarz-Weiß-Plakate des Fotografen Jacques Henri Lartigue, die Abgüsse von aufgedunsenen Fernando-Botero-Figuren, und versuchte, sich ein Bild zu machen.

Wo hatte er das gekauft? Bei welcher Gelegenheit? Mit wem?

In bestimmten Momenten sah sie eine Frau, eine Rivalin, deren Existenz er ihr verschwiegen hatte, die sein Leben in diesem Nest voller Geheimnisse geteilt hatte.

Das Nest einer anderen.

Dann löste sich die Vorstellung sogleich im Nichts auf. Er hatte sie geliebt. Wahnsinnig geliebt. Sie war es, die gegangen war.

Sie lief langsam durch den Raum, von einer Sehnsucht

erfüllt, die sie anwehte wie ein warmer Hauch. Ihre Begegnung auf den Bänken im Hörsaal. Der Regen, der heftig gegen die Scheiben klatschte. Diese Art zu lächeln, mit kaum geöffneten Lippen, die seinen Gesichtszügen etwas beunruhigend Ironisches gaben. Und schließlich seine kohlschwarzen Augen, umrahmt von langen mädchenhaften Wimpern, hinter denen sich Abgründe öffneten, die sie nie hatte ergründen können.

Er hatte sie nicht angemacht. Nicht wirklich. Er hatte einfach nur mit ihr gesprochen und ihr manchmal zugehört. Sie hatte sich ihm wider Willen immer mehr genähert, ganz allmählich, ohne dass ihr klar wurde, dass er das Spiel in der Hand hatte. Er hatte den Riss gespürt, hatte sie näher kommen lassen. Sie hatte zu spät begriffen, dass die Falle hinter ihr zugeschnappt war.

Sie blieb vor dem Durcheinander stehen. Unbekannte Fotos. Ein Leben, von dem sie nichts mitbekommen hatte. Sie suchte nach einem Zeichen. Nicht nach etwas, das sie in ihren Ermittlungen weiterbringen könnte, sondern nach einem Zeichen ihrer eigenen Präsenz. Nach dem Beweis, dass sie tatsächlich dieselbe Geschichte erlebt hatten, dass Giacomo sie nicht vollständig ausradiert hatte.

Es gab nichts.

Nur die Leere, die bewies, dass er diese Seite seines Lebens endgültig umgeblättert hatte.

Plötzlich wurde ihr Blick von einem Rahmen angezogen. Ein einfaches Gestell aus weißem Holz, das auf dem Fernseher stand. Er war umgestürzt, teilweise von Staubmäuschen bedeckt.

Sie nahm ihn hoch, eine automatische Geste, und blies darauf. Eine weißliche Wolke stob davon.

Als sie ihn umdrehte, machte ihr Herz einen Sprung.

Sie. Es war sie.

Jünger, die Haare kurz, ein schmollendes Gesicht, das direkt in die Kamera blickte.

Giacomo hatte den schmerzhaftesten Teil ihrer Liebesgeschichte aufbewahrt.

Den Tag, an dem er sie gebeten hatte, ihn zu heiraten. Den Tag, an dem sie den Schlussstrich unter ihre Liebesgeschichte gezogen hatte.

»Hast du das große Los gezogen?«

Paul hatte die Frage ganz unbekümmert gestellt, ohne Überzeugung. Er lief unentschlossen im Wohnzimmer auf und ab, drehte eine Vase um, hob eine Zeitschrift auf, spielte mit der Fernbedienung herum. Er fragte sich bereits, wie sie weitermachen sollten.

Hier war nichts mehr zu holen. Der Musterknabe hatte alle Brücken hinter sich abgebrochen, sie würden ihn nicht finden. Es blieb ihnen nur noch eine Möglichkeit: nach Rom zu gehen und die Typen ausfindig zu machen, die Angela ans Messer geliefert hatten. Ein schwieriges Unterfangen, dessen Aussichten auf Erfolg etwa so groß waren wie ein Haupttreffer im Lotto.

Er bemerkte, dass die junge Frau etwas fest umklammert hielt.

»Darf ich mal sehen?«

Sie reichte ihm den Rahmen. Er betrachtete das Foto, zog die Brauen hoch und spitzte den Mund.

»Oh, oh! Hübsch ...«

»Du hast es gesehen. Und jetzt gib es mir zurück.«

Die Aufforderung hatte eisig geklungen. Paul betrachtete weiter das Porträt.

»Mit langen Haaren gefällst du mir besser.«

Sie schrie fast: »Gib es mir zurück!«

Er hob beschwichtigend die Hand. Alles, was mit Giacomo zu tun hatte, wühlte sie zutiefst auf. Und er merkte auch, dass dieses Gefühl ihm nicht gefiel. Eine schwelende Eifersucht, deren Anzeichen er nicht wahrhaben wollte. Er hatte in seinem Leben als Erwachsener schon Dutzende von Frauen kennengelernt. Die meisten davon waren schön gewesen. Keine, vielleicht mit Ausnahme von Meredith*, hatte ihn ähnlich aufgewühlt, so wie Angela jetzt in diesem Augenblick.

Er gab ihr das Foto zurück und entschuldigte sich mit einem Lächeln. Sie nahm es aus dem Rahmen und steckte es in ihre Tasche.

»Und?«

»Nichts.«

»Das war ein Schuss in den Ofen.«

Ihre Augen hatten wieder diesen rasenden Ausdruck angenommen. Sie war wütend auf Paul, dass er sie auf die Probe gestellt hatte.

Er zeigte auf das Durcheinander und fragte dann sanft: »Nichts gefunden?«

»Nein.«

Er wollte schon weiterreden, als er ein Geräusch wahrnahm. Ein kaum hörbares Knacken, das aus dem Hausflur kam. Er bedeutete Angela, sie möge still sein, und zog die Glock heraus. Leiser als ein Hauch schlüpfte er hinter die Tür. Er machte das Licht aus und sah durch den Spion. Der Flur lag im Dunkeln. Unmöglich, irgendetwas zu erkennen.

Plötzlich spürte er, dass die Tür sich bewegte. Jemand stand dahinter und drückte vorsichtig, aber beharrlich dagegen.

Paul wich zur Seite. Mit dem Rücken zur Wand spannte er den Hahn.

* Siehe: *Die Höhle des Kraken*, op. cit.

Eine massige Gestalt betrat den Raum. Cabrera ließ ihm keine Gelegenheit, sich vorzustellen. Er drückte ihm die Kanone in den Nacken und knipste das Licht wieder an. Von hinten sah der Eindringling aus wie ein Nilpferd. Kahlköpfig, riesengroß, mit Speckrollen im Nacken. Er trug einen zu kurzen schwarzen Pulli, der über der Hüfte die Rettungsringe sehen ließ. Dagegen wirkte die Automatik in seiner Hand wie ein Spielzeug.

»Auf die Knie«, befahl Cabrera und verstärkte den Druck.

Der andere rührte sich keinen Zoll. Aus dem Dunkel des Zimmers tönte Angelas Stimme, die den Befehl übersetzte. Der Dickhäuter gehorchte.

»Deine Waffe«, radebrechte Paul auf Italienisch. »Und die Hände hinter den Kopf.«

Die Knarre landete auf dem Teppich. Die beiden Riesenpranken kreuzten sich im Nacken, und die Wurstfinger schlossen sich. Der Mann führte jede Bewegung langsam aus. Er war vollkommen ruhig.

Zu ruhig.

Im Schädel des Polizisten gingen sämtliche Alarmglocken an.

Zu spät.

Ein kleiner roter Punkt tauchte aus dem Dunkel auf und legte sich auf Angelas Stirn. Ein Laserpointer.

Der Lichtkegel sprang im Bruchteil einer Sekunde zur Seite. Keinen Meter weiter zerbarst eine Gipsfigur. Der Lichtpunkt erschien sogleich wieder, diesmal auf dem Hals der jungen Frau. Entsetzt starrte sie Paul an und wagte nicht zu atmen.

Diesmal brauchte Cabrera keine Übersetzung. Er ließ seine Waffe sinken und legte sie auf den Boden. Der Riesenkerl nahm seine Knarre an sich. Er erhob sich mühsam, ein Bein nach dem anderen, und schnaufte dabei wie ein Walross.

Er drehte sich zu Paul um, packte ihn beim Arm und schleuderte ihn zu Angela. Sein Pferdegesicht war vollkommen ausdruckslos. Erleichterung, Freude, Furcht, alles Gefühle, die er nicht zu kennen schien.

Er arbeitete.

Sein Komplize betrat die Wohnung. Mittelgroß, Allerweltsgesicht. Einer von denen, die in der Masse nicht auffallen. Er hielt ein Sturmgewehr mit kurzem Lauf auf Angela gerichtet. Paul kannte das Modell. Er wusste, dass die Kugeln Beton durchschlagen konnten.

Der Kerl verharrte im Hintergrund und hielt die beiden in Schach, während der andere sie durchsuchte. Das Messer war im Nu konfisziert. Anschließend war das Kreuz dran. Paul hatte es behalten und einfach so in die Gesäßtasche seiner Jeans gesteckt.

Der Typ betrachtete den Gegenstand kurz. Das war der einzige Augenblick, in dem seine Augen aufleuchteten.

Er zog aus seiner Hose, einer Art Kampfanzug mit tausend Taschen, ein winziges Metallinstrument, das aussah wie eine außerirdische Waffe. In der Mitte warf ein Glasteil blaue, fluoreszierende Lichtstrahlen.

Er richtete es auf Paul.

Der Polizist hörte ein Klicken, wie wenn man ein Schloss einschnappen lässt. Dann spürte er am Oberschenkel einen Bienenstich. Sofort begann das Zimmer sich zu drehen. Er hielt sich an Angelas Arm fest. Sah, wie ihr Gesicht sich verformte und wie weicher Teig verbog.

Er spürte, dass er fiel.

Zunächst auf den Boden.

Dann in einen schwarzen Abgrund.

69

Er fühlte sich nervös. Fiebrig.

Quälende Gefühle, unverfälscht, die wie ein Schwall von Propangas seinem Hirn entstiegen. Es kam ihm so vor, als stammten sie aus einem vergessenen Winkel, wie ein Sarg, dessen Holz schon zu lange verrottete.

Giacomo schlug die Augen auf. Als Erstes sah er den Bildschirm. Ein Flachbildschirm, Format 16:9, der in seinem Blickwinkel in die Decke geschraubt war.

Er hatte MTV eingeschaltet, den amerikanischen Musiksender. Ein hybrides Geschöpf wand seine leichenblassen Formen in einem Latexmieder. Ein Vampir mit kohlrabenschwarzer Mähne und der Schminke eines kranken Clowns. Er erkannte Marylin Manson, den Gothik-Helden der Jugendlichen auf Identitätssuche.

Er wandte den Blick ab und fragte sich nur, wie man es eigentlich so weit kommen lassen konnte. Das Zimmer nahm allmählich Gestalt an. Es war rund, nackt, überwölbt von einer sphärischen Kuppel mit stahldurchwirkten Wänden.

Wenn er Ruhe brauchte, zog Giacomo sich in diesen kugelförmigen Hohlraum zurück. Er streckte sich auf dem Futon aus, sah sich einen Videoclip nach dem anderen an, ließ seinen Geist zur Ruhe kommen. Die zusammenhanglosen Bilder und die Musik waren wie der Duft von Räucherstäbchen, der seine Wahrnehmung einnebelte.

Als er die Neuigkeit erfahren hatte, war das Bedürfnis nach einer Auszeit groß gewesen. Ein starker innerer Drang.

Aber diesmal wirkte der Zauber nicht. Angelas Gesicht tauchte auf. Das aus den glücklichen Tagen, aus der Zeit ihrer Flitterwochen, als die Leidenschaft ihre Körper zusammengeschweißt und ihren Atem vereint hatte. Seit einer Stunde verlor sich Giacomo in den braunen Locken, den dunklen Augen, den rotbraunen Lippen, die seinen Namen flüsterten.

Sie hätte ihn begleiten können. Sie hatte das Zeug dazu. Aber vor allem trug sie starke Rachegelüste in sich, eine Verzweiflung, die nichts jemals in andere Bahnen hatte lenken können. Sie hätten gemeinsam die Herrschaft übernommen, zwei weiße wilde Wölfe, vereint in einem aus Wut geborenen Pakt.

Er hatte lange daran geglaubt. Hatte geduldig den Augenblick ihrer Symbiose vorbereitet, Festungen der Liebe um sie aufgebaut. Als sie geflüchtet war, hatte sich der Traum in nichts aufgelöst. Er hatte ihr nie offenbaren können, wie schwarz seine Seele wirklich war.

Er erhob sich langsam und sah auf seine Uhr. Pietro hatte sie abgefangen. Er hatte auch diesen Kerl in seine Gewalt gebracht. Einen Bullen. Laut den Informationen, die er erhalten hatte, ermittelte er zusammen mit jenem Ermittlungsrichter, dem man den Fall übertragen hatte.

Warum war er mit ihr hierhergekommen? Ging sie mit ihm ins Bett?

Diese Vorstellung ließ eine Welle des Hasses in ihm hochschwappen. Er atmete tief durch, um wieder ruhiger zu werden. In ein paar Minuten würden sie da sein. Alle beide.

Dann würde ihnen die Stunde der Wahrheit schlagen.

Er verließ sein stählernes Refugium.

Dahinter erstreckte sich ein Gang, von dem Türen abgingen. Sie führten zu hermetisch abgeriegelten Zimmern, schalldichte Boxen, in denen nur ein Ruhebett stand.

Momentan waren sie leer.

Wenn er sich an diesem Ort aufhielt, stellte Giacomo sich immer das Ende der Menschheit vor. Er sah sich als zotteligen Flüchtling, Gefangener in einem Atomschutzbunker, nach der Zündung der letzten Bombe. Diesen Bunker, den man in einer Tiefe von dreißig Metern an der Peripherie von Palermo angelegt hatte, hätte man gut zu diesem Zweck gebaut haben können. Er war nicht mal mithilfe von Radargeräten zu orten, uneinnehmbar, eine Festung, von deren Existenz die Leute von der Anti-Mafia-Abteilung nichts ahnen konnten.

Er gelangte in einen Raum, in dem alles, Boden, Wände und Decke, gefliest war und dessen strahlendes Weiß darüber hinwegtäuschte, dass es kein natürliches Licht gab. Der Saal hatte merkwürdige Proportionen und war leicht geneigt. Rundum lief eine Rinne, die durch ein Metallgitter geschützt war. Man hätte an ein Laboratorium denken können, an das Kühlhaus einer Metzgerei, einen Ort der Grausamkeit, der mithilfe eines starken Wasserstrahls gereinigt wurde.

In tiefen schwarzen Ledersesseln saßen drei Männer, rauchten Zigarren und schlugen die Zeit tot. Seine Soldaten. Seine Prätorianergarde. Sie waren genauso jung wie er und hatten Uzi-Maschinenpistolen in ihrer Reichweite.

Als sie ihn erblickten, richteten sie sich auf. Giacomo machte ihnen ein Zeichen und ging in den Nebenraum, ein Badezimmer mit riesigen, mannshohen Spiegeln.

Er schüttete sich mehrmals kaltes Wasser ins Gesicht und fuhr sich mit der noch nassen Hand in den Nacken. Der kalte Biss jagte ihm einen Schauder über den Leib. Er hob das Kinn und sah überrascht auf sein Spiegelbild.

Zunächst wandte er den Blick ab, wie gewöhnlich. Aber sein Blick kehrte, wie von einem Gummi gezogen, zurück.

Heute würde er seinen Abscheu überwinden. Denn er wollte weiterkommen. Eine Antwort auf die einzige Frage finden, die sein Ego quälte.

Würde er ihr noch gefallen?

70

Vor einer Stunde hatte der Koloss einen Anruf gemacht. Von der Wohnung aus. Angela hatte nicht verstehen können, worum es ging, aber sie ahnte, dass er Verbindung zu Giacomo aufgenommen hatte.

Nach einem kurzen Wortwechsel hatte er Paul geschultert wie einen Sack Reis. Der andere hatte sich weiter im Hintergrund gehalten und das Manöver mit der Waffe im Anschlag beobachtet.

Unten hatte ein Auto gewartet. Ein großer Wagen, schwarz, mit getönten Scheiben. Ein dritter Mann war ausgestiegen, hatte den Kofferraum geöffnet und den Bullen hineinbefördert.

Angela saß zwischen ihnen auf dem Rücksitz. Sie hatten die Stadt durchquert, das historische Stadtzentrum verlassen und waren durch die Vorstädte gefahren. Nach einer Industriezone waren sie auf ein Privatgrundstück abgebogen. Einen Ladeplatz, auf dem schwere Laster Seite an Seite standen und Arbeiter Paletten voller Mineralwasserkästen aufeinanderstapelten.

Das Auto war weitergefahren. Vorbei an Lagerhallen, Backsteingebäuden und weiteren Lastwagen. Schließlich war es langsam in einen Hangar hineingerollt.

Die kleine Gruppe lief jetzt über einen Betonweg. Überall Metallgerippe mit seltsamen, tentakelartigen Formen. Angela wusste, dass es sich um komplizierte Werkzeuge handelte, ausrangierte Fertigungsmaschinen, die man auf dieser Müllhalde abgestellt hatte. Sie wusste nicht, wie sie funktionierten und wozu sie gut waren, aber sie gaben ihr eine Vorstellung von der wirtschaftlichen Macht ihrer Besitzer.

Hinter einer Reihe von Kartons tauchte eine verrostete

Gittertür auf. Der Fahrer gab über sein Handy einen Code ein.

Ein metallenes Quietschen. Das Scheppern einer abgenutzten Maschine. Ein Lastenaufzug erschien. Mit der Kanone im Rücken wurde sie hineingestoßen.

Die Fahrt nach unten dauerte eine Ewigkeit. Angela starrte auf die Wand, die langsam vor ihren Augen nach oben glitt. Der Salpeter bildete an manchen Stellen gelbliche, aufgequollene Flecken, wie Pusteln auf der Haut eines Leprakranken. Die Feuchtigkeit hatte sich wie ein Film über das Mauerwerk gelegt, sodass es aussah, als schwitze der Stein. Doch die Temperatur war um mehrere Grade gesunken.

Panik überkam sie. Wo brachte man sie hin? Sie hatten das Kreuz wieder. Genügte das nicht?

Sie sah zu Paul hinüber. Er lag zu ihren Füßen ausgestreckt und war völlig außer Gefecht gesetzt. Seine Brust hob und senkte sich in regelmäßigen Abständen, und sein Gesicht, das jetzt ganz entspannt war, strahlte eine ergreifende Sanftheit aus. Zum ersten Mal wirkte er verletzlich auf sie.

Die Plattform fuhr gegen eine Bremsvorrichtung. Angela spannte die Muskeln an. Vor ihren Augen erstreckte sich ein Gang, eine Art Katakombe, von nackten Glühbirnen erleuchtet. Eingerahmt von ihren Wächtern, ging sie voran. Der Dicke folgte ihr, den Polizisten hatte er wie eine Jagdtrophäe über die Schulter geworfen.

Ein Hinweisschild aus Chrom tauchte auf. Es funkelte in dieser zechenartigen Umgebung. Noch ein Code. Die Tür wurde entriegelt. Angela war überrascht, wie dick das Metall war. Mindestens einen Meter, wie die gepanzerten Schleusen, die einen Tresorraum schützen. Dahinter lag eine Welt der Reinheit. Wie ein strahlend weißes Blatt Papier.

Ein Mann erwartete sie. Dunkelhäutig, die Haare kurz geschnitten. Seine Gesichtszüge wirkten wie ausradiert. Keine einzige Falte, eine glatte Haut, die gespannt war, obwohl die Wangenknochen, die Augenbrauen und jede sonstige Art von Relief fehlten. Angela kam es vor wie eine Gipsmaske der *Commedia dell'Arte.*

Doch ein Detail fesselte sofort ihre Aufmerksamkeit. Das linke Auge war leicht nach unten verschoben. Die fehlende Symmetrie wirkte störend, man hatte das Gefühl, ein Monster zu betrachten.

Er kam näher und beugte den Kopf bis zu ihrem Hals herunter. Die junge Frau bäumte sich auf, als er an ihr schnupperte. Zugleich versagten die Beine ihr den Dienst.

Diese Geste, diese Zärtlichkeit. Wie war das nur möglich?

Sie kannte dieses Gesicht nicht.

Trotzdem wuchs in ihr eine Gewissheit, raubte ihr noch den letzten Funken Verstand.

Das Mondgesicht, das sie anstarrte, konnte nur Giacomo sein.

71

Der Raum hatte klare Formen, wie der Rest des Gebäudes, war aber mit Feingefühl eingerichtet. Ein großes Doppelbett, bezogen mit einer eierschalfarbenen Tagesdecke, auf der ein Mosaik aus kleinen Seidenkissen lag. Ein riesiger roter Holztisch, rundum mit komplizierten Zierleisten versehen. An den Wänden bildeten zeitgenössische Gemälde schrillbunte Farbflecken.

Angela erkannte die magischen Vierecke von Klee, die abstrakten Rechtecke von Mondrian, die kantigen Linien von Kandinsky. Außergewöhnliche, einzigartige Werke, die eigentlich hinter Schloss und Riegel in ein Museum gehörten. Dass sie hier hingen, war mehr als nur der Ausdruck einer bestimmten Ästhetik, es verriet auch einiges über den Besitzer. Denn es gab nur ein Mittel, um in ihren Besitz zu gelangen: Diebstahl.

Angela setzte sich in einen Sessel. Unter ihren Füßen lag wie ein Pflanzenteppich ein Bodenbelag aus handgeflochtener Jute. Sie ließ ihren Nacken auf den Samtbezug sinken. Es überkam sie eine gewaltige Müdigkeit, wie man sie empfindet, wenn der Kampf aus ist, ganz gleich, ob man gewonnen oder verloren hat.

Giacomo hatte sie hierhergebracht, ohne ein Wort zu sagen, er hatte sie bloß immerfort zärtlich angesehen. Dann war er verschwunden. Sogleich überkam die junge Frau ein seltsames Gefühl. Dieses Zimmer hätte das ihre sein können, an einem anderen Ort, in einer totgeborenen Existenz. Gegen ihren Willen stellte sie Mutmaßungen an, gab sich der Reue hin.

Was wäre geschehen, wenn sie geblieben wäre? Was für ein Leben würden sie jetzt führen? Wer hätte darüber bestimmt?

Die Tür wurde schwungvoll aufgerissen. Das Wachsgesicht war wieder da. Eine durchscheinende Maske mit verschwommenen Gesichtszügen. Selbst das Lächeln wirkte künstlich.

Angela schoss hoch. Ein schweres Gewicht lastete ihr auf der Brust. Es gelang ihr nicht, dieses Bild mit dem anderen in Einklang zu bringen, es sich zu eigen zu machen. Sie hätte sich am liebsten die Lider zugenäht, um den Anblick nicht länger ertragen zu müssen. Hätte das Licht auslöschen, in einem Mauseloch verschwinden mögen …

Dann überkam sie eine noch quälendere und unmittelbarere Angst.

Warum hatte er sie beide in dieses Grab verfrachtet?

Giacomo schloss die Tür hinter sich und setzte sich mit weniger als einem Meter Abstand zu ihr aufs Bett. Ein maßgeschneiderter schwarzer Anzug betonte seine Figur. Trotz seines Aussehens wurde ihr heiß in seiner Gegenwart.

»Ich bin doch nicht zu lange weg gewesen, oder?«

Sie schüttelte den Kopf, außerstande, einen Laut herauszubringen. Er lächelte ihr wieder zu, dann sagte er in bewunderndem Tonfall: »Du hast dich nicht verändert. Oder vielleicht doch ... du bist noch schöner geworden.«

Seine Stimme klang wie immer, tief, einlullend, wie ein volltönender Lautsprecher. Außerdem hatte er Sizilianisch gesprochen. Noch so ein Trick, sie an ihre Vergangenheit zu erinnern, indem er den Charme dieser rauen Sprache einsetzte.

Er sah ihr tief in die Augen, als wolle er ihre Seele aufspießen.

»Das kann ich von dir nicht gerade behaupten ...«

Angela wandte den Kopf ab, ein stillschweigendes Eingeständnis. Doch trotz ihres Widerwillens verging sie fast vor Verlangen, alles wieder aufleben zu lassen, zu erfahren, was ihn in diesen Wahnsinn getrieben hatte. Die Mafia, dieses Gesicht, sie wollte das alles verstehen.

Dann kam ihr ganz spontan auf Französisch eine andere drängende Frage über die Lippen: »Wo ist Paul?«

Ein verschmitztes Lächeln. Giacomo stolperte ein wenig über die Sprache Molières: »Wer?«

»Du weißt sehr wohl, von wem ich spreche. Von dem Mann, der bei mir war.«

»Machst du dir Sorgen um ihn?«

»Antworte mir.«

»Er wacht gerade auf. Bernardo hat ihm eine kleine Dosis Diaprivan gespritzt.«

Sie sah wieder die Chrompistole, die blaue Flüssigkeit, den kleinen Pfeil mit den grünen Federn. Giacomo hätte ihn umbringen können, einfach so. Hier wie dort diktierte er die Regeln.

Er hatte ihn leben lassen. Warum?

Der Mafioso hatte ihr Zögern offenbar bemerkt. Er fuhr ihr sanft über die braunen Locken.

»Hast du Angst?«

Sie wich instinktiv zurück.

»Nein.«

»Ich habe nicht vor, ihn zu töten. Du bist mein Schatz. Mein Engel. Ich habe keine Sekunde lang aufgehört, dich zu lieben.«

Die Tränen schnürten ihr die Kehle zu. Schließlich tropften sie ihr aus den Augen. Auch sie hatte diese Liebe nicht vergessen. Bis vor wenigen Tagen. Jetzt war nur noch Asche davon übrig.

Sie hob das Kinn und hielt seinem Blick stand. Es würde ihr diese harte Prüfung erleichtern, wenn sie alles erfuhr.

»Erzähl mir alles. Von Anfang an.«

Er atmete tief ein.

»Bist du dir sicher, dass du dieses Wissen verkraften kannst?«

»Darauf lasse ich es ankommen.«

Er stand auf, ging ein paar Schritte durchs Zimmer. Das geometrische Muster der Bilder passte zu seiner Haltung. Fern der Wirklichkeit, in höheren Sphären schwebend. Ein Seiltänzer, der auf bunten Gerüsten herumturnte.

Schließlich sagte er: »Es ist die Geschichte eines kleinen Jungen von reichen Eltern. Er wird geliebt, verhätschelt, geradezu vergöttert. Er bekommt jeden Wunsch sofort erfüllt. Manchmal noch bevor er ihn überhaupt geäußert hat.«

Er seufzte.

»Ein falscher König in einem Kokon aus Gold … Mit der Zeit beginnt ein Wundbrand seinen Geist zu zerfressen. Zunächst in der Schule. Er ist brillant, neugierig, findet aber nicht seinen Platz. Diese Welt aus Papier und Begriffen kommt ihm schal vor, unwirklich. Die Beziehung zu seinen Eltern verschlechtert sich ebenfalls. Er erträgt diese im Voraus errungene Liebe, diese vorhersehbaren Blicke nicht länger. Da macht er eine ganz fürchterliche Feststellung: Er will nichts mehr wissen von dieser Zärtlichkeit, dieser Bequemlichkeit … von diesem System. Eigentlich will er überhaupt nichts mehr.«

Er unterbrach sich, als würden die Erinnerungen ihn zu schnell einholen.

»Sie haben mich verdorben. Im wahrsten Sinne des Wortes. Sie haben das schlimmste Übel in mir aufkeimen lassen: Langeweile. Um weiterleben zu können, musste ich ein Ziel finden. Ein Ziel, das mich in eine ganz andere Richtung führen, mich in Gefahr bringen würde. Herr über Leben und Tod zu werden war ganz nach meinem Sinn.«

Angela hörte ihm zu und verspürte einen Stich im Bauch. Ihr wurde immer mehr bewusst, wie sehr ihr Bruch bereits vorgezeichnet gewesen war.

Giacomo holte das Konstantinskreuz aus seinem Sakko. Er warf es provokativ aufs Bett.

»Weißt du, was es für eine Bedeutung hat?«

Das Blut in ihren Adern pochte. Antonio. Ihr Besuch im Palazzo Reale. Giacomo schien nicht auf dem Laufenden zu sein.

Sie antwortete nur: »Ich habe mich schlau gemacht.«

»Gut … Ich sehe, du bist immer noch genauso effizient. Der Gedanke, mich der Cosa Nostra anzuschließen, ist mir einfach so gekommen. Es war nicht schwer, Kontakt mit ihnen aufzunehmen. Wir sind in Palermo, die Stadt gehört ihnen. Mit vierzehn habe ich bereits meinen ersten Auftrag ausgeführt. Mit achtzehn tötete ich auf Befehl, wie andere ins Büro gehen.«

»Wie hast du nur …? Du kamst aus einer anderen Welt, du hast noch bei deinen Eltern gewohnt.«

»Mich verlangte danach. Ich hatte wieder neue Lebenslust gewonnen, es brachte mein Blut in Wallung. Andere nennen das Motivation. Um dort Fuß fassen zu können, habe ich gelernt, mich zu verstellen, ein Doppelleben zu führen. Mein Deckmantel war ein gewaltiger Vorteil. Wer hätte schon ein kleines Bürgersöhnchen wie mich verdächtigt?«

»Wussten deine Auftraggeber Bescheid?«

»Anfangs nicht. Sie holten mich, wenn sie mich brauchten. Ich war sozusagen als Freiberufler tätig. Auf die Art konnten sie ihre Spuren verwischen. Niemand kannte mich. Es gab mich einfach nicht.«

Ein einzelkämpferischer Killer. Ein wildes Tier auf der Lauer, das keine Verbindungen und kein Motiv hatte. Das perfekte Raubtier, unmöglich aufzuspüren, unmöglich, einer Tat zu überführen.

»Aber meine große Stärke lag woanders …«

Angela ahnte schon, dass er mit seiner grauenvollen Schilderung jetzt erst so richtig loslegen würde.

Er enttäuschte sie nicht.

»Ich liebte es. Ich hatte Geschmack gefunden an diesem Gemetzel, an dem Nervenkitzel. Wenn ich spürte, wie das Leben unter meinen Fingern entwich, jagte es mir einen wohligen Schauder über den Rücken. Wenn ich in diese flehenden Gesichter starrte, die mich anbettelten, doch bitte nicht abzudrücken, nicht zuzustechen. Du kannst dir nicht vorstellen, was für ein starkes Gefühl das ist. Ein Gefühl der Macht! In diesem Augenblick hatte mein Leben endlich einen Sinn.«

Angela spürte, wie ihr übel würde. Sie sah Ströme von schwarzem Blut, sah klaffende Fleischwunden, glasige Augen mit erweiterten Pupillen. Vor allem aber sah sie Giacomos Gesicht. Jenes, das sie in ihrer Erinnerung aufbewahrt hatte. Ein wildes Tier, in dessen Adern Eis floss, mit dem sie das Bett geteilt hatte.

In einem Atemzug fragte sie: »Aber die Uni, das Jurastudium, wozu das Ganze?«

Giacomo setzte sich hinter seinen Mahagonischreibtisch. Er massierte sich die Schläfen, als habe diese Frage eine alte Wunde in seinem Kopf aufgerissen.

»Das Jurastudium, das ist etwas anderes. Sagen wir, eine Möglichkeit ...«

»Was meinst du damit?«

»Damals hatte ich bereits einen Beruf. Oder vielmehr eine Leidenschaft, der ich mich vollkommen widmen wollte. Du wirst lachen ... Ich wollte der größte Killer meiner Generation werden. Einer, den man für die ganz unmöglichen Herausforderungen heranziehen würde, für die Aufträge mit hohem Risiko. Ich war noch jung, ich hatte das Zeug dazu, der Beste zu werden.«

Hier zeigte sich sein Wahnsinn. Ein überdimensionaler Stolz, den er in den Dienst des Bösen gestellt hatte. Giacomo hatte nichts mehr gemein mit dem romantischen Studenten, der morgens an ihrer Tür geschellt hatte, die Hände voller Croissants. Wie hatte er sie derart hintergehen können?

»Ich ließ mich immer tiefer in die Sache hineinziehen. Ich hatte sogar eine Zeit lang mein Studium aufgegeben. Ich machte nichts anderes mehr. Ich war bereit, außerhalb der Insel zu arbeiten, in Kalabrien, in Kampanien, manchmal sogar in Mailand. Eines Tages brachte ein Mann mich dazu, meine Meinung zu ändern ...«

Angela begriff sofort. Eine Persönlichkeit, die mächtig genug war, sich seine Vermessenheit zunutze zu machen, ihn zu verführen, zu manipulieren. Sie sagte: »Nino Palici.«

»Der Antreiber. Das Oberhaupt des Corleone-Clans. Der neue Boss der Cosa Nostra. Für ihn hatte ich immer gearbeitet. Von Anfang an. Eines Tages hat er meine Geschichte erfahren. Wer ich war, woher ich kam. Er hatte begriffen, wie besonders und außergewöhnlich mein Werdegang war. Was er ihm nutzen könnte. Er schlug mir einen Handel vor. Ich nahm keine Aufträge mehr an und widmete mich wieder meinem Studium. Ich entwickelte diesen anderen Teil meiner selbst weiter, um ihn in seinen Dienst zu stellen.«

»Als *consiliere*?«

»Besser noch. Als Erbe.«

Das Wort knallte wie eine Peitsche. Stille folgte, eine Stille, die seinen ganzen Stolz offenbarte. Der Mafioso fuhr in schwärmerischen Tönen fort: »Das mit der Uni kennst du ja. Anschließend bin ich nach England gegangen, nach London. Ich habe Finanzwesen studiert, internationales Recht, Management. Moderne Waffen, um eine Welt ohne Grenzen zu unterwerfen. Weit wirksamer als ein Gewehr mit Zielfernrohr. Ich habe begriffen, dass ich mit ihrer Hilfe eine neue Schwelle überschreiten würde, dass sie mir die Gefühle bescheren konnten, die ich im Kontakt mit dem Tod verspürt hatte, nur noch intensiver. Die Macht, die sie mir verschaffen würden, war sämtliche Aufträge wert.«

Angela setzte die Stücke eins nach dem anderen wieder zusammen. Die Hochfinanz, die Geldwäsche, die Steuerparadiese. Die teuflischen Verbindungen zur Delta Company waren bereits in diesen höchst privaten Kreisen der Wirtschaftselite geknüpft worden.

»Vor zwei Jahren bin ich zurückgekehrt. Palici hatte seinen ersten Herzinfarkt erlitten. Die Folge: eine halbseitige

Lähmung, die ihn an den Stuhl fesselte. Selbstverständlich stellte sich die Frage der Nachfolge.«

»Du?«

Sie konnte es noch immer nicht glauben.

»Ich, ja. Ich war bereit. Ich war da. Er hat mich dem Rat vorgestellt. Aber in all diesen Jahren war ich im Schatten geblieben. Der Alte hatte mich als Trumpfkarte im Ärmel, er wartete auf den rechten Moment. Einige *capi* widersetzten sich dem Willen Palicis. Ich kam von nirgendwoher, und das Diktat eines behinderten Mannes wog nicht schwer. Das haben sie mich sehr schnell wissen lassen.«

Er stand von seinem Sessel auf und ging zu einem Bild, einer Komposition aus Vierecken und Kuben, die vage an ein Gesicht erinnerten. Er beobachtete es eine Weile, dann sagte er mit eisiger Stimme: »Francis Picabia. Ein Werk aus seiner kubistischen Periode. Vor der Operation sah ich in etwa so aus.«

Angela musste schlucken. Wenn man dieses Bild auf die Wirklichkeit übertrug, jagte es einem Schauder über den Rücken.

»Was … Was ist mit dir geschehen?«

»Sie haben mich entführt. Zusammengeschlagen. Der Kerl, der den Job übernommen hat, hat mir dann mit einem Hammer das Gesicht zertrümmert.«

Die Anwältin bekam einen ganz trockenen Hals.

»Mit einem Hammer?«

»Anschließend hat er mir eine Kugel in den Mund gejagt. Der Killer hat die Leute von Palici angerufen, um ihnen mitzuteilen, wo meine Leiche zu finden war. Als Warnung. Man hat mich etwas später in einem Gässchen von Palermo gefunden. Das erste Wunder: Ich atmete noch. Aus Sicherheitsgründen wurde ich sofort mit dem Helikopter nach Malta verfrachtet. Notfallstation, Reanimation, ich erspare dir die

Einzelheiten. Das zweite Wunder: Ich habe es überlebt. – Danach musste schnell gehandelt werden. Man musste die anderen glauben machen, dass ich dabei draufgegangen war. Aus seinem Stuhl heraus hat Palici alles organisiert. Dann hat er die Spuren verwischt, die mich mit meiner Vergangenheit verbanden. Nichts durfte es gestatten, die Spur zu mir zurückzuverfolgen.«

Angela war erstaunt. Gemessen an dieser Gewalt bekamen die Fakten eine andere Dimension. Der Tauchunfall, der offizielle Tod, das Verschwinden seiner Studentenakte und wahrscheinlich noch anderer Dokumente waren Begleiterscheinungen seiner Geschichte: ein Drehbuch, das auf die Schnelle aus allen möglichen Versatzstücken zusammengestückelt wurde, um sein Leben zu retten.

Der Schmerz seiner Eltern war da nichts weiter als ein Kollateralschaden.

Dasselbe galt für das Wachsgesicht.

Er fuhr fort und schritt dabei zum nächsten Bild, als betrachte er ein Erinnerungsalbum.

»Dann brach ein Krieg aus. In ihm standen sich die wichtigsten Familien von Catania, Agrigent und Palermo gegenüber. Sie alle wollten die Kontrolle über die Kuppel erlangen. Offiziell war Palici noch im Amt. In Wahrheit hat ein Jahr lang niemand regiert. Das war die Zeit meiner Genesung. In der meine Rachsucht und meine Entschlossenheit gereift waren. Der alte Pate zählte noch auf mich. Er hatte mir dieses Versteck geschaffen, um mich zu schützen, da er wusste, dass ich eines Tages wiederkehren und unsere offenen Rechnungen begleichen würde. – Ich musste zu ziemlich harten Bandagen greifen. Zu meiner ersten Lieblingsbeschäftigung zurückkehren: dem Mord. Der Anonymität. Ich stellte eine Mannschaft zusammen und liquidierte die, die mich für tot hielten, einen nach dem anderen.

Als ich wieder auf der Bildfläche auftauchte, hielten die Überlebenden mich für den Teufel. Sie unterwarfen sich meinem Willen.«

Dem des Teufels.

Angela war nicht weit davon entfernt, dieses Bild für treffend zu halten. Der Mann, der hier im Zimmer auf und ab lief, hatte nichts mehr mit ihren Erinnerungen gemein. Eine Vergangenheit, die sie sich nur vorgegaukelt hatte, hinter deren Geheimnisse sie nicht hatte dringen wollen. Paul hatte die Sache ganz klar gesehen. Ihr Schmerz hatte sie betäubt. Ihre eigenen Abgründe hatten sie blind gemacht.

Giacomo trat an das Bett heran. Er nahm wieder das Kreuz, betrachtete es und hielt es dann der Anwältin unter die Nase.

»Meine Stunde ist gekommen. Ich bin an der Spitze der Pyramide angelangt. Und du wirst diesen Moment mit mir teilen.«

Der jungen Frau gefror das Blut in den Adern. Voller Entsetzen wurde ihr schlagartig klar, warum er sie entführt und was ihn dazu bewogen hatte, ihr seine Geschichte zu erzählen. Sie stammelte: »Du bist verrückt.«

Da schlug er einen anderen Ton an. Plötzlich zeigte sich, wie abgrundtief gewalttätig er war, welcher Wahnsinn in den unauslotbaren Tiefen seiner Seele wütete.

»Nein. Von einem Augenblick wie diesem habe ich nie auch nur zu träumen gewagt. Als du gegangen warst, glaubte ich, ich bräuchte dich einfach nur zu vergessen. Die räumliche Entfernung, die Zeit, nichts hat etwas geändert. Ich habe dich aus der Ferne verfolgt, habe an mich halten müssen, um nicht der Versuchung zu erliegen, wieder Kontakt zu dir aufzunehmen. Ich habe das für dich getan. Um deinen Wunsch zu respektieren. Am Ende hast du mir die Entscheidung abgenommen.«

Unter Angelas Wimpern quollen Tränen hervor. Sie schluchzte: »Ich … ich verstehe nichts.«

»Niemand hat dich darum gebeten, eine Ermittlungsakte zu stehlen. Du solltest uns nur informieren, uns mitteilen, in welche Richtung die Ermittlung lief. Aber nein! Du musstest ja Detektivin spielen.«

Auch hier bestätigte sich Pauls Verdacht. Renato Grazzi, der Spitzel der Regierung, der auf den Codenamen Blau hörte, hatte sie manipuliert. Ohne es zu wissen, hatte sie für die Cosa Nostra gearbeitet. Mit tonloser Stimme sagte sie: »Du hast mich von Anfang an missbraucht.«

»Ich kannte deine Vergangenheit. Du warst für diese Mission die perfekte Person. Das war eine rein … berufliche Entscheidung.«

Die kalte Dusche wurde zu einem Bad im Eis. Er hatte ihre tiefsten Überzeugungen mit Füßen getreten. Sie murmelte: »Wie konntest du nur …«

Giacomo zog sich einen Stuhl heran und setzte sich direkt vor sie hin. Von dieser Entfernung aus betrachtet, schien die wächserne Maske an manchen Stellen zu zittern. Unter der Haut nahm man leichte Schwellungen wahr, beim Kieferansatz, wahrscheinlich wurden die Knochen von einem Metallgestell gehalten.

»Dein Job war risikofrei. Es gab keinen Grund, dass das schieflaufen könnte. Aber das Schicksal hat sich eingemischt. Ich habe das Kreuz verloren, und du hast es einkassiert. Ich dachte mir schon, dass du eine Verbindung zu mir herstellen würdest, und das hat dich so durcheinandergebracht, dass du der Sache nachgegangen bist. Ich habe dafür gesorgt, dass man dich aus dem Verkehr zieht. Dann habe ich abgewartet. Ich wusste, dass du das Kreuz behalten würdest, dass du versuchen würdest, das alles zu verstehen. Du würdest nach Palermo zurückkehren, und dann würde ich das, was du mir gestohlen hast, wieder an mich bringen. Ohne meine Existenz zu enthüllen. Daher habe ich gespannt auf deine Rückkehr gewartet.«

»Du hast meine Wohnung verwüstet.«

»Ich musste auf Nummer sicher gehen. Damit ich dich nicht direkt danach fragen müsste. Ich habe es dir ja schon gesagt, ich wollte dir zu keinem Zeitpunkt ein Leid antun. Dann bist du verschwunden. Ich habe mir leicht denken können, wohin dich die Reise als Nächstes führen würde. Zur Uni. Zu dem Ort, an dem du mich zuletzt gesehen hast, zum Ausgangspunkt deiner Suche. Einer meiner Männer hat den Rektor ins Kreuzverhör genommen. Diese Ratte zitterte dermaßen, dass wir dreimal von vorn anfangen mussten, bis wir begriffen, was er sagen wollte. Schließlich ist er damit rausgerückt. Jetzt wusste ich, dass ihr im Besitz der Akte seid. – Nächste Etappe: meine Eltern. Da musste es dich zwangsläufig hinführen. Ich dachte, die Nachricht von meinem Tod werde deinen Eifer dämpfen. Ich hatte vergessen, wer du bist. Als du meine alte Wohnung durchsucht hast, habe ich begriffen, dass du nicht aufgeben würdest. Dass ich dir Einhalt gebieten musste.«

Giacomo unterbrach sich. Seine Lippen schürzten sich zu der Karikatur eines Lächelns.

»Ich hatte zwei Möglichkeiten. Dich umzubringen … oder uns eine zweite Chance zu geben.«

Angela spürte, dass sie das Bewusstsein verlor. Die Anspannung hatte ihr Höchstmaß erreicht und hüllte ihr Gehirn wie eine sanfte Droge in Nebel. Bevor sie in Ohnmacht fiel, äußerte sie noch eine letzte Befüchtung: »Und Paul? Was wirst du mit ihm machen?«

Die Antwort hörte sie nur undeutlich, wie ein fernes Echo.

»Niemand weiß, dass ihr hier seid. Und glaube mir, niemand wird es jemals erfahren.«

72

Verschwommene Umrisse.

Ein Geflecht von Kreisen, die an den Rändern schillerten und das Licht in bunte Kaleidoskope brachen. Die Gelb- und Goldtöne stachen heraus. Sie zogen sich zu scharfen Spitzen in die Länge, ihre Strahlen überkreuzten sich, zerbarsten und lösten sich in einer Explosion aus reinem Weiß auf. Paul dachte an eine Armee von Elfen, eine Vielzahl winziger Wesen, deren Umrisse wie von einem Energiefeld verdeckt wurden.

Er blinzelte, aber es gelang ihm nicht, etwas zu erkennen. Der Raum flimmerte, verformte sich, tanzte eine wirre Sarabande. Starke Übelkeit überkam ihn. Im Mund ein Geschmack nach Heu. Es hob ihm den Magen, aber es kam nichts heraus.

Nach dem Magenkrampf war ihm kalt. Die Kälte ließ seine rechte Wange ganz taub werden, sodass sie sich anfühlte wie ein Marmorklotz. Dann kam der Schmerz. An manchen Körperstellen war es, als würde er von Nadeln gestochen: in der Schulter, der Hüfte, der Kniescheibe. In den Beinen verspürte er ein starkes Kribbeln.

Er drehte sich um die eigene Achse. Die Gedanken kamen stoßweise, wirr, wie nach dem Erwachen aus einem Traum. Wo war er? Was war geschehen? Angela …

Seine Glieder entspannten sich ganz automatisch, wie die Reaktion eines Organismus auf einen Angriff von außen. Ihm wurde bewusst, dass er keine Fesseln trug. Zugleich erkannte er Töne. Zunächst aus der Ferne, wie durch Watte gedämpft. Dann verwandelten sich die Schallwellen allmählich in Stimmen. Er hörte jetzt Gesprächsfetzen.

Im Nu gelang es ihm, die einzelnen Bruchstücke wieder

zusammenzusetzen. Das Loft des Mafioso, das plötzliche Auftauchen des Sumo-Ringers, die Glock, die auf dessen wuchtige Schläfe zielte, dann ein roter Punkt, der wie eine Todesankündigung auf Angela gerichtet war. Er erinnerte sich auch an die widerlichen Wurstfinger. Sie fuhren über den Körper seiner Cousine, über seinen eigenen, kassierten das Kreuz ein, und schwenkten eine Betäubungspistole.

Dann nichts mehr. Die Leere einer sternenlosen Nacht.

Er konnte sich mühelos die fehlenden Teile zusammenreimen. Giacomo hatte sie in eine Falle gelockt. Es war ihm gelungen, ihre Reaktionen vorherzusehen, ihrer Spur zu folgen, sie zu überraschen. Dann hatte er sie hierhergebracht. Eine seltsame Wahl, hinter der vermutlich eine Strategie steckte. Der Verrückte hatte seinen Talisman wieder an sich gebracht und hätte sie an Ort und Stelle liquidieren können. Vermutlich ging das Spiel noch eine Runde weiter.

Paul hob langsam den Arm zum Nacken. Er atmete tief ein, rammte sich die Nägel ins Fleisch und riss sich einen Hautfetzen ab. Der Schmerz kam sofort, es tat höllisch weh. Und gleich darauf kam der Adrenalinstoß. Das ideale Mittel gegen die Wirkung der Droge.

Er schlug erneut die Augen auf. Die Elfen waren verschwunden. An ihre Stelle trat eine weiße Krypta, fensterlos. Er merkte, dass er auf einem gekachelten, makellos reinen Boden lag. Die Wände waren ebenso schmucklos gehalten. Ein rundum gekachelter Raum.

Er drehte den Kopf zur Seite und sah drei Männer ganz entspannt dastehen und sich unterhalten. Ihre Maschinenpistolen mit kurzem Lauf hielten sie griffbereit. Diese Zerberusse sahen aus wie typische Leibwächter. Sie schlugen die Zeit tot, während sie darauf warteten, dass etwas geschah.

Paul versuchte einzuschätzen, wie fit er wieder war. Nicht besonders. Und seine Lage war auch nicht besser. Er hatte keine Waffe, fühlte sich körperlich völlig am Ende und war auf Gedeih und Verderb einer Bande von Berserkern ausgeliefert. Aber das ließ ihn kalt. Er hatte sich schon oft in ähnlich ausweglosen Situationen befunden. Ihn beschäftigte vor allem eines: Angela. Er hoffte nur, dass sie hatte entkommen können.

Er spannte die Muskeln an und riss sich noch ein Stück Haut ab. Er konnte nicht verhindern, dass ihm ein Röcheln entfuhr. Sogleich standen zwei Beine über ihm. Ein Fuß wurde ihm auf den Oberkörper gesetzt, sodass er nicht mehr atmen konnte und ihm wieder schlecht wurde. Paul folgte seiner Intuition und stellte sich tot, übertrieb seinen Zustand und versuchte den Eindruck zu erwecken, dass er keine Bedrohung darstellte. Das war seine einzige Chance.

Der Typ schüttelte ihn ein wenig mit der Spitze seiner Sohle. Die Augen halb geschlossen, stöhnte Cabrera leise. Er war jetzt wieder viel klarer im Kopf und sondierte die Lage. Drei Profikiller, bis zu den Zähnen bewaffnet. Der Dicke und sein Kompagnon dürften sich auch irgendwo in der Nähe herumtreiben. Und Giacomo, der sie hier eingesperrt hatte. Das machte mindestens sieben Revolverprofis. Er musste um jeden Preis an eine Waffe herankommen.

Er bewegte die Lippen, als bettle er um Wasser. Der Wärter umklammerte den Gewehrkolben seiner Uzi. Er beugte sich über ihn, einen Finger auf dem Abzug.

Das war sein einziger Fehler.

Paul packte die Maschinenpistole, während seine Faust wie eine Rakete abging. Die Stimmritze des Gorillas ging kaputt, und es klang, wie wenn man einen Ast abbricht.

Blindwütig feuerte er eine tödliche Garbe ab. Über seinem Kopf zerbarsten die Kacheln, ein schneidend scharfer Regen ging von der Decke nieder. Eine Gipswolke hüllte ihn ein, sodass die anderen ihn nicht mehr sehen konnten.

Paul schnappte sich die Waffe. Er stemmte den leblosen Körper hoch und benutzte ihn als Schutzschild. Er blinzelte mehrmals, konnte schon wieder Gestalten erkennen, die sich im Nebel bewegten.

Zwei rote Strahlen tauchten aus dem Nichts auf. Sie zerrissen den Schleier wie Laserprojektoren in einer Techno-Disko. Einer von ihnen fand ihn, sogleich gefolgt von seinem Zwilling. Die Detonationen erfolgten sofort.

Paul zog den Kopf ein, er befand sich genau hinter seinem Schutzschild. Er spürte, wie der Körper unter den Einschlägen zusammenzuckte. Er wurde von Fleischfetzen bespritzt, zähflüssig, wie Nacktschnecken. Er hob die Kanone und feuerte aufs Geratewohl in die Richtung, aus der die Schüsse kamen. Einer der Schützen bäumte sich auf, als werde er von einem Starkstromschlag geschüttelt. Dann brach er in einer Blutlache zusammen.

Der Polizist erkannte am Geräusch, dass er ihn abgeknallt hatte. Er hörte nur noch das Rattern einer todbringenden Maschinenpistole. Er warf einen Blick auf das Schlachtfeld. Der andere versuchte, sich aus dem Staub zu machen, und schoss dabei unaufhörlich weiter.

Paul schnappte sich einen Colt, einen .357 Magnum, der unter der Achsel seines Schutzschildes steckte.

Er zielte.

Drückte ab.

Der Typ bekam die Kugel mitten in den Kopf, sie riss ihm das halbe Gesicht weg.

Es senkte sich wieder Stille über den Raum. Der Sturmangriff hatte weniger als zwanzig Sekunden gedauert. Ein kurzer Moment der Raserei, der sich in schockierend bunten Farben auflöste. Weiß der Raum, gesättigt mit Kreideteilchen. Rot die Wandverkleidung, blutverspritzt. Es hatten sich dünne Rinnsale gebildet, die von den Leichen ausgingen und in der zentralen Abflussrinne zu einem Strom zusammenliefen.

Das Donnern der Maschinengewehre dürfte nicht unbemerkt geblieben sein. Der Raum sah aus, als sei eine Herde Mustangs hindurchgaloppiert.

Herbeieilende Schritte bestätigten Pauls Befürchtungen. Er drückte sich gegen eine Wand, seitlich von einem der beiden Durchgänge, die in den Raum führten.

Die Schritte wurden langsamer. Jetzt konnte Paul die hitzigen Atemzüge der Jäger hören, die sich gleich auf ihre Beute stürzen würden.

Ein Flüstern.

Der Schlagbolzen eines Sturmgewehrs wurde entsichert. Dann der einer Faustwaffe.

Paul versuchte nicht, sich eine Strategie zurechtzulegen. Wie der Blitz tauchte er in der Türöffnung auf und feuerte mehrere Garben ab. Seine Gegner kamen nicht dazu zurückzuschießen. Die Wucht der Einschläge hatte sie in die Luft gehoben und nach hinten geworfen.

Er kniete nieder und brachte die Glock wieder an sich. Der Mann mit dem Laserpointer trug sie immer noch bei sich, sie steckte in seinem Gürtel, beziehungsweise in dem, was davon noch übrig war. Nach dem angerichteten Schaden zu urteilen, dürfte der Besitzer der Magnum seine Kugeln frisiert haben. Oder aber er hatte Explosivgeschosse benutzt. Aus den zerschossenen Brustkörben quoll ein Magma lilafarbener Eingeweide, zwischen denen weiße Spitzen hervorlugten.

Paul sah kaum, wie entsetzlich die Verletzungen waren. Er hatte nur noch eins im Sinn: Angela zu finden und sie den Klauen dieses Dreckskerls zu entreißen, der bei diesem makabren Spiel die Fäden zog.

Er folgte dem Gang, in der Hoffnung, dass sich nicht noch

eine Fuhre von Zerberussen in die Schlacht werfen würde. Der Dickhäuter war schließlich auch noch da.

In regelmäßigen Abständen tauchten Türen auf. Weiß in Weiß, alles in demselben klinischen Ton gehalten. Er öffnete sie eine nach der anderen und stieß nur auf farblose Zimmer, Ruheräume, so spartanisch wie in einer Garnison. Kein Mensch weit und breit.

Am Ende lag ein atemberaubender Saal, der gleichfalls leer war, eine Art makellos reine Krypta mit einer Metalldecke in einem Wabenmuster. Auf dem Boden stand ein Futon, in dessen Verlängerung ein Videobildschirm. Cabrera stellte sich unwillkürlich vor, wie es wohl wäre, sich in dieser Höhle Filme anzuschauen, eine Vorstellung, die ihm gut gefiel.

Er trat wieder auf den Gang hinaus, in dem noch immer der Korditgeruch hing. Er bog in den zweiten Gang ein und hielt dabei die Knarre mit beiden Händen auf Schulterhöhe.

Hier gab es keine Türen. Nur einen kalten Tunnel mit kahlen Wänden, der leicht abschüssig nach unten führte. Ein blendend helles Licht, das die Wände selbst auszusuppen schienen, marterte ihm die Netzhaut. Paul musste an diese desinfizierten Gangways vor den Raumfahrtraketen denken, die bereitstanden, in unbekannte Welten davonzudüsen. Er fühlte sich wie ein Astronaut, der gleich an Bord seines Raumschiffs geht. Es gab keinen Weg mehr zurück.

Er lief lange in derselben Richtung weiter. Schließlich zeigte eine Tür das Ende seines Weges an.

Er hörte ein Signal, das immer lauter wurde, seine Haut erschaudern und kleine Krater bilden ließ. Der Gong der Gefahr.

Er drückte sein Ohr an die Tür und vernahm ein ersticktes Stöhnen, das wie das Gejaule eines Welpen klang.

Hier war es.

In diesem Moment wurde er von einem Korsett aus Muskeln umfangen. Er ließ die Glock fallen und wurde hochgehoben, seine Beine strampelten im Leeren. Ein kurzer Blick, und er erkannte die Wurstfinger des Dickhäuters, die aussahen, als habe man sie mit Helium vollgepumpt.

Er versuchte sich zu wehren. Vergebens. Der Schraubstock zog sich immer fester zu, würde bald seine Rippen brechen, die Lunge zerquetschen. Schon bald bekam er keine Luft mehr, und er begann schwarze Sternchen zu sehen. Mit letzter Kraftanstrengung warf er sich nach hinten. Sein Schädel krachte gegen das Gesicht des Fettwansts.

Die Umklammerung lockerte sich.

Cabrera rollte zu Boden. Im Fallen nahm er die Glock wahr. Außer Reichweite. Schwankend richtete er sich wieder auf. Das Gesicht des Sumo-Ringers war voller Blut, der Augenbrauenbogen war geplatzt, die Nase zerschmettert. Die Oberlippe war gespalten. Blut schäumte ihm aus den Mundwinkeln, sodass es aussah, als vollziehe er gerade einen kannibalischen Ritus, einen teuflischen Festschmaus für Liebhaber von Menschenfleisch.

Der Mann brüllte und stürzte sich auf ihn. Paul wich ihm aus und ließ seinen Gegner gegen die Wand krachen. Nur leicht benommen drehte der Dicke sich um und griff wieder an. Diesmal krachte er mit dem Polizisten zusammen.

Damit ging der Nahkampf los. Die Stärke eines Elefanten gegen die Wendigkeit eines Geparden. Paul versetzte ihm Haken und Uppercuts, die keine größere Wirkung hatten als Insektenstiche. Der Mann stand aufrecht wie ein Menhir und zuckte nicht einmal unter der Wucht der Schläge. Schon bald packten die monströsen Pranken Paul an der Gurgel, drückten zu. Der Speichel lief ihm aus dem Mund, er schmeckte Kupfer. Cabrera begriff, dass seine Luftröhre gleich reißen würde. Er versuchte, den Angriff abzuwehren.

Ohne Erfolg.

Noch immer befand sich seine Kehle im Würgegriff.

Im Bruchteil einer Sekunde wurde Paul klar, dass er sterben würde. Er wehrte sich immer kraftloser, ein seltsam wonniges Gefühl schaltete seine Gedanken aus. Er hätte sich nie vorgestellt, dass eine solche Wandlung eintritt, wenn die Neuronen auf der Schwelle zum Nichts ihr eigenes Gegengift absondern, um den Übergang zu ermöglichen.

Plötzlich spürte er eine weiche, instabile Oberfläche. Unter seinen Fingerknöcheln rollten wassergefüllte Kugeln. In seiner Verzweiflung drückte er seinen Daumen hinein. So tief es ging.

Ein Brüllen dröhnte durch das Kellergeschoss. Der Mann lockerte seine Umklammerung. Eine rosafarbene, glasige Flüssigkeit lief ihm aus der Augenhöhle.

Paul wich zurück. Vornübergebeugt gelang es ihm, einen tiefen Atemzug zu nehmen. Er sah undeutlich die Glock, die in einem seidigen Nebel aufblitzte. Bevor der andere wieder bei Sinnen war, stürzte er sich darauf, packte die Waffe und drückte ab. Er sah, wie die Kugel auf Höhe des Unterleibs einschlug. Der Dicke war ganz offensichtlich getroffen worden, brach deshalb aber noch lange nicht zusammen. Paul schoss noch einmal, aufs Geratewohl. Beim vierten Schuss kehrte endlich Stille ein. Der Mann lag tot zu seinen Füßen.

Ohne abzuwarten, stieg Cabrera über die Leiche hinweg. Das verschossene Pulver hatte ihm Körper und Geist gereinigt. Er spürte nun plötzlich eine gewaltige Wut, die wie eine Tsunami-Welle über ihm zusammenschlug.

Er holte das Magazin heraus und zählte die Kugeln. Acht. Das müsste reichen. Er ließ eine in die Kammer gleiten und stellte sich vor die Tür.

Mit einem Stiefeltritt zerschmetterte er das Holz.

73

Giacomo erwartete ihn mit einem Lächeln auf den Lippen, als habe er gerade einen guten alten Freund wiedergetroffen. Dass er eine Jagdflinte in der Hand hielt, eine *Lupara* mit abgeschrägtem Lauf, wirkte fast unpassend.

Paul hielt bei dem Anblick, der sich ihm bot, lieber etwas Abstand. Er sah in ein absurdes und erschütterndes Wachstuchgesicht, das mit einer dünnen Schicht rosiger Haut überspannt war. Sofort kam ihm das Wort »Monster« in den Sinn. Trotz des teuren Anzugs und des gepflegten Auftretens ließ einem dieses Freakgesicht das Blut in den Adern gefrieren.

»Nicht übel. Sechs meiner besten Männer in weniger als fünf Minuten. Sie haben ganz schön was drauf, das muss man schon sagen.«

Der Mafioso hatte Französisch gesprochen, mit einer Bassstimme, die dröhnte wie eine Kriegstrommel.

Cabrera hob seine Glock noch ein Stück höher.

»Dafür werde ich bezahlt.«

Gleichzeitig suchte sein Blick den Raum nach einem weiteren Wachposten ab. Er sah nur Angela, die in einem Sessel lag und deren Augen vom vielen Weinen ganz geschwollen waren. Das Konstantinskreuz lag auf dem Bett wie das Grabkreuz auf der letzten Ruhestätte eines Templers.

Die Situation schien Giacomo zu amüsieren. Zwei Kerle mit Kanonen, die sich gegenüberstehen, das Gleichgewicht des Schreckens.

Er fragte völlig ungerührt: »Und was machen wir jetzt? Ein Duell auf die alte Art? Der Überlebende bekommt das Herz der Schönen?«

Paul wollte kaum seinen Ohren trauen. Der Mafioso wusste überhaupt nichts von seiner verwandtschaftlichen Beziehung zu Angela. Er führte sich auf wie ein eifersüchtiger Gatte. Vier Jahre nach ihrer Trennung zählte die junge Frau immer noch zu seinem Besitz.

Paul strich sanft über den Abzug. Eine Kugel würde genügen. Auf die Entfernung war das Ergebnis garantiert. Die Anwesenheit seiner Cousine hielt ihn zurück. Zu nah, zu verletzlich. Sollte der Dreckskerl abdrücken, würden die Kugeln der Lupara ihr Schrot über den ganzen Raum verteilen und sie erwischen.

Er musste Zeit gewinnen, eine andere Situation schaffen, die es Angela ermöglichte, sich in Sicherheit zu bringen. Er antwortete in einem provozierenden Ton: »Das passt mir gut. Aber erst musst du mir mal was erklären. Wenn ich hier schon verrecken soll, möchte ich doch gerne wissen, warum.«

Wieder ein Lächeln. Mit starrer Miene duzte ihn Giacomo jetzt ebenfalls.

»Das ist dein gutes Recht. Frag nur.«

»Was gab es so Wichtiges in Marseille, dass man ein ganzes Haus in die Luft sprengen musste?«

»Dokumente.«

»Könntest du nicht etwas genauer werden?«

»Das ist Business. Ich fürchte, die Einzelheiten wirst du nicht verstehen.«

»Versuch es trotzdem.«

»Wie du willst. Ich hoffe, du kennst zumindest den Begriff ›Geldwäsche‹. Sonst laufen wir Gefahr, die ganze Nacht damit zu verbringen.«

Der Polizist nickte stumm. Die herablassende Art des Mafioso verletzte seinen Stolz wie ein ätzender Auswurf.

»Seit zwei Jahrzehnten«, fing Giacomo an, »überschreiten unsere Aktivitäten bei Weitem den Rahmen der Berufe, in denen das Verbrechen traditionellerweise angesiedelt war. Die Zeiten, in denen Kaffee aus Malta geschmuggelt wurde, sind lange vorbei. Spiele, Prostitution, Erpressung von Schutzgeldern, Schmuggel und sogar Drogenhandel stellen nur noch die Spitze des Eisbergs dar. Wir operieren auch im Waffen- und Menschenhandel, im Handel mit bedrohten Tierarten, im Kunsthandel… Wir haben unsere Tätigkeiten auf sämtliche Wirtschaftssektoren ausgedehnt, beeinflussen die Führungskräfte, bringen öffentliche Gelder an uns, ganz gleich, woher sie stammen. In diesem Sinne war Europa wie ein unverhofftes Manna.«

Er warf Angela einen selbstgefälligen Blick zu. Der Bericht war teilweise auf sie zugeschnitten.

»Das ›schmutzige‹ Geld stellt heute, wenn man sämtliche Aktivitäten zusammennimmt, zweitausend Milliarden US-Dollar Umsatz dar, das macht etwa fünf Prozent des Weltbruttosozialprodukts. Etwa ein Viertel davon stammt aus dem Drogenhandel. Mit anderen Worten, für die Industrieländer, unsere Hauptkunden, geht es hier um einen hohen Einsatz.«

Paul musste sich immer wieder klarmachen, dass der Mensch, der hier diese Reden hielt, ein Krimineller war. Sonst hätte er den Eindruck, als halte ihm ein hohes Tier vom G8-Gipfel einen Vortrag über Wirtschaftswissenschaft.

Giacomo fuhr fort: »In diesem Schachspiel hat die Cosa Nostra schon immer einen besondern Platz eingenommen. Die Organisation gab es schon lange, ihre Netze waren weit gespannt, die Qualität der Dienste vorzüglich, man konnte schwer darauf verzichten. Jedenfalls bin ich auf den fahrenden Zug aufgesprungen. Einen Zug, den ich, trotz der Widerstände, nach und nach in einen TGV umwandle.«

Cabrera konnte zwischen den Zeilen den steilen Aufstieg

des Wolfs heraushören. Die juristische Fakultät, die Spezialisierung auf Bank- und Finanzgeschäfte, der Aufstieg an die Spitze der Macht in der Kuppel. Er hatte keine Ahnung, wie Giacomo das angestellt hatte, aber das Ergebnis war klar. Auf der Schwelle zu seinem dreißigsten Lebensjahr befehligte diese Halloweenfigur bereits einen nuklearen Flugzeugträger.

Der Mafioso ließ sich immer mehr vom Feuer seiner Rede mitreißen: »Die Zukunft sollte sich in den Bilanzen niederschreiben, in den Finanzierungen, im Beteiligungserwerb. Eine beispiellose Umwälzung, die es uns gestattete, ganze Städte, ganze Länder unter unsere Kontrolle zu bringen. Dank unserer Millionen von Zwischenhändlern haben wir auf dem globalen Markt großen Einfluss, wir entscheiden darüber, wer was konsumiert, wir heizen die Kriege an, um unsere Waffen besser an den Mann zu bringen. Die Globalisierung, dieses ungreifbare Konzept, das verhüllt, worum es eigentlich geht, wir haben es auf die Spitze getrieben. Unser einziges Ziel war es gewesen, in aller Ruhe Geldwäsche zu betreiben.«

Er verstummte, als lausche er dem Echo seiner eigenen Worte. Sein Blick fiel wieder auf Angela. Er schien ihre Zustimmung zu suchen, ein Zeichen der Anerkennung, einen Hinweis darauf, dass er wieder eine Komplizin in ihr gefunden hatte. Die junge Frau regte sich nicht. Sie schien wie erstarrt.

Paul spürte, dass sein Arm schwächer wurde. Die Glock wurde von Sekunde zu Sekunde schwerer. Und es war immer noch keine Lösung in Sicht. Er musste ihn wieder zum Reden bringen, ihn ablenken.

»Diesen verrückten Plan, hast du dir den ganz allein ausgedacht?«

Ein Lächeln, das falsche Bescheidenheit ausdrückte.

»Ich hätte es gekonnt. Aber ich habe ihn lediglich auf mich zugeschnitten.«

Paul lachte höhnisch.

»Wolltest du etwa Herr über die Welt werden?«

Die Frage traf Giacomo im Innersten.

»Du wirst nie auch nur im Geringsten begreifen, was Macht eigentlich ist. Wie Millionen von Leuten bildest du dir ein, dass sie in den Händen von ein paar wenigen Staatsoberhäuptern liegt. Die wahre Macht liegt anderswo. Sie ist auf informelle Kreise verteilt, auf Unternehmen, deren Namen dir nichts sagen, auf viele Zuständigkeiten. Es gibt keine Herren der Welt. Nur Allianzen. Und wir bestimmen den Einsatz.«

Paul wurde schwindlig. Er erinnerte sich an die korsischen Nationalisten, ihre Widerstände, ihr Entsetzen. Das Spiel ging weit über die Grenzen der Insel hinaus. Das Attentat war nur ein kleines Scharmützel gewesen. Das Ganze hatte ungeheure Ausmaße.

Giacomo reckte sich, als habe er Pauls Gedankengänge erraten.

»Das ist ein Krieg. Wir wählen unsere Alliierten aus und bekämpfen unsere Feinde. Der Preis ist immer ein Blutzoll.«

Sarafians These bestätigte sich. Die wilden Tiere hatten sich um den Kuchen gestritten. Cabrera sagte: »Wie bei der Brise de mer zum Beispiel.«

Giacomo setzte eine Grimasse des Bedauerns auf.

»Nein. Die Brise ist auf unserer Seite. Sie ist der Deckmantel für einige unserer Vermögensanlagen.«

Die Information drang nicht sofort in Cabreras Hirn. Aber nach einer kurzen zeitlichen Verzögerung, begriff Paul schlagartig.

»Die Dokumente gehören euch?«

Giacomo runzelte die Stirn.

»Sag bloß nicht, du hättest das nicht gewusst.«

»Aber dann … Warum habt ihr die Bombe gelegt?«

»Hast du denn nichts begriffen? Du bist ja noch dümmer, als ich gedacht hatte. Wir haben von Anfang an nach dem Schuldigen gesucht.« Er machte eine Pause, bevor er sagte: »Denn die Opfer … das sind wir.«

74

Die Ermittlung fand ein abruptes Ende.

Im Bruchteil einer Sekunde verwandelten sich Pauls Gewissheiten in einen undurchdringlichen Sumpf. Er starrte Giacomo an, außerstande, seine Gedanken zu ordnen. Er hatte methodisch den roten Faden verfolgt, seine eigenen Schlussfolgerungen mit denen von Angela, Van Bruge und Reichman verglichen.

Alles passte zusammen. Doch in letzter Sekunde ergriff die Wahrheit wieder die Flucht. Er spulte den Film noch einmal von vorn ab.

In der ersten Etappe war es ihnen gelungen herauszufinden, worum es bei der Sache eigentlich ging.

Das Motiv.

Bestätigt durch die Reaktionen der undurchschaubaren nationalistischen Gruppen, hatte Paul die Mutmaßung, das Ganze habe einen politischen Hintergrund, intuitiv und schnell vom Tisch gefegt. Reichmans Scharfsinn hatte den Rest besorgt. Das korsische Milieu und eine zwielichtige Geschäftsbank waren in den Fall verstrickt, es handelte sich um einen Krieg zwischen Ganoven, in dem es um Geldwäsche ging und der schlicht und ergreifend von den Interessen der Mafia motiviert wurde.

Die zweite Etappe hatte darin bestanden, die Kontrahenten zu finden.

Die Akteure.

Zuerst musste das Opfer identifiziert werden. Angesichts der zahlreichen ausgelegten Köder eine komplizierte Angelegenheit. Hierbei war Cabrera letztendlich schneller gewesen als die Ermittlungsrichter. Sein Weg nach Korsika hatte ihn auf die Spur der Brise de mer gebracht, während Reichman nicht die Zeit gehabt hatte, seine Nachforschungen in London zu Ende zu bringen.

Anschließend hatte Paul versucht, die Ganoven aus Bastia mit einem plausiblen Schuldigen zu verbinden. Sarafian hatte auf eine machtvolle Mafiaorganisation getippt. Eine logische Analyse unter Berücksichtigung des großen kriminellen Potenzials der Brise. Doch nur ein Zufallstreffer hätte es ihnen gestatten können, unter all den Organisationen, die imstande waren, sich den Korsen entgegenzustellen, diejenige herauszufinden, die die Bombe tatsächlich gelegt hatte.

Und hier war Angela auf den Plan getreten.

Ihre eigene Ermittlung hatte ein unerwartetes, persönliches Element zutage gefördert, das es ihnen gestattete, den Täterkreis genauer zu bestimmen. Ein Kreuz, das man in der Hand von Michèle Jourdan gefunden hatte, der Immobilienmaklerin, die jemand in Marseille aus dem Fenster geworfen hatte. Die Spur führte zu Giacomo, einem Exfreund der Anwältin, den sie in Sizilien kennengelernt hatte und der der Mafiaorganisation dieser Insel angehörte: der Cosa Nostra.

Durch seinen Aufbruch nach Palermo hatte Paul die letzte Etappe eingeläutet. Jene, die es ihm ermöglicht hatte, den Schuldigen zu finden. Die symbolische Bedeutung des Gegenstands hatte seine Hypothesen schon bald untermauert. Und sie hatte enthüllt, dass Giacomo in dieser ehrenwerten

Gesellschaft den ersten Platz einnahm, was durch die Inszenierung seines Verschwindens bestätigt wurde.

Cabrera war sich sicher, dass ihre Entführung eine Bestätigung dieser Tatsachen war. Sie waren der Wahrheit zu nahe gekommen. Der Mafioso musste sie stoppen.

Paul führte sich die Ironie ihrer Situation klar vor Augen. Er hatte geglaubt, er werde die Lösung finden, hatte Angela in Gefahr gebracht, als er sich bereit erklärt hatte, nach Palermo zu gehen. Das alles für nichts und wieder nichts. Er hatte sich geirrt. Dass sie sich in Giacomos Schusslinie befanden, hatte ganz andere Gründe gehabt.

Diesmal stellte er die Frage nicht, um Zeit zu schinden. Er wollte nur verstehen.

»Sie marschieren also auf der Seite der Brise?«

Der Mafioso warf ihm einen arroganten Blick zu.

»Ein Geben und Nehmen von Gefälligkeiten. Wir kümmern uns in Italien um einige ihrer Interessen, im Gegenzug tun sie dasselbe für uns in Frankreich.«

»Aber … Warum wurde Marseille gewählt?«

»Die Finanzbehörden sind sehr aggressiv. Unsere Konten werden regelmäßig geprüft und kontrolliert, unsere Frauen und Kinder befragt, unsere Häuser durchsucht. Um unsere Schließfächer öffnen zu lassen, genügt ein bloßes Mandat der Antimafiarichter. Jeden Tag müssen wir unsere Vorgehensweisen anpassen, in eine Richtung gehen, die sie nicht erwarten. Wenn ich deinen Schlussfolgerungen Glauben schenken kann, ist zumindest dieses Ergebnis erreicht worden.«

Paul war die Logik jetzt klar. Er konnte es tagtäglich in den Vorstädten erleben, wenn er mit diesen Kids konfrontiert war, die einfach nicht zu packen waren. Auf der Ebene eines Giacomo verlor bei dem Versteckspiel das Wort Grenze jede Bedeutung.

»Aber es gibt noch eine andere Rechtfertigung«, fuhr Giacomo fort. »Wir mussten schnell handeln, und die Brise hatte bereits die nötige Struktur – eine Immobiliengesellschaft bürgerlichen Rechts, die diese Rolle übernehmen konnte. Wie ein gebrauchsfertiges Set, wenn du so willst. Wir mussten nur noch ein Versteck in die tragende Wand einbauen und unsere Schätze darin deponieren.«

»Wie habt ihr denn den Tresor eingebaut? Es gab doch Nachbarn.«

»Erstens hat es nie einen Tresor gegeben. Die Wand *war* der Tresor. Was auch erklärt, warum alles zerstört wurde. Und die Mieter sind ja erst später gekommen. Als die Zeit gekommen war, die Dokumente wieder an uns zu bringen, haben wir sie rausgeworfen und Renovierungsarbeiten vorgeschoben.«

Paul folgerte laut: »Und trotz eurer Vorsichtsmaßnahmen hat man euch übers Ohr gehauen.«

Schweigen. Dann erwiderte der Mafioso kaltschnäuzig: »Wir haben versucht herauszufinden, wer dahintersteckte. Und glaub mir, wir haben in alle Richtungen gesucht. Anfangs dachten wir, die Nationalisten hätten das Finanzamt im Visier gehabt. Dass es sich um einen unglücklichen Zufall handelte. Als ich begriff, dass die Explosion das andere Gebäude treffen sollte, habe ich nachgedacht. Wer würde schon leere Räume abfackeln?«

»Es sei denn, man wusste, was sich darin befand …«

»Meine Mutmaßungen gingen zunächst Richtung Brise. Sie hatte die Akte in die Wand eingebaut und fühlte sich vielleicht versucht, ein Auge darauf zu werfen.«

Paul dachte an das korsische Milieu in Marseille, das man gleich nach dem Attentat in die Mangel genommen hatte. Er sagte erstaunt: »Warum hätten sie euch verraten sollen? Ihr seid doch Verbündete, oder nicht?«

Giacomo lachte zynisch auf.

»Allianzen können sich entwickeln. Man muss nur mit dem richtigen Preis winken.«

»Dem Preis? Meinst du, sie sind von jemandem gekauft worden?«

»Genau.«

»Aber von wem? Aus welchem Grund?«

»Da gäbe es viele ... Letztlich können wir diese Hypothese nicht außer Acht lassen.«

Giacomo hielt mit einem Teil der Geschichte hinterm Berg, mit Informationen, die sich in der Zukunft als gefährlich erweisen konnten. Eine solche Haltung sprach für sich. Er tat zwar wahnsinnig schlau, war sich aber offenbar gar nicht sicher, bei der Konfrontation die Oberhand zu haben.

Paul bemerkte mit zusammengebissenen Zähnen: »Deshalb hast du die Maklerin getötet. Um die Spannung steigen zu lassen.«

»Wir mussten unseren Freunden begreiflich machen, dass wir nicht zum Scherzen aufgelegt waren. Sollten sie uns verkauft haben, wollten wir wissen, an wen. Aber das war ein Schlag ins Wasser. Letztlich ist bei dieser Lösung nichts herausgekommen.«

Außer dass eine Frau aus dem Fenster geworfen wurde und ihre Knochen auf dem Asphalt zerschellten, dachte Cabrera.

»Warum hast du dir die Hände schmutzig gemacht? Du hättest einen deiner Gorillas schicken können.«

Der andere verzog den Mund zu einem fiesen Lächeln.

»Einfach weil ich das mag.«

Es war, als umschließe ein Bleimantel seine Worte. Paul richtete seine Blicke auf das Jagdgewehr. Die Mündung der Waffe wirkte plötzlich aggressiver, wie ein Pitbull, dem man den Maulkorb abgenommen hat.

»Hast du in Korsika den Befehl gegeben, mich umzulegen?«, fragte er.

»Das war nicht nötig. Nach dem Tod der Maklerin war die Stimmung bei den Leuten in Bastia höchst angespannt. Sie wollten nicht, dass ein Bulle seine Nase in ihre Angelegenheiten steckt. Und damit in die meinen.«

Paul begriff, wieso dieser Mensch eine so fulminante Karriere hingelegt hatte. Wenn es darum ging, noch eins draufzusetzen, war Giacomo den anderen um Längen voraus. Eine Klapperschlange mit eiskaltem Blut, die nicht gezögert hatte, Angela zur Durchsetzung seiner Pläne zu benutzen.

Cabrera deutete mit einer kurzen Bewegung des Kinns auf die junge Frau und sagte: »Du hast sie in die Schlacht geschickt, weil du wusstest, dass sie Fabios Tochter war und Zugang zur Akte hatte.«

»Genau, damit war eines meiner Probleme gelöst. So konnte ich mitverfolgen, wie die Untersuchungsrichter vorankamen, und gleichzeitig hier weiter meine Nachforschungen betreiben.«

Das kleine Genie hatte alle Schrauben fest angezogen. Eine Präzisionsmechanik, die nichts dem Zufall überließ. Doch dann war ein Sandkorn ins Getriebe geraten. Bei dem Mord an Jourdan war ihm sein Fetisch abhanden gekommen. Und Angela hatte ihn gefunden. In gewisser Weise hatte seine Mordgier ihn ins Verderben gestürzt.

»Bist du nun zufrieden?«, fragte der Mafioso.

Nun war Schluss mit Worten. Jetzt würden die Waffen sprechen. Paul spürte, dass die eiserne Katharsis kurz bevorstand. Doch auf die entscheidende Frage hatte er noch keine Antwort erhalten.

»Du hast mir immer noch nicht gesagt, was sich eigentlich in der Wand befunden hat.«

»Was hat das jetzt noch für eine Bedeutung? Es ist alles zerstört worden.«

»Es wäre eine schöne Geste, mich darüber aufzuklären.«

Der andere lachte hämisch. Dabei blieben seine Wangen vollkommen reglos, wie erstarrt unter einer dicken Wachsschicht.

»In dem Dokument ging es um ein Rohstoffvorkommen. Ein fantastisches Erdgasvorkommen, das in der Provinz Pundschab in Pakistan entdeckt wurde.«

Ein weiterer Faden vervollständigte die Stickerei. Paul erinnerte sich an die letzten Worte von Van Bruge, bevor dieser ihm die rote Karte gezeigt hatte. Reichmans Ermittlung hatte ergeben, dass sie nicht länger in der City, sondern in jenem Land weiterforschen müssten.

»Wir haben gewaltige Summen investiert, um in diesem Teil der Welt Fuß zu fassen. Das ist bei der Explosion alles in Rauch aufgegangen.«

»Ich verstehe nicht.«

»Ich spreche von den natürlichen Ressourcen, vom Saft eines Landes. Wir wollten sie mit der Hilfe von Kontaktpersonen vor Ort an uns bringen. Seit zwei Jahren sind zu diesem Zweck Millionen von Dollars nach Karatschi geflossen. Das Geld aus dem Drogengeschäft ging für Bestechungsgelder drauf. Diese Operation wurde unter dem Gebot größten Stillschweigens durchgeführt, auch vor Ort. Viele Ölgesellschaften wollten ebenfalls die Förderrechte an sich bringen. Niemand sollte wissen, dass wir drauf und dran waren, ihnen zuvorzukommen.

Paul wurde schwindlig. Diese Verrückten machten einfach, was sie wollten. Wo sie wollten. Ein Rudel Schakale, das aus den Bergen ins Tal gestürzt kam, um die Herde zu fressen. Der Finger auf dem Abzug begann ihn zu jucken.

Giacomo fuhr fort: »In dieser Woche sollte nach der öffentlichen Ausschreibung über die Vergabe des Nutzungsrechts entschieden werden. Unsere Mittelsmänner waren vor Ort. Alles ließ darauf schließen, dass wir uns sicher sein konnten, die Partie gewonnen zu haben.«

»Wie konnten sie so sicher sein?«

»Wir waren im Besitz der Originale von Überweisungsaufträgen auf die Bankkonten einflussreicher Persönlichkeiten, die den örtlichen Militärs sehr nahestanden. Eben jener Personen, die für uns den Deal machten und unseren Erfolg gewährleisteten. Diese Papiere befanden sich zusammen mit der restlichen Akte in Marseille.«

Paul schlussfolgerte: »Du hattest sie in der Hand ... Wenn diese Schmiergeldaffäre publik geworden wäre, hätte das ganz schön für Unruhe gesorgt.«

»Schlimmer. Es wären Köpfe gerollt.«

Das war also die Antwort. Die Bankdokumente, die man in den Trümmern gefunden hatte, waren Waffen. Raketen aus Papier, die auf tressenbesetzte Operettenfiguren gerichtet waren.

Eines wurde Cabrera schlagartig klar: »Deine Mittelsmänner haben die Bombe gelegt. Sie waren die Einzigen, die ein Interesse an ihrer Zerstörung hatten.«

Wieder ein Lächeln. Die Wachsmaske zog sich in die Breite.

»Ich sehe schon, du fängst an, deinen Grips anzustrengen. Aber so simpel, so ... klar ist es nicht. Man muss sich immer die Frage stellen, wer von einem bestimmten Verbrechen profitiert, nicht wahr? Ich habe mich nicht mit dem Wissen zufriedengegeben, dass der Schlag aus Pakistan kam. Ich wollte auch herausfinden, wer ihn ausgeführt hatte. Unsere Verbündeten? Unsere Konkurrenten? Es gab zahlreiche Möglichkeiten.«

Endlich kam die Erklärung. Giacomo hatte an seinen eigenen Worten Feuer gefangen und würde nun enthüllen, wer letztendlich darin verwickelt, wer dafür verantwortlich war. Eine nebulöse, schlagkräftige und anonyme Gruppe von Raubtieren, die ständig ihr Aussehen veränderte. Dieselbe, die Tausende von Kilometern entfernt Fabios Schicksal besiegelt hatte.

Eine Schattenarmee.

»Nachdem ich die Brise ausgehorcht hatte, habe ich mich dem zweiten Rädchen im Getriebe zugewandt. Demjenigen, der die ganze Operation von Anfang an abgestimmt hatte und der ebenfalls wusste, dass die Papiere sich in Marseille befanden. Dem Einzigen, der uns auch hätte verraten können.«

»Moore?«

»Ich bin nach London gefahren. Wir hatten ein ... klärendes Gespräch. Peter hatte gerade Besuch von einem französischen Staatsbeamten erhalten, einem Mitarbeiter von Untersuchungsrichter Van Bruge. Ihm zufolge tratet ihr mit euren Ermittlungen auf der Stelle. Und natürlich wusste er von nichts.«

»Hast du ihm geglaubt?«

Die Augen des Mafioso blitzten grausam auf.

»Du unterschätzt meine Talente. Vertrau mir, mich lügt man nur selten an.«

»Hast du ihn umgebracht?«

»Das hätte ich wohl besser tun sollen, aber ... Sagen wir es so, die Sache ist kompliziert.«

Paul konnte sich schon denken, worum es hier ging. Der Bankier war mächtig. Seine Eliminierung dürfte mehr Nachteile als Vorteile mit sich bringen. Sogleich fiel ihm Reichman ein.

»Und der Mitarbeiter des Untersuchungsrichters? Hast du ihn verschwinden lassen?«

»Er ist verschwunden?«

»Seit drei Tagen. Zufällig genau in dem Moment, als du in der Gegend warst.«

»Ich habe nichts damit zu tun.«

Das klang glaubwürdig. Diese neue Entwicklung ließ Paul zögern. Wer hatte ein Interesse daran gehabt, die Ermittlungen zu behindern?

Als habe er die Frage gehört, ließ der Mafioso in gelangweiltem Ton die Bemerkung fallen: »Die Antwort werden wir nie erfahren. Mein lieber Freund Peter hatte eine Information durchsickern lassen, die er eigentlich hätte geheim halten sollen. Jemand hat davon profitiert. Wie ich dir bereits gesagt habe, es gibt viele Möglichkeiten.«

Paul dachte an Reichmans letzte Entdeckungen. Die Spur, die nach Pakistan führte. Giacomo hatte das Wort nicht einmal erwähnt.

»Hast du nicht versucht, die Singhs in die Zange zu nehmen?«

»Wen?«

»Die First Islamabad of irgendwas. Moores Kompagnons, über deren Konto euer Zaster geflossen ist.«

Diese Enthüllung brachte Giacomo aus der Fassung. Mit Verbitterung in der Stimme sagte er: »Ich wusste nichts von ihrer Existenz. Für diesen Teil der Operation war Peter verantwortlich. Er besitzt so gut wie überall Filialen, und ich hatte den Beweis, dass man das Geld zu einer von ihnen überwiesen hatte.«

Genau. Paul erinnerte sich daran, dass dic Dokumente, die dem Feuer entgangen waren, das Siegel der Delta Company getragen hatten. Obwohl Giacomo ihn zur Rede gestellt hatte, war es dem Lord gelungen, dem Mafioso diesen Teil der Geschichte zu verheimlichen. Warum war er dieses Risiko eingegangen?

»Jedenfalls ist es zu spät für uns«, raunzte Giacomo. »Der Zuschlag ist heute erfolgt, und wir haben verloren. Ich hatte gehofft, ihr könntet mir dabei helfen, das Rätsel rechtzeitig zu lösen, aber ich habe mich geirrt. Aber dafür ...« Er warf Angela einen feurigen Blick zu. »... habe ich einen weitaus größeren Schatz gehoben.«

Die junge Frau richtete sich auf. Sie hatte seit einer Viertelstunde keinen Mucks getan. Mit einem dünnen Stimmchen fragte sie: »Wie ... Wie konntest du ...?«

»Das hat keine Bedeutung. Du bist nicht mehr diejenige, die Entscheidungen trifft.«

Sie stand auf, stellte sich vor den abgesägten Lauf der Pistole und packte ihn mit beiden Händen.

»Doch. Schau her.«

In den Augen des Mafioso flackerte Entsetzen auf. Er schien in Angelas Gesicht das Spiegelbild seiner eigenen Dämonen zu betrachten.

Ein Schuss ging los, in der Luft lag Pulvergestank. Dann trat Stille ein, eine Grabesstille.

Giacomo schwankte. Er klammerte sich mit einer letzten flehentlichen Geste an Angela, bevor er zu Boden sank.

Paul kam näher und sah sich das Ergebnis an. Die Kugel hatte ihm den halben Schädel weggerissen. An einigen Stellen funkelten metallene Gräten, die Überreste eines Lebens, das auf Gewalt gebaut war.

Er legte der jungen Frau eine Hand auf die Schulter und dankte dem Himmel. Blitzschnell hatte er den Winkel gefunden und losgefeuert. Er war dieses verrückte, irrsinnige Risiko eingegangen, weil er wusste, dass sie mit ihrem Schicksal abgeschlossen hatte.

Eine Sekunde später hätte sie Giacomo gezwungen zu schießen.

75

Ein rotes Motorrad.

Es liegt tief in der Kurve, im spitzen Winkel und doch im Gleichgewicht. Ein weißes Etwas reitet darauf, mit einem Helm bestückt, geschmeidig, wie ein Reiter der Apokalypse. Er ist in einen mit Firmenlogos bedeckten Anzug gepackt. Das Bild ist so deutlich und scharf, dass sie die Markennamen entziffern kann: Pirelli, Lavazza, Goodyear …

Um ihn herum dagegen ist alles verschwommen. Farbige Streifen, dunkle Gebilde. Wie ein Aquarell, das einmal durch die Waschmaschine gelaufen ist. Sie denkt, das muss die Geschwindigkeit sein. Die Blende hat den Augenblick eingefangen. Hat die Bewegung eingefroren, um den Betrachter glauben zu machen, es sei die Landschaft, die sich bewegt.

Das Gegenteil ist der Fall.

Wie in ihrem Kopf.

Angela schloss die Augen. Seit zwei Tagen hatte sie Zimmer und Bett nicht mehr verlassen. Formlose, leere Stunden, dazwischen immer wieder Angstanfälle und Erbrechen. Maria kochte ihr mit Süppchen und Tees die Heilmittel ihrer Großmutter, die sie sofort wieder von sich gab, vermischt mit gelber Galle.

Wenn der Schlaf kam, brachte er Bildersplitter, Lavaeruptionen, dann tiefe Finsternis. Das Feuer folgte dem Nichts und wollte ihr Bewusstsein spalten. Manchmal sah sie inmitten dieser kosmischen Nacht eine Maske vorbeischweben. Weiß, glatt, die Augäpfel starr. Sie riss sie brüllend herunter, nur um einen noch schlimmeren Albtraum zu schauen. Die Gesichter ihrer Eltern, von Narben entstellt. Fabios Gesicht, dem das Feuer die Haut abgelöst hatte. Giacomos Gesicht, gespickt mit Nägeln und Schrauben.

Schließlich das ihre, zu einer Maske des Entsetzens erstarrt.

Einen Arzt und Medikamente hatte sie abgelehnt. Sie wusste, an welcher Krankheit sie litt. Eine zu lange verdrängte Verletzung, die wie ein Vulkan Lava ausspuckte. Die Konfrontation mit Giacomo hatte die Dämonen wieder zum Leben erweckt. Sie waren alle da, wie eine fluchbeladene Familie, deren Zentrum sie selbst war.

Es wurde dreimal leise an die Tür geklopft. Pauls Gestalt erschien im Türrahmen.

»Schläfst du?«

»Nein.«

»Darf ich…«

Sie hauchte ein schwaches Ja und richtete sich mühsam auf.

Cabrera kam näher. In der Hand hielt er einen Strauß weißer Blumen, eingewickelt in lila Krepppapier.

»Da. Wenn dein Hunger zu groß wird, kannst du sie ja auch heimlich essen.«

Sie lächelte schwach. Dann schossen ihr sofort die Tränen in die Augen. Sie fragte: »Wo bist du gewesen?«

»In der Arbeit…«

»Hast du schon wieder angefangen?«

»Ist besser so.«

Plötzlich bedauerte sie, das nicht auch getan zu haben. Sich in ihre Akten versenken, mit Prozessen herumschlagen, den Schmerz betäuben. Wie oft schon hatte ihr Beruf sie davor bewahrt, sich darauf einzulassen?

Aber Paul hatte ihr diese Chance nicht gegeben. Das Massaker im Bunker hatte Wellen geschlagen. Sie musste verschwinden, zumindest für einige Zeit. Er hatte ihr Marseille vorgeschlagen, seine Stadt, sein Territorium. Im Haus seiner Eltern wäre sie geschützt.

Angela machte sich keine Illusionen. Sie würde nie wieder nach Palermo zurückkehren.

»Das Wetter ist himmlisch. Zieh dir was an, wir machen einen Ausflug.«

»Nein … Ich …«

»Keine Diskussion. Ich warte unten auf dich.«

Er verschwand, bevor sie etwas erwidern konnte.

Sie blieb noch eine ganze Weile reglos liegen und lauschte ihrem Herzschlag in den Schläfen. Paul kannte keine Zweifel. Nie. Er griff die Dinge von vorn an, drehte ihnen den Hals um, bevor sie ihn überwältigen konnten. Vielleicht war das die Lösung.

Sie riss sich gewaltsam aus ihrer Benommenheit und nahm eine schnelle Dusche. Unter dem prickelnden Wasserstrahl wurde sie bald wieder munter. Sie spürte die Energie, die seine bloße Gegenwart ihr wie mit einem Tropf einflößte, spürte seinen Mut, seinen Lebenswillen, der es ihm ermöglichte weiterzumachen. Um jeden Preis.

Draußen war es warm. Die Sonne schien sie erwartet zu haben. Sie ließ die Boote und Angelegestellen erstrahlen und wurde von den Fenstern mit einem goldbraunen Funkeln zurückgeworfen. Paul rauchte auf der Terrasse einen Zigarillo, die Stiefel meerwärts gerichtet.

Er zog sie Richtung Deich, riesige Felsblöcke, wie Meteoriten, von der Hand eines Riesen in die Landschaft gestellt. Als sie den Fuß auf die Bodenplatten setzte, wurde sie an etwas erinnert. An diesem Ort hatte sie Serge Brucchi angerufen, den Freund von Antonio. Der Gewerkschaftler hatte es ihr ermöglicht, die Ermittlungsakte zu stehlen, das Kreuz zu finden. Er hatte die erste Masche eines verbotenen Netzes gewebt, das sie jetzt …

»Meine Mutter hat mir alles erklärt.«

Paul blickte aufs Meer, die Hände in den Taschen. Er hatte

diesen Satz in einem unbeteiligten Tonfall gesagt, ohne jegliche Sentimentalität.

Angela machte sich steif. Sie spürte, dass eine Katastrophe unmittelbar bevorstand.

»Was hat sie dir erklärt?«

»Das mit deinen Eltern, der Mafia ... Ich möchte nur, dass du weißt, dass es mir leid tut.«

Der Riss wurde größer. Sie hatte das Gefühl, dass eine Kohorte von Gespenstern grimassierend daraus hervorstürzte. Die Worte kamen ganz ohne ihren Willen aus ihr heraus.

»Ich war sieben Jahre alt ... Sie hatten mir gesagt, dass meine Eltern tot sind ... ein Autounfall. Sie hätten keine Schmerzen gehabt, sie seien im Himmel. Ich sollte tapfer sein.« Dann wiederholte sie, den Blick ins Leere gerichtet: »Tapfer ... Meine Welt war zusammengebrochen. Ich bin mehrere Monate lang in diesem Waisenhaus geblieben, völlig verzweifelt. Bis der Schmerz verschwunden war, bis ich ihn gezähmt hatte, so wie man einen Hund zähmt. Mit Durchsetzungsvermögen, mit Willenskraft.«

»Dann ist Fabio gekommen.«

Sie nickte. »Ein neuer Vater, ein anderes Land, eine Chance, aus allem wieder herauszukommen. Ich habe sie ergriffen. Ich habe versucht, daran zu glauben. Bis dann ...«

Sie unterbrach sich. Tränen liefen ihr über die Wangen. Sie führten in die letzte Glut einer vermurksten Kindheit mit sich.

»Eines Tages, es war kurz vor dem Abitur, bin ich auf diese Papiere gestoßen. Fabio hatte sie in seinem Büro herumliegen lassen. Vielleicht wollte er auch, dass ich sie finde, das habe ich nie herausbekommen. Es handelte sich um meine Adoptionsakten. Ich habe sie durchgeblättert, ohne recht zu wissen, wonach ich eigentlich suchte. Das war alles so schwer verständlich, so eiskalt. Zwischen zwei Dokumenten lag ein Zeitungsartikel. Ein Foto ...«

Ihre Stimme versagte.

»Das Auto war nur noch ein Haufen Schrott. Es wirkte ... kleiner, wie ein zusammengeknülltes Stück Papier. Der Stoßdämpfer, die Scheiben, alles war geborsten. Im Innern lag der Körper einer Frau, vom Sicherheitsgurt festgehalten. Der Kopf lag nach hinten gebeugt auf der Nackenstütze. Ich wusste es bereits, aber ich habe mir eine Lupe genommen. Um sicherzugehen. Weil ich diesem Drang nicht widerstehen konnte.«

Paul fragte dazwischen, um ihr ein wenig die Anspannung zu nehmen.

»Deine Mutter?«

»Das Blut klebte ihr in den Haarsträhnen im Gesicht. Sie hatte noch die Augen offen. Es war ...«

Sie brach in Tränen aus. Paul nahm sie in den Arm und wartete, bis der Strom versiegt war.

Schließlich fuhr sie fort: »Ich habe den Artikel gelesen. Sie waren mit einem Alfa Romeo zusammengeknallt. Der Fahrer kam auch zu Tode. Ein Junge. Keine zwölf Jahre alt ... Ein Polizeiwagen hatte seine Verfolgung aufgenommen, und er hatte versucht zu entkommen. Im Kofferraum haben die Polizisten Waffen gefunden, Heroin, Crack, ich weiß es nicht mehr ...«

Paul sagte nur: »Eine Ameise der Cosa Nostra.«

Angela nickte voller Wut.

»Das war absurd, ungerecht. Meine Eltern hatten nichts mit der Mafia zu tun. Ihr einziger Fehler hatte darin bestanden, dass sie ihm auf der Straße in die Quere gekommen sind. Nur weil sie mich von der Schule abholen wollten. Ich habe nicht mit Fabio gesprochen. Nicht sofort. Ich wollte diesen neuen Schmerz durchstehen, ein Ziel finden, gegen das ich ihn richten kann. Ich konnte es dem Jungen nicht einmal übel nehmen. Er war gestorben, weil man ihm einen Auftrag gegeben hatte, weil er von skrupellosen Erwachsenen benutzt worden war. Damals hatte ich beschlossen, wieder nach Palermo zu gehen, Jura zu studieren, für Gerechtigkeit zu kämpfen. Ich musste dieses schlimme Schicksal bannen, mir das Gefühl geben, dass mein Leben einen Sinn haben konnte.«

Sie atmete tief ein, als würde die mit Jod gesättigte Meeresluft ihr Erleichterung verschaffen. Dann hauchte sie: »Fabio. Giacomo ... Ich konnte mir nicht vorstellen, dass der Weg im Kreis herumführte.«

Sie verstummte. Sie brauchte nicht weiterzusprechen. Paul hatte sie verstanden.

Eine Möwe ließ sich in ihrer Nähe nieder. Sie schüttelte ihr Gefieder in der Sonne aus und beobachtete sie interessiert. Als sie sah, dass nichts passierte, flog sie wieder weg.

Angela sah sie mit dem Azurblau des Himmels verschmelzen. Ein weißer Schleier, der von glückverheißenden Windböen davongetragen wurde. Das Herz der jungen Frau flog mit ihr davon. Durch die Beichte war ihr leichter geworden, die Krankheit, die sie zu verzehren drohte, hatte sich in durchscheinende Algen verwandelt, in friedliche Fädchen, die sich in der zärtlichen Meeresbrise wiegten.

Sie trat zu Paul und ergriff seine Hand.

»Danke ...«

Er lächelte sie an. Aus seinem Lächeln las sie Bilder des Glücks, Bilder eines einfachen Lebens, in dem sie gemeinsam mit ineinander verschlungenen Fingern der Zukunft entgegensahen. Plötzlich blitzten lebhafte Farben in ihren Augen auf, grell, wie der Sonne ausgesetzte Fruchtkörbe. Sie nahm dieses Geschenk an, ließ es endlich zu, dass es seit ihrer Begegnung mit Paul in ihrer Seele funkelte. Als sie noch die

Gefangene ihrer Gespenster gewesen war, hatte sie es nicht bemerkt.

Sie ließ sich von der Schönheit des Augenblicks mitreißen und drückte dem jungen Mann einen Kuss auf die Lippen. Er küsste sie schüchtern zurück und machte sich los.

»Ich …«

»Was ist?«

»Wir sind Cousin und Cousine.«

»Aber wir sind nicht blutsverwandt.«

Sie trat wieder zu ihm, und diesmal ließ sie ihre Zunge in seinen Mund gleiten. Er zögerte ein wenig, als habe ihre Entschlossenheit, ihr Feuer ihn überrascht. Dann wurden sie von dem Zauber eingehüllt. Sie küssten sich lange, mit unendlicher Zärtlichkeit. Ein Wogenkamm zerschellte an den Felsen und bestäubte ihre Wangen mit Salzwassertröpfchen. Sie erschauerten lachend, als hätten sie im selben Augenblick die Bedeutung dieses Zeichens erfasst.

Reiskörner, die als feiner Regen am Ausgang einer Kirche auf sie niedergingen.

76

Alle Ermittlungen, sei der Fall klein oder groß, unterliegen ein und demselben Gesetz: Wenn man sich dem Ziel nähert, überschlagen sich die Ereignisse. Bis nach Sizilien hatte Paul den Tod gesät. Der Glaube, diese Saat werde nicht eines Tages aufgehen, war illusorisch.

Achtundvierzig Stunden später wurde ihm die Richtigkeit dieser Theorie durch einen Anruf auf seinem Handy bestätigt.

»Cabrera?«

Sofort erkannte er die dünne Stimme von Van Bruge.

»Guten Tag, Herr Richter.«

»Verdammt, wo sind Sie? Ich kann Sie nur schlecht verstehen … Kann ich Sie unter einer Festnetznummer erreichen?«

»Das dürfte schwierig sein.«

Er hatte sich im Industriegebiet von Vitrolles hinter einem getarnten Melder versteckt. Seine Jungs hatten einen nächtlichen Einsatz auf dem Schrottplatz eines Lagerhauses, und er hatte sie begleiten wollen.

Cabrera kam heraus und entfernte sich ein Stück, um einen besseren Empfang zu bekommen, blieb aber in Deckung. Die Nacht verschluckte alle Konturen, in der Ferne hörte man Autoreifen über den Asphalt düsen.

Er sah auf seine Uhr. Dreiundzwanzig Uhr. Dieser verrückte Untersuchungsrichter machte aber auch nie Feierabend.

Mit einem Lächeln bemerkte er: »Immer im Einsatz?«

»Sind Sie darüber informiert, was in Palermo geschehen ist?«

Paul spielte den Unschuldigen.

»Nein.«

»Wo waren Sie am Montag?«

Offiziell war er nur einen Tag verschwunden. Ein befreundeter Mediziner hatte ihm bereits die getürkte Arbeitsunfähigkeitsbescheinigung unterzeichnet.

»Krank. Eine Darmgrippe.«

Ein Seufzer war zu hören. Van Bruge glaubte ihm kein Wort.

»In einem Vorort im Süden hat es ein Gemetzel gegeben. Sieben Tote. Sechs davon sind in der Anti-Mafia-Kartei. Die Italiener versuchen gerade, noch den letzten zu identifizieren.«

Er sprach nicht weiter. Als warte er auf eine Reaktion. Paul ließ sich nicht beirren. Er versuchte sich vorzustellen, was für ein Gesicht die sizilianischen Bullen machen würden, wenn sie entdeckten, dass ihre Leiche ein Sohn aus gutem Hause war, den man zwei Jahre zuvor als vermisst gemeldet hatte.

Misstrauisch fuhr der Richter fort: »Stellt sich für Sie nicht die Frage, wieso ich das alles weiß?«

Paul tat überrascht.

»Doch…«

»Es wurde dort eine Faustfeuerwaffe gefunden. Eine Sig Sauer, Kaliber 45. Die Seriennummer verweist auf einen Posten, den die Staatspolizei erworben hatte. Die Waffe eines Bullen, Cabrera. Eines französischen Bullen. Können Sie mir jetzt folgen?«

Paul biss sich auf die Lippen. Im Eifer des Gefechts hatte er vergessen, seine Waffe zu suchen. Er startete ein Ausweichmanöver.

»Wurde sie abgefeuert?«

»Nein, kalt wie der Tod. Die Kugeln stammen von einer Glock, einem Colt Magnum und Uzi-Maschinenpistolen. Der Tatort lässt an eine Auseinandersetzung unter Mafiosi denken, aber ich traue Ihnen durchaus zu, dass Sie dort Ihre Finger im Spiel hatten.«

»Ich verstehe nicht, worauf Sie anspielen wollen.«

»Sie werden schon bald überführt sein. In einem Labor in Palermo werden die Fingerabdrücke analysiert, und sie haben uns die Sig geschickt. In vierundzwanzig Stunden wird man herausgefunden haben, wer der Besitzer ist.«

»Wunderbar.«

Paul war nicht so recht überzeugt, ob er es wagen konnte, hier den starken Mann zu spielen. Schon morgen könnte er in ziemlich großen Schwierigkeiten stecken.

Van Bruge bemerkte eiskalt: »Ich weiß, dass Sie in Sizilien waren. Laut Angaben der Grenzpolizei von Marignane sind Sie letzten Sonntag von Marseille nach Palermo geflogen. Ich weiß, dass Angela Pazzonni Sie begeleitet hat. Jetzt gibt es zwei Möglichkeiten. Entweder Sie erzählen mir alles, oder Sie werden gleich morgen in aller Frühe verhaftet.«

Paul dachte ein paar Sekunden nach. Wenn er sich seine Handlungsfreiheit bewahren wollte, musste er jetzt Ballast abwerfen. Er berichtete ihm von ihrer Irrfahrt. Und von dem Konstantinskreuz, das auf die Cosa Nostra verwies. Von der Achse Bastia-Palermo. Wie er sich im Schuldigen geirrt hatte. Von den wahren Gründen für das Attentat und von der Rolle, die Peter Moore dabei gespielt hatte. Und schließlich von ihrer Entführung durch Giacomo.

Van Bruge hörte ihm zu, ohne ihn zu unterbrechen. Als der Redefluss versiegt war, sagte er ironisch: »Sie sind wirklich ein Profi der Selbstverteidigung.«

Paul fühlte sich nicht bemüßigt, diese Bemerkung zu kommentieren. In der Ferne sah er die Scheinwerfer eines Sattelschleppers, der auf ihn zurollte. Die Einbrecher würden bald in Aktion treten.

Er kauerte sich nieder und murmelte in sein Handy: »Ich kann jetzt nicht weiterreden.«

Der Staatsbeamte schien ihn nicht gehört zu haben.

»Sie sind ein Mistkerl, Cabrera. Aber ich ziehe trotzdem den Hut vor Ihnen.«

»Was?«

»Lesen Sie keine Zeitung?«

La Provence, *L'Équipe*, hin und wieder die *Match*. Darauf beschränkte sich Pauls Zeitungslektüre.

Van Bruge erläuterte: »*Les Échos*. Heute morgen. Pakistan hat die Nutzung seines größten Erdgasvorkommens saudiarabischen Erdölförderern übertragen. Und jetzt raten Sie mal, wer hier den Mittelsmann gespielt hat.«

Da fiel ihm auf Anhieb nur ein Name ein: »Die Delta Company?«

»Die First Islamabad of Credit. Die Familie Singh.«

Der Staatsbeamte hatte sofort seine Schlüsse gezogen. Sein Hirn arbeitete wie ein Computerprogramm, speicherte die unterschiedlichsten Daten, stellte Verbindungen her, bis sie einen Sinn ergaben. Die Information dürfte irgendwo darauf gewartet haben, dass ihre Stunde kam.

Paul schloss andere Kabel kurz. Moore hatte Giacomo nichts von seinen Verbündeten erzählt. Weil sie die ideale Absicherung für seinen eigenen Verrat waren? Oder weil er sie noch mehr fürchtete als die Mafia? In beiden Fällen hatten die pakistanischen Bankiers auf diesem Schachbrett der Lügen eine Vorrangstellung inne. Dass Reichman verschwand, kurz nachdem er deren Existenz entdeckt hatte, war ein Beweis für dieses doppelte Spiel.

»Und Ihr Mitarbeiter? Haben Sie Nachricht von ihm erhalten?«

In der Leitung herrschte Grabesstille. Dann sagte Van Bruge deutlich getroffen: »Seine Leiche wurde in einem Londoner Vorort gefunden, auf einem unbebauten Gelände. Seine Hände und sein Gesicht waren vollständig ... verätzt.«

Paul erstarrte. Er schlug den Kragen seiner Jacke hoch, als sei die Temperatur plötzlich gefallen.

Vor Wut zitternd erläuterte der Richter: »Die Kerle, die das getan haben, haben nicht einmal versucht, seine Identität zu vertuschen. Marco trug seine Papiere noch bei sich.«

»Haben sie ihn gefoltert?«

»Mit Vitriol. Auf die indische Art. Oder die pakistanische, das kommt aufs Gleiche heraus. Das ist das Mittel, zu dem man in diesen Ländern greift, wenn man untreue Frauen bestrafen will …«

Er verstummte, so ergriffen war er. Erst nach ein paar Sekunden konnte er weiterreden: »Marco war auf der richtigen Spur. Wir haben die Nummer herausgefunden, die auf dem Dokument aus Marseille stand. Es handelt sich um eine pakistanische Bankleitzahl.«

Falls es noch einer Bestätigung bedurft hätte, kam sie gerade rechtzeitig.

Die Singhs hatten wahrscheinlich geglaubt, Reichman sei ihnen auf die Schliche gekommen. Sie hatten versucht, ihn zum Reden zu bringen, bevor sie ihm ein für alle Mal das Maul stopften.

Paul spürte, wie eine ungeheure Wut in ihm hochkochte. Er war dem kleinen Blonden nur einmal begegnet. Und war sehr von ihm angetan gewesen. Ein überaus integer wirkender Mensch, dessen Augen vor Intelligenz gesprüht hatten. Jetzt hatte auch er sich in die Reihe der Leichen eingereiht.

Hinter seinem Rücken raschelte etwas. Er drehte sich um. Seine Jungs begannen auszuschwärmen. Dunkle Schatten vor dunklem Hintergrund, ein Aufblitzen der Maschinenpistolen, die Jagd begann.

Er fragte trotzdem: »Was wollen Sie jetzt tun?«

»Wir werden einen internationalen Haftbefehl gegen Moore erlassen. Trotz all der Unwägbarkeiten, die damit verbunden sind.«

»Und die Singhs?«

»Da gehen wir genauso vor. Aber wir werden dasselbe Problem haben. Pakistan spielt das Spiel nicht mit. Das Regime wird sie decken.«

Paul presste die Kiefer aufeinander. Sie hatten von Anfang an ein falsches Spiel gespielt. Wie bei manchen Kriegsverbrechern wurden die Metzger in Schutz genommen, weil höhere Interessen im Spiel waren.

Er wollte gerade auflegen, als er das Unglaubliche hörte.

»Gewiss, diese Regeln gelten für die Staaten, die Justiz, die hohen Staatsbeamten. Wenn ein Einzelner sie umgehen würde …«

»Ja?«

»Sagen wir es mal so: Dann könnte ich schon mal beide Augen zudrücken.«

77

Die Botschaft war klar.

Die Singhs finden. Vergeltung üben, Auge um Auge, Zahn um Zahn.

Van Bruge hatte ihm sein Wort gegeben: Das Ganze würde keinerlei Folgen haben. Und das Gemetzel in Palermo wäre auch vergessen. Eine Art Freibrief zum Töten, von der zuständigen Behörde ordnungsgemäß erteilt.

Paul war am Vorabend aus Paris abgeflogen. Ein Flug der British Airways mit Ziel Islamabad, über London und Istanbul. Laut Van Bruge wohnten die pakistanischen Bankiers meist in der Hauptstadt, in der Nähe ihres Flaggschiffs, der First Islamabad of Credit.

Cabrera war um drei Uhr morgens angekommen, völlig zerschlagen aufgrund der Zeitverschiebung. Gepäckabholung, Zoll, die Formalitäten zogen sich ewig hin, begleitet von den inquisitorischen Blicken der Militärs im Drillich.

Dann hatte er sein Leihauto abgeholt, einen müden Peugeot 205, offensichtlich das einzige Modell, das noch auf Lager war. Nachdem er die Formulare unterschrieben hatte, konnte er schließlich den Flughafen verlassen und Richtung Stadt fahren.

Er hatte kein Problem, das Marriott zu finden. Das Fünf-Sterne-Hotel leuchtete in der Nacht wie ein Faschingslampion. Er war unter falschem Namen dort abgestiegen.

In den vorangegangenen Tagen hatte Van Bruge sich um die Abwicklung gekümmert. Flugtickets, Reisepass, Visum, Reservierungen. Es war ihm auch gelungen, ihm eine Waffe zu besorgen, dabei hatten ihm die undurchsichtigen Beziehungsnetze genutzt, die bis in die französische Botschaft reichten.

Der hohe Staatsbeamte hatte sich über jedes vernünftige Maß hinaus ins Zeug gelegt. Schluss mit dem strengen und kalten Untersuchungsrichter, dem unerbittlichen Diener der Rechtsordnung der Republik. Der Tod seines Mitarbeiters hatte einen Damm gebrochen und die wahre Natur dieser Persönlichkeit zum Vorschein gebracht. Er war ein Mann, der in seinen Beziehungen aufrichtig und dessen Treue unverbrüchlich war. Innerhalb weniger Tage war er zur Selbstjustiz umgeschwenkt.

Paul war das nur recht. Dieser Umschwung gestattete es ihm, seine eigene Suche abzuschließen, seinen innersten Überzeugungen zu folgen. Seine Familie hatte gelitten. Sie hatte einen hohen Preis für eine Geschichte gezahlt, die von anderen geschrieben wurde. Für diese Tragödie, die unter den Vorzeichen von Blut und Verrat stand, gab es nur einen möglichen Ausgang.

Den Tod des Dreckskerls, der daran schuld war.

Cabrera nahm eine Dusche und schaltete den Fernseher ein. Er legte sich aufs Bett, ein absurdes Teil von hollywoodartigen Ausmaßen, mit einem Betthimmel und einer Matratze, die auf Knopfdruck vibrieren konnte. Das Zimmer war genauso. Groß, kitschig, plüschig.

Plötzlich fühlte Paul sich heimatlos. Fehl am Platz. Ihm würde übel von dem ganzen Kitsch. Er zappte ein paar Programme durch, süßliche Spielfilme in englischer Sprache, manchmal in Urdu untertitelt, der Nationalsprache. Verliebte Pärchen wandelten auf Blütenblättern, Hand in Hand, den Blick auf ein künstliches Postkartenambiente gerichtet.

Er war völlig erschöpft, stellte den Ton leiser und ließ sich allmählich in den Schlaf hinübergleiten.

Er schreckte hoch. Ein Zimmermädchen, das so mager war wie Stacheldraht, hatte ihn aus einem lebhaften Traum gerissen. Sie entschuldigte sich mit gesenktem Blick und verschwand im Nu.

Paul sah auf seine Uhr. Zwölf Uhr mittags. Er nahm noch eine Dusche und zog sich an. Während er sich einen Kaffee kochte, warf er einen Blick auf die Akte, die Van Bruge ihm zusammengestellt hatte. Auf der Reise hatte er sie durchgeackert, sich die Namen aber nicht merken können. Auf ein Stück Papier kritzelte er die Adresse der Botschaft und die der Bank. Er tauschte einen Teil seiner Euros gegen pakistanische Rupien ein und verließ das Hotel.

Als er losging, um Islamabad zu erkunden, erlebte er sowohl Überraschungen als auch Enttäuschungen. Er war im Morgengrauen aufgebrochen, völlig fertig von der Reise, und hatte sich vorher kein Bild von dem Ort gemacht. Lange, wie mit der Richtschnur gezogene Straßen, von gewaltigen Rosenbüschen gesäumt. Weiße Wohnblöcke, leicht heruntergekommen, aber anmaßend, erbaut in einem grünen Tal am Tor zum Himalaya.

In der Broschüre, die er im Flugzeug durchgeblättert hatte, war von einer neuen Stadt die Rede. Von einem Juwel des Modernismus, in den Sechzigerjahren erbaut. Es sollte das

Entscheidungszentrum des Landes von seiner wirtschaftlichen Lunge trennen: Karatschi.

Hier gab es keine heruntergekommenen Gässchen, keine wuselnde Menge, keine Bettler mit von der Lepra aufgedunsenen Händen. Weite, Geradlinigkeit und Sauberkeit waren die drei Dinge, die dem Betrachter auf Anhieb ins Auge sprangen.

Die einzelnen Viertel waren durch grüne Oasen voneinander getrennt. Sie bildeten wahre Inselchen, autonom und unabhängig, zwischen denen man nur motorisiert hin und her zirkulieren konnte. Ein paar wenige Autos, Mofas und Fahrräder teilten sich den Asphalt.

Paul hatte ein seltsames Gefühl, die Stadt bedrückte ihn, und zugleich verblüffte sie ihn. Sie wirkte wie eine Militärbasis und schien vorrangig dem Hin- und Herfahren von Konvois und Panzerwagen zu dienen. Es herrschte eine Atmosphäre trügerischer Ruhe, als sei der Staatsstreich zur Dauereinrichtung geworden. Ganz offensichtlich schlug das Herz der Macht innerhalb ihrer Mauern kräftig und gesund.

Cabrera suchte als Erstes die französische Botschaft auf. Er stellte sich beim Empfang vor und verlangte einen gewissen Pierre Clavier zu sprechen, den Kulturattaché. Eine Art Haudegen mit Narbengesicht tauchte auf. Sie gingen in ein kleines Büro, wo der Mann seine Identität überprüfte, ein Polaroidfoto von ihm schoss und dieses in einen Computer einscannte. Zufrieden öffnete er einen Schrank und holte einen Manurhin Kaliber 38 heraus, das Standardmodell.

Paul unterzeichnete eine Quittung und fand sich auf der Straße wieder, ausgerüstet, verblüfft. Das Ganze hatte weniger als eine Viertelstunde gedauert.

Als er wieder am Steuer saß, studierte er den Stadtplan.

Die First Islamabad of Credit lag in einem Viertel namens Blue Area, mitten im Geschäftszentrum.

Er fuhr zwei Alleen entlang, die breiter waren als Autobahnen, und parkte vor einem beigefarbenen Häuserblock, einem Wohnblock, so anmutig wie eine Kolchosenzentrale. Wenn man einmal davon absah, dass keine Wäsche vor den Fenstern hing, stand das Ganze dem Charme bestimmter Marseiller Vorortsiedlungen in nichts nach. Drei Gebäude umstanden einen Hof und bildeten ein vollkommen symmetrisches U. Auf dem Dachfirst flatterte eine grüne, mit einer Mondsichel und einem Stern verzierte Fahne.

Er stieg aus und nahm alles mit, was ein Tourist so braucht. Den Fotoapparat, den Rucksack, in den er die Waffe gepackt hatte, die weiße Schirmmütze. Es war so um die zwanzig Grad Celsius, die Luft kam direkt aus den Bergen, war trocken und leicht und belebte die Haut.

Eine schüchterne Sonne schien auf eine junge, geschäftige Bevölkerung hinab. Dunkle, freundlich lächelnde Gesichter, kohlschwarze Augen. Alle, oder fast alle, hatten etwas Beamtenhaftes an sich.

Paul war erstaunt über ihre Kleidung. Die Männer trugen Hemden und Stoffhosen, die Frauen ein Kostüm oder einen kurzen Damenrock. Westliche Mode. Nur die Kopftücher enthüllten die wahre Natur des Regimes, auch wenn es sie in allen Farben gab. Eine islamische, autoritäre und korrupte Republik, in der die Fundamentalisten bei jeder Wahl neuen Boden gewannen. Paul hatte gelesen, dass sie seit ein paar Jahren im Besitz der Atombombe waren.

Er lief ein Stück durch diese sonntäglich gestimmte Menschenmenge. Da er noch keinen genauen Plan hatte, wollte er erst mal nur ein wenig den Ort erkunden.

Er setzte sich eine schwarze Sonnenbrille auf und ließ sich auf einer Bank nieder. Büroangestellte aßen ihr Sandwich, sprachen leise miteinander und lachten hinter vorgehaltener Hand, als würden sie beobachtet. Paul fiel auf, dass sie alle ein Namensschild mit einem in Plastik eingeschweißten Foto trugen.

Er blieb eine halbe Stunde so sitzen, sah dem Kommen und Gehen zu, diesem Ballett fleißiger, anonymer Ameisen, die mit kaum verhohlener Angst für den Ruhm der Kolonie arbeiteten.

Allmählich leerte sich der Platz. Er wartete noch ein wenig, das Gesicht der Sonne zugewandt. Ein Posten in Uniform hielt vor dem Eingang der Bank Wache.

Die Minuten verstrichen. Der Mann warf ihm ab und zu einen Blick zu. Paul spürte, dass es besser war, den Ort zu verlassen.

Mit einem bitteren Geschmack von Niederlage im Mund kehrte er zu seinem Wagen zurück. Das Gebäude wurde überwacht, war uneinnehmbar. Um hineinzugelangen, musste er sich eine Strategie überlegen und riskierte damit, viel Zeit zu verlieren.

Es galt, einen anderen Weg zu finden. Einen unmittelbaren Zugang. Er dachte, dass es vielleicht das Beste wäre, noch einmal zur Botschaft zurückzukehren. Der Kulturattaché, der ihm seine Waffe ausgehändigt hatte, würde ihm gewiss einen Rat geben können. Wenn man sich seine Visage und seine Hände ansah, hatte er bestimmt schon andere Dinge als nur Füller in Händen gehalten.

Paul verwarf die Möglichkeit jedoch wieder. Van Bruge hatte ihn gewarnt. Er würde allein sein.

Er ließ den Motor an und legte den ersten Gang ein. Im selben Augenblick traf ein blendendes Licht auf seine Netzhaut. Er kniff die Augen zusammen und sah einen Rolls-Royce langsam vorüberfahren. Er parkte auf dem Platz vor dem Gebäude. Eine Witzfigur in grauer Livree stieg aus, zog seine Mütze ab und klemmte sie sich unter den Arm. In respektvoller Haltung öffnete er die hintere Tür.

Ein kleiner Mann stieg aus. Er trug ein traditionelles Gewand, ein weißes, kragenloses Hemd, das bis zu den Knien über eine Stoffhose fiel, und eine Weste aus ungebleichter Seide. Unter einer Persianermütze quoll an den Schläfen gräuliches Haar hervor.

Paul konnte das Gesicht nur schwer erkennen, aber er wusste, dass er es war.

Rajiv Singh. Der Dirigent. Der Bombenleger.

Der Bankier nickte seinem Fahrer kurz zu. Dann überquerte er ruhigen Schrittes den Platz, eine Ledermappe unterm Arm, und verschwand in dem Gebäude.

Paul fuhr los. Er nahm wieder die vierspurige Straße, dann eine Querstraße und dann noch eine weitere. Nachdem er einmal im Kreis gefahren war, parkte er etwa hundert Meter entfernt direkt gegenüber dem Vorplatz. Der Rolls-Royce hatte sich keinen Zoll von der Stelle bewegt. Er wartete auf seinen Herrn.

Paul zündete sich einen Zigarillo an. Sein Plan erschien ihm als der einzig richtige. Er würde Singhs Wagen folgen, auf eine günstige Gelegenheit warten und ihn abknallen. Um seinen Bruder würde er sich später kümmern.

Ein Wagen parkte neben ihm. Paul zog die Mütze in die Stirn und legte den Kopf auf die Nackenstütze, als wolle er sich ausruhen. Er kannte sich hier nicht aus und musste vorsichtig sein. Doch trotz der widrigen Umstände war er vollkommen ruhig.

Von Anfang an hatte er einen Vorteil.

Der andere wusste nicht, dass er zur Zielscheibe geworden war.

78

Gegen neunzehn Uhr holte der Rolls-Royce seinen Besitzer wieder ab.

Paul war zwischendurch ein wenig eingeschlummert und hatte sich ab und zu überzeugt, dass ihm der Vogel auch ja nicht davonflog. Er drehte den Zündschlüssel um und begann mit seiner Beschattungsaktion.

Mittlerweile war es Nacht geworden. Die Temperatur war um fünfzehn Grad gefallen, Paul schaltete die Heizung ein. Die Straßen, die vom bläulichen Licht der Laternen erhellt wurden, schienen in eine eisige Todesstarre gefallen zu sein. Ein paar wenige Autos eilten unbekannten Zielen entgegen, zerbrechliche und zittrige Kometen im Licht der Scheinwerfer. Wenn man den Blick hob, erkannte man die Bergketten, eine schwarze Masse mit phosphoreszierenden Gipfeln. Ein kobaltblauer, mit weißen Diamanten übersäter Himmel bildete den Hintergrund.

Sie verließen das Zentrum und fuhren auf eine Landstraße. Paul folgte in einiger Entfernung. Manchmal ließ er den Abstand größer werden, stellte die Scheinwerfer aus und orientierte sich nur noch an den Rücklichtern der Limousine.

Wie er so auf diesem fremden Erdteil umherirrte, überkam ihn plötzlich ein Gefühl von Vertrautheit. Letztlich tat er, was er immer schon getan hatte, seine Arbeit als Polizist, als Straßenbulle, der es gewöhnt ist, mit dem Grau zu verschmelzen, um einen Fall zu lösen.

Nach zwanzigminütiger Spazierfahrt fuhr der Rolls-Royce in einen Hof. Paul fuhr vorbei und beobachtete die beiden roten Punkte im Rückspiegel. Hundert Meter weiter hielt er an, versteckte den Peugeot in einem Dickicht und kehrte zu Fuß zurück.

Eine geteerte, von mächtigen Weiden gesäumte Allee führte zu einem ebenerdigen Gebäude. Weiße Absperrungen funkelten im Mondlicht. Sie schienen geschlossene, symmetrische Räume zu bilden, wie Zauberquadrate.

Er zückte seine Waffe und bewegte sich im Schutz des Laubwerks voran. Die Luft war ganz typisch für Bergtäler. Sie roch nach Wildbach, nach Apfel, nach feuchtem Gras.

Als er näher kam, bemerkte er, dass das Gebäude aus mehreren Flügeln bestand. Eines davon war mit Holzbrettern versehen und verlor sich in der Dunkelheit. Ein Wiehern bestätigte ihm seine Vermutung. Es handelte sich um die Boxen eines Stalls. Etwa dreißig an der Zahl.

Er ging mit möglichst großem Abstand daran vorbei, um die Pferde nicht zu erschrecken. Seine Rangers versanken in dickem Schlamm, einer Mischung aus Dreck, Kot und Stroh. Fast ohne Übergang gelangte er zu einer großen Freitreppe. Sie war umstanden von Gebäuden mit Kalkanstrich. Er nahm an, dass es sich um Schlafräume handelte, Gemeinschaftsräume, in denen das Dienstpersonal schlief.

Sein Herz klopfte zum Zerspringen. Paul blieb stehen, um in die Nacht zu lauschen. Gezischel. Gemurmel. Die Blätter an den Bäumen raschelten wie Aluminiumfolie.

Er ging um dieses Niemandsland herum, stets im Schutz der Vegetation, und gelangte auf eine weitere Allee. An deren Ende ragte die Zufluchtsstätte der Singhs auf. Ein massives, riesiges Gebäude, flankiert von zwei mit Zinnen versehenen Türmen mit Schießscharten. Alles lag im Dunkeln. Alles war schwarz. Ein Spukschloss.

Er kam näher und versuchte, eventuelle Leibwächter zu erspähen. Niemand. Der Rolls-Royce war gut sichtbar unter einem Schutzdach geparkt, neben einem Lamborghini und einem Porsche. Kein gepanzerter Hangar, keine Kameras. Der Bankier sorgte sich nicht um seine Sicherheit.

Paul entdeckte ein Treibhaus zu seiner Rechten, das wie eine gläserne Warze an das Gebäude anschloss. Er drückte die Klinke herunter und ging hinein.

Er stand in einem Wintergarten. Rattansofas mit roten Moltondecken, ein Goldtablett, auf dem eine Wasserpfeife mit Goldverzierungen prangte, verziert mit einer Einlegearbeit aus Rubinen und Amethysten. Paul war kein Kunsthändler, aber den Wert dieses Objekts konnte man ahnen. Unbezahlbar – jedenfalls für ihn. Es stand in diesem Raum, der den Unbilden der Witterung ausgesetzt war, einfach so herum, als handle es sich um einen gewöhnlichen Zinnkochtopf.

Anschließend ging er durch einen Salon. Glühlampen mit geringer Wattzahl sorgten für eine spärliche Beleuchtung. Obwohl es in dem Raum dämmrig war, konnte er den Reichtum erahnen. Bilder von großen Meistern, Bronzestatuen, längliche, mit Goldfädchen bemalte Vasen, Edelholzschränke.

Auf der anderen Seite lag eine Halle. Hier herrschte dasselbe gedämpfte Licht, dieselbe Stille. Rundum gingen Zimmer ab, vollgestopft mit Kostbarkeiten.

Inmitten dieser ganzen Pracht und Herrlichkeit schoss ihm ein Bild durch den Kopf: Gesichter, die von Vitriol verätzt waren, zerfressene Nasen, über ewigen Grimassen geschürzte Lippen. Das andere Gesicht Pakistans, mittelalterlich und streng, das Gesicht eines Landes, in dem man nicht zögerte, eine Frau zu entstellen, bloß weil sie einen Fehltritt begangen hatte.

Paul drückte voller Wut seinen Revolver an sich, er stieg eine Marmortreppe hinauf und eilte den oberen Stockwerken entgegen. Auf halbem Wege vernahm er eine Stimme. Er konnte Wortfetzen verstehen, kratzige Laute, die in seinen Ohren arabisch klangen.

Er ging den Geräuschen nach, stets auf der Hut, hielt seine

Waffe in jeden schattigen Winkel. Die Stimme kam näher. Sie wurde verständlicher, weicher. Lebendig.

Mitten auf dem Gang drang Licht durch einen Mauerspalt. Paul drückte sein Auge auf den Spalt, als sei es ein Spion.

Es war eine riesige, komplett mit Holz vertäfelte Bibliothek, deren sanfte Farbtöne an Karamell erinnerten. Ein Kristalllüster warf sein gedämpftes Licht auf dicke Wollteppiche. Der Raum war mit fahlgelben Ledersesseln möbliert, daneben standen Lesetische. In einer Ecke befand sich eine Bar aus Mahagoniholz, hinter der man bauchige Karaffen erkennen konnte. Fotos unter Glas zeigten Polospieler in Aktion. Paul musste an einen englischen Privatclub denken, einen Club mit einem einzigen Mitglied.

Singh war da, er hatte es sich auf einem Sofa bequem gemacht und war allein. In der einen Hand hielt er einen Cognacschwenker, in der anderen ein schnurloses Telefon. Sein Blick schien ins Leere zu gehen.

Paul entsicherte die Waffe, dann drückte er die Tür auf und befahl auf Französisch: »Keine Bewegung.«

Der andere riss die Augen auf. Die Überraschung war ihm deutlich anzusehen. Er antwortete in einem tadellosen Französisch: »Wer sind Sie?«

»Mein Name wird Ihnen nichts sagen. Ich komme wegen Fabio Pazzonni.«

»Wem?«

»Einem Feuerwehrmann, der in Marseille von einer Bombe zerfetzt wurde.«

Der Mann ließ die Schultern sinken. Er nickte kurz.

»Haben Sie den ganzen Weg wegen ihm gemacht?«

»Er war mein Onkel. Ich bin Sizilianer. Es steht auch noch ein anderer Mann auf der Liste. Marco Reichman, er wurde mit Vitriol gefoltert. Er ermittelte in London, während ich die Spur bis nach Palermo verfolgte.«

»Sind Sie von der Polizei?«

Paul setzte ein fieses Lächeln auf.

»Nicht heute Abend.«

Ein Knacken begleitete seine Worte. Er schnellte herum. Der Raum war leer.

Singh trank einen Schluck Alkohol.

»Das Holz … manchmal fängt es an zu singen.«

»Wo sind deine Leibwächter?«

»Ich brauche keine. Ich bin hier zu Hause. Niemand würde es wagen …«

Er klang aufrichtig, herrschaftlich. Bezeichnend für eine Persönlichkeit, deren Name gleichbedeutend war mit Angst. Vorsichtshalber ging Paul hinter dem Geschäftsmann in Stellung. So konnte er den Eingang überwachen und hatte einen besseren Schusswinkel.

Der Bankier starrte auf die Kanone. In seinen Augen war nicht das geringste Zeichen von Furcht zu erkennen.

»Sie haben sich im Zielobjekt geirrt.«

»Tatsächlich?«

»Sie können mich töten, wenn Sie wollen. Aber dann werden Sie nie die Wahrheit erfahren.«

Pauls Finger verkrampfte sich über dem Abzug. Er hatte achttausend Kilometer zurückgelegt, um die Sache zu einem Abschluss zu bringen, und hatte nun das vage Gefühl, dass ihm seine Rache erneut durch die Finger glitt.

Er herrschte ihn an: »Ich gebe dir dreißig Sekunden Zeit. Und kann dir nur raten, dich anzustrengen.«

Rajiv Singh goss eine dunkle, amberfarbene Flüssigkeit in sein Glas. Seine von tiefen Falten durchzogene Stirn schien unaussprechliche Geheimnisse zu bergen.

Er sprach abgehackt: »Ich kenne Peter Moore schon seit Ewigkeiten. Wir sind zusammen aufgewachsen, haben Geschäfte miteinander gemacht. Es war eine … natürliche Allianz. Als er mich bat, mich bei dieser Geschichte mit den Gasvorkommen um seine Klienten zu kümmern, bin ich darauf eingegangen.«

»Wusstest du, dass es sich um die Cosa Nostra handelte?«

Er lächelte ein Lächeln, das die gesamte Bosheit der Welt in sich zu vereinen schien.

»Geld stinkt nicht. Ich denke, das ist eine Ihrer Redensarten. Ich habe mich um die Überweisungen von Fonds gekümmert, habe Politiker und Entscheidungsträger zusammengebracht. Kurz und gut, ich habe das getan, wofür man mich bezahlt.«

Ein Detail schoss dem Polizisten durch den Kopf.

»Die Zahlungsanweisungen, die man in Marseille versteckt hatte, liefen auf den Namen der Delta Company. Nicht auf Ihren.«

»Moore wollte unsere Existenz nicht preisgeben. Auf seinen Wunsch hin haben wir sie gefälscht. Zumindest teilweise ... Aber das waren gar nicht die Dinge, um die es wirklich ging. In diesem Land hat die Korruption noch niemanden den Kopf gekostet.«

Wieder tat sich ein Versteck auf. In dem sich Dinge befanden, die bei der Explosion vernichtet wurden und von denen niemand etwas geahnt hatte. Paul zog neugierig die Brauen hoch.

»Was gab es sonst noch?«

»Negative. Ein sehr spezielles Album, das auf Nachfrage der Sizilianer angefertigt wurde. Ihre Garantie.«

Paul begriff sofort.

»Pornofotos.«

»Filme. Von einer Perversität, von der Sie sich keinen Begriff machen. Sie zeigten einflussreiche Persönlichkeiten dabei, wie sie ihre niederträchtigsten Fantasien auslebten.

Sadomasochistische Szenen, die bis zum Mord gingen. Man nennt sie *snuff movies*. In unserem Land hätte das Vorzeigen dieser Bilder genügt, um die Verantwortlichen zum sicheren Tod zu verdammen.«

Cabrera drehte es den Magen um. Was musste man für ein Monster sein, um auf so einen Horror abzufahren? Er warf dem Bankier einen angewiderten Blick zu.

»Hast du dich auch darum gekümmert?«

»Das hat Moore in die Hand genommen. Er hat die Falle mit den Sizilianern ausgeheckt.«

»Aber du wusstest davon?«

»Ich habe später davon erfahren. Wie bereits gesagt, beschränkte sich meine Rolle auf die finanzielle Abwicklung. Und auf klassische Lobbying-Aktivitäten. Mein Bruder hat mir dann die Wahrheit erzählt.«

Prithvi. In der Akte, die Van Bruge ihm zusammengestellt hatte, war von einem jüngeren Mann die Rede, einem Spieler mit einer Leidenschaft für Frauen und Feste. Moore war vom selben Kaliber. Sie waren wie ein eingespieltes Gaunerpaar.

Paul bemerkte: »Sie haben den Plan gemeinsam ausgeheckt.«

»Ich nehme sogar an, dass sie daran teilgenommen haben. Moore besitzt ein Anwesen in einem Vorort von London, in Dulwich. Sie kümmerten sich um die Auswahl der Mädchen, und Prithvi suchte die Teilnehmer aus.«

Alles rückte näher zusammen. Dulwich. Das war der Ort, an dem man Reichmans Leiche gefunden hatte. Paul versuchte, einen kühlen Kopf zu bewahren, nicht plötzlich den Finger am Abzug zu krümmen. Aber etwas in diesem ganzen Wahnsinn passte nicht zusammen. Und er wollte es verstehen.

»Warum haben sie ihre Kumpels verraten? Cosa Nostra

war ihr Kunde, sie haben ihnen bestimmt einen Haufen Schotter zugeschoben, um diesen Wahnsinn zu organisieren.«

Rajiv betrachtete seinen Cognac. Er schien in der Flüssigkeit eine Antwort auf seine eigenen Fragen zu suchen.

»Wissen Sie, was das Besondere an Pakistan ist?«

Paul schüttelte den Kopf. Dieses Land war für ihn so fremd wie der Mond.

»Nach der Unabhängigkeit wurde es irgendwie zusammengebastelt, denn es sollte die gesamte muslimische Bevölkerung des ehemaligen Britisch-Indien aufnehmen. Fünfundneunzig Prozent der Bewohner sind islamischen Glaubens. Die Hinduisten sind nur noch eine verschwindende Minderheit.«

»Ja und?«

»Unsere Familie ist hinduistischen Glaubens. Wir haben unser Vermögen in Karatschi gemacht, und dort sind wir auch geblieben. Seit über einem halben Jahrhundert lavieren wir uns hier erfolgreich durch, da wir hier in Pakistan über ein einflussreiches Beziehungsnetz verfügen und die aufeinanderfolgenden Regimes mit unserem eigenen Geld finanzieren. Das ist auch einer der Gründe, warum wir uns in Indien an der Macht halten konnten, denn dort gehört die Mehrheit der Bevölkerung dieser Konfession an. Aber das Ganze ist ein Drahtseilakt. Ein bisschen wie bei euren Bankiers der lombardischen Renaissance. Doch heute reicht das nicht mehr aus. Der Fundamentalismus gewinnt jeden Tag neues Terrain. Unsere Machtstellung wird von allen Seiten angegriffen. Selbst in unserem eigenen Haus ...«

Er unterbrach sich. Im Schein der Leselampen wirkte er plötzlich deutlich gealtert.

»Vor einem Jahr konvertierte Prithvi zum Islam. Das geschah nur zum Schein und sollte uns dabei helfen, im Rennen zu bleiben, der Entwicklung des Landes Richtung Fundamentalismus zuvorkommen. Aber nach und nach fing er Feuer. Er las den kompletten Koran, fand einen Weg, von dem er vorher nichts geahnt hatte. Mittlerweile ist er, auch wenn er nicht so ausschaut, schlimmer als ein Mullah.«

Paul war verblüfft. Der kleine Bruder hatte die Fahnen gewechselt. Er hatte nicht seine Verbündeten verraten, er hatte sich an das Wort des Propheten gehalten.

Er fragte: »Wie hat er Moore dazu überredet, auf den neuen Kurs umzuschwenken?«

»Er hat ihn gar nicht überredet. Er hat ihn terrorisiert.«

»Mehr als die Cosa Nostra?«

Sein Gegenüber lächelte wieder.

»Sie wissen nichts über die Fundamentalisten. Für sie ist der Tod ein Segen. Wenn man so denkt, gibt es keine Grenzen mehr.«

Paul erschauerte. Ein Durchgeknallter, der dazu imstande war, barbarische Taten zu vollbringen, das Ganze im Namen des Glaubens. Wer konnte hier mithalten?

Er spann die Geschichte weiter: »Die Sizilianer wussten nichts von seiner Existenz. Deinem Brüderchen genügte es zu wissen, wo die Filme versteckt waren, und sie zu zerstören. Auf diese Weise vertrieb er die Ungläubigen und öffnete einem befreundeten Land den Weg. Saudi-Arabien in dem Fall.«

Der Bankier bestätigte: »Und Moore überließ er die Aufgabe, sich mit ihnen zu arrangieren.«

»Er hat einen Häuserblock in die Luft gesprengt. Tat er das ebenfalls, um die Spuren zu verwischen?«

Snighs müdes Gesicht verzog sich zu einem Lächeln.

»Die Sache ist viel unkomplizierter. Moore wusste ganz einfach nicht, in welchem Teil der Wand die Korsen den Film versteckt hatten.«

Alles passte zusammen. Eine ganze Reihe von doppelten Spielen, bei denen ein übergeschnappter Fundamentalist die

Fäden in der Hand hielt. Paul beobachtete den Mann, der ihm soeben diese Geschichte erzählt hatte. Eine Eiche, die jetzt entwurzelt war. Er war sich nicht mehr sicher, ob er Lust hatte, ihn umzubringen.

Um mit sich selbst ins Reine zu kommen, fragte er: »Aber Sie haben bei dieser Transaktion den Vermittler gespielt.«

»Ich habe über nichts mehr die Kontrolle. Prithvi bleibt im Schatten, um die Spekulationsblase nicht platzen zu lassen. In Wahrheit ist er es, der die Bank leitet. Ich gehorche ihm, das ist alles …«

Cabrera hörte aus seinen Worten die Bitterkeit heraus. Die Karten waren in andere Hände gewandert. Das Spiel war weitergegangen, und Rajiv hatte das Nachsehen gehabt. Er setzte alles auf eine Karte: »Wo ist er?«

Sein Gegenüber machte einen Rückzieher.

»Ich … ich weiß es nicht.«

Paul drückte ihm die Waffe an die graue Schläfe.

»Du oder er? Entscheide dich. Selbst wenn du stirbst, ich finde ihn. Du weißt, dass ich dir einen Gefallen tue, wenn ich ihn töte.«

Der Geschäftsmann kniff die Augen zusammen. Es war unmöglich, aus ihnen irgendeine Gefühlsregung herauszulesen. Schließlich leerte er sein Glas und sagte mit tonloser Stimme: »Murree.«

79

Alle Berge ähneln einander.

Man gelangt allmählich zu ihren Gipfeln, die Landschaft verändert sich nach und nach. Das Gras wechselt seine Farbe, wird gelb, trocken, saftlos. Die Bäume werden höher, ballen sich zu unheimlichen Wäldern zusammen, in denen man ganze Horden von Wölfen und Trollen vermutet. Schneeplacken tauchen auf. Sie sprenkeln den Boden.

Aber das Wesentliche bleibt unsichtbar. Die Luft. Sie ändert ihre Konsistenz. Sie wird dinghaft, greifbar, weckt die Lungen wie ein Pfeffer aus Raureif.

Paul fuhr bei offenem Fenster. Die frische Luft stach ihn in die Wangen, war zu dieser frühen Stunde fast beißend. Doch diese kalte Berührung beruhigte ihn. Sie erinnerte ihn an das Gefühl beim *free ride*, wenn er im Écrins-Massiv über den Pulverschnee surfte, allein, ein freiwilliger Schiffbrüchiger, verloren in der unendlichen Weite aus Eis und Schnee. Funkelnde Pailletten. Das Knirschen der Stahlkanten. In diesen Augenblicken schien er dem ureigenen Wesen der Freiheit nahezukommen.

Er seufzte vor Behagen. Sein Ziel rückte immer näher. Er spürte keinerlei Anspannung, nur ein Gefühl des Friedens. Sein Leben als Mann war von zwei Leitfiguren geprägt gewesen. Tomasini. Fabio. Ersatzväter, die ihn ein zweites Mal zur Welt gebracht hatten, bevor sie ihm Platz gemacht hatten.

Wut, Treue.

Mut, Großzügigkeit.

Die Werte dieser außergewöhnlichen Männer liefen in seinen Adern zu einem gewaltigen Delta zusammen. Sie kamen ihm manchmal so unterschiedlich, so widersprüchlich vor, aber sie gehörten zu ihm. In diesem Augenblick der Wahrheit begriff er die ganze Tragweite dieser Symbiose.

Er war im Morgengrauen losgefahren, eine Stunde Fahrt durch die Dämmerung. Murree war ein Urlaubsort, ein Höhenkurort für reiche Städter, etwa sechzig Kilometer von Islamabad entfernt. Die Singhs besaßen dort ein Landhaus, einen Familiensitz, der ihrer Erholung diente.

Allmählich stieg der Berg steiler an. Der Wagen quälte sich die Serpentinen hinauf, der Motor lief auf vollen Touren, kam dennoch über den zweiten Gang nicht hinaus. Paul spielte mit der Kupplung, aus der Motorhaube roch es verbrannt. Manchmal brach der Peugeot auf einem Stück Glatteis zur Seite aus. Paul lenkte dagegen, gab Gas und kam wieder auf die Fahrbahn zurück.

Schließlich tauchte nach einer Kurve die Stadt auf. Als er sie näher kommen sah, dachte Cabrera, dass er sich genauso gut in den Alpen befinden könnte. Schieferdächer, Holzchalets, lehmfarbene Häuserfassaden. Das idyllische Städtchen war mit einer feinen weißen Schicht überzogen, wie Puderzucker auf einem Kuchen.

Er fuhr durch schlafende Straßen, in denen Fensterläden aus unbearbeitetem Holz über die Ruhe der Bewohner zu wachen schienen. An den Regenrinnen hingen Eiszapfen. Sie sahen aus wie die Zähne eines Tigers, der gleich seine Beute verschlingen will.

Paul mochte diese gedämpfte Stimmung. Das Knirschen der Gummireifen auf dem Schnee, diese besondere Art von Stille, wie beim Tauchen, wenn das Wasser aufs Trommelfell drückt und es vor den Geräuschen der Oberfläche verschließt. Wirklich, er liebte die Natur. Ihre Wahrheit, ihre Kraft, ihre Tiefe. Sie ging ihm unter die Haut, war im Gleichklang mit seinen innersten Empfindungen. Er hatte gelernt, mit ihr zu leben, sie zu lieben, sie zu respektieren. In gewisser Weise kam das, was er da gerade tat, einer Opfergabe gleich.

Der Plan war kinderleicht. Er hatte sich aus dem ergeben, was Rajiv ihm über den Tagesablauf seines Bruders verraten hatte. Wenn Prithvi hierherkam, befolgte er ein unwandelbares Ritual. Etwa gegen neun Uhr nahm er die Seilbahn bis Kashmir Point, einem Berg, der in über dreitausend Höhenmetern lag und von dem aus man auf das Jhelum-Tal hinabblicken konnte. Dann entfernte er sich von seinen Leibwächtern und unternahm einen einsamen Spaziergang zu einem zugefrorenen See.

Und während dieses kleinen Zwischenspiels würde Paul Gelegenheit haben, sich ihn zu schnappen.

Cabrera parkte bei der Talstation und sah auf die Uhr. Halb neun. Die ersten Kabinen begannen ihre Runden zu drehen. Er hatte dreißig Minuten Vorsprung.

Er kaufte sich ein Ticket und ging durch das Drehkreuz. Ein paar Frühaufsteher waren ihm schon zuvorgekommen. Reiche Pakistanis in Pelzmänteln, europäische Touristen, manche hässlich, manche schön. Er mischte sich unter die Gruppe, um keine Aufmerksamkeit auf sich zu ziehen.

Die Fahrt nach oben war herrlich. Eine Reihe steiler kleiner Täler erstrahlte im zarten Glanz einer schüchternen Sonne. Allenthalben streckten Blautannen ihre harzigen Äste aus und bildeten dichte Wäldchen. Sie sahen aus wie die Lanzen von Massai-Kriegern, die einen Himmel von biblischen Dimensionen durchstachen. An manchen Stellen lugte die Erde unter dem Schneemantel hervor, ein erstes Zeichen des nahenden Frühlings. Wie zum Vorzeichen des baldigen Neubeginns bahnte sich der Geruch von Humus einen Weg durch die milchigweiße Wüste.

Dann kroch allmählich ein Schatten über die Kabine hinweg. Die Felsen tauchten auf, jäh abfallend und mächtig thronten sie wie Gorgonen aus Stein über diesem weißen Eden. Der Berg öffnete seine Tore, zeigte sein wahres Gesicht. Eine unerbittliche, direkt mit der Erde verbundene Kraft, in der der Mensch nur geduldet war.

Eine Welle der Furcht erfasste die Wanderer. Die Seilbahn gelangte an einen Abgrund, in dessen Tiefe man einen Wildbach erkennen konnte. Auch wenn es unwahrscheinlich war, die Möglichkeit eines Absturzes ließ alle hellwach werden und setzte ihr Vertrauen einer harten Prüfung aus.

Paul liebte dieses Gefühl, dieses Loslassen. Die Vorstellung, dass das Leben ihm in diesen Augenblicken entglitt. Es passte gut zu seiner Lust an der Gefahr, zu seiner Leidenschaft fürs Motorradfahren, denn es vermittelte einem zugleich das starke Gefühl, lebendig zu sein.

Schließlich knallte ihnen hinter diesem Gipfel wieder die pralle Sonne ins Gesicht. Cabrera setzte seine Brille auf und entdeckte einen Kreis aus Pulverschnee, ein makelloses Plateau, dessen Kristalle hellsilbern funkelten. In der Ferne sah er, wie einen Schlusspunkt, sein Ziel liegen.

In der Ankunftshalle herrschte ein Höllenlärm. Ein Angestellter überprüfte die Ausstiegsvorrichtung, während der Anblick der Devisenflut ihm ein Lächeln aufs Gesicht zauberte. Er machte ein Handzeichen und verschwand in einem schäbigen Wachhäuschen.

Draußen war eine Plattform mit der Schaufel freigelegt worden. Die Touristen steuerten schnurstracks, brav einer hinter dem anderen, einen Felsvorsprung an. Paul verstand den Grund ihrer Entschlossenheit, als er die scharfen Kanten einer Hinweistafel entdeckte. Ihre Ausrüstung verbat ihnen in jedem Fall gefährlichere Abenteuer.

Er kehrte ihnen den Rücken zu und entdeckte auf der gegenüberliegenden Seite einen steilen Pfad, der sich in den Schneemantel gegraben hatte. Er führte im Zickzack auf einen Höhenweg in etwa hundert Metern Entfernung. Was dahinter kam, konnte man nicht erkennen.

Er betrachtete eingehend die Umgebung und stellte fest, dass es keine weiteren Spuren gab. Die weiße Schicht ringsum war von jungfräulicher Reinheit.

Paul machte sich an den Aufstieg. Der Frost hatte den Schnee gehärtet, seine Rangers verschafften ihm einen festen

Tritt und erleichterten ihm das Weitergehen. In weniger als zehn Minuten war er am Ziel angelangt.

Der Ort sah aus wie ein Meteoritenfeld. Gewaltige Felsbrocken spickten ein geneigtes Plateau, das am äußersten Rand zu einer funkelnden Fläche hinabführte.

Paul lächelte breit. Dort lag der See. Majestätisch. Es sah aus, als öffne sich eine mysteriöse Pforte in der Erde, ein tausendfach funkelndes Geheimnis, dessen Wurzeln bis ins tiefste Innere der Welt hinunterreichten.

Cabrera gönnte sich eine Verschnaufpause. Er war zwar körperlich fit, doch der Aufstieg in dieser Höhe hatte sein Herz schneller schlagen lassen. Während er Atem schöpfte, dachte er über das Kommende nach.

Prithvi würde hier vorbeikommen. Er konnte ihn in diesem Durcheinander abfangen, plötzlich aus dem Nichts auftauchen, ihn aus nächster Nähe abknallen. Nichts wäre leichter gewesen. Er verwarf den Plan wieder. Den Schuss würde man bis zur Seilbahn hören, und in null Komma nichts würden die Leibwächter aufkreuzen. Paul musste sich mit dem Schlimmsten abfinden. Er musste nah an ihn herankommen, den Schuft mit seinen Händen töten, ein schneller und stiller Tod, wie der Kuss einer Kobra.

Er versteckte sich hinter einem Felsen und wartete. Einen kurzen Augenblick zweifelte er an der Rechtmäßigkeit seiner Tat. Er würde jemandem das Leben nehmen. Ein gnadenloses Urteil, ein vorsätzlicher Mord. Hatte er das Recht dazu? Nur um die Seinen zu rächen?

Er verscheuchte seine Zweifel. Jetzt hatten andere Überlegungen Vorrang. Männer wie Prithvi Singh stellten die Quintessenz des Bösen dar. Sie waren zynisch und grausam, ein Menschenleben war in ihren Augen wertlos. In ein paar wenigen Ländern war es möglich, solche Menschen zur Rechenschaft zu ziehen. In den meisten anderen waren sie es, die die Regeln aufstellten. Paul war überzeugt davon, dass er mit der Ermordung dieses Dreckskerls das Gleichgewicht wiederherstellen würde.

Unwillkürlich sah er auf die Uhr. Er wartete seit fünfunddreißig Minuten. Die Kälte ließ bereits seine Finger klamm, seine Zehen taub werden. Ohne sich dessen bewusst zu sein, hatte er begonnen, von einem Fuß auf den anderen zu treten.

Plötzlich kündigte ein unmerkliches Knacken an, dass da jemand war. Nah. Zu nah. Keine paar Meter entfernt. Er war so in seine Gedanken versunken gewesen, dass er nicht gemerkt hatte, wie der andere näher kam.

Er presste sich reflexartig an den Felsen. Ein Mann ging dicht an seinem Versteck vorbei, ruhigen Schrittes, gestützt auf einen Spazierstock aus Holz, um nicht auszurutschen. Er trug eine orangefarbene Schutzweste, eine Jeans, dicke Wanderschuhe.

Paul konnte sein Profil kaum erkennen. Eine lange, schmale Nase, schwarzes, nach hinten gekämmtes Haar, ein gestutzter Bart. Er erkannte den Mann von dem Bild wieder, das Rajiv ihm gezeigt hatte.

Das Bild seines Bruders Prithvi.

Des Mannes, den zu töten er gekommen war.

Ganz intuitiv warf der Polizist einen Blick in Richtung Gipfel. Zwei massige Gestalten suchten das Plateau mit dem Fernrohr ab.

Die Leibwächter. Er konnte rein gar nichts unternehmen.

Paul ballte seine Hände zu Fäusten und sah, wie seine Beute in aller Seelenruhe zum See hinunterging. Ihm entkam.

Er wartete eine gute Minute, machtlos, während der Pakistani aus seinem Blickfeld verschwand, vom Hügel verschluckt wurde.

Die Minuten verstrichen tatenlos. Als die Spannung unerträglich wurde, wagte er einen weiteren Blick. Die Leibwächter drehten ihm nun den Rücken zu, wahrscheinlich beruhigt durch das, was sie gesehen hatten. Er versuchte einzuschätzen, ab welcher Entfernung er außer Reichweite sein würde.

Dreißig Meter. Prithvi hatte sie in sechzig Sekunden zurückgelegt, ohne Eile. Wenn er rannte, bräuchte er fünfzehn.

Er sprang aus seinem Versteck und rannte den Hügel hinunter. Im Geist zählte er mit. Als er bei zwanzig angelangt war, drehte er sich um. Der Gipfel war hinter einem Schneeüberhang verschwunden.

Er schirmte mit der Hand die Augen ab und sah eine Gestalt, die sich zwischen den Felsen hin und her bewegte. Singh setzte seinen Rundgang fort. Er hatte nichts bemerkt.

Paul folgte dem Pfad. Er hielt einigen Abstand und ließ dabei seine Beute nicht aus den Augen. Als diese beim See stehen blieb, kauerte er sich unter einer vorspringenden Böschung nieder. Prithvi bewegte sich nicht mehr. Er schien auf etwas zu warten. Einen Augenblick lang glaubte Paul, er habe etwas gewittert, wie die Hirsche an einer Wasserstelle, wenn sie die Gegenwart eines Jägers ahnen.

Aber nein. Der Mann genoss lediglich die Aussicht. Er pumpte sich die Lungen mit der reinen Luft voll, die Arme wie bei einer gymnastischen Übung nach hinten gestreckt.

Paul wusste, dass der rechte Augenblick gekommen war. Er rückte näher, ging jetzt durch den Neuschnee, um die Geräusche seiner Schritte zu dämpfen.

Prithvi hatte sich über die weite zugefrorene Ebene gebeugt. Er tastete das Eis mit dem Gehstock ab, wahrscheinlich, um zu prüfen, ob es ihn tragen würde.

Der Polizist kam immer näher. Alle Sinne waren geschärft, die Muskeln warm vor Anstrengung, er fühlte sich wie ein

Wurfgeschoss, das bereit war, hinauskatapultiert zu werden. Körper und Geist waren ganz auf die Lösung gerichtet. Er hatte das Gefühl, nur mehr eine Waffe aus Fleisch und Blut zu sein.

Als er sich in Reichweite befand, zog er seinen Manurhin-Revolver und presste ihn gegen den dunklen Nacken.

Singh hob instinktiv die Hände hoch.

»*What* …«

Paul sprach nur ein paar Brocken Englisch. Aber ein Ausdruck kam ihm ganz spontan in den Sinn: »*Shut up*!«

Prithvi hatte offenbar am Tonfall gemerkt, was da vor sich ging. Wahrscheinlich wusste er, dass dieser Moment eines Tages kommen würde, unausweichlich war. Er erstarrte und begann ein paar unverständliche Sätze zu psalmodieren. Cabrera verstand nichts, aber er wusste, dass der Muslim seine Seele vorbereitete.

Er steckte den Revolver ins Halfter zurück, immer noch hinter seinem Rücken. Der andere hatte die Augen geschlossen. Er wiegte sich vor und zurück, wie ein Metronom.

Dann ging alles sehr schnell. Blitzartig legte Paul dem Bankier einen Arm um den Hals und brach ihm mit einem kurzen Ruck das Genick. Prithvi klappte vor seinen Füßen zusammen, der Kopf war buchstäblich herausgedreht und bildete einen seltsamen Winkel zum Oberkörper.

Die Geschichte war zu Ende, aber Paul wusste, dass er noch eines tun musste. Sich absichern. Zeit gewinnen. Vor der Flucht.

Er trat ans Ufer und befreite den See an seiner dünnsten Stelle vom Eis. Dann packte er die Leiche unter den Achseln und ließ sie ins Wasser gleiten.

In wenigen Sekunden war Singh unter der glanzlosen Spiegelfläche verschwunden.

Epilog

An manchen Sonntagen im April gibt uns das Wetter im Süden Frankreichs einen Vorgeschmack auf den Sommer.

Alle Motorradfans wissen das.

Ganze Horden von Helmträgern kommen aus dem Norden heruntergedüst, das Gepäck hinter dem Sitz festgeschnürt, in enge Lederkombis gezwängt. Sie verlassen ihre verregneten Landstriche, reißen Hunderte von Kilometern runter und fallen in röhrenden Konvois über die Nationalstraßen her.

Wenn sie Rast machen, erinnern ihre Seite an Seite geparkten Maschinen an Pferde aus dem Wilden Westen, die von müden Cowboys vor den Türen eines Saloons stehen gelassen wurden.

Paul parkte die Ducati in der Reihe. Er nahm seinen Helm ab und ging Richtung Hafen.

Mittag. Die Müßiggänger hatten Cassis im Sturm erobert. Die Terrassen waren brechend voll, die Quais quollen fast über, es herrschte eine ausgelassene Stimmung, jeder ließ die Seele baumeln, die Leute lächelten. Eng umschlungene Paare, umherstreunende Gruppen von Jugendlichen, ein paar einsame Wölfe auf Frauensuche oder lärmende Familien, alles hatte sich hier eingefunden, einfach nur, um den Augenblick zu genießen.

Paul sagte sich, falls es vollkommene Augenblicke gibt, so war das hier einer davon. Das einfache Glück ließ sich mit Händen greifen, das Glück der Menschen, die er liebte, weit entfernt von kompliziertem Kalkül und Machtkämpfen. Was das anging, hatte er ins Volle getroffen.

Nach dem Tod von Prithvi hatte er sich in den Felsen versteckt und über eine Stunde gewartet, bis die Leibwächter sich Sorgen machten und herunterkamen, um nachzuschauen.

In dem Moment hatte er sich aus dem Staub gemacht.

Er war nach Islamabad zurückgefahren und hatte ohne Probleme einen Flug nach Marseille genommen. Rajiv, der Singh, den er verschont hatte, hatte ihm keinerlei Fallen gestellt. Als erfahrener Geschäftsmann hatte er begriffen, wo seine Interessen lagen.

Als Erstes hatte der junge Leutnant Van Bruge angerufen. Die Reaktion des Untersuchungsrichters war sehr maßvoll ausgefallen, aber Paul hatte es verstanden, zwischen den Zeilen zu lesen. Der Ausgang der Sache gefiel ihm.

Bei dem Gespräch hatte der Richter kurz erwähnt, dass Peter Moore bald festgenommen werden sollte. Der Lord genoss gewisse Immunitäten, die den Verfahrensablauf verzögerten, aber er war bereits unter Polizeiaufsicht gestellt, und Scotland Yard ließ ihn nicht aus den Augen. Die Akte würde bald geschlossen werden.

Cabrera ging vor der Bar de la Marine vorbei, einem Lokal, das einem leutseligen Korsen gehörte, der mit seinen Kumpeln Jamsessions veranstaltete, bei denen sie vielstimmige Gesänge anstimmten. Dieser Mensch hatte rein gar nichts mit den Ganoven gemein, denen er in Bastia begegnet war, mit den Mitgliedern der Brise de mer oder anderen Nationalisten, die sich als Rächer aufspielten. Diese brachten nur die anderen zum Singen, und wenn es an Noten fehlte, griffen sie zum Schießeisen.

Paul machte sich keine Illusionen. Er hatte eine Angelegenheit geregelt, bei der er sich von seinen eigenen Werten hatte leiten lassen. Seine Kugeln hatten die üblen Schweinehunde zwar niedergestreckt, aber es würden ihnen andere folgen. Wahrscheinlich waren sie schon da und warteten im Verborgenen auf die Stunde, in der sie das Ruder übernehmen konnten.

Die Fäulnis war ein Teil des Lebens. Sie stellte dessen letztes Stadium dar, das Gegengewicht.

Nichts und niemand würde an diesem Gesetz je etwas ändern.

Paul presste die Kiefer aufeinander. Unter seiner Achsel hing eine Kanone, und unter seiner Jacke glänzte eine kupferne Dienstmarke. Und trotzdem fühlte er sich völlig von der Rolle. Die Polizeiarbeit war der schlimmste Job, den es überhaupt gab. Ein undankbarer Job, brutal und abstoßend. Das Einzige, was man dabei tun konnte, war Zeit gewinnen.

Vor dem Café Chez Brun blieb er stehen. Für das Vordach aus Stoff, die Stühle und die Tische hatte der Besitzer Rot gewählt. Die Kunden hockten dicht gedrängt vor Meeresfrüchteplatten, tranken einen Weißwein nach dem anderen und wärmten sich in der Sonne.

Paul beneidete sie. Die Welt schien ihnen zu gehören. Sie war nichts weiter als ein lautes Lachen, zufällige Blicke, diese unschätzbar wertvollen Geschenke, die die Sorglosigkeit einem beschert.

Was wussten sie von den Schattenseiten der Gesellschaft? Von dem Lügengebäude, auf dem ihr Leben fußte? Und war es nicht letztlich besser so?

Mit zusammengekniffenen Augen suchte Paul die Terrasse ab. Ein Arm wurde gehoben. Zart, nackt, er schien im Licht zu tanzen wie eine ruhige Einladung.

Paul fühlte, wie ein reines Gefühl der Liebe ihn anwehte.

Kampfgetöse, heftige Verletzungen. Tod. All diese Kriegsbilder waren in weite Ferne gerückt.

Eine einfache Geste hatte sie in nichts aufgelöst.

Eine zärtliche Geste.

Angela reichte ihm die Hand.